신 곡(神曲)

단　테

신 곡
차례

지옥편

제 1 곡

단테는 인생의 중반기, 서른 다섯 살 나던 해에 어두운 숲을 빠져나와 언덕으로 올라가려고 하나 표범과 사자, 암이리의 방해를 받는다. 절망하고 있을 때 비르질리오를 만나게 되는데 그는 단테를 안내하여 지옥과 연옥을 보여줄 것을 약속한다. 숲은 단테의 죄 많은 생활을 형상화시킨 것이고, 세 마리의 짐승은 그 죄를 상징한다. 이 제1곡은 《신곡(神曲)》 전체의 서곡으로 되어 있다. 때는 서력 1300년 봄, 부활제인 성 목요일 밤부터 성 금요일 아침에 걸쳐서의 일이다.

인생의 중반기에 올바른 길에서 벗어난 내가 눈을 떴을 때는 컴컴한 숲속에 있었다.

가혹하고도 황량한, 준엄한 숲이 어떤 것이었는지 입에 담는 것조차 괴롭다. 생각만 해도 몸서리쳐진다.

괴로움으로 진정 죽을 것만 같았다. 그러나 거기서 만난 행복¹⁾을 이야기하기 위해 그 곳에서 목격한 두세 가지 일을 우선 이야기할까 한다.

어떻게 해서 그 곳에 발을 들여 놓았는지는 쉽게 말할 수가 없다. 당시 나는 그저 공연한 일에 열중하게 되어 올바른 길을 버렸던 것이다.

숲속에서 내 마음은 두려움 때문에 떨고 있었으나, 그래도 그 골짜기 끝에 이르렀을 때, 나는 어느 언덕 기슭에 다다랐다.

눈을 드니 언덕의 능선이 벌써 새벽 빛으로 훤하게 싸여 있는 것이 보였다. 모든 길을 통해서 모든 사람을 올바르게 인도하는 태양의 빛이었다.

그러자 가련한 꼴로 지낸 하룻밤 내내 내 마음속에 서려 있던 불안도 조금은 가라앉게 되었다.

---

1) 비르질리오를 만난 행복.

그리하여 난파를 모면하고 가까스로 해변에 이른 사람이 괴로운 듯이 가쁜 숨을 몰아쉬면서 몸을 돌려 거치른 바다를 바라보듯

나의 넋도 여전히 도망치려 하면서도 뒤돌아 지나온 쪽을 바라보았다.

거기로부터 일찍이 살아서 나온 예가 없는 숲을 바라보았다.

피로한 몸을 잠시 쉬고 나서 나는 인적이 없는 해변을 걷기 시작했다. 앞으로 내딛는 발걸음이 비틀거리기는 하였으나.

산의 오르막길에 접어들자마자 거기에 경쾌하고 민첩한 표범 한 마리가 나타났다. 몸에 알록달록한 점이 있는 표범이었다.

정면으로 마주쳤으나 떠나려고도 하지 않고 도리어 내 길을 가로막는 까닭에 오던 길을 되돌아갈까 하고 나는 몇 번이고 뒤를 돌아다보았다.

때[2]는 마침 날이 새는 시각이라 태양은 별들을 거느리고 올라왔다.

신(神)의 사랑이 처음으로 천지의 아름다운 사물을 움직였을 때에도 태양과 더불어 있었던 그 별들이었다.

이 아침이라는 시간도, 이 상쾌한 계절[3]도 털빛 선명한 이 표범을 무서워할 건 없다고 말하고 있는 것 같았다.

그러나 마음을 놓는 것도 잠시이고 이번에는 한 마리의 사자가 눈앞에 나타났다.

사자는 나를 향해 달려올 모양이다. 머리를 쳐들고 굶주림으로 으르렁대니 대기(大氣)마저 두려움에 떨고 있다.

게다가 잇따라 암이리[4]가 나타났다. 말라 비틀어져 피에 굶주린 암이리는 전에도 수많은 사람을 비탄의 구렁에 빠뜨렸는데,

그것을 보았을 때 겁에 질린 나머지 얼이 빠져 나는 언덕으로 올라갈 희망을 버렸다.

바라던 물건을 손에 넣은 자가 세월이 흘러 그 물건을 잃어버리게 될 때 애석한 나머지 눈물지으며 슬퍼하듯 가차 없는 짐승이 내 희망을 끊은

---

2) 때는 서력 1300년의 부활제인 성 금요일. 1265년생인 단테는 인생의 중반기라 할 수 있는 서른 다섯 살이다.

3) 상쾌한 봄이라는 계절.

4) 표범·사자·시랑이에 대해 『그러한 것의 의미를 개의할 필요는 없다고 생각한다. 처음에는 그런 것을 생각하지 않는 편이 좋다』는 해설이 엘리엇의 《단테》에 있다.

꼴도 그와 비슷하였다.

짐승은 나를 향해 한발 한발 다가온다. 나는 서서히 물러섰다. 태양이 침묵하는 쪽으로.

내가 골짜기로 도망치는 도중 눈앞에 한 사람이 나타났다. 오랫 동안 말을 하지 않았던지 목이 쉬어 있었다.

이 인기척 없는 곳에서 그를 본 나는 큰소리로 외쳤다.「살려 주십시오. 당신이 사람이건 귀신이건간에 나를 구해 주십시오.」

그가 대답했다.「지금은 사람이 아니나 전엔 사람이었다.[5] 부모님은 롬바르디아 분들이며, 고향은 두 분 다 만토바이다.

태어난 것은 줄리어스 시저의 시대, 그것도 후기였지. 그리고 어지신 아우구스투스 황제의 치세 때 로마에서 살았다. 거짓투성이 이교의 신들이 판치던 시대였다.

나는 시인이었다. 자랑스러운 트로이의 성이 불타 버린 후, 트로이로부터 온 안키세스치의 정의감 강한 아들『아에네아스』를 시로 읊었다.

한데 너는 왜 이런 고뇌의 골짜기로 되돌아오는가? 어찌하여 기쁨의 산에 오르지 않는가, 모든 환희의 시초요, 근원인 저 산에.」

「그럼 당신이 저 비르질리오, 범람하는 강물처럼 말[詩]의 원천이 되셨던 분이십니까?」

나는 부끄러움에 얼굴을 붉히면서 말을 이었다.

「오오, 시인의 명예이고 빛이신 당신, 오랫 동안 한결같이 깊은 애정을 기울여 당신의 시집을 읽은 나에게 동정을 베풀어 주십시오.

당신은 나의 스승입니다. 나의 시인입니다. 내가 자랑으로 삼는 아름다운 문체는 오로지 당신에게서 배운 것입니다.

보십시오, 짐승을. 저것에 쫓기어 되돌아온 것입니다. 스승님, 저들로부터 나를 구해 주십시오. 저 놈이 있으면 맥박도 혈관도 모두 떨려 멎지를 않습니다.」

「이 황무지에서 벗어나길 원한다면 다른 길을 택하여 가는 것이 너에게 유리하겠구나.[6]」하고 눈물 글썽한 나를 보고 스승이 대답했다.

---

5) 비르질리오는 서력 기원전 70년부터 19년에 걸쳐서 살았던 라틴 시인이
   다. 지금은 사람이 아니고 그림자, 즉 영혼이다.

「네가 두려워하며 울부짖고 있는 저 짐승은 누구든 자기의 길을 지나가게 내버려 두지는 않으리라.

반드시 지독하게 학대한 끝에 잡아먹을 것이다.

천성이 흉악하고 잔인하며 피에 굶주려, 먹어도 먹어도 만족을 모르며 먹기 전보다 먹고 난 뒤에 더 허기져 하는 놈이다.

저 놈과 비슷한 짐승의 수가 많으니 장래에는 더 많이 늘어나겠지만 결국은 사냥개 『벨트로』가 나타나 저 놈을 학대하여 죽일 것이다.

벨트로는 대지의 산물은 먹지도 않고 돈도 받지 않으며 지혜와 사랑과 덕을 양식으로 삼는 벨트로의 고향은 펠트로와 펠트로 사이에 있을 것이다.

그는 처녀 캄밀라와 에우리알로스, 툴노스, 그리고 니조스가 상처를 입고 죽어 갔던 저 가엾은 이탈리아의 구원이 되리라.

벨트로가 그 짐승을 모든 고을에서 몰아낼 것이며, 끝내는 본래대로 놈을 지옥으로 몰아넣을 것이다. 선망이 이리를 지옥 밖으로 끌어낸 것이다.

너에 대해서 여러 가지로 생각해 보았다. 나를 따라오너라, 너를 안내해 주마. 여기서부터 너를 영원한 곳(지옥)으로 데리고 가마.

거기서 너는 절망의 외침을 들을 것이다. 가책으로 고민하는 고대 사람들의 망령을 보리라.

모두가 두 번째의 죽음을 외쳐 구하고 있는 것이다. 그리고, 『연옥의』 불꽃 속에서 만족하고 있는 사람들도 볼 것이다.

언제인가는 모르나 행복한 사람들의 무리 속에 끼게 되리라는 희망을 걸고 있는 것이다.

그리고 행복한 사람이 사는 『천국』에도 오르고 싶다면 나보다 더 훌륭한 분이 계시니 헤어지기 전에 너를 그분에게 맡기기로 하겠다.

이유는 천상에 계시는 황제께서 내가 그 법칙을 위반한 전력이 있다 하며 나 같은 자의 안내로 왕국에 들어오는 것을 용납치 않으시기 때문이다.

황제는 모든 곳에 군림하시고 통치하신다. 그 곳에는 궁궐이 있고 옥좌가 있다. 황제에게 뽑혀 그 나라로 가는 이는 행복하리라.」

---

6) 언덕으로 직접 자기 힘으로 가는 것이 아니라, 지옥·연옥·천당을 보고
   나서, 즉 다른 길을 지나갈 것을 비르질리오가 권하며 그가 직접 그 안내
   를 맡는 것이다.

그래서 내가 말했다.

「시인이여, 부탁입니다. 당신께서 생전에 모르셨던 신의 이름으로 부디 이 악과 그 이상의 악을 면할 수 있도록 지금 말씀하신 곳으로 나를 인도해 주십시오.

부디 성 베드로의 문[7]과 당신이 말씀하신 비참한 자들을 보게 해 주십시오.」

그러자 그는 걷기 시작했다. 그리하여 나는 그의 뒤를 따랐다.

제 2 곡

단테는 지옥을 한 바퀴 돌아볼 만한 힘이 있느냐 없느냐는 의문에 사로잡힌다. 그러자 비르질리오가 왜 단테를 안내하러 왔는지 그 까닭을 설명한다. 천당에 있는 마리아와 베아트리체가 괴로워하는 단테를 동정하여 지옥의 림보에 있던 비르질리오에게 구원하러 가 달라고 의뢰한 것이다. 그 경위를 듣자 단테는 자신을 되찾고 당당히 스승의 뒤를 따라 준엄하고 가열한 길에 발을 들여놓는다. 때는 성 금요일 저녁나절로서 지옥의 여행은 성 토요일 해질녘까지의 스물 네 시간 동안에 행해진다.

해는 저물고 저녁 안개가 자욱하며 지상의 사람과 동물은 노동에서 풀려나는데,

오직 나만이 홀로 나그네길의 고달픔과 애련의 고뇌와 싸울 채비를 갖추고 있었다. 그 여행의 광경을 기억은 그릇됨이 없이 전해 주리라.

오, 시의 여신이여. 오, 나의 탁월한 재능이여. 지금의 나를 도우소서.[1]

---

7) 성 베드로의 문이란 연옥의 문(연옥편 9곡)을 가리킴.

1) 시의 여신 뮤즈의 구원을 구하는 시 형식은 이미 호메로스에서도 볼 수 있다. 《신곡》중에서도 여러 번(지옥편 32곡, 연옥편 29곡, 천국편 1곡, 천국편 18곡) 이런 종류의 기원이 행해져 일종의 기분 전환 비슷한 분위기를 만들고 있다.

내가 본 바를 새겨 둔 기억이여, 너의 진가는 이제야말로 발휘되는 것이다.

내가 입을 열었다.

「스승님, 스승님은 나를 인도해 주십니다만 이 험준한 길을 넘어가기에 앞서 내 힘이 그것을 견더낼 수 있을 것인지 어떤지를 시험해 주십시오.

당신 책[2]에 의하면 실비오의 아비는 살아 있는 육신 그대로 영원의 나라[3]에 가 직접 견문을 쌓았다고 합니다.

과연, 일체의 악을 적대시하는 분(하느님)께서 그에게 호의를 베푸셨다할지라도 그가 어버이가 되어 훌륭한 사람과 업적이 탄생한 것을 생각한다면 이치적으로 납득을 못하지는 않습니다.

이유인즉 그는 로마와 그 제국을 건국한 아비로서 구중천(九重天)에서 선출되었기 때문입니다.

그 도성과 나라는 사실을 말씀드리자면 성 베드로의 뒤를 이을 법황께서 거처하실 성지로서 정해졌습니다.

그의 지옥 여행은 온갖 것을 배우고 그 지식을 살려 뒷날 승리를 거둔 법황 세력의 간접적 원인이 되었습니다.

이어서 선택된 그릇(성 바울)도 그 곳으로 갔습니다. 구원의 길의 근본인 신앙에 대해 위로를 받기 위해서였습니다.

그러나 왜 내가 그 곳으로 가는 것입니까? 누구의 허락입니까? 나는 아에네아스가 아닙니다. 바울도 아닙니다. 내가 그런 자격이 있으리라곤 아무도 생각지 못할 일입니다.

그렇다면 자진하여 길을 떠나 본들 여행은 미친 노릇이 되고 말겠지요. 지혜로우신 당신은 제 심정을 잘 아시리라 믿습니다.」

금방 원하던 바를 그만두고 다른 생각으로 옮겨, 시초의 뜻은 깨끗이 버린 그런 사람처럼 그 컴컴한 기슭에서 나는 생각을 바꾸었다.

이유인즉 궁리를 하는 동안에 처음에는 혹하던 것에서 점점 그만두어야겠

---

2) 당신의 책이란 비르질리오의 《아엔네이스》를 가리킨다. 실비오의 아비란 그 주인공 아에네아스를 말하며 그 줄거리는 불편치의 《그리스·로마 신화》에서도 알 수가 있다. 아에네아스는 트로이의 대장으로, 나라가 멸망한 뒤 카르타고를 비롯하여 지중해를 방황하다가 지옥을 돌아(제6권) 이탈리아에 당도하여 로마 건설의 시조가 되었다.

3) 영원의 나라는 지옥이다.

다는 생각이 들었기 때문이다.

「네가 하는 말을 잘 들었다만」하고 대범한 시인의 그림자는 대답했다. 「네 마음은 겁에 질려 있는 것 같다.

사람이란 때때로 겁을 먹는 모양인데 그래서 흔히 명예 있는 일도 포기하는 일이 있지만, 어둠 속 적의 그림자를 보고 겁내는 짐승과 다를 바가 없다.

네가 쓸데없는 걱정을 하지 않도록 왜 내가 여기 왔는지, 무슨 말을 듣고 너에게 동정하게 되었는가 이야기하마.

나는 천당도 아니고 지옥도 아닌 곳[4]에 있었는데,

고귀하고 아름다운 여인이 나를 부르기에 그 분부를 받고 나갔다.

그분의 두 눈은 별보다도 밝았으며, 여유 있는 천사 같은 목소리로 나에게 말했다.

『오, 만토바의 친절한 분이여, 당신의 이름은 지금도 세상에 알려지고 있습니다. 이 세상이 이어지는 한 오래오래 전해지리라 믿습니다.

내 친구로서 운이 없는 사람이 인적이 없는 해변에서 길이 막혀 고생을 하고 있습니다.

천상에서 들은 바로는 이미 길을 잃고 헤매고 있는 것이나 아닌지, 내가 그를 구하러 일어난 것이 너무 늦지 않았나 염려됩니다.

자, 어서 당신의 웅변으로 설득해서 구할 수 있다면 어떻게든지 살려주어 나를 기쁘게 해 주십시오.

당신에게 심부름을 청하는 나는 베아트리체입니다. 곧 돌아가야 하는 하늘에서 내려왔습니다. 사랑이 날 이 곳까지 이끌었습니다.

내가 주 앞에 나설 때는 당신을 특별히 칭찬해 드리리다.』

이렇게 말하고 여인은 입을 다물었다. 그래서 내가 말을 이었다.

『오, 덕스러운 여인이여, 당신이 계심으로 해서 비로소 인간은 이 천지간의 조그만 권내에 있는 모든 것으로부터 우월하게 되므로

---

4) 그리스도의 세례를 받지 않은 자는 설사 덕이 있는 자라도 지옥에 떨어지거나 아니면 지옥으로는 맨 위인 림보에 머무른다. 그 곳은 천국도 아니고 지옥도 아닌 곳이다. 그리고 베아트리체가 취한 수단에 대해서는 연옥편 30곡 참조.

당신의 명령에 기꺼이 복종하겠습니다.

이미 충족되었다 해도 오히려 늦은 것 같은 당신의 명령이 나를 이토록 기쁘게 하니 더이상 그 뜻을 밝힐 필요는 없을 것입니다.

다만 다음의 이유만은 알려 주십시오.『천국으로』돌아가시기를 간절하게 바라시는 당신이 어찌하여 그 광대한 곳[5]에서 이 하계의 복판에까지 굳이 내려오셨습니까.』

『그토록 바라신다면 왜 내가 두려움 없이 여기까지 왔는지 간단하게 말씀드리지요.』하고 여인은 대답했다.

『남에게 악을 끼칠 힘이 있는 것에 대해서는 과연 경계를 해야만 합니다. 그 이외에는 아무것도 무서울 것 없으니 걱정할 필요는 없습니다.

나는 하느님의 은혜로 하여 당신네의 비참에도 물들지 않고 이 영원의 불길에도 타지 않게끔 되어 있어요.

천상의 고귀한 여인(마리아)께서 동정하셨으므로, 그의 괴로움을 구하기 위하여 내가 당신을 보내는 것입니다.

천상의 엄한 노여움을 푸시고 마리아는 루치아[6]를 불러 말씀하셨습니다. 『너를 믿는 자가 너의 도움을 구하고 있으니 그 사람을 부탁하노라.』

루치아는 잔혹을 미워하는 상냥한 분이므로 곧 일어나 나에게로 왔습니다. 나는 라헬과 함께 앉아 있었는데,

루치아가 말하기를『하느님의 찬미인 베아트리체, 왜 당신을 그토록 사랑하신 사람을 구하지 않나요? 당신 때문에 그는 속세를 떠난 거예요.

그이의 애처로운 탄식이 당신 귀에는 안 들리나요? 바다보다 더욱 거센 큰 강변에서 죽음이 그에게 닥치는 것이 당신에게는 안 보이나요?』

이 말을 듣자마자 나는 복된 자리에서 일어나 이 하계로 내려온 것입니다. 현세에서는 자기를 위한 길이고 또한 재난을 피하기 위한 길이라 해도 이렇게 재빨리 움직인 분은 없었을 거예요.

나는 당신의 고귀한 웅변을 믿습니다. 그것은 당신의 명예이기도 하고 듣는 이 모두의 명예이기도 한 거예요.』

여인은 나에게 이런 사연을 말한 후 눈물에 젖은 빛나는 눈을 내리깔았

---

5) 광대한 곳은 천국 중에서 구중천을 가리킴.
6) 루치아는 연옥편 9곡에도 등장한다.

다. 서둘러야겠다고 나는 생각했다.

이렇듯 그 여인의 원대로 나는 너에게 왔다. 그 짐승들로부터 너를 구한 것은 그 놈이 아름다운 산으로 질러 가려는 너의 앞길을 막았기 때문이다.

자, 어떠냐. 왜 우물쭈물하느냐? 왜 주저하고 망설이느냐? 왜 솔직 과감하게 못 가느냐?

이와 같이 축복받은 세 분께서 천상에서 너를 염려해 주시고, 내 말도 틀림없이 너에게 행복을 보증하고 있는데.」

밤의 냉기를 만나 고개를 숙이고, 오므라졌던 작은 꽃[7]이 해가 솟아오르자 반짝반짝 빛나며 모두 고개를 들고 줄기 끝에서 활짝 피듯이,

나도 의기 소침에서 되살아나 마음속에 우쭐한 기가 넘쳐서 풀려난 사람처럼 입을 열었다.

「나를 구해 주신 자비스러운 여인, 그리고 그분의 참다운 말씀을 재빨리 들어 주신 친절한 당신!

당신의 말을 듣고 가고 싶다는 생각이 강하게 마음속에 솟구쳤습니다. 최초의 결심으로 돌아왔으니 자, 갑시다.

두 사람 다 마음은 하나입니다. 당신이 길잡이, 당신이 주군이며 스승[8]입니다.」

이렇게 나는 그에게 말했다. 그리하여 그가 걷기 시작하자 뒤따라 험난하고 위험한 길로 나는 걸음을 내디뎠다.

---

7) 이 꽃은 이를테면 《신곡》 가운데 자주 쓰여지는 직접적인 비유의 한 예로서 시적으로도 아름다우며 단테의 정신상태를 정확하게 명시한다.

8) 비르질리오는 어떤 일에도 동하지 않고 때로는 단테를 격려하고 때로는 위로를 하며, 얼핏 보기에는 마음 내키는 대로 걸어가고 있는 듯하지만 결코 헛걸음 없이 단테에게 보일 것은 보이며 일정한 시간 내에 그를 지옥에서 연옥 꼭대기인 지상 낙원까지 인도해 준다. 비르질리오는 그 여행길의 그늘에 숨은 주인공이라고도 할 수 있을 것이다. 비르질리오가 있음으로 해서 단테와 더불어 지옥을 여행하는 독자에게도 일종의 안도감을 주는 것이다. 단테와의 대화에서 표시되는 비르질리오의 폭넓은 지식과 그 인정미 넘치는 태도는 그를(특히 젊은 여성 독자에게) 마음 끌리는 인물로 만들고 있다.

제 3 곡

비르질리오와 단테는 지옥문으로 접어든다. 그 문에 일인칭, 즉 문 자신이 말하는 형식으로 글귀가 새겨져 있다. 그 문 안에 회오리바람에 말려든 모래먼지처럼, 생전에 어느 당파에도 참가하지 않았던 사람들의 망령이 벌과 말파리에 쏘여 울부짖으며 돌아다니고 있다. 아케론 강에 이르자 그 곳에 지옥의 뱃사공 카론이 배를 타고 단테를 꾸짖는다. 지옥에 떨어진 자들은 그 배를 타고 어두운 물결을 건너간다. 단테는 까무러친다.

「슬픔의 나라로 가고자 하는 자, 나를 거쳐 가거라.」

「영원의 가책을 만나고자 하는 자, 나를 거쳐 가거라.」

「파멸의 사람들에 끼고자 하는 자, 나를 거쳐 가거라.」

「정의는 지존하신 주를 움직여 주의 위력, 지상의 지혜, 그리고 사랑의 근본이 나를 만들었노라.」

「내 앞에 창조된 것 없나니 오직 무궁이 있을 뿐, 나는 무궁으로 이어지는 것이니라.」

「나를 거쳐 가려는 자는 모든 희망을 버려라.」

이러한 말이 어두운 색깔로 문[1] 위에 새겨져 있는 것을 나는 보았다. 그래서 물었다. 「선생님, 이 말은 엄격하군요.」

그러자 그는 풍부한 이해력을 가지고 나에게 「여기서는 모든 의심을 버려야 하며, 두려움도 모두 없애는 것이 좋다.

우리가 온 곳은 아까도 말했듯이 분별력을 잃은 비참한 사람들을 네가 보러 온 곳이다.」

그리고 밝은 표정으로 스승은 자기 손을 내 손에다 포개었다. 그것에 위안을 받고 스승에게 이끌려서 나는 비밀스런 사물의 세계로 들어갔다.

---

1) 이탈리아의 여러 도시는 성벽으로 둘러싸인 구조가 많으며 지금도 아직 숱한 문이 남아 있다. 이 지옥의 바깥 문도 지옥의 하층계 디테의 문(지옥편 8곡 참조)도 그러한 사실에서 우러난 이미지이며, 그러한 종류의 석조 문에는 실제로 가끔씩 말이 새겨져 있다.

여기서는 탄식과 울음 소리와 고함 소리가 별도 없는 하늘에 울려 퍼지고 있었으므로 처음에 나는 무의식중에 눈물이 글썽해졌다.

괴상한 말, 무서운 외침 소리, 고뇌의 목소리, 노여운 목소리, 날카로운 목소리, 쉰 목소리,

그것에 뒤섞이어 손뼉 치는 소리 그러한 것이 어수선한 소리를 내며 시간도 없는 캄캄한 대기 속을 끝없이 떠돌아다니니,

마치 회오리바람에 휘말려든 모래알과 같았다.

나는 의혹과 불안 때문에 머리가 조여드는 듯하여 말했다. 「스승님, 귀를 먹게 하는 듯한 저 소음은 무엇입니까? 고뇌 속에 짓눌려 있는 이 사람들은 누구입니까?」

그가 말했다. 「이 비참한 광경은 명예도 없고 비방도 없이 평생을 보낸 자들의 불쌍한 망령의 모습이다.

주께 충성도 하지 않고 반역도 하지 않고, 오직 자기들만을 위해 존재한 사악한 천사의 무리들과 섞여 있다.

하늘은 이런 자가 오면 천국이 더럽혀질까 해서 내쫓는데, 깊은 지옥에서도 그들을 받아 주지는 않는다.

이런 자를 들여놓으면 악당이 도리어 뽐내기 때문이다.」

내가 말했다. 「스승님, 도대체 저렇게까지 울부짖지 않으면 안 될 만큼 그들의 죄는 무겁습니까?」

「너에게 그걸 간단하게 설명하자면 이들에게는 죽음의 희망조차 없는 것[2]이다. 그 맹목적인 생활은 실로 저열하기 짝이 없으므로 그 밖의 것이라면 어떤 운명이라도 부럽게 보이는 거다.

현세는 이런 자들의 이름이 세상에 전해질 것을 용납치 않는다. 자비도 정의도 이 자들은 업신여긴다. 그들에 대해서는 말하지 마라, 그저 보고만 지나가라.[3]」

그래서 나는 바라보았다. 그러자 빙빙 돌면서 질주하는 한 폭의 깃발이

---

2) 무(無) 속으로 소멸하는 것이 가능하다면 그것을 바라겠지만 그들에게는 그런 희망도 없다. 육체는 멸망해도 영혼은 영원하다고 생각하고 있기 때문이다.

3) 이 구절은 《신곡》에서 나와 널리 격언으로 씌어지고 있는 구절이다.

보였는데[4] 그것은 잠시도 멎지를 않았다.

그 뒤를 따라 몹시도 긴 망자의 행렬이 이어졌는데, 설마 이토록 많은 사람을 죽음의 신이 앗아갔으리라고는 믿어지지 않았다.

거기에는 몇 명인가 아는 사람도 있었다. 겁을 먹고 큰 지위를 버린 사람의[5] 망령도 보면 곧 알 수 있었다.

나는 이내 알아차렸다. 분명히 이거야말로 주에게도 또 주의 적에게도 받아들여지지 못할 비열한 패거리임이 틀림없다.

이 참다운 인생을 살아 본 적이 없는 어리석은 자들은 벌거벗은 채 근방에 있는 벌과 말파리에게 마구 쏘이고 있었다.

그 바람에 그들의 얼굴은 피투성이가 되었다. 그것이 눈물과 섞이어 발밑으로 흐르자 그것을 또 꺼림칙한 벌레들이 빨아먹고 있었다.

거기서부터 더 앞쪽을 바라보니 큰 강변에 사람들의 모습이 보였으므로 내가 말했다.

「스승님, 가르쳐 주십시오.

저들은 누구입니까, 희미한 빛 속에서 살펴보니 모두들 곧 강을 건너갈 모양인데 그것은 어떤 법칙에 의한 것입니까?」

그가 나에게 말하기를 「그런 것은 우리가 아케론(삼도천)의 슬픈 강가에서 발을 멈추었을 때 저절로 알게 된다.」

그 말을 듣고 부끄러워 하며 눈을 내리뜨고, 내가 하는 말이 스승의 마음을 거스르지나 않을까 두려워하여, 강변에 이르기까지 입을 다물었다.

그 곳에 이르자 우리를 향하여 늙어서 백발이 성성한 노인 하나가 배를 저어 다가오며 소리쳤다.

「너희, 악당들의 망령에 재앙이 있거라! 하늘을 바라볼 수 있으리라고는 꿈에도 바라지 마라. 나는 너희들을 영원한 어둠 속, 혹열 빙한(酷熱氷寒)

---

4) 이 사람들은 생전에 기회주의자라 무관심을 가장하고 자세를 분명하게 하지 않았으므로 죽은 뒤 한 폭의 깃발 뒤를 쫓아다니고 있는 것이다. 지옥에서 내려지는 벌은 이와 같이 생전의 죄에 응분한 벌이 내려지는 경우가 많다. 응보의 이치가 적용되고 있는 것이다.
5) 겁을 먹고 큰 지위를 버린 자는 법황 첼레스티노 5세를 가리킨다고도 하고 있다. 그는 밤마다 법황청 창 밖으로부터 협박을 받고 법황의 지위를 보니파치오 8세에게 양보했다. 지옥편 19곡 주를 참조.

의 강변으로 데려가기 위해 왔다.

헌데 거기 서 있는 너, 살아 있구나. 여기 있는 죽은 자들로부터 떨어져 있거라.」

그러나 내가 떠나려 하지 않음을 보자 말했다.

「다른 길, 다른 항구를 지나 강변에 도달하거라, 여기를 거쳐 보낼 수는 없다. 너에게는 좀더 가벼운 배가 어울릴 것이다.」

나의 길잡이가 그를 타일렀다. 「카론, 성내지 마라. 이것은 전지전능하신 주님의 뜻인 것이다. 더이상 묻지 마라.」

진흙빛 늪의 뱃사공인 텁석부리의 볼은 그 말을 들은 순간 무뚝뚝하게 입을 다물었으나 눈가장자리는 불꽃이 타오르는 듯하였다.

그러나 카론의 잔혹한 말을 들은 지쳐 버린 벌거숭이 망자들은 얼굴빛을 바꾸며 이를 갈았다.

신과 자기 친척과 전 인류와 자기가 태어난 곳과 때, 조상과 나아가서는 자기를 낳아 준 부모에 이르기까지 입성사납게 욕지거리를 했다.

그리고 모두들 통곡을 하며 저주받은 아케론의 강변으로 모였다.

하느님을 두려워하지 않는 자들은 모두 이 곳을 지나야 할 운명인 것이다.

카론은 무섭게 이글거리는 눈초리로 모두를 노려보며 배 안으로 모이게 하고 꾸물대는 자는 사정 없이 노로 후려갈겼다.

마치 가을에 나뭇잎이 한 잎, 또 한 잎 떨어져 나중에는 나뭇가지가 땅 위에 쌓인 제 옷을 멍하니 내려다보듯이

이와 마찬가지로 아담의 악의 씨앗이 한 사람 또 한 사람 그 강변에서 부름받은 새와 같이 뛰어 내렸다.[6]

이렇듯 어두운 파도 위를 지나 저쪽 강변에 채 닿기도 전에 벌써 이쪽 강변에는 새로운 무리가 모여든다.

「내 아들아」 하고 친절한 스승이 말했다. 「주의 노여움을 받아 죽은 자는 모두 각지에서 이 곳으로 모여든다.

그리하여 부지런히 이 강을 건넌다. 주의 정의가 그들을 몰아내기 때문에

---

6) 바티칸의 시스티나 예배당의 미켈란젤로가 그린 벽화도 이 구절을 의식하
   고 그려졌다.

두려움이 오히려 희망으로 바뀌는 것이다.

선량한 영혼이 여기서 강을 건넌 적은 일찍이 없다. 그러니 카론이 너를 꾸짖었다면 그것이 무엇을 뜻하는지 너는 짐작이 갈 것이다.[7]」

이렇게 스승이 말을 마쳤을 때 갑자기 컴컴한 들이 심하게 진동했다. 그 두려움은 생각만 해도 식은땀이 흐른다.

눈물에 젖은 땅은 한 무더기의 바람을 일으키고 바람은 진홍빛 번개를 날려 그 번개가 나의 오관(五官)을 사로잡았다.

나는 혼수상태에 빠진 사람처럼 쓰러지고 말았다.

제 4 곡

정신을 되찾은 단테는 비르질리오를 따라 분화구와도 비슷한 원을 이룬 첫째 골짜기로 들어선다. 그 곳은 림보라고 불리며 선량하지만 그리스도교의 세례를 받지 않은 자들의 영혼이 떨어져 있다. 그 속에는 호메로스 등 네 명의 위대한 시인을 비롯하여 아리스토텔레스 등, 일련의 철학자들이 죄의 고통을 받지 않고 빛이 비치는 고귀한 성 안에 살고 있다. 단테도 잠시 동안 그 푸른 들판을 소요한다.

무서운 천둥 소리가 깊이 잠든 나를 깨웠다. 억지로 깬 사람같이 나는 벌떡 일어났다.

그리하여 곧바로 일어나자마자 피로가 가신 눈을 움직여 내 있는 곳이 어디인가를 알기 위해 주의깊게 살폈다.

내가 서 있는 곳은 분명 비통의 깊은 골짜기 끝이었다. 거기에는 끝없는

---

7) 카론이 단테를 꾸짖는 것은 사후 단테의 영혼이 가벼운 배로 연옥 섬으로 가리라는 것을 암시한 것이다. 그런 암시는 시인이 멋대로 꾸민 공상이라고, 즉 《신곡》 그 자체가 단테가 본 적도 없는 지옥·연옥·천국을 제멋대로 읊었다고 비난할 수도 있을 것이다. 그러나 이와 같은 허구를 상상하고 그것을 시로 읊은 사람의 창작 행위는 옳고 그름의 판단과는 달리 흥미 있는 일이 아닐 수 없다.

아비 규환이 모여 천둥처럼 울려 퍼지고 있었다.

그 골짜기는 어둡고 깊고 안개가 짙어 아무리 골짜기 밑을 내려다봐도 아무것도 분간할 수가 없었다.

「자, 이 아래 장님의 세계로 내려가기로 하자.」하고 파랗게 질린 시인이 입을 열었다. 「내가 앞서 갈 테니 너는 따라오너라.」

나는 스승의 안색을 알아차리고 말했다.

「언제나 두려워하는 나를 격려해 주시던 당신께서 무서워하시는데 어떻게 내가 따라갈 수 있겠습니까?」

그러자 그가 나에게 말했다.

「이 하계에 있는 사람들의 고민을 생각하니 내 얼굴에 연민의 정이 떠오르는 거다. 그것을 너는 공포인 줄 착각을 하고 있구나. 자, 가자. 길은 멀다, 서둘러야만 한다.」

이렇게 말하고 발을 내디뎌 깊은 못으로 싸인 제1옥으로 나를 인도했다.

귀를 기울여 들은 바로 짐작하건대 여기서는 영원의 공기를 진동시키며 모두들 한숨을 쉬고 있었지만 통곡은 하고 있지 않았다.[1]

슬픔은 있을지라도 고문이나 가책은 없었다. 무리를 이루는 사람의 수는 많았으며 어린이도 여인도 남자도 있었다.

스승은 상냥하게 나에게 말했다. 「너는 이 사람들이 어떤 혼인지 묻고 싶지 않느냐? 더 앞으로 가기 전에 한 가지 더 네게 가르쳐 주마.

그들은 죄를 범한 것이 아니라, 덕이 있는 사람일지도 모른다. 허나 그것으로는 부족하다. 세례를 받지 않았기 때문이다. 세례는 네가 믿고 있는 신앙으로 들어가는 문이다.

그리스도교 이전의 사람으로서 숭상해야 할 주를 숭상하지 않았던 것인데 실은 나도 그들 중의 한 사람이다.

이러한 결점 때문에 달리 죄는 없으나 우리들은 파멸되었다. 오직 그것으

---

1) 지옥의 제1옥은 『비통의 깊은 골짜기』이며 림보라 불린다. 거기 있는 사람들은 생전에 『신앙으로 들어가는 문』인 세례를 받지 않으므로 천국에는 못 가나 덕이 있는 사람들이었으므로 형벌은 안 받고 있다. 그래서 『한숨은 쉬고 있으나 통곡은 하지 않았던』 것이다. 그리고 이 문제의 신학적 측면에 대해서는 천국편 19곡에 언급이 있다.

로 인해 괴로움을 겪는데『하늘에 오를』가망은 없으나 그 소망만은 지니며 살고 있다.」

그 말을 들었을 때 내 마음은 몹시 아팠다. 왜냐하면 굉장한 값어치 있는 사람들이 몇 명이나 이 림보 속에서 이것도 저것도 아니게 되어 있음을 알았기 때문이다.

「스승님, 말씀해 주십시오, 나에게 가르쳐 주십시오.」하고 나는 애원했다. 온갖 미망(迷妄)을 이겨낸다는 신앙에 대해 확신을 얻고 싶었기 때문이었다.

「그 사람 자신의 공덕이거나 다른 이의 공덕으로 여기를 벗어나 축복받은 몸이 된 분은 전혀 없습니까?」

그러자 그는 내 말의 속뜻을 이해하고 대답했다.

「내가 여기 와 얼마 안 되었을 때 승리의 표지를 머리에 단, 힘 있는 분이 한 사람 여기 오는 것을 보았다.

그분은 첫 아비(아담)와 그 아들 아벨, 노아, 율법을 세워 주께 충성한 모세, 족장인 아브라함과 다윗 왕, 이스라엘과 그 아비와 아들들,

그리고 이스라엘에 충실하게 종사한 라헬, 그 밖에 많은 사람의 영혼을 여기서 데려다가 축복을 주었다.

네가 알아야 할 것은, 그들 이전에는 구원받은 인간의 영혼이 없다는 사실이다.」

그가 말하는 동안에도 우리는 계속해 걸었다. 어느 덧 숲속을 지나고 있었다. 숲이라고는 하나 영혼이 꽉 들어찬 숲이었다.

잠에서 깨어난 뒤 아직 그다지 멀리 길을 걸었던 것은 아니었으나 그 때 광명[2]이 암흑에게 이기고 있는 것이 보였다.

아직 그 곳까진 약간 거리가 있었으나 그래도 그 자리를 차지하고 있는 것이 명예로운 사람들임을 알아차릴 수는 있었다.

「오, 학예(學藝)의 자랑이신 스승님, 이와 같은 영광을 받고 있는 이들은

---

2) 이 광명은 인간 이성(理性)의 밝음을 상징한다. 단테를 안내하여 지옥·연옥을 도는 비르질리오도 인간 이성을 상징한다고 일컬어지고 있다. 그러나 천국으로 인도하는 베아트리체가 신학의 대변자에 불과한 데 비해 비르질리오는 자상한 인격과 개성을 가진 인간 존재로서 그려지고 있다고 생각한다.

도대체 누구입니까?」

그가 **나**에게 대답했다. 「이 사람들의 명성은 현세에도 널리 알려져 있으나 여기서도 천상의 혜택을 받고 특별한 지위로 올라가 있는 것이다.」

이 때 목소리가 들렸다. 「떠나갔던 그가 막 돌아왔다. 위대한 시인이다. 모두 경의를 표하라.」

그 목소리가 멎고 주위가 조용해졌을 때 네 명의 큰 그림자가 우리들에게 다가왔는데 슬픈 표정도 기쁜 표정도 보이지 않았다.

스승이 천천히 입을 열었다.

「다른 세 사람 앞에 서서 왕자처럼 손에 칼을 들고 오는 사람을 보라. 저 자가 시인의 왕 호메로스다. 다음에 오는 사람이 풍자 시인 호라티우스, 오비디우스가 셋째이고, 맨 끝이 루카누스이다.

아까 한 마디 『시인이라고』 이름을 부르는 걸 들었는데,

이 사람들은 모두 나와 같이 이름을 나누는 분들이다. 시인으로서의 나에게 경의를 표한 것이니 고마운 일이다.」

나는 다른 사람들의 머리 위를 독수리같이 날아다니는 고귀한 시의 왕 호메로스를 비롯하여 훌륭한 영혼들이 모이는 광경을 목격하였다.

다섯 사람은 잠시 담소하고 있더니 나를 돌아보고 공손히 인사를 했다. 내 스승도 빙그레 미소지었다.

그리하여 나로서는 분에 넘치는 영광이지만, 이 현자들의 여섯 번째 사람으로서[3] 나를 그들 모임에 초대하였다.

이렇듯 우리는 빛이 있는 곳으로 걸어갔다. 그 사이의 화제는 그 때에는 이야기하기에 적당했지만 지금은 말을 않는 것이 적당하다.

우리는 어느 고귀한 성 밑에 이르렀다. 높은 성벽이 일곱 겹으로 성을 에워싸 주위를 지키고, 주위에는 아름다운 냇물이 흐르고 있다.

그 냇물을 마치 단단한 땅이라도 딛듯이 우리는 밟고 지나갔다. 일곱 문을 나는 현자들과 함께 지나서 상쾌한 푸른 잔디밭에 이르렀다.

거기엔 유연하고 엄숙한 눈매의 사람들이 있었다. 그 풍채에는 위엄이

---

3) 단테는 자기 자신이 호메로스 · 호라티우스 · 오비디우스 · 루카누스 · 비르질리오 다음의 여섯 번째 시인으로서 서양 문학사에 자기 위치를 만들었다고도 볼 수 있을 것이다.

있고, 말수는 적었으나 음성은 부드러웠다.

거기서 우리는 앞이 확 트이고 볕이 잘 드는 한쪽 구석의 높은 곳으로 몰려갔다. 거기서는 주위를 한눈에 바라볼 수가 있었다.

바로 맞은편, 빛나는 푸른 잔디밭에 위인들이 차례차례 나타났는데, 그것을 보기만 해도 나는 몸 속이 뜨거워지는 것을 느꼈다.

엘렉트라가 많은 수행원을 데리고 있었는데, 그 중에서 헥토르와 아에네아스는 안면이 있었다.

갑옷으로 단장한 시저는 매 같은 눈을 번들거리고 있었다.

다른 데서는 캄밀라와 펜테실레야도 보았다. 라티누스 왕이 공주 라비니아와 앉아 있는 것도 보았다.

탈퀴이노를 몰아낸 부르토도 루크레치아·율리아·마르시아·코르텔리아 그리고 모두들에게서 떨어져 외로이 있는 살라디노[4]도 보았다.

그리고 눈을 조금 드니, 철학의 족보 속에 자리를 차지하는 지혜자들의 스승『아리스토텔레스』가 보였다.

모두가 그를 주시하고, 그에게 경의를 표하고 있었다. 이어서 소크라테스와 플라톤이 보였다. 두 사람은 누구보다도 그의 가까이에 서 있었다.

세계의 형성을 우성으로 풀이한 데모크리토스·디오게네스·아낙사고라스·탈레스·엠페도클레스·헤라클레이토스·제논,

그리고『식물의』특성을 열성껏 조사한 저 디오스코리테스·오르페우스·키케로·리노스·도학자인 세네카,

기하학자 유클리드·프톨레마이오스·히포크라테스·아비첸나·갈리에노, 그리고 일대 주석서(註釋書)를 엮은 아베로에즈.[5]

이러한 학자 모두에 대해 빠뜨리지 않고 말할 수는 없다. 시제(詩題)가 길어서 아무래도 사실보다 짧게 말하지 않을 수 없구나.

여섯 사람의 동행인은 다시 본래의 두 사람으로 줄었다. 총명한 길잡이는 새로운 다른 길로 나를 인도한다.

정적 속에서 나가 진동하는 대기 속으로 들어간다.

그리하여 나는 광명이 없는 곳으로 나갔다.

---

4) 회교의 왕 살라디노이다.

5) 아베로에즈에 대해서는 지옥편 6곡 주 참조.

제 5 곡

제2옥에 들어서니 입구에는 죄업을 규명하는 미노스가 버티고 서서 이를 갈고 있다. 미노스가 죄상에 따라 영혼을 저마다의 골짜기로 떨어뜨린다. 제2옥의 중천에서는 육욕(肉欲)의 죄를 범한 자에게 지옥의 풍광이 쉴새 없이 휘몰아치고 있다. 세미라미스 · 헬레나 · 클레오파트라 등과, 사후에도 둘이 같이 사는 바울과 프란체스카의 영혼도 날아와 있다. 단테의 청을 받아들여 여인이 그 비련의 사연을 이야기한다. 단테는 충격을 받고 까무러친다.

이리하여 나는 제1옥으로부터 제2옥으로 내려갔으나, 여기는 장소가 좁았으며[1] 그러니 만큼 고통도 심한지 신음 소리가 들려 온다.

그 곳에 미노스[2]가 버티고 서서 무서운 형상으로 이를 갈고 있다. 입구에서 죄를 가려내어 형벌을 내리는 미노스가 꼬리를 감는 수에 따라 죄인은 아래로 떨어뜨려진다.

성질 나쁜 망자가 그 앞에 나가 모든 것을 자백할 때 죄과를 알고 있는 미노스는 그 영혼이 지옥 어디에 떨어짐이 적당한가를 판단하고, 그 보내고자 하는 지옥 층수대로 제 꼬리로 몸을 감는 것이다.

그의 앞에는 언제나 많은 무리가 있어 한 사람 한 사람 차례로 심판되어 죄를 자백하고 형을 언도받고 지옥 속으로 떨어져 간다.

「오, 너 형벌의 집을 찾아왔구나.」 미노스는 나를 보자 일손을 멈추고 내게 말했다.

「어떻게 해서 들어가려느냐, 안내인은 누구냐, 주의를 하라. 문이 넓다 해서 착각을 하면 안 돼!……[3]」 나의 길잡이가 그에게 말했다.

---

1) 지옥은 분화구처럼 아래로 내려갈수록 좁아진다.

2) 자비로운 하느님이 아니라 괴상한 짐승 미노스에게 이 판결을 맡기고 있는 점에서 단테의 독창성이 느껴진다고도 할 수 있으리라. 그리고 미노스에 대해서는 지옥편 27곡 참조.

3) 〈마태 복음〉 7장 13~14절, 『좁은 문으로 들어가라, 절망으로 인도하는 문은 크고 그 길이 넓어 그리로' 들어가는 자가 많고, 생명으로 인도하는 문은 좁고 길이 협착하여 찾는 이가 적음이니라』

「뭘 그렇게 소리치느냐? 이 사람이 가는 것은 주께서 정하신 바니 방해하지 마라. 전지 전능하신 주님의 뜻이다, 더이상 묻지 마라.」

그 곳을 지나니 애처로운 목소리가 내 귀에도 들려 왔다. 수많은 신음소리가 귓전을 때리는 곳에 내가 지금 온 것이다.

여기서는 모든 빛이 입을 다물었으며[4] 그 외침 소리만이 맞바람의 폭풍을 만나 바다가 일으키는 풍랑 소리와도 같았다.

지옥의 광풍은 쉴새 없이 망령의 무리를 휘몰아쳐 을러대며 맴돌고, 윽박지르며 고통을 준다.

망령의 무리는 폐허 앞에 이르자 한탄 속에서 통곡을 하며 주의 권능을 저주한다.

이런 형벌을 당하는 것은 육욕에 빠져 이성을 버리고 육욕의 죄를 범한 자가 떨어져 가는 운명임을 알 수 있었다.

추운 계절에 황새가 퍼득이면서 하늘 가득히 떼지어 날아가듯 흡사 그와 마찬가지로 죄 지은 영혼의 무리가 바람결에 이리저리 떠돌아다니고 있다.

아무런 희망도 위안도 없다. 휴식도 감형도 기대할 수는 없는 것이다.

학들이 슬픈 노래를 부르면서 하늘에 긴 줄을 짓고 날듯이 광풍에 실려온 망령이 고뇌의 신음소리를 지르며 다가왔다.

내가 그걸 보고 말했다. 「스승님, 검은 바람이 이토록 매질을 하고 있는 저분들은 누구입니까?」

「네가 그 사연을 듣고자 하는 사람들 가운데 맨 앞에 가는 여인은」 하고 그는 나에게 말했다. 「언어를 달리하는 많은 민족 위에 군림했던 여왕이다.

음탕한 생활을 탐닉했기 때문에 세상의 비난을 초래했으나, 그것을 지우기 위해 법률로 정하여 어색(漁色)을 합법화했다.

그 이름을 세미라미스라 하는데 책에 의하면 니노의 왕비로서 그 뒤를 이어 지금은 술탄이 지배하는 나라를 영유하고 있었다고 한다.

그 다음은 시케오가 죽은 후 정조를 깨뜨리고 사랑에 빠졌다가 실패하여 자살한 여인 디도이다. 그 다음이 음탕한 여인 클레오파트라.

보라, 헬레나를, 저 여자로 인해 재난의 시간이 길었다.

보라, 위대한 아킬레우스를, 그도 사랑 때문에 끝내 사지(死地)에 이르렀다.

---

4) 광명이 입을 다무는 곳이란, 시청각적인 묘사이다.

그리고 파리스도 트리스탄도…….」하며 사랑 때문에 현세에서 쫓겨난 천이 넘는 혼들의 이름을 들며, 손가락질하여 가리켰다.

박식한 스승이 드는 옛날의 숙녀와 기사들의 이름을 다 듣고 났을 때 측은한 정에 사로잡혀 나는 넋을 잃고 어리둥절했다.

내가 말했다.

「스승님, 저기 나란히 가는 저 두 사람[5]은 바람을 타고 가는듯 가볍게 보입니다만, 될 수만 있다면 저 두 사람과 이야기를 나누고 싶군요.」

그러자 · 시인이 말했다.「좀더 우리 가까이에 왔을 때 청해 보아라. 그때 두 사람을 이끄는 사랑의 이름으로 부탁한다면 그들은 기꺼이 올 것이다.」

그러자 곧 바람이 그들을 우리에게로 몰아붙였다. 나는 소리쳐 이야기하였다.

「오, 고뇌에 괴로워하는 혼이여, 아무도 꺼리지 않거든[6] 여기 와 이야기를 나눕시다.」

비둘기가 돌아가고 싶어지면 힘껏 날개를 움직여 넓은 하늘을 제 마음대로 가로질러 휴식의 둥지로 돌아가듯,

내가 친절히 부르자 그에 응하여 그 두 사람은 디도가 있는 무리를 떠나 더러운 하늘을 가로질러 내게로 왔다.

「오, 상냥하고 친절하신 분, 당신은 현세를 피로 더럽힌 우리들을 찾아서 이 어두운 대기 속으로 오셨습니다.

만약 우주의 왕이 우리들의 벗이었다면 당신의 평안을 주께 부탁이라도 드릴 수 있었을 것을. 우리의 비뚤어진 죄악을 동정해 주신 당신이니까요.

지금 막 바람이 자니 그동안에 당신이 듣고자, 이야기하고자 바라는 것을 당신에게 들려 드리고 또 듣기로 하겠습니다.

---

5) 두 사람은 프란체스카 다 리미니와 바울 말라테스타로 형수와 시동생 사이였다.

6) 꺼리지 않거든이라고 번역한 것은 신을 두고 한 말이다. 단테는 지옥 속에서는 신이라는 말을 쓰지 않고 있다.

내가 태어난 고향[7]은 포 강이 지류와 함께 온화한 바다로 흘러들어가는 그 해변에 있습니다.

사랑이란 상냥한 마음에는 순식간에 타오르는 것이니,[8] 그도 나의 아름다운 몸 때문에 사랑의 포로가 되었습니다. 산 목숨을 죽게 한 그 소행이 아직도 나를 괴롭히고 있습니다.

사랑을 받은 이상 사랑을 갚는 것이 사랑의 숙명, 더이상 견딜 수 없을 만큼 사랑은 나를 사로잡아 보시다시피 지금도 여전히 사랑은 나를 버리지 않습니다.

사랑은 우리 두 사람을 같은 죽음으로 이끌었습니다. 우리들의 목숨을 뺏은 자는 반드시 카이나[9]의 나라로 떨어질 거예요.」

이것이 그들어 한 말이었는데, 이 상심의 혼이 하는 말을 들었을 때 나는 얼굴을 숙이고, 잠시 고개를 들지 못했다. 그러자 시인이 나에게 물었다. 「무엇을 생각하느냐?」

나는 대답했다. 「아, 가엾어라. 정말 서로가 끔찍이 사랑했구나. 그렇건만 그들은 그것이 원인이 되어 이 비참한 길에 떨어지고 말았어!」

그리고 나는 두 사람 쪽을 돌아보고 말했다.

「프란체스카, 당신의 쓰라린 괴로움은 참혹하고 불쌍해서 절로 눈물이 나는군요.

그러나 들려 주시오,[10] 달콤한 숨결에 싸였던 무렵 어떻게 해서 감추어진

---

7) 라벤나 시. 프란체스카는 그 곳의 성주인 구이도 다 폴렌테의 딸로 1275년 무렵 리미니의 성주 장치오토 말라테스타에게 출가했다. 그녀는 속아서 미남인 동생 바울과 선을 보았는데, 결혼 후에야 형인, 절름발이고 추남인 장치오토에게 출가한 것을 알았다고 전설은 전하고 있다. 바울과 서로 사랑하는 사이가 되어 두 사람 다 장치오토에게 살해되었다. 단테의 베아트리체에 대한 한결같은 사랑과 이 프란체스카의 이야기는 연결되는 점이 있었던 것이리라.

8) 사랑이 의인화되어 불리워지고 있다.

9) 카인의 나라 카이나는 지옥 12곡에도 나오지만 동생 아벨을 죽인 카인에서 취한 이름이다. 육친을 살해한 자가 떨어지는 곳으로 지옥의 맨 아래층에 있다.

10) 상대방의 마음속을 아직 모르고 혼자 사랑을 품고 있었을 때, 어떻게 해서 상대방의 상냥한 마음을 알았느냐고 단테는 물었던 것이다.

상대방의 애정을 알아차릴 수가 있었습니까?」

그러자 여인이 나에게 말했다. 「불행 속에 있으면서 행복하던 시절을 회상하는 것만큼 쓰라린 일은 없습니다. 그것은 당신 스승께서도 알고 계십니다.

그러나 우리의 첫사랑을 당신이 그토록 알고자 하신다면 눈물을 참고서라도 얘기해 드리겠습니다.

어느 날 우리는 심심풀이로 란슬로트가 어떻게 해서 사랑에 끌렸는지 그 이야기를 읽고 있었습니다. 단 둘이었으나 별로 꺼림칙한 마음은 없었습니다.

그 책을 읽는 도중, 여러 차례 우리들의 시선이 마주쳤는데 그 때마다 얼굴이 붉어졌고 다음의 구절이 우리를 사로잡고 말았습니다.

그 동경하던 미소에 그 멋진 연인이 입을 맞추는[11] 그 구절을 읽었을 때, 이분은, 나에게서 영원히 떠날 수 없는 이분은,

떨면서 나에게 입을 맞추었습니다. 그 책과 책을 쓴 이[12]가 우리의 뚜쟁이가 된 것입니다.

그날 우리는 더 읽지를 못했습니다.」

한 사람의 혼이 이렇게 이야기하는 동안 다른 한 사람의 혼[13]은 하염없이 울었습니다. 너무나 애처로워 나는 죽은 듯 넋을 잃고 시체가 넘어가듯 쓰러지고·말았다.

---

11) 미소짓는 입을 그렇게 말한 것이다.

12) 원탁 기사의 이야기 속에서 란슬로트와 궤네버(천국편 참조)의 사이를 중개한 것은 갈레오트이다. 여기서는 중매인이라는 뜻으로 사용되고 있다. 이와 같은 이야기에 대한 암시는 프란체스카가 귀족 가문에서 자란 로마네스크한 여성이었음을 연상케 한다.

13) 한 혼은 프란체스카를 뜻하고 다른 혼은 바울을 뜻함.

제 6 곡

정신을 차리고 보니 단테는 제3옥에 있다. 그 곳에는 생전에 많이 먹은 자들이 차가운 비를 맞으며 벌을 받고 있다. 케르베로스라는 세 개의 목이 있는 괴물이 그들을 물어뜯으며 짖어 댄다. 땅에 누워 있는 한 사람은 치아코라는 별명으로 불리우고 있는데 피렌체의 분열에 대한 장래를 예언한다. 비르질리오가 단테의 질문에 대답한 뒤 두 사람은 제4옥을 향해 간다.

이 형수와 시동생의 슬픈 사연에 나는 너무나 마음이 아파 의식을 잃고 쓰러졌으나,

정신을 차리고 보니 내 주위는 앞으로 가도 옆을 보아도 또 어디를 봐도 도대체 이제껏 본 적이 없는 가책과 형벌로 고통받는 사람들뿐이었다.

저주받은 차갑고 무거운 영원한 비가 내리는 제3옥으로 나는 왔던 것인데 그 비는 양도 성질도 결코 바뀌어지는 일이 없다고 한다.

큰 우박덩이와 더러운 물과 눈이 암흑의 대기 속으로 줄기차게 쏟아진다. 그리고 그 비를 맞은 대지는 썩은 냄새를 피운다.

케르베로스[1]라는 사납고 기괴한 짐승이 이 구정물과 얼음에 묻힌 자들 위에서 세 개의 목구멍으로 개처럼 짖어 댄다.

그 눈은 뻘겋게 핏발이 서고 털은 기름겨서 거무스름하다. 잔뜩 부른 배에다 칼날 같은 손톱으로 망자들을 할퀴고 뜯고 또 찢는다.

비바람 속에서 망자들은 개처럼 짖어 대며, 등을 돌려 배를 감싸고 배를 돌려 등을 감싼다. 이 비참한 모독자들은 뒹굴면서 몸부림친다.

우리를 보자 고약한 괴물 케르베로스는 세 개의 입을 벌려 엄니를 드러내고 사지를 온통 부르르 떨었다.

그러자 나의 길잡이는 손바닥을 펴서 한 웅큼의 흙을 게걸스러운 그 아가리 속으로 던져 주었다.

---

1) 케르베로스는 그리스 신화에 나타나는 지옥문을 지키는 개로 머리가 세 개 있다. 탐식을 하는 이 괴물이 현세에서 많이 먹은 죄를 범한 자를 마구 물어뜯어 벌을 주고 있다. 그것이 제3옥의 죄와 벌의 응보인 것이다.

마치 먹이를 달라고 짖어 대던 개가 먹이를 얻자 먹기에 정신이 **빠져**
얌전해지듯이

이 귀신 케르베로스의 고약한 얼굴도 갑자기 잠잠해졌다. 이제까지는
망자들이 차라리 귀머거리가 되었더라면 싶을 만큼 울부짖으며 질타하고
있었던 것인데.

억수 같은 비를 맞고 기죽어 있는 망자들 위를 우리는 건너갔다. 그 위를
디뎌도 그들의 몸이 허깨비라 아무것도 없는 것처럼 여겨졌다.

그들은 모두 땅 위에 누워 있었는데, 그 중 한 망자는 우리가 그 앞을
지나는 것을 보자 갑자기 몸을 일으켜 앉으려고 했다.

「여보게, 자네는 이 지옥을 돌아가는 모양인데」 하고 나에게 말했다. 「어
떤가, 나를 본 기억이 없나? 자네는 내가 죽기 전에 태어났었어.」

나는 그 망자에게 말했다. 「불안과 오뇌 때문에 자네의 용모가 변한 탓인
지 통 내게는 기억이 없구나.

헌데 자네는 누구지? 이토록 참혹한 곳에 들어와서 이런 벌을 받다니
이보다 더 가혹한 형벌이 또 어디 있겠는가. 」

그러자 그가 나에게 말했다.

「자네 고향은 지금 질투로 가득 차 있다. 금세 터질 것같이 되어 있으나
나는 피렌체가 깨끗했을 때 거기서 지냈다.

자네들 시민은 나를 두고 『돼지』 치아코라고 불렀다. 대식의 큰 죄 때문
에 자네도 보다시피 이렇게 비에 시달리고 있다.

비참한 혼은 나뿐이 아니다. 여기 있는 자는 모두 나와 똑같은 죄로 같은
벌을 당하고 있는 거다.」 하고 입을 다물었다.

내가 그에게 말했다. 「치아코, 자네의 비참한 꼴을 보니 마음이 무거워져
눈물이 나는구나. 허나 만약 알고 있다면 가르쳐 다오.[2]

---

2) 지옥에 떨어진 사람은 현세의 현재에 대한 것은 모르나 미래를 예언할
   능력이 주어져 있다(지옥편 10곡 참조). 이 능력을 상정했기 때문에 지옥
   편이 보다 재미있는 것이 되었다고 할 수 있을 것이다. 단테는 집필의
   시점에서는 이미 과거의 것이 된, 현실에 일어난 사건을 지옥 사람의 입을
   빌어 예언이라고 하여 말하게 하였으며, 가끔 이제껏 일어나지 않은 일을
   섞어서 말하게 한다. 그 후자는 주로 단테가 바라던 일이었지만 지금 말한
   그런 수법 때문에 후자의 예언까지 진실인 것처럼 느껴진다.

분열된 피렌체 시에서 누가 이 곳으로 떨어져 올 것인지? 올바른 자는 누구인지? 이유를 말해 다오. 왜 피렌체가 이토록 불화 반목에 사로잡혀 있는지를.」

그러자 그가 대답했다.「오랜 대립 끝에 비참한 유혈을 보게 되리라, 야인인『백(白)』당이 마구 매도하여 상대인『흑(黑)』당을 내몰 것이다.

그리고 태양이 삼 년 도는 동안에 이 백당이 몰락하고 지금 교묘하게 그 사이를 헤엄치고 있는 인물이 득세를 하여,[3] 그의 힘으로 상대인 흑당이 제패를 하게 되면 이번에는 오랫 동안 큰소리치며 다른 당을 압박할 것이다. 아무리 분개해 봤자 소용이 없으리라.

의인이 둘 있어도 시민들은 알아 주지 않을 것이다. 오만·질투·탐욕 이 세 가지가 시민들의 마음에 옮겨붙은 불꽃이니까.」

하며 한심스러워 눈물이 나는 이야기를 끝냈다

그래서 내가 그에게 말했다.「조금만 더 가르쳐 다오, 미안하지만 조금만 더 들려 다오.

그토록 고결했던 파리나타[4]며 데키아이오스, 야곱, 루스티쿠치, 알리고며 모스카 등 좋은 정치를 하려고 있는 힘을 다 짜내던 사람들은 어디 있는지, 내게 알려다오.

하늘이 그들을 위로하고 있는지 지옥이 괴롭히고 있는지 그것이 알고 싶어 가슴이 조이는 듯 하구나.」

그러자 그가 말했다.「그들은 더 검은 혼들 속에 있다. 갖가지의 죄의 무게로 그들은 밑바닥에 빠져 있다. 만약 거기까지 내려간다면 자네는 그들을 만날 수 있으리라.

---

3) 교묘하게 그 사이를 헤엄치고 있는 인물은 법황 보니파치오 8세. 그는 단테의 적대자로서 《신곡》을 통해 가끔 언급된다(지옥편 19곡, 지옥편 27곡, 연옥편 20곡 등을 참조).

4) 파리나타는 지옥편 10곡에서, 데키아이오스와 루스티쿠치는 지옥편 16곡에서, 모스카는 지옥편28곡에서 나타난다. 그러므로 이런 이름을 여기서 나타낸 것은 독자들이 미리 알아 두기를 바라는 뜻에서이다. 게르만 사람인 괴테의 《파우스트》와 달리 라틴 사람인 단테의 《신곡》은 굉장히 치밀하게 구성된 예술 작품이므로 앞뒤가 서로 연결되는 경우가 많아 정독하게 되면 흥미를 갖게 되는 경우가 그 때문이다.

그러나 자네가 아름다운 현세로 돌아가거든 부탁이니 모두에게 내 말 잘 전해 다오. 더이상 말 않겠네, 더이상은 자네에게 대답 않겠네.」

이렇게 말하고 나서 바로 보던 눈을 사팔뜨기처럼 하여 잠시 나를 바라보더니 고개를 숙이고 다른 장님들이[5] 있는 곳으로 곤두박질쳐 쓰러져 갔다.

그러자 길잡이가 나에게 말했다.

「천사의 나팔 소리가 울려 퍼질 날까지 그는 못 일어날 것이다.

그 때 죄의 심판자『그리스도』가 나타나면 혼들은 저마다의 슬픈 무덤을 다시 보고, 거기서 육체의 모습을 되찾아 영원히 울려 퍼지는 판결을 들으리라.」

이렇듯 미래에 대한 것을 조금 이야기하며 우리는 느린 걸음으로 망령과 빗물이 더럽게 뒤섞인 속을 나갔다.

그 곳에서 나는 물었다. 「스승님, 이 고통은 마지막 심판의 판결이 난 뒤에 커집니까, 덜어집니까, 아니면 지금과 마찬가지로 엄합니까?」

그러자 그가 대답했다. 「너의 학문[6]으로 돌아가거라. 그 학문의 체계에서는, 사물은 완전하면 할수록 그만큼 기쁨도 고통도 강하게 느껴진다고 되어 있다.

이런 저주받은 자들은 결코 참다운 완성에 도달하지는 않지만, 심판을 받은 뒤에는『육체를 회복하므로』전보다는 완전에 가까워진다.」

우리는 길을 돌아 나가는 동안 여러 가지 이야기를 나누었으나 여기서는 말 않겠다.

이윽고 우리는 아래로 내려가는 어귀에 이르렀다.

그리하여 그 곳에는 큰 적인 플루토[7]가 있는 것을 보았다.

---

5) 지옥은 빛이 없는 장님의 감옥이며, 지옥에 떨어진 사람들은 장님들이다.

6) 너의 학문이란, 아리스토텔레스, 토마스의 학문체계를 말한다. 아리스토텔레스는 그리스 어로부터 아라비아 어로 번역되어 회교 문화를 거쳐, 다시 라틴 어로 번역, 중세기 말 유럽에 재 수입되었다. 지옥편 4곡에 있는 주석학자 중에 아라비아 이름으로 이븐 루슛도라는 아베로에즈(1126~1198)등이 포함되어 있는 것은 그 때문이다.

7) 플루톤(지옥 하층계의 신)과 플루토(재보의 신)가 중세에서는 혼동되었다고 한다.

제 7 곡

비르질리오에게 질타당하여 플루토가 쓰러지자 두 사람은 제4옥으로 내려간다. 그 곳은 욕심쟁이 무리와 낭비의 무리가 둥근 꼴로 생긴 길 위를 무거운 짐을 굴리면서 소용돌이처럼 서로 반대 방향을 향해 달리고 있었다. 둥근 꼭대기의 한 지점에 이르면 서로 만나자마자 욕질하고 두들기고 하다가 끝내는 양쪽 다 도로 오던 길로 되돌아가는데, 또 서로 부딪는 지점에서 만나게 되면 두들기고 욕을 퍼붓는다. 비르질리오는 표리를 이루는 탐욕과 낭비 두 가지의 죄에 대해 설명을 하고 다시 운명이 무엇인가를 논한다. 두 사람은 스티지 늪에 이르러, 거기서 성을 내며 날뛰는 자와 불만을 가슴에 품은 자의 혼을 본다.

「파페 사탄, 파페 사탄 알레페[1]」 하고 플루토가 쉰 목소리로 외쳐 댔다. 그러자 무슨 일에나 눈치 빠른 현자가 상냥하게 나를 위로하며 말했다.

「겁을 먹고 기가 질릴 필요는 없다. 그 놈에게 아무리 힘이 있더라도 우리가 바위에서 내려가는 것을 방해는 못할 것이다.」

그리고 플루토의 성난 얼굴을 향해 말했다. 「닥쳐라, 저주받은 이리야, 너는 네 노여움으로 네 스스로를 불태워 버려라.

우리가 어두운 골짜기로 내려가는 데는 까닭이 있다. 그곳은 〈대천사〉 미가엘이 주께 거스른 자를 퇴치한 장소, 이는 곧 천상의 뜻인 것이다.」

한껏 바람을 받아 부풀었던 돛이, 돛대가 부러지자 돛이 축 늘어져 떨어지듯,

흡사 그 꼴과 같이 맹수도 털썩 땅에 쓰러졌다.

이렇듯 우리는 제4옥으로 내려갔다.

온 누리의 죄악을 그 속에 간직한 음산한 벼랑을 따라 나아갔다.

아, 주의 정의여!

내가 여기서 보는 전대 미문의 벌과 고통을 누가 이토록 모을 수 있을

---

1) 플루토가 노하는 말인데, 해석은 여러 가지 설이 분분하여 명확한 뜻은 모른다.

까? 왜 인간의 죄는 인간을 이토록 파멸시키는 걸까?

소용돌이치는 메시나[2] 해협에서 파도는 파도와 부딪쳐 부서지는데, 그 파도와도 흡사하게 여기 있는 자들은 소용돌이를 치며 춤을 추고 있다.

보니 여기는 딴 데보다도 많은 사람이 있다. 이쪽에서도 저쪽에서도 소리치면서 가슴으로 떼밀어 서로에게 무거운 짐을 굴리고 있다.

그들은 맞부딪치자마자 서로 치고받고 하다가 오던 길로 그 짐을 다시 굴려 가면서 욕지거리를 한다.

「왜 또 왔느냐?」

「왜 낭비했느냐?」

이렇게 하여 반대 방향으로 이리 도는 자도, 저리 도는 자도 창피스런 욕지거리를 퍼부어 대면서 암흑의 골짜기를 따라서 돈다.

그리하여 그 지점에 이르면 맞부딪쳐 발길을 돌리고, 또 다음 충돌 때문에 저마다 반원을 되돌아간다.

나는 너무나 불쌍하여 가슴이 미어질 것만 같았다.

「아, 스승님. 가르쳐 주십시오, 이 사람들은 누구입니까. 우리 왼편에 있는 까까머리들은 모두 성직자입니까?」

그러자 스승이 말했다. 「그들은 모두 몹시 마음이 비뚤어졌기 때문에 현세에서는 도저히 돈을 유효하게 쓸 줄을 몰랐었다.

표리를 이루는 죄에 따라 저 자들은 옥의 두 지점에서 갈라져 있다. 그 지점에 이르렀을 때,

그들이 외치는 소리로 그걸 뚜렷이 알 수 있으리라.

저기 앞쪽의 머리카락이 없는 자들은 본디 성직자였다. 생전에 법황과 추기경이었던 자도 있다. 탐욕이 많은 자들이다.」

나는 말했다. 「스승님, 악에 물든 더러운 이 자들 중에 몇 명쯤은 반드시 내가 아는 자도 있을 것입니다.」

그러자 스승이 말했다. 「그런 건 부질없는 생각! 분별 없는 생활을 해서 더럽혀진 그들은 이제 분별을 못할 만큼 얼굴이 시꺼멓게 칠해져 있다.[3]

그들은 영원히 저 두 지점에서 부딪치는 거다. 이 『탐욕스런』 자들은

―――――――――――――

2) 이오니아 해에서 몰리는 파도와 티레니아 해에서 몰리는 파도가 메시나 해협에서 부딪친다. 원문에서의 지명은 카리디스로 되어 있다.

무덤에서 손을 꽉 쥔 채 부활한다. 저『낭비자』패들은 머리털까지 잘려서 부활하게 되리라.

죄악을 뿌리거나 죄악을 모으거나 했기 때문에 그들은 아름다운 나라에 들어가지 못하고 이렇게 서로 싸우는 처지가 되었다.

그것이 어떤 싸움인지 꾸밈없이 이야기하겠다.

운명을 걸고까지 부귀를 싸고 사람들은 서로 싸우는데 아들아, 지금 너는 알았으리라, 그러한 것은 결국 순간의 희롱이다.

지금 달빛 아래 있는 모든 황금이나 전에 있던 황금이 이 지쳐 빠진 망자의 누구 한 사람에게도 평안을 줄 수는 없는 것이다.」

「스승님」 하고 나는 말했다. 「이 기회에 가르쳐 주십시오. 스승께서 지금 말씀하신 이 운명이란 무엇입니까. 이처럼 이 세상의 부귀를 장악하고 있는 운명이란 무엇입니까?」

그러자 스승이 말했다. 「아, 미련하도다, 인간이란 어찌 이토록 어리석단 말인가! 너에게 내가 아는 이치를 알려 주마.

그 지혜가 모든 것을 초월하는 분(주)께서 하늘을 만드시고 거기다 지도하는 천사를 임명하셨다.

때문에 평등하게 빛을 나누면서 하늘은 서로 마주 빛나고 있다.

그것과 마찬가지로 세속의 광휘에 대해서도 그것을 전적으로 맡아보는 『운명이라는』 여인에게 지휘를 명하여 헛된 부귀가 세월의 흐름에 따라 어떤 민족에서 다른 민족으로, 어떤 혈족에서 다른 혈족으로 인간의 힘으로는 막을 수 없는 힘에 의해 옮아지도록 정해져 있다.

그래서 이 여인의 선고에 따라 어떤 자는 번영하고 다른 자는 망하는 것인데,

그 선고는 풀 속의 뱀처럼 밖에서는 눈에 보이지 않는다.

인간의 지식도 운명에는 못 당한다.

운명이라는 여인은 다른 신들이 자기 영토를 다스리듯, 자기 세력 범위에서는 모든 일에 대비하여 결재하고 처리한다.

---

3) 분별 없는 생활을 해서 더럽혀진 그들은 이제 분별을 못할 만큼 얼굴이 새까맣게 칠해져 있다. 이것도 하나의 응보의 예이다. 특히 검정은 서양에서도 **나쁜** 색깔이다.

운명은 쉴새 없이 모습을 바꾼다. 필연은 운명을 그처럼 빨리 움직이게 만든다. 그러므로 인간의 유전은 이토록 심한 것이다.

이것이 운명이라는 여인이다. 그녀에 대한 원성은 운명을 찬양해야 마땅할 자로부터 나온다. 엉뚱한 비난이다. 비뚤어진 말이다.

그러나 그녀는 축복받고 있으므로 욕지거리에는 귀기울이지 않는다. 다른 시초에 만들어진 자(천사)들과 함께 즐거운 듯이 운명의 테를 돌리며 행복을 즐기고 있다.

자, 좀더 불쌍한 쪽으로 내려가자. 내가 떠날 때 돋았던 별들이 모두 벌써 지는구나, 더이상 여기 머무를 수는 없다.」

우리는 옥을 가로질러 안쪽 벼랑에 이르렀다. 그 밑에는 못이 있었는데, 끓는 물이 넘쳐서 못에서 갈라진 도랑으로 흘러들어가고 있었다.

물은 색이 짙다 못해 까맣게 흐려져 있었다. 우리는 검게 흐린 이 흐름을 타고 인적이 없는 길을 따라 아래로 내려갔다.

이 구슬픈 강물은 흘러 검실검실하고 음울한 벼랑 밑에서 스티지라는 이름의 늪으로 되었다.

눈여겨보려고 내가 조심스레 멈추어 서자, 그 늪 속에 잠긴 진흙투성이 사람들이 보였다. 모두 벌거숭이로 얼굴에는 노기를 띠고 있다.

모두 서로 손으로 때릴 뿐 아니라,

머리와 가슴으로 부딪고 발로 찬다.

이빨로 갈기갈기 상대방의 살점을 물어뜯는다.

스승이 말했다. 「아들아, 잘 보아 둬라. 분노를 이겨내지 못한 자들의[4]

---

4) 음성적 불만이 있었던 자에 대한 응보의 예. 그래서 응보는 이탈리아 어로 contrapasso라고 하는데, 성서에도 있는 『되로 받은 것은 되로, 말로 받은 것은 말로 갚는다』라는 말로서 《신곡》은 단테가 신을 대신해서 심판을 내리고 있는 작품이라고도 볼 수 있다. 그래서 동시대 사람인 티노 다 피스토이아가 말한 다음과 같은 비난의 구절이 있다. 『이 단테의 책은 요컨대 시인의 이단적 행위이다. 감언으로써 남의 관심을 그리로 끌어들여 남을 자기 권위 아래 놓으려 하는 것이다.』 단테는 소장파를 옹호한 정치가였다. 그러한 그가 정변에 의해 갑작스레 국외 추방을 당하게 되었다. 뛰어난 능력이 있고 자신감 있는 사람이었던 만큼 가슴속은 정의감에 불타고 또한 원한이 서려 있었으리라 짐작된다. 단테는 그 원한을 지옥편의 시로써 풀었다.

혼이다. 잘 알아 두도록 해라.

이 물 밑에서도 한숨을 쉬고 있는 자들이 있다. 그래서 수면에 거품이 인다. 어디를 봐도 거품이 보이잖느냐.

진흙에 묻힌 자들의 넋두리다. 『우리는 쓸쓸했다. 햇빛이 비치는 즐겁고 아름다운 대기 속에서도 마음속엔 불만이 잔뜩 있었다. 지금 시커먼 수렁 속에서도 우리는 우울하다.』

이런 소리를 중얼거리고 있다. 저들은 똑똑히 말할 수 없기 때문이다.」

이렇듯 진흙을 삼키는 못 속의 사람들에게로 눈을 돌리면서 우리는 더러운 늪가를 돌아 물가에서 마른 둑에 이르는 데까지 걸어나가,

마침내 어느 탑 밑에 이르렀다.

제 8 곡

탑에 불이 켜지고 신호가 오자마자 늪의 뱃사공 호레지어스가 배를 저어와서 비르질리오와 단테를 태워 기슭으로 데리고 간다. 늪 중간에서 울부짖는 휠립보 아르젠티의 미쳐 날뛰는 꼴을 본다. 두 사람은 그로부터 지옥의 하층인 디데에 이른다. 천여 명의 악마가 성문을 닫고 그들이 들어오는 것을 거부한다. 비르질리오의 표정에는 근심의 빛이 짙다. 여기는 지옥의 제5옥이다.

계속해서 말하리라. 높은 탑 밑에 이르기 훨씬 앞서부터 우리들의 눈은 탑 꼭대기에 못 박히었다.

두 개의 조그만 불이 켜지는 것이 보였는데, 더구나 그것을 따라 다른 불 하나가 육안으로 알아보기 어려울 만큼 먼 곳에서 신호하는 것이 보였던 것이다.

그래서 나는 지식의 바다라고도 할 수 있는 스승에게 말했다.

「이 불은 무엇을 뜻합니까? 저쪽 불은 무엇을 답하고 있습니까? 저 불꽃들은 누가 만들었습니까?」

그러자 스승이 말했다. 「늪의 수증기가 시야를 막지 않았던들 이 흐린

물결 위를 지금 무엇이 오고 있는지 너는 벌써 알 수 있었을 것이다.」

힘껏 시위를 당겨서 쏜 화살이라도 이처럼 날쌔게 공중을 치달리지는 않았을 것이다.

순식간에 조그만 배 한 척이 물을 건너 우리들 쪽으로 다가온다.

노젓는 사공 한 사람이 외쳤다.

「이제 잡았다, 흉악한 죽은 놈을!」

「호레지어스,[1] 호레지어스, 이번만은.」 하고 나의 스승이 말했다. 「큰소리 쳐 봤자 소용 없다. 우리가 네 신세를 지는 것은 늪을 건너는 동안뿐이다.」

마치 큰 속임수를 곧이듣고 속았던 자가 뒷날까지 그걸 꽁하게 여기듯이 호레지어스는 노여움을 참고 입을 다물었다.

길잡이는 배 안에 내려서자 이어서 나를 그 곁으로 인도했는데, 내가 탔을 때 비로소 짐을 실은 듯 배는 기우뚱[2]했다.

스승과 내가 타자마자 고색 창연한 뱃머리는 여느 때보다 깊숙이 물을 가르며 나아갔다.

우리가 죽음의 늪을 건너가는 도중 눈앞에 진흙투성이 사나이가 하나 버티고 서서 외쳤다. 「너, 시간도 되기 전에 온 놈은 누구냐?」

내가 그에게 대답했다. 「오기는 왔으나 오래 있지는 않겠다. 그렇게 흉측한 꼴을 한 너야말로 누구냐?」

그가 대답했다. 「보다시피 나는 울고 있는 영혼이다.」

그래서 내가 말했다. 「울든 후회를 하든 너 같은 나쁜 자는 여기에 남기 마련이다. 그런데 더러워지긴 했으나 네 얼굴은 낯이 익다.」

그러자 그가 뱃전으로 두 손을 내밀었는데 스승은 재빨리 사내를 떠밀고 「개와 함께 냉큼 저리로 꺼져라!」 하며 내 목에 팔을 감고 내 볼에 입맞추

---

1) 호레지어스는, 그리스 신화 속에서는 노여움에 겨워 델포이의 아폴로 신전 을 불태운 인물인데, 여기서는 지옥의 스티지 강 사공으로서 등장한다. 그는 단테를 지옥으로 떨어져 온 망령으로 착각한 것이다.

2) 단테에게는 육체의 체중이 있기 때문에 혼뿐인 비르질리오가 탔을 때와는 달라서, 그가 탔을 때 비로소 짐을 실은 것같이 배가 기우뚱했다는 것이 다. 단테에게는 자연 과학자의 측면이 있어 이런 종류의 관찰이 종종 행해 지고 있다. 그러한 세부적인 스케치가 시에 구체성을 주고, 과학적인 시정 이라는 것을 아울러 전하고 있다.

며 말했다.

「의분의 혼[3]이여, 너를 잉태한 분(어머니)께 축복 있으라!

저 놈은 현세에서 거만한 사내였다.

이름을 남길 만한 선행은 아무것도 남아 있지 않다. 그래서 저 놈의 혼은 여기서 저렇게 미쳐 날뛰는 거다.

지금 임금이라 칭하며 큰소리치고 있는 자들 중에도 무서운 악평을 현세에 남겨 장래엔 여기서 돼지처럼 진흙투성이가 될 자가 많을 것이다.」

그래서 나는 말했다. 「스승님, 이 늪에서 나가기 전에 저 놈이 이 더러운 늪 속에 빠지는 꼴을 보고 싶습니다.」

그러자 스승이 나에게 말했다. 「저쪽 언덕이 보이기 전에 너의 소망은 이루어지리라. 그런 소망이 이루어지는 건 좋은 일이다.」

사실 그러고 얼마 안 되어 진흙투성이 사내들이 우르르 몰려들어 그를 갈기갈기 찢는 것이 보였는데 그 점에 대해 나는 지금도 주께 감사하고 주를 찬미하고 있다.

모두들 외쳤다. 「휠립보 아르젠티!」 그러자 그 미쳐 날뛰던 피렌체의 망자는 이를 갈며 제 몸을 물어뜯었다.

그리하여 그 자리를 떠났으니 그에 대한 말은 하지 않으리라. 그 때 아비 규환이 귓전을 때리기에 나는 눈을 크게 뜨고 앞쪽을 응시했다.

스승이 친절하게 가르쳐 주었다. 「아들아, 드디어 디테라는 마을에 가까이 왔다. 죄가 무거운 망자들이 대군(大軍)에 들러싸여 살고 있다.」

나는 말했다. 「스승님, 벌써 저 둥근 지붕의 회교 사원[4]이 저 골짜기 속에 또렷이 보입니다. 마치 불길 속에 꺼낸 것처럼 새빨갛군요.」

스승이 말했다. 「이 지옥의 밑바닥에서 네가 보는 바대로 저 속에서 타오르고 있는 영원의 불이 사원을 빨갛게 비추고 있다.」

이럭저럭하는 동안에 우리는 깊은 골짜기 속으로 들어갔다. 골짜기가

---

3) 『의분의 혼이여』 하고 비르질리오가 단테에게 말했는데 《신곡》은 단테라
   는 상처받은 혼의, 불같이 심한 노여움의 문학이라는 측면을 갖고 있다.
   거기에 사적인 제재의 요소를 인정하고, 특히 이런 단테의 가차 없는 태도
   가, 그리스도교의 이웃을 사랑하라는 교훈에 위배되는 것이라 생각하는
   사람도 있다.

이 위로 없는 마을을 둘러쌌고, 보기에 그 성벽은 쇠로 된 것 같았다.

꽤 오래 저어나간 끝에 우리는 어느 기슭에 이르렀다. 거기서 사공이 무뚝뚝하게 소리쳤다. 「내려라, 여기가 마을 입구다.」

하늘에서 비처럼 떨어진 자(악마)가 천여 명이나 문 위에 보였다. 그들은 저마다 소리를 질렀다.

「누구냐, 죽지도 않은 주제에 죽은 자의 왕국을 활보하는 놈이?」

그러나 총명한 스승은 눈짓을 하고 조용히 그들과 이야기를 하려 했다.

그랬더니 악마들은 모멸의 빛을 다소 풀며 말했다. 「오겠다면 너만 오너라, 저 놈은 가도록 해라. 대담하게 용케도 이 나라에 들어왔지.

미친 노릇이야, 오던 길을 혼자 멋대로 돌아가렴. 갈 수만 있다면 어디 돌아가 봐라. 알겠나, 이 컴컴한 나라로 저 놈을 안내한 너는 여기 남아야 한다.」

읽는 이여, 생각해 보시라, 이 저주스러운 말을 듣고 내가 기운을 잃지 않았겠는가 어떤가를. 나는 지상으로 살아 돌아갈 희망이 이제 없을 것만 같았다.

「오, 길잡이의 스승님, 스승께서는 일곱 번 이상이나 나에게 안전을 보증하셨습니다. 그리고 내가 난국에 직면했을 때 나를 구해 주셨습니다.

버리지 말아 주십시오. 스승님, 나는 어떻게 해야 할지 모르겠습니다. 만약 이 이상 앞으로 갈 수가 없다면 곧 함께 오던 길로 되돌아가십시다.」

---

4) 지옥의 하층계 속의 건물이 둥근 지붕인 회교식 사원인 것은, 당시의 회교도 세력의 진출을 그리스도 교도인 단테가 두려워하고 있었기 때문에 선정된 무대 장치이다. 이전에 십자군이 점령한 동방의 거점은 13세기를 통해서 거듭 회교도의 수중으로 떨어져 갔으나, 그리스도 교계(敎界)는 내부 분열 때문에 그것에 대항을 못하고 있었다. 단테는 그러한 사태에 상심을 하고 있었던 것이다. 카아라일은 〈영웅 숭배〉 속에서 이 『새빨간 둥근 지붕의 사원』에 대해 『선명하고 명료하여 한번 보면 영원히 기억된다』라고 했고, 그 점에서 단테의 천재성을 인정하고 『단테에게는 간결함과 급격한 정밀함이 있으며…… 본질을 찌른 한 구절을 말했나 하면 침묵이 이어져 더이상 한 마디의 말도 없다. 그러나 그 침묵은 많은 말을 거듭한 이상으로 웅변이다』라고 했고, 『얼마나 날카롭고 선명한 솜씨로 그(단테) 는 사물의 실상을 후벼내는지 모르겠다. 그는 마치 불의 붓으로써 사물의 핵심을 찌르는 것 같다』고 단테의 필법에 경탄하고 있다.

그러자 거기까지 나를 인도한 스승이 말했다.

「염려 하지 마라, 우리들의 앞길은 아무도 막지 못한다. 이것은 그 어른의 뜻이다.

여기서 나를 기다리고 있거라, 정신이 몹시 지친 것 같은데 희망은 틀림 없다. 기운을 내어라. 나는 너를 이 하계에다 버려 두지는 않겠다.」하고는 떠나갔다.

이렇게 하여 상냥한 아버지가 나를 두고 가 버렸으므로 나는 불안에 사로잡혀 옳은지 그른지 마음속에 의심이 생겼다.

스승이 그들에게 하는 말을 알아들을 수는 없었으나 스승은 거기서 그들과 길게 이야기하지는 않았다.

악마들은 앞을 다투어 마을로 돌아갔다.

이 적들은 스승의 눈앞에서 거칠게 성문을 닫았다. 밖에 혼자 남겨진 스승은 느린 걸음으로 나에게로 되돌아왔다.

시선을 땅에 떨어뜨리고 미간에는 활기가 없이 한숨지으며 스승은 되풀이 하여 탄식했다. 「이게 웬일이람, 내가 비탄의 마을에 들어가는 걸 거부하다니!」

그리고 나에게 말했다. 「너, 내가 상심하더라도 당황해서는 안 된다. 설사 저 속에서 어떤 자가 방해를 할지라도 나는 반드시 시련을 이겨 보이겠다.

그들의 이 불손한 행위는 새삼스러운 일이 아니다.

그들은 전에도 지옥의 바깥 문에서 분수에 맞지 않는 짓을 했다. 그러므로 바깥 문[5]은 지금도 빗장 없이 열려진 채이다.

그 문에는 너도 보았지만 죽음의 글이 새겨져 있었다. 그리고 벌써 그 문을 지나 안내자도 없이 옥에서 옥으로 언덕길을 지나 한 사람의 『하늘의 사자』가 내려온다.

그분의 힘으로 이 마을의 문은 열릴 것이다.」

---

5) 지옥편 3곡의 글귀가 있는 문이 지옥의 바깥 문이다.

제 9 곡

　　단테도 걱정이 되어 두려움의 빛이 얼굴에 나타난다. 비르질리오가 예전에
지옥 밑바닥으로 내려갔던 체험을 그에게 이야기하는 동안, 세 명의 지옥의
복수의 여신이 탑 위에 나타난다. 천장에서 사자가 내려와 스티지 강을 건너
지옥의 안쪽 문 앞에 서서 지팡이로 쳐서 문을 연다. 사자는 악마들을 야단
치고 단테는 거들떠 보지도 않고 떠나간다. 제6옥인 그 문 안으로 단테가 들어
가니 여기저기에 무덤이 있고, 불길이 뿜어 나온다. 그 속에서는 이교 이단의
무리가 교파에 따라 묻혀서 불태워지고 있다.

　스승이 되돌아오는 것을 보고 두려움의 빛이 내 얼굴에 나타나자 스승은
그걸 깨닫고 곧 표정을 부드럽게 하여 엿듣는 이처럼 신경을 쓰며 걸음을
멈추었다.
　하늘은 어둡고 안개가 짙어 눈앞이 전혀 보이지 않았다.
　「어떻게 해서든지 이 싸움에는 이겨야 한다.」고 스승이 말하였다. 「그렇지
않고는……아냐, 그 어른의 분부이시다. 아, 왜 이리 늦는가. 빨리 오셔야
할 텐데!」
　스승이 앞에 한 말을 그것과는 뜻이 다른 다음 말로 숨기며, 말꼬리를
흐려 버린 것을 나는 알 수 있었다.
　그러나 그래도 여전히 스승의 말이 나에게는 무서웠다. 어쩌면 끊어진
말을 내가 내멋대로 나쁘게 해석했는지도 모르지만.
　「벌로서 『승천할』 희망이 끊긴 『림보의』 자로서 일찍이 이 비참한 심연의
밑바닥을 향해 제1옥에서 내려간 자가 있습니까?[1]」 하고 내가 묻자 스승이
대답했다.
　「지금 내가 가는 길을 가는 자는 좀처럼 없다. 하기는 내가 전에 한번
이 밑엘 내려갔었다.
　엘리튼에게 불려 갔었는데, 이 사정 없는 여인은 마법으로 망령을 그

---

1) 불안해진 단테는 비르질리오가 지옥의 지리와 사정을 실제로 알고 있는지
　　를 간접적으로 물은 것이다.

육체 쪽으로 부르는 것이다.

내가 육체를 떠난 지 아직 얼마 되지 않은 무렵이었는데 유다의 옥[2]에서 혼 하나를 빼내기 위해

이 여인은 나를 그 성벽 속으로 데리고 갔다.

그 옥은 맨 밑에 있는 곳이라 제일 어둡고 만물을 둘러싸는 하늘로부터는 제일 멀다. 그 길은 내가 잘 알고 있으니 마음 놓아라.

이 고약한 냄새를 피우는 늪으로 둘러싸여 있는 한탄의 마을에는 마음을 괴롭히지 않고서는 들어갈 수가 없는 것이다.」

스승은 그 밖에도 무슨 말을 했으나 기억이 없다. 높은 탑이 나의 눈과 마음을 빨아들였기 때문이다.

세 명의 피로 물든 지옥의 복수의 신이 재빨리 일어섰다.

그 모습과 태도는 여자다웠고 허리에는 짙은 녹색 바닷뱀을 띠로 감았으며, 머리에는 새끼뱀과 뿔난 뱀이 돋아나 무서운 형상으로 관자놀이에 칭칭 감겨져 있었다.

영원의 가책인『지옥』여왕의 시녀들인데, 그것을 재빨리 알아본 스승이 말했다.

「보라, 흉악 무참한 에리네들을.

왼편에 있는 것이 메게라, 오른편에서 울고 있는 것이 알렉토, 티시포네는 가운데 있다.」하고 스승은 입을 다물었다.

그녀들은 저마다 손톱으로 가슴을 쥐어뜯고 손바닥으로 제 몸을 치며 고함을 질러 나는 무의식중에 시인 곁에 바싹 붙어섰다.

「고르곤아, 나오너라, 저 놈을 돌로 만들어 주자.」여인들은 모두 아래를 들여다보며 외쳤다.「테세우스에게 습격당했을 때 복수하지 못한 것이 잘못이로다.」

「너, 뒤로 돌아 눈을 감고 얼굴을 감추어라. 만약 고르곤이 나타나 눈에 뜨이는 날에는 두 번 다시 지상으로는 못 돌아간다.」

스승은 이렇게 말하고 손수 나를 뒤로 돌려 내 손을 대지 못하도록 자기 손으로 내 얼굴을 가렸다.

아, 당신네 건전한 지성의 소유자여, 불가사의한 시구의 너울 밑에 숨겨진

---

2) 유다의 옥(주데카), 지옥편 34곡을 참조.

교의(教義)를 간파해 다오.

　갑자기 무시무시한 폭음을 동반한 먹구름이 더러운 물살을 일으키니, 지옥의 양쪽 기슭은 부르르 떨었다.

　그것은 마치 한기와 열기가 부딪쳐 질풍이 발하는 소리와도 같았다. 종횡 무진으로 숲을 때려눕혀 가지를 꺾고 둥치를 넘어뜨리며 잔가지를 날린다. 앙연히 나아가는 그 앞길에는 먼지가 일고 짐승도 목동도 달아난다.

　눈에서 손을 떼고 스승이 말했다. 「자, 연기가 가장 짙은 태고의 물거품을 찬찬히 보라.」

　개구리가 뱀을 만나면 정신 없이 물 속에 뛰어들어 바닥에서 납작하게 등을 움츠리는 법인데,

　그 꼴과도 흡사하게 천도 넘는 광란 상태의 망자들이 이리저리 도망치는 꼴을 나는 보았다.

　그 뒤에서 한 사람이 발바닥도 적시지 않고 스틱지 강을 건너온다.

　왼손을 연신 얼굴 앞으로 쳐들어 흐린 안개를 뿌리치고 있었는데, 그것만이 귀찮고 성가신 것 같다.

　이분이 하늘의 사자임을 곧 알 수 있었기 때문에 나는 스승 쪽을 돌아보았다. 스승은 나더러 입을 다물고 사자에게 인사하라고 눈짓했다.

　아, 사자는 잔뜩 화가 난 모양이다. 문 앞에 이르자 지팡이로 두들겼다. 문은 아무런 저항도 없이 순순히 열렸다.

　「오, 천상에서 쫓겨난 더러운 자들아.[3]」

　사자는 무서운 문지방 위에 서서 입을 열었다.

　「어찌하여 너희는 이토록 교만한 마음을 갖느냐?

　어찌하여 그분의 뜻에 거스르느냐? 그 뜻이 성취되지 않았던 예는 일찍이 없다. 여러 차례 혼이 난 너희는 잘 알고 있을 것이다.

　율법을 거역하여 어찌겠다는 거냐? 알고 있겠지, 너희 동료인 케르베로스는 그 때문에 턱과 목에 걸쳐서 털이 빠진 것이다.」

　이렇게 말하자 마치 다른 일에 몰두하느라 정신이 팔려 눈앞의 사람에겐 아랑곳없는 사람처럼 사자는 더러운 물길을 되돌아갔다.

----

　3) 악마가 예전에는 모두 하늘에 있었는데, 하느님을 거역했기 때문에 하늘에서 쫓겨나 비처럼 떨어졌던 것이다.

이렇듯 거룩한 말에서 확신을 얻어 우리는 한발 한발 그 마을로 다가가 아무런 방해도 받지 않고 그 안으로 들어갔다. 이와 같은 성채에 둘러싸인 내부의 광경을 한번 보았으면 하고 전부터 원하고 있던 나는 안에 들어서자 곧 주위를 살펴보았다.

오른편에도 왼편에도 고뇌와 가책으로 가득 찬 광장이 열려 있는 것이 보였다.

로느 강물이 고여서 늪을 이룬 아를리[4]며 이탈리아의 북쪽 끝을 막고 국경을 씻어 주는 과르나로 만에 가까운 폴라 근방이 온통 무덤으로 뒤덮인 것처럼 여기서도 그 벌판을 보니 다만 무덤의 모습만이 더한층 비참하였다.[5]

무덤과 무덤 사이로부터 불꽃이 내뿜어 그 때문에 무덤이 깡그리 타고 있는데 대장간에서라도 쇠를 이토록 달구지는 않으리라 싶었다.

무덤의 뚜껑은 모조리 쳐들리고 참으로 애처로운 한탄 소리가 새어나온다. 무척이나 비참하게 상처받은 자들의 목소리다.

그래서 내가 말했다. 「스승님, 저 무덤 속에 묻혀서 애처롭게 한탄하는 자들은 도대체 누구입니까?」

스승이 말했다. 「이단자와 그 제자들은 어느 종파에 속한 자건 모두 여기에 있다. 무덤 속에 파묻힌 자의 수는 네가 상상하는 이상이다.

비슷한 자들끼리 같이 묻혀 있다. 무덤은 열도의 차이는 있을망정 뜨겁게 타오르고 있다.」

이렇게 말하고 스승이 오른편[6]으로 돌아가므로 우리는 불을 뿜는 무덤과

---

4) 로느 강 서쪽에 위치하는 프랑스의 도시 아를리에는 지금도 로마 인들의 무덤이 남아 있는데, 단테가 살았던 시대의 전설에 의하면, 샤를르 마뉴의 군대가 회교도와 싸워서 많은 전사자를 내었을 때, 하룻밤 사이에 신의 뜻에 의해 많은 무덤이 생겼다고 한다.

5) 지옥편 10곡에 언급되어 있는, 영혼도 육체와 함께 사멸한다고 믿고 있던 에피쿠로스의 무리가, 육체가 죽은 뒤에도 혼이 죽지 않고 이러한 무덤 속에서 불타고 있기 때문에 특히 『더한층 비참하였다』고 말했던 것이리라고 해석되고 있다.

6) 지옥으로 내려갈 때는 보통 왼편으로 돌아간다. 여기와 지옥편 17곡의 경우는 예외이다.

높은 성벽 사이를 지나갔다.[7]

제 10 곡

　제6옥의 불을 뿜는 무덤 사이의 오솔길을 걸어가는 단테를 향해 한 무덤 속에서 부르는 소리가 들려 온다. 파리나타 데리 우벨티가 지옥을 비웃는 듯이 가슴을 젖히고 서 있다. 단테와 파리나타가 말을 주고받자 카발칸티가 아들의 소식을 묻는다. 파리나타는 단테의 쓰라리고 고통스러운 미래를 예언하고, 아울러 지옥에 떨어진 자의 예언의 능력에 대해 설명한다.

　마을의 성벽과 불을 뿜는 무덤 사이의 숨은 오솔길을 스승은 지금 나아간다. 그리하여 나는 그 뒤를 따라간다.

　「스승님, 스승님은 신을 두려워하지 않는 자들이 떨어진 곳을 돌아 나를 안내해 주십니다만, 만약 괜찮으시다면 내 소원대로 이야기해 주시지 않겠습니까?

　이 무덤에 누워 있는 사람들을 볼 수가 있을까요? 벌써 뚜껑은 모두 쳐들려 있습니다. 그런데 아무도 지키고 있질 않습니다.」

　그러자 그가 말했다. 「모두 『마지막 심판이 끝나』 지상에 남기고 온 송장과 함께 여호사밧[1]에서 돌아오면 무덤은 닫혀진다.

　무덤 앞쪽 구획에는 영혼이 육체와 함께 사멸한다고 풀이한 에피쿠로스와 그의 제자들이 묻혀져 있다.

---

　7) 『디테 성 안으로 들어갈 때의 저항과 적군이 지키는 요새에서의 담판 비슷한 교섭이며 입성 거절, 비르질리오의 동요며 단테의 불안, 그의 조심스러운 질문, 복수의 여신과 신의 사자, 도망치는 망자……. 그러한 것들은 극히 극적인 복잡한 전개로서, 우의적인 뜻을 포함하고 있겠지만, 이 정경 또한 극히 효과적이고 시적이다.』 크로체의 〈단테의 시〉 중에서.

　1) 여호사밧은 예루살렘 근처로, 이 곳에서 최후의 심판이 행해지게 되어 있다.

그러니까 네가 한 질문의 답은 이 안에 들어가면 곧 나올 것이다. 네가 말하지 않은 소원[2] 또한 이루어지리라.」

그래서 내가 변명했다.[3]

「스승님, 친절하게 인도하시는 스승님에게 내 마음을 숨기지는 않습니다. 다만 미리부터 주의하라 하셨기 때문에 말수가 지나치지 않도록 조심을 하고 있었을 뿐입니다.」

「오, 토스카나 인이여. 자네는 이 불의 마을을 산 몸인 채 아주 점잖게 말하면서 지나가는데, 괜찮다면 여기 잠깐 머물러 주지 않겠나.

자네 말씨로 미루어 분명 자네는 저 고귀한 나라 『피렌체』 출신인 것 같은데 아무래도 나는 생전에 그 나라에 너무 폐를 끼친 것 같다.」

갑자기 이런 말이 한 무덤에서 들려왔다. 그래서 겁을 먹은 나는 길잡이 쪽으로 몸을 바싹 붙였다.

그러자 길잡이가 말했다. 「저쪽을 봐라. 뭘하고 있나. 저기 파리나타가 일어섰다. 허리서부터 위는 모두 보인다.」

나는 곧 얼굴을 돌려 그의 얼굴을 응시했다. 그는 지옥을 조롱하듯 가슴을 젖혀 얼굴을 쳐들고 서 있었다.[4]

길잡이는 대담하게 재빨리 두 손으로 나를 무덤 사이에서 그의 쪽으로 떠밀며 주의를 주었다. 「말을 잘 선택해서 해야 한다.[5]」

내가 그의 무덤 앞으로 가자, 그는 잠시 나를 쳐다본 다음, 마치 얕잡아보듯이 물었다. 「너희 조상은 누구누구냐?」

---

2) 비르질리오는 단테가 사양해서 말하지 않았던 것(지옥편 6곡에서 언급이 있었던 파리나타를 만나고 싶다는 소망)도 짐작을 하고 대답한 것이다.

3) 단테는 지옥편 3곡에서 비르질리오에게 꾸중을 들은 일이 있다.

4) 파리나타의 몸은 반쯤 무덤 속에 감추어져 있다. 단지 가슴과 얼굴만이 밖에 나와 있을 따름이다. 그러나 그런데도 불구하고 파리나타는 주위의 사물 위에 탑처럼 솟아 있는 듯한 인상을 우리들에게 준다. 우뚝 서 있는 그는 헤아릴 수 없을 만큼 위대한 인상을 우리들에게 준다. 그것은 지옥 전체 위에 우뚝 일어서는 파리나타의 혼인 것이다. 이렇듯 단테는 끌로 새기듯이 영웅의 상을 거칠게 새겨서 표시했다. 이렇게 하여 단테는 독자들의 영혼 속에 거의 무한에 가까운 위대한 힘의 인상을 새겨 놓았다.

5) 파리나타(1264년 사망)는 피렌체의 황제당 당수이고, 지체가 높은 사람이므로 말을 잘 골라서 공손히 하라고 비르질리오가 주의시킨 것이다.

파리나타에게는 자진해서 복종하겠다고 원하던 터라 나는 숨기지 않고 모든 것을 털어놓았다.

그러자 그는 눈썹을 약간 치켜올리며 말했다.

「그들은 완강하게 나와 나의 일족과 내 당파에게 원수를 졌다. 그래서 너희 조상을 나는 두 번이나 나라 밖으로 내몰았다.」

「추방되었다고는 하나 사방에서 또다시 돌아왔소, 첫번째도 다음 번째도.」하고 내가 대꾸했다. 「그러나 당신의 당파 사람들은 그 재간을 알지 못했소.」

그 때 열려 있던 무덤에서 다른 망령[6]이 파리나타 옆에서 턱까지만 얼굴을 드러냈다. 무릎을 꿇고 일어난 것이다.

망령은 내 주위를 휘둘러보았다. 마치 누구 다른 사람이 나와 함께 있지나 않나 하고 살피는 것 같았으나, 그 기대가 전혀 어긋났음을 알자 울먹이는 소리로 말했다.

「만약 자네가 그 재능으로 해서 이 장님의 감옥을 건너는 것이 분명하다면 내 아들은 어디 있지? 왜 자네 곁에 없나?」

내가 대답했다. 「나는 내 힘으로 온 것이 아니오. 저기 계신 분이 나를 안내해 주셨소. 그러나 댁의 구이도 군은 저 스승님을 무척 경멸했었소.」

이 망령의 이름은 그 말이나 응보의 벌을 보고 내가 금방 알아차렸으므로 이와 같이 자신 있게 대답할 수가 있었던 것이다.

그러자 그는 갑자기 일어서며 외쳤다.

「자네, 뭐라고 했지? 그럼 아들은 죽었단 말인가? 화창한 햇빛은 이제 아들의 눈을 비추지 않는단 말인가?」

내가 대답하기 전에 다소 망설이는 것을 눈치채자, 그는 뒤로 자빠지더니 두 번 다시 밖으로 모습을 나타내지 않았다.[7]

그러나 나더러 머물도록 부탁한 먼젓번의 대담한 자는 얼굴색 하나 바꾸지 않고 머리도 움직이지 않고 꼼짝도 않는다.[8]

그리고 하던 말을 다시 계속하여 「만약 내 당의 인사들이 귀국할 재주를

---

6) 단테의 친구로서 유명한 시인인 구이도 카발칸티의 아버지 카발칸테 카발
   칸티.

몰랐다고 한다면 그건 나로서 이 『지옥의』 바닥보다 더한 괴로움이다.

그러나 이 지옥을 지배하는 여왕(달)의 얼굴에 쉰 번 불이 켜지기 전에[9] 너도 그 재주가 얼마나 어렵고 괴로운가를 뼈저리게 알게 되리라.

아, 네가 아름다운 현세로 되돌아가게 되었으면 좋으련만!

나에게 가르쳐 다오, 왜 그 『피렌체』 시민들은 내 일족 친지에 대해 그토록 가혹한 법을 거듭 내놓았지?」

그래서 내가 말했다. 「아르비아 강을 붉게 물들인[10] 그 학살과 폭행이 원인으로 『피렌체 시민들은』 그와 같은 결의를 신전에서 맹세한 것이오.」

---

7) 『영웅적인 시정에, 말하자면 우정의 시정이 아로새겨져 있다. 전에는 친했지만 여러 가지 사건과 기질이나 성격의 차이에서 갈라졌다고는 할 수 없으나 금이 간 우정에 대한 슬픔의 노래이다. 구이도 카발칸티는 단테의 첫째 가는 친구로 또 재능에 있어서도 어깨를 나란히 한 사람으로서 괴롭기는 하나 이 명예로운 여행길의 반려가 될 수 있는 사람이었다. 그러한 그가 어째서 단테와 함께 없는가? 이 두 사람의 결부가 극히 자연스럽고, 또 그들의 이별이 참으로 뜻밖이었으므로 노 카발칸티는 단테를 보자 곧 아들을 찾았던 것이다. 그리하여 아들이 없는 것을 보자 그 이유에 대한 설명의 첫 구절만 듣고 아들이 죽은 줄만 알고 대답은 뻔한 것이라 싶어 끝까지 들어 보지 않고 고뇌의 바닥으로 빠져들어갔다.』 크로체의 〈단테의 시〉 중에서

8) 단테는 그의 친구 구이도의 아버지 카발칸테 카발칸티를 상대역으로서 파리나타의 숭고한 모습을 묘사한다. 카발칸테가 겨우 상반신을 일으키고 고개만을 관 위로 내미는 데 비해, 파리나타는 똑바로 서서 허리 위를 죄다 드러내고, 가슴과 이마를 쳐들고 마치 지옥을 몹시 조롱하는 듯한 얼굴을 보인다. 그리고 카발칸테가 아들 구이도에게 나쁜 일이 있었는 줄 알고 관 속에 쓰러졌을 때도 그는 얼굴색 하나 바꾸지 않고 머리도 움직이지 않았으며, 꼼짝도 않은 채 오직 자기 당파의 패배의 소식이 이 불길의 바닥보다도 자기를 괴롭힌다고 외치는 것이다. 우리는 파리나타를 묘사하는 시인 단테의 태도에서, 의지력의 장렬함에 대해 찬탄을 아끼지 않음을 엿볼 수 있다.

9) 달이 쉰 번 만월(滿月)이 되기 전인, 즉 사년 이개월 전, 1304년 6월 무렵으로 계산된다. 그 무렵 단테가 속해 있던 백당(百黨)은 피렌체 탈회를 기도하나 실패하여 정권 탈취는 물론 고향 귀환의 희망마저도 끊어졌다.

10) 아르비아 강가의 몬타베르티(지옥편 32곡 주 참조)의 전투에 대해서 언급한 것.

한숨을 쉬고 고개를 흔들며 그가 말했다.

「관계자는 나뿐이 아니었다. 또 물론 까닭 없이 남들과 짜고 일을 일으킨 것도 아니었다.

그러나 피렌체의 파괴가 뭇사람의 의견으로 정해진 석상에서[11] 정면으로 그것에 반대한 것은 그 자리에서 나 하나뿐이었다.」

「부디 당신의 자손들에게 영광이 있기를.」 하고 나는 말을 이었다. 「아무래도 판단하기가 어려우니 이 수수께끼를 풀어 주지 않겠습니까?

내가 들은 바로는 당신네들은 장래에 무슨 일이 일어날는지를 미리 알고 있는 모양이나,

현재에 일어나는 일에 대해서는 모르는 것 같군요.」

「지옥에 떨어진 자들은 모두 눈이 어두운 자와 마찬가지로 먼 곳에 있는 것은 잘 보인다. 그것도 하늘의 인도로 빛이 비치고 있을 동안뿐이지만.

가까이 오거나 가까이 있거나 하면 우리의 지능은 쓸모가 없어진다. 그래서 다른 자들이 알려 주지 않으면 현세의 일은 아무것도 모르게 된다.

그러므로 너도 알겠지만 미래에의 문이 닫히자마자 그 순간부터 우리의 지식은 모두 죽어 버리는 거다.」

그 말을 듣고 나는 양심이 찔린 사람처럼 말했다. 「그럼 저 엎어진 자에게 전해 주시오. 그의 아들은 아직 산 사람들 속에 끼어 있다고.

아까 내가 대답이 막힌 것은 당신이 풀어 주신 이 의문을 그 때 벌써 생각하고 있었기 때문이라고 알려 주시오.」

그 때 벌써 스승이 나를 부르고 있었으므로 나는 급히 파리나타의 혼에게 그와 함께 있는 사람들이 누구냐고 물었다.

「여기는 나와 함께 천여 명이 누워 있다. 이 중에는 페데리고 2세[12]와 추기경[13]도 있다. 다른 자들에 대해서는 말 않겠다.」 하고 그는 사라졌다.

나는 옛 시인 쪽으로 걸음을 옮기면서 나에게 있어 불길한 파리나타의 말을 생각해 보았다.

---

11) 엠폴리에서 토스카나 황제당의 집회가 있었던 석상에서 오직 파리나타 한 사람만이 피렌체의 파괴에 반대했다고 한다.

12) 황제 페데리고 2세에 대해서는 지옥편 13곡에도 씌어 있다.

13) 추기경이란 옷타비아노 델 부바르디니를 가리킨다. 1273년에 죽음.

스승은 길을 걸어가면서 나에게 물었다. 「뭘 그렇게 고민 하느냐?」 나는 스승에게 남김 없이 털어놓았다.

「너는 너에게 불리한 예언을 들은 셈이니, 그것을 잘 기억해 둬라.」 하고 현자는 나를 훈계했다.

「그러나 지금은 이 말을 귀담아 들어라.」 하고 하늘을 가리키며 말했다.

「저분의 아름다운 눈은 모든 것을 보시는데, 너는 저분의 따스한 빛 앞에 설 때 저분으로부터 네 인생길에 대한 말을 듣게 될 것이다.[14]」

그리고 스승은 왼편으로 걸음을 옮겼다.

우리는 성벽에서 떨어진 오솔길을 따라 가운데로 걸어갔다.

그 오솔길은 골짜기로 통하고 있었는데

골짜기의 더러운 냄새는 거기까지 풍기고 있었다.

제 11 곡

단테는 아나스타시오의 무덤까지 간다. 그 곳에서 지옥의 악취에 익숙해지기를 기다리기로 하고, 그 시간을 이용해서 비르질리오로부터 지옥의 분류와 지리에 대해 듣는다. 또 그는 디테의 마을 안과 밖의 처벌의 차이에 대해 듣는다. 고리대금업자가 주의 자애에 위배되는 까닭에 대해 단테가 묻자 그 상세한 이유를 비르질리오가 이야기한다. 그리고 그들은 제7옥으로 내려간다.

깨어진 큰 바위와 돌로 이루어져 뻥 둘러쳐진 높은 절벽 끝에 가니 그 밑에는 보기만 해도 무참한 한 무리가 있었다.

그 지옥 밑바닥에서 내뿜는 너무나도 심한 악취를 이겨내지 못하여 우리는 커다란 무덤 뚜껑 뒤에 몸을 피했다.

보니 거기에 글이 새겨져 있다. 『포틴에 끌리어 올바른 길에서 벗어난

---

14) 실제는 카치아구이다로부터 단테는 자기 인생에 대해 예언을 듣는다(천국편 17곡 참조).

법황 아나스타시오[1]를 여기에 묻는다.』

「우선 이 악취에 좀 익숙해져서 거리낌없이 갈 수 있게 될 때까지 아래로 내려가는 걸 늦추는 게 좋겠구나.」 하고 스승이 말했다.

그래서 내가 대답했다.

「모처럼의 시간을 헛되이 보내기는 아까우니 스승님께서 좋은 수를 생각해 주십시오.」

「나도 그걸 생각하고 있던 참이다. 아들아」 하고 스승이 말을 시작했다. 「이 바위 골짜기[2]에는 네가 이미 본 것과 똑같은 세 개의 옥이 있어 아래로 내려감에 따라 좁게 층층을 이루고 있다.

옥마다 저주받은 망자들로 가득 차 있다.

나중에 볼 때 곧 알 수 있도록 지금 그 자들이 갇히게 된 사연과 광경을 들어 두도록 해라.

하늘의 미움을 사는 모든 악의의 목적은 부정을 하는 데에 있다. 그러한 목적을 폭력이나 사기로써 이루기 때문에 남에게 폐가 미치는 것이다.

더구나 사기는 인간 고유의 악이므로 특히 주의 노여움을 산다. 그러니 만큼 사람을 속인 자는 지옥 아래쪽에서 그만큼 심한 고통을 당하는 것이다.

맨 첫 옥에는 폭력을 쓴 자가 가득히 있으니,

폭력을 가하는 대상에는 삼자가 있으므로, 세 개의 원으로 뚜렷이 구별되어 있다.

신 · 자기 · 타인, 그 사람과 그 소유물에 폭력을 휘두르는 수가 있다. 자명한 이치다. 너에게도 물론 납득이 가리라.

폭력으로 남을 죽게 하거나 중상을 입히거나 타인의 소유물을 불태우거나 멸망시키거나 횡령하거나 하는 자가 있는데

살인자나 고의로 나쁜 짓을 한 자, 파괴나 약탈을 일삼는 자는 모두 이

---

1) 법황 아나스타시오 2세는 (496~498 재위). 로마제국 동서 분립의 이데올로기 대립에 대해 언급한 것으로서, 포틴은 데살로니가의 성직자였다. 단테가 법황 아나스타시오 2세와 황제 아나스타시오 1세(491~518)를 혼동했다는 설도 있다.

2) 지옥의 지리에 대한 설명인데, 마찬가지로 연옥편 17곡에도 연옥의 지리 설명이 있다. 단테가 빈틈없는 주의를 기울여 《신곡》을 제작했다는 하나의 증거이다.

제1원에서 죄에 따라 벌을 받는다.

인간은 자기 스스로 자기 자신과 또는 자기 재산에 대해서도 폭력을 가할 수가 있다.

때문에 현세에서 자기 목숨을 끊은 자며 노름방에 다녀서 재산을 탕진한 자,

행복해야 할 곳에서 눈물로 세월을 보냈던 자들은 제2원에 와서는 결국 아무 보람도 없이 후회를 하게 된다.

하느님에 대해 폭력을 행하는 일이 있을 수도 있다. 마음속으로 신성을 부정하고 신성을 모독하여 자연과 신의 혜택을 멸시하는 것이 그것이다.

그러기 때문에 제일 좁은 원에서 소돔(남색자)이며, 가오르사(고리대금업자)며[3] 마음으로 신을 멸시하고 입으로 신을 모독한 자에게 낙인이 찍히는 것이다.

사기를 하면 양심은 반드시 찔리는 법이지만 인간은 자기를 믿어 주는 사람도 자기를 믿어 주지 않는 사람도 속일 수가 있다.

이 후자는 인간 본래의 사랑의 인연을 끊게 할 뿐인 것이다. 그러므로 제2옥[4]에서 벌받는 자로는 위선·아부·추종·마술·마법·허위·절도·성직 매매·뚜쟁이·부패한 관리 및 이와 비슷한 추한 것을 들 수 있다.

그러나 전자는 인간 본래의 사랑뿐만 아니라 나중에 가해진 특별한 친분 있는 사랑까지도 망각해 버리는 것이다.

때문에 우주의 중심인 악마 대왕이 군림하는 가장 작은 옥에서 배반자들은 모두 영원에 걸쳐 가책 때문에 고통을 받고 있다.」

그래서 내가 말했다.「스승님, 조리 있고 참으로 훌륭하게 그 깊은 구렁과 거기 사는 자들의 형벌을 설명해 주셨습니다.

그러나 한 가지 가르쳐 주십시오. 저 늪에 묻혀 있던 자, 바람에 시달리고 비를 맞고 있던 자,

---

3) 가오르사는 남쪽 프랑스의 도시. 소돔이라는 지명으로 남색자(男色者)를 표시했듯이 가오르사라는 지명으로 고리대금업자를 나타내었다.

4) 지금 있는 곳이 제6옥이니까 제2옥은 위쪽에서 셀 때 제8옥이 된다. 그리고 이 제8옥은 다시 열 가지 악의 도랑으로 갈라져 있는데, 그 분류에 대해서는 지옥편 18곡의 주를 참조.

또 서로 만나자마자 그렇게 신랄하게 욕지거리를 퍼붓던 자들도 주의 노여움을 산 자라면 왜 불타는 마을 속에서 처벌되지 않습니까? 또 만약 주의 분노를 사지 않았다면 왜 그런 변을 당하는 것입니까?」

스승이 대답했다. 「왜 또 어리석은 소리를 하느냐. 평소엔 네가 그렇지 않은데 무슨 다른 일이라도 생각하고 있었느냐?

너는 《윤리학》[5]에 대한 말을 잊었느냐? 네 책에는 하늘이 용서치 않는 세 가지 성질에 대한 서술이 있으니

방종과 사악과 미친 듯한 야수성이 바로 그것인데, 방종은 주에 대한 죄로서는 정도가 낮으므로 그만큼 벌도 가볍게 끝난다, 그 까닭도 책에 언급되어 있다.

만약 네가 그 가르침을 잘 음미하여 맨 위쪽의 마을 밖에서 벌을 받고 있던 자가 누구누구인가를 생각한다면 왜 그들이 여기 있는 흉악한 망자들로부터 격리되어 있는지, 왜 주의 정의가 그들을 벌줄 때 덜 혹독했는가를 알게 될 것이다.」

「오, 태양이여. 모든 의혹이 가시고 의문이 풀리므로 나는 무척 기쁩니다. 이렇게 되니 의문도 지식 못지않게 기쁜 것이군요. 그럼 좀전으로 되돌아갑니다만」 하고 내가 말했다.

「또 한 가지 의문을 풀어 주십시오, 아까 당신께서는 고리대금업자는 주님의 사랑에 위배된다고 하셨습니다.」

「철학이」 하고 스승이 대답했다. 「그걸 배우는 자에게 수차 가르치고 있듯이 무릇 자연은 모두 주의 지혜와 주의 재주에 의해 그 나아가야 할 길을 택하고 있다.

너도 《물리학》[6]을 정독하면 알게 되리라.

몇 장 들치지 않아서 나와 있지만 인간의 재주는 대체로 가능한 한 자연의 법칙에 따르고 있다.

마치 제자가 스승을 따르는 것과 같은 이치이다. 그러므로 인간의 재주는, 주에 대해서 말하자면 손자뻘이 된다.

이 『자연의 재주』의 두 가지 수단으로 인간이 생계를 세워서 자손을 번영

---

5) 아리스토텔레스의 《윤리학》.
6) 아리스토텔레스의 《물리학》.

시켜야만 한다는 것은 창세기의 첫머리[7]를 기억한다면 알 것이다.

그러나 고리를 탐하는 자는 다른 길을 택하여 자연 그 자체와 자연에 따르는 것(재주)을 멸시하고, 그것과는 다른 것에 희망을 걸고 있다.

자, 이제 가 보자, 나를 따라오너라. 쌍어궁(雙魚宮)의 별이 지평선 위에서 반짝거리고 북두칠성이 모두 북서쪽 하늘에 걸려 있구나.

자, 좀더 저쪽 끝으로 해서 벼랑을 내려가자.」

제 12 곡

험준한 벼랑으로 내려가는 길 어귀에 괴물인 미나토로스(人身牛頭)가 누워 있다. 그 괴물이 분노를 못 이겨 버둥거리는 동안에 단테는 산 위의 샛길을 뛰어내려간다. 벼랑 밑에는 평야를 둘러싸는 폭 넓은 구렁이 보인다. 켄타우로스(半人半馬)의 무리가 화살을 겨누고 다가온다. 비르질리오가 그들을 타일러서 그 중 한 마리인 넷소에게 안내를 받는다. 붉은 피의 강물 속에서 폭군들이 열탕 공격을 받고 있다. 이 강이 제7옥에 있는 세 개의 원 중의 제1원이다.

벼랑을 내려가려고 우리가 온 곳은 너무나도 험준하였고, 더구나 그 광경은 무의식중에 눈을 돌리게 할 만큼 황량하였다.

트렌토의 산중턱에서 아디체 강에 이르기까지 지진 때문인지 함몰된 때문인지 산사태가 일어난 일이 있었는데,

그 때 산꼭대기에서 평야에 이르기까지 계속 진동이 일어나 바위가 갈라지고 돌이 부스러져 그것으로 인하여 길이 몹시 험하게 보였었다.

이 골짜기로 내려가는 길이 흡사 그것과 같았다.

그 갈라진 바위가 삐죽이 내민 끝에 크레타의 이름을 더럽힌 괴물이 누워 있었는데

그것이 가짜 암소가 잉태한 미나토로스이다. 괴물은 우리를 보자 분노를

---

7) 〈창세기〉 2장 15절, 3장 19절. 자연과 재주, 즉 자연을 본받아 그 법을
   따라서 노력하고 신의 사물을 자연 속에서 획득해야 한다.

간직한 사람처럼 제 몸을 물어뜯었다.

스승은 괴물을 향해 큰 소리로 외쳤다. 「너는 현세에서 너를 죽인 아테네 대공[1]이 여기 오는 줄 알았더냐!

냉큼 물러가거라, 짐승 같은 놈아, 이분은 네 누이한테 가르침을 받고 온 것이 아니다. 너희들의 벌을 구경하러 왔을 따름이다.」

고삐를 물어뜯어 풀긴 했으나 부상당한 황소가 걷지도 못하고 발을 이리 저리 버둥거리듯

이 미나토로스가 버둥거리는 꼴도 그것과 흡사하였다. 눈치 빠른 스승이 곧 외쳤다. 「바위 틈으로 뛰어가거라. 저 놈이 날뛰고 있는 동안에 어서 내려가야 한다.」

이렇게 하여 우리는 무너진 바윗돌 샛길을 뛰어내려갔는데, 그 바위는 내 발밑에서 새로운 무게[2] 때문에 조금씩 내려앉았다.

생각에 잠기면서 걸어나가자 스승이 말했다. 「너는 짐승의 노여움을 내가 진정시킨, 저 놈이 지키고 있는 폐허에 대한 것을 생각하고 있는 모양이구 나.

실은 전에 한번 내가 이 지옥 바닥에 내려왔을 때는, 너도 알아 둬야 할 일이지만 이 바위가 이렇게 깨어져 있지는 않았었다.

내 판단이 옳다면 주(그리스도)[3]께서 이 제1옥으로 내려와 악마 대왕으로 부터 『림보』의 혼들을 빼내러 오시기 바로 직전에 이 악취를 뿜는 늪은 진동했던 것이다.

나는 세상이 바로 그 사랑을 느낀 것이라 생각했다.

까닭인즉 일설[4]에 의하면 그 사랑에 의해 세상은 이따금 혼돈으로 돌아간 다고 하기 때문이다. 그 때 여기 있는 이 묵은 바위도 부서지고, 또 다른

---

1) 아테네 대공은 테세우스이다.

2) 지옥에 떨어진 혼에게는 체중이 없지만 육체를 가진 단테에게는 『새로운 무게』가 있기 때문에 바위가 가끔 흔들렸던 것이다.

3) 그리스도가 지옥으로 내려왔다는 것은 이미 지옥편 4곡에 나와 있었지만 이것은 〈마태 복음〉 27장 51~52절에 『땅이 진동하고 바위가 터지고』에 의거한다.

4) 이 일설이란 엠페도클레스의 설로서, 세상이 사랑을 느끼면 원소가 협화되 어 혼돈으로 돌아간다는 것이다.

곳에서도 산사태가 일어난 것이다.

　그러나 눈여겨 골짜기를 봐라, 피의 강이 가까워졌다. 폭력을 써서 남을 상처입힌 자들이 저 강 속에서 삶겨지고 있다.」

　오, 눈먼 탐욕이여, 미친 분노여, 너희들이 짧막한 인생에서 우리를 몰아붙였던 것은 잇따라 영원의 『지옥』 속으로 우리를 비참하게 빠뜨리기 위해서였던가!

　삥 둘러싼 폭넓은 구렁이 보였는데, 그것은 길잡이로부터 들은 바대로 평야 전체를 에워싸고 있었다.

　그리고 벼랑 밑과 이 구렁 사이를 잇따라 켄타우로스들이 뛰어갔는데, 활을 꼬나든 차림새는 마치 지상에서 사냥할 때의 광경과도 흡사하였다.

　우리가 내려오는 것을 보자 모두 멈추어 섰다. 그리고 그 중 셋이 먼저 활과 살을 빼어들고 무리를 떠나 이쪽으로 다가왔다.

　멀리서 그 중 하나가 소리질렀다. 「너희들은 무슨 형벌을 받기 위해 벼랑을 내려오느냐? 거기서 말하라, 아니면 활을 쏘겠다.」

　내 스승이 말했다. 「대답은 가까이 가서 직접 키로네에게 하겠다. 너는 언제나 그 조급한 성미 때문에 화근을 초래했었다.」

　그리고 내 어깨에 손을 얹으며 설명했다.

　「저게 넷소다. 미녀 데야네이라에 반해서 죽었는데 바로 제 손으로 그 원수를 갚았다.

　저기 제 가슴을 들여다보며 가운데 서 있는 자가 대장인 키로네, 아킬레우스를 길러낸 자이다. 또 하나가 폴로, 전에는 난폭자였다.

　구렁가를 놈들은 수천 명씩 떼를 짓고 뛰어간다. 망자가 피의 강물 속에서, 죄에 따라 정해진 이상으로 몸을 일으키면 그들이 활로 쏘는 것이다.」

　우리는 이 날쌘 짐승들 무리에게로 다가갔다. 키로네가 화살 하나를 빼들어 활꽂이로 수염을 뒤로 넘겨 수염 밑에서 그의 큰 입이 나타났을 때, 키로네는 부하에게 외쳤다.

　「너희들 알아차렸나, 저 뒤에 오는 놈이 밟은 돌이 움직이고 있다. 죽은 자의 발 같으면 저럴 리가 없다.」

　그러자 내 길잡이는 인성(人性)과 마성(馬性)이 합쳐진 키로네의 가슴 앞으로 다가가 대답했다.

　「분명히 살아 있다. 그 한 사람에 한해서 어두운 골짜기를 보여 주는 것이 내 임무다. 그는 필요에 따라 온 것이다. 놀이가 아니다.

할렐루야를 부르는 〈천국〉에서 내려온 분이 나에게 이 새로운 임무를 맡긴 것이다. 그는 도둑이 아니다. 나도 도둑의 혼은 아니다.

내가 이 험한 길을 걸어갈 수 있는 것은 오로지 신덕(神德)의 가호가 있기 때문이다.

그 덕을 믿고 거기 있는 너희 부하 하나를 안내시켜서 어디로 건너갈 수 있는지 그 장소를 가르쳐 다오. 그리고 이 사람은 공중을 날 수 있는 혼이 아니니 등에 업고 가 주기 바란다.」

키로네는 오른쪽 앞을 돌아보고 넷소에게 말했다.

「방향을 바꾸어서 안내해 드려라. 만약 딴 놈들을 만나거든 길을 비키라고 해라.」

우리는 이 믿음직스러운 안내자와 함께 벌겋게 끓어오르는 강가를 따라갔는데, 거기서는 펄펄 끓는 물에 잠긴 자들이 비명을 지르고 있었다.

눈썹 언저리까지 잠긴 자도 있다.

반신 반마(半身半馬)인 넷소가 말했다. 「저 놈들은 제멋대로 남의 피를 흘리게 하여 재산을 약탈한 폭군들이오. 지금 여기서 자기들의 비정한 죄악 때문에 울고 있소.

저기에 알렉산더 대왕이 있소. 오랜 세월에 걸쳐 시칠리아를 점령했던 디오니시오스도 있소.

저 이마에 검은 머리칼이 보이는 자는 앗솔리노, 또 하나 금발의 사나이는 에스티의 오핏소요. 그가 실은 인간 세상에서 비인간적인 자식의 손에 살해당한 자요.」

그 말을 듣고 내가 시인 쪽을 돌아보니[5] 시인이 말했다. 「지금은 그가 너의 첫째 가는 스승이다, 나도 함께 들으리라.」

조금 더 나아가자 켄타우로스는 한 무리의 사람들 위에서 멈추어 섰다.

---

5) 단테는 처음으로 훼라라의 군주 오핏소 2세가 1293년에 죽은 원인을 듣고 깜짝 놀라 비르질리오를 돌아다본 것이다. 보카치오의 주석에는 『이 구절에 의해 비르질리오는 켄타우로스가 하는 말을 믿어도 좋다는 것을 확언한 것이다』라고 되어 있다. 연대기에 의하면 오핏소는 비정한 자식에 의해 깃털 베개로 질식사당했다고 한다.

이 사람들은 펄펄 끓는 강물 속에서 목만 내놓고 있는 것 같았다.

넷소는 혼자 떨어져 있는 망자를 가리켰다. 「저 자는 주의 슬하에서[6] 심장을 찔렀소. 지금도 아직 템즈 강에 그 피가 흐르고 있소.」

잇따라 강물 위로 머리와 가슴을 온통 드러낸 사람들이 보였는데, 이 자들 가운데는 상당히 아는 자가 많았다.

이렇듯 차츰 피의 강물은 얕아져서 이윽고 반만 잠길 정도가 되었는데 거기가 강을 건너는 가장 얕은 곳이었다.

「당신은 이쪽에서 피의 강물이 차츰 얕아지는 걸 보았지만.」 하고 켄타우로스가 말했다.

「잘 알아 두시오, 저쪽으로는 밑바닥이 차츰차츰 깊어져서 마침내는 악역 무도한 자들이 울지 않으면 안 될 구렁으로 돼 있소.

그 구렁에서 이 세상의 재앙이었던 아틸라며 피로스, 세스토를 주의 정의가 처벌하는 것이오.

그리고 리니에 다 코르네토와 리니엘 팟소[7]는 국도(國道)를 소란케 하여 학살에 학살을 거듭하였는데, 저 구렁의 끓는 물이 그들의 눈알을 태워서 영원히 눈물을 말려 버리는 것이오.」

이렇게 말한 다음 켄타우로스는 돌아서서 얕은 곳으로 건너갔다.

---

6) 주의 슬하, 사원 안에서 헨리 왕의 심장을 찌른 것을 가리킴.

7) 이 두 사람은 당시의 유명한 강도로서, 로마를 향해 여행중이던 사교 일행
   들이 몰살당한 일도 있다고 한다.

제 13 곡

　　단테는 제7옥의 제2원으로 들어간다. 그 곳에는 자기 육체에 폭력을 가한 자살자와 자기 재산을 마구 탕진한 자들이 있다. 전자는 옹이투성이의 굽은 나무가 되어 있고, 후자는 검은 암캐에게 쫓기어 물어뜯기고 있다. 단테가 나뭇가지를 꺾으니 나무 줄기가 피를 뿜으며 피엘 델라 비냐가 자살한 이유를 이야기했고, 또 자살자의 혼이 어떻게 해서 나무 등치 속에 갇히게 되는가를 설명한다. 그 때 부산한 소리가 나더니 라노와 자코모가 미친 듯이 도망쳐 온다. 끝으로 자살한 피렌체의 한 시민이 피렌체의 장래에 대해 예언을 한다.

　　넷소가 아직 강을 채 건너기도 전에 우리는 벌써 오솔길 하나 없는 숲속으로 들어섰다.

　　푸른 잎사귀는 없이 거무스름한 잎만 무성했고, 쭉쭉 뻗은 나뭇가지는 없고 옹이투성이로 굽었으며, 열매는 없고 독을 품은 가시만 나 있었다.

　　맹수들은 확 트인 곳을 싫어하지만 체치나와 코르네토 사이의 『습지』[1] 에 사는 짐승들이라도 이처럼 처참한 밀림 속에 살지는 않을 것이다.

　　이 곳에는 추악한 조신 여면(鳥身女面)을 한 새가 살고 있다.

　　트로이 인에게 비참한 미래를 예언하여 그들을 스트로화데 섬에서 몰아낸 괴조 하르퓌아이이다.

　　날개는 폭이 넓고, 인두 인면(人頭人面), 발에는 발톱이 날카롭고, 뚱뚱한 배는 깃털로 덮였으며 기이한 나무에 앉아 탄식을 한다.

　　스승은 나를 돌아보고 상냥하게 말했다.

　　「더 깊이 들어가기 전에 알아 둬라, 네가 지금 있는 곳은 제2원이다.

　　무서운 모래밭에 이르기까지 여기를 지나가야 한다. 그러니까 똑똑히 조심해서 봐라, 내가 지금 말한 곳에서 정말이라 믿어질 수 없는 일을 반드시 볼 것이다.」

　　여기저기서 애처로운 탄식 소리가 들려 왔으나 목소리의 주인은 보이지

---

1) 체치나 강과 코르네토의 사이는 마렘마라고 하며, 리보르노 시의 남쪽에 펼쳐져 있는 습지대로서 20세기 전반까지 말라리아 등이 많았던 곳이다.

않았다. 나는 몹시 어리둥절해서 멈춰 섰다.

아마도 스승은 알고 있었을 것이다. 내가, 우리들 때문에 저 나뭇가지 사이에 숨어 있는 영혼이 탄식 소리를 내고 있다고 생각하고 있는 것을.

그러자 스승이 나에게 말했다. 「네가 이 나뭇가지 하나를 아무거나 꺾어 보면 네 생각이 어느 것이나 다 틀렸다는 걸 알 수 있으리라.」

그래서 나는 손을 내밀어 가시 돋친 큰 나무에서 한 가지를 꺾었다. 그러자 그 등치가 소리쳤다. 「왜 나를 꺾느냐?」

그리하여 거무죽죽한 피투성이가 되어 또 외쳤다. 「왜 나를 찢느냐? 너에게는 한 조각 연민의 정도 없느냐?

지금은 나무로 변했지만 우리도 본래는 사람이다. 설사 우리가 뱀의 혼이었다 할지라도 이렇게 거치른 짓은 못할 텐데.」

푸른 생나무 토막 한쪽 끝이 탈 때[2] 다른 한쪽 끝에서 지글지글 진물을 흘리며 뜨거운 기운이 새어나오듯 푸지직푸지직 소리를 낸다.

그것과 마찬가지로 가지를 꺾인 등치에서 말소리와 피가 함께 흘러나왔다. 나는 가지를 땅에 떨어뜨리고 겁먹은 사람마냥 멈춰 섰다.

「상처받은 혼이여」 하고 스승이 나무를 향해 대답했다.

「만약 네가 내 시에서 말한 것을 곧이듣고 지금 목격한 것을 처음부터 믿었던들,

그가 너에게 손을 대진 않았으리라. 그러나 너무나도 믿기 어려운 일이므로 그로 하여금 손을 대게 했다. 참으로 미안하게 되었다.

그러나 네가 생전에 누구였던가를 알려 주면, 그는 현세로 돌아갈 몸이니 속죄하는 뜻에서라도 네 이름을 세상 사람들에게 새로이 인식시켜 주리라.」

그러자 등치가 말했다. 「이야기가 길어져서 자네한테 폐를 끼치겠지만, 자네가 상냥하게 말을 걸어 주니 가만 있을 수도 없구나.

---

2) 자연 묘사를 직유적으로 이용한 교묘한 예인데, 사진적이라고도 할 수 있는 사실성에 독자는 놀라게 될 것이며, 단테가 상상한 이 숲의 생생한 광경을 눈앞에 선하게 떠올릴 수가 있을 것이다. 자기 팔이라도 꺾인 것 같은 강렬한 자극을 받는 참혹한 묘사지만, 그 이면에는 일종의 미가 인정되는 것이 아닐까. 나무는 땅에 고정된 것이며, 그것은 자살자의 혼이 아무리 버둥거려도 벗어날 수 없는 고뇌를 나타낸 것이리라. 거무죽죽한 잎과 굽은 나뭇가지는 순직하게 자라지 못한 정신을 상징한 것 같다.

　나는 페데리고[3]의 마음의 열쇠를 둘 다 장악하고 있던 자다. 그 열쇠를 돌려 혹은 열고 혹은 닫고 실로 교묘하게 조종하여, 끝내는 타인에게는 왕의 비밀을 일체 모르도록 만들었다.

　나는 이 영광스러운 직무에 심혈을 기울이고 있었으므로 그로 해서 침식을 잊었다.

　무릇 제왕의 자리에는 언제나 음탕한 추파를 보내는 갈보가 으레껏 있어서 궁정을 악으로 물들이고 세상에 죽음을 가져오게 하는 법인데

　그 계집이 모두를 꼬드겨서 나에게 거역케 했다.[4] 잇따라 선동을 받은 자가 폐하를 꼬드겼다.

　그로 해서 기쁨의 명예는 슬픔의 한탄으로 변했다.

　죽으면 이 멸시에서 면할 수 있으리라 생각하고 세상을 멸시한 나의 영혼은 정의의 자신에게 정의 아닌 짓(자살)을 굳이 하였다.

　그러나 이 나무의 불가사의한 뿌리에 맹세코 말한다. 나는 주군에 대한 신의를 깨뜨린 적은 없다. 폐하께선 그러한 명예에 적합한 분이셨다.

　그러니 만약 자네들 중 누구든지 현세로 돌아간다면 내 이름을 알려 다오, 내 이름은 지금도 질투에서 받은 타격 때문에 세상에 묻혀 있다.」

　잠시 기다렸다가 시인이 나에게 말했다. 「그가 입을 다물었는데 시간을 낭비하지 말고 더 알고 싶은 것이 있으면 물어보아라.」

　그래서 내가 대답했다. 「스승님, 스승님께서 물어 봐 주십시오. 스승님 뜻대로 내가 알고자 하리라 싶은 것을 물어 주십시오. 나는 물을 수가 없습니다. 너무나 불쌍해서 못 견디겠습니다.」

　그러자 스승이 말을 이었다. 「옥에 갇힌 혼이여, 그대의 소원이 뜻대로 이루어지기를 바란다. 만약 괜찮다면 가르쳐 다오.

　어찌하여 혼이 이런 옹이진 둥치 속에 갇히게 되었는지, 상관 없다면

---

　3) 황제 페데리고 2세의 정신(廷臣) 피엘 델라 비냐. 참언으로 하여 투옥되어 벌겋게 단 단지를 눈에 대어 장님으로 만드는 형벌을 받고 1249년에 자살했다.

　4) 이하. 여기서는 시의 기교로서 의식적으로 대비가 시도되고 있다. ……꼬드겨서……선동되었다, 기쁨의 명예는……슬픔의 한탄으로, 멸시에서 면할 수 있으리라 생각하고……세상을 멸시한 나는, 정의의 자신에게……정의 아닌 짓을 굳이 하였다, 등.

이유를 설명해 다오. 전에 한 사람이라도 이런 옹이진 몸뚱이에서 벗어난 혼은 없었던가를.」

그러자 둥치는 몹시 한숨을 쉬었는데, 그 바람은 순식간에 이런 목소리로 변했다. 「자네들한테 간단하게 대답하지.

격한 혼이 스스로의 손으로 목숨을 끊어 육체에서 떠났을 때 미노스는 제7옥으로 그 혼을 보낸다.

떨어져 갈 곳은 이 숲이지만 자리는 정해져 있지 않다. 운명이 던지는 곳에 이르러 가라지의 씨앗처럼 움을 터서 새순이 돋아나고 야생의 큰 나무가 된다.

그러면 하르퓌아이〔鳥身女面〕라는 괴조가 그 잎새를 쪼아 고통을 주고 고통에다 또 고통을 준다.

『최후의 심판날에』 모두와 같이 우리도 시체를 찾으러 가나 아무도 그것을 몸에 걸칠 수는 없다. 자기 스스로 버린 것을 다시 갖는 것이 옳지 않기 때문이다.

여기까지 우리는 시체를 끌고 온다. 이 비참한 숲 여기저기서 우리들의 육체는 그걸 괴롭혔던 자기 영혼인 가시나무에 걸리게 된다.」

우리는 둥치가 아직 말을 계속할 줄 알고 귀를 기울이고 있었는데, 그 때 부산한 소리가 우리를 놀라게 했다.[5]

멧돼지와 그걸 쫓는 사냥꾼이 이 곳을 향해 달려오는 것같이 짐승의 울음소리와 부러지는 나뭇가지 소리가 들렸다.

그러자 구르다시피 왼편에서 두 망자가 도망쳐 온다. 벌거벗고 할퀸 상처 투성이가 되어 미친 듯이 숲의 잔가지란 가지를 모조리 꺾어 댄다.

앞선 자가 외쳤다. 「오, 오너라. 죽음아, 오너라!」 또 하나는 뒤떨어진 성싶었으나 그 자도 외쳤다.

「라노야, 네 발은 토보의 전투 때는 이만큼 빠르지는 않았는데![6]」 그리고 아마 숨이 가빴기 때문이리라, 사나이는 덤불에 얽혀 한 덩어리가 되어 쓰러

---

5) 이것은 지옥편 11곡 1행의 분류에 있는, 자기 재산에 대해 폭행을 가한 것, 즉 노름방에 다녀서 재산을 탕진한 자의 예이다. 이 이야기는 뜻은 다르나 《데카메론》의 제5일 제8화와 같은 소재이다.

6) 시에나 인 라노는 1288년 토보의 싸움에서 아레소군에 패해 죽었다.

졌다.

그들 뒤에 있는 숲에서는 사슬에서 풀려난 사냥개처럼 피에 굶주린 검은 암캐가 떼를 지어 달려온다.

땅에 웅크린 사나이에게 달려들어 그 몸뚱이를 갈가리 물어뜯고 기절한 몸뚱이를 물고 뛰어갔다.

그러자 스승은 내 손을 잡고 그 덤불께로 나를 데리고 갔다. 덤불은 피투성인 채 한탄스러운 울음 소리를 냈다.[7]

「오, 자코모 다 산 안드레아여, 너는 나를 방패 삼아 달아났지만 무슨 이득이 있더냐? 너의 죄 많은 생활에 대해 내게 무슨 책임이 있단 말인가?」

그 덤불 옆에 서서 스승이 말했다. 「너는 누구냐, 뭐라고 했지? 피를 흘리면서 참혹한 말을 하고 있는데?」

그러자 그가 대답했다. 「가지도 잎도 꺾이어 떨어져 심한 꼴을 당한 나를 보러 와 준 이들이여,

이 비참한 나무뿌리께에 가지와 잎을 쓸어모아 주오.

나는 피렌체 사람인데 그 도시는 수호신[8]을 마르스〔軍神〕로부터 세례 요한으로 바꾸었소. 그것이 화근이 되어 언제나 전화(戰火)로 하여 도시가 황폐해지는 거요.

그래 만일 아르노 강다리 위에 마르스의 초상을 조금이라도 남겨 두지 않는다면

아틸라의 손에 의해 잿더미로 변한 그 땅에 도시를 재건해 본들 그 고심은 수포로 돌아가게 될 것이오.

나는 내 집을 나의 교수대로 삼아 버렸소.」

---

7) 덤불이 되어 피투성이 상처로부터 울음 소리를 내고 있는 이 피렌체 인의 이름은 시인이 관계자에게 사양하여 숨긴 것이리라고 일컬어지고 있다.

8) 그리스도교 이전의 피렌체는 도시의 수호신으로서 군신 마르스의 상을 모셨다고 전해지고 있었다.

제 14 곡

단테는 제7옥의 제2원에서 제3원으로 넘어간다. 제3원은 황량한 사막으로, 그 뜨거운 모래 위에서 신과 자연과 기법에 거역한 자가 불덩이를 맞으며 벌을 받고 있다. 테베에서 신께 거역한 카파네우스가 지금도 아직 신을 모독하는 말을 퍼붓고 있는 것을 단테는 듣는다. 비르질리오는 인류의 황금 시대였던 크레타 섬의 이다 산과 거기 서 있는 거인상과 눈물로 만든 지옥의 강에 대해 언급한다.

고향[1] 그리운 생각에 가슴이 미어지는 것 같아 나는 주위에 흩어진 나뭇잎을 끌어모아, 이제 목이 쉬어 버린 그의 발밑에 가만히 돌려 주었다.

그리고 우리는 제2원과 제3원의 경계선까지 왔다. 거기에서는 무서운 신벌의 업을 볼 수 있었다.

이 전대 미문의 광경을 설명하면 대개 이러하다. 우리는 평지에 왔으나, 그 곳 땅에는 풀 한 포기 나무 한 그루 나 있지 않다.

그 평지의 둘레를 참혹한 『자살자』의 숲이 잎 목걸이인 양 에워싸고 그 숲을 또 피의 강이 둘러싼다. 그 평지의 맨 끝에서 우리는 걸음을 멈추었다.

땅은 황량하고 두꺼운 모래층으로 일찍이 카튼의 발이 『리비아의 사막에서』 밟은 것과 조금도 다를 것이 없었다.

오, 하느님의 복수여! 무서운 복수여, 이 눈으로 내가 역력히 본 것을 무서움에 떨면서 모두들 읽으시라!

벌거숭이 망자들이 떼를 지어 있는 것이 보였는데, 모두들 몹시 섧게

---

1) 단테는 노래마다 끝을 교묘하게 매듭짓는다. 노래마다 처음에는 일변된 기분으로 시작하는 요령을 아는 예술가로서, 14곡의 처음은 13곡의 내용에 이어져 있으면서도 단테의 주관적인 기분을 옮겨넣어 그것을 『나뭇잎을 끌어모아 그의 발밑에 가만히 돌려 주었다』고 하는 상냥한 태도로 마무리하고 있다. 한숨 돌리는 듯한 서정적인 효과는 이 첫 머리의 석 줄에 있는데, 그런 섬세한 감각적 묘사가 《신곡》을 읽는 즐거움일 것이다.

통곡하고 있었다. 그들에게는 가지가지 법칙이 부과되어 있는 모양이다.

어떤 자는 땅 위에 반듯이 누워 있고[2] 어떤 자는 몸을 웅크리고 있고, 어떤 자는 줄곧 서성거리고 있다.

돌아다니는 자가 제일 많고, 누워서 벌받는 자는 적으나 그래도 고통을 받을 때마다 고함을 질렀다.

그 넓디넓은 모래밭 위에 바람 없는 날에 내리는 알프스의 눈처럼 부풀은 불덩어리가 쉴새 없이 내리퍼붓는다.

알렉산더 대왕이 인도의 열대 지방에서 자기 군대 위로 불덩어리가 떨어졌을 때, 땅에 떨어져도 여전히 활활 타고 있는 것을 보고

불은 서로 합치기 전이라야 끄기 쉽다면서 부하를 시켜 땅 위를 밟고 돌아다니게 한 일이 있었는데

흡사 그 모양과 마찬가지로 영원한 열기가 내리쏟아졌다. 그 때문에 모래밭은 부싯돌에서 켜지는 불처럼 열을 발하여 고통을 더한다.

애처롭게도 두 손을 쉴새 없이 놀려서 혹은 이쪽에서 혹은 저쪽에서 자기 몸에 떨어지는 뜨거운 불똥을 턴다.

내가 입을 열었다. 「스승님, 지옥의 성 입구에서 우리들에게 대든 고집 센 악마들에겐 물론, 스승께서는 어딜 가나 질 줄을 모릅니다만

저기서 불꽃도 아랑곳없이 누워서 불비에도 타지 않고 마치 깔보듯 상을 찌푸린 저 덩치 큰 놈은 누구입니까?」

그러자 내가 스승에게 물은 말을 그 자가 듣고 고함을 질렀다. 「나는 죽은 뒤에도 살았을 때와 다름이 없다.

제우스가 노하여 대장장이로부터 날카로운 번개를 받아, 나는 생애의 마지막 날에 그 전격을 당했다. 제우스여, 지쳐 쓰러질 때까지 대장장이를 일하게 하라.

『오, 불카누스(대장장이)야, 도와 다오, 도와 다오.』 애원하며 몽지벨로의 시꺼먼 풀무간에 사는 다른 대장장이들도 차례로 부려먹어라.

플레글라에서 싸웠을 때처럼 죽을 힘을 다하여 나를 향해 활을 쏘아라.

---

2) 신을 욕한데 대한 벌로서 불비가 내리는 곳에서 하늘을 쳐다보고 있고, 고리대금업자는 현세에 있었을 때와 마찬가지로 몸을 움츠려 웅크리고 있고, 남색자는 줄곧 싸다니고 있다.

그래도 쉽사리 나에게 이기지는 못하리라.」

그러자 내 길잡이는 이제껏 들어 보지 못한 심한 어조로 말했다. 「오, 카파네우스야, 너의 오만함은 아직도 수그러지지 않았구나. 그러니까 너는 벌을 받는다. 너의 분노에 어울리는 가책은 필경 너의 분노를 빼고는 달리 없으리라.」

이렇게 말한 다음 스승은 음성을 부드럽게 하여 나에게 말했다. 「저 자는 테베를 포위한 일곱 왕 중의 하나이다. 살아서와 마찬가지로 그는 지금도 주를 멸시하고 있다.

아무리 봐도 존경하는 태도가 보이지 않는구나. 그러나 내가 그에게 말했 듯이 조소만이 저 놈의 가슴에 어울리는 장식[3]인 거다.

자, 내 뒤를 따라오너라, 앞으로도 조심해라. 과열된 모래 속에 발을 디뎌 서는 안 된다. 언제나 숲 쪽으로 바싹 붙어서 걸어라.」

우리는 묵묵히 걸어서 냇물이 숲 밖으로 흘러 나가고 있는 곳까지 왔는데 지금도 나는 그 붉은 빛에 소름이 끼친다.

부리카메로부터 솟아나는 『광천의』물을 온천 유녀(遊女)들이 서로 나누어 쓰듯이 이 붉은 핏물은 모래밭 사이를 흘러 내려갔다.

그 바닥도 양쪽 기슭도, 또 강변도 모두 돌로 되어 있었으므로 여기가 건널목이라고 나도 짐작이 갔다.

「누구나 자유로이 들어올 수 있는 『지옥의』문을 들어온 후 지금까지 내가 너에게 보여 준 모든 것 중에서 이 냇물만큼 볼 만한 것은 아직 네 눈에 뜨이지 않았을 것이다. 이 냇물 앞에서는 불이라는 불은 모두 꺼져 버린다.」

이것이 길잡이의 말이었는데, 호기심이 잔뜩 일어난 나는 좀더 그 내용을 자세히 설명해 달라고 청했다.

그러자 스승이 대답했다. 「지중해 속에 크레타라는, 지금은 멸망한 나라가 있었는데 그것이 지배한 세상은 깨끗했었다.

---

3) 카파네우스는 테베를 포위하는 일곱 명의 그리스 왕 중의 한 사람으로, 그 도시를 포위 공격중, 제우스를 욕하다가 벼락을 맞아 죽었다. 그리고 여기서는 제우스 신으로 되어 있는데 그리스 로마 신화와 그리스도교가 뒤섞이어 취급되고 있다.

그 곳에는 이다라 불리우는 샘물이 솟아나고, 초목이 우거진 낙원과도 같은 산이 있었다. 지금은 과거의 번영은 간 곳 없이 황폐해져 있다.

레아가 자기 아이의 요람지로 마음놓고 택한 것도 그 산이었다. 그리고 어떻게 해서든지 아이를 숨기려고 아이가 울 때마다 노예에게 일러 고함을 지르게 했다.

산 속에는 늙은 거인[4] 하나가 우뚝 서서 등을 『이집트의』 다미아타 쪽으로 돌리고 거울을 들여다보듯 똑바로 쳐다보고 있다.

거인의 머리는 아름다운 순금으로 되어 있고, 두 팔과 가슴은 순은이며, 그리고 가랑이까지는 구리, 그 아래는 모두 쇠로 되어 있었는데, 오른발만은 구운 흙으로 되어 있다. 오히려 중심은 이 발 쪽에 걸려 있다.

금(金)이 아닌 각 부분은 금이 가 있어 그 곳에서 눈물이 흐른다.

그 눈물이 모여서 바위를 꿰뚫고 그 흐름이 바위에서 바위를 타고 내려 아케론·스티지·플레게톤타 강[5]이 되어 이 좁은 도랑을 거쳐 아래쪽, 더이상 내려갈 수 없는 곳에까지 이른다. 거기가 코치토[6]이다. 그 늪의 모습은 이윽고 너도 보게 될 테니까 여기서는 말 않겠다.」

내가 물었다. 「만약 이 냇물이 말씀대로 현세에 원천을 두고 있다면 왜 이 벼랑가에서야 비로소 나타나는 것입니까?」

스승이 대답했다. 「알다시피 이 곳(지옥)은 둥글다. 네가 왼편으로 돌아 바닥을 향하여 상당히 내려오긴 했으나 그래도 옥의 주위를 완전히 돈 것은 아니다. 그러니까 새로운 것이 나타났다 할지라도 네가 놀란 얼굴을 할 것은 없다.」

내가 또 물었다. 「스승님, 플레게톤타와 레테는 어디 있습니까? 하나는 눈물의 비로 이루어진 내라고 설명하셨습니다만 또 하나는 설명 하시지

---

4) 이 늙은 거인에 대해서 단테를 연구하는 학자들의 견해는 여러 가지로 갈라져 있다. 『부패되어 죄악 속에서 노화된 인류가, 겨우 황금의 머리 부분에만이 원초의 착함을 지니고 있는 것이리라』 하는 설이 유력하다. 인류는 원초인 황금 시대로부터 금·은·동·철·흙으로 시대가 내려감에 따라 타락했다는 것이다.

5) 지옥의 세 강을 단테는 이미 건넜다. 아케론(지옥편 3곡), 스티지(지옥편 7곡), 플레게톤타(지옥편 10곡)의 순서이다.

6) 코치토에 대해서는 지옥편 32곡 참조.

않았습니다.」

　「너의 질문은 사실 모두 좋은 질문이다.」하고 스승이 대답했다.「그러나
벌겋게 끓는 핏물이 네 질문 중 하나는 풀어 주었을 것이다.

　레테의 냇물은 이 구렁 밖에서 볼 기회가 있을 것이다. 죄를 뉘우쳐 죄가
지워졌을 때, 혼은 그 냇물에 몸을 씻으러 가는 거다.」

　스승은 다시 말을 이어

　「자, 이제 이 숲을 떠나야 할 시간이다. 주의해서 내 뒤를 따라 오너라.
냇가에 타지 않는 언저리가 길이다.

　이 위에 쏟아지는 불길은 모두 금방 꺼져 버린다.」

제 15 곡

　냇가를 따라 걸어가다 단테는 망자들의 무리를 만난다. 그들은 자연을 위배
한 남색자들인데, 단테는 그 중에서 그의 스승인 부르네토 라티니를 발견하고
서로 놀라며 이야기를 주고받는다. 부르네토는 단테의 장래를 예언하며 처신
방법을 훈계한다. 단테는 스승의 은혜를 감사하며, 자기의 각오를 말한다. 부르
네토는 그 무리들 중에서 유명한 사람 이름을 두셋 알려 주고, 급히 뛰어가
버린다.

　단단한 냇가를 따라 우리는 걸어갔다. 안개가 냇물 위에 자욱이 서리어
물 위와 냇가에 불똥이 떨어지는 것을 막고 있었다.

　쏟아져 흐르는 물줄기를 두려워하는 플랑드르 사람들이[1] 구이산테에서
부르지아에 이르기까지 방파제를 쌓아서 파도의 침입을 막고,

　또 파도바 인들이 마을과 성곽을 지키기 위해 키아렌타나에서 눈이 녹기

---

　1) 피렌체와 플랑드르의 여러 도시와의 교역은 이미 단테 시대부터 왕성했었
　　다. 이를테면 유화는 단테로부터 1세기 뒤의 부르지아 인인 반 아이크에
　　의해서 행해진 것인데, 피렌체의 우피치 화랑에서는 1400년대에 이 고장으
　　로 온 플랑드르 화가의 작품을 많이 볼 수가 있다.

전에 브렌타 강을 따라 둑[2]을 쌓는다.

그다지 높지도 않았으나 이 둑의 구조가 그것과 흡사했었다. 누가[3] 쌓았는지는 별문제이지만.

우리는 숲에서 이미 꽤 멀리 떨어졌다. 뒤돌아본들 이제 숲이 어디 있는지조차 몰랐을 것이 틀림없다.

그 때 둑을 따라 오고 있는 망자들의 한 떼와 마주쳤다. 망자 하나가 우리를 바라본다.

마치 초생달 아래 서로 얼굴을 마주친 듯한 태도로 우리들 쪽을 눈여겨보는 모습은 늙은 재봉사가 바늘귀에 실을 꿸 때의 모습 같았다.[4]

이렇듯 이 무리들은 나를 찬찬히 훑어보더니 그 중 하나가 나를 알아보는지 내 옷자락을 붙잡고 외쳤다. 「이것 참 놀랍구나!」

그 자가 나에게 팔을 내밀었을 때, 나는 불에 탄 그 얼굴을 지그시 바라보았다.

얼굴은 탔으나 자세히 보면 반드시 생각이 날 것이다. 나는 허리를 구부려 얼굴과 얼굴을 마주 보다가 깜짝 놀라 대답했다. 「부르네토 스승님, 여기 계셨습니까?」

「오, 아들아, 지장이 없다면 이 부르네토 라티니[5]가 동료들을 먼저 보내고

---

2) 《신곡》의 세계는 피안의 세계이지만, 그 묘사는 이 세상에 현존하는 자연과 물상에 의거하고 있다. 플랑드르의 방파제도 파도바에서 베네치아로 흐르는 브렌타 강의 둑도 극히 구체적인 현세의 풍물이다. 이러한 측면을 중요시하면 『현세 세계의 시인으로서의 단테』라고도 볼 수가 있는 것이다.

3) 이 둑을 쌓은 자는 하느님이다.

4) 『늙은 재봉사가 바늘귀에 실을 꿸 때의 모습 같았다.』 이와 같은 직유의 능란함을 매슈 아놀드는 격찬하고 있는데, 단테의 날카로운 관찰력과 풍부한 연상을 증명하는 부분이다. 이와 같은 묘사는 회화나 조각을 보고 있는 듯한 인상을 주기 때문에 독자들로 하여금 강한 이미지를 남긴다.

5) 자기가 『이 부르네토 라티니』라고 한 것이다. 그는 단테의 스승으로, 피렌체에 있는 바르젤로의 단테의 초상 옆에 있는 것이 그의 상이라고 한다. 지옥에 떨어진 것은 15곡에는 직접 써 있지 않으나 앞에서부터의 연관으로 알 수 있듯이, 그가 남색자였기 때문이다. 단테는 존경하는 스승을 지옥에 떨어뜨리긴 했으나, 말씨도 태도도 매우 정중하다. 부르네토 라티니는 1294년에 죽었다.

너와 함께 잠시 이 길을 되돌아갔으면 좋겠구나.」

「스승님, 꼭…….」 하고 나는 대답했다.「꼭 그렇게 해 주십시오. 만약 스승님께서 곁에 앉으라 하신다면 나의 길잡이에게 허락을 받고 가까이에 앉겠습니다.」

「오, 아들아」 하고 그가 말했다.「이 무리 속에서 잠시라도 걸음을 멈추는 자는 그 뒤 백 년 동안 누워서 불덩이를 맞는 고통을 겪어야 한다.

그러니까 먼저 가거라, 내가 너를 따라가마. 그러고 나서 나는 또 동료들에게로 돌아가겠다. 영원한 형벌에 울면서 가는 동료들이다.」

길에서 내려가 그와 나란히 걷는다는 것은 차마 주저되었으므로 나는 경건하게 걷는 사람처럼 머리를 숙이고 걸었다.

그가 입을 열었다.「도대체 우연인가, 천명인가, 어떻게 해서 최후의 날이 오기도 전에 너는 이 하계로 왔나? 길을 인도하는 저 이는 누군가?」

내가 대답했다.「저기 위의 세상에서 맑은 인생의, 아직 장년에 이르기도 전에 나는 어느 골짜기에서 길을 잃었으니

바로 어제 아침이었습니다. 그곳으로 내가 다시 돌아가려고 할 때 저분이 나타나 이 길을 거쳐서 지금 나를 인도해 주시고 있습니다.」

그러자 그가 말했다.「너는 너의 별을 따라서 나간다면 현세에서 보았던 것이 틀림없다면 반드시 영광스러운 항구에 닿을 수 있을 것이다.

내가 그토록 일찍 죽지 않았던들 하늘이 너에게 이렇듯 잘 해주는 것을 본 이상에는 내가 반드시 너의 일을 격려했을 게 틀림없다.

그러나 그 옛날 휘에솔레[6]의 언덕에서 내려온 저 마음 비뚤어진 배은 망덕의 무리는 아직도 시골뜨기와 같은 완고한 성격이 없어지지 않았다.

네가 착한 일을 하면 반드시 너를 미워할 것이다. 그럴 수밖에 없는 것이 떫은 마가목 사이에서 단 무화과가 열매를 맺을 리가 없다.

옛부터 세상에 속담도 있지만 그들은 장님이다. 탐욕스럽고 질투 많고 교만하다. 그 습성에 물들지 않도록 너도 몸을 깨끗이 갖도록 하라.

운명은 너에게 수많은 명예를 줄 것이로되, 그러니 만큼 백당도 흑당도

---

6) 휘에솔레는 피렌체에서 동북으로 3마일 떨어진 언덕 위에 있는 오래 된 도시로 반로마적인 경향을 띠고 있었다. 그 혈통이 피렌체 시에 내란을 가져온다는 것이다.

굶주린 듯이 너를 노릴 것이다.

　풀을 산양으로 멀리 떼어 놓아야 하듯이 휘에솔레의 짐승들이야 서로 잡아먹고 죽이든 내버려 둬라.

　그 땅이 사악한 죄악의 소굴로 화했을 때라도 거기 남게 된 로마 인들의 거룩한 씨앗은 그 식물 속에서 다시 되살아날 것이다.」

　「내 소망이 모두 이루어졌던들」 하고 내가 대답했다.「스승께선 인간의 생에서 아직 쫓겨나지는 않았을 것입니다.

　스승님이 현세에서 때때로 사람이란 어떻게 해서 불후의 명성을 얻을 수 있는가를 가르쳐 주셨을 때의 어버이같이 인자하시고 상냥하시던 모습이 머릿속에 새겨져 있어 지금 나는 감동을 금할 수가 없습니다.

　내가 얼마만큼 스승님께 은혜를 느끼고 있는지 내가 살아 있는 한 세상에 이야기해서 알릴 작정입니다.

　나의 운명에 대해 스승님께서 말씀하신 것을 명심하여 다른 예언과 함께 마음에 간직했다가 그 설명은 만약 갈 수만 있다면 고귀한 분[7]으로부터 듣겠습니다. 오직 스승님께서 알아 주셨으면 하는 것은, 내가 양심의 가책만 없다면 어떠한 운명이라도 달게 받을 각오가 돼 있다는 것입니다.

　이러한 예언은 내 귀엔 새로운 것은 아닙니다. 그러니까 운명의 여신은 운명의 바퀴를, 농부는 가래를 그들 마음대로 돌리면 되는 것입니다.」

　그러자 나의 스승 비르질리오는 머리를 오른쪽으로 돌려 나를 보고 말했다.「잘 듣는 자는 마음속 깊이 새겨듣는 법이다.[8]」

　그러나 나는 말을 멈추지 않고 부르네토 스승과 나란히 걸어가며 이 무리 중에서 제일 유명하고 제일 훌륭한 자가 누구누구냐고 물었다.

　그러자 스승이 말했다.「두세 사람은 가르쳐 줘도 좋지만 나머지 사람에 대해서는 말하지 않는 편이 현명할 것이다. 모두 이야기하려면 시간이 모자랄것 같다.

　요컨대 그들은 모두 성직자나 학자, 그것도 훌륭하고 유명한 사람들이었

---

　7) 고귀한 분은 베아트리체를 가리킴.

　8) 스승 비르질리오는 이 격언 같은 말로써 단테의 결연한 태도를 칭찬한 것이다. 그리고 운명의 여신에 대해 비르질리오는 이미 단테에게 지옥편 7곡에서 설명했다.

으나 현세에서는 똑같은 죄로 더럽혀진 자들이다.

프리쉬안이 저 비참한 무리들과 함께 가고 있다. 프란체스코 다 코르소도 가고 있다. 만약 네가 이런 죄인들을 보고 싶다면 볼 수도 있다.

저 자는 종들의 종의 손에 의해 아르노의 기슭으로부터 바킬리오네 기슭으로 좌천되어 그 땅에서 뻐드러진 몸뚱이를 죽은 뒤에 남긴 사나이다.[9]

좀더 오래 이야기를 하고 싶으나 이. 이상 따라갈 수도 이야기를 할 수도 없다. 저쪽 모래밭에서 새로운 연기가 오르는구나.

나와 같이 있을 수 없는 사람들이 온다. 너에게 나는 《테소로》[10]를 권한다. 그 속에서 나는 아직 살아 있다. 그 밖에 부탁할 말은 아무것도 없다.」 하고는 등을 돌려 정신 없이 달려갔다.

마치 베로나의 축제 때 들판을 달리는 푸른 천을 든 선수와도 흡사했는데[11] 그것도 이긴 쪽의 선수이지 진 쪽의 선수는 아니었다.

---

9) 안드레아 데 못시는 1286년(아르노 강을 향한) 피렌체 시의 주교로 임명되었으나, 1295년(바킬리오네 강을 향한) 뷔첸사의 주교로 좌천되어 다음 해 그 곳에서 죽었다. 종들의 종이란, 하느님께 종사하고 인간에게 종사하는 법황이라는 뜻으로 보니파치오 8세를 가리킨다.

10) 《테소로》는 부르네토 라티니가 파리 망명중에 프랑스 어로 쓴 일종의 백과 사전이다.

11) 베로나의 사순절 첫 일요일에 교외 벌판에서 행하여지는 경주로, 이긴 자는 녹색 천을 상으로 받고, 꼴찌는 수탉을 받았는데, 단 그것을 숨기지 않고 돌아가야만 했다는 것이다. 특히 피렌체의 경주에 대해서는 천국편 16곡 주를 참조. 현재도 행해지고 있는 유명한 경주는 시에나(7월 2일과 8월 16일)와 아레소(9월 첫 일요일)이다.

제 16 곡

제7옥이 끝나고 냇물이 폭포가 되어 제8옥으로 떨어지는 언저리에서 세 명의 피렌체 망자가 단테 쪽을 향해 뛰어온다. 구이도 퀘르라와 텍기아이오 알도부란디, 야고보 루스티크치는 모두 같은 도시의 유력자였으나 남색 때문에 파멸한 것이다. 단테의 말을 듣고 피렌체의 벼락부자 풍조를 한탄한 뒤 그들은 가 버린다. 비르질리오가 골짜기로 단테의 밧줄을 던지자 컴컴한 대기를 가로질러 괴물이 떠올라온다.

벌집에서 벌이 윙윙대는 것과 흡사한 소리를 내며, 물이 다음 옥으로 흘러 떨어지고 있었는데, 그 소리가 들리는 곳으로 내가 왔을 때,

두 망자가 처참한 형벌의 비를 맞으며 지나가는 무리에서 떠나 함께 달음박질치며 우리들 쪽으로 다가와 저마다 외쳤다.

「게 있거라, 게 있거라. 너는 옷차림[1]으로 짐작컨대 우리 배덕의 고장[2] 사람이 틀림없다.」

아, 세 사람의 몸뚱이는 말할 수 없는 상처투성이였다. 불에 갓 지져진 상처도 있고 오래 된 상처도 있다. 돌이켜 생각해도 마음이 아프다.

그들이 소리치자 스승은 귀를 기울이더니 얼굴을 나에게로 돌려 잠깐 기다리라고 했다. 「이 사람들은 정중히 대접할 필요가 있다.

장소가 장소인지라 화살처럼 불이 쏟아지고 있는데, 만약 그렇지 않았던들 저들이 오기 전에 급히 내가 마중을 갔어야 옳았을 것이다.」

우리가 멈춰 서자 그들은 넋두리를 또다시 되풀이하기 시작하더니 우리에게 가까이 오자 셋이 함께 원을 이루었다.

씨름꾼은 벌거벗은 몸뚱이에 기름칠을 하고, 치고받고하기 전에 유리한 틈만 있으면 덤비려고 눈을 번들거리는 법인데

그와 같이 셋 다 얼굴을 내 쪽으로 돌리고 빙글빙글 돌았기 때문에 목은

---

1) 당시는 각 도시마다 특징 있는 옷차림이 유행하고 있었는데 반세기 뒤인 보카치오 시대에는 외래품을 입은 자가 많았다고 한다.
2) 배덕의 고장은 피렌체이다.

목대로 다리는 다리대로 따로 움직이고 있었다.

「이 발디딜 곳도 없는 비참한 꼴과, 이 불에 타서 가죽이 벗겨진 꼴을 본다면, 우리의 소원은 우리와 마찬가지로 멸시될는지는 모르나,

우리의 이름을 들으면 그대로 마음이 움직여져 이름을 댈 생각이 날 것이다. 그대는 누구인가, 산 몸으로 이 지옥을 유유히 활보하고 있는데.

보다시피 내가 한발 한발 뒤따라가는 이 사람은 벌거숭이에 살갗이 진물러 있긴 하나, 그대가 상상하는 이상으로 지체가 높은 인물이오.

선량한 괄드라다[3]의 손자로, 이름은 구이도 쾨르라라 하였소. 생전에 슬기와 칼로써 많은 공을 세웠소.

내 뒤에서 모래를 밟고 오는 자는 덱기아이오 알도부란디요, 그 명성은 현세에서도 자자할 것이오.

그리고 그들과 함께 형벌을 당하고 있는 나는 야고보 루스티크치요. 다른 무엇보다도 악독한 마누라 때문에 나는 몸을 망쳤소.[4]」

불만 들이닥치지 않았던들 나도 밑에 있는 그들 속으로 몸을 던졌을 것이다. 그리고 스승도 그걸 허락해 주었을 것이 틀림없다.

허나 그렇게 하다가는 내가 타 버리고 말았을 것 같아, 그들을 껴안고 싶은 상냥한 마음씨도 공포에는 지고 말았다.

그래서 내가 입을 열었다. 「여러분의 모습을 보고 멸시는커녕 마음속에 고뇌가 새겨지는 듯합니다. 좀처럼 가시기 어려울 정도의 고뇌입니다.

여기 계신 내 스승님께서 주의를 주셨을 때부터 여러분 같은 훌륭한 분이 나타나리라는 것을 스승님의 말씀으로 미루어 나는 짐작하고 있었습니다.

나는 여러분과 한 고향 사람입니다. 평소에 늘 여러분의 업적과 명예스러운 이름을 존경하는 마음으로 이야기하고 또 들어왔습니다.

나는 쓴 쓸개를 버리고, 올바른 길을 가리키는 안내자가 나에게 약속하신 단 열매를 구하고자 가는 자인데, 그러려면 우선 『지옥의』 중심까지 내려가지 않으면 안 됩니다.」

그러자 사나이가 그 말에 대답했다. 「언제까지나 그대의 영혼이 오래

---

3) 괄드라다는 천국편 15곡에 나타나는 벨리치온 베드티의 딸로, 미인이요, 정숙하기로도 이름이 높다.
4) 악독한 마누라 때문에 동성애를 하게 되었다는 것이다.

그대의 육체를 인도하여, 그대 이름이 후세에 빛나기를 빌겠소.

가르쳐 주오, 열의와 덕이 예전과 다름없이 우리의 고향에 남아 있는지, 아니면 모두 없어지게 되고 말았는지?

현재 최근에 우리들 있는 데 떨어져서 고통을 받고 있는 궤렐모 볼시에레[5]가 지금 저 무리들과 가고 있는데, 그의 말을 들으니 온통 속상한 일뿐이었소.」

「오, 피렌체여, 벼락 부자들 때문에 네 안에 오만 불손한 풍조가 생겨, 그로 인해서 너는 이미 울고, 이미 괴로워하였도다.」 하고 나는 얼굴을 들고 외쳤다.

셋은 이것이 대답임을 깨닫자 납득이 가는 듯이 서로 어두운 얼굴을 하고 마주 보았다.

「만약 이 다음에도 다른 이의 질문에 이만큼 쉽게 대답할 수가 있다면」 하고 모두들 말했다.

「이처럼 마음껏 말할 수가 있다면 그대는 행복하오.

그럼 부디 이 암흑계를 무사히 벗어나 아름다운 별들을 우러를 수 있는 곳으로 돌아가 주오. 그대가 『나는 지옥에 있었다.』고 기꺼이 말할 기회가 있거든

그 때 우리들의 말도 모두에게 전해 주오.」

이렇게 말하고 나서는 원을 풀고 도망쳤는데, 그 때 그들의 날쌘 모습은 마치 날개가 돋친 것 같았다.

『아멘』을 외울 겨를도 없이 셋은 사라지고 말았는데, 스승은 그것을 계기 삼아 이 자리를 떠났다.

내가 스승을 따라 조금 앞으로 나갔을 때 물소리가 갑자기 가까워지더니 서로 말소리가 들리지 않을 정도가 되었다.

몬테 뷔소부터 동쪽을 향하여 아페니노 산맥의 왼쪽 기슭에서 바로 바다로 흐르는 강이 골짜기로 흘러 평야를 지나 포를리에 이르러 이름을 바꾸기까지 상류에서는 아콰퀴타라 불리고,

천 명을 수용한다는 성 베네딕토 수도원 위에서 폭포가 되어 요란스런 소리를 내며 떨어진다.

---

5) 궤렐모 볼시에레에 대해선 《데카메론》 제1일 제8화 참조.

그와 마찬가지로 붉은 핏물이 우렁찬 소리를 내며 절벽을 흘러 내려, 거의 귀청이 찢어질 것만 같았다.

나는 허리에 밧줄[6]을 매고 있었다. 이 밧줄을 가지고 얼룩 표범을 잡으려고 생각한 적도 있었다.

스승께서 명령하신 대로 나는 그 밧줄을 풀어서 다발로 뭉쳐 스승에게 주었다.

그러자 스승은 몸을 오른쪽으로 돌려 낭떠러지에서 얼마 떨어지지 않은 곳에서 깊은 골짜기를 향해 그걸 내던졌다.

『무슨 신기한 일이 필시 일어날 거다.』하고 나는 속으로 혼자 중얼거렸다.『스승께서 저렇게 눈으로 쫓는 것은 드문 일이다.』

아, 겉에 나타난 행동만이 아니고[7] 내면까지 꿰뚫어 볼 수 있는 슬기로운 이 곁에서는 모두 조심하는게 좋으리라!

스승이 말했다.「내가 기다리고 있는 것, 그리고 네가 몽상하고 있는 것이 곧 떠올라 올 것이다. 이제 네 눈앞에 정체를 나타낼 것이다.」

얼핏 보기에는 거짓말 같은 진실에 대해서 언제나 되도록 입을 다물고 있는 편이 덕이다. 말을 하면 실수가 없더라도 거짓말쟁이 취급을 받기 때문이다.

그러나 이것만은 잠자코 있을 수 없다. 그러므로 읽는 이여, 이 희곡[8] 시구에 맹세코 말하지만 —— 부디 이 시가 오래오래 세상에 애독되기를 ——

나는 보았던 것이다. 그 무겁고 답답하고 탁한 대기를 가로질러, 어떤 것이 헤엄치며 위를 향해 올라오는 것을.

그것은 담이 큰 사람이라도 놀랄 만큼 괴이한 모양이었다.

---

6) 이 밧줄은 프란체스코 회(會)에 가입한 사람이 허리에 매는 것으로, 단테가 전에 수도사가 됨으로써 표범, 즉 자기 자신의 다정 다한(多情多恨)을 억제하려 한 것이라는 해석도 있다. 그리고 표범은 지옥편 제1곡에도 나타났다.

7) 단테가 아무 말도 하기 전에 먼저 비르질리오가 『네가 몽상하고 있는 것』이라는 구절로 나타냈듯이, 단테의 호기심에 가득찬 기대의 마음을 꿰뚫어보고 있기 때문이다.

8) 이른바 《신곡》이라는 표제는 후세 사람들이 정한 것으로, 단테 자신은 이 구절에도 있듯이 단순히 희곡(commedia)이라 부르고 있다.

마치 이따금 바다 밑의 암초에 걸린 닻을 끌어올리기 위해 바다 속에 들어갔던 자가 솟구쳐 나오기 위해 상체를 펴고 다리를 웅크린 듯한 그런 모습이었다.[9]

제 17 곡

괴물 게뤼오네스가 낭떠러지에 기댄다. 비르질리오가 그 어깨를 빌어 골짜기로 내려가기 위해 청을 하고 있는 동안, 단테는 길잡이의 허락을 얻어 기법에 배반한 자, 즉 고리대금업자들의 무리를 구경하고 다닌다. 그들은 모두 목에 돈 주머니를 매달고 있다. 이어서 단테는 게뤼오네스의 등에 업히어 제8옥을 향해 공중에 반원을 그리며 날아 내려간다. 밑에서부터 제8옥의 고뇌의 외침 소리가 사방에서 들려 온다.

「보아라, 뾰죽한 꼬리가 돋친 괴상한 짐승[1]이 산을 넘어온다. 성벽과 무기를 쳐부수는 놈이다. 보라, 온 세상에 악취를 떨치는 놈이 온다!」

길잡이는 나에게 이렇게 말하고, 방금 지나온 돌길의 끝과 가까운 벼랑가로 오라고 괴물에게 눈짓했다.

그러자 권모 사기의 화신인 꺼림칙한 괴물이 떠오르더니 벼랑 위에 목과 가슴을 얹었으나 꼬리는 쳐들려 하지 않는다.

그 얼굴은 버젓한 사람의 얼굴이다. 얼핏 보기에는 자못 순하게 보였으나 그 나머지 몸뚱이는 실로 뱀과 흡사하다.

---

9) 단테는 독자에게 다음에 대한 흥미를 불러일으키고, 또한 능란하게 각 노래를 마치는 재간을 보이는데, 지옥편 16곡도 그 좋은 예라 할 수 있을 것이다.

1) 그리스 신화의 괴물 게뤼오네스로, 권모 사기의 화신으로 나와 있는데, 지인들이 이 게뤼오네스의 등을 타고 지금부터 내려가는 제8옥에서는 열 종류의 권모 사기가 열 개의 구렁으로 갈라져 벌을 받고 있는 것이다. 지옥편 19곡 주 참조.

발톱이 돋은 두 발은 겨드랑 밑에까지 털복숭이였고, 등에도 가슴에도 양 옆구리에도 매듭과 동그라미가 그려져 있었다.

타타르 인이나 터키 인이라 할지라도 이토록 화려한 직물은 짜낸 일이 없으며, 이런 무늬는 아라고네[2]도 고안해 내지 못했을 것이다.

마치 쪽배가 이따금 해변에서 반은 물에 잠기고, 반은 뭍으로 올라가 있듯이 또는 먹성 좋은 독일 인들 사이에서 물개가 생선을 노리듯이,

이 고약한 괴물은 모래밭을 에워싸는 바위 끝에 기대자 뾰죽한 꼬리를 허공에 쳐들고 독을 품은 전갈처럼 두 갈래로 갈라진 꼬리끝을 휘둘렀다.

길잡이가 말했다. 「자, 귀찮지만 길을 조금 돌아서 못된 짐승들이 누워 있는 저 곳까지 내려가기로 하자.」

그래서 오른편 벼랑을 향해 열 걸음쯤 뜨거운 모래와 불똥을 피하면서 내려갔다.

우리가 짐승이 있는 곳으로 다가갔을 때, 조금 더 앞쪽의 바위 틈 가까이 모래 위에 사람들이 앉아 있는 것이 보였다.

스승이 말했다. 「너는 이 옥에서 충분히 체험을 쌓아 둘 필요가 있으니까 저 곳으로 내려가 그들의 모습을 보고 오너라.

이야기는 간단하게 하도록 하고, 오래 있을 필요는 없다. 내가 돌아올 때까지 저 놈의 억센 어깨를 빌리도록 말을 해 두겠다.」

이렇게 하여 제7곡의 맨 끝을 딛고, 나는 홀로 앞으로 걸어나가, 비탄에 젖어 있는 사람들의 무리에게로 다가갔다.

고통은 눈에서 『눈물이 되어』 넘치고 두 손은 쉴새 없이 여기저기, 혹은 불똥을 털고 혹은 타오르는 땅을 할퀴고 있다.

마치 개가 여름에 벼룩이나 벌, 말파리에 쏘여서 코끝과 발로 몸을 긁는 꼴과도 흡사하다.

쏟아지는 고통의 불길에 데인 사람들의 얼굴을 몇 명이나 살펴보았으나 아무도 아는 이는 없었다.

그러나 알고 보니 누구나가 다 목에 돈주머니를 달고 있다. 그것에는 색색의 빛깔과 표지가 붙어 있는데, 모두 그 돈주머니만을 보고 있는 것

---

2) 아라고네에 대해서는 연옥편 12곡 주를 참조.

같았다.

나는 주위를 둘러보면서 그 속으로 들어갔다. 그러자 노랑 돈주머니가 눈에 띄었다. 곁에 하늘빛 사자 얼굴 모양의 무늬가 그려져 있다.

시선을 옮기니 또 하나, 피같이 붉은 바탕에 버터보다도 흰 거위 무늬를 그린 돈주머니가 보였다.

그러자 흰 바탕에 감빛 살찐 돼지 무늬를 새긴 돈주머니를 쥔 자가 나에게 말했다.

「너 이 구렁에서 무얼 하고 있나? 냉큼 물러가거라. 아직 살아 있는 듯하기에 말해 두지만, 나와 한 고향인 비탈리아노는 여기서도 『나보다 아랫자리』의 왼편에 앉는다.

이러한 피렌체 인들 속에서 나만 파도바 사람이다. 놈들은 때때로 『기사 중의 기사여, 세 마리의 산양 표지가 붙은 돈주머니를 갖고 오시오.』 하고 시끄럽게 소리 지르기 때문에 나는 귀청이 찢어질 것 같다.」

이렇게 말하고 입을 씰룩이며, 마치 소가 콧구멍을 핥듯이 낼름 혀로 입술을 핥았다.[3]

나는 이 이상 여기 있다가는 오래 있지 말라시던 스승님께 꾸지람을 들을 것 같아 근심스런 망자들의 무리를 떠나 제자리로 되돌아왔다.

스승은 벌써 괴물의 등[4]에 올라타고 있었다.

스승이 말했다. 「지금부터 절벽을 내려가야 하니 단단히 기운을 내도록 해라. 꼬리에 맞아 네가 다치면 안 될 테니 네가 앞에 타거라, 내가 그 사이에 타마.」

학질 앓는 이가 오한에 사로잡히기 직전에는 손톱까지 파랗게 질리어

---

3) 단테는 혼자 고리대금업자들을 보러 간다. 그들은 각기 자기집 가문이 새겨진 돈주머니를 목에 달고 있다. 단테와 동시대의 독자는 이러한 무늬 에서 인물의 정체를 알 수 있으므로 당시로서는 《신곡》이 극히 저널리스 틱한 뜻을 갖고 있었을 것이다.

4) 이하 본문 끝까지. 제7옥에서 제8옥으로 공중을 날아서 내려가는데, 공중 을 날으는 느낌이 굉장히 잘 표현되어 있다. 또 게뤼오네스에 대한 『마치 쪽배가 이따금 해변에서, 반은 물에 잠기고 반은 뭍에 올라가 있는 듯이』 라는 비유가 『배가 기슭에서 뒤로 뒷걸음치듯이 괴물은 그 곳을 떠났다.』 와 잘 연결되어 있다.

웅달만 보아도 온몸이 떨리는 법인데

스승의 말을 듣자 나도 병자처럼 오싹했다. 그러나 수치를 아는 내 마음은 나를 채찍질했다. 어진 상전 앞에서는 종도 수치를 알고 굳세어지는 법이다.

나는 괴물의 불룩 솟은 딱딱한 어깨에 올라타고「스승님, 팔로 안아 주십시오.」라고 말하려 했으나 목소리는 뜻대로 나오지 않았다.

그러나 다른 경우에서도 다른 곤경에서도 나를 구해 주신 스승은 내가 타자마자 내 두 팔을 꼭 껴안고「게뤼오네스야, 가자.」라고 말했다.

「네가 지금 업은 신기한 짐에 조심 하면서 큼직한 원을 그리며 천천히 내려가거라.」

배가 강기슭에서 곧장 뒤로뒤로 뒷걸음치듯이 괴물은 그 곳을 떠났다. 그리하여 이윽고 자유롭게 되자 발로 공기를 몸 쪽으로 끌어모으고 꼬리를 가슴팍 언저리로 돌려 뱀장어처럼 쭉 뻗어 놀리기 시작했다.

파에톤이 고삐를 버렸을 때[5]도 —— 그 때문에 하늘은 지금 보는 바대로 불탄 것이다 —— 또한 저 불쌍한 이카로스가「너는 진로를 그르쳤다!」하고 아비에게 비난을 받고,

열 때문에 초가 녹아 날개가 허리에서 떨어져 나가는 것을 느꼈을 때도 지금의 나같이 당황하지는 않을 것이다.

보이는 것이라곤 오직 주위의 공기뿐, 괴물을 빼고는 시계가 모두 사라지고 말았다.

괴물은 유유히 헤엄쳐 나아간다. 원을 그리며 내려가는 모양인데, 짐작도 할 수가 없다. 단지 아래로부터 바람이 얼굴을 향해 불어올 뿐이다.

벌써 오른쪽 아래편에서 폭포가 무서운 소리를 내고 있는 것이 들렸다. 그래서 나는 목을 구부려 아래쪽을 살펴보았다.

불이 보이고 탄식 소리가 들렸다. 나는 너무나 무서워 엉덩이를 들지도 못하고 와들와들 떨며 괴물의 등에 매달렸다.

원을 그리며 내려온 것을 이제까지는 몰랐으나, 고뇌의 외침 소리가 사방

---

5) 파에톤은 아폴로의 아들로 아비와의 연결을 사람들에게 증명하기 위해 아폴로에게 청하여 허락을 얻어 해의 바퀴를 굴렸으나 힘이 모자라 고삐를 잘못 다루어 타 버렸다. 천국편 17곡 참조.

에서 가까워지자 짐작이 갔다.

오랫 동안 하늘을 날던 매가 새 한 마리도 발견 못했을 때는 나중에 매사냥꾼이 화를 낸다. 「이제 됐다. 그만 내려와.」

그러면 매는 몇 번이고 몇 번이고 원을 그리며 신나게 날아올랐던 먼젓자리로 힘 없이 다시 돌아와 주인으로부터 떨어진 곳에 기분이 나쁜 듯이 내리는 법인데

게뤼오네스도 그런 식으로 깎아지른 골짜기의 바위 밑에 우리를 내려놓고 귀찮은 일을 끝냈다는 듯이 마치 시위를 떠난 화살처럼 하늘 저편을 향해 날아갔다.[6)]

---

6) 《신곡》에는 동물의 비유가 많으며(이를테면 지옥편 22곡에는 아홉 종류의 짐승이 나온다.) 이 17곡만을 들어 보아도 뱀 · 물개 · 전갈 · 개 등이(문장의 짐승은 제외하고) 나타난다. 그러나 가장 멋있는 비유는 마지막의 기분 나빠하는 매의 비유일 것이다. 특히 매는 개구리와 황새와 뱀과 함께 《신곡》 속에 가장 잘 나타나는 동물로서, 지옥편 3곡 지옥편 22곡, 연옥편 13곡과, 연옥편 19곡, 천국편 18곡, 천국편 19곡 등에도 나온다. 모두 다 박물학자로서의 단테의 날카로운 관찰력을 나타내고 있다. 더구나 단테의 묘사에는 형용사의 나열이 없고, 대부분의 표현이 동사로 설명되어 있기 때문에 구상적이다.

제 18 곡

제8옥은 열 개의 악의 구렁으로 갈라져 있는데, 거기서 열 종류의 죄인이 벌을 받고 있다. 첫째 구렁에서는 뚜쟁이가 악마에게 매를 맞고 있다. 그 중에는 안면이 있는 볼로냐 인인 베네디코 카차니미코도 있다. 반대 방향을 향해 가는 것은 여자를 유혹한 자들인데, 그 중에서 매를 맞으면서도 여전히 왕자 같은 풍채를 간직하고 있는 자는 황금 양피의 기사 야슨이다. 둘째 번 구렁에서는 똥물 속에 루카의 아렛시오 인텔미네며, 유녀 타이데 등의 아부 추종의 무리가 잠겨져 똥투성이 손톱으로 제 몸을 할퀴고 있다.

장소는 지옥 속에서 말레볼지에(악의 구렁)라 불리는 곳[1]이다. 모든 것이 무쇠빛을 한 바위로 이루어져 있다. 그 주위를 에워싸는 벼랑도 언덕도 같은 빛이다.

이 야수성의 광야 한복판에 꽤 크고 깊은 구덩이[2]가 있는데, 그것에 대해

---

1) 지옥은 아홉 옥으로 갈라져 있는데, 위에서 세어 제8옥은 또 열 개의 악의 구렁(말레볼지에)으로 갈라져 있다. 그 분류는 이미 지옥편 11곡에서 언급되었으나 그 자세한 것을 차례대로 표시하면 다음과 같다.

　　첫째 구렁, 뚜쟁이(지옥편 18곡).
　　둘째 구렁, 아부 추종(지옥편 18곡).
　　셋째 구렁, 성직 매매(지옥편 19곡).
　　넷째 구렁, 마술 마법(지옥편 20곡).
　　다섯째 구렁, 오리 수회(汚吏收賄) (지옥편 21, 22곡).
　　여섯째 구렁, 위선(지옥편 23곡).
　　일곱째 구렁, 절도(지옥편 24, 25곡).
　　여덟째 구렁, 권모술책(지옥편 26, 27곡).
　　아홉째 구렁, 분열 분파(지옥편 28곡).
　　열째 구렁, 허위 위조(지옥편 30곡).
단테가 지옥편을 충당한 구절의 거의 4할이 이 제8옥을 위해 씌어지고 있다. 어느 것이나 다 시인의 붓이 눈앞에 보는 것같이 생생하게 그린 정경이라 할 수 있을 것이다.
2) 이 구덩이에 대해서는 지옥편 32곡 참조.

서는 그 곳에 다다르면 이야기하겠다.

그래서 높은 절벽과 구덩이 사이에 둥그렇게 땅이 펼쳐져 있는 셈인데, 그 밑바닥은 열 개의 구렁으로 갈라져 있다.

이 지형을 도식적으로 말하면 마치 성벽을 지키기 위해 성을 차례차례 해자가 에워싸고 있는 듯한 모습, 그것이 이 곳의 광경이었다.

그리고 이런 성문에는 해자의 외곽 바위에 흔히 다리가 놓여 있는 법이다.

여기서도 암벽 밑에서부터 바위로 된 다리가 여럿, 둑과 구렁을 넘어 구덩이에까지 통했는데, 거기서 모여 구덩이 안으로 구부러져 있다.

게뤼오네스의 등에서 우리가 내린 곳은 이러한 장소였다. 시인은 왼편으로 향했는데, 나도 뒤를 따라 걷기 시작했다.

오른편에는 미증유의 비참, 미증유의 가책, 미증유의 징벌을 가하는 자와 당하는 자가 보였는데, 첫째 구렁은 그것으로 꽉 차 있었다.

밑바닥에는 벌거벗은 죄인들이 있었는데, 복판에서부터 앞쪽 사람은 우리 쪽을 향해 오고 있었고, 저쪽 편 사람들은 우리와 같은 방향으로 재빨리 걷고 있었다.

마치 로마 인이 1300년 특사(特赦)의 해[3]에 다리를 건너려는 순례자의 무리를 맞이하여 한쪽 무리들은 모두 성 탄제로 성과 성 베드로 사원으로, 다른 무리들은 모두 언덕을 향해 가게 한 것과 같은 식이다.

여기저기 시커먼 바위 위에 큼직한 채찍을 든 뿔난 마귀들이 보였는데 그들은 죄인들을 사정 없이 뒤에서 때렸다.

아, 처음 한 대를 맞자 죄인들은 허둥지둥 뛰어갔는데, 그 이상 두 번 세 번 맞다가는 죽겠다고 생각한 것도 무리가 아니다.

앞으로 나가는 도중 내 눈은 어떤 자에게로 쏠렸다. 나는 깜짝 놀라 외쳤다. 「이 자는 전에 본 기억이 있는데.」

그리고 나는 걸음을 멈추고 사나이를 찬찬히 바라보았다. 길잡이도 상냥

---

3) 1300년은 특사의 해였다. 단테도 그때 로마에 있으면서 특사를 받은, 성 베드로 사원으로 모인 대군중의 혼잡과 교통 정리의 광경을 보았을 것이라고 짐작된다. 다리 위에서 사람들이 서로 밀리지 않게끔 하기 위해 양쪽으로 나누어 대면 교통(對面交通)을 실시했다.

하게 나와 함께 멈추어서며 길을 조금 되돌아갈 것을 허락해 주었다.

매를 맞으며 가는 자는 얼굴을 숙였는데, 그것으로 정체를 숨길 모양이었다. 그러나 헛일이었다.

「너는 눈을 내리깔고 있는데 그 이목구비는 내가 잘못 본 것이 아니라면 베네디코 카차니미코이다. 헌데 어째서 이런 고통을 받고 있나?」

그러자 사나이가 대답했다.

「말하고. 싶지는 않지만 네가 손바닥을 들여다보듯 말하니 또 현세의 일이 생각나는구나.

음란한 이야기라 아무렇게나 해석이 되겠지만 후작의 뜻에 따르기 위해 내가 키소라벨라[4]를 꾀었던 것이다.

여기서 울고 있는 볼로냐 인은 나뿐이 아니다. 나뿐이기는커녕 볼로냐 인으로 꽉 찼다.

사베나 강과 레노 강 사이에서도 『시파』[5]라는 방언을 입에 담는 자가 여기만큼은 없을 것이다. 만일 거기에 대해 확증을 얻고 싶다면 우리들의 탐욕스런 마음을 머리에 새겨 두면 된다.」

이렇게 지껄이고 있는 그를 마귀가 말채찍으로 후려치며 소리질렀다. 「이 뚜쟁이 놈아, 어서 걸어라. 여기에는 팔 계집이 없다.」

나는 길잡이에게로 되돌아왔는데 거기서부터 함께 한참을 걸어나가니 벼랑이 바위 산으로부터 쑥 내민 곳에 이르렀다.

거기를 아주 쉽게 올라가 영원의 옥을 떠나 오른편에 험하게 우뚝 솟은 바위로 향했다.

밑이 뚫려져 있어 매맞은 자들이 지나갈 수 있는 곳이 있었는데, 그 다리

---

4) 베네디코 카차니미코는 볼로냐의 법왕당(法王黨) 수령 알베르트 카차니미코의 아들로, 에스티 가문의 오핏소 2세 때문에 여자(그것도 친누이인 키소라벨라)를 주선한 것이다.

5) 사베나와 레노는 각각 볼로냐에서 서쪽 2마일과 동쪽 2마일 지점을 흐르고 있는 강으로, 현세의 볼로냐 지방보다도 이 곳 지옥의 말레볼지에인 첫째 구렁에 보다 많은 볼로냐 인이 있다는 것이다. Sipa는 Si라는 볼로냐의 방언인데, 지옥편 33곡에서는 이탈리아 인에 대한 것을 『씨이(네)하는 사람』이라고 단테는 쓰고 있다. 단테는 《속어론》의 저자이며 언어의 문제에도 민감했다.

에 접어들었을 때 길잡이가 말했다.

「걸음을 멈추고 저 태생이 좋지 못한 놈들의 눈초리를 자세히 봐 둬라. 저 놈들은 우리와 함께 같은 방향을 걷고 있었기 때문에 너는 그 얼굴을 아직 보지 못했을 것이다.」

낡은 다리에서 반대편을 건너다보니 줄지어 선 무리가 매질당하며 쫓기어 이쪽으로 도망쳐 온다.

스승은 내가 묻기도 전에 먼저 상냥하게 가르쳐 주었다. 「보아라, 거물이 온다. 고통을 이겨내며 눈물 한 방울 흘리지 않는 것 같은데.

굉장한 자다. 왕자 같은 풍채를 지금도 지니고 있구나. 저것이 야슨이다. 용기와 지혜로 콜키스 사람들로부터 황금 양피를 뺏은 자다.

그는 렘노스 섬으로 건너갔다. 그것은 섬의 열광된 여자들이 남자들은 누구나 할 것 없이 사정 없이 몰살시켜 버린 뒤였는데

그래서 요리조리 수단을 쓰고 교묘한 말로써 휩시퓔레[6]를 꾀었다. 그녀는 다른 여자들을 모두 속인 적이 있는 교활한 여자였지만서도.

그는 그녀를 잉태케 해놓고 혼자 섬에 버려 두고 떠났다. 그런 죄 때문에 이런 고통을 받고 있는 것이다. 그 밖에 메디아도 지금 원한을 풀고 있는 셈이다.

지금 그와 함께 도망치고 있는 자는 이렇듯 여자를 속인 자들이다. 첫째 구렁과 거기서 벌받고 있는 자에 대해서는 이쯤 알면 충분하겠지.[7]」

---

6) 휩시퓔레는 렘노스 섬의 왕녀로, 그 섬의 여자들이 남자들을 몰살시켰을 때, 여자들을 속여 아버지를 구했던 것인데, 콜키스 섬으로 황금 양피를 약탈하러 가던 야슨에게 유혹당하고 버림을 받았다.

7) 야슨으로 대표되는 난봉꾼은 세상에 수도 없이 흔하게 있다. 그래서 『이쯤 알면 이제 충분하겠지.』 하고 비르질리오가 간단하게 끝낸 것이다. 야슨은 지옥편 10곡 파리나타 우벨티, 지옥편 14곡의 카파네오, 지옥편 26곡의 오딧세우스만큼 인격이 부각되어 있지는 않으나 그래도 아르고의 지휘관인 이 황금 양피의 기사는 지옥 속에서도 여전히 왕자의 풍모를 지니고 있는 사람으로서 그려지고 있다. 그런 의미에서 다른 세 사람과 마찬가지로 《신곡》의 윤리적 정합성(整合性)을 깨뜨리고 있는 인물이라 할 수 있다. 그런 종류의 파격이 색채를 곁들여 《신곡》의 시적 흥미를 돋구고 있는 것이다.

그 때 우리가 도착한 곳은 좁다란 길이 둘째 번 둑과 교차되는 언저리를 교각으로 삼고 다리가 놓여져 있었다.

여기 오니 다음 구렁에서 신음하는 자들의 소리가 들렸는데, 숨결은 거칠었고 자기 손으로 제몸들을 치고 있었다.

암벽에는 아래서부터 올라오는 한숨 때문에 곰팡이가 더덕더덕 눌러붙어 악취가 눈과 코를 찔렀다.

밑바닥이 깊어서 배를 내민 돌다리 복판의 맨 위에 오르지 않고서는 그 곳을 들여다볼 수가 없었다.

그래서 거기로 올라가는 구렁 밑을 들여다보니 인간의 뒷간에서 흘러나온 듯한 똥 속에 잠긴 사람들이 보였다.

내가 그 밑을 살펴보니 머리에 똥물을 뒤집어쓴 자가 보였는데 어찌나 더러운지, 속인인지 성직자인지 분간을 할 수가 없다.

그 자가 나를 보고 소리쳤다. 「왜 그렇게 너는 나만 쳐다보나. 나말고도 더러운 놈은 얼마든지 있는데.」 내가 대답했다. 「내 기억에 틀림이 없다면

네 머리털이 아직 말라 있었을 무렵에 본 기억이 있다. 너는 루카의 아렛시오 인텔미네가 아니냐, 그래서 특별히 다른 누구보다도 더 자세히 보는 거다.」

그러자 그는 못 생긴 머리통을 치면서 「이런 맨 아래 구렁에 내가 빠진 것은, 내가 싫증도 내지 않고 아첨을 했기 때문이다.」

그러고 나자 길잡이가 말했다. 「네 눈을 좀더 안쪽으로 돌려 봐라. 그러면 머리를 풀어헤친 저 더러운 화냥년의 얼굴을 두 눈으로 똑똑히 볼 수가 있을 것이다.

저 여자는 저쪽에서 섰다 웅크렸다 하면서 똥묻은 손톱으로 제 몸을 긁고 있다.

저것이 유녀 타이데이다. 단골 손님이 『내가 정말 네 마음에 들었나?』 하고 물었을 때 『네, 들고말고요.』 하고 대답한 것이다.

자, 이만 하면 눈요기는 충분히 되었겠지.」

제 19 곡

제8옥의 셋째 구렁에서는 성직을 매매한 무리들이 벌을 받고 있다. 머리를 구멍 속에 처박고 불타는 두 다리를 버둥거리며 울고 있는 망자는 본래 법황이었던 니콜로 3세이다. 생전에 주머니에 돈을 모았기 때문에 주머니 꼴의 구멍 속에 처박히게 되었다. 울음 섞인 소리로 역대 법황의 무법을 들려 주고 있다. 단테는 격정에 사로잡혀 성직 매매의 폐단을 힐난한다. 그 비난을 듣고 만족의 뜻을 표시하며 비르질리오는 단테를 안아 다음 둑으로 데려 간다.

오, 마술사 시몬[1]이여. 오, 불쌍한 시몬의 졸개들이여!

본래의 미덕과 맺어져 그 신부가 되어야 할 성물과 성직을 너희들 도적은 황금과 은으로 바꾸어 팔아먹었다. 너희들이 셋째 구렁에 있는 한 이제야말로 선고(宣告)의 나팔 소리 울려 퍼져 마땅할 때다.

우리는 벌써 다음 구렁 위에 접어들고 있었다. 돌다리가 마침 그 언저리에서 구렁의 한복판에 우뚝 걸쳐져 있다.

오, 최상의 지(智)여, 어쩌면 이다지도 희한한 솜씨가 천상과 지상에, 또는 악의 세상[2]에 나타나고 있는 것일까.

그리고 어쩌면 이다지도 공평하게 응보가 행해지고 있는 것일까!

바라보니 양쪽 경사도 그 밑바닥도 납빛 돌로 되었고 여기저기에 똑같은 둥근 구멍이 수없이 패어져 있었다.

피렌체 성 요한 성당[3]의 세례용으로 만들어진 것과 보기에는 큰 차이가

---

1) 시몬은 사마리아의 마술사. 그는 사도들이 안수로 성신이 내리심을 보고 그들(베드로와 요한)에게 돈을 주어, 이 기능을 사려 하였다 (〈사도 행전〉 8장 19~24절). 이로부터 성직자이나 성물을 매매하는 죄를 시모니아 (Simonia)라 부르게 되었다.

2) 악의 세상은 지옥이다.

3) 성 요한 성당은 피렌체 시에 있는 이름난 세례소이다. 예전에 피렌체 시의 중심에 있던 건물이었으므로 오늘날 이 시의 중심부에 사는 사람들은 아이를 낳으면 이 성당에서 세례를 받게 하고 있다. 예전엔 어린 아이의 전신을 물에 담갔다고 한다.

없다.

그 세례반(洗禮盤) 하나를 몇 해 전에 내가 망가뜨렸다. 그 속에 빠진 아이를 구하려 했던 것이니까. 이 말을 증거삼아 모두들 오해를 풀어 주기 바란다.[4]

그 구멍마다 거꾸로 박힌 죄인들의 발과 정강이가 넓적다리 언저리까지 삐져나와 있었다. 나머지는 구멍 속에 묻힌 채이다.

그들의 발바닥에는 양쪽 다 불이 붙어 있었다. 오금을 몹시 퍼덕거리기 때문에 끈이고 밧줄이고 끊어낼 듯한 기세였다.

기름 묻은 물건에 불이 붙으면 불꽃은 반드시 겉껍데기만을 태우는 법인데, 뒤꿈치에서 발끝에 걸쳐 불이 번지는 꼴이 그와 흡사했다.

「스승님, 저건 누굽니까.」 하고 내가 물었다. 「다른 죄인보다 더 날뛰며 몸부림을 치는데, 그리고 유독 시뻘건 불꽃이 튀어오르고 있군요?」

그러자 스승이 나에게 말했다. 「만일 네가 원한다면 저쪽 낮은 구렁가를 지나서 밑으로 데려가 주마. 저 자로부터 직접 신세 이야기와 과실을 들어 보아라.」

「스승님의 뜻대로 뭐든지 기꺼이 하겠습니다. 스승님은 나의 주인입니다. 스승님의 뜻에 맞지 않는 일은 하지 않겠습니다. 나의 마음속을 헤아려 주십시요.」

이리하여 넷째 둑 위로 와서 왼편으로 구부러져 언덕을 내려 여기저기 구멍이 뚫린 좁은 골짜기 밑으로 내려갔다.

스승은 정답게 나를 내내 업고서 다리를 울부짖고 있는 자[5]들의 구멍 가까이까지 데리고 갔다.

「아, 누군지는 모르나 마치 말뚝처럼 거꾸로 박힌 불쌍한 혼이여.」 하고 내가 말을 걸었다. 「말을 할 수가 있거든 말을 해봐라.」

간지(奸智)에 능한 살인자는 붙잡혀 거꾸로 묻히고서도 여전히 죽음을 늦추고자 신부를 부르는데,

나는 그 참회를 듣는 신부 같은 입장이 되었다.

---

4) 단테가 어린이를 구하기 위해 한 행위를 신에 대한 불경의 파괴 행위라고 비난하는 자들에 대해 단테가 해명을 한 것이다.

5) 법황 니콜로 3세. 오르시니 가문 출신으로 1277~1280년에 재위했다.

그러자 사나이가 소리쳤다. 「너는 벌써 여기 왔느냐? 보니파치오.[6] 너 벌써 여기와 서 있느냐? 『예언의』 책에 적힌 것과 몇 해나 틀리잖나.

너는 벌써 그 재물에 싫증이 났나? 그걸 손에 넣기 위해 예쁜 여자를[7] 태연히 속여서 빼앗고 더구나 그걸 팔려고까지 했던 주제에?」

대답을 듣기는 했으나 뜻을 도무지 이해할 수가 없어 마치 멸시받은 사람처럼 대꾸도 못하고 나는 거기 우뚝 서 있었다.

그러자 비르질리오가 말했다. 「어서 대답해라. 『아니다, 나는 네가 생각하고 있는 사람이 아니다』라고.」

그래서 나는 시키는 대로 그렇게 대답했다.

그러나 망자는 두 다리를 비틀어 몸부림치며 한숨을 쉬고 울면서 말했다. 「그럼 나한테 무엇을 알아내겠다는 거냐?

내가 누군지 그것이 알고 싶어 일부러 둑을 넘어왔다면 가르쳐 주마. 나는 생전에 큰 법의를 입고 있었다.

사실 나는 곰의 아들인데, 새끼 곰들을 출세시키겠다는 욕심에 사로잡혀 현세에서는 돈을, 여기서는 내 몸뚱이를 주어서 구멍을 틀어박았다.[8]

여기 내 머리 밑에는 나보다 먼저 성직 매매를 한 다른 법황들이 끌려들어와 바위 틈에 숨어 웅크리고 있다.

내가 아까 성급한 질문을 했을 때는 너를 딴 놈과 착각을 했던 것인데, 그 놈이 오면 그 때 나도 또 저 밑으로 떨어진다.

그러나 내가 이렇게 거꾸로 박히어 두 발을 태우게 된 지도 벌써 오랜 시간이 흘렀다. 그러니 그 놈은 오더라도 그리 오래 불타는 발로 거꾸로

---

6) 보니파치오 8세(지옥편 27곡 참조)는 1303년 10월 11일에 니콜로 3세가 지금 있는 구멍으로 떨어져 올 예정이다. 망령이 미래를 읽는 힘이 있다는 것은 이미 지옥편 10곡에서 설명을 들었다. 니콜로는 단테를 보니파치오인 줄 착각을 하고 소리친다.

7) 예쁜 여자를 속이고 운운은, 전임자인 첼레스티노 5세를 협박하여 법황 자리를 1294년에 물러나게 한 것을 가리킨다. 지옥편 3곡의 『겁을 먹고 큰 지위를 버린 자』는 그러므로 이 첼레스티노 5세를 가리킨 것이라고들 한다.

8) 현세에서 돈을 주머니 속에 가득히 채운 응보로서, 이 주머니 꼴의 구멍에 자기가 지금 박혀 있다는 것이다.

서 있지는 않을 것이다.[9]

그 놈의 뒤를 따라 서쪽에서 무법한 법황[10]이 올 것이다. 모든 행위가 우리보다 한술 더 떠서 사악하기 때문에 그 놈이나 나나 따를 수가 없다.

마카베오에 나오는 제2의 야슨이라고나 할까. 야슨에게『시리아』의 왕이 연약했듯이, 프랑스 왕도 그 놈에 대해서는 약했을 것이 틀림없다.」

무의식중에 격정에 사로잡혀 말이 지나쳤는지는 모르나, 나는 이런 투로 그에게 응수했다.

「어디, 말해다오.『천당의』열쇠를 성 베드로에게 맡기기 전에 우리 주 『그리스도』가 돈을 얼마나 요구하셨나?『나를 따르라[11]』요구하신 것은 이것 뿐이다.

배반자『유다』가 그 자리를 상실한 뒤, 대신 그『회계의』자리에 뽑힌 맛디아로부터 베드로도 그 누구도 금과 은을 받은 예가 없다.

너는 여기 남아 있어 마땅하다. 벌을 받는 것이다. 못된 짓을 하여 손에 넣은 돈이니 감시나 잘 해라. 돈 때문에 너는 대담하게도 샤를르 왕[12]에게 반항을 했다.

네가 현세에서 쥐고 있는 거룩한 열쇠에 대해 존경을 하기 때문에 그나마 말을 삼가고 있는 거다.

그렇지 않다면 더욱 맹렬한 언사를 썼을 게다. 아무튼 너희들의 탐욕 때문에 선인이 짓밟히고 악인이 우쭐하는 슬픈 세상이 되었다.

사해에 군림하는 여인『로마』가 여러 나라 왕들과 음란한 행위를 하는 것을 보았을 때, 요한은 너희들 같은 법황이 나타날 것을 미리 알고 있었다.

---

9) 1280년 5월부터 20년 가까이 되는데, 보니파치오 8세는 1403년부터 그 다음, 즉 본래 프랑스 보르도의 대주교였던 클레멘테 5세가 지옥에 떨어지기(1314년)까지 불과 십 년밖에 여기 있지 않을 것이라는 뜻이다.

10) 보니파치오 8세가 죽은 뒤에는 베네데토 11세가 아홉 달 동안 재위했는데, 단테는 그것을 계산에 넣고 있지 않으므로『무법한 법황』은 클레멘테 5세이다. 무법한 행위 가운데는 금전적인 일 이외의 법황청의 아비농 천도를 들 수가 있다. 그것은 당시의 프랑스 국왕 필립 4세의 뜻에 따른 것이라고 한다.

11) 〈마태 복음〉 4장 19절.

12) 나폴리와 시칠리아의 왕 샤를르 당쥬.

그 남편 『법황』이 미덕을 따르고 있는 동안은 일곱 개의 머리를 갖고 태어난 여인 『로마 교회』가 열 개 뿔 『십계』를 증거삼아 번영할 수 있었다.

너희들은 제멋대로 금과 은의 신들을 만들어냈는데, 너희들이 우상 숭배의 무리들과 다를 것이 무어란 말이냐? 우상을 하나 섬기느냐 백을 섬기느냐의 차이뿐이 아니냐?

아, 콘스탄티누스여, 너의 개종[13]을 나쁘다고는 않는다. 그러나 너는 당치도 않은 나쁜 짓을 했다. 네가 바쳤기 때문에 마침내 벼락 부자 법황이 세상에 나온 것이다!」

내가 이런 투로 비난을 늘어놓자, 분노 때문인지 양심의 가책 때문인지 그는 두 다리를 심하게 떨었다.

스승은 기뻤던 모양이다. 핵심을 찌른 한 마디 한 마디에 가만히 귀를 기울이며 만족스런 표정이었다.

그러자 스승은 두 팔로 나를 끌어당겨 가슴 위로 안아올려 내려왔던 길을 되돌아 올라갔다.

나를 안고 있어도 피로한 기색도 없이 넷째 둑에서 다섯째 둑으로 통하는 다리 위까지 나를 데리고 갔다.

여기서 스승은 짐을 가만히 내려놓았다. 가만히 내려놓은 것은 깎아지른 바위 때문이었는데, 그 곳은 염소라도 지나가기 힘들 것 같았다.

거기서부터 골짜기가 눈앞에 활짝 트였다.

---

13) 황제 콘스탄티누스(274~337)는 그리스도교로 개종하여 수도를 콘스탄티노플로 옮긴 사람인데, 그 때 서로마 제국의 지상권을 법황에게 증여했다는 전설이 중세에는 널리 전해지고 있었다. 단테는 법황이 이 증여를 받지 말았어야 한다고 비난하고 있다(연옥편 32, 33곡). 그리고 콘스탄티누스에 대해서는 지옥편 27곡, 천국편 20곡 참조. 처음에는 니콜로 3세라는 작은 인물을 너〔tu〕로서 비난을 하고, 이어 법황 모두를 너희들〔voi〕로서 언급했고, 마지막에 노여움이 사라지고 일종의 한탄스런 슬픔을 가지고 과거의 법황 콘스탄티누스의 이름을 『아』 하고 부른 것이다.

제 20 곡

제8옥의 넷째 구렁에서 불손하게도 생전에 미래를 점친 자가 몸통 위에 머리가 반대로 돌려진 채 처벌을 받고 있다. 그래서 그들은 뒷걸음질치면서 앞으로 나가지 않으면 안 된다. 비르질리오는 그 중에서 암파라오스·테레지아·아론타·만토, 그 밖의 마법사들을 가리켜 준다. 만토의 이름이 나왔던 김에 비르질리오는 고향인 만토바의 유래에 대해 자세히 이야기한다. 시간은 지옥 여행을 떠난 지 열두 시간이 지난 성 토요일의 오전 여섯 시이다.

전대 미문의 형벌을 시로 읊어야 한다. 그것을 지옥에 빠진 자들을 다루는 제1편 제20곡의 소재로 삼아야 한다.

나는 이미 마음의 준비가 단단히 되어 있으므로 환히 보이는 골짜기 밑을 바라보았는데 거기에는 불안, 오뇌의 한탄이 넘쳐 있었다.

둥근 골짜기를 묵묵히 눈물지으며 걸어오는 무리들이 보인다. 그 걷는 꼴은 이 세상에서 기도하는 행렬이 나가는 것과 비슷하다.[1]

내가 시선을 떨어뜨려 그들의 얼굴로부터 아래를 보니 놀랍게도 누구라 할 것 없이 모두 목과 턱이 몸통 위에서 반대로 달려 있다.

얼굴은 엉덩이 쪽을 보고 있어 앞을 볼 수가 없으므로 뒷걸음쳐서 나가지 않을 수 없는 모양이다.

중풍 때문에 한 쪽이 마비됐거나 혹은 완전히 몸을 뒤틀린 자도 있을는지 모른다. 나는 본 적이 없다. 있다고도 생각되지 않는다.

읽는 이여, 만약 주께서 허락하시어 이 독서에서 교훈을 얻는다면 여기서 그대 자신을 생각해 주기 바란다. 내가 어찌 눈물을 흘리지 않을 수가 있었 겠는가를.

우리 인간들과 비슷한 이 모습은 가까이서 보니 목이 뒤틀려 있기 때문에

---

1) 지금도 가톨릭을 믿는 여러 나라에서는 부활제 같은 축제일에 거리를 행렬지어 걸어가는데, 그 행렬처럼 천천히 걷는다는 것.

하염없는 눈물이 줄지어 흘러 그 엉덩이를 적시고 있었다.[2]

거치른 암벽 한 모서리에 기대서서 그것을 보고 나는 울었다. 그러자 스승이 말했다.

「너까지 또 그런 어리석은 짓을 하나? 여기서는 정을 죽이는 것이 정을 살리는게 된다. 주님의 심판에 대해 연민의 정을 품는 것, 그보다 더 큰 죄는 없으리라.

머리를 들라, 머리를. 그리고 똑똑히 보라, 그 놈이다. 테베 인들 눈앞에서 갈라진 땅에 삼켜진 자들이다. 그 때 모두들 저마다 소리쳤다.『어디로 떨어지나, 암퍄라오스야, 어째서 너는 싸움터를 버리느냐?』그는 밑으로 굴러 떨어져 미노스에게 붙잡혔다. 미노스는 죄인은 누구든 놓치지 않기 때문이다.

보라, 그는 등을 가슴으로 바꾸고 있다. 너무 앞일을 알려 했기 때문에 뒤로 보게 되어 뒷걸음질치며 길을 가는 것이다.

보라, 테레지아[3]를, 그는 사내에서 계집이 되었는데, 그 때 용모가 변하여 몸매도 완전히 달라지고 말았다.

그리하여 다음에 다시 사내 몸으로 돌아가기 위해 먼저 엉켜붙은 두 마리의 뱀을 채찍으로 때려야만 했었다.

저것이 아론타다. 등을 테레지아의 배에 붙이고 간다. 루니의 두메에서는, 그 산기슭에 사는 카르라레 사람들이 돌을 깎아내고 경작을 하고 있는데

아론타는 그 곳의 흰 대리석의 굴을 거처로 삼고, 거기서 마음 내키는 대로 별과 바다를 보고『점을 치고』있었던 것이다.

저 산발한 머리로 유방을 감추고 털이 난 살갗은 모두 저쪽으로 돌리고 있어 너에게는 안 보이지만 저 여자[4]가 만토이다.

저 여자가 여러 나라를 편력한 끝에[5] 겨우 정착한 곳이 실은 내 고향이

---

2) 얼굴을 앞으로 향하고 있기는 하나 목에서부터 뒤틀리어 뒤를 향하고 있기 때문에 뒷걸음쳐 나가고 있다. 그래서 눈에서 흐르는 눈물이 줄을 지어 엉덩이를 적시고 있다는 것이다.

3) 점쟁이 테레지아는 테베의 전투 때 그리스군 속에 있었다. 뒤에 나오는 만토의 아비이다.

4) 산발한 머리가, 목과 몸통이 반대로 붙어 있기 때문에 등이 아니고 유방 위에 머리가 드리워져 있다.

5) 지옥편 1곡에서 비르질리오가 말했듯이, 그는 만토바 출신이다. 그래서 출신지의 유래를 설명하는 것이다.

다. 그러니 나를 좀 기쁘게 해 주는 셈치고 이야기를 들어 다오.

저 여자의 아비(테레지아)가 이 세상을 떠나고 바커스 마을[6]이 노예의 처지로 떨어지게 되자 저 여자는 긴 세계 편력의 길을 떠났다.

아름다운 이탈리아 북쪽 알프스 산 밑에 호수가 있다. 베나코[7]라는 이름인데, 티랄리의 북부로 독일과 인접해 있다.

그 가르다 호수와 카모니카 골짜기와 아페니노 사이의 땅은 천도 넘는 샘물이 물을 대고 있는데, 그 물이 흘러서 그 호수로 들어가는 것이다.

호수 한복판에 섬이 있는데, 트렌트의 사제나 브레이샤 또는 베로나의 사제들이 그 곳으로 갈 때는 축복을 하곤 하였다.

호반에서 가장 기슭이 낮은 곳에 아름답고 견고한 요새 베스키에라가 우뚝 솟아 있는데, 브레이샤나 베르가모의 군세에 대비한 성이다.

베나코의 품 속에 못다 들어가는 물줄기는 거기서 모조리 넘쳐나와 푸른 들에 한 줄기 강이 되어 흘러내린다.

물이 일단 흘러나오면 이제 베나코가 아니다. 고베르노에 이르기까지 멘치오라 불린다. 거기서 포 강으로 합쳐지는 것이다.

호수에서 벗어나 멀지 않은 곳에 저지대가 있어 그 곳에 물이 넘쳐 늪을 이루고 있기 때문에 여름이면 불쾌한 지대로 변한다.

사나운 여자 만토는 그 곳을 지나다가 미개한 무인지경을 늪 속에서 발견하자 그 곳에 자기 종들을 데리고 머물렀다.

사람들과의 교제를 피하고 요술을 행하며 거기서 평생을 보냈다.

그 주변에 흩어져 살던 사람들이 뒷날 그 섬에 모였다. 주위가 늪으로 에워싸였기 때문에 수비가 든든한 것이다.

그 여자의 해골 위에 마을을 세우고, 처음에 그 곳을 선택한 여자의 이름을 따 만토바라고 이름 붙였다. 달리 생각이 나지 않았기 때문이다.

카사롯테의 가문이 어리석게도 피나몬데에게 속아넘어가기 전까지는 마을 인구가 꽤 많았었다.

그런데 충고해 두지만, 내 고향에 대해 이것과 다른 내력을 듣더라도 그런 종류의 거짓말에는 미혹되어서는 안 된다.」

---

6) 바커스의 마을은 테베이다.
7) 베나코 호, 지금의 가르다 호이다.

내가 말했다. 「스승님, 스승님의 말씀은 지당한 말씀이라 잘 납득이 갑니다. 다른 설은 나에겐 꺼져 버린 숯에 불과합니다.

그러나 가르쳐 주십시오. 지금 앞을 지나가는 무리 중에 누구 주목할 만한 자가 있습니까? 나는 그쪽에만 마음이 쏠리고 있습니다.」

그러자 스승이 대답했다.

「양볼에서부터 수염을 고동색 두 어깨에 드리우고 있는 자는 그리스에 남자가 귀해져서, 남자라곤 요람 속에서조차 볼 수 없게 되었을 때 박수였던 자다. 그가 칼카스와 함께 아울리스에서 닻을 뽑을 때를 알렸던 것이다.

이름을 에울리필로라 한다. 나의 숭고한 극시에도 어딘가에 등장하고 있다. 전 작품에 대해 다 아는 너인지라 잘 알고 있겠지.

저 양 옆구리가 몹시 마른 자는 미켈레 스콧토이다. 그는 참으로 마법 요술을 부리는 재주가 능란했었다.[8]

보라, 구이도 보닛티를. 보라, 아스텐테를. 그들은 가죽과 끈만 주무르고 있었더라면 좋았을 걸 하고 이제사 뉘우치고 있지만 이미 늦었다.

보라, 바늘과 베틀과 물레를 버리고 점쟁이가 된 비참한 계집들을. 풀잎과 꼭두각시로 마법을 부렸던 것이다.

이제 그만 가자. 카인과 그 가시(달)[9]가 양 반구(兩班球)의 경계(지평선)에 위치하여 세빌랴 저편에서 물결에 닿고 있구나.

그리고 간밤에는 만월[10]이었다. 깊은 숲속에서 너는 여러 번 그 혜택을 받았기 때문에 잘 알고 있을 게다.」

이렇게 스승이 말하는 동안에도 우리는 계속 걸었다.

---

8) 스코틀랜드 출신의 철학자로 황제 페데리고 2세에게 종사하다가 13세기 말에 사망했다. 아리스토텔레스에 대한 주석을 썼으며, 또 아라비아 어를 라틴어로 번역도 했다.

9) 한국인이 달의 반점에서 계수나무를 보듯이, 중세 이탈리아의 민중은 가시를 짊어지고 있는 카인의 모습을 본 것이다. 달의 반점에 대해서는 천국편 2곡을 참조.

10) 간밤은 만월, 즉 부활제인 성 목요일에서 성 금요일 아침에 걸쳐 단테는 컴컴한 숲속에서 길을 잃었던 것인데(지옥편 1곡), 이어서 그 성 금요일 밤을 통해서 단테가 지옥의 제1옥에서 제8옥의 넷째 구렁까지 보았으므로 달은 지금 서쪽 수평선에 지고, 해가 동쪽에서 돋으려 하고 있는 것이다. 특히 단테의 지리적 세계상에 대해서는 연옥편 2곡의 주를 참조.

제 21 곡

제8옥의 다섯째 구렁에서는 탐관오리의 무리가 부글부글 끓는 역청(瀝青) 속에 잠기어 있다. 악마가 뛰어나와 벼랑 위에서 루카의 한 장로를 역청 속에 내던진다. 장로가 위로 떠오르면 마귀들이 갈고리를 가지고 못살게 굴며 조롱한다. 비르질리오와 마귀 대장 마라코다와 이야기가 되어, 비르질리오와 단테는 몇몇 마귀들의 안내로 앞으로 나가게 된다. 단테는 공포에 떨며 따라간다.

이리하여 이 회곡에 특별히 읊을 만한 거리도 못 되는 딴 이야기를 나누면서 다리에서 다리를 건너[1] 우리는 다음 다리의 높은 복판에 이르렀다.

그리하여 거기서 다음 말레볼지에의 갈라진 틈바구니를 보고 걸음을 멈추었다. 허무한 신음 소리가 새어나온다. 그 골짜기는 이상하게도 어두웠다.

베네치아의 조선소[2]에서는 낡은 배의 상처를 때우기 위해 겨울이면 역청이 부글부글 끓는다.

항해는 못하나 그대신 어떤 자는 배를 만들고, 어떤 자는 긴 여행 끝에 상처난 뱃전의 구멍을 때운다.

이물을 수리하고 고물을 수리한다. 노를 만드는 자, 닻줄을 꼬는 자, 크고 작은 돛대의 찢어진 돛을 수선한다.

그 모양과 마찬가지로 불은 없으나 주님의 재주로 아래쪽에 짙은 역청이

---

1) 이것과 유사한 구절은 지옥편 4곡, 지옥편 6곡 등에도 있다. 이 여행에서 《신곡》 100곡 안에 읊어진 어느 것보다 더 많은 일이 있었다는 시인 단테의 암시인데, 동시에 쓸데없는 지리한 부분은 삭제한다는 예술가 의식의 표명이기도 할 것이다. 거기에 대해 자세한 것은 연옥편 33곡과 그 주를 참조.

2) 베네치아의 조선소는 십자군의 동정(東征)때 유력한 역할을 하였기 때문에 중요성이 급격하게 증가되었다는데, 1303년 무렵에도 대확장을 이루어 유럽에서 가장 큰 것 중의 하나가 되었다. 단테는 만년에 라벤나의 대사로서 베네치아에 간 일이 있으므로 그 때 일의 인상일 거라고 생각된다. 그리고 괴테의 작품에도 베네치아 조선소의 견문기가 있는데(《이탈리아 기행》) 세밀한 과학적인 관찰 자세가 두 시인을 돋보이게 한다.

부글부글 끓어 암벽에 새까맣게 달라붙어 있었다.

　나는 그것을 보았으나 그 속에서 보이는 것은 들끓어서 생기는 거품과 부풀었다가 다시 숙어지는 전체의 움직임뿐이었다.

　내가 아래를 자세히 보고 있으니 길잡이가 「조심해라! 위험하다.」 하며 나를 자기 쪽으로 끌어당겼다.

　그래서 나는 뒤돌아보았다. 달아나야 했지만 호기심 때문에 보기는 보았으나 너무 무서운 나머지 별안간 기가 꺾인 사람처럼 뒤돌아보면서 나는 정신 없이 달음질쳤다.

　순식간에 우리들 바로 뒤에 서게 된 마귀가 돌다리 위를 마구 치달려 다가온다.

　아, 어쩌면 그렇게도 사나운 얼굴일까! 어쩌면 그다지도 처참한 모습일까! 날개를 펴고, 발걸음도 가벼이 다가온다!

　불쑥 숫은 어깨 위에 죄인을 하나 무등을 태워 그 발목을 움켜잡고 우리들이 있는 다리 위에서 큰소리로 외쳤다.

　「여봐라, 마귀들아. 이 놈은 『루카의』 산 시타[3]의 장로 중 하나이다. 알겠나, 밑에다 빠뜨려라. 나는 다시 돌아가겠다.

　그 마을에는 잡을 것이 수두룩하다. 본투로는 고사하고라도 모두가 다 탐관오리의 무리들이다. 『안 돼』 할 것도 돈에 따라 『좋다』고 한다.」 하며 사나이를 아래로 내던지고는 벼랑을 되돌아갔는데 밧줄에서 풀려나 도둑을 쫓는 개라 할지라도 이토록 빠르지는 못하리라 싶었다.

　죄인은 역청 속에 잠겼으나 이내 머리부터 먼저 떠올랐다. 그러자 다리 밑에 있던 마귀들이 외쳤다. 「여기서는 성스런 얼굴[4]도 소용없다.

　여기선 셀키오 강[5]에서 미역감는 것과는 다르단 말이다! 알겠나, 우리들의 갈퀴에 찍히는 게 싫거든 역청 위에 얼굴을 내밀지 마라.」

---

　3) 성녀 시타는 루카에서 1272년에 죽은 마르티노 보타이오일 것이라 한다.

　4) 『성스런 얼굴』이라 함은 죄인에 대한 야유와 동시에 루카 시의 숭앙의 대상인 비잔틴의 거무스름한 낡은 십자가 상을 곁들여 신의 신성함을 모독한 말이기도 하다. 그리고 이 그리스도를 그린 『성안』은 지금도 루카 시의 돔 안에 있다.

　5) 셀키오 강은 루카 시 근방을 흐르고 있으며, 여름마다 시민들은 그 곳에서 목욕을 한다.

그러자마자 백 개도 넘는 갈퀴로 사나이의 머리를 찍으며 소리쳤다. 「넌 이 역청 속에서 춤이나 춰라. 도둑질을 할 수 있거든 몰래 숨어서 훔쳐 봐라.」

고기가 뜨지 않도록 요리사가 조수를 시켜 포크로 눌러 고기를 큰 냄비 속에 잠기게 하는데, 이 모양도 그 모양이다.

스승이 친절하게 주의를 주었다.

「내가 여기 있는 것을 모르게끔 바위를 칸막이 삼아 그 뒤에 몸을 웅크려라. 내게 어떤 위험이 닥쳐오더라도 걱정할 것 없다. 난 짐작이 간다. 전에도 이런 소동이 있었다.」하며 다리를 건너 여섯째 둑에 이르렀는데 스승은 그제서야 점차 태연한 표정을 나타내었다.

거지가 장소도 가리지 않고 머물러서 제멋대로 구걸을 하면, 그 거지들을 향해 개들이 분연히 달려 들듯이,

그와 마찬가지로 미쳐 날뛰는 악마들이 다리 밑에서 뛰쳐나와 스승을 향해 일제히 갈퀴로 찍으려 했으나 스승이 소리쳤다.

「너희들 아무도 행패 말아라. 너희들 갈퀴로 나를 찍기 전에 할 말이 있으니 누구 하나 이리 나오너라. 그런 후에 나를 찍을 것인지 아닌지를 공론해라.」

모두들 외쳤다. 「마라코다,[6] 나가거라!」그러자 모두 서 있는 가운데서 하나가 「말을 해본들 무슨 소용이 있나.」하며 앞으로 나왔다.

스승이 말했다. 「마라코다, 너는 내가 주님의 뜻과 행운의 도움 없이 너희들이 한결같이 방해하는 곳을 여기까지 무사히 올 수 있다고 생각하나? 하늘의 뜻에 의해 저 자를 안내하여 이 험한 길을 가는 것이다. 보내 다오.」

그러자 마라코다의 교만은 대번에 꺾여 갈퀴를 발밑에 내던지며 딴 놈들을 향해 말했다. 「이 놈을 쳐서는 안 되겠는 걸.」

그러자 길잡이가 나를 돌아보고 말했다. 「다리의 바위 뒤에 달라붙어 있는 너, 이젠 염려 없다. 내 곁으로 나오너라.」

---

6) 마라코다는 『악의 꼬리』라는 뜻이다. 이 마귀들은 말레부랑케(악의 발톱) 이라 불려지고 있다. 그 밖의 마귀에게도 그런 종류의 이름이 각각 붙여지고 있다.

내가 벌떡 일어나 재빨리 스승 곁으로 뛰어가니, 마귀들이 일제히 앞으로 뛰어나왔다.

전에 카프르나[7]에서 협정한 다음 철수한 보병이 수많은 적병에게 포위되어 떨고 있는 것을 본 적이 있는데 나도 그랬다. 마귀가 약속을 어길 셈인가 싶었다.

나는 온몸을 길잡이에게 바짝 대고, 험상궂은 마귀들로부터 눈을 떼지 않고 있었다.

마귀들은 갈퀴를 내리긴 했으나 서로 말하기를 「내가 저 놈의 엉덩이를 쏠어 볼 참인데 괜찮겠지?」 뭇 놈이 대답했다. 「아무렴 좋고말고. 한번 놀려 줘라.」

그러나 내 길잡이와 약속을 한 그 마귀가 급히 돌아보고 「그만둬, 스칼미리오네!」

그리고 우리를 보고 말하기를 「여기서부터 앞에 있는 돌다리는 건널 수가 없다. 여섯 번째 다리는 죄다 허물어져 골짜기 밑으로 떨어져 있다.

그래도 굳이 앞으로 가고 싶다면 이쪽 벼랑을 타고 가거라. 조금 가면 바위 하나가 튀어나와 있는데, 거기가 길이 되어 있다.

이 길이 무너진 지 어제 이맘 때부터 다섯 시간 뒤[8]가 꼭 일천 이백 육 년째다.

내 부하를 몇 놈 저리로 보내어 몸을 밖으로 내놓고 한숨 돌리고 있는 놈이 있나 없나를 살피고자 하니 같이 가거라. 해치지는 않을 것이다.」

하며 그는 「앞으로 나오너라, 알리키노 · 칼카부리나.」 하고 부르기 시작했다. 「그리고 너 카냣소 · 발바릿치아, 너는 이 열 놈을 지휘해라.

───────────────

7) 피사 인들이 웅거하고 있는 성인데, 1289년 8월에 피렌체와 루카군이 점거했다. 그러므로 그 공격을 지휘한 사람이 지옥편 27곡의 주인공 구이도 다 몬테휄트로이다. 시구로 짐작컨대 단테는 4백의 기병, 2천의 보병중 그 어느 일원이었다고 생각된다.

8) 그리스도는 서른 네 살의 금요일 정오에 죽었는데, 그 직후에 지진이 일어나 『이 곳의 길이 무너진 것』이다. 그로부터 계산하여 단테의 여행이 서력 1300년의 성 목요일 밤부터 시작된 것을 알 수 있으므로 지금은 성 토요일의 오전 일곱 시인 셈이다. 이러한 숫자의 사용은 구체성에 의해 시적 효과를 높이는데 과학자로서의 단테의 일면이 보이는 부분이기도 하다.

리비콕코도 가거라. 그리고 드라기냣소, 엄니를 드러낸 치리앗토·그라휘아카네·**활화렐로**, 그리고 밥 루비칸테, 끈적끈적하게 끓어오른 언저리를 잘 순시해라. 이 앞으로 가면 바위 하나가 다리가 되어 소굴 위에 놓여 있다. 거기까지 이분들을 잘 바래다 드려라.」

「아, 스승님, 여기 보이는 이 광경은 무엇입니까?」 하고 내가 말했다. 「스승님이 길을 아시거든 우리끼리 가십시다. 이런 놈들은 싫습니다.

언제나 지혜로우신 스승님이 왜 모르십니까? 저것 보십시오, 놈들은 이를 갈며 험악한 눈짓으로 우리를 위협하고 있습니다.」

그러자 스승이 나에게 말했다. 「당황할 것 없다. 놈들 멋대로 이를 갈게 하려무나, 놈들의 상대는 저 속에서 고통을 받고 있는 자들이다.」

왼쪽 둑으로 마귀들이 향했는데, 떠나기 전에 모두 자기네 대장을 향해 신호로 눈꺼풀을 뒤집어 보였다.

그러자 대장은 궁둥이로 나팔을 불었다.[9]

제 22 곡

다섯째 구렁을 따라 단테는 열 마리의 마귀와 함께 간다. 역청 속에 미처 몸을 감추지 못한 자 치암표로가 마귀에게 붙잡혀 곤욕을 당한다. 그러나 말 수단이 좋은 그는 자기가 한 나쁜 짓과 남들의 뇌물 먹은 이야기를 해서 마귀들을 방심케 만들어 틈을 보았다가 순식간에 역청 속으로 들어간다. 그의 도망에 대한 책임을 둘러싸고 마귀들끼리 옥신각신하다가 알리키노와 칼카부리나가 맞붙은 채 역청 속에 떨어져 속까지 타 버린다. 비르질리오와 단테는 어쩔 줄 몰라하는 마귀들을 뒤에 남겨두고 떠나간다.

기병들이 들판을 행군하여 열병식을 행하고, 돌격을 벌여 때로는 퇴각하는 것을 본 일이 있다.

---

9) 이 행은 효과적인 표현인데, 단테는 골계미(滑稽味)를 아는 참으로 자유
   자재한 중세인이었다고 할 수 있지 않을까.

그리고 아레소 사람들이여, 자네들 나라에서 깃발과 기치를 쳐드는 것을 빼앗는 것도, 또 마상 시합에서 부상을 입은 것도, 일 대 일의 승부로 본 적이 있다.[1]

혹은 나팔로, 혹은 종으로, 또 때로는 북과 연기로 신호를 한다. 방법은 여러 가지가 있었지만 이렇게 기묘한 신호로 나가는 것은 기병도 보병도 본 적이 없다. 배도 육지나 별에서 이런 신호를 받는 일은 없을 것이다.

우리는 열 놈의 마귀와 함께 갔다. 아, 무서운 동반자다. 속담에서도 말한다. 『성당에서는 성인과 같고 술집에서는 술꾼과 같다[2]』고.

나는 한결같이 역청 쪽으로 마음이 기울었다. 구렁 속의 사연과 그 속에서 타고 있는 자들이 보고 싶어서였다.

돌고래가 둥그런 등으로 뱃사람에게 신호를 하여 폭풍으로부터 배를 대피시키듯,

그와 마찬가지로 괴로움을 덜려고 잠시 등을 보이고는 순식간에 감추는 죄인도 있었다.

마치 웅덩이가에서 개구리가 다리와 몸뚱이를 감추고 코끝만을 수면에 내어 놓고 있듯이

여기저기서 죄인들이 코끝만을 밖에 내놓고 있었다. 그러나 발바릿치아가 가까이 가자, 모두 일제히 펄펄 끓는 역청 속으로 몸을 숨겼다.

생각만 해도 소름이 끼치지만 다른 개구리들이 뛰어든 뒤 외톨이로 남은 개구리마냥 죄인 하나가 어물거리고 있었다.

그 곁에 있던 그라휘아카네가 역청으로 범벅이 된 그의 머리칼에 갈퀴를 찍어 눌러, 그 놈을 위로 달아올리니 마치 수달과 흡사했다.

마귀들이 뽑힐 때 주의해 들었고, 또 그들이 서로 이름을 부를 때도 귀담아 들었기 때문에 나는 마귀들 이름을 모두 외우고 있었다.

「이봐, 루비칸테.」 하고 저주받은 마귀들이 다같이 불렀다. 「저 놈의 등을 손톱으로 할퀴어서 가죽을 벗겨 버려라!」

---

1) 연옥편 5곡에서 상세히 읊어지고 있는 1289년의 카르발디노의 전투 때 보았던 것이리라.

2) 격언일 것이다. 지옥의 동반자로는 이 마귀만큼 어울리는 것이 없다는 뜻이다.

그래서 내가 말했다. 「스승님, 가능하다면 물어 봐 주십시오. 저 원수의 손에 잡힌 불쌍한 자가 누구입니까?」

길잡이는 그 불쌍한 자 곁으로 다가가 어디서 왔느냐고 물었다. 사나이가 대답했다.

「나는 나바라 왕국 출신인데, 어머니와 어느 난봉꾼 사이에 태어난[3] 자식이다. 그 자는 난봉 끝에 재산을 탕진하고 자살해 버렸다. 그래서 어머니는 날 어느 귀족댁에 일꾼으로 들여보냈다.

그 후 나는 착한 테발도 왕[4]의 신하가 되었는데, 거기서 사기질을 했다. 지금 그 죄값으로 뜨거운 변을 당하고 있다.」

그러자 입에서 멧돼지처럼 엄니 두 대를 드러낸 치리앗토가 그 엄니의 따끔한 맛을 그의 등에다 맛보여 줬다.

마치 심술궂은 고양이에게 잡힌 쥐 같다. 발바릿치아는 그를 껴안고 말했다. 「내가 이 놈을 붙잡고 있을 테니 모두 저리 비켜라.」

그리고 내 스승에게 얼굴을 돌리고 말했다. 「이 놈에게 더 묻고 싶은 것이 있거든 우리가 해치기 전에 물어 보아라.」

그러자 스승이 말했다. 「그럼 묻겠는데, 이 역청 속에 누구 이탈리아 인 악당이 있는 걸 아나?」 그러자 그가 대답했다. 「나와 이제 막 헤어진 자가 그 근처[5] 출신이다. 내 만일 그 놈처럼 숨어 있었던들 갈퀴도 발톱도 무섭지 않았을 것을!」

그러자 리비콕코가 「이젠 더 참을 수 없다.」 하며 갈퀴로 그 자의 팔을 찍으니 살점이 한 조각 찢어졌다.

드라기냣쏘도 그 자의 정강이를 손톱으로 할퀴려 했다. 그 주위를 대장은 무서운 얼굴을 하고 둘러보았다.

마귀들의 노여움이 다소 가라앉았을 때, 길잡이는 자기 상처를 바라보고 있는 자에게 재빨리 물었다.

---

3) 이 나바라 사람에 대해 주석가는 치암표로라고 일반적으로 부르고 있는데 누구인지 알 수는 없다.

4) 테발도 왕은 프랑스의 샹파뉴 백작인데, 1253년에 나바라의 왕위를 계승했다. 프랑스의 루이 9세가 행한 튜니지아 원정에 참가했다가 돌아오는 길에 시칠리아에서 1270년에 사망했다.

5) 그 근처란 사르디니아 섬을 말한다.

「그 놈과 헤어져 이 언덕에 온 것이 마지막이라고 네가 말하는 그 자란 누군가?」 그러자 그가 대답했다. 「그는 수도사인 코미타이다.

칼르라 사람으로 사기나 횡령이라면 뭐든지 잘하지. 자기 주군의 적인 놈을 몹시 우대했기 때문에 적들이 모두 감사했을 정도이다.

그 자신도 뻔뻔스럽게 말했지만, 돈을 받고 일제 석방시켰다. 다른 직책에 있을 때도 결코 송사리 오리(汚吏)는 아니었다. 정말 굉장했었다.

그 동료로는 로고도로의 대장인 미켈 상케[6]도 있다.

둘 다 사르디니아 이야기를 하느라 혀가 지치는 줄도 몰랐지.

저것 보라, 마귀 한 놈이 이빨을 드러내고 웃고 있다. 더 말하고 싶지만, 저 놈이 나를 할퀴려고 태세를 갖추고 있으니 무서워 못 견디겠다.」

그러자 마귀 대장이, 한 대 치려고 눈을 부릅뜬 활화렐로를 보고 말했다. 「너는 못된 날짐승[7]이구나, 저리 비켜라.」

당황했던 자가 침착성을 되찾고 다시 말을 계속했다. 「만약 토스카나 인이나 롬바르디아 인을 만나 말을 들어 보고 싶다면 이리 불러 오겠는데

그러려면 마귀들이 좀 물러가 있어 줄 필요가 있다. 복수당할 우려만 없다면 저 자들도 얼굴을 내밀 것이다. 그래도 좋다면 이 자리에 앉은 채

나 혼자서 일곱 명을 불러내 보이겠다. 우리들 습관으론 휘파람을 불면 누군가가 얼굴을 밖으로 내민다.」

이 말을 듣자 카냣소가 코끝을 쳐들고 머리를 내저으며 말했다. 「들었나, 이건 이 놈이 밑으로 빠져나가려고 꾸민 구실이다!」

그러자 온갖 술수로 사람을 속일 줄 아는 그 자가 대꾸했다. 「사실 내가 너무 나쁜 놈이지. 내 친구에게 봉변을 당하게 하려는 것이니까.」

알리키노가 유혹을 견디다 못해 다른 마귀들과는 반대로 사나이를 향해 응수했다. 「네가 뛰어들면 난 네 뒤를 발로 쫓아가진 않겠다.

날개로 역청 위까지 날아가겠다. 이 둑에서 우리는 물러나 바위 뒤에 숨는다. 너 혼자 우리 모두를 이겨낼 수 있는지 어디 솜씨나 보기로 하자.」

아, 독자여, 들어보라. 전무 후무의 승부가 벌어진 것이다. 이 제안에 전혀 마음 내켜 하지 않던 마귀를 비롯하여 다른 마귀들 모두 뒤로 눈을 돌렸다.

---

6) 미켈 상케에 대해서는 지옥편 33곡 주를 참조.
7) 마귀들에게는 날개가 달려 있기 때문에 못된 날짐승이라 한 것이다.

그 틈을 교묘하게 노렸다가 나바라의 사나이는 땅에 단단히 두 발을 디뎠
나 싶자 몸을 날려, 대장의 팔을 뿌리치고 도망쳤다.

모두들 아뿔싸 했으나 그 중에서도 자기 탓이라고 생각한 마귀는 허둥지
둥 뛰어가며 『잡았다!』하고 소리쳐 봤지만

결국은 헛일이었다. 필사적인 상대에겐 날개도 따라가지 못했다. 사나이가
역청 속으로 들어가 버리자 날아온 마귀는 가슴을 젖혔다.

마치 매가 오리를 습격했으나 오리가 물 속으로 숨어 버린 듯한 꼴이라
상대는 화를 내고 공중으로 되돌아갔다.

속은 것에 화가 난 칼카부리나도 바로 그 뒤를 달려가면서, 그 놈이 도망
치는 게 좋겠다, 도망치면 마귀끼리 싸워야겠다고 생각하고 있었으므로

오리(汚吏)의 모습이 사라지자 대번에 발톱을 동료인 알리키노쪽으로 돌려
두 놈은 구렁 위에서 격투를 벌였다.

그러나 그 놈도 마찬가지라 야생의 매처럼 날카로운 발톱으로 칼카부리나
에게 덤벼들었으므로, 두 놈 다 펄펄 끓는 역청 속으로 뚝 떨어졌다.

뜨거워서, 곧 엉겼던 발톱은 놓았으나 날개에 역청이 끈적끈적 달라붙어
이제 일어날 수도 없다.

부하 마귀들과 함께 상심한 발바릿치아는 건너편 둑으로, 갈퀴를 들려서
네 놈을 날려 보내 놓고, 모두 재빨리 서로 기슭으로 뛰어내려가 역청 속에
빠진 마귀들에게 갈퀴를 내밀었지만, 두 놈 다 이미 가죽뿐 아니라 속까지
죄다 타 버렸다.

우리는 이런 소동 가운데 마귀들을 뒤에 두고 떠났다.[8]

---

8) 지옥편 22곡은 극적인 광경으로 이어지는데 동물의 비유가 참으로 많다
  (지옥편 17곡 주 참조). 돌고래 · 개구리 · 수달 · 멧돼지 · 심술궂은 고양이
  · 쥐 · 매 · 오리 · 야생의 매. 직유의 효과가 잘 나타나 있다.

제 23 곡

　　성이 나 미친 듯한 마귀들이 뒤쫓아오지만 비르질리오가 단테를 안고 달려서 그들은 무사히 제8옥의 여섯째 구렁으로 피한다. 거기서는 위선자들이, 그들에게 내려진 벌인, 겉은 금으로 도금을 했으나 안은 납으로 된 무거운 외투를 입고 어정어정 걷고 있다. 볼로냐의 명랑한 수도사인 카타라노와 로데링고가 말을 건다. 기둥에 결박당한 남자가 보인다. 그는 그리스도를 십자가에 못 박을 것을 권고한 사도카이 교도의 회의 사회자, 유대의 대제사장인 가야바이다.

　　말없이 단 둘이서 동행도 없이[1] 프란체스코 회의 수도사가 길을 갈 때처럼[2] 우리는 하나가 앞서고 하나가 뒤에서 걸었다.

　　이제 그 싸움을 보고 이솝의 우화에 나오는 개구리와 생쥐 이야기를[3] 생각하지 않을 수가 없었다.

　　주의깊게 두 가지 사건의 전말을 비교해 보니 『그렇다』와 『그러하다』만큼의 차이도 없다.

　　그리하여 차례차례 연상이 떠오르듯, 이 일을 생각하니 다음 일이 생각나 갑절로 공포심이 생겼다.

　　나는 이런 식으로 생각했다. 「마귀들은 우리 때문에 멸시받고 혼이 나고 조롱을 당했으니 틀림없이 몹시 화를 낼 것이다.

---

1) 앞의 마귀들의 행렬과는 정반대로 두 사람은 침묵한 채 걸어간다. 이런 광경의 전이는 드라마의 무대 변화를 연상케 한다.

2) 상사가 앞서는 것은 〈성 프란체스코의 작은 꽃〉에도 나와 있다.

3) 이 우화의 작자는 이솝이 아니라는 말이 있는데, 이야기의 줄거리는 다음과 같다. 내를 건너려는 쥐가 물을 겁내고 있는 것을 보고 이걸 물에 빠뜨려 주자는 속셈을 품은 개구리가 「내게 발을 묶어 두면 물에 안 빠진다.」 하며 발을 묶게 하여 헤엄쳐 나가다가 내 복판쯤에서 물 속으로 들어가려 한다. 쥐가 발톱으로 허우적거리고 있는 참에 소리개가 날아와 쥐를 채어 간다. 그러자 묶여 있었기 때문에 개구리도 함께 채여서 두 마리 다 소리개의 부리에 찍혀 죽고 만다.

만약 그 놈들의 악독함에 분노가 더해진다면 토끼를 물어뜯는 개보다 더 광포해져서 뒤쫓아올지도 모른다.」

이렇게 생각하니 몸서리가 쳐져 온몸에 소름이 끼쳤다. 그래서 연신 뒤돌아보면서 말했다. 「스승님, 우리가 얼른 숨지 않으면

무서운 마귀가 쫓아올 것입니다. 바로 뒤쫓아오는 듯한 발소리가 벌써 들리는 듯합니다.」

스승이 대답했다. 「네 마음을 환히 알고 있다. 설사 내가 거울이라 할지라도 이렇게 재빨리 네 겉모습을 비추진 못하리라.

지금 네 생각은 내 생각 속에 고스란히 그대로의 모습과 그대로의 표정으로 전해진다. 그러므로 두 사람의 생각에서 나온 결론은 하나이다.

만약 오른편의 언덕이 가파르지 않아 우리가 그 길로 해서 다음 골짜기로 내려갈 수가 있다면, 추격자들이 상상했던 대로 온다 할지라도 벗어날 수 있을 것이다.」 하고 스승이 자기 생각을 미처 다 말하기도 전에 마귀들이 날개를 펴고 그리 멀지 않은 곳에서 우리를 잡으러 날아오는 것이 보였다.

스승은 나를 덥썩 안아올렸다. 마치 소란에 놀라 잠을 깬 어머니가 이웃에 불이 난 것을 알고

자기보다도 아이를 생각하여 속옷도 몸에 걸치는둥 마는둥[4] 아이를 안고 정신 없이 달아나는 것과 같았다.

딱딱한 벼랑 꼭대기에서 아래를 향해 다음 골짜기의 한 모서리를 이루고 있는 바위의 급한 경사를 스승은 반듯이 누운 채 미끄러져 내려 갔다.

물레방아를 돌리기 위해 끌어온 물이 바퀴 가까이 갔을 때도 이처럼 기세 좋게 달리지는 않으리라 싶을 만큼 빠른 속도로 스승은 나를 나그네길의 동반자라기보다도 자식같이 가슴에 끌어안고 벼랑을 달려내려갔다.

스승의 발이 그 골짜기 밑의 돌을 밟았을 때 마귀들이 마침 꼭대기의 벼랑가에 이르렀으나 이제는 두려워할 것이 없었다.

하늘의 뜻에 의해 마귀들은 다섯째 구렁에서는 왕처럼 행동할 수 있으나, 그 곳에서 빠져나올 능력은 모두 박탈되어 있었기 때문이다.

그 골짜기 밑에는 화려한 색깔로 칠해진 무리가 있었다. 천천히 무거운

---

4) 당시는 잠을 잘 때 남자나 여자나 알몸이었다고 한다.

발걸음으로 길을 돌아 가고 있었는데, 눈물 흘리는 얼굴에는 패배와 피로의
빛이 짙었다.

그들은 소매 없는 외투를 입고, 차양이 깊숙이 드리워진 모자를 쓰고
있다. 쾰른에서 수도사들을 위해 지은 것과 똑같은 재단의 옷이었다.

겉은 눈이 부실 정도로 금칠이 된 것인데[5] 안은 모두 납으로 된 것이다.
굉장히 무거워 이에 비하면 페데리고[6]의 옷 같은 것은 짚이나 다름없었다.

아, 영원히 무겁고 괴로운 망토여! 우리는 이번에도 또 왼편을 향하여
그들과 함께 길을 돌아서 그 슬픔과 한탄을 들으려고 했으나

그 무리들은 외투의 무게에 지쳐 걸음이 하도 늦어서 우리는 허리를 움직
일 때마다 곧 다른 사람과 동행이 되고 있었다.

그래서 내가 길잡이에게 말했다. 「스승님, 제발 누구든지 이름과 업적이
세상에 알려진 사람을 찾아 주십시오. 이렇게 걸어가면서 사방을 눈여겨보아
주십시오.」

그러자 토스카나 말투를 알아듣고 한 자가 우리 등 뒤에서 소리쳤다.
「발을 멈춰라, 너희들은 이 어두운 공기 속을 뛰어가고 있는데[7]

네가 알고 싶은 것쯤은 나한테 물어라!」 길잡이가 뒤돌아보고 말했다.
「기다려라, 그리고 저 자와 발을 맞춰 걸어가 주도록 해라.」

발을 멈추고 돌아보니 두 사나이가 나 있는 곳까지 급히 오고 싶은 심정
을 얼굴에 나타내었으나, 아무튼 짐이 무거운 데다 길이 혼잡하기 때문에
걸음은 더디었다.

우리 가까이에 이르자 말도 않고 곁눈질로 잠시 나를 찬찬히 바라보더니
그들은 이윽고 서로 얼굴을 마주 보고

「이 놈이 목을 움직이는 걸 보니 살아 있는 듯한데 만약 죽은 놈이라면
무슨 특권으로 무거운 외투도 안 입고 여기를 지나갈까?」

---

5) 위선은 겉만이 금처럼 아름답기 때문인데 이 위선자에 대한 응보 또한
   희한하다 할 수 있다.

6) 황제 페데리고 2세는 불경죄(不敬罪)의 범인을 처벌할 때 납으로 된 옷을
   입히고, 그를 가마솥에 넣고 끓여서 범인을 납과 함께 삶아 죽였다고 전해
   지고 있다.

7) 단테가 뛰어가고 있는 것은 아니지만 망토를 입은 발걸음이 느린 그들에
   게는 그런 인상을 주었던 것이다.

그리고는 나를 보고 말했다. 「오, 토스카나 친구, 너는 불쌍한 위선자의 무리 속에 끼어 있는데, 상관 없다면 누군지 이름을 말해 다오.」

그래서 나는 둘에게 대답했다. 「내 고향은 아름다운 아르노 강변에 있는 큰 도시[8]이다. 이 몸은 언제나와 다름없이 살아 있는 몸이다.

그런데 너희들은 누구냐? 보아하니 고뇌가 저절로 『눈물이 되어』 볼을 타고 흐르는 것 같은데? 겉보기에 찬란한 너희들의 내부엔 어떤 벌이 있는 거냐?」

그러자 그 하나가 대꾸했다. 「우리들의 귤빛 외투는 납이라 굉장히 무겁다. 그렇지, 저울에다 달면 바늘이 튀어 버릴 것이다.

우리는 볼로냐의 명랑한 수도사였다. 나는 카타라노, 이놈은 로데링고라 한다. 너희 고향에 평화를 유지하기 위해

여느 때는 하나밖에 두지 않는 시장(市長)으로 둘이서 뽑혔다. 둘다 부지런히 일을 했기 때문에 가르딩고 부근은 오늘날과 같은 형편이다.[9]」

「오, 수도사들아, 너희들의 나쁜 소행으로……」 내가 이렇게 말을 하려는데 땅바닥에 세 개의 말뚝으로 못 박힌 자가 내 눈에 띄었다.

못 박힌 자는 나를 보자 한숨을 쉬며 몸을 이리저리 버둥거렸다. 그러자 그것을 본 수도사 카타라노가 나에게 가르쳐 주었다.

「네가 보고 있는 못 박힌 사나이는 백성을 위해 하나쯤은 죽이는 것이 마땅하다고 바리새 인에게 권고한 사나이다.[10]

보다시피 길 한 복판에 알몸으로 비스듬히 『모든 이의 발길에 차이게끔』 놓여져 있다. 사람이 지나갈 때마다 그 하나하나의 무게가 몸에 느껴지도록 해놓았다.

---

8) 아르노 강변에 있는 큰 도시는 피렌체이다.

9) 그 다음의 단테의 분개의 구절에서도 짐작이 되지만, 이 두 사람은 시장이었던 동안 시를 위하는 척하고 시의 파괴를 행하고 있었던 것이다. 그리고 도시국가 시대의 이탈리아에 있어서는 시장이나 군 사령관이 시의 내부 당파간의 압력을 막기 위해 외부로부터 유능한 사람을 기한을 정해 초빙하는 것이 관습이었다.

10) 이 자는 그리스도의 사형을 판결한 사도카이 교도의 회의 사회자, 유대의 대제사장 가야바이다. 『유대 인들에게 화근의 씨를 뿌렸다』는 구절은 제2차 대전 후의 오늘날에 돌이켜 볼 때 예언적인 여운도 울리게 하고 있다. 그리고 장인은 안나스이다(〈요한 복음〉 18장 13절 참조).

이 자의 장인도 마찬가지로 이 구렁 안에서 벌을 받고 있다. 그 밖의 패들도 마찬가지다. 그 회의는 유대 인들에게 화근의 씨를 뿌렸다.」

보니 비르질리오가 질린 표정으로[11] 무척이나 비참하게 못 박힌 꼴로 영원의 땅에 누워 있는 그 자를 내려다보고 있다.[12]

그리고는 수도사에게 말을 걸었다.

「만약 괜찮다면 한 가지 가르쳐 다오. 우리 두 사람이 밖으로 나갈 수 있는 출구가 오른편에는 없을까, 만약 있다면 이 밑에서 나가는 것으로 구태여 검은 천사들을 괴롭히지 않아도 되겠는데.」

그러자 수도사가 대답했다. 「당신이 생각하고 있는 것보다 훨씬 앞에 돌다리가 있소. 그것이 바깥 둘레의 옥에서 삐져나와 이 비참한 모든 구렁 위에 있지는 않지만 무너진 바윗돌 골짜기서부터 경사진 곳에 수북이 쌓여 있기 때문에 그 위로 올라갈 수가 있소.」

길잡이는 잠시 머리를 갸우뚱하며 서 있더니 이윽고 「저쪽에서 죄인을 갈퀴로 찍던 놈이 그러고 보니 거짓말을 했구나.[13]」

그러자 수도사가 놀렸다. 「나는 전에 볼로냐에서 악마가 저지른 나쁜 짓을 여러 가지 들었는데 그 중에서도 자주 들은 것은 악마는 거짓말쟁이, 거짓말의 아비라는 설이었소.」

그러자 길잡이는 다소 노기를 띤 부드럽지 못한 표정으로 그 자리를 큰 걸음으로 떠나갔다.

그래서 나도 무거운 짐을 진 자들 곁을 떠나 공손하게 스승의 발자취를 따라갔다.

---

11) 비르질리오가 전에 지옥에 내려갔을 때는 그가 없었다. 또 이런 종류의 책형이 전에는 행해지지 않았기 때문에 놀랐다.

12) 지옥에 떨어진 자는 영원히 구원되지 않기 때문에 지옥을 이렇게 표현하였고, 또 가야바의 형벌이 영원하다는 것을 말한 것이다.

13) 지옥편 21곡에서 마라코다가 가르쳐 준 길이 실은 거짓말이었던 것이다.

제 24 곡

악마에게 속아 길을 잘못 든 비르질리오가 한순간 노했으나, 곧 다시 마음을 풀고, 단테를 이끌고 이리저리 바위 모서리를 타고 그를 격려하면서 벼랑을 올라간다. 일곱째 구렁 밑에서는 도둑들이 독사에 물려 고통을 당하고 있다. 피스토이아 성당의 성기(聖器)를 훔쳐낸 반니 푹치가 벌컥 성을 내며 피스토이아와 피렌체를 엄습할 재난을 단테에게 예언한다.

새해의 계절 태양이 보병궁(寶甁宮) 밑에 위치하여 햇살도 따뜻해지고 밤의 길이도 차츰 낮의 길이에 다가갈 무렵

서리가 땅 위에다 그 하얀 누이의 눈〔雪〕화장을 흉내내어 보지만 그 붓질은 오래 계속되지 않는다.

마른 풀이 떨어져 난처해진 농부가 아침에 일어나 둘러보니 들판이 온통 새하얘져 있다. 이거 야단났다 하고 허리를 툭툭 치며

집으로 되돌아와 투덜투덜거리며 집 안을 이리저리 돌아다닌다. 어떻게 해야 좋을지 난처해진 모양이다. 그러다가 다시 문득 밖에 나가 보니 순식간에 바깥 모양이 모두 바뀌어져 있다.

그래서 희망이 솟아나 작대기를 꺼내 잡고 새끼 양들을 몰고 풀을 먹이러 밖으로 나간다.[1]

마치 그와 마찬가지로 스승의 얼굴이 흐렸을 때는 나도 무척 당황했으나 또 이와 마찬가지로 곧 근심도 가시었다.

우리가 무너진 다리목에 왔을 때, 스승은 부드러운 얼굴로 나를 돌아보았다. 처음에 산기슭에서 만났을 때와 같은 모습이었다.[2]

---

1) 단테의 심경을 비유한 것인데, 그 비유의 첫머리에 겨울철의 설명이 다시 덧붙여져 있다. 이 행은 그 자체가 시로서 독립된 재미를 주고 있다. 특히 앞뒤의 흉악한 지옥의 광경 속에서 마음이 포근해지고 목가적인 아름다움이 있다고 할 수 있을 것이다. 해가 보병궁에 있을 때는 1월 20일경부터 2월 20일경까지다.

2) 지옥편 1곡에 있는, 단테가 처음으로 비르질리오를 만났을 때의 부드러운 모습이다.

먼저 폐허를 자세히 둘러보고 꼼꼼히 길을 검토하더니 스승은 팔을 벌려 뒤에서 **나**를 밀어올려 주었다.

행동하며 생각하고 그러면서도 항상 장래를 알고 있는 이처럼 나를 삐죽이 내민 바위 꼭대기로 밀어올리면서도

벌써 다른 바위를 재빨리 발견하고 뒤에서 주의를 주었다. 「저 위로 기어올라가거라. 오르기 전에 올라가도 무너지지 않겠는가를 확인해 **봐라**.」

아무리 봐도 이런 외투 입은 자들이 가는 길은 아니었다.[3] 아무튼 몸이 가벼운 스승도, 밀려서 올라가는 나도 가까스로 바위에서 바위로 기어오른 것이다.

그리고 이쪽 벼랑이 저쪽 벼랑보다 짧지 않았던들 스승은 몰라도 나는 전혀 올라가지 못했을 것이다.

그러나 말레볼지에는 전체가『복판의』깊은 구렁의 아가리를 향해 경사를 이루고 있으므로 구렁 하나하나가 지형적으로 볼 때

바깥 둘레의 벼랑이 높고 안 둘레는 낮게 되어 있다. 그래서 가까스로 마지막 바위가 삐져나와 있는 꼭대기에 이를 수가 있었다.

거기 닿았을 땐 벌써 폐에서 숨결이 완전히 끊어져 더이상 앞으로 나가지 못하고 그냥 그 자리에 풀썩 주저앉았다.

「자, 너는 나태를 버려야 한다.[4]」 하고 스승이 말했다. 「깃털 방석에 앉고, 비단 이부자리를 사용하는 자가 명성을 얻은 예는 없다.

이름도 내지 못하고 평생을 마친 자가 지상에 남기는 스스로의 유물은

---

3) 앞의 노래에 나온 무거운 납 외투를 입은 자들에 대한 야유이다.

4) 중세의 권위 있는 철학자 에첸느 질슨의『돌로 이룩된 성당은 프랑스의 것이다. 사상으로 이룩된 성당은 이탈리아의 것이다』는 아퀴나스의 《신학대전》과 단테의 《신곡》을 찬양한 말이다. 고딕으로 된 사원에나 비유할 만큼 《신곡》 100곡의 시적 구축에 단테는 노력에 노력을 거듭했을 것이다. 그 단테 자신이 비르질리오의 입을 빌어 스스로를 격려한 것이 이 말인 것이다. 문화사가인 부르크하르트도 『《신곡》의 요동 없는 균형 잡힌, 그 다듬어진 문장의 완성에는 얼마만한 표현력이 필요한 것일까? 단테의 모든 저작 속에는 팽배한 인격의 힘이 충만되어, 독자는 주제가 갖는 흥미를 도외시하더라도 여전히 압도당하는 감명을 받는 것이다.(〈이탈리아에 있어서의 르네상스의 문화〉)』라고 말하고 있다.

말하자면 공중의 연기, 물 위의 거품이다.

자, 일어서라. 만약 네 혼이 육체의 무게를 이겨낼 수 있다면 모든 전투에 이겨낼 수 있을 것이다. 그 영혼의 힘으로 호흡 곤란을 이겨내거라.

악마로부터 벗어났다는 것만으로 일이 끝난 것이 아니다. 더 긴 『연옥(煉獄)의』 언덕을 올라가야만 한다. 내 말을 알아들었거든, 너를 위한 일이니 기운을 내라.」

나는 당장 일어나, 사실은 숨이 가빴지만 기운찬 얼굴을 하고 말했다. 「스승님, 가십시다. 단단히 기운을 차리겠습니다.」

우리는 바위 위를 걸어갔는데 그 길은 딱딱하고 좁아서 걷기가 힘이 들었으며 이제까지 오던 길보다 훨씬 험했다.

약한 자로 보이고 싶지 않아 말을 하면서 걸어갔는데, 그 때 다음 구렁에서 목소리가 들렸다. 말이라 할 수 없는 목소리였다.

뭐라고 말했는지 모르나 아마도 사나이는 뛰어가면서 말하고 있는 듯하다. 나는 곧 이 구렁에 걸쳐진 돌다리 복판에 이르렀다.

아래를 살펴보았으나 육안으로는 암흑에 에워싸인 골짜기 밑까지 볼 수가 없다. 그래서 내가 말했다.

「스승님, 빨리 저쪽 둑으로 건너가 절벽을 내려가십시다. 여기서는 목소리가 들려도 뜻을 알 수 없고, 아래가 보이지만 모습을 분간할 수가 없습니다.」

「그렇게 하는 수 밖에 없구나.」 하고 스승이 말했다. 「지당한 소원은 즉석에서 들어 주어 말없이 실행으로 옮겨야 한다.5)」

우리는 여덟째 둑에 걸려 있는 다리 밑으로 내려갔다. 그러자 구렁의 광경이 뚜렷해졌다.

그리하여 그 속에, 지금 생각해도 피가 얼어 버릴 듯한 가지가지의 무서운 뱀의 무리가 보였다.

리비아의 사막이여, 거기에 무자치·나는 뱀·흙 파는 뱀·쌍두뱀·점박이 독사가 있다 할진대 그것을 자랑 마라.

이토록 많은 독사와 악사(惡蛇)는 이디오피아 전부와 홍해에 연한 다른

---

5) 불언 실행(不言實行)과는 뉘앙스가 약간 다르나, 지위나 권력이 있는 자,
   관료 기구 속에 있는 자 등이 특히 새겨둘 만한 교훈일 것이다.

여러 나라를 모두 합친다 해도 일찍이 볼 수 없었다.

이 흉악하고 처참한 뱀 속에서 『몸을 숨길』 구멍도 혈보석(血寶石)[6]을 찾아낼 가망도 없이, 당황한 벌거벗은 무리들이 도망을 다니고 있다.

두 손은 뱀으로 뒤로 묶였는데, 그 뱀이 사타구니 사이로 꼬리와 대가리를 쳐들고 허리를 감아 배 앞에 서리고 있다.

오, 보라, 우리가 있는 둑 바로 앞으로 뱀 한 마리가 뛰어올라 거기 있던 자의 목덜미를 물어뜯었다.

O자도 I자[7]도 쓸 겨를이 없이 사나이는 순식간에 불을 일으키며 타올라 온몸이 모조리 재가 되었다.

이렇듯 일단은 땅에 부서져 넘어졌으나 재는 저절로 뭉치더니 순식간에 또 본디 모습으로 되돌아갔다.

학자나 시인들이 말하기를 피닉스[不死鳥]는 오백 년이 되면 죽었다가 다시 살아난다고 하는데 그 모양과도 흡사하였다.

피닉스는 풀도 보리도 먹지 않고 향그러운 이슬이나 아모모 풀만으로 연명을 하다 마지막에는 몰약과 감근에 싸여 죽는다고 한다.

악마의 힘으로 사라졌는지 간질병의 발작으로 마비가 되었는지 영문도 모르고 쓰러진 자가

다시 일어나 몹시 혼났다 하며 망연 자실한 꼴로 주위를 둘러본다. 그리고 탄식을 한다.

그 죄인도 그처럼 일어나 넋을 잃었다. 아, 주의 위력이여, 얼마나 엄격하고, 이처럼 강한 타격을 복수로서 내리시다니!

길잡이가 사나이에게 누구냐고 묻자 그 자가 대답했다. 「나는 며칠 전에 토스카나에서 이 무서운 구렁 속에 비처럼 떨어졌다.

짐승 같은 생활이 성미에 맞았다. 인간적인 것은 싫었다. 나는 태생이 노새[8]다. 이름은 짐승인 반니 푹치, 피스토이아가 내게 맞는 잠자리였다.」

---

6) 혈보석은, 그것을 가진 자의 모습을 남의 눈에 보이지 않도록 하는 힘이 있다고 믿어지고 있었다. 《데카메론》 제8일 제3화 참조.

7) O,I는 가장 간단하게 단번에 쓸 수 있는 알파벳이다. 그러니까 I는 점이 없는 대문자를 가리킬 것이다.

8) 말과 나귀 사이에 난 것이 노새인데, 반니 푹치는 사생아이다.

그래서 내가 길잡이에게 부탁했다. 「도망가지 말라고 하십시오. 무슨 죄로 여기 떨어졌는지 물어 봐 주십시오. 이 놈은 안면이 있습니다. 이성을 잃고 성을 잘 내는 놈이었지요.」

그러자 죄인은 이 말을 듣고 선선히 얼굴과 마음을 내 쪽으로 돌렸으나 거기에는 굴욕의 빛이 분한 듯이 떠올랐다.

그리고 말했다. 「이승에서 목숨을 빼앗겼을 때보다도 지금의 이 비참한 나의 모습을 너에게 보이는 것이 더 분하구나.

너의 물음을 묵살할 수도 없다. 이런 깊은 곳에 빠지게 된 이유는 내가 성당에서 아름다운 제구(祭具)를 훔쳐내어 그 죄를 뻔뻔스럽게 다른 이에게 덮어씌웠기 때문이다. 그러나 네가 지옥 밖으로 나가 내가 이런 꼴을 하고 있더라고 기뻐할 것이 분하구나. 그러니 내가 하는 예언도 귀담아 잘 들어 둬라.

피스토이아에선 먼저 흑당이 망한다. 따라서 피렌체에서는 사람도 법칙도 바뀐다.

싸움의 여신이 발 디 마그라에서 불꽃[9]을 가져와 그것이 흩어진 구름에 휩싸이면 사나운 폭풍으로 화하여

피체노 벌판에서 결전이 벌어진다. 그러면 불꽃은 갑자기 안개와 구름을 걷을 것이니, 그 때문에 백당들은 반드시 모두 상처를 입을 것이다.

내가 이 말을 하는 것은, 네가 그것으로 고민하게 될 것이기 때문이다.」

---

9) 이 예언의 『불길』이란 모엘로 말라스피나를 두고 하는 말이다. 사나운 폭풍 같은 전투는 피스토이아의 포위와 점령을 둘러싸고 1305년과 130 6년에 벌어졌다.

제 25 곡

더러운 욕설로 신을 모독한 반니 푹치는 뱀에게 칭칭 감기어 말도 못하게
되어 도망친다. 켄타우로스(半人半馬)의 모습을 한 카코가 그의 뒤를 쫓는다.
허리에는 부수한 뱀이 또아리를 틀고, 등에는 화룡(火龍)이 타고 앉아 불길을
뿜고 있다. 이어서 단테는 세 명의 피렌체 망자를 만나는데, 뱀이 그 하나에게
달려들어 양자가 합쳐지자 기이한 모습이 된다. 또 다른 뱀이 다른 자의 배꼽
을 물어뜯자 순식간에 단테의 눈앞에서 놀라운 변신을 하여 뱀은 사람으로
사람은 뱀으로 변해 버린다.

이렇게 말을 마치자 도둑은 두 주먹을 무화과 모양으로 쥐고[1] 높이 쳐들
며 외쳤다. 「이 손을 잡아 봐라. 신이여, 너에게 도전하는 것이다!」

아, 그 때부터 뱀이 나의 벗이 되었다. 한 마리가 마치 「더이상 말을 못
하게 해야지.」 하는 식으로 그 자의 목을 감았다.

이어서 또 한 마리가 팔을 칭칭 감고 앞으로 돌아가자 머리와 꼬리로
꽁꽁 조여 댔다. 이렇게 되니 그는 이제 꼼짝도 할 수가 없었다.

아, 피스토이아[2], 피스토이아여, 왜 너는 스스로 재로 변해 버리지 않느
냐? 살아서 뭘 하느냐? 너의 악행은 조상의 악행보다 더하다!

지옥의 모든 암흑의 옥을 통해서 테베의 성벽에서 떨어진 망자[3]도 이토록
오만하게 신께 대항한 자는 없었다.

사나이는 말도 못하고 도망쳤다. 그러자 격노한 켄타우로스가 고함을
지르면서 달려왔다. 「어디냐, 그 고약한 놈은 어디 있느냐?」

윗몸은 우리 인간의 모습이나 켄타우로스의 허리에는 마렘마의 늪에도
없으리라 싶을 만큼 많은 뱀이 달라 붙어 있었다.

목덜미 뒤 어깨 위에는 날개를 벌린 화룡이 타고 앉아 닥치는 대로 만나

---

1) 주먹을 쥐고 엄지손가락을 검지와 장지 사이에 내민 것은 무화과 모양으
   로 모멸의 뜻을 나타낸다.
2) 피스토이아는 로마 시대에 오합지졸에 의해 이룩된 도시라는 전설이 중세
   에 떠돌고 있었다.
3) 지옥편 14곡에 나오는 카파네우스를 가리킨다.

는 자마다 불을 뿜었다.

스승이 말했다. 「저것이 카코다. 저 놈 때문에 아벤티노 산기슭이 가끔 피의 호수로 변했다.

결코 동료와 같은 길을 가지는 않는다. 자기 근처에 있던 많은 가축의 떼를 교활하게 훔쳤기 때문이다.

헤라클레스가 몽둥이질을 해서 그 놈의 못된 짓은 멎었다. 아마 백 대쯤 때렸을 텐데, 저 놈은 열 대쯤으로밖에 안 느끼는 모양이다.[4]」

스승이 이렇게 말하고 있는 동안 켄타우로스는 가 버렸다. 망자 셋이 우리 가까이에 와 있었건만 「너희들은 누구냐.」고 그들이 소리치기까지

나도 스승도 모르고 있었다. 그래서 우리는 이야기를 그치고 그들 셋 쪽으로 주의를 기울였다.

나는 그들을 본 기억이 없었다. 그러나 우연한 기회에 때로 일어나는 일이지만 하나가 다른 하나의 이름을 불렀다.

「치안화는 어디서 어정거리고 있지?」 그 이름을 들은 나는 길잡이의 주의를 끌기 위해 턱에서부터 코에다 집게손가락을 갖다 대었다.

아, 독자여. 설사 그대가 지금부터 내가 하는 말을 쉽사리 안 믿어 준다 할지라도 이상할 것은 없다. 목격을 한 나조차도 반신 반의하고 있다.

내가 눈을 들고 찬찬히 그들을 주시하고 있으니, 갑자기 가랑이가 여섯이나 되는 큰 구렁이 한 마리가 그 놈에게 달려들어 온몸을 칭칭 감았다.

가운데 발로 배를 조여 대고, 앞발로는 그의 팔을 움키더니 서서히 양볼을 물어뜯었다.

뒷발은 사나이의 넓적다리에 붙이고, 꼬리를 사타구니 사이로 집어넣어 궁둥이 뒤로 해서 등으로 올려 뻗쳤다.

이 무서운 짐승이 그 몸뚱이를 지금 사람의 몸에 칭칭 감아붙인 것만큼 담쟁이가 나무에 얽힌 예도 일찍이 없었다.

그들은 마치 착 달라붙은 뜨거워진 초처럼 빛깔마저 섞이어 누가 어느 놈인지 정체도 알 수가 없다.

마치 불이 붙으면 종이가 차츰 고동색으로 타서 아직 까맣게 되기도 전에 하얀색은 죽어 버리는 그런 꼴 같다.

---

4) 열 대쯤 맞고 죽어 버렸다는 뜻이리라.

나머지 두 놈은 그걸 바라보며 저마다 외쳤다. 「아, 무참하다. 아넬로야, 어이 이리 변하는가! 보라, 너는 이제 둘도 아니고 하나도 아니구나.」

순식간에 둘의 머리가 하나가 되고, 둘의 모습이 뒤섞이어 한 얼굴로 변하더니 양자의 모습은 없어졌다.

사지로부터 두 팔이 이어지고 다리 · 허리 · 배 · 가슴이 일찍이 보지 못한 몸뚱이로 변했다.

본디 모습이란 모두 없어지고 괴상한 모습은 사람도 뱀도 아닌 꼴로 발걸음도 무겁게 가 버렸다.

찌는 듯한 삼복 더위에 도마뱀이 이 울타리에서 저 울타리로 길을 싹 가로지르면 마치 번개처럼 보이듯이

번쩍 하자마자 다른 두 놈의 배를 향해 실뱀 한 마리가 달려들었다. 후추알처럼 검푸른 뱀이었다.

그리고 그 한 놈의, 태어나기까지 양분을 취하는 배꼽 언저리를 깨물더니 그 놈 앞에 몸을 뻗고 푹 쓰러졌다.

물린 놈은 그것을 보았으나 아무 말도 않는다. 그 자리에 버티고 서서 하품을 했다. 마치 열병이나 졸음에 시달리는 것 같다.

그 놈은 뱀을, 뱀은 그 놈을 물끄러미 바라보았다. 그 놈은 상처로부터, 뱀은 아가리로부터 연기를 내뿜으니 그 연기와 연기가 서로 뒤섞이었다.

아,[5] 루카노스여, 입을 다물어라. 불쌍한 사벨로나 나시디오에게 일어난 『변형의』 이야기에 대해 아무 말 말고 내 말에 귀를 기울여라.

오비디우스여, 입을 다물어라. 카드모스와 아레투사에 대해 말하지 말라. 시 속에서 사내를 뱀으로, 계집을 샘으로 변하게 한 것쯤으로는 시새움을 느끼지 않는다.

두 개의 본질아 그 육체를 바야흐로 바꾸려는 이 둘의 자연스런 대결과 변용은 옛 시인에게서도 유례를 찾을 수 없는 것이다.

둘은 이렇게 하여 서로 응했다. 뱀이 꼬리를 갈라 가랑이를 만들자 다친 자는 두 다리를 하나로 합쳤다.

두 다리와 넓적다리를 찰싹 붙이니 순식간에 다리를 붙인 자국이 보이지

---

5) 이하, 단테는 루카노스나 오비디우스에서 볼 수 있는 변형에 대항하여
　　뱀과 사람의 메타모르포제를 시로 옮었던 것이다.

않게 되었다.

두 갈래로 갈라진 꼬리는 지금 없어져 가고 있는 다리 모양을 나타내기 시작하더니 꼬리 껍질은 부드러워지고 반대로 다리 껍질은 딱딱해졌다.

팔은 겨드랑 밑으로 들어가고, 뱀의 짧아진 두 앞발은 팔이 오그라짐에 따라 길게 뻗었다.

잇따라 뱀의 뒷발은 둘 다 뒤틀리어 사람의 국부모양이 되고 비참한 사나이의 그것은 쪼개져 두 개의 다리로 뻗기 시작했다.

연기가 서로 상대를 가리나 싶자 살갗 색이 변하더니 가죽 일부에는 털이 나고 살갗 일부에서는 반대로 머리칼과 털이 빠졌다.

하나는 일어서고 하나는 땅에 엎드려, 그 모습은 바뀌었으나 오직 불경 불신(不敬不信)의 눈초리만은 여전히 본디 그대로였다.

일어선 자가 코끝을 양 겨드랑이에 갖다대니 관자놀이 언저리에서 살점이 밀려 들어 거기서 귀가 생기고 움푹하던 볼을 메웠다.

뒤로 밀리지 않고 그대로 남은 코끝의 살로 얼굴에다 코를 만들고 사람답게 입술 두께를 지었다.

땅에 엎드린 놈은 뱀 얼굴을 내밀고 달팽이가 뿔을 오무리듯이 두 귀를 머리 속에 집어넣었다.

말 잘하던 혓바닥이 둘로 쪼개지고, 한편 조각난 혀는 하나로 합쳐졌다. 그 때 연기가 뚝 끊어졌다.

짐승으로 변한 망자는 씩씩 소리내며 골짜기로 도망쳤다. 그 뒤를 사나이는 침을 튀겨 소리치며 뛰어갔다.

그리하여 새로 생긴 어깨를 뒤로 돌려 다른 한 놈에게 외쳤다. 「부오소에게도 내가 기었듯이 이 길을 기게 만들어야지.」

이렇게 하여 제7선창[6]의 천한 선객들이 변신 화신(變身化身)하는 모습을 나는 보았다. 나의 글이 다소 어지럽다 하더라도 사태의 괴이함에 비추어 용서해 주시기 바란다.

내 눈은 혼탁해지고 정신 또한 몽롱해졌으나, 그래도 나는 몰래 도망치려는 세 놈 중에 푹치오 상카도를 놓치지 않았던 것이다.

---

6) 제7의 선창이란 제7옥의 악의 구렁을 가리킨다. 천한 자가 살기 때문에 천한 짐을 싣는 배 밑 선창을 연상하게 된 것이리라.

처음에 다가왔던 세 놈 중에서 오직 하나 모습을 바꾸지 않았던 자가
그 놈이다.

또 한 놈[7]은 가빌레, 네가 그 복수 때문에 우는 놈이다.

제 26 곡

지옥의 이 구렁 속에서 고향 사람을 다섯 명이나 만난 단테는 얼굴을 붉힌
다. 이어서 제8옥의 여덟 번째 구렁을 내려다보는 언저리에 오자 골짜기에 불이
드문드문 보인다. 그 불 속에는 권모 술수를 일삼았던 망자들이 하나씩 불길에
휩싸여 타고 있다. 그 중에서 하나의 불꽃 끝이 둘로 갈라져 있는 것은 오딧세
우스와 디오메데스 두 사람이 그 속에 함께 타고 있기 때문이다. 오딧세우스는
대서양을 남하한 그의 마지막 항해를 마치 한 편의 극중 시처럼 이야기한다.

기뻐하라, 피렌체[1]여. 너의 날개는 바다와 육지를 뒤덮고, 너는 위용을
자랑하고 있다. 그리고 네 이름은 지옥에도 널리 알려져 있다!

도둑들 가운데 다섯 명[2]이나 이런 너의 시민을 보고 나는 얼굴을 붉혔다
만 너의 영예가 설마 이것으로 높아졌다고 자랑할 수는 없으리라.

그러나 새벽 꿈이 참다운 꿈이라면 너는 멀지않아 다름아닌 프라토[3]의
야심을 뼈저리게 느낄 것이다.

이미 일어났다 할지라도 빠를 것은 없다. 일어나야 할 바엔 빨리 일어나
는 게 좋다. 늙을수록 괴로움이 크리니.

____

7) 또 한 놈은 프란체스코 데 카발칸티이다. 가빌레는 아르노 골짜기에 있는
   성 이름으로 그 고장 사람이 카발칸티를 죽였기 때문에 카발칸티 일족의
   미움을 사게 되어, 그 뒤 그 고장 사람들이 복수당한 것을 말한다.

1) 당시의 피렌체 시는 바다로 육지로 활발하게 진출하고 있어 시민은 그것
   을 자랑으로 삼고 있었다. 피렌체의 오명이 마침내 지옥에까지 미쳤음을
   비웃는 반어이다.

2) 아넬로·푹치·부오소·치안화·카발칸티의 다섯 명이다.

3) 프라토는 피스토이아와 피렌체 사이에 있는 마을.

우리는 그 곳을 떠나 앞서 내려왔던 벼랑을 길잡이가 먼저 올라가 나를
끌어당겨 주었다.

암벽의 바위 사이로 쓸쓸하게 길을 걸어갔는데, 손을 쓰지 않고는 도저히
나갈 수가 없었다.

거기서 본 것을 생각하면 내 마음은 아팠다. 지금 돌이켜 생각해도 여전
히 마음이 아프다. 덕의 가르침에 어긋나는 재주를 부리지 않도록

전보다 더 재치를 삼가할까 한다.[4] 행운의 별 아래 태어났고 거기다 또
고맙게도 천부의 재주를 부여받은 몸이다. 설마하니 그걸 후회의 씨로 삼지
는 않으리라.

태양이 차츰 늦게 저물고, 해질녘에 파리 대신 모기가 나올 무렵

고개 위에 올라가 한숨 돌리는 농부는 골짜기 아래서 많은 반딧불을 본
다. 낮에 포도를 따고 밭갈이하던 언저리다.

여덟째 구렁에는, 그 바닥이 보이기 시작하는 근처까지 와 보니 흡사
반딧불 떼마냥 여기저기 골짜기 밑에 불이 반짝이는 것이 보였다.[5]

곰들을 풀어 통쾌하게 원수를 갚아주고 하늘을 향해 치달으며 떠나는
엘리야의 불수레[6]를 볼 때

그가 눈으로 쫓을 수 있었던 것은 겨우 한 줄기 불꽃, 한 조각 구름뿐이
었던 것처럼,

골짜기에 움직이는 불꽃 하나하나도 그것과 마찬가지였다. 불꽃은 그
속에 감춘 것을 내보이지 않았으나, 그 하나하나에는 한 명씩 죄인이 싸여
있었다. 나는 다리 위에서 발돋움을 하고 그것들을 응시했다. 바위 모서리를
붙잡고 있지 않았던들 아래로 떨어졌을는지도 모른다.

내가 정신 없이 보고 있는 것을 보고 길잡이가 말했다. 「저 불 속에는
망자들이 있다. 모두 자기를 태우는 불 속에 싸여 있다.」

---

4) 이 스스로를 훈계하는 구절은, 지옥편 26곡의 주인공 오딧세우스에 대한
   단테의 강한 공감을 나타내고 있다.

5) 이탈리아나 프랑스 등의 지중해에 면한 남유럽 제국에는 사라센 인 해적
   의 습격에 대한 경계와 말라리아 예방 때문에 마을이 산이나 고갯마루에
   밀집되어 있던 곳이 많다.

6) 〈열왕기 하〉 2장 11, 12, 23, 24절 참조.

「스승님」 하고 내가 대답했다. 「그 말씀을 듣고 확신을 굳혔습니다. 아마 그럴 것 같아 물어 볼까 하던 참입니다.

저 불 속에는 누가 있습니까? 불꽃 끝이 둘로 갈라져 마치 에테오클레스[7]가 아우와 함께 불타는 그 장작에서 오른 불꽃 같은데요.」

스승은 대답했다. 「저 속에서 벌받는 자는 오딧세우스와 디오메데스이다. 둘은 함께 신의 노여움을 샀기 때문에 벌도 함께 받고 있다.

불꽃 속에서 그들은 로마의 지체 높은 조상[8]이 지나갈 문을 만들어 준 목마의 복병을 한탄하고 있다.[9]

또한 사후에도 여전히 데이다메아[10]가 아킬레우스를 생각하여 상심을 하고 있는데, 그 술책도 불 속의 후회와 눈물의 씨다. 게다가 팔라데 상[11] 때문에도 벌을 받고 있다.」

「만약 그들이 저 불 속에서도 말을 할 수 있다면」 하고 내가 말했다. 「스승님, 꼭 부탁합니다. 이 부탁은 천 번의 한번 부탁이니

저 끝이 뾰죽한 불꽃이 여기 오기까지 내가 기다리는 것을 막지 말아 주십시오. 이야기가 듣고 싶어 불 쪽으로 나도 모르게 몸이 기울어집니다.」

그러자 스승이 말했다. 「아주 기특한 부탁이구나. 들어줄 것이니 너는

---

7) 에테오클레스와 그 동생은 일 년 간격으로 테베를 다스릴 약속을 했으나 일 년이 지나도 에테오클레스는 왕국 통치를 동생에게 맡기려 하지 않는 다. 그래서 동생 폴뤼네이케스가 아르고스 왕에게 가 그 딸을 아내로 맞아 군사를 이끌고 테베를 포위한다(지옥편 14곡 참조). 형제는 다같이 전사를 하여 같은 장작 위에서 함께 불태워졌는데, 그 때 불꽃 끝이 둘로 갈라졌 다고 한다.

8) 아에네아스는 트로이가 함락될 때 그 곳을 탈출하여 로마 건국의 시조가 되었다.

9) 오딧세우스의 혼이 붉은 혓바닥 모양의 불꽃에 싸여 있는 것은 살았을 때 제멋대로의 언사로 남을 부추기고 그 말재주로써 나쁜 짓을 선동한 데 대한 벌인 것이다.

10) 데이다메아는 아킬레우스의 연인으로 그를 숨기고 있었으나 디오메데스가 술책을 부려 그를 싸움터로 몰아내었다(연옥편 9곡 참조).

11) 팔라데(아테네)의 상이 트로이 성 안에 있는 한 이 도시는 멸망되지 않는 다고 믿어지고 있었으므로 오딧세우스와 디오메데스가 권모 술수를 부려 그것을 훔쳐냈다.

다만 말을 삼가도록 해라.

내가 대신 이야기하마. 저들은 그리스 인이니 네가 하는 말 따위는 고작해야 멸시당할 뿐일 게다.[12]」

불꽃이 다가와 시간과 거리가 적당하다고 보았을 때, 스승이 다음과 같이 말하는 것이 들렸다.

「오, 너희들, 둘이서 한 불 속에 있는 자여, 만약 내가 살았을 때 너희들의 도움이 되었다면,

만약 내가 지상에서 드높은[13] 시를 썼을 때 다소나마 너희들의 도움이 되었다면 움직임을 멈추고 누구든지 가르쳐다오. 정처 없이 어디를 헤매다가 죽었느냐.」

옛 불꽃인 큰 쪽의 불꽃이[14] 신음 소리를 내며 몸을 흔들기 시작했다. 마치 바람에 흔들거리는 불꽃 같았다.

그리하여 불꽃 끝을 이리저리 보내면서 마치 무엇인가를 말하는 혀처럼 밖으로 소리를 내고 말했다.

「내가 치르체[15]의 곁을 떠났을 때였다.

그녀는 나를 일 년 이상이나 가에타[16] 근처에 붙잡아 두었다. 아직 아에네아스가 그 곳을 그렇게 이름짓기 전의 일이었다. 사랑스러운 자식도, 늙은 어버이를 생각하는 정도, 아내인 페넬로페를 행복하게 해 주는 남편으로서의 임무도, 정도,

이 내 속에 있는 격정에도 이길 수가 없었다. 이 세상을 알고 싶고 사람의 악과 사람의 가치를 알고자 하는 심정에는.

그래서 나는 대양을 향해 나섰다. 조그만 배 한 척과 언제나 나를 따르는 마음 통하는 친구들을 데리고.

---

12) 단테는 그리스 어를 할 줄 몰랐기 때문에 비르질리오가 그대신 그리스의 영웅에게 그리스 어로 물어 보겠다는 것이다.

13) 비르질리오는 그들을 《아에네이스》에서 드높게 읊고 있다.

14) 큰 쪽의 불꽃은 오딧세우스이다.

15) 치르체는 마법사의 딸로서, 오딧세우스는 그녀한테 오랫 동안 머물렀다. 치르체는 연옥편 14곡에도 나온다.

16) 가에타라는 지명(실제로 있음)은 아에네아스가 그의 유모인 가에타의 이름을 따서 지은 것으로 되어 있다. 로마와 나폴리 사이에 있다.

지중해의 북안도 남안도 보았다. 그 밖에 바다에 잠기는 수많은 주위의 섬들도.[17]

마침내, 좁은 지브롤터의 어귀에 이르러 사람은 더이상 가서는 안 된다는[18] 경고를 보았을 때, 나와 나의 길벗들은 이미 늙어 뼈가 굳고 행동이 느려졌다.

헤라클레스의 말뚝[19]이 눈에 들어왔을 때 이미 오른쪽으로는 세빌랴가 멀어지고 왼쪽으로는 세우타[20]가 보이지 않게 되자

『제군』 하고 나는 말했다. 『수많은 위험을 무릅쓰고 제군은 세계의 서쪽 끝에 왔다. 이미 여생이 얼마 남지 않은 제군이

그 짧은 저녁나절의 한 때를 아끼는 나머지 햇빛이 비치지 않는, 사람 없는 세상을 탐색하려는 이 체험에 참가를 거부하진 않으리라고 믿는다.

제군은 제군의 타고남을 생각하라. 제군은 짐승 같은 생을 보내기 위해 태어난 게 아니다. 제군은 지식을 구하고 덕을 따르기 위해 태어난 것이다.』

내 동료들을 나는 이 짧은 연설로 격려했기 때문에 앞을 다투어 서두르는 그들을 누르느라 도리어 시간이 걸렸을 정도였다.

그리하여 배 끝을 동쪽[21]으로 돌려 노를, 미친 듯이 질주하는 배의 날개로

---

17) 오딧세우스는 그리스 서사시의 운명적인 영웅이라기보다도 초기 르네상스의 피렌체 시에 태어난 파우스트적인 인물에 가까운 심정의 소유자라 할 수 있을 것이다. 단테의 시구에서 볼 수 있는 미지의 세계로 출항해 가는 자의 격렬한 탐구심은 인간의 자기 형성이라는 형이상학적인 뜻이 있어 후세 사람들에게 흥분과 정열을 불러일으킨다. 빅토리아 시대의 시인 테니슨도 『이 혼은 지는 별처럼 인간 사상의 극한인 저편으로부터 지식을 구하고 바라며 동경한다』고 그의 《율리시즈》에 쓰고 있다.

18) 콜룸부스가 여왕 이사벨라의 고해 신부와 의논한 라 라비타의 사원 천장에는 〈더이상 나아가지 말지어다. (NON PLUS ULTRA)〉라고 씌어져 있었으나, 콜룸부스의 아메리카 발견 이래 그 말아라(NON)는 지워지고 『더 앞으로 나아가라』로 바뀌어 졌다고 한다. 《신곡》은 희망봉 항로가 개척되기 200년 전에 씌어진 시인데, 단테의 시구에는 대항해 시대에의 예언적인 울림이 담겨져 있다고 할 수 있을 것이다.

19) 지브롤터 해협의 양쪽 기슭에 있는 높은 바위 산을 가리킨다.

20) 세우타는 지브롤터의 대안인 아프리카의 소도시.

21) 뱃머리를 서쪽으로 돌려 아프리카 연안을 따라 왼편으로, 즉 남으로 남으로 내려가 이윽고 적도를 넘었다.

삼아 왼편으로 남하했다.

밤이면 벌써 남반구의 별들이 차례차례 보이기 시작했다. 그리하여 북극성은 낮아져 이윽고 바다 위에 돋지 않게 되었다.

우리가 대양에 나선 지, 달이 다섯 번 차고 또 다섯 번 기울었다.[22]

그 때 아득한 저편에 갈색 산[23] 하나가 나타났다. 일찍이 본 일이 없을 만큼 높은 산같이 여겨졌다.

우리는 기뻤으나 기쁨은 곧 탄식으로 변했다. 이 미지의 땅에서 회오리바람이 일어나 뱃머리 한 모서리에 부딪히자

세 번이나 물벼락 속에 배를 돌리니 네 번째에 이르러 고물이 쳐들리자 이물로부터 신의 뜻에 따라 배가 가라앉았다.

이윽고 우리들 위에서 바다가 본래대로 해면을 닫았다.」[24]

제 27 곡

그 불꽃이 침묵하자 그 뒤를 따르는 불꽃이 소리를 낸다. 구이도 다 몬테휄트로가 로마냐의 정치 정세를 단테에게 묻는다. 이어서 시민의 물음에 대하여 구이도가 자기 신세와 죄악에 빠지게 된 경과를 이야기한다. 권모 술수를 써서 법황 보니파치오 8세에게 조언을 했기 때문에 죽은 뒤 성 프란체스코가 마중을 와 주었는데도 불구하고, 결국은 검은 천사가 그의 혼을 데리고 가 그는 지옥의 제8옥에 떨어진 것이라고 한다.

불꽃은 침묵을 지키더니 곧게 조용히 탔다. 그리고 상냥한 시인의 승낙을 얻자 우리들 곁을 떠났다.

---

22) 항해가 다섯 달 계속된 셈이다.

23) 연옥의 산일 거라고 한다(연옥편 1곡 참조).

24) 『동료를 격려하는 오딧세우스는 단테 자신의 일면이다. 단테에 의한 이 오딧세우스의 상은 죄 많은 모습일지 모르나, 숭고한 죄이다. 아마도 그리스의 서사시나 그리스의 비극 속의 오딧세우스보다도 위대한 모습이라 할 수 있을 것이다.』 크로체의 〈단테의 시〉 중에서.

그 때 그 뒤를 따라온 불꽃이 그 속에서 분명치 못한 소리를 냈다. 우리는 눈을 그 불꽃 쪽으로 돌렸다.

시칠리아에 고문용 소[1]가 있었는데, 당연한 보복이지만 그것을 줄로 갈아 만든 자가, 먼저 그 속에 들어가게 되어 비명을 지르며 신음했다.

구리로 된 소였는데, 고문당하는 자가 신음할 때마다 고통 때문에 몸이 에이는 듯이 보였다고 한다.

이와 마찬가지로 불 속에서 나올 길도 입구도 없는 채, 한 많은 가지가지의 말은 불타는 소리로 변하고 있었는데

불꽃 끝에 숨결이 통하자마자 불꽃 끝은 혀끝 같은 떨림을 내보냈다.

「오, 여보게」 하는 소리가 들렸다. 「자네를 부르고 있네. 자네는 방금 『롬바르디아 말[2]로』『이젠 가거라, 더이상 묻진 않겠다』고 말했다.

내가 여기 온 것이 어쩌면 너무 늦었는지는 모르겠으나 상관 없다면 걸음을 멈추고 나와 이야기를 하고 가 다오. 나[3]는 불길에 타고 있기는 하지만 상관 없네.

만약 자네가, 내가 모든 죄를 걸머진 저 아름다운 이탈리아 땅에서 지금 이 장님의 세계로 떨어져 왔거든

나에게 말해 다오, 로마냐는 평화로운지 싸움을 하고 있는지. 나는 그 나라 사람이다. 울비노와 테베레가 원천을 이루는 산으로 둘러싸인 곳에 살았다.」

나는 아래쪽으로 몸을 구부린 채 귀를 기울이고 있었다. 그 때 길잡이가 내 옆구리를 팔꿈치로 찌르며 말했다. 「네가 말해 봐라, 이 자는 이탈리아

---

1) 아테네 사람인 페릴로가 시칠리아 왕을 위해 만든 고문용의 구리로 된 소인데, 그 속에다 죄인을 넣고 달구면 죄인의 외침 소리가 암소의 울음 소리같이 들렸다고 한다. 시칠리아 왕 활라리데는 먼저 페릴로를 그 속에 넣어 시험해 보았다.

2) 비르질리오는 롬바르디아 사람으로, 원문에는 그 지방 사투리가 그대로 쓰여지고 있다.

3) 구이도 다 몬테휄트로이다. 그에 관련되어 그의 아들 부오콘테 다 몬테휄트로가 연옥편 5곡의 주인공으로서 나타난다. 그의 자손은 15세기 이탈리아 르네상스 시대의 최대의 명장으로서 알려지는 울비노의 페데리고 다 몬테휄트로이다.

인[4]이다.」

그래서 내가, 대답은 이미 생각하고 있었으므로 서슴지 않고 말을 했다. 「오, 『불꽃에』 싸인 혼이여, 자네의 조국 로마냐에선, 지난 번 내가 떠날 때는 공공연한 싸움은 없었다. 하지만 예나 지금이나 사람들 가슴속에 싸움이 없었던 예가 없다.

라벤나의 현상은 수년 전과 다름이 없다. 포렌타의 독수리가 그를 풀어 주고, 또 체르비아도 그 날개 밑에다 넣고 있다.

전에 오랜 저항을 거듭하여 프랑스군을 학살하고, 피투성이 무덤을 쌓은 도시[5]는 지금 또다시 푸른 발톱[6] 아래 놓여 있다.

몬타냐에서 악정을 편 베루키오[7]의 맹견은 부자가 함께 아직 그 곳에서 이빨을 갈고 있다.

라모네와 산테르노 두 마을은 여름부터 겨울에 걸쳐 몸을 뒤치는 하얀 집의 새끼 사자[8]가 다스리고 있다.

그리고 사비오 강이 그 변두리를 흐르는 고을[9]은 평야와 산악 사이에 위치하고 있는데, 그와 마찬가지로 폭정과 자유의 나라 사이에 살고 있다.

그런데 자네는 누군가. 부탁이야, 말해 다오. 나도 순순히 말했으니 자네도 고집 피우지 말라. 자네 이름이 이승에서 오래 빛나기를 빈다.」

그러자 불꽃은 잠시 그 버릇대로 신음하며, 혀끝을 이리저리 흔들고 나서 서서히 다음과 같이 한숨지으며 말했다.

「만약 내 대답이 이승으로 돌아가는 자의 귀에 조금이라도 들어간다면 이 불꽃은 당장에 흔들리지 않을 것이다.

그러나 이 바닥에서는 일찍이 누구 하나 살아서 돌아간 자는 없다고 한다.[10] 그것이 사실이라면 오명을 남길 염려도 없으니 자네의 질문에 대답하

---

4) 오딧세우스가 그리스 인이었던 데 대해. 지옥편 26곡 주 참조.

5) 피투성이 무덤을 쌓은 도시는 포를리이다.

6) 푸른 발톱은 오르델라피 가문의 문장이다.

7) 베루키오는 리미니의 시민들이 지옥편 5곡에 나오는 프란체스카의 남편 장 치오토와 바울의 아비인 말라테스타에게 기부한 성 이름이다.

8) 하얀 집의 새끼 사자에 대해서는 연옥편 14곡 주를 참조.

9) 사비오 강이 변두리를 흐르는 도시는 체세나이다.

10) 불꽃 속의 구이도는 단테가 살아 있는 사람임을 모르지만 다소 예감이 있었던 것 같다.

겠다.

나는 군인이었다. 이어서 프란체스코 회의 수도사가 되었다. 이렇듯 허리 띠를 매어 두면 속죄가 될 줄 알았던 것이다. 사실 나의 신심은 모두 이루어졌을는지도 모른다.

그러나 그 저주받을 대성직자[11]가 나를 또 본래의 죄악으로 끌어들인 것이다. 왜냐, 어째서냐, 내 말을 들어 주기 바란다.

나라는 인간이 어머니로부터 받은 뼈와 살로 되어 있는 한, 나의 행동은 모두 사자다운 데가 없고 여우의 간사한 꾀뿐이었다.

돌아가는 길도 질러가는 길도 환히 알고 있었고, 권모 술수에 능한 나였기 때문에 그 이름은 방방 곡곡에까지 퍼졌다.

그러나 나도 나이가 들어 인생의 돛을 내리고 닻줄을 끌어올릴 시기가 되니

전에는 재미있었던 일이 이제는 무거운 짐이 되었다. 뉘우치고 참회하는 뜻에서 나는 머리를 깎았다.

아, 구원의 희망은 있었는데, 비참한 나였어!

새로운 바리새 인 두목은 라테라노[12] 가까이서 싸움을 하고 있었다. 상대는 사라센 인도 아니고 유대 인도 아니다.

적은 모두 모두 그리스도 교도인 것이다. 아크라[13]를 탈취한 회교도도 회교도에게 무기를 판 상인도 아니다.

그는 자기 지위의 존엄성도 성직자라는 신분도, 또한 나의 『수도사의』 허리띠마저도 돌아보지 않았다. 이 허리띠는 본래 난행 고행을 쌓기 위해 매었던 것이었건만.

그리하여 콘스탄티누스가 시랏티에 있던 실베스텔에게 문둥병을 고쳐

---

11) 성직자도 바리새 인 두목도 법황 보니파치오 8세를 가리킨다.

12) 콜론나 가문 사람들과 산 조반니 인 라테라노(지금은 로마 시내)에서 싸웠던 것이다.

13) 아크라는 십자군이 점거한 시리아의 도시로 1291년 회교도에게 탈취되었다. 이것을 마지막으로 성지에 있어서의 그리스도교 세력은 전멸했다. 단테는 그리스도 교도로서 위기 의식을 품지만 법황 보니파치오 8세는 자기의 세력 확장에만 전심한다. 그것을 단테는 통분해 하는 것이다.

달라고 청하듯이[14] 그는 나를 스승이라 의지하고

그 교만의 열병을 고치고자 하였다. 그는 나에게 조언을 구했다. 그러나 나는 입을 다물었다. 그가 하는 말이 주정뱅이 소리로밖에 여겨지지 않았기 때문이다.

그러자 그가 다시 되풀이했다. 『염려할 것 없다. 미리 자네 죄를 용서해 줄 테니 가르쳐 다오, 어떻게 해서 팔레스트리나[15]를 함락시켜야 하는가를.

자네도 알다시피 나는 천국의 문을 열 수도 있고, 닫을 수도 있다. 그래서 열쇠가 둘[16] 있는 것이다. 내 선임자[17]는 그 열쇠를 소중히 하지 않았다만.』

그러자 이 중대한 발언에 기가 눌리어 나는 침묵을 지키는 게 오히려 나쁘다 싶어 이렇게 말했다. 『법황님, 내가 지금 떨어져야 할 죄악에서

당신이 나를 씻어 주시니 말씀드리지요. 약속은 길게 해놓고, 이행은 짧게 하시면 당신은 법황의 자리에서 개가를 올리실 것입니다.[18]』

내가 죽었을 때 프란체스코가 마중을 왔다. 그러나 검은 천사[19] 하나가 그에게 말했다.

『데려가지 마라. 내 권리를 침범하지 말라.

이 놈은 속임수를 조언한 이상 하계에 있는 내 노예들 속에 떨어지는 게 마땅하다. 그 이래 쭉 뒤따라 감시를 해 왔다.

뉘우치지 않는 놈을 용서할 수는 없다. 또 뉘우침과 악의는 누가 보더라도 모순이다. 양쪽을 다같이 할 수 있을 리가 없다.』

아, 이 무슨 불행일까! 놀라서 벌벌 떠는 나를 붙들고 악의 천사가 『아마 당신은 내가 이런 논리가인 줄은 몰랐겠지![20]』하며 미노스에게로 나를

---

14) 이교도였던 황제 콘스탄티누스가 나병 때문에 고통을 겪다가 시랏티의 산중 동굴 속에 있던 법황 벨베스텔로부터 세례를 받고 병이 나았다는 전설이 중세에 나돌고 있다.

15) 로마의 교외인 팔레스트리나에 콜론나 가문의 집이 있었다.

16) 천국 문의 두 개의 열쇠에 대해서는 연옥편 9곡 참조.

17) 법황의 지위를 버린 선임자 첼레스티노 5세에 대해서는 지옥편 3곡, 지옥편 19곡의 주를 참조. 보니파치오 8세에 대해서는 지옥편 19곡 참조.

18) 약속을 많이 해놓고 조금만 실행하면 이길 것이라는 뜻.

19) 악마 대왕에게 종사하는 것이 검은 천사이다.

20) 원문의 Ch'io loicofoss라고 하는 O, I의 발음은 빈정거리는 울림을 갖고 있다.

끌고갔다.

미노스는 여덟 번 그 딱딱한 등에 꼬리를 칭칭 감더니[21] 이어서 분노한 나머지 그 꼬리를 물어뜯으며 말했다.

『이 놈은 불꽃에 싸여 마땅한 죄인이다.』 이렇듯 나는 파멸했다. 이렇듯 불옷을 입고 탄식하며 가는 것이다.」

이렇게 말을 마치자 불꽃은 고뇌 때문에 몸을 비틀어 불꽃 끝을 치면서 떠나갔다.

나와 길잡이는 또다시 걸어서 바위를 따라 다음 다리 위까지 왔다. 그 다리 밑은 이간질하여 벌받은 자들이 그 속에서 속죄하는 구렁이었다.

제 28 곡

제8옥의 아홉째 구렁에 이른다. 거기서는 생전에 중상 분열을 일삼은 자들이 응보의 형에 의해 몸이 두 동강이 나 참담한 광경을 드러내고 있다. 그 중에는 마호멧 · 알리 · 돌친 수사 · 피엘 다 메디치나 · 쿠리오 등이 있다. 두 팔이 죽지 서부터 떨어져 있는 것은 피렌체 인인 모스카이다. 영국 왕과 부자를 서로 반목케 한 벨트란 드 보른은 목 없는 몸뚱이로, 베어진 자기 목을 마치 등불처럼 들고 걸어간다.

제아무리 말 잘하는 이라 할지라도 내가 지금 목격한 피와 상처의 광경을 마음껏 표현할 수 있는 이, 그 누구 있겠는가!

이만한 것을 파악하려면 사람의 말이나 두뇌로는 힘이 미치지 못한다. 그래서 아무래도 표현이 불충분해지고 마는 것이다.

숙명의 땅 프리아[1]에서는 옛부터 피를 흘리고 괴로워하다 죽는 이가 많았다. 혹은 트로이 인[2]의 손에 죽고, 혹은 정확한 리비오의 사서에 씌어 있는

---

21) 미노스의 판결에 대해서는 지옥편 5곡의 첫머리를 참조.

1) 프리아는 이탈리아 반도의 남부이다.

2) 아에네아스를 따라온 트로이 사람.

것 처럼,[3]

　전리품 가락지[4]가 산더미처럼 쌓인 긴 싸움 때문에 쓰러지고 혹은 로베르토 구이스카르도[5]에 대항하다 죽음의 고통을 맛보았고,

　또 어떤 자는 그 뼈를 지금도 체펠란과 탈랴콧조 부근에 드러내고 있다.

　그 땅에서 프리아 인들이 모두 배반을 하여[6] 늙은 아랄도[7]가 싸우지 않고 이겼다. 그러나, 가령 그런 전사자들이 모두 모여서 어떤 자는 부상을 당한 손을, 어떤 자는 끊어진 다리를 드러내 보였다 할지라도 아홉째 구렁의 참상에는 못 미치리라 생각한다.

　통테가 끊어진 술통이라 할지라도 내가 본 자만큼 두 동강이 나 있지는 않다. 그는 턱에서부터 방귀 뀌는 곳까지 찢겨져 있는 것이다.

　다리 사이로 큰창자가 늘어지고, 삼킨 음식을 똥으로 만드는 더러운(위) 주머니며 창자도 보였다.

　내가 정신 없이 그를 쳐다보고 있으려니 그도 나를 보며 두 손으로 가슴의 상처를 벌리고 외쳤다.

　「자, 내가 몸을 어떻게 찢는가를 봐라! 난도질당한 마호멧이 어떤 꼴인지를 봐라! 내 앞을 울며 가는 것이 알리[8]이다. 턱에서 이마의 머리털 난 데까지 얼굴이 두 쪽으로 갈라져 있다.

　네가 여기서 보는 놈은 모두 생전에 이간질을 일삼고, 분열 화근의 씨를 뿌린 자들이다. 그래서 이렇게 찢겨져 있다.

　바로 뒤에 있는 악마 한 놈이, 그 놈이 우리가 이 고통의 길을 한 바퀴씩 돌 때마다 이 무리의 하나하나에게 다시 칼날을 대고 잔혹 무참한 화장을

---

3) 리비오의 사서에는 그릇됨이 없다고 단테 시대에는 믿고 있었다.

4) 한니발이 이끄는 카르타고군이 로마군을 무찔러 전사한 로마군의 가락지를 모았더니 약 여섯 말 가량이 되었다고 한다.

5) 노르망디의 용장이다. 11세기에 노르망디 인은 시칠리아와 이탈리아 남부를 점거하였다.

6) 1266년부터 68년에 걸쳐 샤를르 당쥬가 나폴리 왕국을 공격했다. 그 때 프리아 인들의 배신이 있어 나폴리군은 베네벤토에서 패했으며, 왕 만프레디(연옥편 3곡 참조)는 전사했다.

7) 아랄도는 샤를르 당쥬의 참모.

8) 알리는 마호멧의 종제자로 회교도 최초의 분파(分派)를 낸 자.

한다.

한 바퀴 돌고 악마 앞에 이르기까지 상처가 아물어 버리기 때문이다.

그런데 그 바위 위에서 코끝을 내밀고 있는 너는 누구냐? 고백을 하고 판결을 받았으나 그 형벌이 받기 싫어 망설이고 있구나?」

「이 사람은 아직 죽지 않았다. 또 죄 때문에 벌을 받으러 온 것도 아니다.」 하고 스승이 대꾸했다. 「다만 이 자에게 충분한 견문을 쌓게 해 주기 위해 지옥의 여러 골짜기를 돌아서 이 아래까지 안내하는 것이 죽은 자인 나의 임무인 것이다. 이건 사실이다. 지금 내가 말하고 있는 것은 사실이다.」

스승의 말을 듣자 백여 명의 망자가 구렁 속에서 모두 걸음을 멈추고 놀란 나머지 고통도 잊고 나를 바라보았다.

「그럼 너는 곧 또 태양을 볼 수 있는데, 그렇다면 돌친[9] 수사에게 전해 다오, 곧 이리로 나를 쫓아올 생각이 없다면 군비를 갖추라고.

식량도 필요하다. 그렇지 않고는 눈에 둘러싸여 본래는 난공 불락이었던 성을 쉽사리 노바라의 군사에게 빼앗기고 만다.」

걸어가려고 한쪽 발을 들어 올린 마호멧은 이렇게 나에게 말하고 나서 그 발을 땅에 내딛고 떠났다.

또 하나 목구멍이 뚫린 데다 코가 눈썹 밑까지 도려지고, 귀가 한쪽밖에 없는 자가 딴 놈들과 함께 깜짝 놀라 이쪽을 보고 멈춰 섰다. 그리고 딴 놈들보다 먼저 말을 했는데, 상처 주위가 온통 벌겋게 되어 있었다.

「오 여보게, 자네는 벌받으러 온 것이 아니라는데, 나는 생전에 자네를 이탈리아에서 본 기억이 있다. 아니면 하도 닮아서 내가 잘못 본 것일까.

기억해 주게, 피엘 다 메디치나를, 만약 자네가 언젠가 벨첼리로부터 말카브에 이르는 아름다운 평야를 다시 볼 기회가 있거든.

---

9) 돌친은 소유물이나 여성의 공유까지도 주장한 이단자로 마르게리타라는 트렌티토의 미모의 처녀를 『그리스도의 누이동생』이라 이름짓고 1305년 무렵, 오천여 명의 신도들과 함께 제벨로 산 속에 웅거했다. 클레멘테 5세가 십자군을 그쪽으로 보냈다. 군사적으로는 패하지 않았으나 굶주림 때문에 1307년 3월 26일에 항복을 했고 돌친, 마르게리타 등은 같은 해 6월 2일 화형당했다.

그리고 화노의 착한 두 신사, 구이도 씨와 안조렐로 씨에게 전해 주게. 이 곳 『지옥』에서의 예견에 어긋남이 없다면

그 두 분은 불성실한 폭군에게 배반당하여 배 밖으로 내던져져 카톨리카 가까이서 추와 함께 바다에 잠기게 될 것이다.

사이프러스 섬과 마조르카 섬 사이(지중해)에서 해적이든 그리스 사람이든 이런 큰 죄를 저지른 예는 해신도 본 적이 없다.

그 애꾸눈의 배신자[10]는 리미니의 땅을 차지하고 있다. 그런 땅을 보지 말았더라면 좋았을 걸 하는 자가 그 밖에도 또 하나 여기 내 곁에 있다.

그 배신자는 교섭한답시고 두 분을 불러들이겠지만 포카라의 산을 보고 뱃길이 무사하기를 빌기 전에 두 분 다 그의 손에 죽고 말 것이 틀림없다.」

그래서 내가 말했다. 「여보게, 만약 자네 소식을 지상에 전해 주기 바란다면 가르쳐 주게, 그 관을 본 걸 괴롭게 뉘우치고 있는 자가 누군가?」

그러자 그는 동료 하나의 턱에 손을 대고 그 입을 벌리고 소리쳤다.

「이 놈이 바로 그 놈인데 말을 못한다.

이 놈은 로마에서 추방당했는데 주저하고 망설이는 시저를 선동했다.[11] 준비가 갖추어진 이상에는 기다리면 기다리는 만큼 반드시 손해를 본다고.」

아, 이 무슨 가엾은 꼴일까! 일찍이 대담한 언사를 쓰던 쿠리오는 혀가 목구멍에서부터 뽑혀져 있었다.

이어서 오른손도 왼손도 잘린 자가 그 잘린 곳을 암흑의 대기 속에 쳐드니, 피가 뚝뚝 떨어져 그 자의 얼굴을 더럽혔다. 그 자가 외쳤다.

「모스카[12]도 기억해 둬라. 나는 소홀하게도 지껄여 버렸다. 『일이 성사되면 그것으로 끝난다』고. 그것이 토스카나 사람들에게 화근의 씨였다.」

내가 덧붙였다. 「그리고 너희 가문의 멸망의 씨도.」 이 말을 듣자 사나이

---

10) 애꾸눈의 배신자는 지옥편 27곡 『베루키오의 맹견의 부자』로 아들인 말라 테스타이다. 그는 구이도와 안조렐로 두 사람을 리미니로 초대하여, 도중 에 수부들에게 일러 카톨리카 바다에 빠뜨려 죽였다.

11) 쿠리오가 시저를 꼬드겨 루비콘 강을 건너게 한 것이다. 루비콘 강은 라벤 나 근처에 있는 작은 강이다.

12) 단테가 지옥편 6곡에서 만나고자 원했던 모스카가 자기 쪽에서 이름을 대고 나선 것인데, 그가 아미디 가문의 사람을 부추겨서 아미디 가문의 처녀와 약혼을 어긴 부온델몬테(천국편 16곡 참조)를 죽이게 했다.

는 미친 듯이 괴로워하는 이처럼 고통을 안고 떠나갔다.

그러나 나는 멈춰 서서 계속 그 무리를 바라보았다. 그리고 이 눈으로 똑똑히 본 것이 아니고는 말하는 것조차 무서운 그런 것을 보았다.

오직 양심만이 나를 지탱한다. 양심이란 것은 사람의 좋은 반려로서 자기가 결백하다는 자각이 들게 해 사람에게 든든함을 안겨 준다.

분명히 이 눈으로 보았고, 지금도 눈앞에 떠오르지만 목 없는 자가 하나 불쌍한 일행에 끼어서 걸어갔다.

목이 잘린 몸뚱이로 잘려진 목의 머리털을 움켜잡고, 마치 등불처럼 들고 간다. 그 목이 우리를 보고 「아아」 하고 탄식했다.

자기가, 자기를 위한 등불로 삼고 있다. 둘이 하나이고 하나가 둘인 것이다. 어째서 있을 수 있는지, 그것은 하느님만이 아신다.

바로 다리 밑에 접어들었을 때, 우리들 귀에 목소리가 잘 들리게끔 팔을 목과 함께 높직이 쳐들었다.

「자, 보아라. 이 초조한 형벌을. 너는 숨을 쉬면서 죽은 자를 보고 돌아다니는데, 이보다 더 끔찍한 형벌이 달리 있는가 잘 보아 둬라.

내 소식을 저 세상에 전해 주기를 바라고 말하지만 나는 젊은 국왕에게 나쁜 충고를 했다.[13] 나는 벨트란 드 보른이다.

나는 부자를 서로 등지게 하였다. 능란하게 나쁜 짓을 선동한 아히도벨[14]도 다윗과 압살롬을 이렇게 갈라 놓지는 못했다.

이렇게 맺어진 사람들을 둘로 갈랐기 때문에 나는 내 골통을 비참하게 이 몸통의 척추로부터 이렇듯 잘리어 손에 들고 있다.

인과 응보다. 그 이치는 나의 경우에도 적용이 된다.」

---

13) 영국 왕 헨리 2세(1133~89)의 왕자에게 부왕에 대한 반역을 권유했다는 것이다.

14) 아히도벨은 다윗 왕의 의관(義官)으로 압살롬을 꼬드겨 부왕인 다윗을 암살케 하려 했다.

제 29 곡

단테는 비르질리오로부터 친척인 제리 델 벨로에 대해 이야기를 듣는다. 길잡이에게 재촉을 받고 단테는 돌다리를 지나 제8옥의 마지막 열 번째 구렁을 본다. 거기서는 온갖 병으로 고통을 당하는 사람들이 몸부림치고 있는데, 옴이 옮아 몸부림치는 연금술사(錬金術師)인 그리폴리노가 신세 타령을 한다. 또 한 사람 가짜 돈을 만든 카포키오가 시에나 인의 허영심을 비꼰다.

많은 무리들을 보고 전대 미문의 상처를 보게 됨에 이르러 눈앞이 몽롱해져 그 자리에 서서 울고만 싶은 심정에 사로잡혔다.

그러나 비르질리오가 말했다. 「무얼 보고 있나? 왜 너는 언제까지나 비참하게 몸뚱이가 잘린 골짜기의 망자들을 보고 있느냐?

다른 곳에선 네가 그렇지 않았다. 망자의 수를 세어 볼 셈이라면 생각 좀 해봐라. 골짜기의 둘레는 길이가 이십 이 마일이다.

달은 이미 우리 발밑에 있다. 우리에게 허락된 시간은 이제 얼마 남지 않았다.[1] 네가 꼭 보아야 할 것은 아직 많이 남아 있다.」

그래서 내가 대답했다. 「내가 왜 넋을 잃고 보고 있는지 그 까닭을 생각해 주셨더라면 아마 내가 좀더 머무를 수 있도록 허락해 주셨을 겁니다.」

스승은 벌써 떠나기 시작했다.

나는 따라가면서 그렇게 대답하고 다시 덧붙였다. 「이제까지 내가 주시하고 있던 저 골짜기에는 내 친척 하나가 무서운 보상을 치러야 할 죄 때문에 울고 있을 게 틀림없을 것입니다.」

그러자 스승이 대답했다. 「이제부터는 그를 걱정해서 마음 상하지 말도록 해라. 다른 일을 생각하고 그는 잊어버려라. 아까 나는 다리목에서 그를

---

1) 이 지옥 여행은 성 금요일 해질녘부터 성 토요일 해질녘까지 스물 네 시간에 걸쳐 행하여진다. 지옥편 20곡 주에서 보았듯이 지금은 만월인 날의 다음날이다. 만월의 한밤중에는 달이 하늘 꼭대기에 있고, 그 다음날 정오에는 하늘 밑, 즉 발밑에 있다. 그러니까 현재의 시간은 성 토요일 정오에 가까우며, 앞으로 남은 시간은 여섯 시간이다.

보았다.

너를 손가락질하며 위협을 하고 있었다. 모두 제리 델 벨로[2]라고 부르는 걸 들었다.」

그러나 그 때 너는 알타포르테의 옛 영주[3]에게 완전히 정신이 쏠려·그를 돌아보지도 않았다. 그래서 그는 가 버렸다.」

「아, 스승님, 그의 처참한 죽음은」 하고 내가 말했다.

「그 집안 친척들로서는 역시 치욕입니다만 그 원수를 그 누구도 갚지 못했습니다.

생각컨대 그래서 그는 나를 보고도 화가 나 말도 하지 않고 가 버렸을 겁니다. 그러니까 더욱 불쌍한 생각이 드는군요.」

이렇게 이야기하면서 돌다리를 지나 다음 골짜기가 보이는 곳까지 왔다. 빛만 있으면 거기서는 골짜기 밑이 환히 보였을 것이다.

우리가 말레볼지에의 마지막 굴 위에 와서 거기 갇힌 자들이 우리 눈 앞에 나타났을 때,

괴상한 비명 소리가 나를 향해 화살처럼 날아왔다. 그것은 연민으로 만들어진 화살이었기에 나는 무의식중에 귀를 막았다.

칠월에서 구월에 걸쳐 발디키아나, 마렘마, 사르디니아[4]의 의료원에서 나오는 온갖 질병을 모두 합쳐 한 골짜기에 채운다면

고통이 이쯤 될 것 같았다. 참상은 실로 바로 그것이었다. 고약한 냄새가 올라온다. 썩은 시체에서 풍기는 냄새다.

우리는 긴 돌다리의 마지막 벼랑을 언제나처럼 왼쪽으로 내려갔다. 그러자 시야가 한층 더 또렷해졌다.

그 골짜기 밑에서 높으신 주께 종사하는 정의의 여신이 이승에서 죄과장(罪科帳)에 적어 두었던 대로 가짜 돈 만든 자[5]에게 벌을 주고 있다.

에지나 섬에서 사람들이 모두 병으로 쓰러졌을 때, 독기가 공중에 가득

---

2) 제리 델 벨로는 단테의 할아버지인 벨린치오네의 아우 벨로의 아들이다. 그는 아홉째 구렁에 떨어져 있으며 분열 분파의 선동자로 그 때문에 원한 을 사서 살해된 것으로 짐작된다.

3) 알타포르테의 옛 영주는 벨트란 드 보른이다.

4) 전염병이 잘 발생하는 곳이다.

5) 아레소 출신의 연금술사 그리폴리노.

차 짐승들은 물론이요,

작은 벌레에 이르기까지 모두 툭툭 쓰러졌다.

시인들의 말에 의하면 먼저 살았던 백성들은 그 후 개미 알에서 소생했다고 한다.

그러나 그 때의 비참한 광경도 이 어두운 골짜기에서 다 죽어 가는 망자들이 겹겹으로 포개어 쓰러져 있는 광경에는 도저히 못 따라갔을 것이다.

어떤 자는 엎드리고, 어떤 자는 반듯이 눕고, 어떤 자는 남의 위에 모로 눕고,

또 어떤 자는 네 발로 엉금엉금 비참한 길을 기어서 간다.

우리는 일어나지도 못하는 병자들을 바라보며, 그 신음 소리를 들으면서 한발 한발 말없이 걸었다.

머리에서 발끝까지 얼룩덜룩한 부스럼투성이인 두 사내가 『까맣게 탄』 밑바닥과 밑바닥을 맞대고 끓는 두 개의 냄비처럼 서로 등을 기대고 앉아 있는 것이 보였다.

주인이 기다리고 있으므로 급히 말에 빗질하는 마부도, 밤샘은 질색이라 싶어 조급히 구는 사내도

이 두 사람이 못 견디게 가려운 나머지 미친 듯이 화난 것처럼 손톱으로 긁어 대는 모양에는 따라 갈 수가 없었다.

손톱으로 옴 딱지를 긁는 꼴은 잉어나 그 밖의 물고기의 큼직한 비늘을 식칼로 긁어내는 것과 똑같다.

「오!」 하고 길잡이가 그 한 사람을 보고 말했다. 「너는 손가락으로 부스럼 딱지를 벗기고 또 때로는 손가락을 철판 집게처럼 만들어 가지고 긁고 있는데

이 구렁에 있는 자 중에 이탈리아 인이 누구 없는지 가르쳐 다오. 네 손톱이 언제까지나 길어서 네게 도움이 되도록 빌 테니까.」

「보시다시피 여기서 이렇듯 얼굴 꼴은 변했지만, 우리는 둘 다 이탈리아 인이오.」 하고 울면서 대답했다. 「그러나 우리의 신분을 묻는 당신은 누구요?」

길잡이가 말했다. 「나는 여기 아직 살아 있는 이 자에게 지옥을 보여 줄 생각으로 함께 옥에서 옥으로 내려온 자요.」

그러자 서로 기대고 있던 자들이 떨어지더니 둘은 떨면서 이쪽을 돌아보

았다. 길잡이의 말을 우연히 들은 자들도 모두 돌아보았다.

스승은 상냥하게 나에게로 몸을 돌리고 말했다.

「더 물어 보고 싶은 것이 있거든 저들에게 물어 봐라.」 그래서 나는 스승이 시키는 대로 입을 열었다.

「자네들의 추억이 이승 사람들의 머릿속에서 사라지는 일 없이 긴 세월을 거쳐 전해지기를 바란다.

그러니 자네들이 누구이며, 어디 사람인지 나에게 말해 다오, 자네들이 추하고 괴로운 형벌을 받고 있다고 통성명을 하는 것을 꺼리거나 하지는 말아 주기 바란다.」

「나는 아레소 출신이다.」 하고 한 사람이 대답했다. 「알베로 다 시에나가 나를 화형에 처했다. 그러나 처형된 것과 같은 이유로 여기 떨어진 것은 아니다.

내가 농담으로 『하늘을 날으는 재주를 알고 있습니다.』라고 한 것은 사실이다. 그랬더니 호기심은 많으나 상식이 부족한 그 놈이 그 재주를 보여 달라고 나에게 강요했다.

내가 데다로스[6]처럼 날지 못한 까닭에 그 놈은 아들처럼 여기고 있는 자를 시켜 나를 불태워 죽였다.

그러나 열 개 있는 구렁 중 맨 마지막 구렁에 나는 떨어졌다. 이승에서 가짜 돈을 만들었다는 이유인데, 미노스의 판결이니 틀림은 없겠지.」

그래서 내가 시인에게 말했다. 「도대체 시에나 인들처럼 허영심 많은 사람들이 또 있었을까요? 프랑스 인도 여기에는 도저히 못 따라갈 것입니다.」

그러자 내 말을 들은 또 다른 문둥이[7]가 나를 보고 대꾸했다. 「스트릿카는 예외일 것이다. 그 놈은 알뜰하게 돈을 아낄 줄 알았다.

그리고 니콜로도 마찬가지로, 그 자는 정향 나무의 씨앗이 뿌리를 내린 정원에서 그 값진 효능을 처음으로 생각해 낸 자이다.[8]

---

6) 데다로스는 크레타의 공장(工匠)으로 추락사한 이카로스의 아비이다.

7) 이하, 또 하나의 문둥이가 시에나 인의 허영심을 비꼬아 『그 놈은 예외일 것이다.』 하면서 차례차례 이름을 댄다.

8) 요리에 정향을 쓰기 시작한 것을 가리킨다.

그리고 예의 그 일당도 다르다. 캇치아 다시안은 삼림과 포도원을 팔아먹고 아발리야토는 그의 재주를 과시했다.

그러나 이렇게 시에나 인의 욕을 하여 너를 선동하는 놈이 누구인지 눈을 번뜩여 내 얼굴을 똑바로 찬찬히 봐 둬라.

알고 있겠지, 내가 바로 연금술로 가짜 돈을 만든 카포키오의 망령이다. 내가 잘못 본 것이 아니라면 너는 기억하고 있을 것이다.

내가 얼마만큼 자연의 모방에 능한 원숭이였던가를.」

제 30 곡

같은 골짜기의 같은 구렁에서도 딴 종류의 사기꾼이 미친 듯이 설치고 있다. 카포키오의 목덜미를 물고 끌고 간 것은 남의 유언장을 위조한 잔니 스키키이다. 불륜의 사랑에 빠져 딴 사람처럼 가장하고 아비에게 접근했던 미로라는 미친 듯이 뛰어다니고 있다. 브레이샤의 화폐 위조자인 마에스트로 아다모와 트로이에서 거짓 변명을 한 그리스 인인 시논이 서로 욕지거리를 하며 치고받고 있다. 싸움을 정신 없이 보고 있는 단테를 비르질리오가 꾸짖는다.

세멜레의 사건[1] 때문에 테베 사람들에 대해 유노가 화를 내고, 그 노여움을 그들에게 화풀이하고 있을 무렵이다.

그녀의 계략으로 아타마스는 완전히 미쳐 버려 양 손에 두 아들을 안고 가는 아내를 보고 외쳤다.

「그물을 쳐라. 저기 저 길에서 암사자 한 마리와 새끼 사자 두 마리를 잡을란다.」

그리고는 가차 없이 손톱을 뻗어 레아르코스라는 한 아들을 움켜잡고 휘둘러서 바위에다 부딪쳤다. 아내는 다른 한 아이와 몸을 던져 물 속에

---

1) 세멜레는 테베의 왕 카드모스의 딸로 제우스의 사랑을 받고 바커스를 낳았다. 그래서 시기를 한 유노가 온갖 보복을 가한 것이다(천국편 21곡 주 참조).

빠져죽었다.

또 운명의 여신이, 두려움을 모르는 트로이 인의 교만심을 단번에 땅에 떨어뜨리고 그 왕(프랴모스)도 패하고 그 나라도 패했을 때

왕비 헤카베는 비참하게 사로잡힌 몸이 되어 딸 포뤽세네의 죽음과 아들 폴뤼도로스의 애처롭게 변한 모습을 바닷가에서 보게 되자 고통스런 나머지 미쳐 버려 개처럼 울부짖었다.

그러나 테베의 광녀나 트로이의 광녀도 잔혹해서 짐승과 사람의 몸뚱이에 상처를 입히기도 했다.

그러나 내가 본 창백한, 나체의 두 망자만은 못했다. 그들은 물어뜯으면서 치달렸는데, 마치 굶주린 돼지가 우리에서 뛰쳐나온 때와 같았다.

그 하나가 카포키오에게 달려들어 목덜미를 물어 쓰러뜨리더니 돌투성이 골짜기로 엎드린 채 끌고 갔다.

남아 있던 아레소 놈은 벌벌 떨며 나에게 말했다. 「저 미친 놈이 잔니 스키키[2]다. 미쳐 날뛰며 저렇게 사람을 물어뜯고 있다.」

「오!」하고 내가 말했다. 「또 하나는 누구냐? 자네 등을 물어뜯지 말아야 할 텐데! 귀찮지 않거든 그 놈이 멀리 가기 전에 이름을 가르쳐 다오.」

그러자 사나이가 대답하기를 「저것은 발칙한 고대 『치포로』의 『왕녀』 미로라의 망령이다.

아비에게 불륜의 사랑을 품어 아비와 죄를 저지르기 위해 딴 사람으로 가장하여 찾아왔다.

마치 저리 달려간 놈이 선두로 가는 여왕 『말』을 자기 것으로 삼기 위해 대담하게도 부오소 도나티인 양 유언을 하여 양식대로 유언장을 만든, 그것과 말하자면 같은 죄다.」

내가 물끄러미 눈으로 쫓고 있던 미친 두 놈은 가 버렸기 때문에 나는 시선을 혈통이 나빠 보이는 다른 놈들에게 돌렸다.

하나는, 가랑이께에서 넓적다리가 잘려서 비파 같은 모양이라고나 할

---

2) 잔니 스키키는 피렌체의 카발칸티 가문의 한 사람으로 시모네 도나티의 부탁을 받고, 빈사 상태에 있는 부오소 도나티로 가장하여 부오소가 죽었을 때, 그 시체를 숨기고 그의 자리에 드러누워 공증인에게 시모네에게 유리한 유언을 하였는데, 특히 부오소가 소유하고 있던 유명한 아름다운 암말이 시모네의 손에 들어가게끔 했다.

142

만한 사내였다.

심한 수종병에 걸려 체액이 흡수되지 않아 사지가 부었다 빠졌다 해서 『말라 빠진』 얼굴과 불룩한 배가 균형이 잡히지 않는다.

목이 타기 때문에 입을 벌리고 폐병쟁이처럼 윗입술은 위로 아랫입술은 턱 쪽으로 감아붙이고 있다.

「오, 왠지 이유는 모르지만 너희들은 벌도 받지 않고 이 지옥에 온 것 같은데.」 하고 그가 우리에게 말했다.

「걸음을 멈추고 보아라, 마에스트로 아다모의 이 비참한 모습을.

나는 생전에 필요한 건 뭐든지 가졌다. 그러나 지금은 한 방울의 물조차 먹고 싶어도 못 먹는다.

카센티노[3]의 푸른 언덕에서 흘러내려 아르노로 들어가는 시냇물은, 혹은 차가운 샘물이 되고 혹은 짙푸른 목장이 되어 늘 내 눈에 어른거린다.

거기에는 곡절이 있다. 얼굴은 야위고 이런 병에 걸린 나이지만 시냇물의 광경을 생각하면 병 이상으로 목이 탄다.

나를 처벌하는 가차 없는 『주의』 정의는 내가 죄를 범한 장소를 이용하여 나에게 그만큼 더 한숨을 짓게 만드는 거다.

그것은 로메나이다. 그 땅에서 나는 세례 요한의 상이 새겨진 가짜 돈을 만들었다. 그 때문에 나는 지상에서 화형당했다.

그러나 『나를 꼬드긴』 구이도나 알렉산드로,[4] 아니면 그 아우든지 여기서 그 망령이라도 만날 수만 있다면 브란디[5]의 샘물을 못 먹는 한이 있더라도 난 상관 없다.

여기를 돌아다니는 성난 망자들이 한 말이 사실이라면 한 놈은 이미 여기 와 있다는 것이다. 그러나 수족이 말을 안 듣는 나에게 그 말이 무슨 소용 있겠는가?

내 몸이 조금만 더 자유로워 백 년에 한 치라도 앞으로 나갈 수만 있다

---

3) 카센티노는 토스카나 동쪽에 있는 아름다운 지방으로 포피 성이라든가 고메나 성의 단테 탑이라든가, 시인을 기리는 것들이 지금도 남아 있다. 아르노 강은 그 곳에 원천을 이루고 있다(연옥편 5곡 연옥편 14곡 참조).

4) 로메나의 후작 구이도 1세의 아들 구이도 2세와 그 아우 알렉산드로. 알렉산드로의 아내 카테리나 디 환토리니는 1316년에도 살아 있었다.

5) 로메나 부근에 있는 샘.

면, 이 구렁의 둘레가 십´일 마일,

넓이가 적어도 반 마일은 된다고 하지만 나는 길 위에까지 나서서 이 병신들 무리 속에서 그 놈을 찾아내겠다.

내가 이런 무리 속에 있는 것도 그 놈들 때문이다. 놈들은 나를 꼬드겨 비금속이 삼 캐럿 섞인 휘오리노 금화를 만들게 한 것이다.」

그래서 내가 그에게 물었다.

「저기 저 고약한 두 놈은 누구냐, 자네 바로 오른편에 둘이 바싹 달라붙어 누워 있는 마치 겨울에 더운 물에 담근 손처럼 김이 무럭무럭 나고 있는데.」

「내가 이 구렁에 떨어졌을 때.」 하고 그가 대답했다.

「그 때 벌써 여기 있었다, 움직인 예가 없다. 앞으로도 영원히 움직이지 못할 것이다.

하나는 요셉을 중상한 거짓말쟁이 계집[6]이고 또 하나는 거짓말쟁이인 트로이의 그리스 인 시논[7]이다. 몸 속에서 열이 끓기 때문에 저렇게 악취를 풍기는 거다.」

그러자 그 중 하나가 이렇듯 나쁜 말을 듣고 아마 원통히 여겼던지 다짜고짜 주먹으로 아다모의 딱딱하게 부른 배를 때렸다.

배가 퉁하며 북 같은 소리를 내었다. 마에스트로 아다모도 지지 않고 팔로 상대의 얼굴을 호되게 쳤다.

「내 몸이 무거워서 움직이지 못할망정 아직 이쯤은 칠 수 있다.」

그러자 상대가 대꾸했다. 「네가 화형을 당했을 때 네 손이 이렇게는 빠르지 못했지만 가짜 돈을 만들 때는 정말이지 이보다 더 빨랐었다.[8]」

수종병 걸린 자가 대꾸했다. 「너의 말은 옳다마는 트로이에서 질문 받았을 때 넌 지금같이 사실을 말하진 않았었다.」

「나는 거짓말을 했다. 그러나 너는 가짜 돈을 만들었다. 나는 한 가지

---

6) 〈창세기〉 39장 6～23절에 있다. 계집은 보디발의 아내로, 요셉의 옷을 잡고 유혹했기 때문에 요셉이 옷을 벗어 버리고 밖으로 달아나자, 큰소리로 『나를 희롱하려다가 달아났다』고 뭇사람들에게 호소한 것이다.

7) 트로이에 남아서 거짓말로 트로이 인을 설득하여, 목마를 성중에 들여놓게 한 인물이다.

8) 가짜 돈의 수가 많다는 것을 가리킨다.

죄 때문에 여기 떨어졌다. 그러나 너의 죄는 어디의 어떤 망자보다도 그 수가 많다!」

「맹세를 저버린 놈이여, 목마의 사건을 회상하고.」하며 배가 퉁퉁 부은 자가 대꾸했다. 「고통을 받거라. 온 세상이 그것을 알고 있다!」

「갈증 때문에 마냥 고통을 받거라. 혓바닥이 갈라졌구나!」하고 그리스 인이 해댔다. 「썩은 물로 해서 실컷 고통받아라. 부른 배 때문에 바로 앞도 못 보는구나!」

그러자 가짜 돈 만든 놈은 지지 않고「네 놈의 아가리도 영원히 네 놈의 오한으로 갈라지거라.

하긴 내가 목이 타고 수종으로 몸이 부어 있긴 하지만

네 놈도 몸이 타고 머리가 아프니, 너 역시 권유를 받으면 부지런히 나르키소스의 거울[9]을 핥을 것이다.」

정신 없이 나는 두 놈의 싸우는 소리를 듣고 있었다. 그러자 스승이 말했다. 「보고 싶거든 실컷 봐라. 그러나 보는 것도 대강해야지 난 더 참을 수가 없구나.」

스승이 노기를 띠고 나를 꾸짖는 소리를 듣고 부끄러워진 나는 스승 쪽으로 돌아섰지만, 지금 생각해도 못 견디게 부끄럽다.

저를 괴롭히는 꿈을 꾸며 꿈 속에서 꿈이었으면 하고 바라는 이처럼, 있는 일을 전혀 없는 일처럼 바라는 그런 사람 같았다.

사과하려고 생각하면서도 말을 못하고, 실은 사과를 하고 있는데도 사과하고 있는 것 같지가 않다.

「너의 실수보다 더 큰 실수를 저질렀다 할지라도」하고 스승이 말했다. 「너처럼 그렇게 부끄러워하지는 않으니, 네 마음속의 모든 걱정을 버려라.

만약 또 싸움하는 자들에게로 우연히 갔다 할지라도, 알겠느냐 잘 기억해 둬라. 나는 언제든지 네 곁에 있다.

그런 걸 귀담아 듣는 것은 마음씨가 천하기 때문이다.」

---

9) 나르키소스의 거울은 물이다. 그것도 맑은 물일 것이다.

제 31 곡

시인들은 뿔피리 소리에 인도되어 제9옥으로 향한다. 밤보다는 밝고 낮보다는 어두운 시야 속에 탑 같은 것이 솟아 있는 게 보인다. 실은 그것이 제9옥 속에서 상반신을 드러내고 있는 거인들인 것이다. 니므롯과 에피알테스가 미친 듯이 날뛰고 있다. 비르질리오는 안타이오스의 자존심에 호소하여 이 거인의 손을 빌어 골짜기 밑으로 내려간다.

찌르는 듯 날카로운 말 때문에 나의 두 볼은 화끈거렸으나, 그 스승이 이번에는 위로의 말을 해 주었다.

아킬레우스와 그의 아비는 창으로 한 대 쳐서 사람을 상처입히고, 두 대 쳐서 상처를 고친다더니 마치 그러한 느낌이었다.

우리는 등을 처참한 골짜기 쪽으로 돌리고 한 마디 말도 없이 골짜기 안쪽 벽을 에워싸는 둑을 가로질러 갔다.

주위는 밤보다는 밝고 낮보다는 어두워 멀리까지는 보이지 않았다. 그러나 천둥 소리도 그것에는 못 따라갈 만한 뿔피리 소리가 울려 퍼졌다.

내 눈은 부지중에 소리나는 쪽을 향해 시선을 모았다.

샤를르 마뉴가 싸움에 패하여 비통하게 패주한 뒤에도, 오르란도의 뿔피리가 이처럼 무섭게는 울리지 않았다.[1]

그쪽으로 머리를 돌려 보니, 이윽고 무언지 높은 탑 같은 것이 여럿 우뚝 솟아 있었다.

내가 물었다. 「스승님, 저 마을에 있는 저것이 무엇입니까?」

그러자 스승이 말했다. 「너는 어둠 속을 너무 멀리까지 보려 하기 때문에 그래서 착각을 한다.

저기 가 보면 알게 되겠지만 멀리서는 좀체로 감각의 판단을 믿을 수가 없다. 그러니 좀 걸음을 서두르도록 해라.」

그리고 다정히 내 손을 잡고 말했다.

---

1) 서력 778년에 스페인에서 철수한 마뉴군의 후군(後軍)은 오르란도에 의해 지휘되고 있었는데, 피레네 산맥의 로스보 고개에서 패했다.

「더이상 앞으로 나가기 전에 네가 실물을 보고 놀라지 않도록 미리 말해두마. 저건 탑이 아니라, 거인들이다.

어느 놈이고 모두 배꼽 아래는 구멍 속에 틀어박고, 벼랑 안쪽 둘레를 뼁 둘러싸고 있다.」

안개가 걷힘에 따라 공중에 서려 있던 수증기 속에 가려져 있던 것이 서서히 모습을 나타내는데

마치 그와 같이 짙은 어둠 속의 대기를 살피며 구멍가로 다가감에 따라 의혹은 사라지고 공포심이 와락 생겼다.

마치 몬테렛지오 성[2]이 둥근 성벽 위에 많은 탑을 거느리고 솟아 있듯이 구멍을 둘러싸는 언덕 위에 무서운 거인들이 반신을 드러내고 탑처럼 우뚝 서 있었다.

하늘에서 제우스가 거인들을 지금도 위협하기 때문에 천둥이 친다는 것이다.

그 중 하나의 얼굴과 어깨, 가슴, 배 등이 벌써 뚜렷이 보이기 시작했다. 양 겨드랑이에 팔이 두 개 늘어져 있다.

자연이 이런 생물의 생산을 멈추고, 마르스[軍神]로부터 이러한 부하를 빼앗은 것은 잘한 일이다.

코끼리나 고래 같은 것은 그대로 버려 둬도 자연에게는 하등 고통스러울 것이 없다. 그것을 보더라도 자연의 옳음과 슬기로움을 안목이 뛰어난 자는 잘 알 것이다.

아무튼 악의와 폭력에 두뇌의 작용이 합쳐지는 날에는 사람의 힘으로는 도저히 막아낼 길이 없기 때문이다.

거인의 머리는 길고 커서 마치 로마의 성 베드로 사원의 솔방울[3] 같았으

---

2) 에루사 강의 골짜기에 있는 시에나군의 성. 1213년에 구축되었는데, 고립된 언덕 위에 열 네 개의 높은 탑과 길이가 반 킬로나 되는 성벽으로 둘러싸여 있다.

3) 이 성 베드로의 솔방울은 단테 이전의 옛날에는 샘의 일부를 이루어 그 끝에서 물을 뿜고 있었다. 단테 시대에는 성 베드로 사원의 입구 부근에 놓여져 있었다고 한다. 오늘날에는 안뜰에 있는 브라만테가 만든 큰 벽감 속에 들어 있는데, 그 안뜰은 그래서 『솔방울 안뜰』이라 불리고 있다. 높이 4미터인데 위쪽 끝이 떨어지기 전에는 그보다 더 큰 것이었던 것 같다.

며, 다른 골격도 모두 이와 같은 비율로 생겨 있었다.

그래서 벼랑이 거인의 하반신을 가리는 앞치마 꼴이 돼 있었지만 그것의 꼭 절반인 상반신을 드러내고 있다.

그 머리털에 손이 닿으려면 프리지아의 거인[4]이 세 놈이나 무등을 타도 못 닿을 것이니 자랑 못할 것이다.

내 짐작으로는 배꼽에서 망토를 걸치는 곳(어깨)까지 넉넉히 아흔 자[5]는 될 것 같았다.

「라휄 마리 아메크 자비 알미」 하고 괴물이 외치기 시작했다. 이보다 성스러운 성가란 그의 입에 맞지 않을 것이다.

그러자 내 길잡이가 괴물을 보고 말했다. 「어리석은 혼아, 정신이 돌아 미쳐 날뛰려거든 뿔피리나 불어서 한을 풀어라.

목을 더듬어 봐라, 뿔피리를 묶은 가죽 끈이 있을 게다. 오, 미친 혼아. 커다란 가슴에 뿔피리가 대롱처럼 달려 있구나.」

그리고 나에게 말했다. 「이 놈이 니므롯[6]이다. 이 놈의 심술 때문에 세상에 쓰여지는 언어가 분열되었다.

내버려 둬라, 이 놈과 이야기해 봤자 헛일이다. 이 놈의 말을 아무도 못 알아 듣듯이 이 놈에겐 무슨 말이고 통하지 않는다.」

그래서 우리는 왼편을 향해 다시 길을 걸었다. 그리하여 화살이 닿을 만한 거리[7]를 두고 아까보다 더 사납고 큰 거인을 만났다.

그를 누르고 포박한 자가 누구인지 나는 모르나, 그는 왼팔은 앞으로 오른팔은 뒤로 해서 쇠사슬에 묶여 있었는데

그 사슬이 목에서 아래까지 몸에 칭칭 감겨 있었다. 상체의 보이는 부분만도 다섯 겹은 감겨져 있었다.

---

4) 북부 네덜란드에는 거인이 많이 있다고 알려져 있었다.

5) 원문에는 30팔모로 되어 있으므로 환산해서 아흔 자라고 역했다.

6) 니므롯은 바벨 탑의 건설을 제안한 바벨 왕으로 〈창세기〉 10장 8~10, 11장 1~9절 참조. 세계의 언어는 처음 단 하나뿐이었는데, 사람들이 바벨에 하늘까지 닿는 높은 탑을 세우려 하여 신의 노여움을 사서 언어는 분열되었다.

7) 거리를 나타내는 이런 종류의 구식 표현은 연옥편 3곡에도 있다.

「이 교만한 놈은 가장 높으신 제우스에 대해 자기 힘을 시험해 보려고 했다.」고 길잡이가 말했다. 「그래서 이런 보복을 받고 있다.

에피알테스[8]라고 하는 놈이다. 거인들이 신들에게 위협을 주고 있었을 때, 이 놈은 크게 위세를 떨쳤다. 지난날 휘둘렀던 두 팔도 이젠 두 번 다시 휘두르지 못한다.」

그래서 내가 길잡이에게 말했다. 「만약 가능하다면 저 어처구니 없이 큰 브리아레오스를 이 눈으로 똑똑히 보고 싶습니다만.」

길잡이가 대답했다. 「너는 이 근처에서 안타이오스를 보게 될 것이다. 말도 할 줄 알고 몸도 자유롭다. 그 놈이 모든 악의 원천인 골짜기로 우리를 보내 줄 게다.

네가 보고 싶어하는 거인은 훨씬 더 저쪽에 있다. 역시 묶여 있는 꼴은 이 놈과 비슷하지만 모습이 좀더 흉악할 따름이다.」

에피알테스가 별안간 성이 나 몸을 뒤흔들었는데, 제아무리 심한 지진이 일어나도 탑과 망루가 이처럼 진동하지는 않으리라 싶었다.

전에 없이 죽음의 공포가 와락 닥쳤다. 거인의 두 손이 묶여 있는 것이 보이지 않았다면 두려운 나머지 나는 죽어 버렸을 것이 틀림없다.

그로부터 우리는 또 앞으로 나갔다. 그리하여 안타이오스 있는 데로 갔다. 머리 말고도 구멍에서 넉넉히 다섯 길은 밖으로 드러내고 있다.

「오, 너는 한니발이 그 부하와 더불어 등을 돌리고 패주했을 때

스키피오를 승리의 여신의 총아가 되게 한 운명의 골짜기에서 천 마리가 넘는 사자를 잡아 먹이로 삼았는데,

네가 네 동료들의 싸움에 가담했던들 대지의 아들(거인)들이 필경 승리를 거두었으리라고 말하는 자도 있다.[9]

추위 때문에 코시토의 물이 얼어붙은 땅 밑으로 귀찮아하지 말고 우리를 내려보내 다오.

티시오나 튀폰 있는 데까지 우리를 걷지 않도록 해 다오. 이 사람에겐 여기서 너희가 바라는 명성을 줄 수 있는 힘이 있다. 그러니 상을 찡그리지

---

8) 이하, 에피알테스 · 브리아레오스 · 안타이오스 · 티시오 · 튀폰, 모두 그리스 신화의 거인들이다.

9) 거인의 허영심에 대고 호소한 것이다.

말고 허리를 숙여 다오.

　이 사람에겐 아직 긴 인생이 있다.[10] 살아 있는 한은 너를 이승에서 아직
은 유명하게 만들 수가 있다. 천명보다 앞서 신의 부르심을 받게 된다면
별문제지만.」

　스승이 이렇게 말하자 거인은 부리나케 두 손을 내밀고 스승을 붙잡았
다. 그 옛날 헤라클레스를 꽉 잡았던 손이다.

　비르질리오는 잡혔다는 것을 느끼자 나에게 말했다.「이리 오너라, 내가
너를 안으마.」 그리하여 스승과 나는 한 덩어리가 되었다.

　카리센다의 탑[11]은 기울어진 쪽에서 쳐다보면 구름이 그 위를 지나갈 때마
다 앞으로 자빠지는 듯한 인상을 주는데

　안타이오스가 허리를 굽혔을 때 지켜본 나는 그와 똑같은 기분이 들었
다. 한순간 너무나 무서워 다른 길로 갔으면 싶었을 정도였다.

　그러나 쉽게 우리를 골짜기 밑에 내려 주었다. 그 곳은 악마 대왕과 유다
를 삼키고 있는 곳이다.

　거인은 허리를 꾸부린 채 꾸물거리지 않고 곧 배의 돛대처럼 일어섰다.

---

　10) 지옥편 1곡의 첫머리에　썩어 있었듯이 이 사람(단테)은 인생의 중반기
　　　서른 다섯 살이다. 그는 1321년 쉰 여섯에 죽었다.

　11) 볼로냐의 유명한 두 탑. 1110년에 카리센다 가문 사람이 세웠다. 오늘날
　　　그 높이는 47미터 51센티이다. 그것은 1355년에 윗부분이 잘렸기 때문이
　　　다. 동쪽으로 향해 2미터 37센티 기울어 있다. 밝은 여름날 빛날 때 그
　　　탑을 밑에서 쳐다보면, 단테가 느낀 인상을 오늘날도 그대로 느낄 수 있
　　　다.

제 32 곡

제9곡은 코치토라 불리는 빙지(氷地)로서 중심을 같이한 네 원으로 갈라져 네 종류로 나뉘어진 배반자들이 그 속에서 벌을 받고 있다. 첫째 원은 카인의 나라 카이나라 불리며 육친을 배반한 자가 떨어지는 곳으로 그 속에 있는 카미치온이 근방에 얼어붙어 있는 자들의 이름을 댄다. 이어서 둘째 원인 안테노라에 들어갔을 때 단테는 얼어붙은 머리에 발이 채인다. 단테가 그 놈의 머리털을 움켜잡고 위협을 하고 있는 동안 그 놈이 몬타베르티 전투에서 피렌체군을 배반한 보카임을 알게 된다. 저쪽의 한 구멍에는 두 놈이 같이 얼어붙어 있는데, 위에 있는 놈이 밑에 있는 놈을 물어 뜯으며 미워하고 있다. 우고리노 백작과 룩지에리 대사제이다.

내게 모든 바위가 내리누르는 이 음산한 웅덩이를 표현하기에 적당한 거칠고 가열(苛烈)에 찬 시구가 있다면

나는 내 사상의 정수를 한껏 짜내어 보였을 것이다. 하지만 시구를 갖지 못한 이상에는 주저하고 두려워하며 나는 말을 해야 한다.

전 우주의 땅 밑을 서술한다는 것은 손쉽게 할 수 있는 일이 아니다. 엄마 아빠 부르는 말[1] 따위로는 하지 못한다.

암피온을 도와 테베에 성벽을 쌓은 시의 여신들이여, 나의 시구를 도와 다오. 묘사와 사실 사이에 거리가 없도록 해 다오.

아, 모든 것에 뒤떨어지는 악으로 태어난 천한 백성들아, 너희들은 거처를 말하기가 지극히 어렵구나.

너희들은 지상에서 양이나 염소였더라면 한결 나았을 것이다.[2]

우리는 거인의 발밑에서 벗어나 컴컴한 웅덩이로 내려와 더 밑으로 내려 갔다. 나는 아직도 높은 벽쪽을 쳐다보고 있었는데

그 때 목소리가 들렸다. 「어디로 가든지 조심해 걸어라. 비참하고 고달픈

---

1) 혀가 잘 돌아가지 않는 어린애 같은 말.
2) 〈마태 복음〉 26장 24절에 『그 사람은 차라리 태어 나지 않았던 게 좋을 뻔하였느니라.』라고 되어 있다.

동포의 머리를 네 발바닥으로 밟지 않도록 조심해라.」

그래서 나는 뒤돌아보았다. 그리고 앞을 바라보니 발밑에 호수가 펼쳐져 있고, 꽁꽁 얼어붙어 표면은 유리처럼 되었으며 수면은 보이지 않았다.

겨울날 오스트리아의 다뉴브 강도 더 멀리 추운 하늘 밑의 돈 강도 이처럼 두껍게 얼음이 얼은 적은 없었다.

설사 담베르닉키 산이나 피에트라페아나 산이 그 곳에 무너졌다 할지라도 그 가장자리 얼음도 소리 하나 내지 않으리라.

농부 아낙이 이삭 줍는 꿈을 가끔 꾸는 철에 개구리[3]는 물 속에서 얼굴만 내놓고 개골개골 우는데, 그 개구리처럼

고통에 괴로워하는 망자들이 얼음 속에 얼어 있었다. 평소에 수줍음을 띠는 볼까지 납빛이 되고 황새가 하듯 이빨을 딱딱 울렸다.

누구나 다 얼굴을 숙이고 입은 추위를, 눈은 애달픈 마음을 표시하고 있었다.

내가 잠시 주위를 둘러보고 나서 발밑으로 시선을 돌리니 거기 서로 달라붙어 머리털까지 한데 엉킨 두 놈[4]이 보였다.

「너희들은 가슴을 서로 맞대고 있는데」 하고 내가 말했다. 「도대체 누구냐?」 그러자 그들은 목을 쳐들고 내쪽으로 얼굴을 들었는데

그때까지 두 눈에 고여 있던 눈물이 넘쳐 입술 위로 흘렀다. 그러자 순식간에 눈물이 얼어붙어 두 눈까지 꼿꼿하게 되었다.[5]

나무와 나무를 꺾쇠로 조이더라도 이처럼 세게 조인 적은 일찍이 없었다. 그들은 두 마리의 숫염소처럼 미친 듯이 서로 떠받았다.

그러나 추위 때문에 귀를 두 쪽 다 잃은 다른 한 사나이[6]가 얼굴을 숙인 채 말했다. 「넌 무엇 때문에 이렇게 우리를 쳐다보느냐?

이들이 누군지 알고 싶다면 가르쳐 주마. 비센초 강이 원천을 이루는

---

3) 개구리는 《신곡》에 자주 나타나는 비유로 지옥편 22곡 이하에도 나온다.
4) 이 둘은 망고네의 후작으로, 뒤에 나와 있듯이 형제인데, 형 알렉산드로도, 동생 나폴레오네도 성격이 엉큼하여 볼로냐와 피렌체 산 속의 비센초 강 유역에 있는 성을 서로 빼앗다가 다 죽었다.
5) 추위 때문에 눈물이 얼어붙은 것이다.
6) 다른 한 놈은 카미치온 데 파치, 동족인 우벨티노 데 파치를 배반하여 죽였다.

골짜기가 그들과 그들의 아비 알베르트의 영지다.

그들은 한몸에서 태어났다. 이 카이나를 모두 찾아봐라, 얼음 속에 파묻히기에 이처럼 적당한 놈은 달리 없을 것이다.

아더 왕에게 한 대를 맞고 가슴이 쪼개져 가슴과 함께 그림자마저 쪼개진 놈[7]도 포카치아[8]도, 또 이 놈,

이 놈의 대가리가 방해되어 내가 앞을 내다볼 수 없는 이 삿솔 마스케로니[9]란 놈도 그만은 못하다. 토스카나 출신이라면 너도 이 놈을 잘 알고 있겠지만

네가 이것 저것 묻기 전에 말해 두마. 나는 카미치온 데 파치[10]이다. 카루린이 와서 내 죄가 덜어지기를 기다리고 있다.」

그리고 나는 추위 때문에 개처럼 된 수천의 얼굴을 보았다. 그래서 지금도 얼어붙은 여울을 보면 소름어 끼친다. 앞으로도 소름이 끼칠 것이다.

그 사이에도 우리는 모든 중력이 집중되는 중심점[11]을 향해 나아갔다. 나는 영원한 어둠 속에서 추위에 떨었다.

그것이 의지인지 천명인지 운명인지는 모르나 나는 머리와 머리 사이를 지나다가 어떤 자의 얼굴에 호되게 발을 부딪쳤다.

그 놈은 울부짖었다. 「왜 나를 차나? 만약 몬타베르티의 복수[12]를 더 하려고 온 것이 아니라면 왜 나를 괴롭히나?」

내가 말했다. 「스승님, 여기서 잠깐 기다려 주십시오. 이 놈에 대하여

---

7) 아더 왕을 배반하여 죽이고 왕위를 뺏으려고 했던 아들(또는 조카)인 모르드랙.

8) 포카치아의 『치아』라는 축소 어미는 이탈리아 어로 악을 가리킨다. 『불을 지르는 놈』이라는 뜻으로, 명랑하고 뻔뻔스러우며 집안간에 불화, 살상의 가지가지 사건을 불러 일으켰다.

9) 삿솔 마스케로니는 피렌체의 토스키 가문 사람으로 조카의 후견인이었는데, 그의 재산을 노리고 조카를 죽였다가 체포되어 단두대에 달렸다.

10) 카루린 데 파치는 아르노 골짜기의 피안트레비네에 성을 가지고 백당의 한 사람으로 피렌체와 루카의 흑당에 대항하고 있는데, 매수당하여 1302년에 항복을 했기 때문에 백당의 인사가 많이 살해되었다. 이 배반자는 이 다음의 땅 밑으로 더 가까운 안테노라에서 벌을 받게 되는데, 그 죄에 비하면 카미치온 데 파치는 자기 죄가 가볍게 보일 것이라고 한 것이다.

11) 지구의 중심을 물리학으로 바꾸어 말한 것이다.

한 가지 궁금증을 풀고 싶은 것이 있습니다. 그것만 끝나면 얼마든지 재촉하십시오.」

스승이 멈춰섰다. 여전히 거만하게 대드는 그 놈을 보고 나는 말했다. 「너는 함부로 남의 욕을 하는데, 도대체 누구냐?」

「너야말로 누구냐, 너도 지옥의 제9옥 둘째 원[13]을 가면서」 하고 그가 응수했다. 「남의 얼굴을 치는데. 산 놈이라 할지라도 때리는 게 너무 심하지 않나?」

「나는 산 사람이다. 그러니 네가 바란다면」 하고 내가 대답했다. 「네가 명성을 바란다면 네 이름을 내 기록 속에 적어 두마.」

그러자 그가 나에게 말했다. 「그와 반대를 부탁하겠다. 여기를 떠나 더 이상 나를 괴롭히지 말아 다오. 이 골짜기에서 섣불리 아첨을 해봤자 결국은 소용 없는 노릇이다!」

그래서 나는 그 놈의 목덜미를 움켜잡고 말했다. 「어쨌든 이름을 대라. 그렇지 않으면 머리털 하나 안 남을 줄 알아라.」

그러자 그가 대답했다. 「설사 네가 머리털을 쥐어뽑든 가령 내 머리를 천 번을 쥐어박든 내가 누구인지 말 않겠다, 정체를 밝히지 않겠다.」

나는 이미 머리채를 휘어잡고 한 다발로 뽑았다. 사나이는 고함을 질렀으나 눈은 내리뜬 채였다.

그 때 가까이 있던 놈이 외쳤다. 「왜 그러나, 보카?[14] 너는 턱만 떨고 있으면 될 텐데 왜 소리까지 지르나? 어느 마귀가 못살게 구나?」

---

12) 지옥편 10곡 주에 언급된 몬타베르티 전투에서 피렌체의 법황당은 패했는데, 그것은 황제 당원이면서 법황당에 붙어 싸우고 있던 보카 데리 아비타가, 전투가 한창 벌어졌을 때 피렌체군 기수의 팔을 잘랐기 때문이라고 한다.

13) 중세의 전통에 의하면 트로이의 패배는 트로이 인 안테노르의 배신에 의해서라고 한다. 그래서 지구의 제9옥 둘째 원은 안테노라라고 이름지어졌다. 첫째 원의 카이나는 물론 아우를 죽인 카인에서 유래되고 있다.

14) 여기서 화제가 되고 있는 보카는 분연히 단테에게 저항하며, 끝까지 버틸 것 같았으나 딴 놈이 이름을 부르자 기가 꺾이고 만다. 그러나 이 보카의 저항에는 한 조각의 자존심이 느껴져 그 점이 다른 악인들과는 다른 인상적인 면일 것이다.

「이제」 하고 내가 말했다. 「네가 말 안 해도 좋다. 극악 무도한 배반자 놈아, 너의 창피를 퍼뜨리기 위해 네 진상을 세상에다 전해 주겠다.」

「냉큼 가거라, 그리고 하고 싶은 대로 실컷 지껄여라.」 하고 그가 대꾸했다. 「그러나 여기서 빠져나가거든 이 입싼 놈의 일도 잊어선 안 된다.

이 놈은 프랑스 인의 돈 때문에 여기서 울고 있다. 『두에라 출신을 보았다.』고 가서 말해라. 『그 놈은 죄수들이 시원한 바람을 쐬고 있는 곳에 있더라』고.

『그 밖에 누가 있더냐』고 묻거든 말해라. 네 옆에 있는 것이 바로 그 백케리아다. 그 놈의 목을 피렌체[15]가 잘랐다.

잔니 데 솔다니엘은 좀더 저쪽에 카네로네[16]와 테발델로와 같이 있을 것이다. 그 놈은 모두가 잠들었을 때 화엔사의 성문을 열었다.」

우리는 그에게서 떠나 더 앞으로 나갔다. 그 때 한 구멍에 두 놈이 얼어 붙은 것이 보였다. 한 놈의 머리가 다른 한 놈의 머리에 모자처럼 얹혀져 있다.

그리고 굶주린 놈이 허겁지겁 빵을 먹듯이 위에 있는 놈이 밑에 있는 놈의 머리와 목 사이를 물어뜯고 있다.

이 놈이 골통과 그 근처를 물어뜯고 있는 광경은 튀데우스[17]가 노여움에 내맡겨 멜라니포스의 관자놀이를 물어뜯던 것과 다름없었다.

「오, 넌 이렇게 짐승 같은 태도로 증오에 불타 상대를 물어뜯고 있는데 그 사연을 말해 다오.」 하고 내가 말했다.

「만약 네게 정당한 이유가 있어 상대를 힐난한다면, 너희들이 누구이며,

---

15) 잔니 데 솔다니엘은 본래 황제당이었으나 1265년 만프레디가 베네벤토에
  서 패배한 뒤, 피렌체 법황당의 하층 백성의 수령이 되어 황제당의 귀족과
  (지옥편 23곡) 『명랑한 수도사』의 정부에 대해 반란을 일으켰다.

16) 카네로네는(지옥편 31곡) 오르란도의 뿔피리 소리가 들렸을 때, 샤를르
  마뉴가 그것을 들었는데도 불구하고 고의로 그릇된 의견을 말하여 황제의
  주의를 다른 데로 돌리게 한 배신자이다.

17) 튀데우스는 테베를 공격한 일곱 왕의 한 사람으로 테베측의 멜라니포스로
  부터 심한 중상을 입었으나, 결국은 멜라니포스를 죽였다. 동지를 시켜
  그의 목을 가져오게 하여 카파네우스가 그걸 가져오자 죽어가면서도 분연
  히 그 목을 물어뜯었다고 한다.

그의 죄가 무엇인지 알면 지금 말하고 있는 이 혀뿌리가 마르지 않는 한,
약속하겠다. 이승에서 너를 위해 변명해 주마.」

제 33 곡

  우고리노 백작이 피사의 대주교에 의해 네 명의 아들과 손자들과 함께 탑
속에 갇히어 굶어죽는 광경을 울면서 이야기해 들려 준다. 단테도 노여움에
불타 피사 시에 대해 저주의 말을 퍼붓는다. 시인들은 다시 앞으로 나가 제9
옥의 셋째 원인 톨로메아에 이른다. 거기서는 손님을 배신하여 죽인 알베리고
와 브란카 도리아 등이 눈물도, 눈알도 얼어붙어 고통을 받고 있다. 그들의
육체는 아직 지상에서 먹고 마시고 있으나 혼만이 먼저 떨어졌다 한다.

  무서운[1] 음식에서 그 죄인은 입을 떼자[2] 뒤통수부터 뜯어먹던 그 머리의
머리털로 입을 닦고 천천히 입을 열었다.

-----

1) 우고리노와 룩지에리에 대한 이야기는 지옥편 32곡에서 시작되고 있다.
   여기서 부분과 전체에 대해 일반론을 펴면 《신곡》은 고딕으로 된 대사원
   에 비할 만한 건축물이라 해도 어울릴 구조를 갖는 작품인데, 마치 돌로
   된 성당이 그 전체를 멀리서 봐도 훌륭하고 또 세부적인 공작을 가까이서
   자세히 봐도 아름답듯이, 전체의 골격과의 관계를 고려에 넣지 않고도
   읽을 수 있는 시가 수없이 새겨져 있다. 지옥편 5곡의 『바울과 프란체스
   카』, 지옥편 26곡의 『오딧세우스』, 지옥편 33곡의 『우고리노 백작』의 삽화
   등이 유명한 것은 그러한 특정 부분이 독립된 가치를 지니고 있기 때문이
   다. 대사원의 문 옆에 늘어서 있는 조각을 전체와의 연관을 젖혀놓고 하나
   하나 감상하는 것과 같이 그 개개의 시에 대해 느끼는 마음이 없다면
   철학의 체계도 종교의 교리도 《신곡》의 설명에는 소용되지 않는 것이다.
   그러나 그와 동시에 세부에 사로잡혀 전체를 보려 하지 않는 태도에 대해
   서도 비판할 여지가 있으므로 J · A · 시몬드는 《단테 연구》 속에서 다음과
   같이 말하고 있다. 『단테가 건축한 대사원은 언뜻 보아 전모를 포착하기에
   는 너무나 거대하다. 그것은 마치 고딕 건축물을 대했을 때 소홀한 사람이
   그 표면의 꽃무늬와 장식에 넋이 빠져 그것이 주요한 고안인 줄 착각하는

156

「벌써 생각만 해도 말도 하기 전부터 마음이 아파 오는 이 절망의 고뇌를
너는 또 나더러 다시 하란 말인가.

그러나 내 말이 씨가 되어 그것으로 내가 물어뜯고 있는 배신자의 오명이
세상에 전해진다면 눈물을 흘리며 너에게 이야기해 주리라.

네가 누군지 어떻게 해서 이 하계로 왔는지 나는 모른다. 그러나 네 말씨
를 들으니 아무래도 피렌체 사람 같구나.

네가 알아 주길 바라는데, 나는 본래 백작 우고리노다. 이 놈은 대주교인
룩지에리이다.

것과 마찬가지이다. 소홀한 사람은 그 전체 밑에 일관되어 있는 견고한
구조의 존재를 깨닫지 못한다. 보카치오는 아직 돌 공사가 갓 되었을 뿐
벽화의 색깔도 채 마르기 전에 이 굳건한 돌의 대건축을 바라보고, 단테는
오로지 그의 정적을 근사한 교수형에 처하기 위해 이를 쌓은 것이라고
말했는데, 후세 사람들은 이 보카치오의 말을 신뢰하지 않는다. 우리는
대사원의 복도나 벽에서 멀리 떨어진 곳에 서 있다. 우리들의 눈에는 보카
치오가 깨닫지 못한 것도 보인다. 뾰죽 탑이 짙푸른 하늘 높이에 화살처럼
뻗어, 우리들 지상의 들과 밭이 안개와 이슬로 어슴푸레해졌을 때도 사람
들이 모르는 사이에 저녁나절과 새벽의 색채를 띠고 있다. 단테의 손에
의한 희생자들의 이빨을 드러낸 잘린 목과 소름끼치는 목 없는 시체는
실은 대사원 수구(水口)의 무서운 꼴을 한 문인 것이다. 그러나 우리는
그것이 이러한 세부적인 것보다는 보편적인 플랜에 종속되어 만들어진
것임을 알고 있는 것이다.」 다른 표현을 쓰면 《신곡》은 단순한 아름다움이
아니라 층의 깊이를 느끼게 하는 작품이라 할 수 있을 것이다.

2) 1288년, 피사에서는 법황당이 승리를 하고 있었는데 법황당은 마렘마에
많은 땅을 갖고 있는 우고리노 델라 게라르데스카가 이끄는 일파와 그의
손자 니노 비스콘티(연옥편 8곡 참조)의 일파로 갈라져 있었다. 황제당의
수령은 피사의 대주교인 룩지에리 델리 우발디니였다. 피사의 패권을 잡기
위해 우고리노는 룩지에리와 짜고 니노를 추방했던 것인데(6월 30일)
법황당의 세력이 약화된 것을 눈치챈 룩지에리가 이번에는 우고리노와
그의 아들, 손자, 모두 다섯 명을 옥에 가둔다(같은 해 7월). 다음해 12
89년 3월에 구이도 다 몬테휄트로(지옥편 27곡에 나옴)가 피사의 군대를
장악하나, 탑의 열쇠는 아르노 강에 던져져 다섯 명은 굶어죽는다.
상대의 머리털로 우고리노가 자기 입을 닦았다는 이 한 줄에 우고리노의
소름끼칠 만큼 무서운 비극이 표시되어 있다고 시몬드는 풀이하고 있다.
짐승 같은 느낌을 주는 행위라 할 수 있을 것이다.

왜 내가 이 놈에게 몸을 가까이하고 있는지 까닭을 말하마.

이 놈의 악한 마음 때문에 놈을 믿고 있던 내가 붙잡혀 곧 살해되었다는 것은 새삼스레 말할 필요도 없겠지.

그러나 네가 듣지 못했던 나의 무참한 죽음의 광경을 들으면 너도 그 놈의 학대가 어느 정도였던가를 알 수 있을 것이다.

새가 둥지를 치고 있는 탑의 좁은 창문 틈새로 —— 그 탑[3]은 나로 하여 아귀의 탑이라 불리웠고 앞으로도 또 사람을 가둘 것이지만 ——

그 창문 틈새로 벌써 여러 번 보름달과 초생달이 보였는데, 그 무렵에 나는 불길한 꿈을 꾸었다.

이 놈이 그 대장같이 보였는데, 산에서 늑대와 그 새끼[4]들을 사냥하고 있었다. 시야를 가로질러 루카를 피사 인으로부터 숨기고 있는 그 산[5]에서.

이 놈은 야위어 민첩하고 빈틈없는 암캐[6]를 데리고 자기 앞에 괄랑디[7], 시스몬디, 란후란키 등을 배치시켰다.

한참 동안 쫓고 쫓기고 한 끝에 아비도 자식도 지쳐 옆구리를 개의 날카 로운 이빨에 물어뜯기는 것을 본 것 같았다.

새벽녘에 눈을 뜨니 나와 같이 있던 자식[8]들이 꿈 속에서 빵을 달라고 울면서 조르고 있다.

내 마음의 예감을 한번 생각해 봐라. 그래도 마음이 안 아프다면 넌 매정 한 사나이다. 이래도 눈물을 흘리지 않는다면 도대체 무엇에 운단 말인가?

모두 일어났다. 이윽고 언제나 식사가 날려져 오는 시간이 다가왔다. 모두 가 꿈꾼 것을 걱정하고 있었다.

---

3) 괄랑디의 탑. 1318년이 되어서야 감옥으로 사용되는 것이 중지되었는데, 그 이유는 탑의 구조가 죄수의 죽음을 촉진시키는 데에 부적당했기 때문 이라고 한다.

4) 이 놈은 룩지에리를, 늑대와 그 새끼는 우고리노와 그의 아들과 손자를 가리킴.

5) 피사와 루카 사이에 있는 줄리아노 산.

6) 야윈 암캐는 피사의 천민들일 것이다.

7) 괄랑디 이하는 피사의 세 명문이다.

8) 브리가타와 알세무초가 우고리노의 손자이고 갓도와 우국치오네가 우고리 노의 아들이다.

158

그 때 무서운 탑 아래 문을 못질하는 소리가 들렸다. 나는 말없이 자식들의 얼굴을 바라보았다.

나는 울지 않았다. 몸은 돌처럼 굳어졌다. 자식들이 울었다. 그리고 알세무초가 말했다. 『아버님, 왜 그런 얼굴을 하시지요?』

그러나 나는 울지 않았다. 나는 대답하지 않았다. 그날 낮과 밤까지도. 그리하여 그 이튿날 밤이 되었다.

이 애달픈 옥 속에도 희미한 빛이 새어들어 네 명의 아이들 얼굴에서도 나와 같은 표정이 보였다.

나는 비관에 못 이겨 내 팔을 깨물었다. 그러자 아이들은 내가 배고픈 나머지 그렇게 한 줄로 알고 곧 일어서서 말했다.

『아버님, 아버님이 저희들을 잡수신다면 그만큼 저희들의 고통이 덜어지니까 아버님이 입혀 주신 이 비참한 살을 차라리 아버님이 벗겨 주세요.』

자식들을 슬프게 하지 않으려고 나는 진정했다. 그날도 그 다음날도 두 말 없이 있었다. 아, 냉혹한 대지여, 왜 너는 입을 열지 않았느냐?

나흘째에 접어들자 갓도가 내 발밑에 몸을 내던지고 『아버지, 왜 나를 안 도와 주세요?』 하고 죽었다.

그리고 너도 알다시피 닷새 엿새 사이에 다른 세 아이는 하나하나 내 눈앞에서 죽어 갔다.

그 뒤 나는 아주 눈이 멀어 버렸는데 하나하나 손을 더듬었다. 아이들이 죽고 나서 이틀 동안은 연신 그들 이름을 불렀다. 그로부터 고뇌에도 지지 않았던 나는 배고픔에 지고 말았다.」

그는 이렇게 이야기하고 나자 증오에 이지러진 눈초리로 비참한 두개골을 또다시 물어뜯었다. 그 이빨은 개 이빨처럼 날카롭게 뼈를 갉았다.

아, 피사, 아름다운 나라 『이탈리아』의 수치여,

시(Sì)[9]라는 언어(이탈리아 어)를 쓰는 국민의 치욕이여,

네 이웃 사람들이 어물거려 징벌을 가하지 않는다면 기프라이아 섬이여!

움직여라, 골고나 섬이여! 움직여라.[10] 그리고 아르노 강 어귀를 닫아라.

피사의 시인은 모두 빠져 죽어라!

---

9) Sì는 이탈리아 어의 『네』이다.

10) 이 두 개의 작은 섬은 피사령으로서 티레니아 해에 있다.

우고리노 백작이 너(피사)를 배반하여[11] 성을 적에게 넘겼다는 평판이 있다 할지라도 너는 자식들을 그렇게 처형해서는 안 되는 것이다.

아, 제2의 테베[12]여, 우국치오네와 브리가타, 그리고 앞 시에서 읊은 나머지 두 아이들은 나이도 어리고 순진하였다.

우리는 다시 앞으로 나갔다. 거기서는 얼굴을 숙이지 않고 발딱 뒤로 젖힌 다른 한 무리가 꽁꽁 얼어 얼음으로 조여지고 있었다.

눈물조차 여기서는 흘리지를 못한다. 고뇌의 눈물은 눈시울에 나타났다가 눈 속으로 도로 돌아가 고통을 더했다.

먼저 눈물은 얼어서 덩어리져 수정으로 된 눈까풀처럼 눈썹 아래 오목한 데를 채웠다.

내 얼굴의 감각은 추위 때문에 마치 못이 박힌 것처럼 둔해졌으나 그래도 어디선가 바람이 불어오는 것을 느꼈다. 그래서 내가 「스승님, 어떻게 해서 바람이 일까요? 이 하계에선 기류가 모두 사라졌을 텐데요?」 하고 묻자 스승이 대답했다.

「얼마 안 있으면 너는 이 바람을 일으키는 정체를 눈으로 보고 납득이 갈 것이다.」

그러자 땅의 얼어붙은 놈 중의 하나가 우리를 향해 외쳤다. 「아, 너희들 지옥의 최하등석을 할당받은 흉악한 망자[13]들아,

이 내 얼굴에서 딱딱한 얼음막을 벗겨 다오. 내 심중에 사무치는 울분이 눈물로 다시 얼기 전에 조금이라도 좋으니 밖으로 내뿜고 싶다.」

그래서 내가 말했다. 「나의 도움이 필요하다면 네가 누구인지 이름을 대라. 만일 너를 도와 주지 않는다면 그건 내가 얼음판 밑까지 내려가야만

---

11) 피사는 1284년 제노바에 패한다. 제노바가 피사의 구적(舊敵)인 루카와 피렌체와 동맹을 맺었기 때문에 우고리노는 그 동맹을 깨뜨리기 위해 이 두 도시에 피사의 성을 몇 개 양도한다. 그것이 이적 행위로 간주된 것이다.

12) 테베의 잔혹함에 대해서는 지옥편 26곡과 30곡 이하 참조.

13) 단테 일행을 지옥의 맨 밑으로 떨어져 온 사람으로 착각했기 때문에. 눈이 보이지 않는 이유가 다음 줄에 나타나 있다. 여기서는 지옥의 제9옥 코치토의 제3원을 톨로메아로 손님을 배반한 자들이 떨어지는 곳이다. 〈마카베오 전서〉 16장 11~17절에 나오는 인물에 유래된다고도 한다.

하기 때문이다.[14]」

그러자 사나이가 대답했다. 「나는 수도사 알베리고,[15] 악의 동산에 난 그 과일 때문에 온 자다. 여기서 무화과 대신 대추의 보복을 받고 있다.」

「오」 하고 내가 말했다. 「너는 벌써 죽은 몸인가?」

그러자 그가 말했다. 「도대체 왜 내 육체가 아직도 이승에 머물러 있는지 무식해서 난 모르겠다.

이런 특권을 이 지옥의 제9옥 톨로메아는 갖고 있다.

『수명이 다 되어』 아트로포스[16]가 혼을 날리기도 전에 이 나라에는 이따금 혼이 떨어져 온다.

이 얼굴에 유리처럼 달라붙은 눈물을 꼭 네가 떼어 주길 바라므로 가르쳐 주지만, 내가 했듯이 배신을 저지르면 육체를 곧 악마의 손에 빼앗기고 만 다. 그 뒤부터는 수명이 다 할 때까지 악마가 육체를 지배한다.

혼은 곧장 이 구렁으로 떨어져 온다. 그러므로 내 뒤에서 얼어 있는 망령 의 육체는 아마 아직도 이승에서 볼 수 있을 것이다.

지금 곧 이리 내려오면 너도 알아볼 것이지만 저것이 브란카 도리아[17] 님이다. 이렇게 얼어붙은 지 벌써 몇 년이나 지났다.」

「너는」 하고 내가 말했다. 「나에게 거짓말을 하고 있구나. 브란카 도리아 는 아직 죽지 않았다. 먹고 마시고 잠도 자고 옷도 입고 있다.」

「역청이 끈끈하게 끓는 위쪽 악귀의 구렁 속에」 하고 그가 말했다. 「아직

---

14) 단테는 『도와 주지 않는다면 그것은 내가 지옥 밑으로 더 가야 하기 때문 이다』라고 한다. 그것을 알베리고는 『만약 도와주지 않다가는 더욱 얼음 밑으로 떨어져 버린다, 그러니까 너를 도와 준다』는 맹세의 말로 착각을 한다.

15) 알베리고는 로마냐 지방인 화엔사의 법황당 수령의 한 사람으로, 형인 만프레디와 그의 아들 알벨게토를 연회에 초대하여 식사가 끝나자 『과일 을 가져오너라』 하는 신호에 의해 두 사람을 죽였다. 무화과, 대추는 그것 에 대한 암시다.

16) 아트로포스는 사람의 생명의 실을 끊어 육체에서 혼이 나가게 하는 운명 의 여신. 연옥편 21곡 참조.

17) 브란카 도리아는 제노바 황제당의 명문의 한 사람인데, 조카와 짜고 사르 디니아 섬의 로고도로의 영주로 자기 장인인 미켈 상케(지옥편 22곡 참조) 를 자기 성에 초대하여 죽였다. 이 사건은 1275년에 일어났다.

미켈 상케가 도착하기 전의 일이다.

저 놈은 그 때 자기 대신 악마를 자기 육체와 다른 한 놈의 육체 속에다 두고 왔다. 그 놈은 친척의 아들인데 같이 짜고 배반을 일삼았다.

그건 그렇고 이제 슬슬 이쪽으로 손을 뻗어 내 눈을 열어 다오.」 나는 그 눈을 열어 주지 않았다. 그 놈에 대해서는 약속을 어기는 것이 예의이기 때문이다.[18]

아, 제노바의 시민들아, 미풍 양속을 저버리고 부패 타락으로 가득 찬 백성들아, 왜 너희들은 이 세상에서 사라지지 않느냐?

로마냐의 극악 무도한 망령들 곁에 너희들 중 하나가 있더라.

악역 무도한 그 혼은 벌써 코치토에 얼어붙었고 그 육체는 아직도 이승에서 살아 돌아다니고 있다.

---

18) 시몬드는 단테의 알베리고에 대한 약속을 이행하지 않은 배신 행위를 변명하여 〈단테 연구〉에서 다음과 같이 말하고 있다. 『이 무서운 곳에서는 눈물뿐만 아니라 자비나 동정, 인간적인 공감의 정까지도 고드름이나 얼음 기둥처럼 얼어붙어 사람에게 상처를 입히고 사람을 찌른다. 인간의 동포애의 뒷받침이 되는 믿음의 정마저도 여기서는 죽어 버렸다. 그리고 만약 단테가 거기서 상대를 조금이라도 용서했으면, 지옥의 문은 신의 사상과 더불어 신의 정의가 기본이 되어 세워졌다는 당시의 신학 사상이나 시대 관념에 따라, 단테는 신에 대해 불경(不敬)을 저지른 것이 되어 버렸을 것이다.』 그리고 반대 의견에 대해서는 지옥편 8곡 주 참조.

제 34 곡

제9옥의 네째 원은 지옥의 맨 밑바닥으로서, 유다의 나라 주데카라 불리우며 은인을 배반한 자가 온몸이 얼어붙어 있다. 그 한복판에 세 개의 얼굴을 가진 악마 대왕이 버티고 서서 여섯 날개로 바람을 일으키고 있다. 입에는 죄인 하나씩을 깨물고 있다. 그리스도를 배반한 유다와 시저를 죽인 브루터스와 카시우스이다. 단테는 비르질리오의 목에 매달려 악마 대왕의 옆구리 털을 타고 아래로 내려간다. 지구의 중심에서 머리와 다리의 위치를 거꾸로 바꾸고 남반구의 숨어 있는 구멍을 기어올라 밖으로 나와 하늘의 별을 우러른다.

「지옥의 제왕의 깃발이 밖에 나타났다.[1] 이리로 오는구나, 앞을 똑똑히 봐라.」 하고 스승이 말했다. 「그 놈의 모습이 보일 것이다.」

안개가 자욱이 끼고 북반구에 밤의 어둠이 다가올 무렵, 멀리서 바람결에 돌아가는 풍차가 희미하게 보이듯

내게는 마치 그런 기계가 나타난 것같이 여겨졌다. 나는 바람을 피하기 위해 길잡이의 등 뒤에 몸을 숨겼다. 등 뒤밖에 몸을 숨길 곳이 없었던 것이다.

지금 시로 읊는 것조차 무섭지만 나는 드디어 온 것이다. 여기서는 망령들이 모두 꽁꽁 얼어붙어 유리 밑에 있는 짚처럼 투명하게 보인다.

어떤 자는 누워 있고, 어떤 자는 일어서고, 어떤 자는 머리로, 어떤 자는 발끝으로 서 있다. 그리고 어떤 자는 몸이 활처럼 휘어 얼굴과 발이 마주 닿고 있다.

우리는 다시 한참 앞으로 나갔다. 적당한 때를 보아 스승은 나에게 일찍이 아름다운 모습을 지녔던 생물[2]을 가르쳐 주고자 내 앞을 비키며 나를

---

1) 이 첫째 줄의 구절은 6세기의 파티에의 주교 포르투나토가 라틴 어로 작시한 것을 흉내낸 것으로, 그 깃발이란 악마 대왕의 여섯 날개를 두고 한 말이다.

2) 악마 대왕이 반역을 하여 처벌되기 전에는 천사들 중에서도 가장 아름다웠다(연옥편 12곡, 천국편 19곡, 천국편 29곡 참조).

멈추게 하고 보라고 했다.

「이것이 악마 대왕이다. 여기서는 마음을 굳게 먹어야 한다.」

나는 그 때 몸과 마음이 얼어붙어 목소리마저 쉬어 버렸는데, 독자여, 거기 대해서는 묻지 마시라. 아무리 쓰려 해도 필설로는 다할 수가 없는 것이다.

나는 죽지는 않았다. 그러나 살아 있는 것 같지도 않았다.

독자여, 조금이라도 분별이 있으면 생각해 보라. 죽지도 않고 살지도 않고 내가 어떻게 되어 있었던가를.

이 비참한 왕국의 제왕은 가슴의 절반 위를 얼음 밖으로 내놓고 있다. 그 팔 길이가 거인의 키를 훨씬 능가하기 때문에

차라리 내 키가 거인에 가깝다 할 수 있을 정도이다. 그의 몸 일부가 이러한데 몸 전체는 더 말해 무엇하겠는가.

지금은 참으로· 추하지만 예전엔 그만큼 아름다웠다. 그것에 우쭐하여 조물주에 대해 반역을 한 것이다. 모든 재난이 그에게서 원천을 이루는 것도 당연한 이치이다.

보니 머리에 얼굴이 셋 있다. 얼마나 무서웠겠는가, 앞쪽의 얼굴은 붉은 물감을 쏟은 듯이 새빨갛다.

그리고 이 얼굴에 이어져 다시 두 개의 얼굴이 각각 양쪽 어깨 복판에 자리잡고, 뒤는 볏 있는 데서 합쳐져 있다.

오른쪽 얼굴빛은 흰색과 누런 색의 중간, 왼쪽 얼굴빛은 나일 강 상류의 골짜기서 나온 흑인과 같은 색깔이다.

그 얼굴 밑에는 각각 두 개씩 큼직한 날개가 돋아 있다. 과연 이런 새에 어울리는 날개로, 배의 돛도 이처럼 큰 것은 본 적이 없다.

깃털은 나 있지 않고 박쥐와 똑같은 모양과 생김새로 이것을 퍼득이니 순식간에 세 가닥의 바람이 일어나 그것으로 인해 코치토가 모두 얼어붙는 것이다. 여섯 개의 눈에서 눈물지으니 세 개의 턱에서 피섞인 침과 눈물이 흘러떨어졌다.

입마다 죄인 하나씩을 물고 이빨로 마치 삼 찢는 기계처럼 물어찢고 있다. 모두 해서 세 놈이 이렇게 혼이 나고 있는 것이다.

정면의 사내는 더 무참하게 발톱으로 찢기고 있다. 껍질이 벗겨져 등뼈가 훤히 드러난다. 이쯤 되면 입으로 물리는 것은 문제도 아니다.

「저 높은 데서 가장 무거운 형벌을 받고 있는 것이」 하고 스승이 말했다. 「스카리옷토인 유다다. 머리는 악마 대왕의 입 속에 있고 발만 내놓고 있다.

다른 두 놈은 머리를 밖에 내놓고 있는데, 시커먼 얼굴로 매달려 있는 것이 브루터스이다. 보라, 몸을 뒤틀며 몸부림치고 있으나 소리 하나 지르지 못한다.

또 한 놈은 카시우스[3]다, 근골이 늠름하구나. 그러나 벌써 또 밤이 돌아왔다.[4] 드디어 떠나야 할 시간. 이제 볼 것은 모두 보았다.」

시키는 대로 나는 스승의 목에 매달렸다. 스승은 때와 자리를 살피다가 악마의 날개가 완전히 펼쳐졌을 때

그 털복숭이 옆구리에 매달렸다. 그리하여 털에서 털을 타고 아래로 내려가[5] 털복숭이 옆구리와 얼어붙은 땅 사이로 들어갔다.

허리 둘레가 굵어진 악마의 허리뼈 관절께에 우리가 닿았을 때, 길잡이는 괴로운 듯이 가까스로 머리를 다리의 위치로 거꾸로 바꾸었다.[6]

그리고 털에 매달려 올라가기 때문에 위로 올라가는 것 같아 나는 다시

---

3) 로마 제국의 창립자 시저를 배반한 것이 브루터스와 카시우스이다. 로마 교회와 로마제국은 지상에 있는 종교와 세속의 최고 권위이므로 그것을 배반한 유다, 브루터스, 카시우스는 지옥 최고의 권위 악마 대왕에 의해 처벌되는 것이다. 그리고 브루터스와 카시우스는 파리나타(지옥편 10곡)나 카파네우스(지옥편 14곡)와 마찬가지로 지옥에 떨어져도 여전히 늠름한 기색이 보인다.

4) 지금은 대략 성 토요일의 오후 여섯 시쯤이다.

5) 특히 시몬드는 이 묘사를 평하여 보이지 않는 것, 존재치 않는 것을 현실의 것으로 하려는 단테의 결심이 잘 나타나는 예라고 말하고 있다. 사소한 것을 정확하게 기술함으로써 선명한 광경을 독자에게 드러내 보이는 법인데, 그것은 시적 효과를 수반하는 리얼리즘이라 할 수 있을 것이다. 단테는 공상력을 작용시켜서 묘사하고 있지만 《신곡》 속의 이미지는 구상적이지 몽환적은 아닌 것이다. 그리고 시몬드의 이 해석은 마코레의 해석을 답습한 것이라고 간주된다.

6) 중력이 모이는 지구의 중심점에서 180도 위치를 움직였으므로 이런 종류의 물리학적 상상이 지옥 밑에서 시로 읊어지는 것이 재미있다. 피렌체가 뒷날, 르네상스 시기에는 자연과학 발흥의 첨단을 걸었으며, 갈릴레오 갈릴레이를 낳은 도시라는 것이 연상된다.

지옥으로 되돌아가는 줄 알았다.

「꼭 매달려라, 이런 악으로부터는」 하고 스승이 피로에 지친 사람처럼 숨차하며 말했다.「이와 같은 사닥다리를 거쳐서 나가는 것이 순서이다.」

그리고는 바위 구멍을 빠져서 밖으로 나오자 스승은 나를 그 가장자리에 먼저 내려서 앉히고는 자기도 내 곁에 털썩 앉았다.

나는 눈을 들었다. 위쪽에 악마 대왕이 이제 마지막으로 본 모습 그대로 보일 줄 알았는데, 그 큰 두 다리가 위를 보고 뻗어 있었다.

내가 얼마나 당황했는지 판단해 주기 바란다. 머리 나쁜 사람들은 내가 어디를 어떻게 지나왔는지 분간을 못할 것이다.

「자, 일어나거라.」 하고 스승이 말했다.「갈 길은 멀고도 험악한데, 벌써 해가 돋은 지 한 시간 반이 지났구나.[7]」

우리가 있던 곳은 궁전의 큰 방이 아니었다. 그것은 자연의 조그만 동굴로서 바닥도 울퉁불퉁하고 빛도 전혀 비쳐들지 않았다.

「스승님, 내가 심연(深淵)을 떠나기 전에」 하고 일어서서 내가 말했다.「나의 오해를 풀어 주십시오.

얼음은 어디에 있습니까? 이 놈은 왜 이렇게 거꾸로 서 있습니까? 이렇게 짧은 시간 동안에 어떻게 태양이 저녁에서 아침으로 옮겨졌습니까?」

그러자 스승이 말했다.「너는 아직도 복판에서부터 저쪽, 내가 사악한 벌레(악마 대왕)에게 매달렸던 곳에 있는 줄 착각을 하고 있는데, 그 놈은 세상에다 구멍을 뚫어 놓았다.

내가 내려오는 동안에 너는 저쪽편에 있었던 것이다. 내가 거꾸로 돌아섰을 때, 중력이 모든 방향으로부터 그 곳으로 모이는 지점을 통과했다.

저쪽편 하늘 밑에는 메마른 땅이 펼쳐져 있으며, 그 하늘 정점의 바로 밑(예루살렘)에서 원죄 없이 나고 죄 없이 사신 분『그리스도』가 살해되었는데

지금 너는 그것과 마주 보는 천구(天球) 밑에 왔다. 지금 네가 서 있는 둘레는『유다의 나라』주데카의 바로 뒷면을 이루고 있다.

거기가 저녁이면 여기는 아침이 된다. 털로써 사닥다리 역할을 해준 놈은 여전히 들어박힌 채 전과 같은 자세를 하고 있다.

---

7) 남반구의 오전 일곱 시 반이다.

놈이 하늘에서 떨어져 오자, 본래 여기 있던 땅은 그 놈을 두려워하여 바다 속으로 파고들어가 북반구로 달아났다.

아마 이쪽 남반구의 표면에 나타난 땅도 그 놈을 피하여 여기다 공간을 남겼을 것이다.[8]」

『악마 대왕』 발세불[9]로부터 바로 그 무덤 길이쯤 떨어진 곳에 눈으로 똑똑히 보이지 않으나 바위 틈으로 흘러내리는 시냇물 소리로 개울이라 알 수 있는 곳이 있다. 시냇물이 느릿한 경사에서 굽이쳐 흘러내려 바위를 침식하고 있다.

길잡이와 나는 밝은 세상으로 돌아가기 위해 숨어 있는 이 어두운 길로 들어갔다. 그리고 쉰다는 것은 염두에도 두지 않고 스승을 앞세우고 나는 뒤따라 위로 올라갔다.

동그란 구멍으로 천상에 있는 아름다운 것이 벌써 보였다.

그 곳을 지나 우리는 밖으로 나가 다시 하늘의 별[10]을 우러렀다.

---

8) 그것이 연옥의 섬이 되어 예루살렘의 정반대 위치에 솟아오른 것이다. 북반구는 육지로 뒤덮이고 남반구는 물로 덮여 있다고 생각하고 있었다.

9) 발세불은 신약 성서의 마귀 왕의 이름(〈마태 복음〉 12장 24~25절 외).

10) 《신곡》은 각편 모두 『별』이라는 말이 원서에서는 끝에 와 있다. 별은 인생의 목적지인 것이다.

연옥편

제1곡

　　지옥에서 연옥 섬의 맑은 대기 속으로 나온 단테는 그 환희를 노래한다. 연옥의 문지기 카토가 위엄 있는 태도로 그들의 신상을 따져 묻는다. 비르질리오가 지옥을 돌아온 사연을 설명하고 림보에서 지금도 카토를 사랑하고 있는 마르시아 이야기를 한다. 카토는 설명을 듣고 납득을 하고는 단테에게 골풀로 허리를 동여매고 연옥 산을 올라가라고 권한다. 시인들은 인적이 없는 벌판을 지나 해변으로 가 거기서 그 풀을 푼다. 골풀은 겸양의 상징인 것이다. 부활절인 일요일 밤이 새었다.

　　보다 나은 바다로 달려가기 위해[1] 나의 시재(詩材)인 쪽배는 지금 돛을 달고 그 잔혹한 바다[2]를 뒤로 하고 나아간다.
　　나는 읊으리라, 인간의 혼이 맑아져 하늘로 오를 수 있게 되는 이 제2의 세계를.[3]
　　시여, 죽음의 세계에서 지금 이리로 되살아나라. 오, 내가 섬기는 성스러운 시의 여신들이여, 칼리오페[4]도 일어서서 잠시 동안 나의 노래에 가락을

----

1)『산과 바다와 대기는 건전한 깨끗함의 요소이다. 의식적이었든 무의식적이었든간에 단테는 이런 것들을 써서 죄를 씻어 혼을 깨끗이 하는 곳의 상징으로 삼았던 것이다.』시몬드 〈단테 연구〉 중에서 어두운 지옥에서 나와 연옥의 해맑은 대기 속으로 나온 단테의 기쁨이 첫머리에 서정적으로 아주 잘 표현되어 있다. 용어를 보더라도 지옥에서는 별로 나오지 않았던『별』과『빛』등이 아주 넓은 곳으로 나온 이미지를 주어 독자들도 무의식중에 한숨 돌리게 되는 것이다.
2) 잔혹한 바다는 지옥을 가리킨다.
3) 제2의 세계는 연옥이다.
4) 지옥편 2곡 주 참조. 칼리오페는 서사시의 여신

맞추어 다오.

너에게 도전한 처녀들[5]이 그 목소리를 듣고 무참히도 너에게 구원의 희망이 단절되어 까치로 몸을 바꾸어 버린 그 목소리로.

동방의 벽옥 같은 아름다운 빛이 아득한 수평선에 이르기까지 해맑고 상쾌한 대기 속에 모여서 내 눈을 다시금 기쁘게 해 주었다.

눈을 아프게 하고 가슴을 아프게 하던 죽음의 공기 밖으로 마침내 나는 나온 것이다.[6]

사랑을 인도하는 아름다운 샛별이 동녘 하늘에서 반짝반짝 만면에 웃음을 띠고 뒤따르는 쌍어궁의 별빛을 가리고 있었다.

시선을 옮겨 나는 눈을 오른편 남극 하늘로 돌려 네 개의 별[7]을 쳐다보았다. 인류의 조상 외엔 그 누구도 본 적이 없는 별이었다.

하늘은 별의 반짝임을 기뻐하고 있는 것 같았다. 아, 그것을 볼 기회를 빼앗긴 북반구여, 너는 홀아비가 된 쓸쓸한 땅이다!

나는 거기로부터 눈을 돌려 몸을 약간 젖히고 북극 하늘을 쳐다보았는데, 북두성은 이미 거기서 사라지고 없었다.

내 가까이에서 한 노인[8]을 보았는데, 자못 위엄 있는 모습이라 자식이 어버이에게 대하는 이상의 경의를 나타내지 않을 수가 없었다.

긴 수염에 희끗희끗한 것이 섞여 있었고, 머리털도 그와 마찬가지로 반백이었는데 그것은 두 가닥으로 갈라져 있었다.

---

5) 텟살리아 왕의 아홉 딸은 노래 싸움에 도전했다가 칼리오페에게 패하여 까치로 모습이 바뀌어지고 말았다.

6) 지옥은 예루살렘의 바로 밑에 있으며, 연옥의 산은 남반구의 정반대편에 솟아 있다. 지옥편 34곡 참조.

7) 네 개의 별은 우의적으로는 네 가지의 기본 도덕(정의·힘·사려·절제)을 말하고 있다고 하는데, 북반구에서는 그것을 볼 수가 없으므로 『홀아비의 땅』인 것이다. 연옥편 8곡, 연옥편 29곡, 연옥편 31곡 참조.

8) 연옥의 문지기는 카토이다. 기원전 95년에 태어나, 내용중에 언급되어 있듯이 로마 공화 정부의 자유를 지켜 왔으며, 기원전 46년에 자살했다. 단테는 그를 윤리적인 이상 인물로서 존경하고 있었으므로, 이 이교도를 지옥의 자살자들 속(제7옥의 둘째 원)에 끼우지 않고 이 곳의 수위로 삼았던 것이다. 단, 연옥에 온 다른 사람들과 달리 그는 연옥의 산에 올라갈 수가 없다.

거룩한 네 개의 별빛은 노인의 얼굴을 환히 비추었으므로 노인을 우러러 태양이 눈앞에 있는 것 같았다.

「너희들은 누구냐, 눈먼 물결[9]을 거슬러 영원의 옥에서 도망쳐 온 것 같은데?」 하고 노인은 위엄 있는 수염을 움직이며 물었다.

「누가 너희들을 인도했느냐? 지옥 골짜기의 영원한 어두운 밤에서 너희들을 밖으로 이끌어낸 빛이 무엇이냐?

이 나락의 규율이 무너졌느냐? 아니면 천상에서 법칙이 바뀌어 지옥에 떨어진 너희들도 나의 바위 산까지 올 수 있게 되었느냐?」

그러자 길잡이는 나에게 공손하게 눈을 내리뜨고 허리를 굽히도록 손짓을 하고 또 입으로도 일러 준 다음 노인에게 대답했다.

「내 스스로 온 것이 아닙니다. 천상에서 한 부인[10]이 내려왔는데, 그분의 청에 의해 내가 이 사람을 안내하고 도와 주고 있는 것입니다.

우리들의 신분이 실제로 어떤 것인지 만약 세밀하게 설명하라 하신다면 그걸 거절할 수는 없을 것입니다.

이 사람은 아직 마지막 저녁을 보지 않았습니다만 미욱한 탓으로 사선(死線)을 헤매었습니다. 하마터면 죽을 뻔했습니다.

지금 말씀드린 대로 나는 이 사람을 구원하기 위해 보내진 자입니다. 그리고 이 길 말고는 그에게 달리 길이 없었습니다.

죄 많은 사람들을 모두 그에게 보여 주었습니다. 이번에는 당신의 감시 밑에서 죄를 씻는 자들을 보여 줄까 합니다.

어떻게 해서 왔는지 이야기를 하려면 길어지겠지요. 하늘에서 덕이 내려와 그 도움으로 그를 데리고 당신을 만나 이야기를 들으러 온 것입니다.

부디 반가이 맞아 주십시오. 그는 자유를 찾아가고 있습니다.[11] 그것으로 하여 목숨을 아끼지 않는 자만이 아는 귀중한 자유입니다.

당신은 그것을 아실 것입니다. 자유 때문에 죽음도 괴로워하지 않았던 당신은 위대한 날에 빛날『육체의』옷을 우디카에서 버렸습니다.

---

9) 지옥편 34곡에 나오는 강, 아마도 연옥편 28곡의 레테 강일 것이라고 한다.

10) 베아트리체이다(지옥편 2곡, 지옥편 12곡 참조).

11) 그는 자유를 찾아간다. 그것으로 하여 목숨을 아끼지 않는 자만이 아는 귀중한 자유를. 격언으로 널리 알려진 구절이다.

영원의 법을 우리가 어기지는 않았습니다. 이 사람은 살아 있고, 나는 미노스[12]에게 묶여 있지 않은 몸으로 당신의 정숙한 마르시아[13]가 있는 옥에 살고 있습니다.

마르시아는 당신이 그녀를 아내로 생각해 주기를, 오, 거룩한 가슴이여, 남의 눈도 꺼리지 않고 지금도 빌고 있습니다.

그녀의 사랑을 보아서라도 부디 마음을 너그러이 하시어 당신의 일곱 나라[14]를 돌아 보도록 우리에게 허락해 주십시오. 만약 하계에서 말해도 상관 없다면 당신에 대한 말을 그녀에게 잘 전해 드리겠습니다.」

「내가 이승에 있을 때」 하고 노인은 말을 꺼냈다.

「하기는 마르시아가 내 마음에 들었기 때문에 뭐든지 소망을 들어 주었다. 그러나 지금 그녀가 악의 강[15] 저편에 살고 있는 이상, 이제 내 마음을 움직일 수는 없다. 그것은 내가 거기서 밖으로 나왔을 때 정해진 규칙이다. 그러나 네 말대로 천상의 고귀한 여인이 너를 시켜 그를 인도하는 것이라면 아첨할 필요는 없다. 그분의 이름을 대고 내게 부탁만 하면 되는 거다. 자, 가거라, 부드러운 골풀[16] 줄기로 이 사람의 허리를 동여매고, 세수를 시켜 모든 더러움을 씻어 줘라.[17]

나쁜 안개로 흐려진 눈으로 천국의 사자 중에서 첫째 가는 분 앞에 나갈 수는 없을 테니까.

---

12) 미노스에 대해서는 지옥편 5곡, 지옥편 27곡 참조. 미노스의 힘이 미치는 범위는 지옥의 제22옥에서부터 시작되고 있으므로 제1옥에 있는 비르질리오에게는 미치지 못했다.

13) 마르시아의 이름은 제1옥(림보)에 나와 있다(지옥편 4곡 128행). 그녀는 카토와 결혼하여 아이까지 낳았는데, 그를 떠나 호르텐시오와 재혼했다. 그와의 사이에도 아이가 있는데, 호르텐시오가 죽자 카토에게 되돌아와 카토의 아내로서 죽고 싶다, 카토의 사랑을 받았다고 후세에 전하고 싶다고 애원했으나 용납되지 않았다.

14) 카토의 감시하에 있는 것은 연옥 산의 일곱 옥이다. 그것보다 더 위에 지상 낙원이 위치한다.

15) 지옥의 3곡에 나오는 아케론이다.

16) 부드러운 골풀은 겸양을 나타낸다. 시적으로 성공한 표현이라 할 수 있을 것이다.

17) 지옥의 더러운 공기에 더럽혀진 것이다.

이 작은 섬의 주위에 아주 얕은 곳이 있는데, 물가의 부드러운 진흙 속에 골풀이 많이 나 있다.

그 밖의 초목은 잎이 무성하거나 딱딱해지기 때문에 오래 살지를 못한다. 물결을 이겨내지 못하기 때문이다.

골풀을 매고 나서 여기 다시 돌아올 필요는 없다. 벌써 해가 떴다. 산으로 오르는 가장 편한 고갯길을 비쳐 주리라.」

이렇게 말하고 사라졌다. 나는 말없이 일어나 길잡이에게 바싹 기대고 눈을 들었다.

스승이 말했다.

「내 뒤를 한발 한발 따라오너라. 이 벌판은 해변까지 경사를 이루고 있으니까 뒤로 돌아가도록 하자.」

새벽은 아침빛에 쫓겨 달아났다. 그리하여 아득히 바다 물결이 보였다.

우리는 인적이 없는 벌판을 걸어갔다.

마치 길을 잃고 되돌아오는 이처럼 그 길을 다시 찾기까지는 앞길을 전혀 알 수 없었다.

밤이슬이 햇빛과 싸우고 있는 언저리에 이르렀는데, 바람이 차디차게 불고 있는 곳에서는 이슬이 마르는 것도 더디었다.

스승이 두 손을 펴서 풀 위에 조용히 놓았다.

난 스승의 뜻을 알아차리고 눈물에 젖은 두 볼을 스승에게 내밀었다. 여기서 지옥의 때를 스승이 모조리 씻어 버리자 파리했던 볼에 붉은 기가 살아났다.

우리는 그러고 나서 인적이 없는 해변에 이르렀다. 그 부근의 바다를 항해한 자[18]로 살아서 돌아간 예가 없다는 바다였다.

거기서 노인이 시켰던 대로 스승은 내 허리를 골풀로 매었다. 아, 이 얼마나 이상한 일일까, 스승이 골라서 뽑자 뽑은 자리에서 순식간에 부드러운 풀이 다시 돋아났다.

---

18) 지옥편 26곡 후반의 오딧세우스에 대한 시를 참조.

제 2 곡

바다 멀리서 혼들을 실은 배가 순식간에 해변으로 다가온다. 하얗게 빛나는 사공은 천사이다. 성가를 부르고 나서 상륙한 백여 명의 혼들 중에서 가셀라가 앞으로 나와 친구인 단테와 서로 얼싸안으려 한다. 죽은 뒤에 혼들이 테베레의 강 어귀에 모여, 이어서 바다를 건너 연옥 섬으로 실려온 경위를 가셀라가 이야기한다. 단테의 청을 받아들여 그가 노래를 부른다. 모두들 멈추어 서서 가셀라의 아름다운 목소리에 귀를 기울이고 있으니 카토가 책한다. 혼들은 산산이 흩어져 산의 경사를 향해 달려간다.

해는 벌써 수평선[1]에서 모습을 보였다. 그 자오선의 정점은 예루살렘 위를 지나고, 밤은 그와 반대로 하늘을 돌아 천칭궁의 별을 거느리고 갠지스 강 밖으로 떠나갔다. 『이 별은 낮보다 밤이 길 동안은 밤을 떠난다.』

이렇듯 내가 있던 연옥의 섬에서는 아름다운 새벽의 희고 붉은 뺨이 시간과 더불어 불타는 듯한 금빛으로 변해 갔다.

앞으로 갈 길을 생각하면서 마음만 서두를 뿐 몸은 조금도 움직이지 않는 나그네처럼 우리는 아직도 해변에 서 있다.

그러자, 아침이 가까워질 때 자욱한 안개 때문에 화성이 붉게 타오르듯 그것과 비슷한 한 줄기 빛이 서쪽 바다 위를 하늘을 날으는 새보다도 빠른 속도로 물결을 건너 다가왔다.

아, 다시 한번 이 빛을 볼 수가 있으면 좋으련만![2]

스승에게 물어 보고자 눈을 돌리는 사이에도 빛은 반짝임을 더하였다.

그 양쪽에는 뭐라고 형언할 수 없는 흰 반점이 나타났고, 밑에서도 무엇

---

1) 단테의 지리적 세계상에 따르면 지옥 골짜기 바로 위에 예루살렘이 위치하고, 그 동쪽 90도에 갠지스 강이, 그 서쪽 90도에 지브롤터가 위치한다. 연옥의 산은 예루살렘의 대척지에 있으므로, 거기서 해돋이가 보인다는 것은 지브롤터를 지나는 자오선 위에서 정오, 예루살렘에서 일몰, 갠지스 강 어귀에서 한밤중이라는 것이다. 지옥편 20곡, 연옥편 27곡 참조.
2) 연옥으로 가는 이 천사의 배를 보고 단테가 죽었을 때 그걸 탈 수 있었으면 좋으련만 하는 소망이다.

인지 흰 것이 차츰 모습을 나타내기 시작했다.

스승은 여전히 아무 말도 없으나 그 사이에 양쪽의 흰 점은 날개 모양이 되더니 뱃사공의 모습이 또렷이 보이기 시작했다.

그러자 스승이 외쳤다.

「자, 무릎을 꿇어라. 주의 천사가 왔다. 합창을 해라, 이제부터는 이런 분들을 만나게 된다.

보라, 사람의 도구 따위는 거들떠 보지도 않고, 돛도 노도 일체 쓰지 않고 날개 만으로 그 먼 거리를 오가고 있다.

보라, 날개를 하늘로 내밀고 영원한 깃으로 대기를 움직이고 있다. 생물과 달라 털갈이를 하지 않는 천사의 날개다.」

우리들 쪽으로 가까워짐에 따라 하느님의 새의 모습은 더욱 밝아져서 이제 가까이서는 눈을 뜨고 있을 수가 없어 나는 눈을 내리 깔았다.

조금도 물에 잠기지 않고 재빨리 천사가 해변을 향해 다가왔다.

하늘의 뱃사공은 뱃머리에 서 있었는데, 문자 그대로 행복스러운 모습이었다. 백이 넘는 혼들이 그 속에 앉아 〈이스라엘이 애굽에서 나오며〉[3]를 모두 같이 노래하고 있었다.

그 성가에 적힌 가사를 다 부르고 나자 천사는 그들을 위해 성호를 그었다. 그러자 그들은 해변으로 내렸다. 그리고 천사는 오던 때와 같이 재빨리 떠나갔다.

거기에 남겨진 무리들은 이 곳이 생소한지 새로운 것을 시험해 보는 이들처럼 주위를 두리번거리고 있었다.

대낮의 햇빛은 내리쬐여 그 빛의 화살은 중천에서 마갈궁의 별들을 내몰고 있었다.

새로 온 자들은 우리들 쪽으로 얼굴을 들고 말했다. 「혹시, 알고 있거든 산으로 가는 길을 가르쳐 주오.」

비르질리오가 대답했다.

---

3) 〈시편〉 114편의 서두의 구절이다. 단테는 《향연》 속에서 이 구절에 『죄악 속에서 혼이 나가 깨끗하게 자유로이 되는 것』이라는 뜻을 부여했다. 연옥의 각 옥마다에 이런 종류의(주로 라틴 어) 구절이 나타난다. 그것이 각 옥의 의미를 통합하고 있는 것이다.

「아마 당신들은 우리가 이 곳을 잘 알고 있는 줄 아는 모양인데 우리도 당신들과 마찬가지로 딴 데서 왔소.

당신들보다 조금 전에 왔을 뿐이오. 준엄하고 가열한[4] 길을 지나왔소. 그래서 지금부터 오를 길이 마치 장난같이 보이는구려.」

내가 숨을 쉬는 것을 보고, 내가 아직 살아 있다는 것을 눈치챈 혼들이 몹시 놀라 새파랗게 질렸다.

올리브[5] 가지를 가진 사자의 주위에는 소식을 듣고자 사람들이 밀어닥쳐 예사로 서로가 떠밀어 대는 법인데

거기 있는 행복한 영혼은 모두 자기 몸을 씻으러 가는 것도 잊어버린 듯이 찬찬히 내 얼굴을 바라보았다.

그 중 하나가 앞으로 나와 다정히 나를 포옹하려 했다. 나도 덩달아 그를 껴안으려 했다.

아, 허무한 그림자여, 모습은 보이는데 실체가 없는 것이다! 나는 세 번이나 팔을 그의 등으로 돌렸으나 세 번 다 팔은 이 가슴으로 되돌아왔다.

의아한 빛이 내 얼굴에 떠올랐기 때문이리라, 그 그림자는 미소지으며 뒤로 물러섰다. 그를 좇아 내가 앞으로 나가자

그가 상쾌한 목소리로 나를 말렸는데, 그 목소리로 그가 누구인가를 알았다.[6] 나는 그 그림자를 향하여 잠시 멈춰 서서 이야기를 하자고 청했다.

그러자 그가 대답했다.

「나는 생전에도 자네를 사랑했지만 『육체의』 고삐가 풀린 지금도 자네를 사랑하고 있네. 나는 멈춰 서리라. 그러나 묻겠는데 자네는 어이하여 여기엘 왔느냐?」

「가셀라」 하고 내가 말했다. 「지금 있는 곳으로 언젠가 다시 돌아올 수가

---

4) 준엄하고 가열하다는 형용사는 지옥편 1곡에서 어두운 숲속을 형용할 때 이미 쓰여지고 있었다. 작자는 비르질리오가 카토(연옥편 1곡)와 새로 온 혼들(연옥편 2곡)에게 설명한다는 형식으로 독자에게도 단테의 저 세상 여행의 동기며 경과를 새로이 설명하고 있으므로 aspra e forte라는 형용사의 이 되풀이가 의식적인 기교라 생각해도 좋을 것이다.
5) 올리브는 평화의 상징이다.
6) 가셀라라는 이름의 가수는 상쾌한 목소리의 소유자이다.

있도록 나는 이 여행을 하고 있다네.[7] 그러나 자네는 왜 이다지도 시간이 걸렸나?」

그가 말했다. 「연옥으로 보내는 인선(人選)과 시기를 마음대로 정하는 분[8]이 나의 출항을 좀체로 허락해 주시지를 않았어. 그러나 어쨌든 그분의 의향은 옳은 것이고 별로 심한 변을 당하지는 않았네.

하기는 요즘 석 달 동안은 여기 오고자 하는 자가 모두 즉석에서 허락되어 그분의 배를 타고 있네.[9]

그래 나는 테베레[10] 강물이 바닷물과 합쳐지는 곳에서 바다를 향해 기다리고 있었더니 다행히도 배를 태워 주더군.

그분은 바로 아까도 저 강 어귀를 향해 날개를 돌렸다. 아케론 강에 빠지지 않는 이[11]는 언제든지 그 곳으로 모여 오는 걸세.」

내가 말했다.

「언제나 나의 열렬한 생각을 가라앉혀 주던 사랑의 노래를 새로운 법이 금지했다든가, 자네가 잊어버린 것이 아니라면

내 영혼을 부디 조금이라도 좋으니까 그 노래로 달래 주게. 나의 혼은 내 육체와 함께 이리로 왔네. 그래서 더욱 고달프다네.」

「마음속에서 나에게 속삭이는 사랑의 신[12]은」 하고 그는 노래부르기 시작했다. 부드러움이 지금껏 몸 속에 스며드는 듯한 참으로 부드러운 목소리였다.

스승도 나도 가셀라의 일행들도 모두 황홀하게 도취되어 다른 일은 모두

---

7) 뒤에 단테가 죽었을 때, 지옥이 아니고 연옥을 거쳐 천국으로 갈 수 있도록 하는 배려에서이다. 여기서 한 마디 덧붙이면, 성당에 새겨진 천국 지옥의 조각과, 그 내부에 그려진 벽화 등의 창작 심리와 《신곡》 창작의 심리와의 사이에는 공통된 교화 목적의 요소가 짙다고 할 수 있다.

8) 먼젓번의 배의 뱃사공 노릇을 하는 천사를 가리킨다.

9) 1299년 그리스도의 성탄절부터 1300년의 대사(大赦)가 시작되었다.

10) 로마 시를 흘러 오스티아에서 바다로 흘러들어가는 강이 테베레이다.

11) 사람은 죽으면 아케론의 기슭에 빠지든가(지옥행) 아니면 테베레의 하구에 빠진다(연옥행).

12) 이 시는 단테 자신의 작품으로 《향연》 속에 나온다. 가셀라가 작곡했다고 전해지고 있다.

잊어버린 것 같았다.

우리는 그의 목소리에 모두 귀를 기울여 정신 없이 들었다. 그러자 엄격한 노인[13]이 소리쳤다. 「도대체 이게 무슨 짓인가, 뭘 이리 꾸물대고 있는 거냐?

이 무슨 게으른 노릇이며 지체란 말이냐? 산으로 뛰어올라가 더러움을 씻도록 하라. 그렇지 않으면 하느님을 뵙지 못할 것이다.」

먹이를 보고 모여든 비둘기는 평소와는 달리 으시대지도 않고, 조용히 보리나 피를 쪼아먹는데,

일단 무서운 것이 나타나면 먹이를 버리고 정신 없이 도망쳐 버린다. 먹이보다도 더 마음에 걸리는 게 있기 때문이다.

그와 마찬가지로 새로 온 무리들은 노래를 버리고 산으로 뛰어올라갔다. 정처도 없으면서 무조건 가는 이와 같았다.

우리도 그들에게 뒤지지 않게 떠났다.

제 3 곡

단테는 자기 앞에만 그림자가 있는 것을 보고 비르질리오에게 버림을 받았는가 하여 당황한다. 혼은 그림자를 갖지 않으므로, 길잡이는 단테 옆에 나란히 걷고 있다. 연옥 앞에 있는 가파른 고갯길을 올라가는 동안 저편에서 양떼처럼 사람들이 온순하게 접근해 온다. 금발의 고귀한 풍채의 사나이가 단테를 부른다. 베네벤토의 전투에서 패한 나폴리 왕 만프레디가 상처를 가리키면서 자기의 최후의 광경을 이야기하고, 이윽고 현세로 돌아갈 단테에게 딸 코스탄자에의 전언을 부탁한다.

모두들 일제히 뛰어나가 연옥 산을 향해 들판으로 흩어졌으나 나는 의지

---

13) 연옥의 문지기 카토가 꾸짖은 것이다. 『예술 삼매의 경지에서 눈앞의 의무를 잊은 것은 초그만, 말하자면 어린 아이의 죄이지만, 그러니 만큼 어른도 여기서는 어린 아이처럼 꾸중을 듣고, 어린 아이처럼 무질서하게 엄격한 스승의 출현에 당황하여 달아난 것이다.』(크로체)

하는 길잡이에게로 바짝 다가붙었다. 길잡이 없이 어떻게 내가 갈 수 있겠는
가? 누가 나를 산 위로 끌어올려 주겠는가?

스승은 양심에 거리낌을 느낀 것 같았다. 아, 거룩하고 깨끗한 양심, 그것
은 사소한 허물에도 쓰라린 아픔을 느끼는 것이다!

조급히 걸으면 위엄을 잃는 법인데, 스승의 발걸음이 본래대로 침착해졌
을 때,

내 기분도 침착하게 풀어져 기다렸다는 듯이 눈을 크게 뜨고 언덕 쪽을
보았다. 언덕은 수면에서 하늘 높이 솟아 있었다.

태양은 등 뒤에서 붉게 타고 있었는데 내 모습에 가리워져 내 앞에 그림
자를 떨구고 있었다.

땅은 내 앞에서밖에 그늘을 짓고 있지 않았으므로 스승에게 버림을 받았
나 하고 깜짝 놀라 나는 옆을 돌아보았다.

그러자 스승은 위로하는 얼굴로 나를 보고 말했다. 「왜 또 걱정을 하나?
네 곁에서 내가 안내하고 있는 걸 모르겠나?

현세에서 내가 속에 깃들어 그림자를 떨구었던 육체[1]는 브린데시로부터
옮겨져 나폴리에 묻혀 있다. 벌써 그 곳은 땅거미가 지기 시작할 무렵이다.[2]

지금 내 앞에는 그림자가 하나도 없는데,

그것은 잇따라 하늘을 지나가는 빛이 도중에서 가로막히지 않는 것과
같은 이치다. 놀랄 건 없다.

나 같은 몸은 더위나 추위나 고통을 느끼게끔 하느님의 뜻으로 만들어져
있는데, 그 까닭은 우리에게 밝혀지지 않았다.

삼위 일체의 신이 장악하는 무한의 길을 인간의 이성으로 규명할 수 있기
를 기대한다는 것은 미친 노릇이다.

사람에게는 한도가 있다. 『무엇인가』 하는 이상을 묻지 말아라. 만약 너희
들이 모든 것을 안다면 마리아가 『그리스도』를 낳을 필요는 없었다.

---

1) 비르질리오는 브린데시에서 기원전 19년에 사망했는데, 아우구스투스 황제
   의 명령으로 유체는 나폴리로 운반되었다. 그 무덤은 봇소리로 가는 길
   옆에 있다.
2) 남반구인 연옥에서 날이 새면, 그만큼 나폴리 부근에는 땅거미가 지게
   되는 관계에 있다.

이미 보지 않았나, 그런 헛된 소망을 품어 그것이 채워지지도 않은 채 영원한 고통을 당하고 있는 사람들,

이를테면 아리스토텔레스나 플라톤, 그 밖의 많은 사람들이 바로 그렇다.」

스승은 여기서 얼굴을 숙이고 난처한 듯이 입을 다물었다.[3]

우리는 그 사이에 산 밑에 다다랐다. 바위가 깎아지른 듯이 서 있어 날랜 다리라도 오르기가 힘들 것 같았다.

레리체와 투르비아 사이[4]의, 사람의 왕래가 없는 험한 산길도 여기 비하면 확 트인, 오르기 수월한 산길같이 생각되었다.

「어느 쪽 경사가 덜한지 이걸 누가 짐작할 수 있을까?」 하고 스승은 걸음을 멈추고 말했다. 「아무튼 날개도 없이 올라가야 하는 것이니.」

스승이 얼굴을 숙이고 머릿속으로 방법을 생각하고 있는 동안, 나는 위쪽의 바위 산을 보고 있었다.

그러자 왼편에서 혼의 한 무리가 나타나 우리들 쪽을 향해, 온다고도 여겨지지 않을 만큼 느릿느릿 발을 움직여 온다.

「스승님」 하고 내가 말했다. 「눈을 들어 보십시오. 스승님께서 아직 풀지 못한 문제를 저들이 풀어 줄지도 모르겠습니다.」

그러자 스승은 눈을 들고 한시름 놓은 듯이 대답했다. 「저리로 가자, 저쪽은 경사가 덜하다. 아들아, 소망은 반드시 이루어질 게다.」

우리는 천 걸음 이상이나 나아갔으나 그래도 그들하고는 거리가 멀어 힘껏 팔매질을 해서 가까스로 돌이 닿을 정도로 떨어져 있었다.[5]

그들은 모두 절벽의 험한 바위 모서리를 붙잡고 가만히 뭉쳐 있다. 이상한 것을 보는 듯이 가만히 있다.

「오, 복된 가운데 생을 마친 이들이여, 이미 선택된 혼[6]들이여.」 하고 비르질리오가 입을 열었다.

「보아하니 후세의 평안을 바라는 것 같은데 그 평안을 두고 비나니

---

3) 비르질리오 자신도 그 밖의 많은 사람들 중의 한 사람이기 때문이다.

4) 레리체와 투르비아는 리구리아 지방의 높고 험한 산이다.

5) 이런 종류의 구식 거리 측정법에 대해서는 지옥편 31곡에도 있다.

6) 연옥에 도착한 사람은 복된 가운데 생을 마친 사람, 즉 신의 은총 속에 죽은 사람이므로 벌써 영원히 구원되게끔 선택된 혼인 것이다.

가르쳐 다오, 산은 어느 쪽이 경사가 덜하고, 어느 쪽으로 가면 오를 수가
있는지.

시간은 그 값어치를 알면 알수록 보내는 것이 괴롭다.[7]」

양은 우리에서 한 마리씩 두 마리씩 혹은 세 마리씩 이렇게 나온다. 뒤에
남은 양은 기가 질리는 듯 코끝을 숙이고 있다.

그리하여 앞장선 양이 하는 대로 다른 양을 따라 한다. 앞장선 놈이 멈추
면 그 등에 기댄다. 단순하고 순해서 이유를 알려고도 않는다.[8]

그와 마찬가지로 그 복된 무리의 앞장선 자가 수줍음을 머금은 표정과
위엄 있는 걸음걸이로 그 때 이쪽으로 움직여 오는 것이 보였다.

내 오른쪽 땅에는 빛이 끊어지고 그림자가 내 몸에서 바위께까지 뻗쳐
있었는데,

앞장선 자들은 그것을 보더니 주춤해서 뒤로 한 걸음 물러섰다. 그러자
뒤따라 오던 자들도 모두 이유도 모르고 다같이 물러섰다.

「자네들이 묻기 전에 내가 먼저 밝히겠는데, 보다시피 여기 이 사람은
산 몸을 하고 있다. 그래서 햇빛이 땅에서 갈라지고 있는 거다.

놀라지 말라. 하늘의 도움 없이 이 바위 벼랑을 기어오르려는 것은 결코
아니다.」

스승이 이렇게 말하자 이쪽의 위엄 있는 자들이 손등으로 신호를 하며
말했다. 「뒤로 돌아 앞으로 가거라.」

그러자 그 중 하나가 말했다.

「네가 누군지는 모르나, 가면서 이쪽으로 얼굴을 돌리고 현세에서 나를
본 적이 있는지 없는지 생각해 봐라.」

나는 그를 찬찬히 바라보았다. 금발 머리에 아름답고 고귀한 풍채였으나
한쪽 눈썹이 상처로 인해 갈라져 있었다.

내가 본 적이 없다는 뜻을 겸손하게 대답하자, 그는 「그럼 봐라.」 하며

---

7) 단테는 《향연》 속에서도 『우리들의 모든 분쟁은 그 시초를 잘 살펴보면
   거의 모두가 시간을 쓸 줄 모르는 데에서 유래되고 있다.』고 말하고 있는
   데, 시간을 소중히 하라는 뜻의 격언은 연옥편 12곡에도 나온다.
8) 단테의 비유는 자연의 관찰에 기본을 두고 있어 진실의 맛이 시의 맛이
   되고 있다.

가슴의 상처를 내보였다.

그리고 미소지으며 말했다. 「나는 만프레디[9]로서 황후 코스탄자[10]의 손자이다. 한 가지 부탁이 있다. 자네가 현세로 돌아가면

시칠리아와 아라고나의 자랑스런 어머니가 된 내 아름다운 딸[11]을 찾아가 세상의 소문이 잘못되어 있거든 진상을 전해 다오.

치명적인 상처를 두 번이나 입고 이 몸이 쓰러졌을 때, 눈물 홀리며 나는 자진해서 용서해 주시는 분[12]에게로 갔다.

내 가지가지의 죄악은 끔찍한 것이었다. 그러나 무한한 은혜는 커다란 두 팔을 벌리고 그를 향하는 자 모두를 포용해 주신다.

당시 『법황』 클레멘테로부터 명령을 받고 나를 쫓아낸 코센차의 주교가 신의 뜻 속에 이런 면도 있다는 것을 잘 알아차렸던들

내 해골은 지금도 베네벤토의 다릿목의 육중한 돌무덤 아래에 있었을 것이다.

---

9) 만프레디는 슈바벤 출신인 황제 페데리고 2세의 서자로 1250년 황제가 사망한 후 이탈리아와 시칠리아를 통치했다. 1252년 독일에서 형뻘인 선왕의 적자 콜라드 4세가 와서 지배했으나 그가 1254년에 죽자 콜라드의 아들 콜라디노로부터 권력을 뺏고, 그가 죽었다는 거짓소문을 내어, 1258년 파레르모에서 황제의 관을 썼다. 교회에서는 그를 파문하였는데, 법황 클레멘테 4세는 프랑스의 앙주로부터 샤를르 1세를 불러 양자가 협력하여 1266년 2월 5일 만프레디군을 베네벤토 전투에서 무찌르고 (지옥편 28곡 참조) 그는 전사했다. 빌라니의 《연대기》에 『만프레디 왕은 미남이며 아비보다 더한 방탕아로 악기의 연주도 노래도 능란했었다. 가까이에 정신(廷臣)과 첩들을 모아 놓고 항상 푸른 옷을 입고 기분 좋게 인심을 썼으므로 사람들로부터 사랑을 받았으며, 정답고 우아했었다. 그러나 하느님과 성인에 대한 것을 마음에 두지 않아 교회의 적으로……』라고 씌어 있다.
10) 코스탄자는 시칠리아의 노르만 왕가 출신으로 황제 알리고 6세의 비(妃)이며 페데리고 2세의 어머니이다. 코스탄자는 천국편 3곡에 나온다.
11) 딸도 코스탄자라 하며 시칠리아와 아라고나의 왕 피에트로 3세의 비가 되었다. 그의 두 아들이 각기 시칠리아 왕(페데리고)과 아라고나 왕(야코모)이 된 것이다. 단, 연옥편 7곡, 천국편 19곡에서 단테는 그들을 비난하고 있다.
12) 자진해서 용서하는 분은 주(主)이다.

그러나 내 백골은 이제 왕국 밖, 베르데 강변에서 비바람에 바래어지고
있다. 주교가 횃불을 끄게 하고 그리로 유골을 옮긴 것이다.[13]

희망이 조금이라도 푸르름[14]을 지니고 있는 한,

교회에서 파문을 당할지라도, 사람이 파멸되어 영원한 사랑이 미치지
않게 되는 일은 있을 수 없다.

성스러운 교회로부터 파문되어 죽은 사람은 비록 마지막에 잘못을 뉘우쳤
다 할지라도 불순하게 지낸 시간의 삼십 배를 산 밖의 이 골짜기에서 지내
야만 한다는 것은 사실이다.

선량한 이들의 기도[15]로 이 법칙의 시간이 단축된다면 또 모르지만.

자, 만약 나를 기쁘게 해 줄 생각이 있다면 내 딸 코스탄자를 만나 전해
다오, 자네가 본 내 처지와 이 금제(禁制)를.

여기서는 현세 사람들의 기도로 걸음이 한결 빨라지는 것이다.」

---

13) 파문당한 만프레디의 유체는 묘지에 매장될 수가 없었다. 그래서 베네벤토
의 카롤데 강 다리 밑에 묻히었다. 그 위에 병사들이 돌을 던져 무덤을
쌓았으나 만프레디를 탄핵하는 법황 앞잡이가 된 코센차의 주교 파르톨롬
메오 피냐텔리가 그 시체를 파내어 왕국 밖으로 운반해 —— 그 무렵,
파문자의 유체에 대해서는 언제나 그렇게 하는 것이지만 횃불을 끄고
행진을 하여 —— 베르데의 강가에 묻지도 않고 비바람에 맞도록 내버렸
다. 베르데 강은 오늘날 가릴리아노라 불리운다.

14) 희망이 완전히 없어지지 않은 것을 희망이 푸르다고 한 것이다.

15) 연옥에 있는 사람들은 현세의 선량한 사람들의 기도로 빨리 위로 올라갈
수가 있다. 그래서 혼들은 살아서 현세로 돌아가는 단테에게 전언을 부탁
해서 친척들이 기도해 주기를 바라는 것이다. 이 때문에 연옥의 사자들은
자진해서 단테에게 신상 이야가를 하는 것인데, 그것이 연옥편의 이야기를
진행시키는 교묘한 계기가 되고 있다.

제 4 곡

두 사람은 좁고 가파른 언덕길을 네 발로 엉금엉금 기어서 올라 첫째 대지
에 이르러 잠시 쉰다. 거기서 비르질리오가 단테에게 왜 태양의 위치가 북반구
와 남반구에서 바뀌었는가를 설명한다. 그 때 부르는 자가 있으므로 그 바위
밑으로 가니 아주 타락된 꼴로 피렌체의 악기 제조자인 벨락콰가 웅크리고
있다. 그는 죽기 직전에야 겨우 잘못을 뉘우쳤으므로, 현세에 있었던 만큼의
시간을 연옥의 문 밖에서 기다리고 있다는 것이다.

기쁠 때나 슬플 때나 한 기능이 그것을 느끼면 혼은 그쪽으로 쏠리어 벌써
다른 능력에는 아랑곳없게 된다.

이것은 사람에겐 혼 위에 또 하나의 혼이 있어[1] 거기에 불이 붙는다는
생각을 부정하게 한다.

그러므로 혼이 강력하게 끌리는 사물을 보거나 듣거나 할 때는 시간이
흐르든 말든 깨닫지 못한다.

그것은, 시간을 재는 능력은 혼으로부터 분리되어 있으나, 다른 한쪽은
혼과 맺어진 혼의 모두를 그 곳에 집중시키는 능력이기 때문이다.

거기에 대해서 실제로 체험이 있다. 만프레디가 이야기하는 것을 듣고
놀라고 있는 동안 태양이 오십 도나 떠오르고 있었는데[2]

나는 그것을 깨닫지 못했던 것으로 알 수 있었다.

그 때 모두들 일제히 「여기가 너희들이 찾는 곳이다.」하고 외쳤다. 벌써
거기까지 와 있었던 것이다.

포도가 갈색으로 무르익을 때, 마을 사람들은 가시덩굴을 끌어모아 포도

---

1) 복수의 혼이 있다는 것은 플라톤의 학설이다. 그에 의하면 인간의 영혼에
   는 식물적인 영혼; 감각적인 영혼, 이지적인 영혼이 있다고 한다. 단테는
   이에 반박하여 만일 인간이 하나 이상의 영혼을 갖고 있다면 동시에 두
   가지 자극에 반응할 수 있어야 하나 인간의 영혼은 실제로 하나이므로
   약한 자극에 대한 반응은 정지한다는 것이다.
2) 오후 아홉 시 이십 분이 지났다는 계산이 된다.

밭의 좁은 입구를 이따금 막는데[3]

혼의 무리가 우리를 떠난 후 길잡이를 앞세우고 내가 뒤따르며 단 둘이 올라간 길은 그 입구의 폭만큼도 안 되었다.

산 레오[4]로 가건 노리로 내려가건 비스만토바나 가쿠메에 오르건 거기는 발로 갈 수 있으나 여기선 날지 않으면 안 된다.

그러나 여기에서는 큰 희망이 날쌘 깃과 날개가 되었다.

그래서 나는 길잡이의 뒤를 따라 날아갔다. 길잡이가 희망을 주고 빛이 되어 준 것이다.

우리는 갈라진 바위 틈을 기어올랐다. 양켠에서 암벽이 좁아져 발디딜 곳을 찾아 두 손과 두 발로 헤매지 않으면 안 되었다.

높은 벼랑 위 삐죽이 나온 곳에 이르렀을 때 산의 경사가 다시 확 트여 보였다. 「스승님」 하고 내가 말했다. 「어느 길로 갈까요?」

스승이 대답했다. 「한발도 물러서면 안 된다. 누구든지 길을 잘 아는 이들이 나타날 때까지 언제나 산 위를 향해서 내 뒤를 따라 오너라.」

산꼭대기는 높아서 볼 수도 없고 경사도 몹시 가파라 사십 오 도 이상이나 되어 보였다.

나는 지쳐서 말했다. 「오 상냥하신 아버님, 돌아봐 주십시오, 멈춰 주시지 않으면 나 혼자 남게 됩니다.」

「아들아. 저기까지만 기운을 내어라.」 하면서 스승은 조금 위에 있는 대지를 가리켰다. 그 대지는 이쪽 산허리 전체를 에워싸고 있었다.

스승의 말에 격려되어 나는 열심히 엉금엉금 기어서 뒤따라갔다. 그리하여 마침내 그 고대(高臺)에 발을 디뎠다.

거기서 두 사람 다 이제 올라온 동쪽을 보고 앉았다. 지나온 길을 뒤돌아 보면 사람이란 기운이 나는 법이다.

처음에는 눈 아래의 물가를 바라보고 이어서 시선을 들고 태양을 우러렀는데, 놀랍게도 광선이 왼편에서 비추이고 있다.

---

3) 포도 도둑을 경계하는 것인데, 연옥 입구의 폭이 좁은 것을 그것에다 비유한 것이다.

4) 산 레오는 산 마리 근처에 있는 험준한 산이다. 노리는 리글리아 해안에 있는 작은 도시. 비스만토바는 렛지오 에밀리아의 남쪽에 있는 마을. 가쿠메에 대해서는 여러 가지 해석이 있다.

스승은 내가 해의 움직임 때문에 놀란 것을 재빠르게 알아차렸다. 태양은 우리와 북극 사이에 들어와 있다.

그러자 스승이 말했다. 「만약 쌍아궁 별이 북쪽이나 남쪽을 비추는 저 거울(태양)과 같은 곳에 있다고 치면

불그스레한 수대(獸帶)는 종래의 궤도를 벗어나 있지 않은 한 큰 곰자리가 작은 곰자리 바로 가까이에 보일 것이다.

왜 그렇게 되는지 생각할 수 있다면 차분히 생각해 보도록 해라.

시오네의 산과 이 연옥의 산은 지구상에서 각기 다른 반구에 속하고 있으나 똑같은 시계(視界)를 갖고 있다. 그러니까 —— 파에톤[5]은 그 궤도를 어떻게 달려야 할지 몰라 혼이 났지만 ——

너는 알겠지, 이쪽 산에서는 왼편을, 저쪽 산에서는 오른편을 지나가지 않으면 안 되는 거다. 네가 잘 깨닫는다면 분명히 알았을 것이다.」

「네, 분명히」하고 내가 말했다. 「스승님, 이처럼 분명한 적은 이제까지 없었습니다. 이제까지는 그 점이 분명치가 않았던 것입니다.

학술상으로 적도라 불리우고 항상 여름과 겨울 사이에 위치하는[6] 천체 운행의 중앙에 있는 대(帶)가 스승님께서 말씀하신 논리대로 여기서부터 북쪽으로,

꼭 헤브라이 인이 그걸 열대쪽으로 보는 만큼 떨어져 있습니다.

그러나 가르쳐 주십시오. 아직 길은 얼마나 남았습니까. 경사는 눈길보다도 훨씬 위까지 뻗어 있습니다.」

그러자 스승이 말했다. 「이 산의 모양은 산 밑이 가까울수록 오르기가 힘들고, 오르면 오를수록 힘이 덜어진다.

그러기에 나중에는 쾌적하여 오르기가 무척 수월해져 말하자면 배를 타고 강을 내려가는 것처럼 된다.

그렇게 되면 이 길의 종점에 도착한 것이 된다. 거기서 피로를 풀도록 할 생각을 하라. 내가 지금 말한 건 사실 그대로이니 이 이상은 이제 대답 않겠다.」

---

5) 파에톤에 대해서는 지옥편 17곡 내용과 주 참조.

6) 북반구가 여름이고 남반구가 겨울이라도, 또 그 반대라도 적도는 항상 겨울과 여름 사이에 위치하는 것이다.

스승이 그렇게 말을 끝냈을 때 가까이서 목소리가 들렸다. 「아마 그 이전에 주저앉고 싶어질 겁니다.」

그 목소리에 우리는 둘 다 뒤돌아보았다. 왼편에 큰 바위가 보였는데 스승도 나도·그 때까지 그걸 보지 못했던 것이다.

그 곳에 이르니 바위 뒤 응달에 영혼 몇이 앉아 있었는데, 그 모습이 아주 단정치가 못했다.

그 중 하나는 귀찮은 듯이 무릎을 끌어안고 앉아 두 무릎 사이에 머리를 틀어박고 있었다.

「아, 스승님」 하고 내가 말했다. 「보십시오, 마치 태만과 남매[7]간이라고도 할 수 있을 만큼 게으른 꼴을 하고 있군요.」

그러자 사나이는 고개만 무릎 위에서 움직여 우리들 쪽을 잠시 돌아보더니 말했다. 「기운 좋은 분들은 어서 올라가시오!」

그 말을 듣고 그가 누구임을 나는 알았다. 아직도 숨이 가빠 헐떡거리고 있었으나 그래도 곧 그 자에게로 갔다.

내가 가까이 이르자 그는 약간 고개를 쳐들고 말했다. 「너는 태양이 어떻게 왼편으로 도는지 진정 알고 있나?」

그 행동 거지와 불쑥 하는 말을 들었을 때, 내 입술은 무의식중에 미소지었다. 나는 말했다. 「벨락콰[8]야, 이제 너에 대해 난 걱정 않겠다.[9] 그런데 왜 여기 앉아 있나? 동행을 기다리고 있나? 아니면 또 그 게으른 버릇이 나왔단 말인가?」

그러자 그가 말했다. 「위에 간들 무얼 하나? 입에는 하늘의 사자[10]가 앉아 있어. 나를 보내 줄 성싶으냐. 속죄는 아직도 멀었어.

---

7) 태만(Pigrizia)은 여성 명사이다. 그것을 의인화했기 때문에 이런 종류의 표현이 이탈리아 어로는 가능하게 된다.

8) 벨락콰는 피렌체의 악기 제조자로서 굉장한 게으름뱅이였다. 피렌체의 소시민이며 유머러스한 데가 없지도 않아, 그 점에서 벨락콰는 지옥편 6곡의 치아코와 비슷한 조연적인 존재라 할 수 있을 것이다. 14세기의 일상 생활에 가까운 풍속 묘사가 연옥 속에 그려지고 있는 것이다.

9) 지옥으로 가는 것이 아님을 알았기 때문에 『이제 또 걱정하지 않겠다.』고 단테가 말한 것이다.

10) 연옥편 4곡의 지리는 연옥 문 밖의 제1옥으로, 연옥 문 밖이 끝나면(연옥편 9곡) 연옥 문이 있고, 거기에 감시하는 천사가 있다.

들어가기 전에 내가 현세에 있었던 것만큼 세월이 흐르기를 문 밖에서 기다리고 있는 거다. 내가 느림보라 마지막에 가서야 겨우 뉘우침의 한숨을 쉬었기 때문이다.

은총 속에 사는 마음씨 착한 이가 기도를 해 줘서, 미리 나를 도와 준다면 또 몰라도 그 외에는 천상에서 들어 주지 않기 때문에 소용이 없어.」

벌써 산으로 오르고 있던 시인이 말했다. 「자, 가자. 봐라, 태양은 자오선에 접어들고[11] 밤은 그 길로 해안을 따라 모로코를 덮고 있다.」

제 5 곡

〈미제레레〉를 노래하며 산 중턱을 가로질러 다른 일행이 접근해 왔는데, 거기서 두 사자가 뛰어온다. 그들은 모두 비참한 죽음을 당한 자들이지만 임종 때 이전의 잘못을 뉘우쳤으므로 지옥으로 떨어지는 것만은 면한 것이다. 야코보가 에스티 가문의 사람에게 살해된 광경을, 또 부오콘테는 캄발디노 전투 때 목이 찔려 죽었는데, 그 몸뚱이가 아르노 강에 떠내려간 광경을 이야기한다. 마지막으로 시에나에서 나고, 마렘마에서 죽은 피아가 한 마디 덧붙인다.

내가 그 혼들의 무리를 떠나 스승의 뒤를 따라 한참 걸어가고 있을 때 뒤에서 한 사람이 나를 가리키며 외쳤다.

「보라, 아래 있는 자의 왼편에는 햇빛이 비치지 않는 것 같다. 마치 산 사람의 걸음걸이와 꼭 같지 않은가!」

그 말소리가 난 쪽을 돌아보니 사람들이 놀라서 나를, 나만을, 그리고 내가 땅에 떨어뜨린 그림자를 쳐다보고 있다.

「왜 너는 그렇게 안절부절 못하나.」 하며 스승이 말했다. 「걸음이 느려졌구나, 그들이 수군대는 것이 마음에 걸리나?

나를 따라오너라, 마음대로 지껄이게 내버려 두고, 바람이 불든 말든 꿈쩍

---

11) 시간은 낮 열두 시로, 모로코는 지금 오후 여섯 시이므로 해가 지려 하고
    있다.

도 않는 탑처럼 듬직하게 하고 있거라.

여러 생각이 연신 솟아나는 자도 자칫 목표를 잃기 쉽다. 솟아나는 힘이 서로 힘을 꺾어 버리기 때문이다.[1]」

「따라가겠습니다.」라고 하는 수밖에 달리 할 말이 있겠는가? 그렇게 말하니 나도 모르게 얼굴이 화끈거렸으나 때로는 얼굴 붉히는 것으로 용서될 때도 있다.

그럭저럭하는 동안 우리보다 조금 위쪽 산 중턱을 가로질러 사람들이 한 구절 한 구절 〈미제레레〉[2]를 노래하며 다가왔다.

내 몸에 햇빛이 통하지 않는 것을 알았을 때 그들의 노래는 「오오」라는 긴 목쉰 소리로 변했다.

그 중 둘이 사자 역(使者役)인 듯 우리들 쪽으로 뛰어와서 물었다. 「당신들의 신분을 우리에게 알려 주오.」

스승이 말했다. 「돌아가 너희들을 보낸 자들에게 알려 다오. 이 사람의 몸은 진짜 살로 되어 있다.

아마도 너희들은 그의 그림자를 보고 걸음을 멈춘 것 같은데, 그렇다면 이 대답으로서 납득이 갈 것이다. 공덕이 될지도 모르니 그에게 경의를 표하도록 하라.[3]」

황혼녘에 하늘을 날으는 유성도 해질녘에 팔월의 구름을 찢는 번개도 위쪽으로 뛰어올라간 두 사람만큼 빠르지는 않았다.

그리고 돌아가자마자 다른 동료들과 함께 이쪽을 향해 무리를 지어 한결같이 뛰어내려왔다.

「이리로 몰려오는 자들이 많구나. 너에게 진정을 하러 오는 거다.」 하고 시인이 내게 말했다. 「그러나 걸음은 멈추지 말라, 걸으면서 들어 줘라.」

「오, 태어났을 때의 몸을 그대로 지니고 복받으러 가는 혼이여.」 하고

---

1) 모랄리스트로서의 단테의 측면은 지옥편 3곡, 연옥편 1곡 등의 격언에도
   새겨져 있었지만 이 『바람이 불든 말든 꿈쩍도 않는 탑』의 비유도 시적으
   로 아름다운 인간성 관찰의 표현이라 할 수 있을 것이다.

2) 〈시편〉 51편은 『자비를 베푸소서』로 시작되는데, 그 성서의 첫머리 구절
   이 〈미제레레〉이다.

3) 단테가 현세로 돌아가 저승의 소식을 자기 지기들에게 전하면, 그 지기의
   기도에 의해 자기가 빨리 위쪽으로 올라가게 될지도 모르기 때문이다.

외치면서 뛰어왔다.

「걸음을 잠시 멈추고 우리들 중 누군가 본 기억이 있는지 없는지 보아다오. 본 기억이 있거든 저 세상에 소식을 전해 다오. 아, 왜 가는가? 왜 멈추어 주지 않나?

우리는 모두 비참한 죽음을 당했다. 죽기 직전까지 죄인이었다.

그러나 그때 하늘의 빛에 눈이 번쩍 뜨여 죄를 뉘우치고 원수를 용서하면서 하느님과 화해를 하고 인생을 떠났다. 하느님은, 당신을 보고자 하는 우리의 간절한 열망을 불쌍히 여길 것이다.」

내가 말했다. 「너희들 얼굴을 찬찬히 보았으나 아무도 본 기억이 없다. 그러나 바란다면 마음씨 착한 너희들이니, 내가 할 수 있는 일이 있다면 말해 다오.

이 길잡이의 뒤를 따라 이 세상에서 저 세상으로 돌아 평안을 찾아가는 나이니, 그 평안을 두고 맹세컨대 될 수 있는 한 해보겠다.」

그러자 하나가 입을 열었다. 「네가 맹세하지 않더라도 모두 너의 도움을 믿고 있다. 안 될 일을 부탁한다면 또 모르지만.

그래서 다른 이보다 먼저 내가 말하겠는데, 부탁이란 다름이 아니다.

만약 네가 기회가 있어 로마냐와 카르로 사이에 있는 나라[4]로 가거든 부디 화노 시에서 여럿에게 정중히 부탁하여, 내가 이 무거운 죄를 씻을 수 있도록 나를 위해 기도를 드려 달라고 주선해 주지 않겠나.

나는[5] 그 곳 출신이다. 그러나 안테노라[6] 가문의 영토 내에서 깊은 상처를 입어 생명의 피가 그 상처로부터 흘러나왔다.

---

4) 앙코나를 중심으로 하는 마르카 지방이 로마냐와 카르로의 사이에 있다.

5) 야코보 델 캇세로는 마첼라타의 시장 아들로서 1268년에 태어났다. 1296~97년에 그는 볼로냐의 시장이 된 후, 페라라 후작 앗소 8세와의 사이가 나쁘게 되었다. 화노로 돌아가 이어서 1298년 밀라노의 시장으로서 초빙을 받게 되어, 에스티 가문의 영지를 밟지 않으려고 배로 베네치아로 건너가 파도바 영토를 거쳐 밀라노로 갔으나 부렌타 운하에 연해 있는 오리아고에서 앗소 8세의 자객의 손에 피살되었다.

6) 파도바는 전설에 의하면 트로이의 배신자 안테노르에 의해 창설된 도시라고 한다. 지옥 맨 밑바닥의 코치토의 둘째 원이 안테노라라 불리고 있는 것은 이미 보았다(지옥편 32곡).

그 곳이 제일 안전한 땅이라고 생각하고 있었건만, 도리에 벗어난 원한을 나에 대해 품고 있던 에스티 가문의 사람이 조종한 것이다.

오리아고에서 쫓겼을 때, 만일 라미라 쪽으로 도망하였던들 나는 아직 현세의 공기를 숨쉬고 있었을는지도 모른다.

그러나 나는 늪 쪽으로 달아나 거기서 억새에 걸리고 진흙에 발이 빠져 쓰러졌다. 그 곳에서 내 몸 속의 피가 흘러나와 땅바닥에 피의 호수가 생기는 것을 보았다.」

다음에 다른 하나가 말했다.

「아, 저 산꼭대기까지 자네의 희망대로 올라갈 수 있었으면 좋으련만.

자네도 상냥한 동정심으로 내 소원을 도와 다오. 나는 몬테휄트로 출신으로 이름은 부오콘테[7]다.

조반나[8]도, 누구도 나를 도와 주지 않기 때문에 이 사람들 틈에 끼어서 나는 얼굴을 숙이고 간다.」

내가 말했다. 「우연인가요, 아니면 완력으로 당신은 캄팔디노 밖으로 운반된 것인가요. 당신의 무덤조차 끝내 모르게 되고 말았는데요?」

「오오」 하고 그가 대답했다. 「이름[9]을 알키아노라 하는 강이 수도원 위쪽의 아페니노 산맥에서 일어나 카센티노 산 밑을 가로질러 흐르고 있소.

목을 찔린 나는 걸어서 달아나 들을 피로 물들이며, 그 강이 이제는 강이라 불리지 않는 곳에 이르렀소.

거기서 눈도 보이지 않고 말도 못하게 되어 마리아의 이름을 부르며 죽었소. 그 자리에 나는 쓰러졌는데, 나의 육체만이 남았소.

진실을 말할 테니 그대가 저 세상 사람들에게 다시 전해 주오. 하느님의

---

7) 부오콘테 다 몬테휄트로는 구이도 다 몬테휄트로(지옥편 27곡 참조)의 아들. 1287년 부오콘테는 아레소로부터 법황당을 추방하는 일에 관계하게 되었는데, 그 때문에 피렌체와 아레소 사이에 싸움이 벌어졌다. 1288년에는 토보 전투에서 시에나군을 무찌르고, 1289년에는 아레소의 황제당 총지휘관이 되었는데, 같은 해 6월 11일의 캄팔디노 전투에서 전사했다. 그리고 이 싸움에 단테는 피렌체군의 일원으로서 참가했다고 한다.

8) 조반나는 부오콘테의 아내인데, 아내도 친척들도 그의 명복을 빌어 주지 않는다는 것이다.

9) 카센티노의 풍경 묘사는 지옥편 30곡, 연옥편 14곡에도 있다.

192

천사가 나를 잡자, 지옥의 천사가 소리를 질렀소.[10] 『여보시오, 하늘에서 온 양반, 왜 나에게서 가로채는 거요?

눈물을 조금 흘렸다 해서 이 놈의 영원한 것[11]을 나에게서 빼앗아갈 모양인데 그렇다면 나머지는 내가 마음대로 처분하겠소.』

알다시피 수증기는 차가운 공기에 닿으면 응고되었다가 곧 물이 되오.[12]

악마는 오로지 악을 바라는 악의 때문에 지혜를 짜서 바람과 구름을 불러 일으켰소. 그쯤은 그 놈으로선 식은 죽 먹기요.

이렇게 하여 해가 지자 프라토마뇨로부터 웅장한 연봉에 이르기까지 골짜기를 안개로 싸고 그 상공까지 흐리게 하였소.

그 때문에 습기를 머금은 대기는 물로 변하여 비로 내렸는데, 땅에 흡수되지 않은 물은 모조리 개울로 흘러들어갔소.

그것이 급류로 모여들어 다시 큰 강을 향해 쏟아지기 시작하니 이제 그 무엇도 그 물줄기를 막을 수가 없었소.

나의 싸늘한 몸뚱이를 계곡 어귀에서 발견한 미쳐 날뛰는 알키아노는 그것을 아르노 강으로 떠내려 보내어, 죽음이 임박했을 때

내 가슴 위의 십자가를 풀어 주었소. 강물은 나를 기슭으로 끌고 갔다 물 속에 잠갔다 하며 마침내는 그 모래로 나를 덮고 말았소.」

「아, 당신이 현세로 돌아가시어 이 긴 여행의 피로를 풀게 되시거든」 하고 셋째 번 혼이 둘째 사람에 이어 말했다.

「기억해 주세요, 피아[13]예요. 시에나에서 태어난 전 마렘마에서 죽었어요. 그 까닭은 구슬 반지를 보내 저를 아내로 맞은 이가 알고 있습니다.」

---

10) 지옥의 사자가 성을 내고 하느님의 사자를 향해 소리치고 있는 점은, 그의 아버지 구이도의 사후와 흡사하다(지옥편 27곡 참조).

11) 영원한 것이란 혼을, 나머지 것이란 육체를 가리킨다.

12) 이하, 기상학적인 지식이 훌륭하게 시로 살려진 한 구절이라 할 수 있다.

13) 피아 데 톨롬메이는 마렘마 지방의 라 피에트라 성주의 아들 넬로에게 출가했다. 남편은 1277년에 보르텔라의 시장을, 1313년에는 루카의 시장을 지냈었다. 미인인 마르게리타 데 콘티 아르도프란데스키와 결혼하기 위해 피에트라 성 안에서 은밀히 피아를 죽였다는 설과, 그녀가 마렘마 골짜기에 면한 창가에 기대어 서 있을 때 한 병사를 시켜 깊은 골짜기로 내던졌다는 설, 두 가지가 있다. 예전에 성이 있던 자리의 일부는 오늘날도 『백작 부인이 투신한 곳』이라 불리우고 있다.

제 6 곡

　　현세 사람의 기도로 연옥 산에 빨리 올라가기 위해, 비참한 죽음을 당한 자들의 혼이 잇따라 모여들어 단테에게 전언을 부탁한다. 단테는 기도로 인해 하늘의 법이 굽혀진다는 점에 의문을 갖는데, 비르질리오는 그 설명을 연옥 산 위에서 베아트리체가 해 줄 것이라고 한다. 그녀의 이름을 듣고 단테는 기운을 내어 서둘러 간다. 그들은 솔델로를 만난다. 이 음유 시인이 한 고향 사람인 비르질리오에게 나타내는 애정이 동기가 되어 단테는 서로 반목하는 이탈리아의 어지러운 상태를 한탄하고, 법황의 불법과 황제의 무위를 비난하며, 피렌체의 풍속과 정치에 대해 맹렬히 욕을 퍼붓는다.

　　노름이 끝났을 때 잃은 자는 맥 없이 그 자리에 주저앉아 주사위를 다시 던져 요령을 배우지만 이미 때는 늦어 딴 자를 따라 모두들 떠나간다.

　　어떤 자는 앞에서, 어떤 자는 뒤에서 매달리고, 어떤 자는 옆에서 아첨을 하는데,

　　딴 자는 걸음도 멈추지 않고 이 사람 저 사람의 청을 들어 잔돈푼을 쥐어 주면 아무도 조르지 않게 되므로 겨우 소란함에서 풀려난다.

　　그와 마찬가지로 나도 그 밀려드는 무리 속에서 이리저리 모두에게 얼굴을 돌려 약속을 해 주고서 풀려났다.

　　그 무리 속에는 기노 디 다코의 음흉한 손에 걸려 죽음을 당한 아레소 사람[1]도, 쫓고 쫓기고 하다가 물에 빠져죽은 자도 있었다.[2]

　　거기에는 또 손을 앞으로 내밀고 기도하는 페데리고 노벨로도, 선량한 말죽코에게 강한 태도를 취하게 한 피사 인도 있었다.

---

　1) 아레소의 판사 베닌카사 다 라테르나, 그는 유명한 도둑 기노 디 다코의 근친에게 사형을 선고했기 때문에 뒤에 로마로 부임하는 도중 기노 디 다코에게 살해 되었다. 《데카메론》 10일 제2화 참조.

　2) 단테가 언급하고 있는 것은 스코르니쟈니 가문의 아들 가노를 두고 하는 말이며 1287년 12월 피사에서 우고리노 백작에게 살해되었는데, 아비인 『선량한 말죽코』가 성직에 귀의한 몸으로서 동족들에게 복수하는 것을 만류한 걸 가리킨다.

오르소[3] 백작도, 또 본인의 말마따나 죄를 지었기 때문이 아니라, 시기와 증오 때문에 육체로부터 단절된 혼도 보았다.

그건 피에르 데 라 브로치아[4]를 두고 하는 말로, 브라반테의 여인들은 현세에 있는 동안 허물을 뉘우치고, 이 몹쓸 무리 속에 끼어들지 않도록 조심해야 할 것이다.

이런 혼들은 누구나가 모두 구원의 때가 빨리 오게끔 사람들이 기도해 주기를 오직 빌고 있었는데

그 무리에서 떠났을 때 내가 말했다. 「아마 스승께서는, 스승님의 책 어딘가에 분명히 기도로 하늘의 법이 굽혀지지 않는다고 하셨습니다.

그런데 이 무리들은 오로지 그것만 바라고 있습니다. 그렇다면 그들의 희망은 헛된 것입니까? 아니면 제가 잘못 알고 있는가요?」

스승이 대답했다.

「내가 쓴 것은 명백한 이치다. 이 사람들의 희망은 건전한 머리로 잘 생각해 보면 헛된 소망이 아니라는 걸 알 수 있을 게다.

여기 있는 자들이 이루어야 할 일을 사랑의 불이 한순간 이루어 준다 할지라도 높이 솟아 있는 심판의 꼭대기는 꼼짝도 않는다.

그리고 내가 그 점을 논술했을 때는 기도해 본들 허물이 보상되지도 않았었다. 『이교도』의 기도를 하느님이 들어 주실 리가 없었던 것이다.

그러나 이런 어려운 의문에 대해서는 진리와 지성 사이의 빛이 되는 분께서 너에게 뭐라고 말씀하시기 전에는 결론을 내리지 않는 것이 좋으리라.

알아들었나, 이 뜻을?

베아트리체를 두고 하는 말이다. 너는 이 산 꼭대기에서 행복하게 미소짓는 그녀를 곧 만나게 될 것이다.」

---

3) 오르소 백작은 알베르트 가문 출신으로 나폴레오네 백작(지옥편 32곡)의 아들이다.

4) 피에르 데 라 브로치아는 루이 11세와 필립 3세의 총애를 받은 외과 의사로서, 필립 3세의 시종장이 되었다. 1276년, 필립 3세의 장남 루이가 급사했을 때, 그는 필립의 제2 왕비로 브라반테 앙리 6세의 딸인 마리아가 자기 아들에게 왕위를 계승시키기 위해 독살한 것이라고 비난했다. 그 때문에 황후파가 책모하여 뒤에 총애를 잃어 교수형에 처해졌다. 단테는 그가 무죄라고 믿고 있는 것이다.

내가 말했다. 「스승님, 좀더 빨리 가십시다. 이젠 전같이 피로하지 않습니다.[5] 그리고 보십시오, 벌써 언덕이 그림자를 던지고 있습니다.」

「해가 있는 동안」 하고 스승이 대답했다. 「가는 데까지 가자꾸나. 하지만 이 오르막 길은 네 생각과는 달리 훨씬 힘들 것이다.

지금 네가 광선을 막지 않고 있는 것은 해가 비탈에 가려 있기 때문인데 저 위에 도착하기 전에 해가 되돌아오는 것이 보일 게다.

하여간 저기를 보라,[6] 한 영혼이 있다. 혼자 외로이 우리들 쪽을 물끄러미 보고 있다. 저 자가 우리에게 지름길을 가르쳐 줄 것이다.」

우리는 그리로 갔다. 오, 롬바르디아 인[7]이여. 자네는 앙연히 내려다보며 엄숙하고 태연하게 눈을 움직이고 있었다.

묵묵히 말도 하지 않고 우리를 지나보냈다. 오직 물끄러미 바라만 보았는데, 땅에 앉아 있는 사자의 눈과 같았다.

그러나 비르질리오는 가까이 가서 어느 길이 가장 오르기 쉬운가를 물었다. 그는 그 물음에 대답 않고 우리의 국적과 신상을 묻는다.

스승이 대답했다. 「만토바……」 그러자 마음속의 생각을 감추고 있던 망자는 천천히 스승 쪽으로 몸을 일으키더니 「오, 자네는 만토바 사람인가, 나는 솔델로, 자네와 한 고향이다!」 하며 서로 얼싸안았다.[8]

-----

5) 단테는 베아트리체의 이름을 듣고 다시 용기가 솟음을 느꼈던 것이다.

6) 솔델로의 혼이다. 이 음유 시인은 만토바의 가난한 귀족 집에서 태어났다. 미모와 시재(詩才)에 뛰어난 기사로서 그는 베로나의 릿찰드 백작에게 종사하며, 그의 부인 쿠니차 다 로마노(천국편 9곡)의 아름다움을 노래했다. 두 사람 사이에 사랑이 싹터, 부인은 솔델로의 인도로 집을 빠져나갔다. 시인은 그 후 북이탈리아를 전전하다가 샤를르 당쥬의 가신으로서 만프레디군과 싸운 일도 있다. 포로가 되어 노바라 감옥에서 고생하다가 (1269년) 뒤에 아부룩치에 땅과 성을 얻어 거기서 지냈다. 정치시에 과감히 소신을 펴는 점이 단테의 마음에 들었던 것인데, 단테는 여기서 그를 말하자면 조국애의 상징으로 다루고 있는 것이다.

7) 이 때는 아직 솔델로라는 것을 몰랐고, 롬바르디아 지방의 만토바 사람이라는 것도 모르는 셈인데, 단테는 과거를 추상하여 이 고장에 대해 쓰고 있는 것이다.

8) 한 고향이라는 말만 듣고도 솔델로와 비르질리오는 서로 얼싸안았던 것인데, 그 행위가 다 같은 나라이면서 내부에서 반목을 거듭하고 있는 이탈리아에 대한 분노를 터뜨리는 동기를 준 것이다.

아, 예속의 나라 이탈리아, 고뇌의 집, 폭풍 속에 사공도 없이[9] 떠도는 배, 여러 나라의 여왕 자리에서 매음의 집으로 타락된 나라여!

고귀한 혼은 조국의 아름다운 이름을 듣기만 해도 고향 사람을 이리로 반가이 맞아 주지 않았는가.

그러나 지금 너희 나라에선 살아 있는 사람들 사이에 싸움이 끊인 적이 없다. 하나의 성벽과 해자로 둘러싸인 시민들조차 서로 물고 뜯고 하는 것이다.

비참한 이탈리아여, 너의 남북의 해변을 더듬어 보고, 다시 내륙으로 눈길을 옮겨 보아도 평화를 누리는 고장이란 아무 데도 없다.

네 안장이 비어 있는 한 유스티니아누스가 너의 고삐를 고쳐 본들 무슨 소용이 있겠나.[10] 고삐가 없었던들 차라리 망신이나 덜 당했을 것을!

아, 하느님을 섬겨야 할 『교회』 사람들이여, 하느님의 가르침을 잘 이해했다면 자네들은 황제를 안장에 앉혀야만 했을 것이다.

자네들이 고삐를 손에 쥔 다음부터 보라, 이 말은 사나워져서 말을 듣지 않는구나. 박차를 걸어 부릴 사람이 없기 때문이다.

아, 독일의 알베르트[11]여, 네가 버렸기 때문에 이탈리아는 사납게 미쳐 날뛰게 되어 누를 수가 없었다. 너는 안장에 버티고 앉아 있었어야 했다.

정의의 심판이여, 별로부터 너의 혈족 위에 내리거라. 너의 후계자가 두려워 삼가도록 신기하고 명백한 심판을 내려라.

너도 너의 어버이도 욕심에 눈이 멀어 알프스 이북에 정신을 빼앗기어 제국의 뜰[12]이 황폐해지는 대로 내버려 두었다.

분별 없는 자여, 와서 몬텍키·카펠레티[13] 그리고 모날디·필리베스키의

---

9) 사공도 없이란, 황제가 이탈리아에 없는 것을 가리킨다.

10) 유스티니아누스 황제가 법전을 편찬한 것을 가리킨다.

11) 알베르트는 합스부르크 가문의 루돌프(연옥편 7곡 참조)의 아들로 1248년에 태어나 1298년에 황제로 선출되었다. 1307년 그의 아들이 병사하고 나자, 1308년 5월 1일 배신당하여 살해되었다.

12) 제국의 뜰은 이탈리아이다.

13) 몬텍키, 카펠레티는 셰익스피어의 작품에 Montagues, Capuaets의 이름으로 등장하는 베로나에서 서로 반목하는 두 집안 사람이고, 모날디·필리베스키는 오르비엣토에서 서로·반목하는 두 집안 사람이라고 한다. 여기에 대해서는 이설도 있다.

가문들을 보라. 전자는 비운에 울고, 후자는 의심 때문에 떨고 있다!

잔혹한 자여, 와서 너 자신의 학정을 보고, 그 포악의 보상을 하라. 그리고 산타휘오르[14]의 암담한 광경을 보라!

그리고 외로이 버림받고 「황제여, 왜 내 곁에 있어 주지 않습니까?[15]」 하고 밤마다 우는 과부 모습의 로마를 보라!

그 어디서건 저들이 얼마나 굳게 사랑으로 뭉쳐 있는가를.

우리를 가여워하는 마음이 동하지 않는다면 와서 너의 이름이나 부끄러워하거라!

오, 우리를 위해 지상에서 십자가에 못 박힌 지존하신 주여,[16] 말하기도 송구스럽지만 주의 정의의 눈은 다른 곳을 향하고 있나이까?

아니면 주의 깊은 뜻은 우리의 이해가 미치지 않는 곳에서 이런 화를 복으로 바꾸실 준비를 갖추고 계시나이까?

이탈리아의 도시는 어디라고 할 것 없이 폭군으로 가득 차 있고, 야인들은 파벌을 지어 모두 제2의 말첼[17]로 변하고 있다.

오, 나의 피렌체여, 기뻐하라.[18] 너는 이 험담과는 관계가 없다. 너의 시민들이 부지런히 일해 주는 덕분이다.

대개 정의를 마음속에 간직하고 있는 자는 많으나, 신중한 헤아림으로 인해 쏘는 것은 더디다. 그러나 너의 백성은 곧 정의를 입에 담는다.

대개 공공의 직무를 거절하는 이가 많다. 그러나 너희 시민은 말하지 않더라도 열심히 응하여 「내가 그 임무를 맡겠노라.」 하고 외친다.

어쨌든 기뻐하라. 기뻐할 이유는 얼마든지 있다. 너는 부유하고, 너는 평화로우며, 너는 슬기롭다.

내가 하는 말이 진실인지 아닌지 사실이 이걸 증명하고 있다.

아테네나 스파르타는 고대에 법을 정하여 문명 개화된 나라였지만 너에

---

14) 산타휘오르는 마렘마의 백작 영토의 시에나 시와 법황이 1300년 무렵에 압박을 가하고 있다.

15) 단테는 신성로마 황제는 로마에 있어야 한다고 생각하고 있는 것이다.

16) 이 대목의 이탈리아 어로는 『주』가 『제우스』라고 썩어 있는데, 그러한 혼동에 대해서는 지옥편 14곡 참조.

17) 제국의 반항자이며 시저에게 십하게 대적했던 클로리우스 말첼루스.

18) 『기뻐하라』란 앞을 읽으면 알 수 있듯이 비꼰 것이다.

비한다면 치국의 길에서 모범을 보이지 않았다.

아무튼 너의 율법의 실은 너무나 가늘어서 시월에 짠 옷감이 십이월 중순께는 벌써 떨어지고[19] 있다.

지금 기억나는 것만 해도 너는 몇 번을 법률·통화·공직·풍속을 뜯어고쳤는가? 몇 번이나 시민을 『내쫓고, 도로 부르고』 바꾸었는가?

네가 깃이불 위에서도 편히 쉴 수가 없어 뒤척거리며 고통을 덜려는 병든 여자 같음을 너에게 반성과 밝은 지혜가 있다면 알 것이다.

제 7 곡

비르질리오가 솔델로에게 자기 소개를 한다. 부활절인 일요일의 해질녘이 되자 솔델로는 밤에 연옥 산을 오르지 못하는 이유를 설명하고, 그들을 아름다운 골짜기로 데리고 간다. 거기서는 황제, 국왕 등의 혼들이 〈거룩하신 성모여〉를 노래부르고 있다. 그 중에는 황제 루돌프, 보히미아 왕 오도칼, 프랑스 왕 필립, 아라고나 왕 피에트로 3세, 몬펠라토의 구리엘모 후작 등이 있다.

정중하고 반가운 인사를 세 번 네 번 연거푸 주고받은 뒤, 한 발 물러선 솔델로가 말했다. 「당신은 뉘십니까?」

그러자 길잡이가 이렇게 말했다. 「하느님께로 올라갈 사람들이 이 산으로 돌아오기 전에 내 뼈는 옥타비아누스의 손에 의해 묻혔다.[1]

나는 비르질리오이다. 신앙이 없었기 때문에 달리 죄는 없었지만 천국을 잃었다.」

별안간 눈앞에 뜻밖의 것을 보고 놀란 사람이 반신 반의로 「사실일까, 아닐까.」 하고 자문 자답하듯이

---

19) 피렌체 시의 법령이 항상 변하는 것을 가리킨다.

1) 그리스도 수난 이전. 비르질리오는 기원전 19년에 죽었으며, 옥타비아누스
  (황제 아우구스투스)의 명령으로 매장되었다(연옥편 3곡과 주 참조).

그도 놀란 것 같았으나 눈을 내리뜨자 공손하게 비르질리오에게로 돌아가 손아랫사람이 하는 것처럼 그를 안으며 말했다.[2]

「오, 라틴 인의 영광이여, 당신을 통해서 우리들의 언어는 힘껏 그 역량을 나타내었습니다.

오, 당신은 내가 태어난 고향의 영원한 영예, 당신을 만나게 되다니 이 무슨 은총이요, 공덕일까요? 당신의 말씀을 들을 자격이 내게 있다면 지옥의 어느 옥에서 오셨는지 가르쳐 추십시오.」

「슬픈 나라의 모든 옥을 넘어서」 하고 스승이 대답했다.

「여기에 왔다. 하늘의 힘이 나를 움직여 그 덕분에 가고 있다.

무엇인가를 행했기 때문이 아니라 아무것도 행하지 않았기 때문에 자네가 고대하는 높은 태양을 볼 기회를 나는 잃었다. 내가 이것을 알았을 땐 이미 때가 늦었었다.

내가 사는 곳은 하계[3]지만, 가책, 고민의 비참은 없다. 오직 어둠에 싸인 곳이다. 거기서는 한탄도 통곡이 되지 않고 오직 한숨이 된다.

거기서 나는, 인간의 죄악으로부터 벗어나는『세례』전에 죽음의 이빨에 물려 버린 철없는 어린이들과 같이 있다.

세 가지 거룩한 덕[4]을 입지 못한 자들과 거기서 나는 같이 있다. 악덕은 없으며 다른 모든 덕을 알고 지켜온 자들이다.

그러나 만약 자네가 알고 있고 가르쳐 줘도 상관 없다면 연옥 입구로 가는 지름길을 우리에게 가르쳐 다오.」

그가 대답했다. 「우리에게 정해진 곳은 없습니다. 위로 오르고 둘레를 도는 데는 상관 없습니다. 갈 수 있는 곳까지 안내자로서 모시겠습니다.

그러나 보십시오, 벌써 해가 저물고 있습니다. 밤에는 올라갈 수 없으니까 어디 좋은 휴식처를 마련하는게 좋겠습니다.

여기 저 너머 오른편에 한 무리의 혼이 있으니 괜찮으시다면 그리로 안내해 드리지요. 그들도 당신과 사귀게 되는 걸 기뻐할 것입니다.」

---

2) 가슴을 안았을 것이라고 주석자는 말하고 있다. 단, 보티첼리의 데생에는 허리께를 안고 있다.

3) 림보(지옥편 4곡 참조).

4) 믿음 · 소망 · 사랑의 세 가지 덕.

「그건 **왜** 그런가? 밤에 올라가는 자는」 하고 스승이 물었다. 「남들에게 방해를 받나?」

그러자 솔델로가 웃으며 땅에 손가락으로 금을 긋고 말했다. 「아시겠습니까? 이 선조차도 해진 뒤에는 넘을 수가 없습니다.[5]

위로 가는 것을 방해하는 것은 밤의 어둠 외에 아무것도 없으며, 어둠이 능력을 뺏고 기력을 잃게 하는 것입니다.

수평선 아래 해가 갇히어 있을 동안은 밤의 어둠과 함께 아래로 내려와 산 밑을 헤매다니는 것밖에는 못합니다.」

그러자 내 스승은 놀란 듯이 말했다. 「그럼 자네가 말한 대로 우리를 즐겁게 쉴 수 있는 곳으로 안내해 다오.」

거기서 우리가 조금 걸어갔을 때였다. 현세에서도 계곡이 산을 움푹 파고 있듯이 이 산이 움푹 패인 것을 나는 알았다.

「저기로」 하고 그 그림자가 말했다. 「가십시다, 산비탈이 자연의 품을 이루고 있습니다. 저기서 날이 새기를 기다리기로 하십시다.」

꼬불꼬불한 오솔길은 때로는 가파르고, 때로는 평평하게 움푹 패인 곳까지 이어져 있었다. 그 곳 가장자리는 절반 이상 무너져 있었다.

황금이나 순은도, 주홍과 백연(白鉛)도, 인디고(암청색 물감)도, 윤나는 나무도 또 갓 부스러진 선명한 벽옥도.

이 골짜기의 품 안에 있는 화초에는 그 어느 것도 빛깔로는 이길 것 같지가 않았다. 작은 것이 큰 것에게 지는 것이 사물의 이치이다.

여기서 자연은 색깔만을 칠한 것이 아니었다. 수천 가지 향기로운 내음이 말할 수 없는 이상한 향기를 자아내고 있었다.

풀 위에 앉고 꽃 위에 앉아 〈거룩하신 성모[6]여〉를 부르고 있는 한 무리의 혼이 보였다. 계곡 때문에 밖에서는 보이지 않던 자들이었다.

「이 해가 완전히 저물기 전에는」 하고 우리를 안내하던 만토바 인이 말했다. 「저 자들 속으로 모시고 갈 수가 없습니다.

이 언덕에서 보는 편이 저 아래서 저들과 섞여 있는 것보다 그들의 동작

---

5) 이하, 태양이 여기서는 신의 은총을 나타낸다. 그러므로 해가 진 뒤는 연옥 산 위에 올라갈 수가 없다.

6) 밤기도 뒤에 부르는 응답의 노래로 마리아에게 보호를 원하는 구절로 시작된다.

과 표정을 더 잘 관찰할 수 있을 것입니다.

맨 윗자리에 앉아 다른 자들이 찬송할 때 부끄러워 입도 뻥끗하지 않는 자는 생전에 마땅히 했어야 할 일을 하지 않고 팽개쳤던 지난날의 황제 루돌프,[7]

이탈리아의 생명을 뺏은 상처를 능히 고칠 수 있는 사람이었습니다. 나중에 딴 사람이 구하러 왔을 때는 이미 늦었던 것입니다.[8]

루돌프에게 얼굴을 돌려 위로하고 있는 자는 몰다우 강물이 엘베강으로, 다시 바다로 흘러 수원지 보히미아를 다스리던 오도칼[9]이라는 이름이었습니다. 강보에 싸였을 때에도 수염난 아들 빈치슬라오[10] 보다도 훨씬 선량했습니다. 아들은 지금 안일과 나태 때문에 몸을 망치고 있습니다.

그리고 저 납작코 사나이[11]는 상냥스러워 보이는 자와 은근한 이야기를 하고 있는 것 같은데 도망하다가 죽어 백합꽃을 더럽혔습니다.[12]

보십시오. 가슴을 치며 『통곡하고』 있습니다. 다른 하나는 보십시오. 턱을 고이고 한숨을 쉬고 있습니다.

저들은 프랑스의 불행[13]의 아비와 장인뻘이 되므로 자식의 무궤도하고 저열한 생활을 알고 있기에, 그 때문에 마음이 상해서 괴로워하고 있는 것입니다.

남자답게 콧날이 우뚝한 자와 노래를 같이 부르는 몸이 다부진 자[14]는

---

7) 루돌프에 대해서는 연옥편 6곡에도 나오지만 1218년에 태어나 1273년에 황제로서 대관을 했고 1291년에 사망했다.

8) 이탈리아에 평화와 정의를 확립시키려고 한 황제 알리고 7세의 실패에 대해 언급한 것.

9) 보히미아의 왕 오도칼 2세.

10) 빈치슬라오에 대해서는 천국편 19곡 참조.

11) 납작코 사나이는 프랑스 왕 필립 3세이다. 상냥스러워 보이는 자는 엔리코 이다.

12) 필립 3세는 카타로냐 지방을 정복했으나 프랑스 해군이 아라고나 해군에게 패했기 때문에 페르피냥에서 전사했다. 백합꽃은 프랑스 왕가의 가문(家紋)이다.

13) 필립 3세의 아들인 『프랑스의 불행』 필립 4세에 대해 단테는 연옥편 20곡, 32곡, 33곡, 천국편 19곡 등에서도 맹렬히 비난하고 있다.

모든 덕을 갖춘 자였습니다.[15]

만약 그의 뒤에 앉아 있는 젊은이가, 그가 죽은 뒤 왕위를 이었던들 덕은 아비로부터 아들에게 전해졌겠으나 다른 후계자들에 대해서 그렇게 말할 수는 없습니다.

야코모와 페데리고[16]가 왕국을 차지하고 있으나 둘 다 아비를 능가할 만한 재주는 이어받지 못했습니다.

인간의 기량은 좀처럼 다음 가지[17]로 전해지지 않는데, 이것은 덕을 주는 분[18]이 당신 자신에게 간구하여 은총으로 얻도록 하셨기 때문이니

그 점은 콧날이 우뚝한 자에 대해서도, 그와 같이 노래를 하는 피에트로에 대해서도 마찬가지라 할 수 있으므로[19] 프리아와 프로벤자가 울고 있는 것은 그 때문입니다.

종자에 비해 돋아난 나무는 아주 떨어집니다만[20] 그 모양은 코스탄자가 남편을 자랑하며 베아트리체나 마르게리타를 깔보는 것과 마찬가지입니다.

저 혼자 앉아 있는 검소한 생활을 한 왕을 보십시오, 영국의 헨리 3세[21]

---

14) 남자답게 콧날이 우뚝한 자는 샤를르 당쥬로 1220년에 태어나 1285년에 사망했다. 나폴리와 시칠리아 왕국을 정복하고 콜라디노를 죽였다. 연옥편 20곡, 천국편 8곡, 그 밖에도 나온다.

15) 모든 덕을 몸에 갖춘 자, 아라고나의 피에트로 3세는 만프레디의 딸 코스탄자를 비로 맞았다. 다음 행의 젊은이는 그들 두 사람 사이에 난 맏아들을 가리킨다는 설과 부정하는 설이 있다.

16) 연옥편 3곡 참조. 야코모 2세는 1296년 시칠리아의 왕이 되고 페데리고 2세는 1296년에 시칠리아 왕이 되었다(황제 페데리고 2세와는 다른 인물이다).

17) 다음 가지란, 가계를 나무로 나타내 볼 수 있듯이 다음 세대를 말한다.

18) 덕을 주는 분은 하느님이다.

19) 샤를르 1세의 치세에 비해 아들인 샤를르 2세는 그만 못하다는 것을 가리킨다.

20) 코스탄자의 남편은 피에트로 3세이고, 베아트리체(프로벤자의 라몬드 백작의 딸)와 마르게리타(부르고뉴 공의 딸)의 남편은 샤를르 1세이다. 그러니까 바꿔 말하자면 샤를르 2세가 샤를르 1세보다 떨어진다는 것은 샤를르 1세가 피에트로 3세보다 떨어지는 것과 같다는 뜻이다.

21) 헨리 3세는 1206년에 태어나 1272년에 사망했다. 보다 나은 싹은 아들인 에드워드 1세(1240년생)를 가리킨다.

입니다. 이 왕은 자기 가지에서 보다 나은 싹을 트게 하였습니다.

저 밑에 있는 무리에 섞여 땅에 앉아서 위를 쳐다보고 있는 자는 구리엘모 후작[22]입니다.

그가 원인이 되어 알렉산드리아가 싸움을 일으켜 몬펠라토와 카나베제를 울리고 있습니다.」

제 8 곡

혼들이 〈빛이 다하기 전에〉를 합창하자 하늘에서 끝이 부러진 칼을 든 천사 둘이 내려와 골짜기를 감시한다. 단테는 전에 알던 니노 판사의 혼과 인사를 나누고, 그가 딸 조반나와 그 어머니에 대해 이야기하는 것을 듣는다. 남반구의 하늘을 쳐다보고 있노라니 뱀이 나타났는데, 순식간에 천사들에게 격퇴당한다. 이어서 말라스피나가 이름을 대며 나선다. 단테가 그의 일족을 칭찬하자 말라스피나는 단테가 칠 년 후에 그 집에서 신세를 지게 되리라는 것을 예언한다.

다정한 벗과 이별을 고하는 날, 벌써 석양 무렵이 되면 뱃길을 떠나야 할 이는 가슴이 설레이고 마음은 구슬픈 정으로 착잡해진다.

멀리서 저물어 가는 해를 애석해 하는 종소리 들리면 타향에 온 나그네 가슴에 애틋한 사랑과 염원이 스며들듯이[1]

그 때 내 귀에는 아무 소리도 들리지 않기에 무심코 보니 혼 하나가 일어

---

22) 몬펠라토의 구리엘모 7세. 후작은 왕보다 지위가 낮기 때문에 아래쪽의 무리 속에 있다. 1290년, 아스티 공화국이 그에게서 알렉산드리아 시를 뺏으려고 시민들에게 반란을 일으키게 했다. 구리엘모는 이 곳으로 달려가 탄압을 가했으나 민중에 의해 반대로 체포되어 쇠조롱 속에 갇혀서 1292년 그 조롱 속에서 죽었다. 그의 아들 조반니 1세가 알렉산드리아 시에 보복 공격을 가했으나, 반대로 알렉산드리아 시민들이 몬펠라토 영지로 침입했다. 카나베제는 포 강 왼쪽 기슭에 있는 지방 이름이다.

서서 모두에게 잘 들으라고 손짓을 했다.

그리하여 합장한 손을 들어올려 눈길을 동방[2]으로 보냈다. 마치 『다른 일은 생각지 않습니다』고 하느님께 말하는 것 같았다.

「빛이 다하기 전에[3]」 하고 은은하고 경건한 목소리가 그 입에서 흘러나왔는데, 아주 부드러운 곡조라 듣고 있는 동안 나는 넋을 잃었다.

그러자 다른 혼들도 부드럽고 경건하게 모두 눈을 하늘로 들고 그 소리에 맞추어 찬송가를 끝까지 노래했다.

독자여, 눈을 날카롭게 빛내고 여기서 진리를 똑똑히 보라.[4] 베일이 아주 얇아져 있어 그 속을 보기가 쉬우리라.

보니 그 고귀한 혼의 무리가 묵묵히 하늘을 우러렀다. 파랗게 질려서 겸손하게 무엇인가를 기다리는 것 같다.

그러자 천상에서 하계를 향해 두 천사가 불타는 칼을 손에 들고 내려왔다. 이가 빠지고 끝이 부러진 칼이었다.[5]

천사는 갓 돋은 풀잎 모양의 연두빛 옷을 입고 그것을 꼬리처럼 끌며 훨훨 푸른 날개로 퍼득이고 있었다.

천사 하나는 우리 위쪽에 와서 머물고 다른 하나는 맞은편 언덕가에 내려서 혼들 무리를 그 사이에 끼게 했다.

두 사람의 금발 머리는 또렷이 보였으나 그 얼굴은 눈이 부셔 볼 수 없었으니 도가 지나친 것을 보면 기능이 마비되어 버리는 것이다.

「저들은 마리아의 슬하에서 왔습니다.[6]」 하고 솔델로가 말했다. 「곧 뱀이 나오기 때문에 이 골짜기를 지키려고 온 것이지요.」

---

1) 해질녘의 풍경과 그 때의 우수 어린 심정을 아울러 전하는 이 시구를 시몬드는 『이러한 저녁녘의 장면을(연옥편 첫머리의) 새벽 장면과 같이 단테는 단순히 그 풍경뿐만 아니라 그 때의 감정까지도 그리고 있다.』고 평하고 있다.
2) 동방은 예루살렘 방향.
3) 〈빛이 다하기 전에〉, 교회에서 하루의 마지막 근행인 밤기도 때에 부르는 기도 구절이다.
4) 시구의 배후에 있는 숨은 뜻을 짐작해 달라는 것이다.
5) 천사는 방어를 하기 위해서이지 공격을 위해서가 아니므로 칼끝이 부러져 있다.
6) 천국의 지고천(至高天)에서 내려왔다.

그 말을 들으니 뱀이 나오는 길을 모르는 만큼 나는 몸과 마음이 얼어붙은 것 같아 사방을 두리번거리며 스승의 두 어깨에 달라붙었다.

솔델로가 말을 이었다. 「지금부터 골짜기의 왕후들 혼 속으로 내려가 이야기해 보십시다. 그들도 당신네들을 만나면 반드시 반가워할 것입니다.」

겨우 두세 걸음 내려갔는데 벌써 밑에 닿았다. 보니 하나가 나를 찬찬히 바라보고 있었다. 내가 누구인가를 생각해 내려 하고 있는 태도다.

그 때 대기는 벌써 어두워져 가고 있었는데, 그래도 보고 있는 동안 처음에는 그의 눈에도 내 눈에도 보이지 않았던 것이 또렷이 보이기 시작했다.

그는 나에게 다가섰다. 나도 그에게 다가섰다. 반가웠다. 니노 판사[7]여, 상냥한 자네가 지옥에 떨어지지 않았다는 것을 보고 알았을 때는.

우리는 서로 다정하게 인사를 나누었다. 그리고 그가 물었다. 「먼 바다를 건너 이 산 밑에 온 지 자네는 얼마나 되는가?」

「오오」 하고 내가 말했다. 「슬픈 고장[8]을 거쳐 오늘 아침[9]에 여기 왔네. 나는 제1의 삶 속에 있다가 제2의 삶을 얻으려고 이렇듯 여행을 하고 있는 걸세.」

내 대답을 듣자 곧 솔델로도 니노도 별안간 어리둥절한 사람처럼 뒤로 물러섰다.

솔델로는 비르질리오를 보고, 니노는 거기 앉아 있던 영혼에게 외쳤다. 「일어나라, 쿠르라도! 주의 사랑으로 이루어진 것을 보러 오라!」

그렇게 외치고 나서 니노는 나를 보고 말했다. 「태초의 동기를 숨겨 그리로 건너갈 길을 알려 주시지 않는 분[10]에게 자네가 입고 있는 이 각별한 은혜에 의해 『자네에게 부탁한다.』

───────────────

7) 니노 비스콘티는 조반니 비스콘티와 우고리노 백작 딸과의 사이에서 태어났다. 사르디니아 섬 갈루라의 판사였는데, 조부 우고리노 백작과 피사에서 세력 다툼을 했다(지옥편 33곡과 주를 참조). 사르디니아에서 코미타(지옥편 22곡)를 처벌하고 1296년에 죽었다.

8) 슬픔의 고장은 지옥이다.

9) 부활절인 일요일 아침. 그러니까 연옥 섬의 산을 오르기 시작한 지 벌써 열 두 시간 가까이 지난 것이다.

10) 하느님이다.

저 대해(大海) 저편[11]으로 돌아가거든 딸 조반나[12]에게 나를 위해 기도하라고 전해 주게.

하늘은 죄 없는 사람들의 소원은 들어 줄 것이다.

그녀의 어미[13]는 상복의 흰 너울을 벗어 버렸으니, 이제 나를 사랑하고 있진 않을 것이다. 그러나 가엾게도 또 상복을 원하게 될 것이다.

눈과, 피부로써 종종 불이 붙지 않는 한, 계집의 사랑의 불은 몸속에서 오래 타지 않는 법이다. 그녀를 보면 과연 그것이 쉽게 수긍이 간다.

밀라노의 기사가 쳐드는 『기치인』독사는 갈루라의 수탉이 해 주었던 만큼 그녀를 위해 훌륭한 무덤을 만들어 주지는 않을 것이다.」

니노는 그렇게 말했다. 그 표정에는 알맞은 정의감이 나타나 있었다.

내 눈은 미지의 것을 찾아 하늘로 향했다. 그리하여 굴대에 가까운 바퀴처럼 움직임이 느린 별들이 반짝이는 쪽을 보았다.

길잡이가 물었다. 「아들아, 멀리 무엇을 보고 있는가?」 내가 대답했다. 「이쪽 남극 하늘을 온통 불태우고 있는 저 세 개의 빛[14]을 봅니다.」

그러자 스승이 말했다. 「네가 오늘 아침에 본 네 개의 밝은 별은 수평선 저편에 졌다. 그리고 그 대신 이 별[15]들이 돋은 것이다.」

말하고 있는 스승을 솔델로가 자기 쪽으로 끌어당기며 「보십시오, 저기 우리의 원수가」 하며 저쪽을 보라고 손가락을 들었다.

이 조그만 골짜기의 울타리 없는 곳에 뱀 한 마리가 있었다. 아마도 이브에게 쓰디쓴 음식을 준 뱀이리라.

---

11) 대해 저편은 현세이다.

12) 조반나는 니노의 외딸로, 1300년에는 아홉 살 가량 되었다.

13) 아내라 하지 않고 그녀의 어머니라 한 것은, 아내였던 에스티의 오핏소 2세(지옥편 12곡 참조)의 딸 베아트리체가 1300년 6월에 밀라노의 갈레앗소 비스콘티와 재혼했기 때문이다. 1302년에 갈레앗소는 밀라노에서 추방되어 빈궁 속에 죽는다. 1308년 피렌체 시는 니노가 그 시에 이바지한 공적을 보아, 베아트리체와 조반나를 피렌체 시에 들여 보낸다. 갈레앗소와 베아트리체 사이에 난 아들 앗소가 밀라노 시의 권력을 다시 장악했으므로 베아트리체는 늘그막을 행복하게 지냈는데, 그것은 1328년 이후의 일로서 단테는 생전엔 그걸 알지 못했다.

14) 믿음·소망·사랑의 세 개의 빛이다.

15) 네 개의 밝은 별에 대해서는 연옥편 1곡과 주 참조.

풀과 꽃 사이를 그 악의 한 줄기가 미끄러지듯 다가왔다. 이따금 머리를 쳐들고 등을 핥았는데, 마치 털을 핥는 짐승과도 흡사하다.

하늘의 매(천사)들의 움직임을 보지 않은 이상 뭐라고 말할 수 없으나, 어쨌든 그들은 날아왔다.

하늘을 째는 푸른 날개 소리를 듣고 뱀은 달아났다. 그러자 천사는 다시 자기들의 정해진 곳으로 날아갔다.

이름이 불리어 판사 가까이로 온 영혼[16]은, 천사가 뱀을 쫓고 있는 동안에도 잠시도 눈을 나에게서 떼지 않았다.

「자네를 인도하는 광명이, 저 푸르른 꼭대기에 이르는데 필요한 만큼의 밀초[17]를 자네의 자유 의지 속에서 발견할 수가 있었으면 좋으련만.」하고 그림자가 말했다.

「만약 발 디 마그라나 그 근처의 확실한 소식을 알고 있거든 가르쳐 다오. 나는 본래 그 곳 영주다.

쿠르라도 말라스피나라 불리웠다. 선대가 아니고 뒤를 이은 자다. 일족에게 기울인 『치우친』 사랑을 지금 여기서 씻고 있다.」

「오오」하고 내가 말했다.

「그대 나라에 나는 아직 가본 일이 없다. 그러나 그 나라 이름은 유럽 전역이 꽤 넓다 하지만 널리 알려져 있다.

그대 가문의 자랑이 될 만한 평판이 나돌아 모두 이구 동성으로 주군을 찬양하고 그 나라를 찬양하고 있다. 그래서 가보지 않은 자라도 소문으로 듣고 있는 것이다.

『연옥』 위로 가고자 원하는 내가 맹세코 말하지만 칼의 공훈이건『손님을 접대하는』 재물의 공훈이건 명예로운 그대 가문의 사람들은 가문을 더럽히지는 않았다.

---

16) 영혼은 쿠르라도 말라스피나로, 그는 후작 페데리고 1세의 아들인데 1294년쯤에 사망했다. 단테는 루니지아네에 1306년쯤에 체재했는데, 말라스피나 가문의 손님으로서 지냈고, 또 외교관으로서 일했다.

17) 신의 은총의 불을 끊임없이 태우기 위해서는 각자의 자유 의지 속에 필요한 만큼의 밀초가 있어야 한다. 저 푸르른 꼭대기는 연옥 산의 꼭대기일 것이다.

죄 많은 수도[18]가 세상을 일그러뜨리고 있지만, 다행히도 그대 일족은 습성과 됨됨이가 남달랐으므로 오직 사도를 배척하고 정도를 걷고 있다.」

그러자 그가 말했다. 「그러면 가거라, 백양궁이 네 발로 버티고 걸터앉은 자리에 태양이 일곱 번 눕기 전에[19]

만약 심판의 흐름이[20] 가로막지 않는다면 타인의 소문보다도 더 굵은 못으로 그런 고마운 평판이 자네 머리에 깊이 박혀질 것이다.」

제 9 곡

> 잠이 든 단테가 꿈을 꾸고 있는 사이 루치아가 그를 연옥의 문 앞까지 날라다 준다. 눈을 뜨니 벌써 부활절인 월요일의 오전 여덟 시를 지나고 있다. 비르질리오가 자초지종을 설명해 주어 불안이 가시게 되자 단테는 걷기 시작한다. 그러자 연옥의 입구가 보이기 시작한다. 세 층으로 된 돌층계 맨 위에 천사가 앉아 있다. 단테가 무릎을 꿇고 공손하게 문을 열어 달라고 하자, 천사는 칼 끝으로 일곱 가지 큰 죄를 뜻하는 일곱 개의 P자를 단테의 이마에다 새긴다. 천사가 금과 은으로 된 두 개의 열쇠를 돌리니 문은 음악 소리를 내며 열린다.

늙은 티토네스의 계집 아우로라(새벽)는 상냥한 사내의 팔을 떠나 벌써 동녘의 높은 언덕에서 밝아 오고 있었다.

그녀의 이마에는 보석[1]이, 꼬리를 퉁겨 사람을 치는 차가운 생물[2]의 꼴로 빛나고 있었다.

그리고 우리가 있던 남반구에서는 밤이 벌써 두 걸음 올라가 이미 세

---

18) 죄 많은 수도는 로마이다.

19) 칠 년이 지나기 전에, 즉 1307년 이전에.

20) 심판의 흐름은 때의 움직임을 말한다.

1) 새벽(아우로라)의 이마에 빛나는 보석이란 별이다.

2) 차가운 생물은 물고기인데, 여기서는 쌍어궁을 가리킨다.

걸음째로 접어들어 날개를 아래로 향하고 있었다.[3]

그 때 나는 아담으로부터 물려받은 이 몸이 잠에 못 이겨 우리 다섯[4]이 앉아 있던 풀 위에 드러누웠다.

아침녘이 가까워지면 제비[5]는 예전에 받은 상처를 회상하기 때문일까, 구슬픈 노래를 부르기 시작한다.

우리의 정신이 육체의 속박과 깨어 있는 의식이 연결되어 벗어날 때,

스스로의 환상 속에서 신의 예시를 느끼게 되듯이

그 때 내 꿈 속에 황금빛 날개를 가진 독수리가 중천에 나타나 날개를 펴고 당장에라도 내려오려고 도사리는 것이 보였다.

마치 나는 가니메데스가 신들의 모임 때문에 납치되어 친구들을 남겨 놓고 천상으로 올라간 그 산 위에라도 있는 듯한 기분이 들었다.[6]

나는 속으로 생각했다. 「아마 이 독수리가 여기를 습격하는 건 습관이기 때문이리라. 필경 딴 데서는 먹이를 채어 올라가지 않을 것이다.」

그로부터 잠시 독수리는 하늘을 빙글 도는 것 같더니 별안간 벼락 같은 무서운 기세로 떨어져 나를 움켜잡고 화천(火天) 가까이까지 날아올랐다.

독수리도 나도 거기서 타 버리는 줄만 알았다.

꿈 속에서 본 불길이 어찌나 세차던지 내 잠은 저절로 깨었다.

아킬레우스의 어머니는 잠자고 있던 아들을 키로네로부터 빼앗아 안고 스큐로 섬으로 날아갔다.[7]── 결국 거기서 그리스군에게 쫓겨났지만 ──

그 때 제 정신으로 돌아온 아킬레우스는 깜짝 놀라 잠에 취한 눈으로

---

3) 이탈리아에서는 새벽이고, 연옥에서는 오후 아홉 시에 가깝다는 것이리라.

4) 니노 · 쿠르라도 · 비르질리오 · 솔델로 · 단테의 다섯 사람이다.

5) 필로멜라가 언니의 남편에게 능욕을 당했기 때문에, 자매끼리 남편의 자식을 죽여서 구워 가지고 남편에게 먹여서 복수를 했다. 그 행위 때문에 자매 중 하나는 제비가 되고 다른 하나인 푸로크네는 꾀꼬리로, 남편은 가지바위솔이 되었다는 전설이다.

6) 미소년인 가니메데스가 이다 산꼭대기에서 사냥을 하고 있었을 때, 제우스가 독수리를 시켜 그를 채다가 천상의 신들에게 술을 따르게 했다.

7) 아킬레우스는 켄타우로스인 키로네의 손에 자랐는데, 어머니는 그가 싸움터로 나가는 걸 꺼려하여 스큐로 섬에 숨겼다. 그러나 디오메데스의 간지에 넘어가(지옥편 26곡과 주 참조) 싸움터로 나가게 되었다.

사방을 두리번거렸으나 자기가 어디 있는지 짐작도 할 수가 없었듯이

나도 잠이 달아나자 어리둥절하여 무서움에 간이 서늘해진 사람처럼 새파랗게 되었다.

내 곁에는 위로하는 듯한 얼굴의 스승이 혼자 있을 뿐이며, 해가 돋은 지 벌써 두 시간 이상이나 지나고 있었다.[8] 그리고 내 얼굴은 바다 쪽을 향하고 있었다.

「두려워하지 말라.」하고 스승이 말했다.「좋은 곳에 있으니까 마음놓고, 굳어지지 말고 한껏 기운을 내어라.

너는 이제 드디어 연옥에 왔다. 저기 주위를 둘러싸는 높은 곳이 보이잖나? 저기 벌어진 곳, 저것이 입구다.

조금 전에, 아직 해가 돋기 전에 저 아래 골짜기를 꾸미는 꽃 위에서 너의 혼은 『육체』 속에서 잠이 들었는데

그 때 한 여성이 나타나 말했다. 『나는 루치아[9]입니다. 이분의 갈길을 수월하게 해 드리는 것이니까 잠들어 있는 이분을 데려가더라도 말리지 말아 주세요.』

솔델로와 다른 고귀한 사람들은 남아 있고, 이미 날이 밝았기 때문에 그녀는 너를 안고 위를 향해 갔다, 나는 그 뒤를 따랐다.

여기다 너를 내려놓았는데, 멈춰 서기 전에 아름다운 눈으로 저 열려 있는 문을 가리켜 주었다. 그리하여 그녀가 떠나자 잠도 함께 사라진 거다.」

진실이 보이기 시작하면 의문이 풀리고 확신이 생겨 공포를 위안으로 바꾸는 사람처럼

나는 변했다. 나의 불안이 가시는 것을 보자 길잡이는 높은 언덕을 향해 오르기 시작했고, 나도 그 뒤를 따라서 위를 향해 걷기 시작했다.

독자여, 나의 시재(詩材)가 얼마나 고양되었는지 그대는 알았을 것이다. 그러니 더욱 솜씨를 부려 다루더라도 놀라지 말아 다오.

우리는 그리하여 처음에 성벽을 둘로 가르는 바위 틈같이 허물어져 보이는 곳으로 다가갔다.

문 하나가 보이고, 그 밑에는 그 곳으로 통하는, 색이 다른 세 층계의

---

8) 1300년의 부활절인 월요일 오전 여덟 시이다.

9) 루치아에 대해서는 지옥편 2곡 참조.

돌계단이 있었다. 문지기가 있었지만 아직 아무 말도 하지 않는다.

나는 눈을 더욱 크게 뜨고 주의를 했다. 맨 위칸에 문지기가 앉아 있었으나 그 얼굴을 똑바로 볼 수가 없다.

손에 뽑아든 칼날에서 빛이 반사하여 나는 여러 번 얼굴을 들었으나 눈이 부셔 아찔했다.

「너희들 소원은 무엇이냐, 그 자리에서 말해라.」 하고 문지기가 입을 열었다. 「안내자는 어디 있느냐? 함부로 올라가 혼나지 않도록 조심해라.」

「천상의 여인으로 이런 일을 잘 아시는 분이」 하고 스승이 대답했다. 「방금 우리에게 『문이 있으니 저리로 가라.』고 하셨습니다.」

「그렇다면 이 돌층계까지 가까이 오너라.」 하고 문지기는 점잖게 말을 이었다. 「그분께서 너희를 복된 곳으로 인도해 주시기를.」

우리는 그 곳으로 갔다. 첫째 층계는 반들반들하게 닦아 놓은 듯 매끄러운 흰 대리석으로, 내 모습이 그대로 비쳤다.

둘째 층계는 검은 자색보다 더 짙은 색깔의 거칠게 구워진 돌인데, 가로세로 금이 가 있었다.

맨 위층의 셋째 층계는 묵직한 얼룩 바위로 혈관에서 쏟아져 나오는 피처럼 불타는 듯한 색깔을 하고 있었다.

천사는 이 맨 위층에 두 발을 딛고 문지방에 앉아 있었는데 문지방은 금강석으로 돼 있는 듯했다.

길잡이에게 이끌려 나는 부지런히 그 셋째 층으로 올라갔다. 길잡이가 나에게 말했다. 「빗장을 따 달라고 겸손하게 청하여라.」

공손하게 나는 천사의 발밑에 꿇어엎드려 나를 위해 자비로써 문을 열어 주기를 청하며 먼저 세 번 내 가슴을 쳤다.

천사는 내 이마에다 칼끝으로 일곱 개의 P자[10]를 쓰고 말했다. 「안에 들어가거든 이 상처를 씻도록 명심해라.」

재라고 할까, 파헤친 메마른 흙이라고나 할까, 천사의 옷은 마치 그런 빛깔을 하고 있었는데, 그 옷 밑에서 열쇠 둘[11]을 꺼냈다.

---

10) 일곱 가지 큰 죄이다. 죄는 이탈리아 어로 Peccato라 쓴다.

11) 두 개의 열쇠에 대해서는 천국편 5곡 참조. 〈마태 복음〉 16장 19절에 금열쇠는 성직자의 권위를, 은열쇠는 학문, 지성을 나타낸다.

하나는 금이고 하나는 은인데, 먼저 흰 것을 쓰고 이어서 노란 것을 써서 내가 흡족하도록 문을 열어 주었다.

「이 열쇠 중 어느 하나라도 맞지 않아 자물쇠 속에서 잘 안 돌아가게 되면」하고 천사가 말했다.

「이 길은 열리지 않는다. 금열쇠가 중하기는 하나,

또 하나 은으로 된 것은 매듭을 푸는 열쇠이므로 열 때는 비상한 솜씨와 재주가 필요하다.

이 열쇠를 나는 베드로한테서 받았는데, 만약 사람들이 내 발밑에 꿇어엎드린다면 설사 그릇 열 망정 잠가 두진 말라는 명령을 받았다.」하며 거룩한 문짝을 밀어서 열었다.

「들어가라, 그러나 너희들에게 충고해 두겠는데 뒤를 돌아보면 다시 밖으로 돌아오게 된다.」

그 성스러운 문의 튼튼한 금속으로 된 굴대가 소리를 내며 돌쩌귀 속에서 돌았는데

그 때의 소리[12]는, 선량한 메텔로를 빼앗기고 외로이 가난하게 남겨진 타르페아 문의 미칠 듯한 울림 소리보다 덜하지는 않았을 것이다.

그 소리나는 쪽으로 내가 몸을 돌려 주의를 하고 있으니 〈주여, 당신을 찬미[13]하나이다〉라는 노랫소리가 고운 소리에 섞이어 들려 오는 듯했다.

그걸 들은 나는 오르간에 맞추어 부르는 합창에서 언제나 받은 것과 똑같은 인상을 받았다.

때로는 가사가 들리고 때로는 안 들리는 것이다.

---

12) 시저가 로마에서 실권을 쥐고 국고를 누르려 했을 때 메텔로가 반대했으나 그는 추방되고 사투르노 신의 신전이 있는 타르페아 바위 산 밑에 있던 금고 문이 열렸다.

13) 아침 기도, 그 밖에 장엄한 기회에 부르는 찬송가.

제 10 곡

연옥 안에 들어간 시인들은 바위 사이를 기어오른다. 그리하여 오전 아홉 시가 지나서 첫째 두렁길에 도달한다. 두렁길이란 연옥 산을 에워싸고 있는 폭이 사람의 키 세 곱쯤 되는 길인데, 그 길에 면한 산중턱에 겸양의 모범을 나타내는 이야기가 흰 대리석에 새겨져 있다. 〈수태 고지〉며 다윗 왕과 황제 트라야누스의 이야기 등이 그림 두루마리처럼 이어져 있다. 단테가 정신 없이 그 조각을 보고 있는 사이 교만의 죄를 보상하기 위해 바위를 짊어진 자들이 허리를 구부리고 울상이 되어 저편에서 다가온다.

구부러진 길을 곧게 보이게 하려는 비뚤어진 사랑[1] 때문에 좀처럼 열리지 않던 그 문턱을 넘어 우리는 안으로 들어갔다.

그러자 문이 다시 요란하게 닫히는 소리가 났는데, 만약 그 때 내가 뒤를 돌아보았더라면[2] 그 실수를 보상할 만한 변명이 있었을까!

우리는 갈라진 바위 사이로 걸어갔는데, 그 바위는 바른편도 왼편도 심하게 울퉁불퉁해서 마치 엎치락 덮치락하는 파도 같았다.

「여기서는 조심스런 판단이 필요하다.」 하고 길잡이가 말했다. 「바위가 솟은 곳을 피하여 이리저리 바위가 우묵한 쪽으로 몸을 붙이도록 해라.

우리들의 걸음은 이렇듯 더디게 되어 조각달은 벌써 수평선 너머 자리에 다시 누웠는데도[3] 우리는 이 바늘[4] 구멍을 빠져나갈 수가 없었다.

겨우 산이 뒤로 물러선 확 트인 곳에 이르러 한시름 놓았을 때

나는 지칠 대로 지쳐 있었다. 둘이 다 갈 길에 자신이 없었으므로 사막 속의 길보다도 더욱 고독한 이 평평한 길에서 우뚝 걸음을 멈추었다.

하늘에 닿는 그 끝에서부터 위를 향해 깎아지른 듯 솟은 절벽 아래까지

---

1) 사랑의 종류에 대해서는 연옥편 17곡 참조.
2) 연옥편 9곡 이하에 있었듯이 돌아보면 밖으로 되돌아가게 되기 때문이다.
3) 대개 오전 열 한 시쯤이다.
4) 좁은 공간을 바늘 구멍이라 한 것이다.

214

폭은 아마 사람의 키 세 곱은 되리라.

그리고 눈길이 닿는 데까지 이리저리 보아도 이 두렁길5)은 어디까지나 똑같이 이어져 있었다.

우리가 거기서 움직이지 않고 있을 때, 올라갈 길이 없는 이 둘레를 에워싸는 절벽 언저리에 하얀 대리석으로 조각된 것이 눈에 띄었다.

『그리스의 대조각가』 포리크레테는 물론이요, 자연조차도 무색할 만큼 훌륭한 조각이었다.

오랜 세월 사람들이 눈물로써 구해 온 평화, 기나긴 금단을 풀고 천국의 문을 연 평화, 그 평화를 지상에 알리러 온 천사6)가 우리들의 눈앞에 살아 있는 것같이 새겨져 있었다.

그것은 자못 상쾌한 모습이라 말없는 석상같이 여겨지지 않고 마치 『행복 있으라』 하고 소리내어 말하고 있는 것 같았다. 거기에는 크나큰 사랑을 열기 위해 열쇠를 돌린 저 『마리아』 상도 새겨져 있었다.

그 거동에서는 『주의 종이 여기 대령하오니7)』라는 말이 밀랍에 새겨진 모습과 마찬가지로 생생하게 엿보였다.

「그렇게 한 군데만 보지는 말라.」 하고 스승이 부드럽게 주의를 주었다. 내가 서 있던 곳은 스승의 심장이 있는 쪽이었다.8)

그래서 나는 시선을 옮겨 마리아의 뒤쪽을 보니 나를 인도하는 스승이 서있는 쪽 바위에 또 한 가지 다른 사연이 새겨져 있었으므로 나는 스승 앞을 가로질러 이 눈으로 똑똑히 보려고 다가갔다.

그 곳 대리석에는 각자 자기 직무의 분수를 알라는 교훈으로서 성스러운

---

5) 연옥 산에는 문에서부터 지상 낙원까지의 사이에 일곱이나 이와 같이 띠처럼 생긴 길이 있는데, 그 두렁길과 가파른 언덕이 돌층계로 연결되어 있다. 연옥에 있는 사람들은 그 두렁길을 돌면서 각자의 응분의 죄를 씻는 것이다.

6) 이것은 가브리엘이 마리아에게 수태를 알리는 것이다. 〈수태 고지〉는 단테와 같은 시대의 화가들이 즐겨 그린 주제였다. 이를테면 단테보다 19세 손아래인 시모네 마르티니의 그림은 피렌체의 움피치 화랑에 있다. 연옥편 10곡, 11곡은 단테의 조형 미술에 대한 강한 관심을 보이고 있다.

7) 〈누가 복음〉 1장 38절.

8) 심장이 있는 쪽은 왼쪽이다.

궤짝을 끌고 가는 수레와 소가 새겨져 있었다.

앞에는 모두 해서 일곱 성가대로 나눠진 사람들이 보였다. 나의 오관(五官) 중의 청각은 『노래하지 않는다』고 말했으나 시각은 『아니다, 노래하고 있다』고 주장했다.

마찬가지로 거기 그려진 분향 연기에 대해서도 눈과 코는 연기다, 연기 아니다 하고 의견을 달리했다.

축복받은 궤짝 앞에 옷자락을 걷어붙이고 춤을 추며 겸손한 시편의 작자[9]가 나아갔는데, 그 모습은 왕보다 낮게도 보이고 못하게도 보였다.

맞은편의 큰 집 창가에는 서러운 듯한 여인 마갈이 모멸의 빛을 띠고 물끄러미 바라보고 있는 모습이 새겨져 있었다.

나는 그 자리서 발을 옮겨 마갈 뒤에 하얗게 빛나는 또 하나 다른 장면을 가까이서 보려고 다가갔다.

거기에는 그의 덕이 그레고리우스에게 위대한 승리를 거두게 한 로마 군주의 빛나는 영광이 새겨져 있었으니

다름아닌 바로 황제 트라야누스였다.[10] 그의 곁에는 고삐에 매달린 불쌍한 과부가 고뇌와 눈물에 젖은 모습으로 그려져 있었다.

황제의 주위에는 기사들이 당당한 대오를 짜고 행진을 했고, 황제의 머리 위에는 금빛 독수리가 바람결에 흐르듯 날고 있었다.

이러한 사람들 속에서 불쌍한 여인이 애원하고 있었다. 「폐하, 죽은 자식의 원수를 갚아 주소서. 몸도 마음도 갈가리 찢기는 것 같사옵니다.」

황제가 대답했다. 「내가 돌아오기까지 기다려라.」

「하오나, 폐하.」 하고 노파는 애타듯 이같이 말했다. 「만약 폐하께서 못 돌아오시게 되면?」

「나의 대리자가 해 주리라.」 그러자 노파가 「폐하께서 선의 베푸심을 잊으신다면 다른 이의 선행이 폐하께 무슨 공덕이 되겠나이까?」

---

9) 시편의 작가 다윗에 대한 이 이야기는 〈사무엘 후서〉 6장에 있다. 천국편 20곡 참조.

10) 트라야누스에 대해서는 천국편 20곡에도 언급되어 있다. 이야기한다는 취미는 회화에 있어서의 세트 장치 그림이나 조각에 있어서의 부조 등, 로마네스크 미술의 발달과 더불어 현저하게 볼 수 있으며, 문학에 있어서는 반 세기 후에 《데카메론》이라는 걸작을 낳게 되는 것이다.

그러자 황제가 대답했다. 「그래, 그렇다면 안심해라. 지금, 떠나기 전에 내 의무를 완수하도록 하마. 정의가 원하는 바이고 자비의 정이 나를 붙드는구나.」

일찍이 새로운 것이라곤 보지도 알지도 못한 그분[11]이 지으신,

이토록 깊은 겸양을 나타낸 상을 만든 이를 생각하며, 고맙고 기쁜 심정으로 내가 바라보고 있으니

시인은 중얼거렸다. 「보라, 이쪽에 많은 사람들이 천천히 걸어오고 있다. 이들이 우리를 돌계단으로 안내해 줄 것이다.」

무릇 눈이란 신기한 것을 좇는 것이 습성이므로, 내 눈은 열심히 『조각을』 보고 있다가 곧 스승 쪽을 돌아보았다.

독자여, 부탁이다. 죄의 값을 치러야 한다는 하느님의 뜻이 어떤 것인가를 들었다 할지라도 부디 그대의 회개하는 마음을 뒤집지 말아 다오.

가책의 엄격함에 마음을 뺏기지 말고 그 뒤에 이어질 일을 생각하라. 제아무리 악할지라도 고난은 최후의 심판까지 지속되지는 않는다.

내가 말했다. 「스승님, 우리 쪽으로 움직여 오는 것을 보고 있습니다만 아무래도 사람같지 않습니다. 봐도 정체를 알 수 없어 무엇인지 분간을 할 수 없습니다.」

스승이 대답했다. 「무거운 형벌 때문에 저들은 땅바닥까지 허리를 굽히고 있다. 나도 처음에는 내 눈을 의심하였다.

그러나 저기를 자세히 보고 저 바위를 지고 다가오는 자를 잘 분간해 봐라. 『뉘우치고』 가슴을 치고 있는 모습이 이젠 보일 것이다.」

오, 거만한 그리스도 신자들이여, 너희들은 마음의 눈을 잃고 있기 때문에 뒤로 향해 걷는 길을 옳은 길이라 믿고 있구나.

너희들은 모르느냐? 우리는 수호자도 없이 심판을 향해 날으는 천사 같은 나비가 되기 위해 태어난 벌레라는 것을.

어찌하여 너의 자존심은 그리도 높이 날아오르느냐? 너희는 이를테면 온전치 못한 벌레, 그것도 채 자라지 못한 번데기 같은 것이 아닌가?

천장이나 지붕을 받치는 기둥대신 무릎을 가슴에 대고 쭈그리고 있는 조상을 가끔 본 적이 있다.

---

11) 하느님은 시간을 초월하고 있으므로 새로운 것이 없다.

그런 조상을 보고 있노라면 정말 괴로움을 느끼게 된다. 내가 본 사람들은 자세히 보니 정녕 그런 꼴을 하고 있었다.

등에 진 짐의 많고 적음에 따라 꾸부러진 등의 모습에 다소의 차이는 있었으나 그 중에서도 아주 괴로운 듯한 자세의 남자가 울상이 되어 말하고 있는 것 같았다.

「이제 더이상 못 참겠다.」

제 11 곡

교만의 죄를 씻으면서 첫째 두렁길을 걸어가는 자들이 〈주기도문〉을 외운다. 비르질리오가 길을 물으니 옴베르토 알도부란데스코가 신세 타령을 한다. 아곱비오의 정밀화의 명인 오데리시가 겸허하게 세상의 명성의 변천에 대해 말하며 치마부에며, 지오토 같은 화가, 구이도 구이니첼리, 구이도 카발칸티 같은 시인, 그리고 프로벤산 살바니와 같은 정치가를 유위 전변(有爲轉變)의 예로서 든다.

『제한[1]도 없이[2] 위로부터 처음 내신 것들에게 보다 더한 사랑을 베푸시기 위해 하늘에 계신 아버지시여.

바라옵건대 모든 창조물은 당신의 아름다운 입김을 감사함이 지당하오니 당신의 이름과 권능을 찬송하옵도록

당신 나라의 평화를 우리에게 내리소서. 그것이 오지 않는 한, 우리의 모든 재주를 다 바쳐도 평화에 도달할 수 없나이다.

당신의 천사들이 호산나[3]를 부르며, 당신께 그 뜻을 전하는 것처럼 인간들

---

1) 〈마태 복음〉 6장 9~13절에 있는 〈주기도문〉을 단테가 부연하여 덧붙인 것이다.

2) 하느님은 모든 것을 포용하기 때문에 공간적으로 제한이 없다. 이와 같은 학문의 혼입이 이 〈주기도문〉을 불필요하게 이해하기 어려운 것으로 만들고 있다.

3) 호산나는 하느님을 찬양하는 뜻으로 헤브라이 말이다.

도 당신에게 바라옵니다.

오늘도 우리에게 나날의 만나를 주소서. 이것 없이는 이 광야를 헤치고 나아가고자 애쓰는 자도 뒷걸음만 치게 될 것이옵니다.

우리에게 죄지은 자를 우리가 사하여 주듯, 당신도 우리의 공덕을 보지 마시고 거룩한 은총으로 사하여 주소서,

하잘 것 없이 약한 우리의 힘을 묵은 원수와 더불어 겨누지 말게 하시고 바라옵건대 이처럼 우리를 괴롭히는 자로부터 건져 주소서.

사랑하옵는 주여, 이 마지막 기도는 우리를 위함이 아니옵고 우리들 뒤에 남을 자를 위함이옵니다.』

이렇듯 혼들의 무리는 자기들과 우리를 위한 기도문을 외면서 무거운 짐을 지고 걸어가고 있었으니, 그 무거운 짐은 이따금 꿈 속에서 가위눌리는 모습과 흡사했다.

그들의 불안에도 경중(輕重)의 차이가 있었는데, 첫째 두렁길을 따라 지칠 대로 지쳐 현세에서 지은 죄를 씻으며 걸어가고 있었다.

만약 연옥의 사람이 우리를 위해 기도해 준다면 현세에서 착한 마음을 지닌 자[4]들은 연옥의 혼들을 위해 무엇을 외고 무엇을 해야 할 것인가?

혼이 이 땅에서 묻혀 간 때를 씻어내려 별들이 빛나는 하늘을 날아갈 수 있도록 도와 주어야 하지 않을까?

「아, 정의와 자비에 의해 너희들의 짐이 어서 가벼워져 너희들이 마음대로 날개를 놀려 소원대로 『천국에』 날아갈 수 있으면 좋으련만.

가르쳐 다오, 어느 쪽으로 가면 빨리 층계로 갈 수 있는지, 또는 길이 여럿 있다면 그 중에서 제일 가파르지 않은 길을 가르쳐 다오.

나와 함께 온 이 사람은 아담의 살을 입고 있으므로 그 육체의 무게 때문에 본의 아니게 올라가는 걸음이 둔하다.」

나의 길잡이가 한 이 말에 대한 그들의 대답은, 누가 말했는지는 분명치 않으나 이러했었다.

「벼랑을 따라 오른편으로 우리와 함께 가자, 그러면 산 사람일지라도 오를 수 있는 길이 나올 것이다.

---

4) 현세에서 착한 마음을 지닌 자들이란 하느님의 은총을 받고 있는 이들을 가리킴.

나는, 나의 교만을 다스리는 이 바위 때문에 얼굴을 숙이고 있어야만 하는데, 만약 이런 방해물만 없다면 그 살아 있는, 아직 이름을 대지 않은 이를 꼭 한번 보고 싶구나.

얼굴을 보면 혹시 아는 자일지도 모르며, 그 자도 이 무거운 짐을 보고 불쌍히 여겨 주리라.

나는 이탈리아 사람으로 토스카나 거물의 아들이다. 구리엘모 알도브란데스코[5]가 내 아버지이다.

그 이름을 네가 들어본 적이 있는지는 모르겠다만,

내 선조의 유서 깊은 혈통과 선조들의 업적이 나로 하여금 교만하게 만들었다. 그래서 인간은 다 같은 어머니[6]에게서 났다는 걸 생각 않고 세상 사람들을 몹시 경멸했기 때문에 그것으로 인해 죽었다.

그가 죽을 때의 모양은 시에나 인들이 알고 있다. 캄파냐티코에서는 어린 이들까지 모두 알고 있다.

나는 옴베르토이다, 교만 때문에 재난을 입은 것은 나뿐이 아니다. 나의 일족은 모두 그 때문에 불행을 겪고 있다.

그래서 나는 그 보상을 하기 위해 여기서 이 무거운 짐을 주께서 만족하실 때까지 이 죽은 자들 사이에서 져야만 한다. 산 사람 사이에서 아무것도 하지 않았던 벌이다.」

그 이야기에 귀를 기울이면서 나는 얼굴을 아래로 향했다. 그러자 말하고 있던 자와는 다른 사나이가 꼼짝도 못할 무거운 짐 밑에서 몸을 뒤틀더니

그들은 맞추어 고개를 숙이고 걸어가는 나를, 간신히 두 눈으로 보고 나를 불렀다.

「오오」 하고 내가 말했다. 「자네는 아곱비오의 영광, 파리에서 〈채색화〉라 불리우는 정밀화의 명인 오데리시[7]가 아닌가?」

---

5) 구리엘모 알도브란데스코는 산타휘오르의 영주(연옥편 6곡 참조.), 황제당원으로 마렘마 지방의 유력자였으며, 시에나와 전투를 벌이고 있다. 그의 아들은 옴베르토라고 하여 1259년에 시에나의 자객에 의해 살해되었다는 설과 캄파냐티코 전투에서 분투하다가 죽었다는 두 가지 설이 있다. 단테는 후자를 택했다.

6) 다 같은 어머니는 땅이다.

7) 오데리시는 치마부에 파에 속하는 아곱비오의 색채 화가. 볼로냐와 로마에서 활동하고 지오토와 단테와도 사귀었다(1299년 로마에서 죽음).

「여보게」하고 그가 말했다.「볼로냐의 프랑코[8]가 그린 그림이 더 훌륭하다. 지금 영광은 모두 그의 것이며 나는 이제 이류다.

생전에는 최고를 노리는 야심과 욕망에 불타고 있었기 때문에 이런 공손한 말을 해본 적이 없었다.

그러한 교만의 보상을 지금 여기서 치르고 있다. 그래도 죄를 범할 수 있는 동안에 주에게로 돌아갔기 때문에 살았다. 그렇지 않았던들 여기마저 못 왔을 것이다.

아아, 인간의 영광은 허무한 것이다! 다음에 쇠퇴한 세상이 이어진다면 또 몰라도 그렇지 않다면 나뭇가지가 푸를 동안은 잠깐 뿐이다!

치마부에[9]는 회화계에서 왕좌를 차지했나 했더니 이제는 지오토[10]가 명성을 얻었다. 때문에 전자의 그림자는 흐려져 버렸다.

마찬가지로 구이도가 다른 구이도로부터 시가(詩歌)의 영광을 빼앗았는데[11] 아마도 그 두 사람을 둥지에서 내몰아 떨어뜨릴 자[12]가 벌써 태어난 것 같다.

세상의 명성이란 말하자면 한 가닥의 바람같아 어느 때는 이리로 어느때는 저리로 부니 바람이 바뀌면 이름도 바뀐다.

자네가 늙어서 육체를 버리든, 『팝보』니 『딘디』니 하다가[13] 어려서 죽든, 천 년 뒤 자네의 명성에 변함이 있을 줄 아나?

그 천 년이란 세월도 영원에 비하면 짧은 것, 하늘의 여유 있게 도는

---

8) 프랑코는 볼로냐의 색채 화가로 오데리시의 제자 또는 후배, 13세기 말부터 세상에 알려졌다.

9) 조반니 치마부에는 유명한 피렌체의 화가이며 지오토의 스승. 이탈리아 미술계의 부흥자. 1240년 무렵에 태어나 1302년에 죽었다.

10) 지오토는 피렌체 부근의 작은 촌에서 1266년경에 태어나 1337년에 죽었다. 단테의 친구이며, 교황 베네딕투스 11세 등의 후원을 받았음.

11) 구이도 카발칸티(지옥편 10곡 그의 아버지 카발칸테 카발칸티가 나옴)가 구이도 구이니첼리(연옥편 26곡 참조)로부터 시가의 명성을 빼앗았다. 전자는 단테의 친구이고, 후자는 단테 등 청신체파(靑新體派)의 시조라고도 할 수 있는 사람이다.

12) 그 두 사람을 둥지에서 내몰아 떨어뜨릴 사람이란 단테 자신일 거라는 설이 많다.

13) 팝포(밥)니 딘디(돈)니 하는 말은 어린이들의 말이다.

궤도에 비하면 고작해야 눈 한번 깜박일 동안인 것이다.

내 앞을 아주 느릿느릿 걸어가는 자[14]의 이름은 예전엔 토스카나 천지에 울렸으나, 이제는 시에나에서조차도 그 이름을 들을 수가 없다.

그가 시에나의 수령이었을때, 미처 날뛰던 피렌체가 패한 것이다. 당시의 피렌체는 아주 대단했다. 이제는 아주 음탕한 도시지만.

자네들의 명성은 풀이나 나뭇잎처럼 밖으로 나왔나 싶자 곧 사라진다. 잎이 땅에서 자라는 것은 태양의 덕택이지만, 태양을 쪼이기 때문에 또 빛깔이 바래지기도 한다.[15]」

그래서 내가 말했다. 「자네가 참된 말을 하므로 내 마음에 겸손함이 솟아 우쭐함이 사라졌다. 그러나 지금 자네가 말한 것은 누구를 두고 한 말인가?」

「그것은 프로벤산 살바니라네. 시에나 전부를 자기 손아귀에 넣으려는 주제넘은 짓을 했기 때문에 여기에 있다.

죽은 후로 여태까지 쉴새도 없이 이렇게 걸어다니고 있다. 현세에서 도를 넘친 자는 하느님의 납득이 갈 때까지 보상을 치러야만 한다.」

「그렇다면 죽을 때까지 과거의 잘못을 뉘우치지 않은 혼은 착한 이들이 기도를 해서 도와 주지 않는 한

현세에서 살았던 세월과 똑같은 세월이 흐르기 전엔 저 아래 남아서 이 위로 올라오지 못했을 텐데,

대관절 어떻게 해서 그는 쉽게 이리로 들어올 수가 있었는가?」

그가 대답했다. 「영예와 영화를 다하고 있을 무렵 그는 수치도 체면도 다 내던지고 스스로 자진하여 시에나의 광장에 나섰다.

샤를르의 옥중에서 고생하는 친구[16]를 구해내기 위해 『그는 모두에게 회사를 청하였는데』 끝내는 온몸의 혈관이 『수치로 인해』 떨렸다.

이 이상 더는 말 않겠다. 하긴 내 말이 분명친 못하다. 그러나 머잖은

---

14) 프로벤산 살바니는 1260년 몬타베르티의 전투에서 승리를 거둔 이래 시에 나의 유력자가 되어, 토스카나 황제당의 수령으로 추대되었다. 그러나 1269년에 피렌체군이 콜레에서 시에나군을 무찔러(연옥편 13곡 참조) 그는 포로가 되어 목이 잘렸다.

15) 명성의 변천에 대한 모랄리스트적인 고찰이 자연 관찰의 심오한 원리와 잘 결부된 행이라 할 수 있을 것이다. 태양이라는 커다란 존재와 풀잎이라 는 조그만 존재의 나열법도 인간의 작음을 느끼게 한다.

장래에 자네도 자네 이웃[17]들의 소행을 보고 이 말뜻을 뼈저리게 깨달으리
라.

　그런 겸허한 행위가 있었기 때문에 그는 경계선을 무사히 넘을 수가 있었
다.[18]」

제 12 곡

　　첫째 두렁길을 걸어가면서 아래를 보니 돌바닥 위에 조각이 새겨져 있었
다. 교만을 벌주는 열 세 가지 예가, 성서와 그리스 신화 가운데서 각각 취재
되어 있다. 단테가 정신 없이 바라보고 있는 동안 시간은 부활절 월요일 정오
를 지난다. 천사가 저편에서 나타나 팔을 벌려 날개를 펴고 단테 일행을 손짓
해 부른다. 시인들은 왼쪽으로 꼬부라져 언덕길로 접어든다. 전보다 몸이 홀가
분해진 것을 이상하게 느낀 단테가 비르질리오에게 까닭을 묻자, 천사가 죄악
의 P자를 하나 이마에서 지워 주었기 때문이라고 한다.

　스승이 상냥하게 허락해 준 동안, 멍에에 매인 두 마리의 소처럼 나는
그 무거운 짐을 진 혼[1]과 나란히 걸어갔는데, 이윽고 스승이 말했다.

---

16) 샤를르 당쥬의 감옥에서 고생하던 친구란 탈랴콧조 전투 때 콜라디노
　측에서 싸운 미노 디 미니일 거라고 한다. 샤를르가 일만 휘오리노의 몸값
　을 한 달 안에 치르도록 하라고 청구했으므로 프로벤산은 시에나의 광장
　에 책상을 갖다놓고 거기 서서 시민들에게 겸손하게 회사를 청했다고
　전해지고 있다.

17) 자네의 이웃은 피렌체 인이다.

18) 이 노래에 있는 옴베르토 알도브란데스코·오데리시·치마부에·구이도
　구이니첼리와 구이도 카발칸티·프로벤산 살바니의 삽화는 《신곡》이라는
　구름 두루마리 속에 새겨진 보석처럼 하나하나 개성 있는 빛을 떨치고
　있다.『《신곡》 전체가 이러한 삽화에 의해 활기를 띠고 있을 뿐만 아니라
　《신곡》은 그 생명력 자체를 이런 종류의 에피소드에 힘입고 있다.』고 시몬
　드는 주장하고 있다.

1) 오데리시의 혼.

「이제 그쯤하고 앞서 걸어라. 여기서는 모두 돛을 달고 노를 써서 전력을 다하여 몰아야 한다.」

나는 선뜻 몸을 일으켜 걸어갔으나 마음은 뉘우침으로 여전히 움츠러들었다.

나는 스승의 발자국을 부지런히 따라갔는데, 둘은 이제 보기만 해도 발걸음이 가벼웠다.

스승이 말했다. 「눈을 아래로 돌려 네가 딛는 땅을 봐라. 한결 발걸음이 수월할 게다.」

고인의 추억이 후세에 전해지게끔 땅 속의 무덤 뚜껑에는 묻힌 이의 옛날 모습이 새겨져 있다.

그것을 보면 추억으로 마음이 아파 때로는 눈물이 어린다. 인정 많은 사람만이 느끼는 아픔이다.

그 묘석과 마찬가지로 산에서 비쭉이 내민 길 위에는 만든 이의 솜씨가 뛰어난 탓이겠지만 각별히 잘된 조각[2]이 새겨져 있었다.

길 한편에는 다른 자들보다 월등히 고귀하게 만들어진 자[3]가 번개처럼 하늘에서 내려오는 그림이 새겨져 있었다.

또 한켠에는 브리아레오스[4]가 신의 화살을 맞고 죽음의 추위에 떨며 쓰러져 있었다.

그리고 아폴로와 미네르바와 마르스가 무장한 채 아비[5]를 둘러싸고 산산조각이 난 거인들의 사지를 보고 있었다.

니므롯[6]이 『바벨』 탑 밑에서 어리둥절하여 시날 땅에 모인, 자기 못지 않게 교만한 자들을 바라보고 있었다.

오, 니오베[7]여, 살해된 일곱 아들과 일곱 딸들 사이에서 보기에도 애처로운 모습으로 너는 길 위의 석상으로 변해 있었다.

---

2) 이 조각을 만든 이는 하느님이다.

3) 다른 자보다 월등히 고귀하게 만들어진 자, 즉 악마 대왕에 대해서는 지옥편 34곡 참조.

4) 브리아레오스, 거인들이 신들에게 거역하여 브레그라이에서 싸웠을 때, 그는 제우스의 화살에 맞은 것이다(지옥편 31곡 참조).

5) 아비는 제우스이다.

6) 니므롯에 대해서는 지옥편 31곡과 주를 참조.

224

오, 사울[8]이여, 너는 너의 칼 위에 몸을 던져 길보아에서 죽은 그 때 그대로의 모습으로 그려져 있었다. 그 땅에는 그 뒤 비도 이슬도 내리지 않는다고 한다.

오, 미친 여인 아라고네[9]여, 너는 네가 짠 재난의 헝겊 위에 가엾게도 벌써 반이나 거미로 변해 있었다.

오, 르호보암[10]이여, 여기 네 모습은 이제 사람을 겁주기는커녕, 쫓지도 않는데 어리둥절 당황하여 마차를 타고 달아나고 있구나.

단단한 돌길에는 알메온이 어미[11]에게 불길한 목걸이의 값진 보상을 알려 주고 있는 모양이 새겨져 있었다.

또 신전 안에서 자식들이 산헤립[12]에게 달려들어 넘어뜨리고 거기에 시체를 버리고 간 모양이 새겨져 있었다.

---

7) 니오베는 탄탈로스의 딸로, 테베 왕 안티오네스의 비이다. 자기의 일곱 아들과 일곱 딸을 자랑으로 삼아 자식이 둘밖에 없는 라토나를 멸시했기 때문에 라토나의 아들 아폴로와 딸 아르테미스에 의해 자식이 몰살당하자 자신은 석상으로 변하고 말았다.

8) 〈사무엘 전서〉 21장 1절 이하. 이스라엘 왕 사울. 블레셋 인과 싸워 패하고, 팔레스티나의 길보아 산 위에서 자살함.

9) 아라고네는 류디아의 베짜는 여인인데, 교만하게도 그 기술을 가지고 미네르바에게 도전했다가 져서 자살을 기도했으나 거미로 변신하고 말았다 (지옥편 17곡 참조).

10) 〈열왕기 상〉 12장 1~18절. 구약 성서에 나오는 르호보암. 이스라엘 왕 솔로몬의 아들 르호보암. 부왕이 죽은 뒤 백성이 감세를 호소하였으나 왕이 이를 거절하자 백성은 왕의 세리 아도람에게 돌을 던져 그를 죽이니 왕은 급히 수레를 타고 예루살렘으로 도망쳤다.

11) 암파라오스(지옥편 20곡)는 점쟁이로서 자기가 테베 싸움에서 죽는다는 것을 알고 있었으므로 아내에게만 거처를 알리고 몸을 숨겼다. 그러나 아내 에리펠레는 폴리네이케스로부터 목걸이를 받고 그 거처를 알려 주고 말았다. 암파라오스는 전쟁에 나가 죽지만 아들 알메온이 어미를 죽여 아버지의 원수를 갚았다.

12) 산헤립은 아시리아 왕으로, 오만하여 유다와 예루살렘을 위협하면서 참된 신을 업신여겼다. 그러나 주의 천사가 그의 군대를 부르고 그를 니느웨로 돌아가게 했다. 산헤립이 자기의 신 니스록의 신전에서 예배할 때 그의 두 아들 아드람멜렉과 사레셀이 아비를 죽이고 아라랏으로 도망쳤다.

또 타미리가 치로에게 「피에 굶주린 네 놈이니 피로써 채워 주마.[13]」 하고 외쳤을 때의 잔혹한 살육과 파괴의 광경도 새겨져 있었다.

또 올로훼르네가 살해된 뒤 아시리아군이 패주한 광경도,[14] 목 없는 유해도 새겨져 있었다.

보니 트로이가 폐허로 변해 있었다. 오, 트로이여, 천하게 영락된 네 모습이 거기 역력하게 새겨져 있었다.

예민한 감수성의 소유자들을 놀라게 하는 이러한 선과 이러한 그림자를 그린 붓과 끌의 명장은 도대체 누구란 말인고?

죽은 자는 죽은 자로, 살아 있는 자는 살아 있는 자같이 보였다. 고개를 숙이고, 나는 이런 광경을 밟으면서 걸었는데, 그것은 그 사실을 눈앞에 보는 것보다 더욱 실감이 났다.

아, 만심을 가지려면 가져라. 이브의 자식들아,[15] 거만한 얼굴로 활보를 하고 머리를 숙이지 마라. 만약 머리를 숙이면 너희들의 극악무도함이 눈에 보이게 된다!

내가 정신 없이 열중하고 있는 동안, 해는 생각했던 것보다 훨씬 길었고 우리도 벌써 산중턱을 꽤나 돌고 있었다.

그 때 줄곧 앞을 살피며 가던 스승이 입을 열었다. 「머리를 들어라. 이제 그렇게 생각에 잠겨 걸을 때가 아니다.

보라, 저기 한 천사가 우리들 쪽으로 오려고 하고 있다. 보라, 벌써 하루의 일을 마치고 여섯 번째 처녀가 돌아간다.[16]

천사가 기꺼이 우리를 위로 바래다 주게끔 얼굴에도 태도에도 깍듯이

---

13) 스키타이족의 여왕 타미리가 자기 아들을 죽인 페르샤 왕 치로의 목을 쳐서 사람의 피로 가득 찬 가죽 주머니 속에 그것을 넣었을 때 한 말.

14) 주딧토가 아시리아 왕 올로훼르네의 목을 쳤기 때문에 아시리아군이 패주한 것이다. 그것을 주제로 한 도나텔로의 조각이 피렌체 관청 앞 광장에 있다.

15) 이브의 자식들은 사람을 가리키는 것인데, 이브가 인류에 최초로 나타난 교만한 여인이었기 때문에 단테는 사람들의 주의를 불러일으키는 뜻에서 이렇게 부른 것이다.

16) 이와 같은 표현은 연옥편 22곡에도 나온다. 시간이 처녀로 의인화되어 있으므로 새벽(오전 여섯 시)부터 세어서 여섯 번째 처녀가 하루의 일을 마치고 돌아간다고 말한 것이다.

경의를 나타내어라. 알겠느냐, 오늘이라는 날은 두 번 다시 없는 거다![17]」

시간을 아끼라는 스승의 훈계는 전부터 들었기 때문에 스승의 말은 내 귀에 또렷하게 들어왔다.

우리를 향해 하얀 옷을 입은 아름다운 천사가 다가왔다. 그 표정은 빛이 나 마치 새벽같이 반짝여 보였다.

팔을 벌리고 이어 날개를 펴며 말했다. 「이리로 오라, 층계는 이 근처에 있다. 이제부터는 한결 가볍게 올라갈 수가 있다.

이렇게 초대되는 것은 극히 드문 일이니 오, 인간이여, 위로 날아오르기 위해 태어났으면서 왜 이리 약한 바람에도 떨어져 버리느냐?」

천사는 우리를 바위가 패인 곳으로 데려가자 거기서 날개로 내 이마를 털어[18] 앞길의 안전을 보증해 주었다.

루파콘테 다리[19]를 건너 오른편의 산으로 올라가면 훌륭하게 다스려진[20] 도시를 한눈에 굽어 볼 수 있는 성당이 있는데[21]

그 언덕길은 가파른 비탈을 개척하여 돌층계를 만들어 놓았다. 기록도 저울눈도 정확했을 무렵에 만들어진 돌층계였다.

마찬가지로 여기서도 다음 옥까지 가파르게 치솟은 벼랑에 언덕길이 만들어져 있었는데, 양편에서 내민 바위가 몸에 스칠 정도였다.

우리가 몸을 구부려 거기에 들어섰을 때 「마음이 가난한 자, 복 있는 자로다.」 하고 말할 수 없이 고운 목소리로 노래하는 것이 들렸다.

아, 지옥 입구에 비해 이 연옥 입구는 얼마나 다른가! 지옥에는 무서운 외침 소리와 함께 들어갔는데[22] 여기 입구는 노랫소리로 가득하다.

즉시 거룩한 돌층계를 우리는 올라갔는데, 전에 평지를 걸었을 때보다 몸이 너무나 가볍게 느껴졌으므로 내가 물었다.

---

17) 연옥편 3곡과 주를 참조.
18) 죄악의 P자 하나를 날개로 털어서 지워 준 것이다.
19) 피렌체의 폰테 베키오로부터 상류에 있었던 다리.
20) 훌륭하게 다스려졌다는 것은 빈정거림이다. 요즘은 기록도 저울눈도 속이는 것이 유행이라는 것을 암시하고 있다. 천국편 16곡 참조.
21) 로마네스크의 성당으로서 유명한 성 미니아타 성당을 가리킴. 오늘날도 성당 앞에서는 피렌체를 한눈에 바라볼 수가 있다.
22) 지옥편 3곡 참조.

「스승님, 걸어도 도무지 피로를 느끼지 않는데 어떤 무거운 짐이 나에게서 거두어졌습니까?」

스승이 대답했다. 「상당히 희미해졌지만 그래도 네 이마에는 아직 P자가 남아 있다. 하나는 이제 지워졌는데, 나머지 글자까지 지워지면,

착한 뜻이 네 발을 이겨 발은 피로를 전혀 느끼지 않게 되어 앞으로 나가는 것이 즐거워지리라.」

머리에 무엇을 붙인 사람이 자기는 그걸 모르고 예사로 밖을 나돌아다닌다. 남이 알려 줘서 언뜻 알아차리면 손으로 그걸 확인하려고 더듬더듬하여 눈이 못하는 것을 손이 대신 해 준다.

그와 마찬가지로 나는 오른손으로 만져 보았다. 그랬더니 내 관자놀이 위에 열쇠를 가진 천사가 새긴 일곱 글자 중 손가락에 만져진 것은 여섯 글자였다.

그러한 내 모양을 보고 길잡이는 미소지었다.

제 13 곡

둘째 두렁길로 올라가 오른편을 향해 걸어가니 눈에 보이지 않는 영혼의 무리가 세 가지 자애의 예를 소리 높여 외우고 공중을 날아간다. 이윽고 앞쪽에 허름한 옷을 입은 사람들이 보인다. 다가가 보니 사람들의 눈까풀은 철사로 꿰매어져 있다. 그들은 그 눈까풀 사이로 눈물을 흘리며 질투의 죄를 씻고 있다. 그 중에 한 사람인 사피아 다 시에나가 질투에 미친 나머지 그녀의 고향인 시에나 군대의 패배를 기뻐했던 지난날의 자기 신세 이야기를 한다. 사피아는 끝으로 시에나 시민들에 의한 타라모네 축항 기획의 실패를 예언한다.

우리는 돌층계 위로 올라갔다. 올라가기만 하면 죄가 씻기어 몸이 깨끗해지는 산으로 여기서도 또 산중턱이 패어져 있었다.

여기서도 제1옥과 마찬가지로 두렁길이 산중턱을 둘러싸고 있었는데, 먼저보다 더 가파른 호를 그리고 있었다.

거기에는 그림자도 형태도 없고 오직 보이는 것이란 벼랑뿐, 납빛 돌로

된 평탄한 길이 통하고 있었다.[1]

「여기서 길을 묻기 위해 누구를 기다리다가는[2]」하고 스승이 생각에 잠겨 말했다.「길을 선택하는데 시간이 너무 걸리지 않을까 걱정스럽다.」

그리고는 물끄러미 태양을 바라보며 몸의 오른쪽을 중심으로 삼고 왼쪽 반신을 앞으로 돌렸다.

「오, 아름다운 빛이여 당신을 믿고, 나는 이 새로운 길로 들어갑니다. 인도하소서, 인도해 주시지 않으면 들어갈 수가 없습니다.

당신은 세상을 따뜻하게 해 주시고, 그 위에 빛나고 계십니다. 만약 사연이 있어 쫓기는 몸이 아닌 이상 당신의 빛은 언제나 길잡이의 빛이옵니다.」

지상에서라면 일 마일쯤 되는 거리를 연옥에서는 순식간에 걸어서 지나갔다. 적극적으로 걸어가겠다는 마음 때문이다.

그러자 모습은 안 보였으나 영혼의 무리가 사랑의 식탁 앞으로 오라고 공손하게 초대를 하며[3] 깃소리를 내어 우리들 쪽으로 날아왔다.

첫째 목소리가 높다랗게 「저희에게 포도주가 없도다[4]」하며 날아가 버리자 다시 우리 뒤에서도 그 소리를 되풀이 외쳤다.

그리하여 그 소리가 채 사라지기도 전에 또 하나의 목소리가 「내가 오레스테스[5]이다.」하고 외치며 이 역시 저편으로 날아갔다.

「오오」하고 내가 말했다.「아버님, 이게 무슨 소리입니까?」그렇게 물었을 때 세 번째 목소리가 외쳤다.「너희를 학대하는 자를 사랑하라.[6]」

---

1) 옥의 원둘레가 위로 올라갈수록 작아지기 때문에 호(弧)도 당연히 그에 따라 가파라진다.

2) 이리 갈까 저리 갈까 망설이며 생각한 것이다.

3) 사랑의 식탁에 초대한다 함은 사랑의 실례를 들어 징죄자의 마음에 사랑을 기를 것을 구한다. 사랑은 질투의 반대이기 때문이다.

4) 〈요한 복음〉 2장 1~3절. 갈릴리 가나 촌의 혼인 잔치에 청함을 받아 가서 술이 떨어지자 예수의 모친 마리아가 그리스도에게 『술이 없다』하니 그리스도는 물을 술이 되게 하였다.

5) 아가멤논의 아들 오레스테스와 라데스의 우정은 다정하기로 이름이 났었는데, 오레스테스가 사형을 선고받자 라데스가 『내가 오레스테스다.』하며 대신 죽으려 했다.

6) 〈마태 복음〉 5장 44절. 『나는 너희에게 이르노니 너희 원수를 사랑하며 너희를 핍박하는 자들을 위하여 기도하라.』

그러자 스승이 부드럽게 가르쳐 주었다. 「이 옥에서는 질투의 죄가 매맞고 있는 것이다. 그 채찍의 밧줄은 자애로써 엮어져 있다.

그러나 재갈은 그것과 반대의 소리를 내어야만 할 것이다. 너는 사면의 관문에 이르기 전에 반드시 그 소리를 들을 것이다.

자, 눈을 모아 중천을 찬찬히 보라. 우리 앞에 앉아 있는 사람들이 보일 것이다. 모두 바위 곁에 나란히 앉아 있다.」

그래서 나는 눈을 크게 뜨고 앞을 바라보았다. 그랬더니 바위의 빛과 다름없는 외투를 입은 망자가 여러 사람 보였다.

우리가 몇 걸음 앞으로 나아갔을 때 외침 소리가 들렸다. 「마리아여, 우리를 위해 기도하소서.」 그리고는 또 외쳤다. 「미가엘이여, 베드로여, 모든 성자여!」

제아무리 완고한 사람이라도 인간인 이상 내가 거기서 본 광경에는 틀림없이 연민의 정을 느꼈을 것이다.

그들 곁으로 다가가 그들의 생김새를 똑똑히 보았을 때, 그 고뇌의 광경에 나도 모르게 눈물이 글썽했다.

허름한 옷을 입고 서로 어깨로 몸을 받쳐 벼랑에 기대고 있었다.

마치 끼니가 떨어진 장님들이 축제 때 구걸을 하러 모여들어 서로가 머리를 기대고 모여 앉아 남의 동정을 재빨리 얻으려고 소리내어 애걸할 뿐 아니라 청승맞은 꼴로 상대에게 호소하는 그것과 똑같다.

햇빛이 장님에겐 소용이 없지만 지금 내가 말하는 곳에 있는 망자들에게도 하늘의 빛은 풍부히 내리비치려고는 않았던 것 같다.

그들의 눈까풀은 구멍이 뚫려 철사로 꿰매져 있다. 마치 사나운 매[7]의 설치는 마음을 가라앉히기 위해 그 눈을 꿰매 버리는 것과도 흡사하다.

상대가 못 보는데, 나만 보며 걸어가는 것이 안된 생각이 들었다. 그래서 나는 스승 쪽을 돌아보았는데

총명한 스승은 내가 채 입도 떼기 전에 심중을 알아차리고 내 물음을 기다리지 않고 말해 주었다.

「물어 봐라, 그러나 요령 있게 간단히 끝내라.」

가장자리에 난간이 없었기 때문에 두렁길에서 떨어질 염려가 있었는데

———————————

7) 매나 사나운 매의 비유에 대해서는 지옥편 17곡 주를 참조.

스승께서 내 바깥 쪽으로 걸어가 주었다.

그 반대편에는 믿음이 두터운 망자들이 있었는데, 무서운 눈까풀의 꿰맨 자국으로부터 눈물이 쏟아져 나와 두 볼을 적시고 있었다.

「오오」 하고 내가 그들 쪽을 보고 말했다.

「너희들은 반드시 신의 빛을 우러를 수 있는 몸이다. 너희들은 오로지 그것만을 바라고 마음에 두고 있는 것 같다만

부디 신의 은총으로 너희들 양심의 더러움이 빨리 씻기어 기억의 흐름이 맑고 깨끗하게 여기를 흘러내려가도록 빈다.

한 가지 부탁이 있다, 제발 나에게 알려 다오. 여기 너희들 중에 누구 이탈리아 사람은 없느냐, 있다면 나에게는 기쁜 일이고 아마 그에게도 유익할 것이다.」

「오오, 형제여, 여기 있는 자들은 모두 참다운 도시[8]의 시민입니다. 단지 당신께서 말씀하신 것은 이탈리아를 현세의 나그네길의 임시 거처로 삼았다는 뜻이겠지요.」

그 대답 소리가 들린 곳은 내가 있던 곳보다 상당히 앞쪽인 것 같았으므로 나는 가까이 가서 말을 하려고 그리로 갔다.

그 중에 한 사람, 장님들이 흔히 그러듯이 머리를 위로 쳐들고 무척 나를 기다리고 있는 듯한 망자가 보였다.

「『하늘에』 오르기 위해 스스로를 억제하고 있는 영혼이여.」 하고 내가 말했다. 「만약 네가 내게 대답한 자라면 네가 누군지, 출신지나 이름을 나에게 가르쳐 다오.」

「나는 시에나 출신입니다. 다른 여러분들과 함께 우리를 구원해 주시는 분에게 눈물로써 빌며 현세의 죄를 여기서 씻고 있습니다.

이름은 사피아[9](지혜자)라고 하나 지혜가 부족한 여자였습니다. 남이 잘못

---

8) 참다운 도시란 하느님의 도시인 지고천(至高天)을 가리킴. 연옥에 있는 자들은 모두 그 곳의 주민이 되는 것이다. 사람들 사이에 차별이 없지만, 현세를 여행했을 때는 차이가 있었다.

9) 사피아(Sapia)는 프로벤산 살바니(연옥편 11곡과 주 참조)의 고모로서 몬테렛지오네 부근의 카스틸랴 온첼로의 영주 기니발도 디 사라치노의 아내였다. 사피아는 Savia와 같은 뜻으로 『지혜자』를 뜻한다.

되면 내가 잘된 이상으로 기뻐했었답니다.

거짓말이 아닙니다. 분별이 있을 나이면서 내가 얼마나 질투 많은 여자였던지를 들어 봐 주세요.

내 고향 사람이 콜레 부근에서 적군[10]과 싸웠을 때, 나는 하느님이 바라시던 것과 같은 결과[11]가 되기를 빌었습니다.

시에나군이 거기서 패하여 비참하게도 도망치며 추격당하는 것을 보게 되었을 때,

너무나 기뻐 어쩔 줄을 몰라 나는 뻔뻔스럽게도 얼굴을 하늘로 쳐들고 하느님께 외쳤습니다.

『이쯤 되면 이제 너 따위는 두렵지 않다![12]』 날씨가 조금만 풀어져도 개똥지빠귀가 떠드는 거나 같았습니다.[13]

죽음이 임박했을 때 하느님과 화해를 했습니다만 오직 고맙게도 빗장수 피엘[14]이 한결같은 자비로 나를 생각하여, 내 이름을 거룩한 기도 속에 끼어 주지 않았다면

나의 죄는 뉘우침만으로는 아직 다 지워지지 않았을 것입니다.

그런데 지나가며 우리들의 신상을 물으시는 당신께서는 눈을 뜨고 숨을 쉬며 이야기하시는 듯한데 뉘신지요?」

「내 눈도 이윽고는 여기서 꿰매어져 버리겠지.」 하고 내가 말했다. 「그러나 질투의 눈으로 남을 보는 죄는 그다지 범하지 않았으니 형은 짧게 끝나겠지.[15]

---

10) 적군은 피렌체군이다.

11) 하느님이 바라시던 결과란 시에나 측의 패배이다.

12) 자기의 소망이 이루어졌기 때문에 이제 하느님의 노여움도 두렵지 않다고 한 것이다.

13) 개똥지빠귀는 추운 날씨를 굉장히 두려워하면서도 겨울 동안에 조금이라도 날씨가 풀리면 밖에 나가 사람을 깔보는 듯한 얼굴로 『이제 겨울도 지나갔으니, 주여 당신도 무섭지 않습니다.』고 노래한다고 한다.

14) 빗장수 피엘은 1289년 시에나에서 죽었는데, 성자 대우를 하여 시의 비용으로 장례지내졌으며 일 년에 한번 그를 추도하는 날이 마련되었다.

15) 교만의 죄인데, 단테도 그것을 자각하고 있다. 빌라니의 《연대기》에는 『단테는 학문이 있기 때문에 다소 역겹거나 기분 나쁜 사람을 업신여기는 풍이 있었다.』고 씌어 있다.

훨씬 더 무서운 것은 저 아래의 형벌이다. 그걸 생각하니 내 혼은 기겁을 하여 저 아래의 무거운 짐이 벌써 짓눌러 오는 것만 같구나.」

그러자 여인이 말했다. 「또 아래로 내려가실 생각이시라면 어느 분의 안내로 이처럼 위에까지 오셨습니까?」

「내 곁에 말없이 계시는 분께서 안내하셨다.

나는 살아 있다. 그러니 만약 현세에서 너를 위해 무엇인가 해 주기를 원한다면 너는 선택된 혼이니 무엇이든 청해 다오.」

「오, 이건 처음 듣는 소리군요.」 하며 여인이 대답했다. 「이거야말로 하느님이 당신을 사랑하시는 커다란 증거, 부디 나를 위해 이따금 기도로써 도와 주세요.

당신의 첫째 소망에 걸어 부탁이 있습니다. 만약 토스카나에 가시게 되거든 나의 명예를 회복하도록 내 가족에게 주선해 주세요.

내 가족들은 허황된 소망을 탈라모네에다 거는 자들 사이에[16] 끼어 있습니다만 디아나를 발견해 내기보다도 더 헛된 소망일 것입니다.

거기서는 그야말로 수많은 제독들이 헛되이 죽을 것입니다.」

---

16) 시에나 영토에는 지중해에 면한 좋은 항구가 없으므로 피사 등에게 대항하기 위해 마렘마의 탈라모네에다 항구를 만들 계획을 한 것이다. 디아나는 시에나의 지하를 흐르는 수맥이라 일컬어지고 있었으며, 물이 귀해 고생하는 시에나 사람들은 이걸 발굴하려고 애를 썼으나 성공하지 못했다. 마렘마는 지옥편 13곡, 지옥편 29곡 등에서도 언급이 있듯이 전염병 지역이라 그 때문에 제독들이 많이 죽을 것이라는 뜻이리라.

제 14 곡

　　이 둘째 두렁길에서는 구이도 델 두카며 리니에리도 죄를 씻고 있다. 구이도의 물음에 답하여 단테가 아르노 강변 출신임을 말하자, 그는 아르노 강과 그 근처의 여러 도시의 악덕을 힐난하고 그 비참한 광경을 이야기한다. 그는 이어서 리니에리의 고향인 로마냐 지방의 퇴폐 타락도 마찬가지로 비난 공격한다. 시인들이 떠나려 하자 훈계하기 위해 하늘에서 소리가 나더니 질투와 선망이 처벌된 예가 차례차례 들려 온다.

「도대체 누구일까, 이 자는 죽어서 혼이 나가기도 전에 이 산을 두루 돌아다니고, 더구나 눈을 제멋대로 떴다 감았다 하고 있는 것 같은데?」

「누군지는 모르나 혼자는 아닌 것 같다. 네가 그와 가까이 있으니 네가 물어 봐 다오. 공손히 인사를 해서 대답을 들어 보도록 하자.[1]」

이렇듯 두 혼이 서로 기대서서 길 오른쪽에서 나에 대해 말하고 있었다.

그리고 그 하나가 나에게 말을 걸려고 얼굴을 들더니 이렇게 말했다.

「오오 여보게, 그대는 아직 혼이 육체 속에 있는데도 하늘을 향해 걸어가는 듯한데, 제발 부탁이니 우리를 위로해 다오. 그리고 가르쳐 다오.

그대는 누구이며 어디 사람인가, 그대에게 주어진 하느님의 은총에 우리는 무척 놀라고 있다. 전에 없던 일이므로 놀라는 것이 당연하겠지만.」

그래서 내가 대답했다. 「활테로나[2]로부터 발원하여 토스카나 중부에 퍼지는 강이 있다. 백 마일을 흘러도 지칠 줄을 모른다.[3]

그 강변에서 나는 이 몸을 운반해 왔다. 내 이름은 아직 유명하지 않으니 누군지 이름을 대봤자 소용 없을 것이다.」

처음에 말한 자가 「그대가 말을 돌려서 하고 있는 강은 내 해석이 옳다면 그건 아르노 강일 것이다.」 하니

---

1) 먼저 말한 사람이 구이도이고 또 한 사람은 리니에리이다.
2) 활테로나는 피렌체의 동북에 있는 아페니노 산이다. 높이 1654미터.
3) 실제의 강 길이는 150마일. 이탈리아에서는 이 밖에 롬바르디아를 흐르는 포 강과 로마를 흐르는 테베레 강이 길다.

다른 하나가 그를 보고 말했다. 「왜 이 사람은 그 강 이름을 숨겼을까, 마치 무서운 이름이라도 입에 담는 사람같이.」

그러자 그 물음을 받은 자가 즉시 이렇게 대꾸했다. 「잘은 모르지만 틀림 없이 그런 계곡 이름은 없어져 버리는 게 좋을 것이니

그 수원지가 끝나는 곳, 다른 어느 곳보다도 풍부한 물을 머금은 험준하기 그지없는 아페니노 산맥의,[4]

그 수원지 언저리에서 하늘이 바다로부터 빨아올려 강이 그 흐름과 함께 나르는 것을 다시 본래 자리로 돌려보내는 곳[5]에 이르기까지

모든 사람들로부터 덕은 쫓겨나 말하자면 뱀이나 전갈처럼 느껴지고 있다. 그 고장의 숙명인지도 모르고, 나쁜 습관이 인심을 안으로 몰아넣기 때문인지도 모른다.

그래서 이 비참한 계곡의 주민들은 마치 치르체[6]가 『독을』 먹은 것처럼 모두 성질이 변해 버린 것이다.

사람의 음식보다도 도토리나 먹고 있는 편이 제격인 야비한[7] 돼지들 틈바구니를 가느다란 냇물이 흘러간다.

내려가다간 힘도 없는 주제에 큰소리로 짖어 대는 천한 개들을 만나면 놈들을 코끝으로 다루며 몸을 틀어 흘러내려간다.

하류로 내려가 강폭이 넓어짐에 따라 이 저주받은 숙명의 강바닥은 거푸 시랑이로 변한 개들을 만난다.

그리하여 다시 컴컴한 계곡[8]을 빠져나가면 암시랑이를 만나게 되는데 간지(奸智)에 능한 놈들이다. 덫을 걸어 놓아도 태연히 버티고 있다.

그렇지, 잊지 말고 이걸 자네 귀에도 넣어 두기로 하게. 그리고 나에게

---

4) 아페니노 산맥은 일단 끊어졌다가 다시 시칠리아로 뻗어 있다.

5) 하늘이 바다로부터 빨아올려 강이 그 흐름과 함께 나르는 것은 물이고 또 본래 자리로 돌려보내는 곳은 하구(河口)이다.

6) 치르체에 대해서는 지옥편 26곡 참조.

7) 카센티노에게 가짜 돈을 만들게 한 돼지 같은 백작이 사는 로메나(지옥편 30곡 참조)가 있다. 그리고 여기서는 상류에서 하류에 걸쳐 돼지(카센티노 인), 개(아레소 인), 시랑이(피렌체 인), 암시랑이(피사 인)이 차례차례 나온다.

8) 피에트라 고르호리나의 계곡.

미리 알려진 진상을 언젠가 이이가 생각해 내게 된다면 그에게는 유익할 것이다.

내가 본 바로는 네 손자[9]가 이 무참한 강변에서 그 시랑이를 쫓는 자가 되어 그 일대를 공포에 떨게 한다.

그는 먼저 산 놈의 고기를 팔고 나서 그 놈을 죽인다. 노련한 짐승이 하는 수법이다. 그리하여 많은 자들은 목숨을, 그 자신은 명예를 잃어버리게 된다.

그는 피투성이가 되어 비참한 숲[10]을 떠나는데, 그가 떠난 뒤 숲은 앞으로 천 년 동안은 녹음이 우거지지는 않을 것이다.」

재난이 어느 쪽에서 가해지든간에 비참한 피해의 소식을 들으면 듣는 이의 얼굴이 흐려지는데

그와 마찬가지로 그쪽을 보고 말을 듣고 있던 또 하나의 혼은 그 말을 다 듣고 나더니 순식간에 안색을 흐려뜨리고 슬픈 표정을 띠었다.

그 하나가 한 말도 다른 하나의 표정도 두 사람의 이름을 알았으면 하는 심정을 나에게 갖게 하였다.[11]

그래서 빌다시피해서 이름을 물어 보았다.

그러자 처음에 나에게 말한 자가 또 입을 열었다. 「자네는 내게 해주지 않는 일을 나더러는 달라고 원하는구나.

그러나 주의 은총을 받고 있는 자네인지라 자네한테는 매정하게 거절할 수가 없으니 말하마. 나는 구이도 델 두카[12]다.

나의 피는 질투로 들끓고 있었기 때문에 남의 행복한 모습을 보기만 하면 온 얼굴이 자네 눈에도 보일 만큼 창백해지곤 했다.

씨를 뿌렸기 때문에 이런 검불을 거두고 있다.[13] 아아, 인간들이여, 왜

---

9) 리니에리 다 칼보리의 손자는 풀체리 다 칼보리이다. 그는 밀라노, 파르마, 모데나 등지의 시장을 역임했고, 1302년에는 피렌체의 시장이 되어 불명예스러운 수단으로 백당과 황제당을 사정 없이 탄압했다.

10) 비참한 숲은 피렌체이다.

11) 단테는 『내 이름은 아직 유명하지 않으므로』 하고 이름을 대기를 거절하였다.

12) 구이도 델 두카는 로마냐의 포를리 가까이 있는 브레티노르의 귀족 출신. 13세기경 사람으로 흑당에 속하나 이름만이 전해진다.

13) 나쁜 씨를 뿌렸기 때문에 지금 벌을 추수하고 있다는 뜻이다.

동료를 배척해야만 하는 일에 마음을 쏟는가?

이 자는 리니에리이다. 이 자는 캄볼레 가문의 영광이고 자랑이었다. 그러나 그 뒤엔 누구 하나 이 자의 기량을 이을 만한 인물이 나오지 못했다.

포 강과 산맥과 바다와 레노 강으로 둘러싸인 지역에서 진실과 기쁨에 필요한 미덕이 없어져 버린 것은 비단 이 자의 혈통만은 아니다.

아무튼 이 국경 속에는 독을 머금은 싹이 가득하다. 이제부터 그걸 뽑아 밭갈이한다 해도 벌써 늦었을 것이다.

선량한[14] 리시오는 어디에 있나? 알리고 마날디며 피엘 트라벨사로며 구이도 디 칼피냐는? 아, 너희들 서자(庶子)의 길에 떨어진 로마냐의 백성들아!

볼로냐에 팝브로 같은 이가 언제 다시 난단 말이냐? 언제 화엔사에, 천한 종자로부터 고귀한 싹을 튼 베르날딘 디 포스코 같은 이가 다시 난단 말인가!

내가 울더라도 토스카나 사람이여, 자네는 놀라지 말게. 회상을 하고 있는 거다. 나와 같은 시대에 살던 구이도 다 프라타며 우고린 닷소,

페데리고 티뇨소와 그 동료들, 트라벨사로 일문과 아나스타지(이 양가는 다같이 후손이 끊어지고 말았다).

귀부인과 기사들, 괴로울 때나 기쁠 때나 우리는 사랑과 기사도에 격려를

---

14) 이하. 여기 기록된 인물은 모두 『포 강과 산맥과 바다와 레노 강으로 에워 싸인 지역』 즉 로마냐 사람으로 리시오 다 발보나는 브레티노르 법황당의 귀족으로 리니에리 다 칼보리의 가신. 알리고 마날디는 브레티노르 황제당 원으로, 피엘 트라벨사로의 가신. 두 사람 다 1170년에 피렌체에서 체포된 적이 있다. 피엘 트라벨사로(대략 1145~1225)는 황제당의 유력자로 로마냐의 정치적 지도자. 구이도 디 칼피냐는 몬테휄트로의 명문으로 인심 좋기로 유명했다. 팝브로는 볼로냐의 황제당인 데람베르탓시오 가문의 한 사람으로 1259년에 죽었다. 베르날딘디 포스코는 황제 페데리고 2세에 대한 화엔사 전투(1240년)에서 공적을 세웠다. 구이도 다 프라타는 라벤나 출신으로 라벤나 부근에 많은 땅을 갖고 있었다. 우고린 닷소는 화엔사의 유복한 시민으로 우발디니 가문(연옥편 24곡 참조)의 한 사람이며, 프로벤산 살바니(연옥편 11곡 참조)의 딸 베아트리체와 결혼하여 1293년에 죽었다. 페데리고 티뇨소는 13세기 전반에 산 리미니의 시민. 트라벨사로와 아나스타지는 라벤나의 황제당원으로 〈데카메론〉 제5일 제8화에 이름이 나온다.

받았던 것인데 이제는 그 땅의 인심이 험악하게 되고 말았다.

오, 브레티노르[15]여,

너는 어찌하여 도망치지 않느냐? 너의 『주군은』 집을 떠나갔고, 주민의 대부분도 사악을 피하여 떠나갔다.

잘된[16] 것은 자식을 낳지 않은 바냐카발, 서투른 것은 카스트로카로, 고약한 건 코니오다. 성가시게도 『타락한』 백작들을 연달아 낳았다.

파가니 가문도 악당들이 세상에서 떠나간 뒤는 보기 좋게 가계가 끊어지리라. 허나 그렇다고 해서 그들의 평판이 순금처럼 세상에 전해지진 않을 것이다.

오오, 우고린 데 환토린아,

너의 이름은 이제 편안하다. 올바른 길을 벗어나 네 이름을 더럽히려 해도 이젠 자식이 태어나지 않기 때문이다.

자, 토스카나 인이여,

이제 가거라. 지금의 내 심정은 이야기하기보다도 울고 싶어 못 견딜 지경이다. 이렇게 이야기하는 동안 마음이 우울해지고 말았다.」

우리가 떠나가는 발소리를 혼들은 그리운 듯 듣고 있었던 모양이었다.[17] 그러므로 그들의 침묵은 우리가 올바른 길을 가고 있다는 증거였다.

우리가 단 둘이 되어 부지런히 걸어가고 있을 때, 하늘을 찢는 벼락 같은 소리가 맞은편에서 들려 왔다.

---

15) 브레티노르는 지금 베르티노르라고 불리우고 있는데, 포를리와 치세나 사이에 있는 작은 도시이다. 황제당이 추방되었을 때, 대도시 자체가 도망치지 않았느냐고 단테는 말한 것이다.

16) 이하. 바냐카발은 이몰라와 라벤나의 중간에 위치하며, 그 곳 백작 가문을 말비치니라고 했다. 1300년에 이 가문에는 여자밖에 남지 않았는데, 그 중 하나인 카체리나는 구이도 다 폴렌타의 아내로서 뒤에 단테를 라벤나에서 영접하게 된다. 카스트로카로와 코니오는 둘 다 포를리 근처에 있다. 파가니 가문은 화엔사의 황제 당원으로, 악당이란 마귀나르도 파가니 다 스시나나를 가리키며 지옥편 27곡의 『하얀집의 새끼 사자』에 해당되는 우고린 데 환토린은 1278년 무렵에 죽었다. 그의 아들도 일찍 죽어 1286년에는 딸밖에 남지 않았다.

17) 연옥에 있는 혼은 친절하기 때문에 만약 단테 일행이 길을 잘못 들면 주의를 줄 것이라고 한 것이다.

「무릇 나를 만나는 자가 나를 죽이겠나이다.[18]」 이렇게 말했나 싶자 돌연 구름을 빗줄기로 쏟아지게 하는 뇌성처럼 울렸다.

귀청을 찢는 듯한 목소리가 겨우 가라앉자 또다시 다음 소리가 무섭게 들려 왔다. 마치 거푸 천둥이 울리는 것만 같았다.

「나는 돌로 변한 아글라우르[19]이다.」 그 말을 듣자 나는 스승에게 기대서려고 앞으로 가지 않고 바른쪽으로 다가섰다.

이윽고 사방의 공기가 잠잠해졌을 때 스승이 말했다. 「이것은 인간들을 하느님의 명령 안에 붙들어 놓기 위한 억센 재갈이다.

그러나 너희는 냉큼 먹이에 달려들어 옛 원수의 낚시에 걸리게 되어 버린다. 그러기에 『선악의 예의』 외침 소리도 재갈도 아무 소용이 없다.

하늘은 너희를 부르고 너희 주위를 돌며[20] 그 영원한 아름다움의 가지가지를 보여 주건만 너희의 눈은 한결같이 지상에 쏠려 있다.

그러므로 모든 것을 아시는 분이 너희에게 벌을 내리시는 것이다.[21]」

---

18) 〈창세기〉 4장 14절에 있는 카인의 말. 질투 선망의 첫째 예로서 동생 아벨을 죽인 카인의 목소리가 공중에서 울려 퍼진 것이다.

19) 아글라우르는 누이동생의 사랑을 방해했기 때문에 벌이 내려 돌로 변했다.

20) 연옥편 19곡과 주 참조.

21) 모든 것을 아는 분은 하느님이다.

제 15 곡

　　빛나는 천사가 시인들을 손짓해 부른다. 그 관문을 지날 때 P자를 또 한 자 지워 주었는데, 언덕을 올라가는 도중 단테는 질투와 사랑에 대한 의문을 비르질리오에게 설명 듣는다. 셋째 두렁길에 이르자 단테는 일종의 환상에 사로잡혀 마리아며 스데반 등의 인내의 모습을 꿈꾼다. 그것은 노여움의 불을 끄는 평화의 물의 예인 것이다. 걸어가는 동안 시인들은 밤처럼 캄캄한 연기 속에 휩싸인다.

　　언제나[1] 어린 아이처럼 장난치며 도는 천체가 새벽과 셋째 시간의 끝과의 사이에서 보이는 그런 위치와 거의 같은 곳에 저녁을 향해 치닫는 태양의 남은 궤도가 아직도 자리잡고 있는 것이 보였다.

　　연옥에선 저녁나절이고 이탈리아에선 한밤중일 시간이다.

　　해는 정면에서부터 우리의 얼굴을 비추고 있었다. 산을 돌아 왔기 때문에 우리는 이제 곧장 서쪽을 향해 걸어가고 있는 것이다.

　　나는 너무 눈이 부신 나머지 먼저보다도 이마가 한결 무겁게 숙여지는 것을 느꼈다. 그 까닭을 알 수 없는 나로서는 오직 놀라운 일이었으므로

　　나[2]는 손을 눈 위로 들고 그늘을 만들어 빛의 직사를 막았다.

　　광선이 물이나 거울에서 반대쪽으로 반사할 때에 투사한 각도와 같은 각도로 퉁겨나 수직선에 대해 같은 거리만큼 떨어져 간다는 것은 실험이나 학리(學理)가 나타내고 있는 바이지만

　　그와 마찬가지로 나는 내 정면에서 반사해 온 빛에 얻어맞은 듯한 인상을 받고 얼른 눈을 옆으로 돌렸다.

　　「아버님, 이 강렬한 빛은 무엇일까요? 이것에 대해서는 눈을 교묘하게 가릴 수가 없군요.」 하고 내가 말했다. 「더구나 우리들 쪽을 향해 오는 것 같습니다.」

---

1) 이 설명은 연옥의 시간을 알리기 위한 행인데, 구체적으로 무엇을 가리키는 것인지 분명치 않다.
2) 물리학에 의한 비유는 천국편 1곡에도 나온다.

240

「하늘의 가족들이 너를 현혹시키는 일이 있더라도 놀라지 말라.」하고 스승이 대답했다. 「천사가 우리를 위로 데려가려고 내려온 것이다.

곧 이런 걸 보는 것이 고통스럽지 않고 타고난 감각으로 느낄 수 있는 기쁨이 될 것이다.」

우리가 축복받은 천사 앞에 이르렀을 때, 천사는 반가운 목소리로 말했다. 「이리로 들어오라. 이제까지 온 돌층계만큼 가파르지는 않다.」

우리는 곧 그리로 올라가기 시작했다. 그러자 그 뒤에서 노랫소리가 들렸다.

「자비로운 자, 복되도다.」

「기뻐하라, 너 이겼도다.[3]」

스승과 나는 단 둘이서 위를 향해 걸었다. 그리고 나는 걸으면서 스승으로부터 유익한 말을 들어야겠다 싶어 스승에게 이렇게 물었다.

「로마냐[4] 사람이 말한 『동료』의 『배척』이란 무슨 뜻입니까?」

스승이 대답했다. 「그는 자기의 최대 결점[5]의 벌을 뼈저리게 느끼고 있으므로, 남이 그런 죄로 인하여 울지 않도록 설교를 하고 있는 거다. 그러니 놀랄 것은 없다.

동료가 있으면 몫이 줄어든다는 그런 것에 너희들 인간의 욕망이 집중되면 질투가 풀무질을 하기 때문에 한숨이 새어나온다.

그러나 만약 지고천을 사모하는 마음이 너희들의 소망을 위로 향하게 해준다면 동료를 두려워하는 심정은 마음속에서 사라질 것이다.

하늘에서는 『우리 것』이라고 말하는 자가 많을수록 각자의 몫도 많아지고 또 그만큼 왕성하게 사랑의 불이 그 수도원에서 불타는 거다.」

「더욱더 의문스럽습니다.」하고 내가 말했다.

「물어 보지 말았더라면 하는 회의가 머릿속에 더 쌓일 따름입니다.

어째서 한 물건이 적은 수의 사람에게 소유되기보다 많은 소유자 사이에 나누어지는 것이 그 소유자를 보다 풍부하게 만들 수 있는 것일까요?」

그러자 스승이 말했다.

---

3) 〈마태 복음〉 5장 7절. 『기뻐하라, 너 이겼도다』는 5장 12절의 변형이다.

4) 연옥편 14곡 참조.

5) 최대의 결점은 질투이다.

「너는 한결같이 지상의 일만 생각하기 때문에 진실된 광명에서 암흑을 끌어내어 버린다.

천상에 있는 저 한량 없는, 말로 다 할 수 없는 복은 마치 광선이 빛을 받고 반짝이는 물체에게로 향하듯이 하느님을 사랑하는 혼을 향해 달린다.

사랑이 있으면 있는 만큼 복은 스스로를 나누어 준다.

그러므로 하느님에의 사랑이 있는 곳에서는 도처에서 그 위에 영원한 덕이 늘어나 간다.

그리고 『하느님을』 사랑하는 자의 수가 많으면 많을수록 보다 사랑해야 할 것도 늘어나고 사랑도 깊어져 거울처럼 『사랑과 하느님은』 서로 비추어 준다.

만약 내 말이 납득되지 않는다면 베아트리체를 만나 봐라. 납득이 가도록 너의 이런저런 의문을 풀어 주리라.

자, 이제 두 개의 상처는 지워졌으니 나머지 다섯 상처도 어서 지워지도록 힘써라. 고통을 겪고서야 비로소 사라지는 상처다.」

「스승님, 알았습니다.」 하고 말하다가 보니 나는 다음 옥 위에 와 있었다. 그리고 그 곳의 경치에 눈길을 빼앗겨 나는 입을 다물어 버렸다.

거기서 나는 마치 황홀한 환상에 갑자기 사로잡힌 듯한 인상을 받은 것이다. 수도원 안에는 많은 사람들이 보였다.

그 때 그 안으로 들어가던 여인이 상냥한 어머니 같은 태도로 「아들[6]아, 왜 너는 우리들한테 그런 짓을 하였느냐?

네 아버지와 나는 이렇게 걱정을 하며 너를 찾았단다.」 하고는 입을 다물었다. 그러자 처음에 눈에 보였던 모습은 사라져 버렸다.

그리고 다음에 다른 여인이 나타나더니 심한 노여움 때문에 흐르는 물[7] 로 볼을 적시며 외쳤다.

---

6) 마리아가 아들 그리스도를 보고 말한다. 예수가 열 두 살 때 부모를 따라 예루살렘에 올라가 침례를 마치고 돌아오는 도중 그가 동행 중에 없음을 보고 모친 마리아와 그 남편 요셉은 예루살렘으로 다시 돌아가 삼일 만에 성전에서 학자들과 교리를 논하는 그리스도를 보고 마리아가 그같이 말했다. 〈누가 복음〉 2장 43~59절 참조.

7) 고뇌로 하여 흘리는 물은 눈물이다.

「만약 당신이 모든 학문의 발상지이고, 그 이름을 둘러싸고 신들 사이에서 그토록 심한 싸움이 있었던 고을의 주군이라면

아아, 피지스트라토[8]여, 제발 잘라 주세요, 우리 딸을 무엄하게도 껴안았던 그 두 팔을.」

그러자 주군이 침착한 표정으로 부인에게 부드럽고 온화하게 대답하는 것 같았다.「만약 우리를 사랑하는 자를 벌준다면 우리를 해치는 자는 어떻게 처치해야 좋은가?」

이어서[9] 열화같이 격분한 사람들이 돌로 젊은이를 쳐죽이는 광경이 보였다. 모두 저마다 큰소리로 외쳤다.「죽여라, 죽여!」

그리하여 순식간에 짓누르는 죽음의 무게 때문에 그는 땅에 넘어졌으나 얼굴은 여전히 하늘로 돌리고 눈을 천상에의 문을 삼고 이런 싸움판 속에서도 높으신 주님에 대해 자기의 박해자를 용서하시라고 빌었는데,

그야말로 감동하지 않을 수 없는 모습이었다.

내 영혼이 『몽상에서 깨어나』 영혼 밖에 있는 실제의 물건으로 향했을 때, 나는 나의 거짓 아닌 그릇됨을 알았다.[10]

잠에서 갓 깨어난 듯한 나를 보고 길잡이가 말했다.「왜 그러느냐, 너 몸을 가누지 못하겠느냐?

마치 술에 취했거나 졸음이 오는 사람처럼 벌써 오 리 이상이나 너는 눈을 감은 채 비틀거리며 걸어오는구나?」

「오 상냥하신 아버님, 만약 들어 주신다면」 하고 내가 말했다.「내 다리가

---

8) 피지스트라토는 아테네의 전제 군주(기원전 6세기)다. 딸을 연모하던 젊은 이가 뭇 사람들 앞에서 딸에게 입을 맞추었기 때문에 어머니가 노하여 복수를 청했다. 그러나 그는 반대로 아내를 훈계한 것이다. 이것은 부드럽고 온화한 둘째 예인데 《신곡》 속에는 성경에서 끌어낸 예와, 그리스 로마의 고전에서 끌어낸 예가 번갈아 나온다. 단테가 행한 의식적인 배열이라 생각된다.

9) 스테반의 순교. 〈사도 행전〉 7장 54~60절에 자기를 돌로 쳐죽이려는 무리를 위하여 그는 『주여, 이 죄를 저들에게 돌리지 마옵소서.』 하고 신에게 그들의 용서를 구한다.

10) 현실인 줄 알고 있었기 때문에 몽상이었다는 것을 깨달았을 때에 그릇됨을 알았던 것이다. 그러나 그 몽상은 과거와 현실에서 일어났던 일이므로 『거짓이 아닌』 것이다.

비틀거렸을 때 이 눈으로 보았던 것을 말씀드리지요.」

그러자[11] 스승이 대답했다. 「설사 네가 백 가지 탈을 써 본들 네 생각이 무엇이든간에 모두 내 눈에는 보인다.

네가 본 환영은, 영원한 샘[12]에서 흘러나오는 『노염의 불을 끄는』 평화의 물에 대해서는 반드시 마음을 열라는 훈계인 것이다.

『왜 그러느냐.』고 내가 너에게 물은 것은, 혼이 육체에서 떠나면 보이지 않게 되는 그런 눈으로 사물을 보는 자들과 같은 동기에서가 아니다.

네 다리에 힘을 주고자 말했을 따름이다. 게을러서 눈을 떠도 좀처럼 움직이려 하지 않는 게으름뱅이는 이렇게 해서 격려하는 것이 좋은 것이다.」

눈길이 닿는 곳까지 주의를 기울이면서 우리는 석양의 길을 걸었다. 정면에는 기울어져 가는 태양이 환하게 빛나고 있었다.

이윽고 밤처럼 어두운 연기가 차츰차츰 우리들 쪽을 향해 자욱이 끼어 왔는데, 거기서부터 몸을 피하려 해도 피할 곳이 없어

이 연기 때문에 시계(視界)도, 깨끗한 공기도 빼앗고 말았다.

제 16 곡

장님이 손목 잡히어 걸어가듯이 괴롭고 탁한 공기 속을 단테는 비르질리오에게 이끌리어 걸어간다. 셋째 두렁길에서는 사람들이 신에게 기도하며 노여움의 죄를 씻고 있다. 그 중 한 사람인 마르코 롬바르도가 단테의 질문에 답하여 인간의 모든 행위가 필연성의 결과로 돌아간다는 설의 오류를 지적하고, 인간의 자유 의지에 대해 설명한다. 마르코는 또 세속적인 권력과 종교의 권력 분립을 주장하고 그 혼동에서 생기는 폐해에 대해 논한다.

지옥의 어두움도, 그리고 구름으로 뒤덮이어 별 하나 보이지 않는 가련

---

11) 지옥편 32곡 참조.
12) 영원한 샘은 하느님이다.

한 하늘 밑의 캄캄한 밤의 어두움도 여기서

우리를 에워싼 연기만큼 두꺼운 막으로 내 눈을 가린 적은 없었다.

또 이처럼 거친 보풀로 눈을 비빈 적도 없었다.

나는 눈을 뜨고 있을 수가 없으므로 슬기로운 스승께서 안내하는 대로 몸을 맡겼다. 스승은 내 곁에 다가오자 어깨를 붙들라고 했다.

장님은 길을 잃지 않도록, 또는 무엇에 부딪혀 다치거나 죽거나 하지 않도록 하기 위해 길잡이가 뒤를 따라가는데,

그와 마찬가지로 나도 「알겠느냐, 내게서 떨어지면 안 된다.」하고 거듭 주의를 주는 스승의 말에 조심을 하면서 괴롭고 탁한 공기 속을 걸어갔다.

많은 사람들의 소리가 들렸는데, 어느 목소리나 모두 평안과 자비를 원하여 죄를 씻어 주는 주의 어린 양에게 기도하고 있었다.

기도는 되풀이 해서 〈아뉴스 데이[1]〉에서 시작되고 있었는데, 모두 목소리를 합하여 같은 가락으로 노래하고 있었으므로 참으로 잘 조화되고 있는 것 같았다.

「스승님, 지금 들려 오는 것은 혼들의 노래일까요?」하고 내가 물었다. 그러자 스승이 대답했다. 「그렇단다, 모두들 지금 분노의 매듭을 풀고 있는 중이다.」

「너는 누구냐. 우리의 연기를 헤치고 가며 우리들 이야기를 하는데, 마치 지금도 시간을 달력에 따라 구분하고 있는 듯한 말투구나?[2]」

이렇게 한 목소리가 말하는 것이 들렸다.

그러자 스승이 말했다. 「네가 대답해라, 그리고 여기서부터 위로 갈 수 있는지 어떤지를 물어 봐라.」

그래서 내가 입을 열었다.

「오, 너는 조물주에게 아름다운 모습으로 돌아가고자 몸을 씻고 있는 것 같은데 나를 따라오면 놀라운 이야기를 들려 주마.」

「허락된 범위 안이라면 너를 따르겠다.」하고 그가 대답했다. 「연기 때문

---

1) 〈아뉴스 데이〉는 천주의 어린 양이라는 뜻. 가톨릭 미사 성제 때 외우거나 노래하는 전례적 기도문으로 인류의 죄악 때문에 희생된 죄 없는 양, 그리스도를 표상함.

2) 시간을 현세의 달력으로 구분하는 사람은 현세의 사람이다. 연옥에서는 현세의 달력이 적용되지 않는다.

에 모습은 보이지 않지만 그 대신 말소리가 들리니 같이 갈 수 있겠지.」

그래서 내가 말하기 시작했다. 「죽으면 풀어지는 『육체의』 보자기를 걸친 채 나는 위를 향해 걸어가고 있다. 고뇌의 지옥을 거쳐 이리로 왔다.

주의 은총을 입고 그 뜻에 의해 나는 근래에 없는 수단으로 주의 궁정을 보게 되었다.[3]

그러니 네가 생전에 누구였던가를 숨기지 말고 말해 다오. 또 내가 이대로 돌층계로 갈 수 있는가를 알려 다오. 네 말이 우리의 길잡이가 되는 것이다.」

「나는 롬바르디아 사람으로 이름은 마르코[4]라고 했다. 세상 일을 잘 알고 있었고 또 덕을 사랑했었다. 그런 건 이제 아무도 마음에 두지 않게 되어 버렸지만.

너는 바른 길로 가고 있으니 그리로 쭉 가면 위로 오를 수 있을 것이다.」 이렇게 대답했다. 그리고 덧붙였다. 「부탁이니 위에 올라가거든 나를 위해 기도해 다오.」

그래서 내가 말했다. 「네가 부탁한 것은 약속이니 반드시 들어 주마. 그러나 한 가지 못 푼 것이 있어 이 몸은 의혹 때문에 머리가 터질 것 같다.

처음에는 단순한 의혹[5]이었으나 네 말을 듣고 있는 동안 의혹이 더욱 커졌다. 지금 들은 말은 전에 들은 것과[6] 부합된다.

네 말대로 세상엔 덕이 종적을 감추고 악의가 그 속에서 살며 판을 치고 있다.

부탁이니 그 원인을 가르쳐 다오. 천명이라 푸는 이도, 인의(人意)라 푸는 이도 있는데 원인을 알면 그들에게 그 까닭을 알려 줄 작정이다.」

깊은 한숨이 먼저 마르코의 입에서 새어나오더니 그것이 슬픔의 「으음」이라는 신음 소리로 변했다. 그리고는 말했다. 「여보게, 세상은 눈이 멀고 너도 그 세상의 사람이지만,

너희들 살아 있는 자들은 걸핏하면 곧 그 원인을 하늘의 탓으로 돌린다.

---

3) 지옥편 2곡 참조. 성 바울 이래 사람이 지옥으로 내려간 예가 없다.

4) 마르코 롬바르도는 13세기의 궁정인.

5) 처음에는 구이도 델 두카의 말을 듣고 단순한 의혹을 느꼈다.

6) 전에(연옥편 14곡) 구이도 델 두카한테서 들은 토스카나로부터 덕이 쫓겨 난 것을 가리킨다.

마치 천구(天球)가 모든 일을 필연성에 의해 움직이고 있기나 한 것 같은 말투다.

가령 그렇다면 너희 인간들 속엔 자유 의지가 없어진 것이 되어 선행이 복을, 악행이 벌을 받는 것이 정의에 위배되는 일이 된다.

천구는 너희들의 행위의 원인을 주지만 모든 일이 그것으로 움직이는 것은 아니다.

가령 그렇다 할지라도 선악을 아는 빛이나 자유 의지가 너희들에게는 주어져 있다.

그리고 이 의지는 첫 싸움에서는 천구의 영향을 받고 고투하지만 만약 의지의 힘이 충분히 양성되어 있다면 모든 것에 이길 수 있을 것이다.

너희들은 자발적으로 보다 더 큰 힘, 보다 좋은 성질에 자유로이 복종할 수가 있다. 그 성질이 너희들 속에 이제는 천구가 좌우할 수 없는 지력(智力)을 만들어 낸다.

그러므로 현재의 세상이 옳은 길에서 벗어나 있다면 원인은 너희들 속에서 찾아야 할 것이다.

지금 거기 대해 내가 본 진상을 너희들에게 전해 주마.

『신은』 태어나기 전부터 영혼을 사랑하고 있었다. 그『신의』 곁을 떠나자 혼은 계집아이처럼 울고 웃고 하며 재롱을 부린다.

순진해서 세상을 모르지만 과연 유쾌한 조물주의 손에 의해 만들어진 만큼 즐거운 것에는 자기 쪽에서 자진해 간다.

현세의 조그마한 기쁨을 일단 맛보고 나면 그것에 현혹되어, 훈계하여 이끄는 자가 없으면 그것을 좇게 된다.

그러기에 억압하기 위한 법률이며, 진실 속의『정의의』 탑을 분별하기 위한 제왕[7]이 필요하게 되었던 거다.

그 법[8]이 있긴 있으되 누가 그걸 시행하겠느냐? 아무도 없다. 앞장서 가는 법황은 되새김질은 할 줄 알지만 갈라진 발굽[9]은 못 가졌다.

---

7) 황제이다.

8) 유스티니아누스의 법전에 대해서는 연옥편 6곡 및 천국편 6곡 참조.

9) 갈라진 발굽은 영적인 것과 세속적인 것을 구별하는 힘을 가리킨다. 더구나 《신곡》은 19세기의 이탈리아 통일 때에도 법황청의 현세적 세력의 지배를 구축하는 목적으로 자주 인용되었다.

아무튼 법황이 탐욕스레 지상의 부를 허겁지겁 먹고 있기 때문에 그걸 보고 있는 백성들도 그걸 먹느라 여념이 없어 그 이상은 원치도 않는다.

어떤가 잘 알겠지. 위에 서는 자의 나쁜 행위가 세상이 음험하고 사악해진 원인인 것이다.

너희들이 부패하고 타락한 때문이다.

로마가 세상을 훌륭하게 다스리고 있을 때는 늘 두 개의 태양이 빛나고 있었다. 『황제와 법황은』 각기 현세의 길과 산의 길을 비추고 있었다.

그러나 하나의 빛이 다른 빛을 지우고 칼과 목장(牧杖)이 하나로 합체되어 버렸다. 이 양자가 연결되면 아무래도 잘 될 까닭이 없다.

합쳐지면 서로가 무서운 것이 없어지기 때문이다. 내 말을 못 믿겠거든 열매를 보아라, 식물의 좋고 나쁨은 열매를 보면 알 수 있다.

아디체와 포가 흐르는 지방에서는 페데리고가 적을 만나기 전까지는 예절도 바르고 덕도 세상에 행하여졌다.

그러나 이제는, 예전 같으면 착한 이들 앞에 부끄러워서 얼굴 못 들고 말도 못 했을 그런 자들이 태연히 거리를 활보하고 있다.

구식 예법을 지키며 지금 세상을 한사코 힐난하고 있는 노인도 아직 세 사람쯤 있기는 있으나 신의 부르심을 받고 보다 좋은 세상으로 갈 날만 고대하고 있다.

쿠르라도 다 파랏초,[10] 착한 게라르도, 그리고 프랑스 어로 소박하다고 불리는 롬바르디아 사람[11]인 구이도 다 카스텔이다.

알겠나, 앞으로 명심해 다오. 로마 교회는 『세속과 종교의』 두 권력을 손아귀에 넣으려 했기 때문에 진구렁에 빠져 제 몸도 그 집도 더럽히고 있는 것이다.」

「오오, 마르코여」 하고 내가 말했다. 「너의 설은 지당하다. 왜 레위 가문

---

10) 쿠르라도 다 파랏초는 브레이샤의 법황당원으로 샤를르 당쥬의 대관(代官)으로서 피렌체에 왔다가(1276년) 뒤에 시에나와 피아첸사의 시장을 지냈다.

11) 롬바르디아 사람은 옛부터 탐욕스럽다고 프랑스 사람들이 나쁘게 말해 왔다. 그런데 그 프랑스 인들조차 그를 소박한 롬바르디아 인이라고 불렀다는 것이다.

의 자손이 유산을 이어받지 못했는지[12] 그 까닭을 이제야 분명히 알았다.

그러나 네가 말하는 없어진 삼대의 유물로서 살아 남아 현세의 야만을 힐난하는 그 게라르도란 누구를 말함인가?[13]」

「오오, 너는 그런 말로 나를 속여 떠볼 작정인가?」 하고 그가 대답했다. 「너는 토스카나 말을 하면서 게라르도의 이름을 못 들었단 말인가?

굳이 말한다면 딸 가이아[14]의 이름이나 덧붙일 수 있을까.

이제 헤어져야겠다. 난 이 이상 너희들을 따라갈 수가 없다.

보라, 벌써 연기를 통하여 빛이 하얗게 반짝이고 있다. 천사가 나타난 거요. 내 모습이 눈에 뜨이기 전에 나는 떠나야 한다.」

이렇게 말하자 등을 돌리더니 내 말은 듣지도 않고 가 버렸다.

---

12) 모세 율법에 레위 자손만은 현세의 유업에서 제외되었음. 〈민수기〉 18장 20절 이하 참조.

13) 게라르도 다 카미노는 트레비소의 용병 대장을 1283년에서 1306년 죽을 때까지 지냈다. 사후에는 아들이(천국편 9곡) 그 직책을 이어받았다.

14) 가이아는 게라르도와 그의 후처 키아라 델라톨레와의 사이에 태어난 딸인 데, 토르벨토 다 카미노에게 출가하여 1311년에 죽었다. 미모였으나 행실 이 나빴다고 전해진다. 여기에 그녀의 이름이 올라 있는 것은 질책의 뜻이 포함되어 있다는 해석도 있다.

제 17 곡

　　시인은 짙은 안개 밖으로 나간다. 단테의 환상 속에 노여움의 예가 떠올라
보인다. 그러나 빛나는 천사가 나타나 환상은 사라지고, 단테는 셋째 두렁길을
향해 돌층계를 올라간다. 위에 나갔을 때 월요일의 해가 저물어 그들은 앞으로
못 나가게 된다 그 쉬는 시간을 이용해서 단테는 비르질리오한테서 설명을
듣는다. 이 두렁길에서 씻어지는 죄는 태만이다. 그것은 사랑의 임무를 게을리
했기 때문에 생긴다. 잘못을 저지르는 일이 없는 자연적인 사랑과 잘못을 저지
를 가능성이 있는 의식적 사랑에 대해 자세히 설명을 한다.

　　독자여, 만약 그대가 높은 산에서 안개에 싸여 그 때문에 눈이 밖으로
가리워진 두더지처럼 앞이 보이지 않았던 체험이 있다면 그 광경을 회상해
보아라.

　　습기찬 짙은 안개가 가시기 시작해도 태양 광선은 아주 희미하게밖에
비치지 않는 법이다.

　　그렇다면 그대도 상상을 작용시켜 쉽사리 짐작이 갈 것이다. 그리고 내가
본, 이미 기울기 시작한 태양이 어떤 광경이었던가를.

　　그 빛을 향해 나는 스승을 의지 삼고 스승의 걸음에 보조를 맞추어 이
안개 밖으로 나왔다. 빛은 『산꼭대기만을 비추고』 아래 물가에서는 죽어
있었다.

　　아아, 공상의 힘[1]이여, 너는 이따금 우리들의 외부에의 주의력을 깡그리
뺏어 버리기 때문에 수천의 나팔이 울려 퍼지는데도 그걸 모르고 있는 때가
흔히 우리들에게 있다.

　　오관(五官)의 작용이 아니라면 무엇이 너를 움직이는가, 그것은 빛이 천상
에서 형태를 갖추고 너를 움직이기 때문이다.

　　빛은 스스로 움직이는 적도 있고 신의 뜻에 의해 내리는 적도 있다.

　　노래를 즐기는 꾀꼬리로 변한 여인[2]의 잔인한 소행의 흔적이 내 환상

---

1) 연옥편 4곡 참조.
2) 프로크네, 그녀와 그 변신에 대해서는 연옥편 9곡 참조.

속에 나타났다.

그 때 나의 정신은 모조리 그쪽으로 집중되어 외부에서 온 것은, 평소 같으면 들어올 수 있는 것도 받아들여지지 않았다.

이어서 깊은 환상 속에는 십자가에 못 박히어 앙연히 사람들을 멸시한 자가 떨어져 왔는데, 죽음을 맞고도 그 태도엔 변함이 없었다.

그의 주위에는 아하수에로[3]며 그의 아내 에스더, 그리고 언행이 다같이 곧은 의인(義人) 모르드개가 있었다.

그리고 물 속에 생긴 거품이 물 위에 떠오른 순간 꺼져 버리듯 이 모습도 훌쩍 사라졌다.

그러자 이번에는 서럽게 통곡하는 처녀가 내 환상 속에 나타나더니 외쳤다. 「아아, 어머니 왜 노여움에 내맡겨 죽어 버렸습니까?

라비니아를 잃지 않으려고 스스로의 목숨을 끊으신 어머니는[4] 이제 나를 잃으셨어요. 어머니, 그러나 나는 그[5]의 죽음보다도 당신의 죽음에 우는 여인이랍니다.」

감고 있던 눈에 별안간 새로운 빛이 비치면 잠에서 깨어나되 그 잠이 완전히 깨기 전에는 빛이 아물거린다.

그와 마찬가지로 우리에게 익숙치 않은 강한 힘이 얼굴을 쳤을 때, 나의 환상의 모습도 아물거리며 아래로 떨어졌다.

내가 어디 있는지를 알려고 뒤를 돌아보았을 때 「여기서부터 올라간다.」 는 소리가 들렸다.

그러자 다른 생각이 나에게서 사라지고 그 목소리의 임자가 누구인지 알고 싶은 생각이 강하게 솟아났다.

---

3) 페르샤 왕 아하수에로는 하만을 높은 자리에 앉혔으나 왕비 에스더가, 하만이 모르드개의 생명을 노리고 있다는 것을 알렸다. 그는 모르드개를 죽이려던 바로 그 나무에 못 박혀 죽었다. 십자가에 못 박히어 앙연히 사람들을 깔본 자는 하만이다.

4) 라티누스와 아마타의 딸 라비니아는 처음에 투르누스와 약혼했다가 다시 아에네아스와 약혼했다. 그래서 이 두 영웅의 사이가 나빠진다. 아마타는 딸이 아에네아스와 결혼하는 것을 반대하고 있었는데, 투르누스(실제는 아직 살해되지 않았는데)가 죽은 줄만 알고 절망한 나머지 목매어 죽는다.

5) 그는 투르누스를 가리킨다.

그 얼굴을 보지 않고는 배길 수 없는 그런 심정이었다.

그러나 태양을 우러르면 빛이 넘쳐 모습은 보지도 못한 채 눈을 내리깔지 않을 수 없듯이 여기서도 내 힘으로는 볼 수가 없었다.

「이는 우리가 청하지 않더라도 위로 가는 길을 우리에게 인도해 주는 하늘의 영이다. 스스로의 모습은 스스로의 빛으로 숨기고 계신다.

스스로를 사랑하듯이 우리를 사랑하신다.

난처해 있는 자가 도움을 청할 때까지 가만히 보고만 있는 자는 실은 원래 도와 줄 마음이 없는 심술궂은 자들이다.

자, 이렇게 초대를 받았으니 어서 걸어서 될 수 있으면 어둡기 전에 올라가도록 하자. 해가 지면 날이 샐 때까진 위로 못 올라간다.[6]」

이렇게 길잡이가 말하자 우리는 걸음을 옮겨 돌층계 쪽으로 향했다. 그리하여 첫층계를 디뎠을 때

바로 옆에서 새의 퍼득임 같은 바람이 얼굴에 느껴졌다. 「복된[7] 자로다, 악한 분노 없이 화평을 구하는 자여.」

벌써 마지막 광선도 우리들 머리 위 높이 멀어져 가고 있었다.[8] 밤이 그 뒤로부터 계속되어 하늘 여기저기에는 별이 빛나기 시작했다.

「오오, 나의 힘이여, 왜 너는 떠나가 버리느냐?」 하고 나는 마음속으로 외쳤다. 두 다리에서 힘이 빠져나가는 것이 느껴졌다.

우리가 있던 곳은 이제 더이상 돌층계로 오를 수가 없는 지점[9]이었다. 강변에 닿은 배처럼 우리는 우두커니 서 있었다.

이 새로운 옥에서 무슨 소리가 들리지 않을까 하고 나는 잠시 귀를 기울였다. 그러다가 스승을 돌아보고 물었다.

「상냥하신 아버님, 우리가 있는 이 옥에서 어떤 죄가 씻겨지고 있는지 가르쳐 주십시오. 발은 멈추었더라도 말을 멈추진 말아 주세요.」

그러자 스승이 대답했다.

「이승에서 선에 대한 사랑을 태만히 한 자들이 그걸 여기서 보충하고

---

6) 연옥편 7곡에 밤에는 연옥 산에 못 올라가는 이유가 나와 있다.

7) 〈마태 복음〉 5장 9절, 『화평케 하는 자는 복이 있나니 저희가 하느님의 아들이라 일컬음을 받을 것임이오.』

8) 부활절인 월요일, 해가 졌다.

9) 돌층계의 맨 위칸, 즉 넷째 두렁길에 이른 것이다.

있으니 게을러서 뒤쳐진 사공이 다시 노를 젓고 있는 셈이다.

더 분명히 알고 싶거든 내 말에 귀기울여라. 이 쉬는 동안을 이용해서 무슨 좋은 성과를 얻을 수 있으리라.」

「조물주나 피조물에는」 하고 스승이 설명하기 시작했다. 「자연적[10] 사랑이나 의식적 사랑에 부족된 점은 일찍이 존재치 않았다. 그것은 아들아, 너도 잘 알 것이다.

자연적인 사랑은 목적이 그릇되는 일이 없다.

그러나 의식적 사랑은 목적이 불순하다든가 힘에 과부족이 있다든가 해서 그릇되는 일이 있다.

그 사랑이 최초의 선(신)으로 향한다든가, 둘째의 선(물질) 속에서 자기 분수를 가리고 움직이는 이상에는

죄 있는 기쁨의 원인이 될 수가 없다.

하지만 그것이 길을 벗어나 악으로 향한다든가 본래의 도를 넘치거나 모자라거나 하면 이건 피조물이 조물주의 뜻에 거슬러 행동한 것이 된다.

사랑이 너희 인간들의 모든 덕의 씨앗이며, 또 벌에 해당하는 모든 행위의 씨라는 것을 이제 너는 알았을 것이다.

헌데 사랑은 자기를 낳은 주체인 복지(福祉)로부터 눈을 돌릴 수가 없으므로 스스로 자기 혐오에 빠지는 일이란 있을 수 없는 것이다.

그리고 모든 존재가 원초의 존재(신)에서 떠나 그것 자체만으로 존재한다고 생각되지 않는 이상에는 대체로 피조물은 그것(신)을 미워할 수가 없는 것이다.

이렇게 따지는 것이 옳다면 뒤에 남은 사랑은 이웃의 불행에 대한 사랑만이 된다.

그리고 이것은 너희 인간들의 진흙 속에서는 세 가지로 생겨난다.

세상에는 자기 이웃을 발판 삼아 우월을 노리는 자가 있다. 그리하여 오직 이것 때문에 한결같이 상대가 훌륭한 지위에서 떨어지기를 원하며

또, 남이 출세를 하면 권력이나 총애나 영예나 명성을 자기가 잃지나 않을까 하고 우려하는 자가 있다.

---

10) 자연적인 사랑과 의식적인 사랑에 대해서는 천국편 1곡에도 베아트리체의
    설명이 있다.

그것이 걱정스러워 남의 불행을 사랑하게 된다.

또, 누명을 쓰고 화가 나 미쳐 날뛰며 복수의 피에 굶주린 자가 있다. 이런 자는 남의 불행을 보지 않고는 직성이 풀리지 않는다.

이 세 가지 『무도한』 사랑은 이 아래서 과거의 잘못을 뉘우치며 울고 있다.

그럼 다음에 그것과는 다른 도를 넘쳐서 선을 쫓아버리는 사랑에 대해 설명하겠다.

사람은 누구나 정신을 가라앉혀 주는 선의 존재를 막연하게 알게 되면 그것을 구하고 그것에 이르려고 노력하지만

그것을 보고자, 그것을 얻고자 할 때 너희들의 사랑이 더디고 보면 이 두렁길에서 마땅히 잘못을 뉘우친 다음에 벌을 받게 된다.

그 밖의 『물질적』 선도 있으나 그건 사람을 행복하게 해 주지 않는다. 그것은 복도 아니고 좋은 본질(선)도 아니며, 모든 선의 뿌리도 아니고 열매도 아니다.

이 『물질적』 선을 너무 사랑한 자는 우리 위에 있는 세 옥 속에서 울고 있다.

다만 어째서 셋으로 갈라졌는지 그 이유에 대해서는 난 말 않겠다. 네가 스스로 이유를 찾아내도록 해라.」

제 18 곡

비르질리오는 사랑의 성질에 대해 다시 논의를 계속한다. 시간은 월요일 밤이다. 의혹의 짐을 벗은 단테가 멍청히 있노라니 한 무리의 사람들이 달려와 자애의 예를 외우고 간다. 비르질리오의 질문에 답하여 베로나의 산 제노 수도 원장이 신분을 밝히고 뛰어가 버린다. 마지막 사람들이 태만을 벌받는 곳으로 외치며 간다. 단테는 또다시 몽상에 사로잡힌다.

이렇게 말을 마친 박식한 스승은 내 얼굴을 바라보며 내가 납득했는지 어떤지를 주의깊게 살폈다.

새로운 갈증이 다시 솟는 것을 느꼈으나 나는 말을 하지 않고 속으로 중얼거렸다. 『너무 따지면 틀림없이 스승께서 귀찮아 할 것이다.』

그러나 참된 아버지인 스승은 내가 조심조심 입을 열지 못하고 있는 것을 보자 나에게 말을 걸어 말할 기운을 돋구어 주었다.

그래서 내가 말했다.

「스승님, 스승님의 빛으로 모든 것이 명백히 보였습니다. 스승님이 하신 말씀도 똑똑히 알았습니다.

단지 아버님, 묻고 싶은 점은 모든 선행도 그 반대의 행위도 모두 근본을 따지면 사랑으로 돌아가는 듯한데,

그렇다면 사랑이란 무엇일까요.」

「날카로운 지성의 눈을 나에게로 돌려라. 그러면」 하고 스승이 말했다. 「자기 자신을 지도자라 생각하는 장님들의 그릇됨을 똑똑히 알게 되리라.

혼은 사랑을 느끼기 쉽도록 만들어져 있으므로 즐거움에 눈을 뜨고 행위로 옮아가면 곧 자기가 좋아하는 것을 향해 움직여 간다.

너희들의 인식력은 사물에서 하나의 인상을 끌어내어 이것을 펼쳐놓고 네 마음이 거기 쏠리게 되면 그 끄는 힘, 그것이 곧 사랑이니

그것이 즐거움에 의해 너희들 속에 새로이 맺어진 자연인 것이다.

게다가 또 불은 제 질료가 가장 오래 보존되는 곳으로 올라가고자 하는 본래의 성질이 있으므로 위로 움직인다.

그와 마찬가지로 『사랑에』 사로잡힌 영혼은 정신 없이 활동을 일으켜 사랑의 대상을 바라게 되어 그것이 기쁨을 줄 때까지는 쉬려 하지 않는다.

자, 이만하면 알았겠지.

대체로 사랑이라 불리우는 것이라면 그것 자체가 모두 칭찬에 해당된다고 주장하는 이들 눈에는 진리가 숨어 버려 진상이 보이지 않는 것이다.

하기야 사랑의 질료는 항상 좋은 것으로 보이겠지. 그러나 설사 밀랍이 좋다 할지라도 거기 새겨진 표지가 다 좋다고는 할 수 없는 것이다.」

「스승님 말씀 잘 들었습니다.[1]」 하고 내가 대답했다. 「사랑이 무엇인지는 알았습니다만 다시 또 다른 큰 의문이 생겼습니다.

만약 사랑이 우리들의 외부에서 오는 것이라 영혼이 그 이외의 발로는

---

1) 사랑과 자유 의지의 관계를 논하고 있다.

걷지 않는다고 하면,

　바로 가건 비뚜로 가건 혼에게 책임은 없는 것이 되겠군요.」

　그러자 스승이 말했다.

　「이성의 범위 내에서 알 수 있는 일은 나도 설명할 수가 있다. 그러나 거기서부터 앞은 신앙에 관한 일이므로 베아트리체를 기다리도록 해라.

　영혼과 육체는 모두 물질과는 갈라져 있으나 그런데도 물질과 결합되어 특수한 힘을 그 속에 간직하고 있다.

　그 힘이 처음으로 느껴지는 것은 작용되고 나서의 일이므로 마치 식물의 생명이 푸른 잎에 의해 알게 되듯이 그 힘은 효과에 의해 나타난다.

　그렇기 때문에 최초의 인식의 이해나 최초의 욕망의 경향이 어디서 생기는 것인지 사람은 모르는 것이다.

　그런 것이 사람 속에 있는 것은 벌에게 꿀 치는 본능이 있는 거나 같은 것이다. 이러한 초기의 의욕은 칭찬에도 비난에도 해당되지 않는다.

　그런데 이 의욕에 다른 모든 의욕이 조화되게끔 사람에게는 타고난 사고 능력이 갖추어져 있어, 감시를 하고 있다.

　이것이 원리다,

　이 원리에서 너희 인간들의 값어치를 결정하는 근거가 생긴다. 사람은 선과 악을 사랑하며 그 사랑을 모아서 골라낼 줄을 알기 때문이다.

　이치를 따져 근본까지도 캐고 들어간 이는 이 타고난 자유를 인정했기 때문에 그래서 후세에 도덕학을 남긴 것이다.[2]

　그러므로 너희들 속에서 타오르는 사랑은 모두 필연적으로 발생됐었다 하더라도 그것을 억제할 힘은 너희들 속에 있다.

　베아트리체가 귀중한 힘이라 한 것은 이 자유 의지를 가리키고 있다. 그러니 그녀가 너에게 그 이야기를 할 때는 그 점에 유의하도록 해라.[3]」

　마치 **활활 핀 화로**[4] 같은 달이 밤늦게 나타나 별 그림자는 희미하게 드물

---

　2) 모든 것이 필연성으로 결정된다면 자유가 없으며, 자유가 없으면 도덕적 판단을 내릴 여지가 없기 때문에 도덕학도 성립될 수가 없다. 인간의 자유 의지에 대해서는 연옥편 16곡 참조.

　3) 천국편 5곡 참조.

　4) 구리로 된 화로일 것이다.

256

어졌다.

달은 하늘을 거슬러, 로마에서 볼 때 태양이 사르디니아와 콜시카 사이의 해질 무렵에 빨갛게 비치는 길을 지나 달렸다.

그리고 피에톨라[5] 마을 이름을 만토바 시보다도 높인 상냥한 혼은 내가 진 『질문의』 무거운 짐을 풀어 내렸다.

나도 질문에 대해 명확하고 알기 쉬운 해답을 얻었으므로 이제는 잠든 사람처럼 멍해 있었다.

그러나 우리 뒤에까지 벌써 『산을』 돌아 온 사람들이 다가왔으므로 내 졸음은 순식간에 달아나 버렸다.

예전에 테베 인들이 바커스의 도움을 청하던 날 밤의 이스메노, 아소포 강가에는 광란과 혼잡이 일어났던 것처럼,

그와 마찬가지로 이 두렁길을 따라 지금 군중들이 뛰어온 것이다. 내가 본 바로는 착한 소망과 올바른 사랑에 채찍질 받고 뛰어오는 듯했다.

한 덩어리가 되어 뛰어오기 때문에 삽시간에 우리들 곁에 이르렀다. 그리고 앞장선 두 사람이 울면서 외쳤다.

「마리아가 서둘러 산으로 가셨다.[6] 시저가 일레르다를 제어하기 위해 마르세이유를 뚫고 스페인으로 달려갔다.[7]」

「어서 가자, 어서. 사랑이 모자라면 때를 놓친다.」 하고 뒤따르는 자들이 외쳤다. 「정신 차려 선행을 하면 은총이 새로 되살아날 것이다.」

「오오, 너희들. 너희들은 선을 행하는 마음가짐이 부족하여 게으른 점과 등한히 한 점이 있었기 때문에 아마도 지금 별안간 기를 쓰며 그 보상을 하고 있는 모양이구나.

이 사람은 『거짓말을 하는 게 아니다.』 살아 있다. 다시 해가 뜨기만 하면

---

5) 피에톨라는 만토바 가까이 있는 민치오 강에 면한 마을로서 비르질리오는 거기서 태어났다.

6) 수태 고지가 있은 뒤이다. 『이 때에 마리아가 일어나 빨리 산중으로 가서 유대의 한 동네에 이르러 사가랴의 집에 들어가 엘리사벳에게 문안하니』 (〈누가 복음〉 1장 39절).

7) 시간을 절약하기 위해 시저는 포위중이었던 마르세이유의 공격을 브루터스에게 맡기고 자기는 카타로나의 일레르다(지금의 레지다)로 급히 가 거기서 폼페이우스군을 무찔렀다(기원전 49년).

위로 올라갈 작정이다. 그러니 돌층계는 어디로 가야 가까운지 가르쳐 다오.」

이것이 길잡이의 말이었다. 그러자 그 망자 중 하나가 말했다.「우리를 따라오면 돌층계 있는 데로 나갈 것이다.

우리는 앞으로 가고 싶은 생각이 가득하므로 여기서 지체할 수가 없다. 이러한 속죄 방법이 너에게는 무례하게 보이겠지만 사정이 그러니 용서해 다오.

나는 베로나의 산 제노 수도원장[8]을 지냈다. 밀라노[9]가 이제껏 한스럽게 말하는 황제 발바로사가 아직 선정을 베풀던 시대의 이야기다.

그 무덤 구덩이에 이미 한쪽 발을 들여놓은 자[10]는 그 수도원 때문에 이윽고는 후회를 하고 거기서 실권을 잡았던 것을 슬퍼하게 되리라.

그 자는 수도원장 자리에다 어엿한 성직자 대신 태생이 나쁘고 육신도 성치 못한 데다 더욱 머리가 나쁜 자기 자식을 앉힌 것이다.」

순식간에 멀리 가 버렸기 때문에 그가 입을 다물었는지 더 무어라 했는지 전혀 알 수 없었지만 기꺼이 마음에 간직하였다.

그러자 언제나 나를 도와 주는 스승이 말했다.「이쪽을 보아라, 태만을 물어뜯으며[11] 다가오는 두 혼이 보이는구나.」

그들이 일행의 제일 뒤였는데 이렇게 외쳤다.「길 트인 바다를 건너간 백성[12]들은 요단 강이 그 자손을 보기도 전에 죽어 버렸다.

---

8) 황제 페데리고 발바로사 시대(1152~1190)의 베로나의 산 제노 사원 부속 수도원 원장을 게라르도 2세라고 하며 1187년에 죽었다.

9) 밀라노는 1162년 발바로사에 의해 파괴되었다.

10) 베로나의 영주 알베르트 델라 스칼라는 1301년 9월 10일에 죽음. 그래서 1300년에는『묘혈에 벌써 한쪽 발을 들여놓은 자』가 되는 셈이다. 그에게 도 세 명의 정실 자식이 있어 그들이 차례차례 영주가 되었다. 바르트롬메 오는 1304년에 죽고 알포이노는 1311년에 죽었다. 셋째가 단테를 환영해 준 칸 구란데(천국편 17곡)이다. 그 밖에 서자 주세페가 있었는데 그가 산 제노의 수도원장을 1292년부터 1313년까지 지냈다. 그는 절름발이였다 고 한다.

11) 태만을 물어뜯는다 함은 태만을 훈계하고 질책한다는 뜻이다.

12) 이스라엘의 백성. 그들은 홍해에서 바로로부터 해방되었으나 모세를 따르 기를 거절했으므로 약속의 땅(요르단, 즉 팔레스티나)에 이르기 전에 사막 에서 죽었다.〈출애굽기〉14장 참조.

안키세스의 자식과 함께 끝까지 고생을 견디지 않았던 백성[13]은 명예롭지 못한 삶을 살았다.」

이 망자들이 우리에게서 멀리 떠나가 이윽고 그 모습이 보이지 않게 되었을 때,

내 머리에는 새로운 상념이 떠올라 이것저것 생각하는 동안 갈피를 못 잡고 나는 눈을 감았다.

그러자 생각은 어느덧 꿈으로 변했다.

제 19 곡

단테의 꿈 속에 시레네가 나타난다. 그녀는 탐욕·대식·호색이라는 감각적 쾌락의 화신이다. 꿈 속에서 비르질리오가 이 마녀의 옷을 찢자 고약한 냄새가 나 그 냄새 때문에 단테는 눈을 뜬다. 천사의 초대를 받고 시인들은 다섯째 두렁길로 향한다. 거기서는 탐욕의 죄를 씻기 위해 사람들이 땅바닥에 엎드려 있다. 교황 아드리아노 5세가, 하늘을 보려고는 하지 않고 탐욕 때문에 땅바닥의 것에 눈이 쏠렸던 생전의 자기 신세 이야기를 한다.

한낮의 더위가 지구나 토성 때문에 때로 지워져서 이젠 달의 차가움을 풀지도 못하는 새벽 전의 시간에

점쟁이들은 이윽고 어둠이 물러갈 동녘 하늘에 대길의 별들이 오르는 것을 물끄러미 보고 있다.

그 때쯤 내 꿈 속에 여인[1]이 모습을 나타내었다. 말더듬이에다 사팔뜨기이고 다리는 굽었으며, 두 손은 잘려져 없고 안색은 창백하였다.

내가 그녀를 바라보고 있노라니, 마치 해가 돋아 밤새 얼었던 몸을 녹여

---

13) 트로이 인들.

1) 시레네, 그녀는 감각적 쾌락의 화신이며, 아직 씻어지지 않고 남아 있는 세 가지 큰 죄, 탐욕·대식·호색과 관계되고 있다. 이것은 상징적 꿈이라 할 수 있다.

주듯이 내 시선이 여인의 혀를 풀리게 했다.

순식간에 여인은 선뜻 일어섰다. 그리고 창백하던 얼굴은 사랑을 하는 여인처럼 발그레해졌다.

이렇게 하여 혀가 가벼워졌을 때, 여인은 노래를 부르기 시작했는데, 그 소리를 들으니 온통 마음이 사로잡혀 그 곳을 떠날 수가 없을 것 같았다.

「나는」 하고 여인이 노래했다.

「노래하는 여인 시레네, 바다 복판에서 뱃사람들을 유혹해 길을 잃게 할 만큼 아름다운 목소리를 타고 났었습니다.

이 목소리로 오딧세우스를 올바른 길에서 꾀어내었던 거지요. 내 곁에 있는 이는 모두 황홀해서 좀처럼 떠날 줄을 몰랐습니다.」

그녀가 아직 입을 다물기 전에 거룩한 여인[2]이 내 곁에 재빨리 나타나더니 당황하는 시레네를 내려다보고 앙연히 소리쳤다.

「오, 비르질리오, 비르질리오, 이 여인은 대체 누구입니까?」 그러자 스승이 이 거룩한 여인을 주시하며 다가갔다.

그리하여 시레네를 붙잡아 그 옷을 찢어 앞자락을 헤쳐서 나에게 여인의 배를 가리켜 보였다. 그 배에서 풍기는 악취 때문에 나는 정신이 번쩍 들어 눈을 떴다.

내가 눈동자를 굴리자 비르질리오 스승이 말했다.

「벌써 네 이름을 세 번이나 불렀다. 자, 일어나거라, 네가 들어갈 수 있는 문을 찾아가자.」

내가 일어나니 성스러운 산의 모든 옥에 벌써 하늘 높이 돋은 해가 환히 비치고 있었다. 그리하여 새로운 태양을 등지고 우리는 걷기 시작했다.[3]

스승의 뒤를 따르면서 나는 깊은 생각에 잠겨 무지개 다리를 타고 허리 굽은 이같이 이마를 푹 숙이고 걸었다.

그 때 「여기 길이 있다, 이리 오너라.」 하는 상쾌하고 부드러운, 인간 세상에서는 들어 볼 수 없는 그러한 목소리가 들려 왔다.

그리고 백조 같은 날개를 펴고 단단한 바위 벽 사이로 올라가라고 『천사가』 우리에게 말했다.

---

2) 베아트리체일 것이라고 해석되고 있는데, 이름은 거론되지 않고 있다.

3) 서쪽으로 걸어간 것이다.

그리고는 날개를 움직여 우리에게 부채질을 하면서 「애통해 하는 자는 복이 있나니[4]」 하고 외쳤다. 「저희가 위로를 받을 것이요.」

「너는 땅만 보고 있는데 어떻게 된 거냐?」 우리 둘이 천사에게서 떠나 약간 위로 올라갔을 때 스승이 나를 보고 이렇게 말했다.

내가 대답했다. 「괴상한 환영이 머릿속에 달라붙어 그게 마음에 걸려서 걸어가기는 해도 못 견디게 무시무시합니다.」

스승이 말했다. 「너는 고대의 마녀를 본 것이다.

그 여자는 이 위에서 울고 있다.[5] 사람이 어떻게 해서 마녀로부터 벗어나는가를 너는 본 거다.

그만하면 이제 충분하다. 자, 뒤꿈치로 땅을 차라. 영원한 왕이 거대한 바퀴[6]로 돌리고 있는 하늘의 부르심에 눈을 돌려라.」

처음에는 자기 발밑을 보고 이어서 부르는 쪽으로 몸을 돌렸다가 자기를 끌어들이는 먹이에 쏠려 날개를 펼치는 매[7]처럼

나는 움직이기 시작했다.

그리하여 갈라진 바위 틈을 지나 사람이 위로 올라갈 수 있는 데까지 나도 위로 올라가 다음 옥에 이르렀다.

앞을 바라볼 수 있는 다섯째 언덕에 내가 나갔을 때, 그 곳 길가의 땅에 엎드려 울고 있는 자들이 보였다.

「내 영혼이 땅에 떨어졌도다.[8]」 하고 들릴락말락한 소리로 깊은 한숨을 쉬며 중얼거리는 소리가 들렸다.

---

4) 〈마태 복음〉 5장 4절. 원문에서는 일부는 라틴 어를 인용, 일부는 지방 문자로 되어 있으나 이 역문에서는 다같이 인용 형식으로 했다.

5) 탐욕·대식·호색의 죄가 각각 연옥편 19·20(탐욕), 22·23·24(대식), 25·26·27(호색)의 각 곡(연옥 산의 분류에 따르면 제5원, 제6원, 제7 원의 각 두렁길)에서 처벌되고 있는데, 그것을 『그녀는 위에서 울고 있 다』고 말한 것이지 시레네 자신이 다시 나타나는 것은 아니다.

6) 거대한 바퀴는 천구를 가리킨다. 연옥편 14곡 참조. 미켈리노의 그림 배경 에 월천(月天), 수성천(水星天), 금성천(金星天), 태양천(太陽天) 등이 바퀴처 럼 그려져 있는 것이 보인다.

7) 《신곡》에 자주 나오는 매의 비유에 대해서는 지옥편 17곡 참조.

8) 〈시편〉 119편 25절.

「오오, 주에게 선택된 너희들, 정의의 가책을 받고 있는 너희들에겐 희망이 있다. 고통도 덜어지리라. 다음 돌층계로 우리를 인도해 주지 않겠는가.」

「만약 너희들이 기지 않고 갈 수 있는 몸이라면 가르쳐 주마. 제일 가까운 길은 언제나 반드시 너희 오른쪽을 보며 가는 방향이다.[9]」

시인[10]의 물음에 대해 바로 앞에서 이런 대답이 들렸다. 그래서 나는 모습은 가려서 보이지 않으나 말소리가 들리는 쪽으로 눈을 돌렸다가 다시 뒤를 돌아 보자 스승과 눈이 마주쳤다.

그러자 스승은 내 눈에 떠오른 내 소망을 알아차리고 빙그레 웃으며 허락을 해 주었다.

이렇게 해서 나는 마음대로 행동할 수 있게 되자 방금 내 마음을 끈 자에게 몸을 구부려 이렇게 물었다.

「그대는 눈물지으며 그것 없이는 주께 돌아갈 수 없는 것을 무르익게 하고 있는데[11] 나를 위해『소원이니』잠시 이쪽으로 마음을 써 다오.

그대는 원래 누구였나?

그리고 왜 그대들은 등을 위로 돌리고 있나?

가르쳐 다오, 현세에서 나는 산 몸 그대로의 모습으로 왔다. 만약 현세에 전할 무슨 말이라도 있거든 내게 말해 다오.」

그러자 그가 말했다.「하늘이 우리를 기게 한 이유는 나중에 얘기 하마. 그러나 먼저 알아 주어야 할 것은 내가 베드로의 후계자[12]였다는 점이다.

시에스트리와 키아베 사이에 아름다운 강[13]이 흐르고 있는데, 이 이름이야말로 내 일족의 자랑스러운 이름인 것이다.

흙칠을 않으려고 조심을 하니『법황의』법의가 얼마나 무거운 것인지를 나는 한 달 남짓 뼈저리게 느꼈다.[14] 거기 비하면 다른 직책은 모두 깃털같

---

9) 아드리아노 5세가 말하고 있다. 그는 제노바의 휘에스키 가문 출신으로 교황 이노센트 4세의 조카뻘이다. 1264년 교황 클레멘테 4세의 사신으로 영국에 건너갔다. 1276년 7월11일에 교황으로 선출되어 같은 해 8월 18일에 비텔보에서 죽었다.

10) 시인은 비르질리오이다.

11) 무르익게 하고 있는 것은 정죄(淨罪)의 열매이다.

12) 베드로의 후계자는 교황이다.

13) 강 이름은 라바냐이고 그 일족은 라바냐 백작이라 부르고 있었다.

14) 아드리아노 5세는 재위 38일 만에 죽었다.

이 가볍다.

나의 뉘우침은 슬프게도 때가 늦었었다. 그래도 로마 법황으로 뽑혔을 때 거짓 인생의 정체를 나는 간파했다.

일단 그 지위에 오르니 마음이 편치 않고 현세에서는 이 이상 위로 갈 수 없다는 것이 자각되었다. 그러자 내 마음속에는 영생의 사랑이 불타올랐다.

그 때까지 나는 하느님과 인연 없는, 비참한 탐욕의 덩어리 같은 혼이었다. 그래서 지금 그대도 보다시피 징벌을 받고 있다.

탐욕의 소행이 어떤 것인지는, 개전(改悛)한 자들이 여기서 벌을 씻고 있는 광경을 보면 잘 알겠지만, 이처럼 고되고 괴로운 벌은 이 산에서는 달리 없으리라.

우리들의 눈은 생전에 지상의 것에 쏠리어 하늘을 우러르려 하지 않았다. 그래서 『하느님의』 정의가 여기서 우리들의 눈을 땅바닥에 눌러 댄다.

선에 대한 모든 사랑을 탐욕이 지워 버려 그 때문에 우리들의 행위는 무로 돌아갔는데,

그 때문에 『하느님의』 정의가 여기서 우리들의 손발을 묶어 단단히 눌러 대고 있다.

그리하여 정의의 주께서 뜻하시는 바대로 우리는 꼼짝 않고 땅에 납작하게 엎드려 있는 것이다.」

나는 무릎을 꿇고 말하려 했다. 그러나 내가 말하기 시작했을 때,

그는 내 목소리를 듣기만 하고도 내가 경의를 표하여 무릎 꿇은 것을 알고 말하였다.

「대관절 그대는 왜 그렇게 허리를 굽히는 건가?」

내가 대답했다. 「당신의 지존하신 지위를 생각하니 서 있었던 것이 양심에 찔립니다.」

「형제여, 다리를 펴라, 일어나거라!」 하고 그가 외쳤다. 「행여 달리 생각 말아라. 나는 그대나 다른 사람들과 마찬가지로 한 권위[15] 밑에 종사하는 종이다.

---

15) 한 권위란 하느님이다.

그대가 『사람은 결혼하지 않는다[16]』는 거룩한 복음 구절을 들은 바 있다면 내 이 말뜻을 잘 알 것이다.

자, 이제 가거라, 더이상 붙들지는 않겠다. 그대가 있으면 내가 한껏 울 수가 없구나. 눈물은 정죄의 열매를 무르익게 하기 때문이다.

나에게는 현세에 알라지아[17]란 이름의 조카딸이 있는데, 우리 집안의 나쁜 습성에 젖어 나쁘게 되어 버렸다면 할 수 없지만, 본시는 착한 아이로

내게 남겨진 것은 이 조카딸뿐이다.」

제 20 곡

다섯째 두렁길에서도 엎드린 사람들이 눈물을 흘리며 죄를 뉘우치고 있다. 재보보다도 청빈을 사랑한 마리아 · 화브리치오 · 니콜라우스의 예를 울면서 이야기한 자는 프랑스 왕가의 시조, 위고 치아페타이다. 그는 자기와 자기의 자손인 프랑스 국왕에 대해 말했는데 특히 최근의 그들의 난행을 비난한다. 치아페타는 이어서 탐욕이 처벌된 예를 차례차례 든다. 이야기가 끝났을 때 땅이 진동하더니 〈지극히 높은 곳에서는 주께 영광이요〉라는 노랫소리가 사방 팔방에서 들려온다.

보다 나은 의지에 대해선 보통 의지로는 못 당하는 법이다.

더 캐어묻고 싶었으나 그의 심정을 생각해서 나는 아직 흡족하지 못한 해면[1]을 물 속에서 꺼냈다.

---

16) 〈마태 복음〉 22장 30절에 『부활 때에는 장가도 아니가고 시집도 아니가고 하늘에 있는 천사들과 같으니라.』라고 씌어 있다. 교황도 죽어 버리면 『교회라는 신부의 신랑』뻘 되는 지위도 특권도 갖게 되지 않는다는 뜻이리라.

17) 알라지아는 휘에스키 가문에서 모로엘로 말라스피나에게 출가했다. 단테가 루니지아나에 머물렀을 때 그녀의 여러 가지 선행을 보았을 것이라고 추측되고 있다.

 1) 해면은 호기심을 가리킨다.

나는 걸음을 옮겼다. 길잡이도 바위를 따라 마치 성가퀴가 있는 성벽을 따라 가듯이 망자들이 없는 곳을 골라서 걸어갔다.

온 누리에 가득한 악[2]을 방울방울 흐르는 눈물로 말끔히 씻어내고 있는 영혼이 저쪽 길 가장자리까지 가득히 누워 있었던 것이다.

저주받을 지어다. 늙은 이리[3]여, 너는 한량 없이 욕심이 많아 그 어느 짐승보다 더 많은 먹이를 먹고 있다!

아아, 하늘이여. 현세의 모양이 하늘의 운행에 따라 변화한다고 세상에서는 믿어지고 있는 듯한데, 대관절 언제 이 이리[4]를 지옥으로 떨어뜨릴 자가 나타날 것인가?

우리는 천천히 걸었다. 망령들에게 마음을 쓰며 걷노라니 눈물 지으며 애달프게 탄식하는 소리가 들렸다.[5]

그리고 갑자기 「자비로우신 마리아여!」 하고[6] 신음하는 여인처럼 울부짖는 소리가 우리들 앞쪽에서 들려 왔다.

그 목소리가 연거푸 외쳤다. 「당신의 가난함은 당신이 그 거룩한 짐을 내려놓으신 마굿간의 모양으로서도 미루어 아나이다.」

그리고 또 계속했다. 「오오, 착한 화브리치오.[7] 당신은 악덕과 부귀를 함께 갖느니보다 미덕과 청빈을 함께 갖기를 즐겨하셨도다.」

나는 그 말을 기쁘게 느꼈으므로 더 자세히 알고 싶어 그 말을 한 혼에게 다가갔다.

그러자 그 혼은 다시 니콜라우스[8]가 처녀들에게 청춘의 나날을 정결하게

---

2) 탐욕이라는 죄악이다.
3) 지옥편 1곡 참조.
4) 지옥편 1곡 참조.
5) 가난을 괴롭게 여기지 않고 남에게 선심을 쓰는 예.
6) 〈누가 복음〉 2장 7절에 『맏아들을 낳아 강보로 싸서 구유에 뉘었으니 이는 사관에 있을 곳이 없음이러라.』 뒤의 거룩한 짐은 예수이다.
7) 가이우스 화브리치오는 로마의 집정관, 청렴 결백하여 뇌물을 거절하고 곤궁 속에서 죽었다.
8) 니콜라우스는 파리의 수호 성인이다. 3, 4세기 무렵의 사람으로 지참금이 없어 딸 셋을 출가시킬 수가 없어 몸을 팔게 하려던 한 시민의 집 창 너머로 돈을 던져 그 딸들을 구했다고 전해진다. 그 전설은 르네상스 회화의 주제로도 사용된다.

지내라고 아낌없이 베푼 선물에 대해서도 이야기해 주었다.

「아아, 그대는 참으로 좋은 이야기를 들려 주었는데」 하고 내가 말했다. 「그대의 생전의 이름을 말해 다오. 왜 그대 혼자만이 이런 선행을 새삼스럽게 말하는가?

종착을 향해 날으는 인생이라는 짧은 길을 마치기 위해 나는 현세로 돌아가는데, 그 때에 『그대를 위한 기도로써』 그대의 말에 대해 반드시 보답하도록 하리라.」

그러자 그 혼이 말했다.[9] 「나는 별로 현세로부터의 위로를 기대 하지는 않는다. 그러나 네 속에는 네가 죽기 전부터 참으로 훌륭하게 은총이 빛나고 있다. 그러므로 네게 이야기 하마.

나는 온 크리스찬 땅에 어두운 그늘을 떨구고 있는 악의 나무의 뿌리이다. 이 나무에 좋은 열매를 여는 일이 없어져 버렸다.

도아지오 · 릴라 · 구안토 · 브르지아[10]에게 만약 힘이 있다면 곧 복수 공격을 할 수 있을 것이다. 그렇게 되기를 나는 모든 것을 심판하시는 분에게 빌고 있다.[11]

나는 현세에선 위고 치아페타라 불리었다. 필립 왕과 루이 왕이 내 자손에서 여럿 나왔고[12] 그들에 의해 프랑스는 오늘날까지 다스려져 왔다.

나는 파리의 백정 아들이었는데, 그 무렵에 회색 옷 걸친 수도자 하나만을 남기고 구왕조의 혈통은 모조리 죽어 버렸던 것이다.

그래서 내가 왕국 통치의 고삐를 손아귀에 단단히 쥘 수가 있었다. 그리하여 새로이 손에 넣은 많은 권력과 수많은 친구들 덕분에 임자 없는 왕관

---

9) 이야기하는 자는 프랑스 왕 위고 카페(치아페타 : 재위 987~996)이다. 그러나 단테는 그의 아비 大위고(파리 백작 956년 사망)와 그를 혼동하고 있다. 그리고 카로링 왕조의 혈통이 끊어졌을 때 왕위를 계승한 것은 위고 치아페타(카페) 자신이지 그의 아들이 아니다.

10) 필립 르 벨과 그 아우 샤를르 드 발라는 1299년에 휘안드라에게 배신 행위를 한다. 삼 년 후에 프랑스군은 플랑드르군에게 패한다. 도아지오 · 릴라 · 구안토 · 브르지아는 플랑드르의 도시 이름이다.

11) 모든 것을 심판하는 분은 하느님이다.

12) 1060년부터 1300년에 걸쳐 프랑스의 왕위를 차지한 자 중에 필립과 루이는 네 명씩 뿐이다. 여기 그 이름과 사망 연대를 들면

을 내 아들 머리에 씌울 수가 있었다.

거기서부터 대대의 축복받은 뼈가 나온 것이다.

프로벤자의 『백작령이라는』 크나큰 지참금[13]에 눈이 멀어 내 일족이 수치심을 잃기 전까지는 힘이 없었을망정 나쁜 짓은 하지 않았다.

그러나 그 때부터 폭력과 거짓에 의한 약탈이 시작되었다. 그리하여 그 보상으로 폰티·노르망디·과스코니아를 또 빼앗았다.[14]

샤를르 또한 이탈리아로 남하하여 쿠르라디노를 회생시켰다.[15] 그리고 그 보상으로 토마스를 하늘로 돌려보내 버렸다.[16]

내가 짐작하는 바로는 앞으로 머잖은 장래에 또 다른 샤를르가 프랑스로부터 밖으로 나가 저와 제 부하의 정체를 한껏 드러내리라.[17]

大위고	956
위고 치아페타(카페) 왕으로 선출	987,966
로벨 1세	1031
앙리 1세	1060
필립 1세	1108
루이 6세	1137
루이 7세	1180
필립 2세	1223
루이 8세	1226
루이 9세(성 루이)	1270
필립 3세(르 아르디)	1285
필립 4세(르 벨)	1314

이상이 내용 중의 축복받은 뼈에 해당되는 것이다.

13) 프로벤자의 백작 라몬드 베링기에리(천국편 6곡 참조)가 죽은 뒤 샤를르 당쥬는 라몬드의 딸 베아트리체와 결혼하여 그 영지를 지배하에 두었다.

14) 『보상으로……빼앗았다.』 빈정거림이다.

15) 샤를르 당쥬는 나폴리 왕국을 탈취하기 위해 1265년 이탈리아로 남하하였는데, 1266년에는 만프레디를 무찔렀다(연옥편 3곡 참조). 쿠르라디노는 마지막 왕인데, 탈랴콧조 전투(지옥편 28곡)에서 패하여 1268년 10월 열 일곱 살에 목이 잘려 죽었다.

16) 토마스 아퀴나스는 1274년 나폴리에서 리용 공의회에 참석하기 위해 가다가 죽었다. 그 뒤 샤를르 당쥬에 의해 독살되었다는 소문이 퍼졌다.

17) 필립 르 벨의 아우 샤를르 드 발라는 1301년 11월 1일 오백여 기병을 이끌고 피렌체로 들어갔다가 다음해 4월 4일에 그 곳을 떠난다.

그는 군사도 거느리지 않고 유다가 겨룸하던 창[18] 한 자루를 들고 나타날 것인데, 그 창으로 찌르면 피렌체의 배는 찢어져 버릴 것이다.[19]

그는 땅은 얻지 못하나 죄악의 수치는 많이 얻을 것이다. 그리고 이런 나쁜 짓을 아주 가볍게 생각하고 있으므로 그만큼 『내세에서』 무겁고 쓰라린 벌을 받을 것이다.

또 포로로서 배에서 내린 또 하나의 샤를르[20]는 해적이 남의 노예 계집을 팔듯 자기 딸을 경매에 붙이고 있다. 이게 무슨 꼴인가,

아아, 탐욕이여. 내 가족은 너에게 열중되어 끝내는 가족도 친척도 돌아보지 않게 되어 버렸는데

대체 이보다 더한 나쁜 짓을 할 수 있는 것일까?

보니 백합꽃이 아라냐[21]에 난입하여, 그리스도의 대리자[22]를 사로잡았다. 이것에는 과거와 미래의 가지가지 죄악도 무색할 것이다.

그리스도가 또다시 조롱을 받고 다시 초와 쓸개를 맛보며 결국에 가서는 뻔뻔스레 살아 있는 도둑들 사이에서 살해되어 간다.

제2의 잔인 무도한 빌라도가 이 정도의 일로는 흡족하지 못하여 법령을 무시하고 탐욕의 돛을 달고 성전 안까지 들어간다.[23]

아아, 주여. 대체 복수를 볼 수 있는 기쁨을 내 언제 만날 수 있는가?

---

18) 유다가 겨룸질한 창이란 배신의 술(術)이다.

19) 흑당이 백당을 누른다(지옥편 6곡 참조).

20) 프리아의 왕 샤를르 당쥬 2세(연옥편 7곡, 천국편 6곡 참조)는 1243년에 태어나 1309년에 죽었다. 1284년 아라고나 왕 피에트로의 해군에게 나폴리에서 패하여 4년 동안 시칠리아에서 포로 생활을 보냈다. 그는 1305년에 나이 어린 딸 베아트리체를 에스티 후작 앗소 8세(연옥편 5곡 참조)에게 출가시켜 교환 조건으로 많은 선물을 받았다.

21) 아라냐는 아라니라고도 하며, 교황 보니파치오 8세의 출신지이며, 로마의 동남쪽에 있다. 교황은 즐겨 그 곳에 머물렀는데, 프랑스 왕 필립 르 벨, 『제2의 빌라도』의 부하(도둑)가 거기서 교황을 난폭하게 다루었기 때문에 보니파치오는 며칠 후인 1303년 3월 11일에 사망했다. 백합꽃은 프랑스 왕가의 가문(家紋)이다.

22) 그리스도의 대리는 보니파치오 8세이다. 이 교황에 대해서는 지옥편 6곡, 19곡, 27곡, 천국편 30곡 등을 참조.

23) 1307년, 1312년의 필립 르 벨에 의한 성당 기사단의 탄압을 가리킨다.

복수가 숨겨져 있기 때문에 주의 분노가 풀어져 감추어져 있는 것이 아닐까?

성신의 오직 하나뿐인 신부[24]에 대해 내가 말했을 때, 그걸 듣고 너는 내 쪽을 돌아보고 설명을 구했는데,

그 말은 낮에 우리들이 외는 기도에 이어지는 응답의 구절이다. 그러나 해가 지면 그 구절 대신 반대의 구절[25]을 왼다.

그 때 우리는 빅마리오네[26]에 대해 거듭 말한다. 배반자가 되고 도둑이 되어 친족을 죽이게까지 되었는가를.

또 욕심 많은 마이더스 왕의 비참한 꼴도 되뇌인다. 왕은 탐욕스러운 소원[27]이 지나쳤기 때문에 비참한 변을 당했는데, 그것은 오래오래 세상의 웃음거리가 되리라.

그리고 우리는 모두 미친 아간을 생각하고 그가 보물을 훔친 꼴이며, 지금도 여전히 그를 물어뜯을 듯이 성이 나 날뛰고 있는 여호수아 등에 대해 이야기 한다.[28]

그리고 삽비라와 그 남편[29]을 비난하고 엘리오도로[30]에게 가해진 발길질을 찬양한다.

폴뤼도로스[31]를 죽인 폴리네스톨의 오명은 연옥 산에 널리 퍼져 있다.

---

24) 마리아의 예를 위고 치아페타는 앞부분에서 말했다.

25) 반대인 탐욕의 예의 구절을 왼다.

26) 빅마리오네는 디도네의 오빠인데, 디도네의 남편인 시케오의 부(富)를 탈취하려고 그를 죽였다.

27) 마이더스 왕의 소원은, 그가 손으로 만지는 것은 모조리 황금으로 변하게 하는 것인데, 그 때문에 먹으려는 음식도 황금으로 변하여 식사를 할 수 없었다.

28) 여호수아가 아골의 고을을 점령했을 때, 보물을 제멋대로 훔친 아간을 돌로 쳐 죽이게 했다. 〈여호수아〉 7장 25절.

29) 삽비라와 그의 남편 아나니아는 땅을 판 돈 얼마를 감추어 신에게 거짓말을 했기 때문에 둘 다 죽었다. 〈사도행전〉 5장 1~11절 참조.

30) 엘리오도로가 예루살렘의 성당의 재보를 약탈하려 할 때, 말탄 사람이 갑자기 나타나 그를 발길로 찼다. 〈마카베오 후서〉 3장 25절.

31) 폴뤼도로스는 프리아모가 트라치아 왕 폴리네스톨에게 양육을 부탁한 아들인데, 트로이가 졌다는 것을 알자 폴리네스톨은 폴뤼도로스를 죽여 그가 가진 돈을 빼앗았다.

그리고 마지막으로 우리가 여기서 외친다.

『크라수스[32]야, 돈맛이 어떤지 잘 아는 너이니 가르쳐 다오.』 어떤 때는 크게 말하는 자도 있고 목소리를 낮추는 자도 있다.

그것은 말하고자 하는 의욕이 때로는 강하게 일어나고 때로는 약하게 변하기 때문이다.

그래서 낮에 우리는 선행의 예를 외는 것인데, 아까도 나 혼자만이 외고 있었던 것은 아니다. 단지 한 사람도 이 근처에서 목청을 돋운 자가 없었을 뿐이다.」

우리는 벌써 그를 떠나와 힘이 있는 한 되도록 빨리 가려고 애썼다.

그 때, 마치 무너질듯이 산이 흔들리는 것이 느껴졌다. 나는 소름이 끼쳤다. 사지(死地)로 가는 이가 느끼는 그런 오한이 등골을 스쳤다.

라토나가 델로스 섬[33]에 가서 잠자리를 만들어 하늘의 두 눈을 낳기 이전에도 그 섬이 이토록 진동한 적은 없었으리라 싶었다.

잇따라 사방팔방에서 요란한 외침 소리가 일어났다. 스승이 나를 돌아보고 말했다.「내가 있는 한, 걱정할 것은 없다.」

모두들 저마다 외친 것 같았는데, 그 외침 소리를 가까이서 들어 이해한 바로는 〈지극히 높은 곳에서는 주께 영광이요[34]〉 하고 노래하고 있는 것 같았다.

노랫소리를 처음 들은 저 목동들같이[35] 우리는 마음에 의혹을 품고 걸음을 멈추어 우두커니 선 채로 지진이 멎고 노랫소리가 끝나기를 기다렸던 것이다.

그러고 나서 다시 우리는 이 성스러운 길을 걷기 시작하여 땅에 엎드리고

---

32) 마르쿠스 루치니우스 크라수스(기원전 114~53)는 시저, 폼페이우스와 더불어 세 집정관의 한 사람이 되었다. 돈을 좋아했기 때문에 그를 죽인 파르티의 왕이 녹인 황금을 그의 목구멍에다 부었다.

33) 유노는 제우스가 라토나를 사랑하는 것을 질투하여 그녀를 도처에서 몰아냈다. 델로스는 그 때까지 표류하는 부도였는데, 섬이 그녀를 받아들이게 끔 제우스가 그 섬을 고정시켰다. 그녀는 그 섬에서 해의 신 아폴로와 달의 여신 다이아나를 낳았다.

34) 〈누가 복음〉 2장 14절 〈높은 곳에서는 주께 영광이요.〉

35) 그리스도 강생을 처음으로 들은 목동들. 〈누가 복음〉 2장 9절 참조.

있는 망자들을 바라보았다. 그들은 본래의 모습으로 돌아가 눈물을 흘리고 있었다.

이처럼 미칠 듯이 몰랐던 것을 알고자 한 적은, 만약 내 기억이 그릇되지 않았다면 그 때까지 한번도 없었다.

갈 길이 바빠 이유를 물을 수도 없었는데 그렇다고 내 힘으로는 짐작할 수가 없었다.

나는 생각에 잠긴 채 앞으로 걸어갈 뿐이었다.

제 21 곡

단테는 지진과 노랫소리에 대해 설명을 듣고 싶은 강한 욕구를 느낀다. 그 때 뒤쫓아온 망자가 비르질리오의 질문에 대답해 준다. 연옥에서는 누군가가 자기 영혼의 정화를 자각할 때 지진이 일어난다고 한다. 망자는 이어서 자신이 라틴 시인 스타시오임을 말하고, 앞에 있는 이가 비르질리오 자신인 줄도 모르고 비르질리오에의 열렬한 존경과 숭배의 정을 피력한다. 그 말을 듣고 단테는 저도 모르게 미소짓는다.

사마리아의 가엾은 여인[1]이 거기서 신의 은총을 구했던 그 물을 마시지 않고는 가실 수 없는 그런 자연의 목마름 때문에[2]

---

1) 사마리아의 여인에 대해서는 〈요한 복음〉 4장 7~15절을 참조. 예수가 우물가에 앉아 계실 때 사마리아 여인이 물을 길러옴을 보고 『내게 마실 물을 달라』 하셨으나 그 사마리아 여인은 그가 유대 인인 것을 알고 이를 거절한다. 이 때 예수 이르되 『이 물을 먹는 자마다 영원히 목마르려니와 내가 주는 물을 먹는 자는 영영 목마르지 아니하리니, 내가 주는 물은 그 속에서 영생하도록 솟아나는 샘물이 되리라.』 여인이 예수께 이르되 『주여, 이런 물을 내게 주사 목마르지도 아니하고 또 여기 물 길러 오지도 않게 하옵소서.』 갈구하는 그 물은 진리이다.

2) 아리토텔레스의 《형이상학》의 처음에 『사람은 모두 자연에 지식을 구한다.』라고 씌어 있다.

나는 괴로움을 당했다.

나는 길잡이의 뒤를 따라 복잡한 길을 종종걸음으로 걸었다. 그리고 하늘의 정의라고는 하나 응보에 우는 망자들에게 동정을 느꼈다.

그 때 갑자기 마치 〈누가 복음〉[3]에 씌어진 바 무덤에서 부활하신 그리스도께서 길을 가던 두 나그네에게 나타나심처럼

한 망령이 우리 앞에 나타나 뒤에서 다가왔다.

우리는 발밑의 망자들 무리에 정신이 팔려 그 자가 나타난 걸 모르고 있었는데 그가 먼저 말을 걸었다.

「내 형제여, 너희에게 평안이 있을지어다.[4]」 우리는 얼른 돌아보았는데 비르질리오가 그 자리에 어울리는 인사를 하고 이렇게 말했다.

「바라건대 주의 법정이 영을 내리시어 네가 평화로이 축복받는 무리 속에 끼게 되기를 빈다. 나는 그 법정에 의해 영겁의 형벌에 처해진 자다.」

「뭐라고!」 하고 그가 외치는 동안에도 우리는 여전히 길을 서둘렀다. 「만약 너희들이 하늘에 계신 주께서 허락지 않으신 망자라면 도대체 누가 주의 층계를 여기까지 안내했는가?」

그러자 스승이 대답했다.

「이 사람 이마의 표지는 천사가 그렸다. 이걸 보면 알 수 있으리라.

클로토[5]가 각자에게 할당해 준, 한 타래의 실을 이 사람의 몫만은 밤낮으로 물레질하는 여신도 아직 다 잣지를 못했다.

그래서 이 사람의 혼은 너나 나의 혼과 똑같지만 우리와 같이 보지 못하므로 혼자서는 위로 올라올 수가 없었던 것이다.[6]

그래서 내가 지옥의 넓은 입구[7]에서 불려 나와 내 학문으로 가능한 범위까지 그를 안내하고 있는 것이다.

---

3) 〈누가 복음〉 24장 13~15절 참조.

4) 『너희에게 평안이 있을지어다.』는 〈누가 복음〉 24장 36절에 있는 부활한 그리스도의 인사말이다.

5) 클로토가 사람의 생명의 실을 물레에다 할당한다. 주야로 물레질하는 여신은 라케시스이고, 그 실을 끊는 것은 아트로포스이다(연옥편 14곡, 연옥편 25곡 참조).

6) 아직도 육체를 벗어나지 못했기 때문이다.

7) 지옥의 넓은 문은 림보이다.

그런데 왜 아까 그렇게 산이 흔들렸는지 또 왜 해변에 이르기까지 모두들 목청을 합하여 외쳤는지 알고 있다면 까닭을 가르쳐 다오.」

스승이 이렇게 물었을 때 내 소망의 바늘귀에 실이 꿰어졌다. 그리고 해답의 희망이 비치기만 했는데도 벌써 나의 목마름이 가시어짐을 느꼈다.

망자가 대답했다.

「관습에 위배되는 일이라든가 이 산의 규정에 따르지 않는 그런 제멋대로의 일 같은 것은 여기선 일체 일어날 수가 없다.

여기서는 『현세에서 일어나는 그런』 변화란 아주 없다. 하늘 스스로가 자기 속으로 받아들이는 것 외엔 변화의 원인이 될 수가 없는 것이다.

비도 눈도 우박도 내리지 않고 이슬도 내리지 않는다. 서리가 내리는 것도 짤막한 세 층계[8]의 돌 위에만으로 한정되어 있다.

짙은 구름도 엷은 구름도 피어나지 않고 번갯불도 번쩍이지 않는다. 또 현세에서 자주 자리를 바꾸는 타우마스의 딸(무지개)도 볼 수가 없다.

메마른 공기도 아까 화제에 오른 저 베드로의 대리자가 서 있는 세 층계의 맨 위층에는 올라가지 않는다.

그보다 아래쪽에서는 아마 크고 작은 지진이 일어나는 듯하고

그는 땅 속에 숨어 있는 바람 때문일 것이다. 그러나 이 위에서는 까닭은 모르나 지진으로 흔들린 적이 없다.

여기서 진동이 일어날 때는 누군가가 영혼의 정화를 자각했을 때이다. 그 때 혼이 일어나 하늘을 향해 움직이기 시작한다. 그러면 예의 그 합창 소리가 거기 따라 계속된다.

죄가 씻어진 증거는 오로지 의지를 통하여 표시된다. 이 자유로운 의지가 갑자기 혼에게 작용을 하면 혼은 반가이 뜻을 받아들여 일어나 움직이기 시작한다.

전부터 혼은 그걸 원하고 있었지만 정이 허락질 않았다. 정은 신의 정의에 복종하고 자기의 뜻에 거역하여 일찍이 죄악을 추구했듯이 이제는 벌을 구하기 때문인 것이다.

이 옥에서 징벌을 당하며 나는 오백 년을 여기 누워서 지냈다. 바로 얼마 전에 보다 나은 곳으로 향하는 자유로운 의지를 느꼈다.

---

8) 연옥 문전의 세 층계의 돌에 대해서는 연옥편 9곡 참조.

이것이 네가 지진을 느끼고, 산중턱 일대의 경건한 혼의 무리로 하여금 주를 찬미하는 노래를 부르도록 한 원인이다. 아아, 주여 모든 자들을 어서 하늘로 보내 주소서.」

그 설명이 얼마나 고마웠던지 이루 다 말을 할 수가 없다. 목마름이 심했던 만큼 들이켰을 때의 기쁨도 그만큼 컸었다.

그러자 총명한 스승이 말했다. 「이제야 너희들을 사로잡는 그물의 정체며, 너희들이 빠져나가는 광경이며, 지진과 너희들의 환호의 까닭을 똑똑히 알았다.

그런데 상관 없다면 가르쳐 다오. 너는 누군가, 왜 이토록 오랫 동안 여기 누워 있었는지 네 입으로 그걸 나에게 들려 다오.」

「지존하신 제왕의 도움으로 용장 티토가 유다로부터 팔린『그리스도의』 피의 원수를 갚았을 무렵

현세에 있던 나는 아직 신앙은 갖지 않았으나 이름은 상당히 알려져 있었다.」 하고 그 망자가 대답했다.

「그 이름은 장래에도 전해져 나의 명예가 될 것이다.

나의 시풍은 수려하고 감미로워 트로사에 있었는데, 로마로 불려나가 거기서 이마에 미르토의 관을 썼다.

지금도 현세에서 나는 스타시오라 불리고 있다. 테베며 또 아킬레우스의 사적을 시로 읊었는데 제2부를 집필하는 도중『병으로』쓰러졌다.

수천의 사람들이 열렬한 시정에 감동되어 영감의 솟아남을 느꼈던 세찬 불꽃에서 나도 몸 속이 화끈 달아오름을 느꼈다. 그 불이야말로 나의『시적』정열의 불씨인 것이다.

《아에네이스》가 그 불길이다. 그것이 나에게는 시작(詩作)을 하게 한 어머니와도 같은 존재였다. 그것이 만약 없었던들 나는 한 푼의 값어치도 없었을 것이다.

현세에서 만약 비르질리오와 같은 시대에 살 수가 있었다면 이 연옥에서 벗어나기를 일 년쯤 연기해도 무방하다고 생각했을 정도이다.」

이 말을 듣자 비르질리오는 나를 보고 말없이 눈으로『가만 있거라』하고 말했다.

그러나 의지의 힘은 완전하지가 않다. 게다가 웃음이나 눈물은 각각 정념에서 유래되어 정념과 밀접하게 맺어져 있으므로 성실하면 할수록 의지를

따르지 않게 된다.

그래서 나는 순간 눈짓하는 이처럼 미소지었다. 그러자 스타시오는 입을 다물고 내 눈을 가만히 바라보았다. 눈에는 마음이 비치기 때문이다.

「너의 많은 노고가 최후에는 행복 속에서 끝나기를 빈다.」 그는 우선 그렇게 말하고 나서 물었다. 「왜 너는 얼굴에 미소를 지었느냐?」

여기서 나는 이러지도 저러지도 못하게 되었다. 한 사람은 말하지 말라고 하고 한 사람은 말을 하라고 한다.

무의식중에 나는 한숨을 내쉬었다. 그러자 스승이 눈치를 채고 「말해라. 저렇게 알고 싶어하니 설명해 줘라.」 하고 말했다.

그래서 내가 말했다.

「고대의 혼이여, 아마 너는 내가 웃은 것을 보고 놀란 모양인데 너는 더 놀라게 될 것이다.

내 눈을 천상으로 이끄는 이분이야말로 영웅을 노래하고 신들을 찬양하는 힘을 주었다고 네가 말한 비르질리오 바로 그분이다.

내가 이 이외의 이유로 웃었다고 생각한다면 그건 오해이다, 그렇게는 생각지 말아 다오. 이분에 대한 네 말이 나에게 미소를 짓게 한 것이다.」

벌써 스타시오[9]는 허리를 굽혀 스승의 두 다리를 안으려 했다. 그러나 스승이 말했다. 「그러지 마라. 너는 그림자[10]다, 네 앞에 있는 나도 그림자이다.」

그러자 그는 몸을 일으키며 말했다. 「이것으로 나의 당신에 대한 경애의 정을 알 수 있을 것이오.

우리들의 그림자뿐인 몸도 잊고 나는 그림자를 실지의 몸인 줄 알고 행동해 버렸구려.」

----

9) 시인 스타시오는 나폴리에서 서력 50년쯤 태어나 96년쯤에 죽었다. 트로사에서 태어난 것은 같은 시대 사람인 루치오 스타시오로, 이 두 사람은 중세에는 종종 혼동되었다. 스타시오는 주로 로마에서 지냈는데 그것은 베스파 시아누스 황제의 시대였으며, 그 무렵(서력 70년)에 황제의 아들 티토가 예루살렘을 점령했다.

10) 이 말은 단테와 가셀라의 포옹(연옥편 2곡)을 연상케 한다.

제 22 곡

　　여섯째 두렁길로 오르는 돌층계 도중에서 비르질리오는 스타시오에게 그가
죄를 저지른 이유를 묻는다. 스타시오는 다섯째 두렁길에서 탐욕의 죄가 아니
라 그것과 안팎을 이루는 낭비의 죄를 씻고 있었다고 한다. 스타시오는 이어서
그가 그리스도교를 신앙하게 된 경위를 말하고 나서·림보에 있는 라틴 시인들
의 소식을 비르질리오에게 묻는다. 과일이 주렁주렁 달린 나무가 여섯째 두렁
길에는 우거져 있는데, 그 나무 밑에서 대식(大食)을 훈계하는 소리가 들려
온다.

　　내 이마에서 죄악의 글자를 한 자 지워서 우리를 제6옥으로 보내 준 천사
는 벌써 우리들 뒤에서 멀리 떨어졌다.

　　「복되도다, 의를 구하여 목말라 하는 자는」 천사는 여기까지 말하고 더이
상 계속하지 않았다.[1]

　　이제까지의 어느 관문보다도 나는 한결 수월하게 피로도 전혀 느끼지
않고 재빠른 두 사람을 따라 걸었다.

　　그 때 비르질리오가 입을 열었다. 「사랑이 덕에 의해 불을 일으키면 불길
이 밖으로 보이는 한은 항상 다른 사랑에도 불을 붙인다.

　　그러므로 주베나레[2]가 지옥의 림보 속의 우리에게 내려와 자네의 나에
대한 경애의 정을 전해 주었을 때부터

　　나는 아직 생면 부지였지만 그러한 자네에 대해 강한 호의가 솟구침을
느꼈다. 그래서 지금 이 돌층계가 나에게는 너무 짧은 것같이 여겨지기조차
한다.

　　어디 알려 주지 않겠는가, 내 물음이 무례해서 예의에 벗어나는 점이

---

1) 〈마태 복음〉의 5장 6절에 『의에 주리고 목마른 자는 복이 있나니』로 되어
　　있는데 그 중에서 『주린다』는 말은 하지 않았다는 것이다. 결국 그 말은
　　연옥편 24곡에서 이용된다.
2) 주베나레는 라틴의 풍자 시인(47~130무렵)으로 시 속에 스타시오를 칭찬
　　한다.

있더라도 친구로서 용서해 다오.

그리고 이제부터 자네도 나에게 친구처럼 대해 다오.

대체 어떻게 자네의 마음속에 탐욕이 들어갈 여지가 있었단 말인가. 자네는 열심히 학문에 매진하고 아주 예지가 풍부한 사람이었다고 생각되는데?」

이 말을 듣자 스타시오는 살며시 미소를 지었다. 그리고 대답했다. 「자네의 정다운 한 마디 한 마디가 고맙게 몸에 스미는구나.

사실 흔히 있는 일이지만 진실된 이유가 숨겨져 있기 때문에 드러난 겉모습이 우리 안에 의혹과 그릇된 결론을 불러일으키듯이

자네의 물음을 들으니, 아마 내가 저 옥에 있었기 때문에 내가 현세에서 욕심쟁이였다고 자네는 생각하는 모양인데

사실 나는 너무 욕심이 없었던 걸세. 그것도 도가 지나쳐 낭비벽으로 되어 버렸기 때문에 그래서 수천 달 동안이나 벌을 받은 셈이다.

자네가 인간의 본성에 대해 거의 분노를 느끼듯이

『오오, 황금을 구하는 거룩한 주림이여. 왜 너는 인간의 욕망을 바르게 이끌려 하지 않느냐?[3]』하고 외친 그 시구를 읽고 홀연히 터득하여 내가 미망(迷妄)을 벗어날 수 없었던들

지금쯤은『지옥에서』짐덩어리를 굴리며 비참한 승부를 겨루고 있을 것이다.

그 때 나는 인간의 손이란 그 날개를 한없이 펼쳐 낭비하는 데 쏠릴 수 있음을 알고 다른 모든 죄와 함께 이 죄에 대해서도 떨리는 마음으로 뉘우쳤다.

그러나 무지로 인해 살아 있는 동안에도, 아니 죽음을 맞고도 뉘우치질 않아 그로 해서 머리를 깎인 채 환생하는 자가 또 얼마나 많은고!

여기서의 죄악은 그것과 정반대의 죄와 함께 푸르름을 시들게 하도록 되어 있다.[4]

그러므로 내가 몸을 씻기 위해 탐욕을 뉘우쳐 우는 자들 속에 있었던

---

3) 단테가 고의로 비르질리오의 시구 전후 관계를 무시하고 다른 뜻으로 들었을 것이라 한다. 탐욕과 낭비의 관계에 대해서는 지옥편 7곡 참조. 낭비의 죄를 뉘우치지 않는 자는 머리를 깎인 채 환생한다.

4) 이 옥에서는 그 낭비죄와 그것과 정반대인 탐욕의 죄가 다같이 씻기어지고 있다(푸르름을 시들게 하고 있다).

것은 그것과 반대되는 죄를 씻기 위함이었다.」

「그런데 자네가 요카스타스[5]에게 이중의 슬픔을 준 저 잔혹한 전쟁을 시로 읊었을 때는」 하고 목가의 시인[6]이 말했다.

「크리오[7]가 자네와 함께 읊은 내용으로 미루어 보면 자네는 그 당시 아직 신앙에 마음을 두지 않았던 것 같은데, 신앙 없는 선행이란 헛된 것.

만약 그렇다면 어떤 태양, 어떤 광명이 자네를 암흑에서 끌어내어 자네로 하여금 고기잡이[8]의 뒤를 따라 돛을 달고 가게 하였는가?」

그러자 스타시오가 대답했다. 「자네가 먼저 나를 파르나소스의 산으로 보내어 그 곳 샘물을 마시게 해 주었다. 그리하여 자네가 먼저 나에게 신에 대해 광명을 주었다.

밤에 등불을 등 뒤로 들고 가는 이는 자기에게는 소용이 없으나, 뒤따라 가는 사람을 위해 길을 비쳐 준다. 자네가 바로 그것이었다.

자네는 이렇게 말했었다. 『새로운 세기가 왔도다. 정의가, 인간의 시초의 때가 돌아오고 하늘로부터 새로운 자손이 내리는도다.』

자네로 하여 나는 시인이 되고 그리스도 신자가 되었다. 그러나 이제 스케치한 그림을 보다 더 잘 보이도록 하기 위해 손질을 해서 색칠을 해 보리라.

이미 온 세상은 영원한 왕국의 사자들이 씨를 뿌린 진실의 신앙으로 가득 차 있었다.

거기다 이제 말한 자네의 시구가 아주 적절하게 새로운 가르침을 베푸는 이들의 말에 부합되고 있었으므로 나도 그들을 곧잘 찾아가게 되었다.

그리하여 만나면 만날수록 그들이 거룩하게 여겨졌다. 그러므로 황제 드미시아노가 그들에게 박해를 가했을 때 그들의 통곡 소리를 듣고 나도 따라 울었다.

나는 현세에서 살아 있는 동안은 그들을 도왔다. 그들의 훌륭한 행동

---

5) 요카스타스는 오이디푸스의 어머니인데 뒤에 아내가 된다. 《테바이데》에 나온다.
6) 비르질리오는 《아에네이스》 외에 《모가집》, 《농사시》 등의 작품이 있으므 로 이런 표현이 나온다.
7) 크리오는 역사의 여신이다. 《테바이데》에 등장한다.
8) 고기잡이는 베드로이다.

거지를 볼 때마다 다른 종파를 존중할 마음이 나지 않았다.

그리하여 내가 시로써 테베레 강가로 그리스 인들을 데리고 가기 전에 나는 세례를 받았다.[9] 그러나 박해를 두려워하여 오랫 동안 이교도를 가장하고 숨은 그리스도 신자가 되었다.

이 미지근한 태도가 원인이 되어 나는 제4옥을 사백 년 동안이나 돌아야 했던 것이다.

그러나 자네는 내가 지금 말한 이 『신앙이라는』 선을 내 눈에서 가리고 있던 뚜껑을 들쳐 준 것이다.

만약 알고 있다면 함께 언덕을 올라갈 동안 가르쳐 다오.

어디 있는가, 옛 친구 테렌지오는? 체칠리오·푸라우토·바르로[10]는? 그들은 지옥에 떨어졌는지, 어디쯤 있는지 가르쳐 다오.」

「그들도 페르시오도 나도 또 다른 많은 사람들도」 하고 나의 길잡이가 대답했다.

「빛 없는 옥인 제1옥에서 살고 있다. 시의 여신의 젖을 누구보다도 많이 먹은 저 그리스의 시인[11]도 같이 끼어 있다.

우리는 자주 우리를 길러 준 어머니[12]가 살고 있는 저 『파르나소스의』 산 이야기를 한다.

에우리피데스도 우리들과 같이 있다. 안티폰테·신모니데·아카토레, 그 밖의 월계수 잎으로 이마를 장식하는 영광을 입었던 많은 그리스 인들이 있다.

그 곳에는 자네가 시로 읊은 사람들도 볼 수 있다. 안티고네·데이 레, 아르게아 그리고 옛날 그대로 아주 불쌍한 이스메네도 있다.[13]

---

9) 《테바이데》의 제9권에 이 삽화가 나온다.

10) 여기 나오는 시인들은 모두 림보에 나온다.

11) 호메로스를 가리킨다.

12) 기르는 어머니는 시의 여신 뮤즈를 말한다.

13) 《테바이데》 등 그의 작품 속에 나오는 인물로, 안티고네와 이스메네는 오이디푸스와 그의 어머니 요카스타스 사이에 난 딸. 데이 레는 디오메데스의 어머니. 아르게아는 폴뤼네이케스의 아내이며 데이 레와 자매이다. 란지아의 샘물을 가리킨 여인은 휩시 레(지옥편 18곡, 연옥편 26곡과 주를 참조). 테레지아와 그의 딸 만토에 대해서는 지옥편 20곡 참조. 데이다메아에 대해서는 지옥편 26곡 참조.

또, 거기에는 란지아의 샘을 가리킨 여인도 테레지아의 테티스와 데이다 메아와 그 자매들도 있다.」

이렇게 말하고 나서 시인들은 두 사람 다 입을 다물었다. 언덕을 다 올라 벼랑 밖으로 나가자 그들은 처음 보는 주변의 경치에 황홀해 있었다.

벌써 하루의 일을 마치고 네 명의 처녀가 물러 가고[14] 다섯 번째 처녀가 해의 수레를 타고 그 타오르는 뿔을 여전히 위로 향하고 있었다.

그 때 나의 길잡이가 말했다. 「나는 오른쪽 어깨를 바깥 가장자리 쪽으로 돌려 이제까지 왔던 대로 돌면서 산으로 오르는 게 좋을 듯하군.」

그래서 우리는 전과 같이 걸어갔으나 선택된 혼[15]이 동의했기 때문에 오른쪽 길을 선택하는데 주저할 필요는 없었다.

두 사람은 앞장서 걷고 나는 뒤에서 혼자 따라갔다. 두 사람의 토론을 듣고 있노라니 시라는 것을 이해할 수 있을 것 같았다.

그러나 그 기막힌 토론이 뚝 그쳤다. 가지가 휠 만큼 향기로운 과일이 주렁주렁 달린 나무가 한 그루 길 복판에 서 있었기 때문이었다.

아무도 못 올라가게 하기 위해선지 전나무가 위로 갈수록 홀쭉해지는 것과 반대로 이 나무는 아래로 갈수록 홀쭉해져 있었다.

산쪽 길가의 높은 바위에서는 맑은 물이 졸졸 흘러내려 그 나뭇가지의 푸른 잎을 적시고 있었다.

두 시인이 그 나무로 다가가니 나뭇잎 밑에서 한 마디 크게 외치는 소리가 들렸다. 「너희들은 이 과일을 먹어서는 안 된다.」

그리고 계속해서 외쳤다. 「마리아[16]는 자기 입보다도 『가나의』 혼인 잔치가 무사히 훌륭하게 치러지기를 걱정하셨다. 지금 그 마리아께서 너희들을 걱정하고 계신다.

또 옛적 로마 여신들은 마실 것은 물로써 만족하였다.[17] 다니엘은 음식을 천하게 여기고 지식을 구했다.

원시의 시대는 황금같이 아름다웠다.[18] 굶주리고 있었으므로 도토리도

---

14) 오전 열 시 지나서이다. 연옥편 12곡 참조.
15) 선택된 혼은 스타시오이다.
16) 이 마리아의 예는 연옥편 13곡에 이미 나와 있다. 주도 참조.
17) 〈다니엘〉 1장 참조.
18) 황금 시대에 대해서는 지옥편 14곡, 연옥편 28곡 참조.

맛이 좋았다. 목이 말라 있었으므로 냇물도 감로수였다.

꿀과 메뚜기가 사막의 세례자(요한)를 기르는 음식이었다.[19] 그러므로
그는 복음서에도 쓰여 있듯이

참으로 위대하고 빛나는 분이었다.」

제 23 곡

경건한 '망자들의 무리가 묵묵히 다가온다. 말라 비틀어져 눈도 움푹하고
피골이 상접한 모습이다. 그 중 한 사람인 포레제 도나티가 단테에게 말을
건다. 옛 친구끼리 다정스레 서로 이야기를 주고받는다. 포레제는 죽은 지
아직 오 년밖에 되지 않았으나 상냥한 아내 넬라의 기도 덕분에 벌써 연옥의
여섯째 두렁길까지 올라올 수가 있었다고 한다. 포레제는 끝으로 요즈음 피렌
체 여인들의 풍기가 단정치 못한 것을 한탄한다.

이렇게 하여 그 말 뜻을 알아보려는 희망 속에 마치 새를 쫓아 일생을
허비하는 이처럼 내가 푸른 잎 너머로 정신 없이 바라보고 있노라니

아버지보다 더 상냥한 스승이 나를 보고 말했다. 「아들아, 이제 가자.
우리에게 주어진 시간을 더 유효하게 써야만 한다.[1]」

나는 곧 얼굴도 발도 현자 쪽으로 돌렸다. 그들의 이야기를 들어 보니
걸어가는 것이 조금도 괴롭지 않은 그런 이야기였다.

그리자 갑자기 탄식과 노랫소리가 들렸다. 「주여, 내 입술[2]을」 그것은
기쁨과 한탄이 다같이 섞인 목소리였다.

---

19) 요한이 꿀과 메뚜기를 먹은 것에 대해서는 〈마태 복음〉 3장 4절, 그 위대
　　함에 대해서는 〈마태 복음〉 11장 11절, 〈누가 복음〉 7장 28절에 나와
　　있다.

1) 시간을 유효하게 쓰도록 하라는 훈계에 대해서는 연옥편 3곡과 연옥편
　　12곡을 참조.

2) 〈시편〉 1편과 15절 참조.

「오, 정다우신 아버님, 이 소리는 대체 무엇입니까?」하고 내가 묻자 스승이 대답했다. 「아마 자기들 짐의 매듭을 풀러 가는 망자일 것이다.」

마치 생각에 잠겨 여행하는 이가 길을 가다가 낯모르는 사람을 따라잡으면 지나쳐 가서 뒤돌아보기는 하나 걸음을 멈추지 않듯이

우리 뒤에서 우리보다 빠른 걸음으로 경건한 망자들의 한 무리가 묵묵히 다가와 지나치면서 놀란 듯이 우리를 뒤돌아보았다.

그들은 누구나가 모두 눈자위가 거무스레하게 움푹 꺼지고, 안색은 창백하고 몸은 말라 비틀어져 피골이 상접해 있었다.

에뤼식톤[3]이 못 견딜 만큼 굶주렸을 때라도 이토록 말라 비틀어져 가죽만 남은 적은 없었으리라.

나는 속으로 생각하며 중얼거렸다. 『이건 틀림없이 예루살렘을 잃은 자들일 것이다. 그 때 마리아 아무개 여인은 자기 자식을 잡아먹었다더군.[4]』

그 사람들의 눈자위는 구슬 빠진 반지와 흡사하였다. 사람의 얼굴에서 오모(OMO)[5]라는 글자를 읽은 이는 거기서 또렷이 M자를 보았을 것이다.

그 이유를 모르고서 그것을 믿을 수가 있겠는가? 물과 과일의 향기가 식욕을 돋구어 주기 때문에 그래서 이렇게 망자들의 모습이 야위어 버린 것을.

나는, 그 자들이 말라 비틀어진 이유도 피부가 거친 이유도 아직 똑똑히 알 수가 없었기 때문에 오직 그저 놀라서 그들의 굶주린 모습을 바라보았다.

그러자 갑자기 망자 하나가 움푹한 얼굴 속에서 눈을 내게로 돌려 나를 응시하더니 큰소리로 외쳤다. 「이게 어떻게 된 행복일까!」

---

3) 에뤼식톤은 텟살리아 사람으로 세레스의 성스러운 숲속에서 떡갈나무를 도끼로 찍었기 때문에 세레스에게 벌을 받고 심한 굶주림으로 고생했다.

4) 티토가 예루살렘을 포위했을 때 굶주림 때문에 유대 인 마리아라는 여인이 자기 자식을 잡아먹었다.

5) 지금은 이탈리아 어로 『사람』을 uomo라고 쓰지만 라틴 어 homo와의 중간인 omo라는 형식은 중세에서 곧잘 사용되어 《신곡》 속에도 나온다. 사람의 양쪽 눈과 눈썹이 OMO라는 글을 형성하고 있다고 사람들은 생각했던 것이다. 여기서는 말라 비틀어져 눈이 움푹 들어가 그것이 단순한 M으로 되어 버렸다는 것이다.

그 얼굴만 보고서는 알 수가 없었으나 그 목소리와 얼핏 스친 얼굴 표정에서 역력히 알았다.

이 『목소리라는』 불꽃이 아주 변해 버린 용모의 추억에 불을 붙였다. 그리하여 포레제[6]의 모습이 역력히 떠올랐다.

「너무 그렇게 쳐다보지 말게.」하고 그가 말했다.「나는 살빛도 잃었다. 이건 말라 붙은 딱지[7]다. 살도 말라 비틀어져 버렸어.

그보다 너는 어떻게 된 건가, 진실을 알려 다오. 그리고 너를 인도하는 그 두 분은 누군지 나에게 이야기해 다오.」

「네가 죽었을 때 나는 울었지만 지금 네 얼굴을 보니」하고 내가 그에게 대답했다.「너무나 변해 버려 그 때보다 더한 비탄의 눈물이 솟는구나.

주를 두고 묻겠는데 왜 너는 이렇게 말랐나? 너무나 놀라워 나는 마음의 갈피를 못 잡겠으니 내 의견은 묻지 말아 다오, 그릇된 말을 해 버릴 것 같구나.」

그러자 그가 대답했다.「영원한 『신의』 뜻으로부터 힘이 내려 그것이 이제 지나온 나무와 물 속으로 들어갔다. 그래서 이렇게 몸이 마르는 거다.

여기 있는 자들은 모두 울면서 노래를 부르고 있는데, 생전에 도가 지나치도록 잘 먹었기 때문에 여기서 굶주림과 목마름으로 몸을 본디대로 씻고 있다.

푸른 잎 가득히 내리는 물과 과일에서 풍기는 향그러운 내음이 우리들의 구미를 돋운다.

그래서 이 원을 돌 때마다 우리는 그 고통을 느낀다. 고통이라고 말했으나 위로라 해야 할는지도 모른다.

그리스도께서 흘리신 피로 우리를 구원했을 때 그로 하여금 엘리 엘리

---

6) 단테의 친구 포레제 도나티이다. 그의 형인 코르소 도나티에 대해서는 연옥편 24곡과 주 참조. 누이동생 피카르다에 대해서는 연옥편 24곡, 특히 천국편 3곡 참조. 포레제는 단테와 풍자시를 서로 주고 받았다. 그 시에 이미 포레제의 식도락에 대한 언급이 있다. 그는 1296년 7월 28일에 죽었다.

7) 말라 붙은 딱지란 백라창(白癩瘡)일 거라는 해석도 있다.

하고 외치게 한 바로 그 의지[8]가 우리를 나무 밑으로 인도하기 때문이다.」

그래서 내가 말했다.

「포레제, 너는 세상을 바꾸어 보다 좋은 삶으로 들어간 날부터 헤아려 보면 오늘까지 아직 오 년이 넘지 않는다.

죄를 더이상 저지르지 못하게끔 그 힘이 너에게서 사라진 것은 아마도 사람과 신이 다시 맺어지는 바로 그 좋은 슬픔[9]의 순간이었다.

그렇다면 어떻게 너는 벌써 이 위에까지 왔나? 나는 네가 저 『현세의』 시간과 같은 시간을 보상하기 위해서 저 산 밑에 있는 줄만 알았다.」

그러자 그가 대답했다. 「내 아내 넬라가 눈물로 기도를 해서 나에게 곧 가책의 쓴 술을 마실 수 있도록 이 곳에 데리고 와 주었다.

경건한 기도와 탄식으로써 그녀는 나를 예정되어 있던 곳에서 데리고 나와 다른 옥을 지나쳐 나를 위로 끌어올려 주었다.

내가 그지 없이 사랑한 아내는 오직 혼자서 선행을 베풀고 있다. 그것이 유례 없이 드문 일이니 만큼 주의 뜻에 맞아 사랑을 받고 있는 것이다.

사르디니아의 바르바지아[10]여인들 편이 내가 아내를 남겨 놓고 온 그 바르바지아보다는 한결 정숙할 정도이다.

정말이지 내가 뭐라고 말해야만 좋을까? 미래의 때가 나에게는 벌써 보인다. 그것도 지금부터 그리 멀지 않은 미래가 말일세.

그 때가 되면 피렌체의 파렴치한 여인들이 허연 앞가슴을 드러내고 젖꼭지를 내놓고 다니는 것을 금하는 금지령[11]이 내릴 것이다.

도대체 미개의 여인이든 사라센 여인이든간에 그 가슴을 가리고 걷게 하기 위해 교회나 그 밖의 금지령이 필요했던 예가 있었을까?

---

8) 주의 뜻에 자기들의 뜻을 맞추려는 소망이다. 〈마태 복음〉 27장 46절, 『제 구시 즈음에 예수께서 크게 소리질러 가라사대 엘리 엘리 라마 사박다니 하시니 이는 곧 나의 하느님, 나의 하느님, 어찌하여 나를 버리셨나이까 하는 뜻이다.』

9) 좋은 슬픔이란 임종을 가리킨다.

10) 사르디니아 섬의 바르바지아는 문란함으로 소문나 있었다. 포레제가 아내를 남겨 둔 그 바르바지아란 피렌체를 말하는 것이다.

11) 빌라니의 《연대기》 제9권 245장에 1324년에 제정되었던 여자의 사치 금지의 법령이 보인다.

그러나 이 파렴치한 계집들도 머지않아 천벌이 내린다는 것을 안다면 지금쯤 벌써 큰소리로 울부짖고 있을 것이다.

내 짐작에 그릇됨이 없다면 지금 자장가 속에 잠들어 있는 어린 아이들은 턱에 수염이 채 나기도 전에 비참한 변을 당할 것이다.

자, 이제 너도 숨김 없이 신상 이야기를 털어놓아라. 나뿐만 아니라 이 자들도 모두 네가 해를 가리고『그림자를 떨구고』있는 근처를 보고 놀라고 있다.」

그래서 내가 그에게 대답했다. 「네가 나와 더불어 지낸 생활, 또 내가 너와 더불어 지낸 생활, 그것을 돌이켜보니 벌써 마음이 무거워진다.

그런 생활에서 나를 끌어내어 준 것은 내 앞을 가는 이분이다. 며칠 전[12]에 「저것의」하고 나는 해를 가리켰다.

「저것의 누이동생[13]이 둥글게 보였을 때의 일이었어. 이분이 나를 참다운 죽은 자의 깊은 밤[14]을 통하여 안내해 주었다. 나는 참다운 육체를 걸친 채 이분을 따라왔다.

이분 덕택에 나는 위로 올라올 수가 있었어. 그리하여 세상의 악으로 해서 비뚤어진 너희들을 바로잡는 이 산을 여러 번 돌아서 나는 올라왔다.

내가 베아트리체 있는 곳에 이를 때까지 나를 안내해 주시겠다고 이분이 말씀하셨어. 그러나 거기 도착하면 그 때는 헤어져야만 한다.

그렇게 말씀해 주신 이분은 비르질리오다. 그리고 또 한 분[15]은」하고 나는 손으로 가리키며 말했다. 「지금 막 너희들 고장에서 밖으로 나온 혼이다.

그래서 이 산중턱의 벼랑이 모두 진동했던 거다.」

---

12) 정확하게는 5일 전의 성 목요일 밤이 만월이었다. 지금은 부활절인 화요일 정오 가까이다.

13) 해의 누이동생은 달이다.

14) 참다운 죽은 자의 깊은 밤은 지옥이다.

15) 다른 한 사람은 스타시오인데, 그는 비르질리오만큼 유명하지 않았고, 포레제들에게 있어서도 연옥에서 천국으로 가는 것이 보다 중대한 관심사 이므로 다음 행에 있는 표현을 취한 것이다.

제 24 곡

포레제 도나티가 대식의 죄를 씻고 있는 동료로서 루카의 보나준타와 그 밖의 사람들을 알려 준다. 보나준타가 뒷날 단테에게 호의를 베풀어 줄 루카의 여성 젠투카의 이름을 댄다. 그들은 또 『청신체(淸新體)』파의 시법(詩法)에 대해 질의를 주고받는다. 포레제는 헤어질 때 단테의 정적인 자기 형 코르소 도나티의 최후를 예언한다. 여섯째 두렁길의 둘째 나무가 저편에 보인다. 천사가 나타나 세 시인에게 길을 꺾어 돌아가라고 상냥하게 일러 준다.

말이 걸음을 늦추지도, 걸음이 말을 늦추지도 않았다. 우리는 이야기를 하면서 순풍에 돛단 배모양 기세 좋게 걸었다.

그러자 두 번 죽음을 맞이한 것 같은 망자들이 내가 살아 있는 것을 알고 깊숙한 눈망울 속에서 경탄의 눈을 번쩍이고 있었다.

나는 계속하여 『포레제에게』 말했다. 「저분[1]은 다른 사람들을 위해서 본래의 걸음보다 천천히 올라가고 있는지도 모른다.

헌데 알고 있다면 말해 주지 않겠나, 피카르다[2]는 어디 있나? 또 나를 보고 있는 이 자들 중에 누구 유명한 사람은 없나?」

「내 누이는 예쁘다고 할지, 착하다고 할지 말하기 어려우나 이제는 벌써 올림퍼스의 높은 곳에서 영원한 승리의 관을 쓰고 자랑스러워하고 있다.」

그는 우선 이렇게 말한 다음 덧붙였다.

「여기서는 이름을 대는 걸 금지당하고 있진 않다. 굶주림 때문에 모두들 용모가 완전히 변해 버렸기 때문이다.

이 사람은 보나준타,[3] 루카의 보나준타다.

그 뒤에 있는 누구보다도 심하게 여윈 얼굴은 본래 성스러운 교회를 수중에 넣었던 사람이다.

토르소 출신으로 이제는 단식함으로써 볼세나의 뱀장어와 백포도주의

---

1) 저분은 스타시오이다.

2) 피카르다에 대해서는 천국(올림퍼스)편 3곡 참조.

3) 보나준타 우르비치아니 다 루카.

죄를 뉘우치고 있다.[4]」

그 밖에도 많은 사람의 이름을 그가 차례차례 댔으나 모두 이름 불리우는 것을 흐뭇해 하는 모양으로 누구 하나 얼굴을 찌푸리지는 않았다.

우발디니 달라 필라[5]가 허기진 나머지 허공을 깨물어 씹고 있었다. 대주교의 목장(牧杖)으로 많은 사람을 기른 보니파치오[6]도 보였다.

또 마르케제도 보였다. 이 사람은 일찍이 포를리에서 지금처럼 목마름을 느끼지 않았음에도 술마시기로 세월을 보냈다.

나는 수많은 사람 가운데 특별히 한 사람을 골라내는 이처럼, 아까 그 루카 사람에게 마음을 썼다. 아마도 그는 줄곧 나의 신상을 알고자 하는 눈치다.

그가 무엇인가 중얼거리니 그들을 이처럼 여위게 하는 높으신 공의가 내리는, 이 고통에서 나오는 「젠투카[7]」 하는 소리가 들리는 듯했다.

「오, 너는 나와 이야기하고 싶은 눈치인 듯한데」 하고 내가 말했다. 「나에게 꼭 이야기해 다오. 너의 말로써 너와 나의 갈증이 충족되리라.」

그러자 그가 말했다. 「여자가 하나 태어났다. 아직 너울은 쓰지 않았지만 그 여자 덕분에 내 고장은 누가 뭐라든 네 마음에 드는 고장이 될 것이다.

너는 이 예견을 가슴에 간직하고 그 고장으로 가게 된다. 설사 네가 나의 독백을 오해했다 할지라도 사실이 너에게 더 많은 것을 설명해 줄 것이다.

---

4) 교황 마르티노 4세(1281~1285). 델라 라나의 주석에 다음과 같은 이야기가 씌어 있다. 『식도락의 죄에 있어서는 굉장히 죄 많은 사람이었다. 좋아하는 음식은 여러 가지 있었지만, 특히 뱀장어를 좋아해서 포르세나 호에서 잡아오게 하여, 백포도주에 담가 빠져죽게 만들어 그걸 식탁에 구워 놓게 했다. 무척 좋아해서 일 년 내내 그걸 먹었으며, 자기 방에서까지 뱀장어를 포도주에 담갔을 정도였다. 먹는 것에 대해서는 절도를 완전히 잃고 있었다.』

5) 우발디니 달라 필라는 추기경 옷타비아노(지옥편 10곡)와 우고린 닷소(연옥편 14곡)의 형제이며, 대주교 룩지에리(지옥편 33곡)의 아비이다.

6) 제노바의 라바냐 백작 휘에스키 가문의 출신으로 1274년부터 1295년까지 라벤나의 대주교였다.

7) 젠투카. 단테에게 호의를 베풀어 준 루카의 여성 이름을 시인이 감사의 뜻에서 《신곡》에다 삽입한 것이리라. 결혼을 하면 여자는 너울을 쓰는데 과부는 흰 너울을 썼다(연옥편 8곡 참조).

자, 말해 다오, 내가 지금 보고 있는 네가 그『여인들이여, 사랑을 알게
된 그대[8]들은』으로 시작되는 저 새로운 시를 만들어 낸 바로 그 사람인가?」

　그래서 내가 그에게 대답했다. 「나는 사랑에서 영감을 받았을 때 붓을
든다. 마음속에서 사랑이 읊는 대로 나는 글을 써 간다.[9]」

　「아, 과연」 하고 그가 말했다. 「과연 너의 청신체설을 들어 보니 왜 공증
인[10]과 구이토네나 내가 너희에게 뒤떨어지는지 까닭을 알겠구나.

　하긴 너희들은 펜을 사랑이 말해주는 대로 따름으로써 그런 힘을 얻었지
만 우리들의 펜은 그렇지 못했다.

　이 이상 캐어 봤자 양 파(兩波)의 차별에 대한 짐작이 갈 리도 없겠지.」
이렇게 말하고 아주 만족스레 입을 다물었다.

　나일 강변에서 겨울을 나는 철새가 때때로 하늘에 무리를 지었나 하면
별안간 줄을 짓고 날아가듯이

　거기 있던 한 무리의 사람들도 몸이 마른 탓인지 마음씨 탓인지 가볍게
방향을 돌리더니 종종걸음으로 가 버렸다.

　그러자 뛰다가 지친 자가 같이 가던 자를 앞에 보내고 뛰는 가슴이 가라
앉을 때까지 걸어가듯이

　포레제는 거룩한 그들을 먼저 보내고는 뒤에 처져 우리와 함께 걸어가면
서 이렇게 말했다. 「언제 또 너를 만날 수 있을까?」

　「글쎄」 하고 내가 대답했다. 「앞으로 몇 년 더 살지 모르나 나는 내가
바라는 만큼 빨리 이 곳에 돌아올 것 같지는 않다.

　내가 살게끔 태어난 곳[11]은 아무튼 날이 갈수록 선(善)이 소멸되어 비참히
파멸해 가도록 운명지어지고 있는 것 같다.」

　「그럼 가 보아라.」 하고 그가 말했다. 「나에겐 보인다, 죄악이 사라진
적 없는 골짜기[12] 쪽을 향해 그 파멸의 최고 책임자가 짐승 꼬리에 묶이어
끌려가는 것이.

---

　8) 이 시는 《신생》의 19장에 있다.
　9) 『청신체』(dolce stil nuovo)의 시기(詩技)를 풀이했다 할 수 있을 것이다.
　10) 통칭을 공증인이라 불리우고 있던 야코보 다 렌티노이다. 보나준타며 구이
　　　토네 다렛소(연옥편 26곡 참조)와 함께 시칠리아 파에 속한다.
　11) 단테가 살게끔 태어난 고장은 피렌체이다.
　12) 죄가 사라진 적이 없는 골짜기는 지옥이다.

짐승은 걸음의 속도를 빨리하여 그 자[13]를 마구 때려 눕힌 끝에 추악하게 변한 시체를 버리고 간다.

이 이상 더는 말 못하지만 별이 그렇게 몇 년이나 하늘을 돌기 전에」 하며 그는 눈을 하늘로 향했다. 「이 말 못하는 것까지 분명해질 것이다.

자, 이제 너를 두고 가겠다. 이 나라에는 시간이 아주 귀중하다. 너와 함께 보조를 맞추었기 때문에 나는 상당히 시간을 잃었다.」

기마로 진군하는 일대 중에서 때로 기사 하나가 말을 몰아 먼저 달려 선진(先陣)의 공을 겨루듯이

그는 우리로부터 큰 걸음으로 뛰어서 떠나갔다. 나는 이 세상의 군사(軍師)라고도 할 만한 두 분과 도중에 남게 되었다.

이렇듯 그가 우리들 앞쪽에서 아득히 멀어져 내 눈이 그의 모습을 쫓고 내 머리가 그의 말을 다시 뒤쫓고 있었을 때

때마침 길모퉁이를 응시하고 있는 내 눈에 푸르게 우거진 또 한 그루의 나무가 멀지 않은 곳에서 보였다.

보니 사람들이 나무 밑에서 두 손을 벌리고 마치 먹을 것을 달라고 떼쓰는 어린 아이처럼 우거진 잎을 향해 알아듣지도 못할 말을 외치고 있었다.

그들이 구걸을 해도 구걸을 당한 쪽은 대꾸를 하지 않았다. 대꾸는커녕 애라도 태우듯이 그들이 원하는 것을 높이 쳐들고 숨기려고도 않는다.

이윽고 그들은 단념한 듯이 가 버렸는데,

우리도 곧 많은 사람들의 기도와 눈물을 매정하게 물리친 이 큰 나무 밑으로 왔다.

「여기는 가까이 오지 말고 그냥 지나가거라. 이브가 과일을 깨물었던 나무는 이 위에 나 있는데 이 나무는 그 나무에서 생겨난 것이다.」

이렇게 누군가가 나뭇가지 사이에서 말했다. 그래서 비르질리오도 스타시오도 나도 서로 몸을 바싹 붙이고 산중턱 쪽으로 지나갔다.

「기억하라.」 하고 그 목소리가 외쳤다. 「구름에서 생긴 저주받은 켄타우

---

13) 피렌체의 흑당 우두머리 코르소 도나티, 즉 말하고 있는 포레제 도나티의 형이다. 피렌체에 화를 빚어낸 자로 1308년 9월15일 반역죄에 몰려 도망 치다가 말에서 떨어져 적의 손에 잡혀 죽었다.

로스[半人半馬]¹⁴⁾를. 그들은 포식한 끝에 그 『인마(人馬)』 이중의 가슴으로 테세우스와 싸웠다.

기억하라, 헤브라이 인들을. 술을 너무 좋아한 나머지 그들은 기드온이 미디안을 향해 언덕을 내려갔을 때 기드온의 동료로서 끼지를 못했다.¹⁵⁾」

이렇듯 우리는 대식의 죄가 얼마나 비참한 형벌을 당하는지를 들으면서 길 한쪽으로 몸을 웅크리고 거기를 빠져나갔다.

그런 다음 다시 몸을 펴고 탄탄하고 쓸쓸한 길을 따라 모두 생각에 잠겨 말 한 마디 하지 않고 앞으로 향해 천 걸음은 걸었을 것이다.

「대체 무얼 그렇게 생각하며 셋이서 가는가?」하고 갑자기 목소리가 들렸다. 나는 갓 태어난 겁먹은 짐승처럼 몸이 떨렸다.

머리를 들고 누군지 정체를 보려고 했는데 거기서 내가 본 사람은 도가니 속이라 할지라도 그렇게 붉게 빛나는 유리나 쇳덩이는 볼 수 없을 만큼 붉게 빛났다.

그 자가 우리에게 말했다. 「더 위로 오르려거든 여기서 꺾어 돌아 가거라. 평안을 찾아가는 자는 모두 여기를 지나간다.」

그 모습을 우러르니 눈이 부셔서 앞이 아찔했다. 나는 그래서 목소리로 길을 찾는 이처럼 손을 더듬어 스승의 뒤에 몸을 숨겼다.

그랬더니 새벽을 알리는 오월의 산들바람이 화초의 향기로 가득 차서 향기롭게 부근 일대에 나부끼듯이

바람이 내 이마 한복판에 불어와 날개가 움직이는 것이 또렷이 느껴지며 거기서 향긋한 공기가 떠도는 것이었다.

그리고 귓전에서 목소리가 들렸다. 「복된 자로다, 주의 은총 받은 이들. 그들은 일찍이 지나친 소망의 불을 가슴 속에 붙인 일 없고,

그 자들의 굶주림은 일찍이 도를 넘친 일 없도다.¹⁶⁾」

---

14) 켄타우로스들은 페리토스와 히포다메아의 혼인 잔치에 초대되었는데 술에 취해 신부를 강간하려 했기 때문에 큰 싸움이 벌어져 테세우스가 여러 명의 켄타우로스를 죽였다.

15) 〈사사기〉 7장 참조.

16) 연옥편 22곡과 주 참조. 이 구절은 단테가 〈마태 복음〉의 구절을 고쳐서 식도락에 대해 훈계한 것이다.

제 25 곡

시각은 부활절의 화요일 오후 두 시가 지나서이다. 단테는 영양을 취할 필요가 없는 연옥의 혼이 왜 마르느냐 하는 의문에 사로잡힌다. 스타시오가 그 점을 자세히 설명해 준다. 세 사람은 마지막 원인 일곱째 두렁길에 도달한다. 거기서는 호색의 죄를 범한 망자들이 맹렬한 불 속에서 죄를 씻고 있다. 망자들이 정조를 지킨 이들의 이름을 부르는 소리가 불 속에서 들려 온다.

지체 없이 올라가야할 시간이었다. 태양은 자오선을 금오궁(金午宮)에, 밤은 자오선을 천갈궁(天蝎宮)에 버렸다.[1]

필요에 의해 서두르는 자는 그 앞에 무엇이 나타나든 멈추지 않고 서둘러 간다.

그와 마찬가지로 우리는 틈새로 해서 안으로 들어가 하나씩 하나씩 돌층계를 올라갔는데,

길이 좁았기 때문에 따로따로 떨어지지 않을 수가 없었다.

마치 황새 새끼가 날으려고 날개를 폈다가 그만 날을 기력이 없어 다시 날개를 접는[2] 그런 식으로, 나는 묻고 싶은 생각에 사로잡혀 말을 하려고 했다가 그만 말문을 열 기력을 잃어버렸다.

여전히 갈 길을 재촉하는 중에 인자하신 스승이 걸음을 늦추지 않고 말하시길 「활촉까지 당겨진 말의 활이니 쏘도록 해라.」

그래서 나는 마음놓고 입을 열어 물었다. 「영양을 취할 필요가 없는 자들이 대체 왜 야위는 것일까요?」

「만약 네가 화톳불이 사위었을 때 멜레아그로스의 생명도 다한 것을 상기한다면[3]」 하고 스승이 말했다. 「너도 이건 쉽게 이해할 수 있을 것이다.

그리고 거울 앞에 서면 네 영상을 볼 수 있는 것처럼 얼핏 보기에 이해하기 어려운 것도 실은 쉽게 이해될 것이다.

---

1) 연옥에서는 오후 두 시, 예루살렘 부근에서는 오전 두 시의 별 위치이다.

2) 황새의 비유는 천국편 19곡에도 있다. 어느 것이나 단테의 박물학자적 측면을 나타내는 관찰이라 할 수 있을 것이다.

네가 충분히 납득이 가게끔 지금 여기서 스타시오에게 부탁해서 너의 『의문이라는』 상처를 고치도록 하자.」

「자네 앞에서 내가」 하고 스타시오가 대답했다. 「영원의 섭리를 그에게 설명한다는 것도 우습지만 자네 부탁이니 매정하게 거절할 수가 없군.」

그렇게 말하고 나서 그가 말하기 시작했다. 「아들아, 네가 주의깊게 내 말에 귀를 기울인다면 너의 『왜』라는 의문에 해명의 빛이 비칠 것이다.

가장 순수한 혈액은 식탁 위의 음식처럼 목마른 혈관으로 빨려 들어가지 않고

그 혈액이 심장 속에서 사람의 온몸을 형성하는 힘을 얻는다. 마치 혈관 속에 흘러들어간 혈액이 사람 몸의 양분으로 변하는 것과 비슷한 이치다.

그 혈액은 맑아져서 아래로 내려간다, 말하기 꺼리는 부분이다. 그리하여 거기서부터 자연의 그릇[4] 속에서 타인의 혈액 위에 방울져 흐른다.

그래서 피와 피가 섞이는 것인데, 하나는 수동이고 다른 하나는 완전한 곳[5]에서 나왔으니 만큼 능동의 피다.

그것이 상대의 피와 합쳐지면 작용을 시작하여 우선 응고시키고 있어서 그 물질에 의해 고형화된 것에다 생명을 부여한다.

이렇듯 『정액의』 능동력에서 혼이 만들어졌다. 식물성 혼이므로, 단지 보통의 식물성이라면 벌써 여기서 끝나지만, 이것은 그것과는 달라 아직 성장의 과정에 있다.

능동력이 계속되어 이윽고 해파리 같은 것이 꿈틀거리기 시작한다, 감각도 있는 듯하다. 그리고 그것이 자기 속에 간직하고 있던 여러 능력의 기관을 키우기 시작한다.

아들아, 이렇게 하여 낳는 자의 심장에서 나온 형성력이라는 것은 오체형성(五體形成)의 자연의 필요에 따라 어느 때는 퍼지고 어느 때는 오므라든다.

---

3) 왕비 알테아가 멜레아그로스를 낳았을 때 운명의 실을 잣는 세 여신이 나타나, 아이의 생명은 난로에 타고 있는 나무토막만큼도 유지되지 않으리라고 예언했다. 그 후 멜레아그로스가 형제를 죽였을 때, 어머니는 얼굴을 돌리며 타오르는 장작더미 위에 운명의 나무 조각을 던졌다.

4) 자궁을 가리킨다.

5) 심장을 가리킨다.

그러나 어떻게 해서 이 동물이 사람으로 되는지 너는 그 점을 아직 모를 것이다. 이 점은 이미 너보다도 슬기로운 사람[6]도 과오를 범했을 만큼 몹시 어려운 점인 것이다.

그것은, 그의 이론에서는 가능지(可能知)에 해당되는 기관이 인정되지 않는다고 해서 가능지가 혼에서 격리되어 버린 것이다.

이제 너에게 진리를 설명할 테니 가슴을 확 열고 들어 보라.

알겠느냐, 태아에게 뇌의 조직이 완성되면 시초의 발동자는 곧 태아에게 자연의 이러한 조형을 찬양하여 힘찬 새 영혼을 그 속에 불어넣는다.

영혼은 거기 있는 능동성인 것은 모두 자기의 실체 속에서 받아들여 오직 하나의 영혼이 된다.

그것은 살아서 느끼고 나아가서는 스스로 움직인다.

뭐, 이 말을 들었다고 그리 놀랄 것은 없다. 이를테면 태양의 열을 봐라, 포도 줄기에서 흐르는 즙에 태양의 열이 가해지면 술이 되지 않는가.

『생명의 실을 잣는』라케시스의 실이 끊어졌을 때, 혼은 인성과 신성을 실질 속에다 갖춘 채 육체의 고삐를 벗어난다.

다른 능력은 모두 침묵해 버리지만 기억력·지력·의지력은 전보다 더 예민한 활동을 개시한다.

그리하여 혼은 쉬지 않고, 놀라운 일이지만 스스로 『지옥이나 연옥의』 어느 강가에 떨어져 거기서 비로소 자기 갈 길을 깨닫는다.

영혼의 거처가 정해지면 형성력은 주변을 향해 살아 있는 때와 마찬가지로, 또는 같은 정도로 빛을 떨친다.

그리고 마치 비를 머금은 대기가 그 속에 반사하는 다른 것(태양)의 광선에 의해 색색으로 『무지개가 되어』 빛나듯이

혼이 멈춰서면 그 주변의 대기는 혼이 그 힘에 의해 거기에 표시하는 대로의 형태를 이루게 된다.

그리하여 불이 어디로 가건 불길이 그것을 따르듯이 그로부터는 혼의 뒤에 그 새로운 형태가 따르게 된다.

그리하여 혼의 모습은 이후부터 그것에 유래되므로 그래서 그림자라 불리운다. 그리고 그 기체에서 오관을 만들어 내고 시각까지 갖추게 된다.

---

6) 아베로에즈를 말한다.

그 덕분에 우리는 말을 하고 웃는다. 그 덕분에 우리는 눈물을 짓고 한숨을 쉰다. 너도 아마 이 산에서 그 소리를 들었을 것이다.

욕망이나 그 밖의 감정이 우리들의 혼에 닿으면 그것에 따라 그림자도 모습이 변한다. 그리고 이것이 너의 경탄의 원인인 것이다.」

우리는 벌써 마지막 원의 구부러진 길에 이르러 오른쪽을 향해 걸으면서 우리는 다른 일에 정신을 빼앗겼다.

그 곳 산중턱에서 불길이 밖을 향해 내뿜는데, 길가에서는 바람이 아래서부터 불어 올라와 그것이 불길을 되돌리므로 길이 가까스로 트였다.

그래서 우리는 그 약간 트인 길 가장자리를 한 사람씩 조심해서 걸어갔으니, 나는 왼편은 불이 무서웠고 오른편은 아래로 떨어질까 무서웠다.

나의 길잡이가 말했다. 「여기서는 잠시도 눈을 발밑에서 떼어서는 안 된다. 조금만 방심해도 돌이킬 수 없는 일이 생길지도 모른다.」

「우리를 불쌍히 여기시는 지극히 높으신 신[7]이여.」 하고 그 때 그 맹렬한 불길 속에서 노랫소리가 들려왔다.

나는 그쪽을 돌아보았다.

그 불길 속을 망자[8]들이 걸어간다. 그래서 나는 때에 따라 눈을 옮겨 어느 때는 그들을, 어느 때는 발밑을 주의하여 바라보았다.

망자들은 찬송가를 다 부르고 나자 소리 높이 외쳤다. 「남자를 모릅니다.[9]」 그리고 또 낮은 소리로 찬송가를 부르기 시작했다.

그것이 끝나자 또 큰소리로 외쳤다. 「다이아나는 숲속에 머물러 비너스의 독을 맛본 에리체[10]를 밖으로 쫓아내었다.」

---

7) 〈우리를 불쌍히 여기시는 지극히 높으신 주여〉, 교회에서 토요일 아침에 불리워지고 있던 찬송가의 첫 구절.

8) 지옥편 1곡에서 비르질리오가 예언한 『불 속에서 만족하고 있는 사람들』이다.

9) 〈누가 복음〉 1장 34절에 『마리아가 천사에게 말하되 나는 사내를 알지 못하니 어찌 이 일이 있으리이까』 부르가타 성서의 라틴 어 구절 (virum non cognosco)이 《신곡》 속에는 그대로 씌어지고 있다.

10) 에리체는 다이아나의 시녀였는데, 제우스에게 유혹당하여 아이를 낳았다. 유노가 질투를 하여 그녀를 곰으로 바꾸었다. 그것을 제우스가 하늘에다 배치시켜 큰 곰자리가 되었다.

294

그리고는 또 노래를 불렀다. 그런 다음 혼인과 덕이 시키는 대로 정조를
지킨 여인과 남편 이름을 하나하나 들었다.

불에 타고 있는 동안 내내 그들은 이렇게 노래부르고 있으니, 이러한
요법[11]과 이러한 자양분으로 그들의 상처도 끝내는 아무는 모양이다.

제 26 곡

단테의 육체가 불길 위에 그림자를 떨구므로 망자들이 깜짝 놀라 다가온
다. 저쪽에서 오는 한 무리가 「소돔과 고모라」라고 외치자 앞쪽의 한 무리들이
「파시파에」라고 외친다. 호색 다음(多淫)했던 자들이 자기들의 남색과 여색의
죄를 지금 여기서 자책하고 있는 것이다. 후자의 한 사람인 시인 구이도 귀니
셸리와 단테가 시와 시인의 명성의 변천에 대해 주고받는다. 마지막으로 프로
벤자의 시인 아르노우가 프로벤자 말로 이름을 대고 지나간다.

이렇게 하여 우리가 길 가장자리로 한 사람씩 나아가는 동안 스승은 여러
번 나에게 상냥하게 말했다. 「조심해라, 내가 주의한 말 알고 있겠지.[1]」

태양은 내 오른쪽 어깨 너머로 비치고 있었는데, 그 빛으로 서쪽 하늘은
이미 푸른 빛에서 흰 빛으로 변해 있었다.[2]

내 그림자가 떨어져 있는 곳에는 불길이 유독 붉게 타는 것 같았다. 이런
사소한 변화에도 망자들은 고개를 돌렸다.

그것이 원인이 되어 그들 사이에 내 말이 화제에 오른 모양인데, 이윽고
이런 소리가 들렸다. 「저 자는 허깨비가 아닌 모양이야.」

그리고는 내 쪽을 향해 몇 명이 불꽃 밖으로 나오지 않으려고 신경을

---

11) 불이 죄악의 상처에 대한 『요법』이고, 찬송가와 굳은 정조의 예가 그들의
　　마음을 바른 상태로 유지시키는 『자양분』인 것이다.

1) 발을 디딜 때 왼편에는 불을, 오른편에는 아래로 떨어지지 않도록 주의하
　　라(연옥편 25곡 참조)는 뜻이다.

2) 시간은 부활절인 화요일 저녁나절 가까이다.

쓰면서 될 수 있는 대로 가까이까지 다가왔다.

「오, 너는 앞서가는 이의 뒤를 따라가는데 그것은 걸음이 느린 탓이라기보다 경의를 나타내는 것이리라. 대답해 다오, 나는 목마르고 불에 타고 있다.

너의 대답을 기대하는 것은 나만이 아니다. 이 자들은 모두 인도 인이나 이디오피아 인이 시원한 물을 바라는 이상으로 『대답에』 목말라하고 있다.

어떻게 너는 태양을 가로막나? 까닭을 말해 다오. 아직 너는 죽음의 그물에 걸리지 않은 것 같은데?[3]」

그들 중 하나가 나에게 이렇게 말했다. 나는 즉석에서 이름을 댈까 했었는데 그 때 다른 괴상한 것이 나의 주의를 끌었다.

불붙는 길 복판으로 지금 온 자들의 맞은편에서 다른 무리[4]들이 오고 있다. 나는 놀라서 걸음을 멈추고 그들을 물끄러미 바라보았다.

만나자마자 양쪽에서 망자들이 제각기 급히 뛰어가 서로 얼싸안고 짤막하게 인사를 하고는 곧 또 그 자리를 떠났다.

그것은 마치 떼지은 갈색 개미들이 한 마리씩 얼굴을 맞대고 길을 물어 먹이 있는 곳을 확인하는 꼴과 흡사하였다.

다정스러운 인사가 끝나 아직 걸음을 채 옮겨 딛기도 전에 벌써 망자들은 큰소리로 차례차례 외쳤다.

새로 온 자들이 「소돔과 고모라」 하고 높이 외치자, 앞서 온 자[5]들이 외쳤다. 「암소 속으로 파시파에가 들어갔다. 암소를 꾀어 음탕한 욕심을 채우기 위해서.」

그러고 나서 학의 무리가 어떤 것은 태양을 꺼려 『북쪽의』 산을 향해 가고, 다른 놈은 얼음을 꺼려 『남쪽의』 사막을 향해 날아가듯이

두 무리의 망령들은 각각 다른 쪽으로 떠나갔다. 그리하여 울면서 먼저 부르던 노래와 그들에게 알맞은 부르짖음을 계속했다.

---

3) 말하는 이는 구이도 귀니첼리이다.

4) 마주 다가오는 다른 무리들은 본성에 위배되는 호색의 죄를 범한 자들이다. 그래서 『소돔과 고모라』(〈창세기〉 19장 참조)라고 외치는 것이다.

5) 앞서 온 자들은 호색의 죄를 범한 자들이다. 다음(多淫)의 예로서 데다로스가 만든 인공의 암소 속에 들어가 소원을 채운 여인 파시파에의 이름을 외치는 것이다.

그리고 아까 내 말을 듣고 싶다던 자들이 새로이 이쪽으로 다가왔다. 그 얼굴에는 말을 듣고 싶은 심정이 역력히 떠올랐다.

그들이 두 번씩이나 원하는 것을 본 나는 다음과 같이 말하기 시작했다. 「언젠가는 반드시 평안을 누리게 될 너희들,

내 몸은 설지도 너무 익지도 않았으나 그 몸을 현세에 남기고 온 것은 아니다, 여기 그 피와 뼈마디들과 함께 나에게 붙어 있다.

나는 감겨진 눈을 뜨기 위해 위로 올라간다. 천상의 여인[6]이 나에게 은총을 주셨기 때문에 그 덕분에 산 몸으로 너희들 세상으로 왔다.

부디 너희들의 최대의 소원이 하루 빨리 성취되어 사랑으로 가득 찬 그 광대한 천국[7]이 머잖아 너희들을 맞아 주기를 빈다.

자, 내가 종이에다 글로 써 남길 수 있도록 너희들이 누구인지, 너희 등 뒤로 떠나간 저 무리의 사람들이 누구인지 나에게 가르쳐 다오.」

망자들의 표정에 떠오른 놀라움과 당황은 허름한 차림을 한 촌사람이 도시에 나와 이리저리 둘러보며 어리둥절해 하는 꼴과 흡사하였다.

그러나 고귀한 마음의 소유자는 놀라움을 곧 고정시켜 가라앉히듯 놀라움이 가라앉자 「복된 자여」 하고 아까 나에게 말을 건 자가 또 말을 시작했다. 「너는 보다 착한 죽음을 하기 위해 우리들 나라의 체험을 가지고 현세로 돌아가려 하고 있다.

저 우리 등 뒤로 떠나간 사람들은 예전에 연거푸 싸움에서 이긴 시저가 병사들로부터 『여왕』이라 조롱받았던 것과 같은 죄[8]를 범한 것이다.

그래서 헤어질 때 너도 들었다시피 『소돔』이라 외쳐 자기를 책하고 부끄러워하며 불길을 세게 한 것이다.

우리들 쪽은 이성간의 죄다. 인류의 법칙을 지키지 않고 짐승처럼 성욕에 따랐다. 그래서 우리는 헤어질 때 우리 자신을 뉘우치기 위해 짐승 형태의 틀속에 들어가 짐승으로 변한 여자 이름[9]을 큰소리로 부르는 거다.

---

6) 천상의 여인은 지옥편 2곡 내용에 따르면 베아트리체가 되는데, 천국편 31곡 내용에 따르면 마리아일 가능성도 있다.
7) 지고천을 가리킨다(천국편 30곡 참조).
8) 남색의 죄이다.
9) 파시파에.

이만하면 우리들의 소행, 우리들의 죄가 무엇인지 알았겠지. 우리들 이름을 모두 네가 알고 싶어하지만 말할 만한 시간도 지식도 내게는 없다.

나에 대해서만이라면 네 청을 들어 줄 수가 있다.

나는 구이도 귀니셸리[10]이다, 죽기 전에 잘못을 뉘우친 덕분에 벌써 몸을 씻을 수 있었다.」

나나, 아니 내 이상으로 아름답고 경쾌한 시구를 능란하게 구사한 나의 여러 선배의, 이른바 아버지뻘쯤 되는 이가 직접 이름을 대는 것을 들었을 때

뤼쿠르고스의 비운의 때에 어미와 재회한 그 두 아들[11]처럼 나도 달려가려고 하였다. 그러나 거기까지 갈 수는 없었다.

잠시 동안 아무 말도 하지 않고 듣지도 않고 감개 무량하여 그를 바라보며 나는 걸었는데, 불 때문에 더이상 가까이 갈 수도 없다.

나는 찬찬히 그를 쳐다본 후에 굳게 맹세를 하고 마음을 다 바쳐 그에게 봉사할 각오를 단호히 말했다.

그러자 그가 말했다. 「네가 하는 말은 잘 알아들었다. 너는 내 머릿속에 참으로 선명하게 흔적을 남겼다. 그러니 레테[12] 강물도 그걸 지우지는 못하리라.

너의 맹세의 말은 참된 말이라 생각되는데 어째서 너는 그토록 나를 위하여 또 말을 거는지 그 까닭을 말해 다오.」

내가 대답했다. 「당신의 아름다운 시와 노래 때문입니다. 아마 근세의 어법[13]이 계속되는 한 당신의 시와 노래는 언제까지나 세상의 종이 값을 올릴 것입니다.」

---

10) 구이도 귀니셸리(1230년 무렵~1276년 무렵). 볼로냐의 황제당 가문 출신으로 그의 생애는 별로 알려져 있지 않다. 1270년에 카스텔 프랑코의 시장을 지내다가 1274년에 추방되어 베로나로 피신, 그 곳에서 죽었다. 시인으로서는 구이토네 다렛소의 후기의 방법을 모방함으로 해서 출발했으나 이윽고 그를 능가했다. 귀니셸리의 작품은 피렌체파 시인에게 큰 영향을 주었다.

11) 어머니 휩시 레가 뤼쿠르고스의 아내에 의해 식인귀(食人鬼) 손에 넘겨졌을 때 두 아들이 달려가 어머니를 구했다.

12) 레테 강은 연옥편 28곡에도 나오는 망각의 강이다.

13) 근세의 어법은 속어 즉 이탈리아 어이다.

「아, 여보게」 하고 그가 말했다. 「내가 손으로 가리키는 이분은」 하고 그는 앞을 가는 망자[14]를 손가락으로 가리켰다. 「이분은 모국어를 다듬은 점에서는 나보다 더 능란한 기술자였다.

사랑의 시건 산문의 이야기건 이분은 뛰어났다. 리모즈의 시인들[15]이 뛰어나다고 생각하는 바보들에게는 마음대로 떠들게 내버려 둬라.

세상 사람들은 진상보다도 평판 쪽에 눈을 돌린다. 그러기 때문에 기법이라든가 이치라든가에 귀를 기울이기 전에 세평은 벌써 정해져 버린다.

이렇게 하여 한때는 구이토네[16]가 세평에 올랐다. 세상 사람들은 저마다 한결같이 그를 칭찬했으나 그래도 결국은 진리가 다수를 눌러 그는 패해 버렸다.

헌데 너는 그리스도를 원장으로 섬기는 사원[17]으로 갈 것을 허락받은 실로 큰 특권을 갖고 있다.

거기 가거든 부디 나를 위해 〈주기도문〉을 한 번, 그리고 이 『연옥』 세상 사람들에 필요한 만큼 외워 다오.[18] 여기 있는 우리들에겐 이제 죄를 지을 힘도 없다.」

이렇게 말하자, 아마도 다음에 오는 이에게 길을 비켜 주기 위해서인 듯 물고기가 물 속에 들어가 물 밑으로 사라지듯 그는 불길 속으로 자취를 감추었다.

나는 조금 전에 손가락으로 가리킨 자 쪽으로 조금 다가가 그 이름을

---

14) 귀니쎌리가 손으로 가리킨 사람은 프로벤자 어로 쓰는 시인 아르노우이다. 12세기 말에 이름을 날린, 교묘한 기교를 쓴 음유 시인인데, 오늘날 전해진 작품 중에는 별로 볼 만한 것이 없고, 단테의 인용에 의해 세상에 알려진 정도이다.

15) 지로드 보르네유는 1175년 무렵부터 1220년경에 걸쳐 활약한 프랑스의 리모즈 지방 출신의 유명한 시인으로, 음유 시인의 스승이라 불리웠다. 오늘날의 문학사가는 단테와 반대로 지로드 보르네유를 오히려 높이 평가하고 있다.

16) 구이토네 다렛소(연옥편 24곡 참조).

17) 그리스도를 원장으로 섬기는 사원은 천국이다.

18) 연옥에 있는 자는 이미 죄를 짓는 일이 없으므로 〈주기도문〉의 마지막인 『우리를 유혹에 빠지지 않게 하옵시고 악에서 구원하여 주옵소서』라는 구절을 외울 필요가 없다는 것이다.

알고자 하는 내 마음을 말하였다.

그러자 그는 쾌히 『프로벤자 어로』 말했다.

「친절하게 물으시는 말씀, 참으로 감사해서 나는 신분을 감추고 싶지 않습니다. 또 그럴 수도 없습니다.

울면서 노래부르며 가는 나는 아르노우입니다. 과거의 미친 짓을 돌이켜보면 마음은 수심으로 무거워지고 미래의 환희를 바라보면 벌써 마음이 기쁨으로 뜁니다.

당신을 층계 꼭대기로 인도하는 힘을 믿고 당신에게 한 가지 부탁이 있습니다. 부디 때때로 나의 괴로움을 기억해 주십시오.」

이렇게 말하고 그는 그들의 죄를 씻는 불 속으로 사라졌다.

제 27 곡

시간은 부활절인 화요일의 해질녘 가까이다. 천사가 나타나 시인들 일행에게 불길 속을 지나가라고 명령했다. 단테가 주저하자 비르질리오가 불길만 통과하면 베아트리체를 만날 수 있다고 격려한다. 단테가 그 불길 속을 지나 건너편에 나가니 해는 져서 시인들은 바위 틈에서 쉬게 된다. 단테의 꿈 속에, 앞으로 일어날 일을 예고라도 하는 듯이 레아라는 여인이 나타난다. 수요일 아침이 밝아 일행은 또다시 돌층계를 올라간다. 마지막 층계를 올라갔을 때 단테를 향해 비르질리오는 길잡이로서의 그의 사명이 끝난 것을 알린다. 세 사람은 지상 낙원에 도착한 것이다.

조물주가 피흘린 땅[1]에 아침 해가 비치기 시작하니, 이베로 강은 천칭궁

---

1) 조물주가 피를 흘린 땅이란 예루살렘이다. 단테가 품고 있던 지리적 세계 상에 따르면 예루살렘을 경도 0이라 치면 스페인의 서쪽 끝이 서경 90도, 갠지스 강이 동경 90도, 예루살렘의 대척지인 연옥 산이 동(서)경 180도가 된다. 그렇기 때문에 예루살렘에 해가 뜨면 스페인의 에프로 강 부근은 한밤중, 갠지스 강 부근은 정오, 연옥에서는 일몰이 된다. 단, 시인들은 연옥 산의 상당히 위로 올라 갔기 때문에 일몰까지는 아직 약간의 시간이 남아 있다. 지옥편 20곡. 연옥편 참조.

300

아래를 흐르고 갠지스의 물결은 대낮의 빛에 또 작열하였다.

태양은 바로 위에 자리하고 있었다. 이렇듯 『연옥의』 해는 졌는데, 그
때 주의 천사가 상냥스레 나타났다.

천사는 불꽃 밖 길가에 서서 우리보다 한결 큰소리로 노래불렀다.

「마음 깨끗한 자, 복되도다.[2]」

그리고 우리가 다가가니 이렇게 말했다. 「이 불길에 물리지 않고는 앞으
로 나갈 수 없다. 거룩한 혼이여, 이 속에 들어가라.

저편에서 들려 오는 노랫소리에 귀기울여라.」

그 말을 들었을 때 나는 무덤에 『거꾸로』 묻힌 자처럼 『파랗게』 질렸다.

손을 포개어 쥐고 몸만 앞으로 내밀어 불 속을 보았는데, 예전에 본 적
있는 새까맣게 탄 사람의 시체가 눈에 선하게 떠오르는 것 같았다.

그러자 따라온 두 사람이 상냥하게 나를 돌아보더니 비르질리오가 이렇게
말했다. 「아들아, 이것이 고통스러울지는 모르나 죽지는 않는다.

생각해 봐라, 기억나겠지, 나는 너를 게뤼오네스의 등에 싣고 무사히 안내
했다.[3] 이제 주님 가까이서 내가 새삼 무엇을 하겠느냐?

네가 비록 천 년 이상 이 불 속에 남는다 하더라도 머리털 하나 타지도
빠지지도 않으리니 그건 틀림없다, 믿어 다오.

또, 만약 내 말이 믿기지 않거든 불 가까이 가서 네 옷자락을 쥐고 시험
해 봐라.

자, 이제 걱정 말고 모든 의심을 버려라. 이쪽을 보고 마음놓고 가거라.」

그러나 나는 마음속의 갈등으로 여전히 우뚝 서 있었다.

내가 완강하게 우뚝 서 있는 것을 보고 스승은 다소 못마땅해서 말했다.
「알겠나, 아들아, 이것이 베아트리체와 너 사이의 벽이다.」

오디가 빨갛게 물들 무렵 티스베의 이름을 들은, 다 죽어 가던 퓌라모스
는 눈을 뜨고 티스베를 바라보았는데[4]

그 이름, 줄곧 내 머릿속에 떠오르는 그 이름을 듣자마자 순식간에 나의
두려움도 누그러져 나는 스승 쪽을 돌아보았다.

그러자 스승은 머리를 흔들며 「왜 그러나? 이쪽에 남아 있고 싶으냐?」

---

2) 〈마태 복음〉 5장 8절.
3) 지옥편 17곡 참조.

하며 마치 능금으로 달랜 아이를 상대하듯 미소지었다.

그러고 나서 스승은 그 때까지 쭉 우리와 같이 있던 스타시오에게 뒤에 따라오도록 일러 놓고 앞장서서 불 속으로 들어갔다.

내가 안으로 들어가자 불길은 더욱 기세를 돋우어 이 몸을 식히려면 끓는 유리 속으로 몸을 던지는 편이 차라리 나을 것만 같았다.

상냥한 아버지는 나에게 용기를 주기 위해 연신 베아트리체의 말을 하면서 걸어갔다.

「벌써 그녀의 눈이 보이는 것 같다.」

저쪽에서 노랫소리가 들려 그것이 우리를 인도했다. 그리하여 오직 그 목소리만을 의지해 우리는 맹렬한 불 속을 지나 언덕배기로 나갔다.

「오라, 내 아버지께 복받을 자들이여.[5]」 하고 거기 빛나는 맑은 빛 속에서 소리가 들렸다. 눈이 아찔해서 우러러볼 수도 없는 빛이었다.

「해는 지고 저녁이 온다.」 하고 그 목소리가 계속해서 말했다. 「서녘 하늘이 어두워지기 전에 멈추지 말고 길을 잘 살펴 둬라.」

길은 곧장 바위 사이 위쪽으로 뻗쳐 있었다. 이미 나직하게 기울어진 햇빛이 내 바로 앞에 그림자를 떨구었는데, 나는 그쪽을 향해 올라갔다.

그리하여 돌층계를 불과 몇 개 오르기도 전에 등 뒤에서 해가 저문 것을 나도 스승도 알았다.

바위에 떨어졌던 내 그림자가 사라졌기 때문이다.

한없이 퍼지는 수평선이 어디라 할 것 없이 한 가지 색이 되어 밤이 사방을 암흑으로 휩싸기 전에 우리는 각기 돌층계를 잠자리로 삼았다.

산의 규칙으로, 이 이상은 올라갈 기력도 체력도 없어져 버리는 것이다.

먹이를 찾기 위해 산꼭대기에서 극성스레 싸다니던 산양도 되새김하는

---

4) 티스베가 뽕나무 가까이서 연인인 퓌라모스를 기다리고 있을 때, 사자가 나타나 그녀는 목도리를 떨어뜨리고 달아났다. 퓌라모스는 그 목도리가 피투성이인 것을 보고 잡아먹힌 줄 알고 자기 가슴에 칼을 꽂았다. 곧 되돌아온 티스베가 그의 이름을 부르자 죽어 가던 퓌라모스가 눈을 뜨고 잠시 그녀를 쳐다보았다. 그 사이에 퓌라모스의 피가 뿌리에 스며든 뽕나무 열매는 피처럼 붉게 되었는데, 남자의 뒤를 좇아 죽은 티스베의 소원대로 그 뒷날까지도 그 색깔이 변하지 않았다. 연옥편 33곡 참조.

5) 〈마태 복음〉 25장 34절 참조.

동안은 얌전해진다.

또 햇볕이 뜨거워지면 잠잠히 그늘로 들어간다. 목자는 지팡이에 몸을 기대고, 기댄 채의 자세로 양떼를 지킨다.

그리고 들에서 밤을 새우는 가축지기는 들짐승이 가축을 습격하지나 않을까 감시를 하며 가축에게서 떠나지 않고 하룻밤을 새운다.

그 때의 우리 세 사람의 모습이 꼭 그와 같았다.

높은 바위 산 여기저기의 바위 틈에 누웠던 것인데, 내가 산양이라면 스승들은 목자인 셈이다.

그 곳에서 외부는 극히 조금밖에 보이지 않았다. 그러나 그 조그만 틈 사이로 보인 별들은 평소보다 더 밝고 또 크기도 했었다.

여러 가지 생각하고 음미하기를 거듭하며 별하늘을 보고 있는 동안 나는 잠이 들었다. 사건을 예언해 주는 잠이었다.

쉴새 없이 사랑의 불에 타오르는 샛별이 동녘 하늘에서 이 산에 비치기 시작할 무렵

젊고 어여쁜 여인이 내 꿈 속에 나타나[6] 꽃을 따며 노래부르고 이야기하며 들판을 가는 것이 눈에 보이는 것 같았다.

『내 이름을 묻는 분에게 알려 드립니다. 나는 레아라고 합니다. 꽃 목걸이를 만들려고 이 가냘픈 손으로 꽃을 따며 헤매고 있습니다.

거울 앞에서 즐길 수 있게끔 여기서 이 몸을 꾸밉니다만 내 동생 라헬은 온종일 거울 앞에 앉아 거기서 떠나려 하지 않는답니다.

동생은 자기의 아름다운 눈에 황홀해 있습니다만 나는 오로지 이 손으로 몸을 단장하려 합니다. 동생은 보는 것에서, 나는 움직이는 것에서 만족을 느낀답니다.』

타향에서 돌아오는 나그네는 고향 가까이서 숙소에 들어갈수록 새벽 전의 빛이 날로 반갑게 여겨지는 것인데

그 새벽빛에 쫓기어 어둠은 사방팔방으로 달아났다. 그리하여 어둠과 더불어 나의 잠도 달아나 버렸다. 내가 일어나 보니 스승은 벌써 일어나

---

6) 이하. 단테가 연옥 속에서 보는 제3의, 그리고 마지막 환상이다. 이 속에 나타나는 레아와 라헬은 〈창세기〉 29장에 나오는데, 지상 낙원(연옥편 28곡)에서 마텔다와 베아트리체가 차지하는 위치를 예고하고 있다.

있었다.

「세상 사람들이 고생스레 사방의 가지에서 더듬어 찾는 그 달콤한 과실, 그것이 오늘이야말로 네 굶주림을 가시어 주리라.」

이런 말을 비르질리오가 나에게 했는데, 일찍이 이처럼 반가운 선물을 받아 본 예는 없었다.

그러자 위로 가고 싶은 의욕이 연거푸 솟아나 그 뒤부터는 한 걸음 옮길 적마다 날개가 돋혀 날아가는 것만 같았다.

층계를 다 올라가 우리가 맨 위에 섰을 때 비르질리오는 나를 쳐다보고 말했다.

「영원의 불과 일시적인 불[7]을, 아들아, 너는 보았다. 그리고 네가 도달한 이 땅은 이제 내 힘으로는 분별할 수 없는 곳이다.

나는 여기까지 슬기와 재주로 너를 데리고 왔는데, 이제부터는 너의 기쁨을 길잡이로 삼아라. 험하고 좁은 길에서 이미 너는 나왔다.

정면에서 비치는 저 태양을 보라. 화초와 나무들을 보라. 여기서는 모두가 땅에서 저절로 나 있다.

눈물을 흘리며 나를 네게로 보내신 아름다운 눈[8]을 가진 분이 보일 때까지 너는 앉는 것도 자유이고 초목들 사이로 가는 것도 자유다.

이제 더이상 내 말이나 눈짓을 기대하지 말아 다오.[9] 너의 의지는 자유스럽고 바르고 건전하다. 그 의지의 명령에 따르지 않는다면 잘못일 것이다.

그러므로 나는 너를 네 심신의 주인으로서 관을 주겠다.」

---

7) 영원의 불은 지옥이고 일시적인 불은 연옥이다. 여기서는 원문과 반대의 순서로 번역했다.

8) 아름다운 눈의 소유자는 베아트리체이다.

9) 비르질리오의 사명은 끝났으므로 그는 이제 더이상 말은 하지 않으나 연옥편 29곡에서는 단테 곁에 있다. 그러나 연옥편 30곡에서는 사라지고 없다.

제 28 곡

단테는 지상 낙원의 숲속을 소요한다. 맑은 냇물 저 너머에서 한 여인이
꽃을 꺾으며 다가온다. 단테가 말을 건네니 여인은 상냥하게 미소지으며 단테
의 의문을 풀어 준다. 지상 낙원에 불어오는 산들바람과 악을 잊게 만드는
레테 강, 선을 상기시키는 에우노에 강에 대한 설명이다. 이 여인의 이름은
나중에 알게 되지만 마텔다인 것이다.

상쾌하고 짙푸른 주의 숲이 새로운 햇빛을 본 눈에도 부드럽게 보였다.
이 깊은 숲의 안팎을 거닐고자 하는 마음에 사로잡혀 나는 스승의 말을
더이상 기다리지 않고 이 둑을 떠나 들판을 천천히 거닐기 시작했다.

발밑에서는 곳곳에 부드러운 향기가 감돌아 왔다.

기분 좋은 산들바람이 줄곧 솔솔 불어와 상쾌한 힘으로 이마를 가볍게
때렸다.

바람이 불어오니 나뭇가지는 모두 가냘프게 떨었고, 성스러운 산이 그
그림자를 던지는 쪽[1]을 향해 먼저 부드럽게 휘었다.

그러나 나뭇가지들은 휘기는 하였으나 가지에 앉은 새들이 지저귐을 그쳐
버릴 만큼 기울어지지는 않았다.

새들이 환희에 가득 차 노래부르며 아침의 산들바람을 잎사귀 속으로
불러들이니 잎사귀는 한들한들 소리를 내며 노랫소리에 장단 맞추었는데

그것은 신의 바람 에올로가 시록코(동남풍)를 보낼 때 키아시[2] 해변의
소나무 숲에 비바람 소리 울리는 것과도 흡사하였다.

천천히 걸었는데도 어느 사이엔지 태고의 깊은 숲속으로 들어가 버려
숲의 입구는 벌써 보이지 않게 되었다.

그러자 앞길을 가로막은 맑은 냇물이 한 줄기 잔잔한 물결을 이루어 냇가
에 나 있는 풀들을 오른편으로 기울게 하며 흐르고 있었다.

---

1) 서쪽이다.
2) 키아시는 라벤나 가까이에 있다. 지금도 송림이 남아 있으며 바이런도
   《돈 주앙》에서 이 송림을 노래부르고 있다.

이 냇물에 비하면 현세의 물은 아무리 맑은 물일지라도 무엇인가 섞이어 있다 할 만큼 이 물에는 한 점의 흐림도 보이지 않았다.

그래도 햇빛이나 달빛이 비치지 않는 곳에서는 영원한 그늘 밑을 물이 어둡게 움직이고 있었다.

발은 멈추었으나 눈으로 내를 건너 오월의 상쾌한 온갖 화초를 나는 찬찬히 바라보았다.

그러자 갖가지 상념을 지워 버리며 나타나는 놀라운 광경처럼 꽃들로 뒤덮이고 채색된 오솔길을 노래부르며,

꽃을 한 송이 한 송이 고르면서 동행도 없이 걸어오는 여인[3]이 내 눈에 띄었다.

「오, 아름다운 분이여, 얼굴은 마음의 거울이라 하니, 얼굴로 짐작컨대 당신은 사랑의 빛으로 가득합니다.

괜찮으시다면 아무쪼록 이 냇가로 와 주십시오, 이 귀로 똑똑히 당신의 노랫소리를 듣고 싶습니다.」라고 말했다.

「당신을 보고 당신의 노랫소리를 들으니 나는 예전에 페르세포네가 봄을 잃고, 그 어미가 그녀를 잃었던[4] 그『황금의』나라와 시대가 생각나는군요.」

춤추는 무희는 재빨리 땅을 밟고 발을 바닥에 붙여 뱅그르르 돌아 양쪽 발을 거의 나란히 모았다가 앞으로 나온다.

그와 같이 여인도 빨간꽃, 노란꽃, 들꽃을 밟고 처녀처럼 얌전하게 눈을 내리뜬 채 내 쪽을 돌아보았다.

내 청을 받아들일 듯이 여인은 다가왔다. 그러자 아름다운 목소리가 들리고 말의 뜻도 똑똑히 알 수 있었다.

냇가의 풀이 아름다운 물결에 흔들거리는 곳까지 다가오더니 여인은 방싯 웃으며 부드러운 눈을 들었다.

비너스가 잘못하여 자기 자식[5]에게 활로 쏘였을 때도 이처럼 눈이 빛나지는 않았을 것이다.

---

3) 마텔다 부인(연옥편 33곡 참조)이다.
4) 봄날의 아름다운 목장에서 꽃을 따고 있을 때, 어머니가 보고 있는 앞에서 페르세포네는 지옥으로 끌려갔다.
5) 비너스의 아들은 큐핏이다.

여인은 건너 기슭에 서서 미소지으며 씨 없이 피어 있는 높은 곳의 갖가지 꽃을 꺾어 들고 꽃목걸이를 엮고 있었다.

세 발짝 되는 내의 폭이 우리 두 사람을 갈라 놓고 있었다.

지금껏 인간의 교만심에 대한 교훈이 되고 있는 크세르크세스 왕이 건넌 헬레스폰트의 해협은 세스토스와 아비도 사이에서 센 물결을 이루기 때문에 레안드로스가 싫어했던 것인데[6] 나는 그 이상으로 이 내를 미워했다.

「새로 온 그대들은」 하고 여인이 말을 시작했다.

「사람을 위한 보금자리로서 선택된 이 곳에서 내가 웃는 것을 보고 놀라워하고 의아하게 여길 것입니다. 그러나 『당신이 나를 즐겁게 하셨도다.[7]』라는 시편이 빛을 주어 그대들의 지혜에 끼인 안개를 걷어 줄 것입니다.

거기 서 있는 그대는 아까 나에게 청을 하였는데, 그 밖에도 질문이 있거든 무엇이나 물어 보세요. 납득이 갈 때까지 대답해 드리리다.」

「이 물과 숲의 음악 소리가」 하고 내가 말했다. 「전에 들었던 것과 반대인 만큼 의아한 생각이 듭니다.[8]」

그러자 여인이 대답했다.

「그대를 놀라게 하는 이 현상이 어떤 원인에서 생기는지를 이야기해서 그대를 싸고 있는 안개를 걷어 드리지요.

지선의 기쁨은 그 선 자체에 있습니다만,

신은 인간을 선량한 선을 행하는 자로 만들어 이 땅을 영원한 평안의 보증으로서 사람에게 주었습니다.

그런데 인간은 스스로 잘못을 저질러 더이상 이 곳에 머물러 살 수 없게 되었습니다. 죄로 인해 깨끗한 웃음과 기분 좋은 즐거움을 눈물과 노고로

---

6) 헬레스폰트(지금의 다다넬즈) 해협을 페르샤 왕 크세르크세스는 대군을 이끌고 건너서 쳐들어왔으나 돌아갈 때는 약간의 병사밖에 남지 않았다. 이 해협의 건너편, 즉 세스토스와 아비도의 사이를 레안드로스는 여러 번 헤엄쳐 건너가 연인을 만났는데 어느 날 마침내 빠져죽고 말았다.

7) 『당신이 나를 기쁘게 하였도다.』〈시편〉 91편 5절, 하느님의 위업을 찬미하는 구절. 마텔다는 하느님이 지상 낙원에다 지어 주신 아름다운 경이를 노래한다.

8) 스타시오의 설명(연옥편 21곡)에 따르면 연옥문에서부터 위는 기상의 변화가 없을 것이기 때문에 바람과 물의 흐름이 단테에게 의아심을 품게 했던 것이다.

바꾸어야만 했습니다.

물이나 흙에서 발생하는 것(수증기)은 태양열을 따라 힘껏 오르다가 열을 만나면 저 아래쪽에서는 때로 폭풍우를 일으키지만

그런 교란이 사람에게 해를 끼치지 않게끔 이 산은 하늘을 향해 높이 솟아 있습니다. 그러나 속죄의 문 위는 그 영향을 받지 않습니다.

하지만 대기는 어디선가 유통이 단절되지 않는 한 원동천(原動天)과 함께 모두 『지구의 둘레를』 회전합니다.

이 높이라면 산은 활성(活性)의 공기 속에 높이 솟아 있으므로 대기의 운동이 서로 부딪쳐 울창한 숲에서는 음악 소리가 납니다.

그러면 대기에 부딪친 식물은 그 힘이 미치는 한 그 특성으로 대기를 채우기 때문에 그 뒤부터 대기는 회전하면서 그것을 사방으로 뿌립니다.

그러면 저쪽 『사람이 사는』 땅은, 땅의 이점과 하늘의 이점에 따라 온갖 특성의 온갖 식물을 잉태하여 그것을 낳는 것입니다.

이것만 들어 두면, 씨를 뿌린 일이 전혀 없이 현세에서 무슨 식물이 싹텄다 하더라도 실은 놀랄 것이 없다는 까닭을 아시겠지요.

그리고 알려 드리겠는데, 그대가 지금 서 있는 이 거룩한 들에는 온갖 종류의 씨앗이 가득 차 있어 현세에선 딸 수 없는 열매가 열려 있습니다.

그대가 보는 물은 불었다 줄었다 하는 강처럼

추워서 응결된 수분으로 채워져야 하는 수맥에서 솟아나는 것이 아니고[9]

영원히 마르지 않는 샘에서 솟아나는 것입니다. 그 샘은 두 개의 입으로부터 흘려보낸 만큼의 수량을 신의 뜻에 의해 또다시 얻는답니다.

이쪽편에서는 죄의 기억을 사람에게서 지우는 힘이, 저쪽편에서는 모든 선행의 기억을 새로이 하는 힘이 강물과 함께 흐르는 것입니다.

강은 이쪽에서는 레테,[10] 저쪽에서는 에우노에[11]라 불리는데, 양쪽 물을 모두 마시지 않는 한 효력은 없습니다.

그 맛은 어떤 맛보다 뛰어납니다. 이 이상 내가 더 말하지 않더라도 그대

---

9) 지상에 비가 내리는 원인에 대해서는 연옥편 5곡 참조.

10) 레테 강에 대해서는 지옥편 34곡, 연옥편 1곡, 연옥편 31곡 참조.

11) 에우노에는 『좋은 머리』, 『기억』, 혹은 『선을 기억하는 것』 등을 뜻하는 그리스 어이다.

의 갈증은 충분히 채워졌으리라 믿습니다.

한 가지만 더 덧붙여 두겠습니다. 이것은 아까의 약속에 포함되지 않은 일이지만 이야기하면 그대도 틀림없이 기뻐하리라 믿습니다.

옛적에 시로써 황금 시대[12]와 그 행복의 광경을 읊은 이들은 아마 이 땅에 대한 것을 파르나소스 산에서 꿈꾸었을 것입니다.

여기서 인류의 뿌리[13]는 티 없이 깨끗하였습니다. 여기엔 항상 봄이 있고 모든 과일이 무르익습니다. 사람들이 말하는 감로란 바로 이것이라고 생각합니다.」

이 때 나는 몸을 돌려 뒤에 있는 시인들을 보았다. 이 마지막 말을 시인들이 미소지으며 듣고 있는 것이 보였다.

그리고 나는 다시 아름다운 여인을 보았다.

제 29 곡

마텔다와 단테는 상류 쪽을 향해 그 냇기슭을 나란히 걸어간다. 그 때 번갯불 같은 빛이 숲속을 스쳐간다. 음악 소리가 들리고 일곱 그루의 황금나무 같은 것이 다가온다. 그것은 일곱 개의 촛대였으며, 스물 네 명의 장로가 뒤따르고 이어서 네 마리의 짐승과 그리포네가 이끄는 개선의 수레가 조용조용 다가온다. 이윽고 행렬이 머문다.

그렇게 말을 마치자 여인은 사랑을 하는 여인처럼 또 노래부르기 시작했다. 「그 죄의 가리움을 받은 자는 복이 있도다.[1]」

어떤 자는 태양을 찾아 어떤 자는 태양을 피하려고 짙은 숲 그늘을 홀로 사뿐히 걸어가는 옛날의 님프처럼

여인도 냇물을 거슬러 둑을 따라 『춤추듯이』 걷기 시작했다. 나도 여인의

---

12) 황금 시대에 대해서는 지옥편 14곡, 연옥편 22곡 참조.
13) 인류의 뿌리 아담과 이브는 이 지상 낙원에서 티없이 깨끗했었다.
 1)『그 죄의 가리움을 받은 자는 복이 있도다.』〈시편〉 32편 1절.

보조를 맞추어 나란히 걸었다.

그녀의 걸음과 내 걸음을 합쳐 백도 되기 전에 양쪽 기슭이 다 같이 꺾이어 나는 동쪽을 향했다.

그 길을 얼마 가지 않았을 때, 여인은 몸을 나에게 돌리고 말했다. 「자, 보고 들으세요.」

나는 번갯불이 아닌가 했으나 순식간에 날쌘 빛이 넓은 숲의 여기저기를 한 바퀴 스쳤다.

그 빛은 사라지지 않고 더욱 찬란하게 빛을 발했다. 마음속으로 나는 외쳤다. 『대체 이게 뭘까?』

빛으로 가득 찬 대기를 뚫고 아름다운 음악 소리가 들렸다. 그 때 가슴 속에는 이브의 무모함에 대한 의분이 솟구쳤다.

천사가 조물주에 복종하고 있을 당시 이브는 창조된 지 얼마 안 된 오직 하나의 여자이면서도 『무지의』 너울 밑에 머물러 있을 참을성이 없었다.

그러나 만일 이브가 유순하게 그 밑에 머물러 있어 주었던들

이처럼 형언할 수 없는 희열을 나는 아득한 옛부터 오랫 동안 맛볼 수 있었을 것이다.

초조하게 이 영원한 열락의 첫 즐거움 속을, 보다 큰 환락을 찾아 내가 나가고 있을 때

눈앞에 활활 타오르는 불처럼 나무 밑의 대기가 활짝 빛났는가 싶자 아름다운 음악 소리는 노랫소리로 바뀌었다.

아, 맑고 거룩한 『시신(詩神)의』 아가씨들이여. 그대들을 위해 죽음도, 추위도, 잠 못 자는 것도 참아 온 나이니 이제 그 보답을 구하지 않을 수가 없구나.

이제야말로 영감의 샘물을 나는 긷지 않을 수가 없다. 상상키도 힘든 시재(詩材)를 시로 읊게 될 나를, 우라니아[2]여, 다른 여신과 힘을 모아 도와 다오.

약간 앞쪽에 일곱 그루의 황금나무 같은 것이 보였다. 그러나 그것은

---

2) 우라니아는 천상의 사물에 관한 학문을 상징하는 시의 여신이다. 시신을 부르는 데 대해선 지옥편 2곡 주 참조.

그 정도 거리에 그 정도의 밝기면 종종 생길 수 있는 환각이었다.[3]

오관(五官)을 미혹시키는 유사한 것이 사물의 특징을 그르치지 않을 정도의 거리로 접근했을 때

이성의 식별 능력은 그것이 일곱 벌의 촛대임을 가르쳐 주었다. 그리고 음악 소리 속에 〈호산나[4]〉의 찬송가 소리가 들려 왔다.

이 아름다운 장식은 위쪽 끝에서 불꽃을 뿜어내며 맑게 갠 밤하늘의 만월보다 더 밝게 교교히 비치고 있었다.

오랜만에 감탄한 나는 비르질리오 스승 쪽을 돌아보았다. 스승이 바라본 그 눈에도 나 못지않은 놀라움이 떠올라 있었다.

나는 다시금 시선을 그 빛나는 부분으로 돌렸다. 신부의 걸음걸이도 따라갈 수 없는 『느린』 발걸음이었다.

여인이 나를 꾸짖었다. 「왜 그대는 빛나는 외면에만 정신이 팔려 뒤따르는 이에게는 눈을 돌리지 않나요?」

흰옷 입은 자들이 촛대에 인도되어 뒤따르는 것이 보였는데, 그것은 지상의 어느 것도 그들이 걸친 옷만큼 희지는 못하리라.

왼편에는 물이 반짝거렸다. 몸을 굽혀 들여다보았다면 거울처럼 나의 좌반신이 비쳤을 것이다.

내를 사이에 두고 촛대와 마주 선 나는 잘 보려고 눈을 모았다.

불꽃이 앞으로 나가니 뒤에 남은 채색된 공기는 마치 화필로 그은 듯이 꼬리를 그었다.

그 위쪽의 대기는 태양이 만들어 내는 무지개의 활과 델로스의 딸[5]의

---

3) 〈요한 계시록〉 1장 12절 『몸을 돌이켜 나에게 말한 음성의 주인을 알아 보려고 하여 돌이킬 때에 일곱 금촛대를 보았는데』, 20절 『일곱 촛대는 일곱 교회이다.』 또 4장 5절에 『보좌로부터 번개와 음성과 뇌성이 나고, 보좌 앞에 일곱 등불 켠 것이 있으니 이는 하느님의 일곱 영이라.』

4) 『호산나』는 예수가 예루살렘으로 들어가는 것을 환영한 유대 인들이 한 말이다. 〈마태 복음〉 21장 9절 참조.

5) 다이아나는 델로스 섬에서 태어났다. 무지개나 달무리의 일곱 색깔에 대해 언급하고 있는 것이다. 〈요한 계시록〉 4장 3~4절에 『앉으신 이의 모양이 벽옥과 홍보석 같고 또 무지개가 있어 보좌에 둘렸는데, 그 모양이 녹보석 같더라. 또 보좌에 둘러 이십 사 보좌들이 있고, 그 보좌들 위에 이십 사 장로들이 흰옷을 입고 머리에 금 면류관을 쓰고 앉았더라.』고 되어 있다.

띠와 같은 일곱 가닥의 색깔로 나누어져 빛났다.

이 일곱 기폭은 내 시력이 미치지 못할 만큼 아득한 저편에서 나부끼고 있었다. 좌우 양쪽 끝의 거리는 대개 열 걸음쯤 되는 것 같았다.

그리고 지금 말한 아름다운 하늘 아래 백합[6] 화관을 쓴 스물 네 명의 장로가 둘씩 짝을 지어 조용히 걸어나왔다.

「아담의 딸들 중에」 하고 그들의 합창 소리가 들렸다. 「그대의 아름다움, 영원히 복받을지어다.[7]」

건너 기슭의 상쾌한 화초를 밟으며 선택된 무리들이 떠나자

별이 별을 따라 하늘을 가듯이 푸른 잎사귀의 관을 쓴 네 마리의 짐승[8]이 그 뒤에서 나타났다.

각각 여섯 개의 날개를 폈는데, 생전의 아르고스[9]의 눈도 저러했을까 싶은 눈을 그 날개 하나하나에 달고 있었다.

독자여, 그 형상을 묘사하기에 이 이상의 행을 할애할 수는 없다. 그 밖에도 쓸 것이 많으므로 이것에만 아낌없이 붓을 놀릴 수는 없다.

그러나 이 짐승이 추운 지방에서 바람과 구름을 일으켜 불덩이가 되어 왔을 때의 모양은 에스겔이 보고 써 놓았으니 그의 책을 읽어 주오.

그의 책에도 내가 여기 본 대로 씌어 있을 듯하나, 오직 날개에 관해서는 난 그와 설을 달리하여 요한의 설을 채택하고 있다.

그 네 마리의 짐승으로 둘러싸인 가운데를 바퀴 둘 달린 개선의 수레가 한 마리의 그리포네[10]에게 끌리어 왔다.

---

6) 백합은 르네상스 회화에 있어서와 마찬가지로 순결을 가리킨다.

7) 〈누가 복음〉 1장 28절에는 『은혜를 받은 자여 평안할지어다, 주께서 너와 함께 하시도다.』라고 되어 있다.

8) 〈에스겔〉 1장에 네 마리의 짐승이 서술되어 있다. 〈요한 계시록〉 4장 6절 이하에 『보좌 앞에 수정과 같이 유리 바다가 있고 보좌 가운데와 보좌 주위에 네 생물이 있는데, 앞뒤에 눈이 가득하더라. 그 첫째 생물은 얼굴이 사자 같고, 그 둘째 생물은 송아지 같고, 그 셋째 생물은 얼굴이 사람 같고, 그 넷째 생물은 날아가는 독수리 같은데, 네 생물이 각각 여섯 날개가 있고, 그 안과 주위에 눈이 가득하더라.』

9) 아르고스에 대해서는 연옥편 32곡 참조.

10) 그리포네는 사자이면서 독수리의 날개를 달고 있다. 신성과 인성을 갖춘 그리스도의 상징으로 되어 있다. 그것이 교회를 상징하는 수레를 끌고 가는 것이다.

그리포네는 몸뚱이와 각각 셋씩 달린 양쪽의 날개끼리 서로 닿거나 가리는 일 없이 양쪽 날개를 하늘을 향해 뻗고 있었다.

그 날개는 눈에 안 보이는 하늘 저편으로 뻗어 있었다.『머리와 날개는』 금빛 독수리이고 그 나머지는 붉고 흰『사자의』 씩씩한 모습이다.

이처럼 화려한 수레로, 온 로마를 들끓게 한 적은 아프리카누스 때에도 아우구스투스 때에도 없었다.

옛날, 해의 수레바퀴가 그 길을 벗어났을 때[11] 신심 깊은 테르나(지구) 의 기도를 받아들여 제우스가 신비 속에서 정의의 심판을 내려 불타 버린 태양의 수레도 이 수레에는 못 따라갈 것 같다.

오른쪽의 바퀴 가까이 세 천사[12]가 원을 짓고 춤을 추며 걸어왔다. 하나는 불 속에 있다면 구별도 못할 만큼 빨갛고 다른 하나는 그 뼈와 살이 녹옥으로 만들어진 것 같은 녹색이었으며, 셋째 번 전차는 금방 내린 눈같이 희었다.

때로는 흰 천사가, 때로는 빨간 천사가 선창을 하면 그 노랫소리에 맞추어 다른 두 천사가 걸음을 빨리하고 또 늦추는 것이었다.

오른쪽 원 가까이서는 자주빛 옷을 입은 네 천사가,[13] 그 중의 눈이 셋 달린 천사를 따라 축제의 춤을 즐거운 듯이 추고 있었다.

이제 말한 이 행렬의 맨 뒤에 옷차림은 다르지만 태도는 다같이 엄숙하고 점잖은 두 노인이 보였다.

하나는, 만물의 영장을 위해 자연이 낳은 저 위대한 히포크라테스의 족속인『의사』 같았고, 다른 하나[14]는 끝이 예리하게 번쩍이는 칼을 들고 동행과는 반대의 생각을 나타내고 있었는데 그 모습은 내를 사이에 둔 나에게까지 두려움을 느끼게 했다.

잇따라 비천한 차림을 한 네 사람[15]의 모습이 눈에 띄었다. 그리고 그

---

11) 파에톤이 불수레를 잘못 몰아 길에서 벗어난 데 대해서는 지옥편 17곡 참조.

12) 믿음(흰색)·소망(녹색)·사랑(빨간색)의 세 천사이다. 연옥편 8곡, 연옥편 31곡 참조.

13) 네 가지 기본 도덕의 숨은 뜻에 대해서는 연옥편 1곡과 주 참조.

14) 그 하나는 성 누가, 다른 하나는 성 바울.

15) 이 네 명은 〈야고보서〉〈베드로 전, 후서〉〈요한 1, 2서〉〈유다서〉의 저자를 가리킨다.

모든 사람들의 뒤에서 날카로운 얼굴을 한 노인[16] 하나가 졸면서 걸어오는
것이 보였다.

이 일곱 명은 첫번째의 무리들과 마찬가지로 흰옷을 입고 있었으나, 머리
에는 백합꽃을 꽂지 않고

장미 따위의 붉은[17] 꽃을 꽂고 있었다. 멀리서 본다면 일곱 명의 눈에서부
터 위는 붉게 타는 것같이 보였으리라.

수레가 바로 내 앞에 왔을 때, 우뢰 소리가 들렸다. 그러자 위엄 있는
이 행렬[18]은 이제 앞으로 나갈 것을 금지당한 것같이

선두의 촛대를 비롯하여 모두가 그 자리에 멈춰섰다.

---

16) 이 노인은 〈요한 계시록〉의 저자 요한을 가리킨다.

17) 붉은 빛은 격렬한 사랑을 나타내는 색깔이다.

18) 남유럽 인들은 지금도 축제일에 행렬을 즐기는데, 그런 종류의 행사는
중세에도 르네상스 시기에도 왕성했었다. 빌라니의 저서 《연대기》 (제8
권 70장)에는 1304년 5월에 아르노의 강물 위에서 행해진 지옥을 나타내
는 축제에 대한 기술이 있다. 당시의 회화에도 이런 종류의 행렬과 구경거
리는 자주 그려지고 있다. 그 중에는 이 지상 천국에 있어서의 행렬과
마찬가지로 숨은 뜻을 담아 그려진 것이 많다. 이 상징으로서의 행렬에
대해 시몬드는 『《신곡》 속에서 가장 재미가 덜한 부분』이라 평하고 『이
부분을 썼을 때의 단테는 한 시대에 속한 시인이지 영원 불변한 시인은
아니었다.』라고 중세적인, 이미 퇴폐한 양식의 한계를 지적하고 있다. 『근
대의 취미성으로 말한다면 이 구경거리가 예술적으로는 실패한 것이다.』
라고 단언하고 있다.

제 30 곡

일제히 노랫소리가 들리고 꽃이 구름처럼 주위 가득히 뿌려졌을 때, 그 수레 위에 기품 있는 왕녀풍의 베아트리체가 나타난다. 단테의 마음속에는 옛날의 사랑의 불꽃이 다시 세차게 타오른다. 단테는 무의식중에 비르질리오를 불렀으나 그의 모습은 이미 보이지 않는다. 베아트리체가 단테의 이름을 부르며 자식을 꾸짖는 어머니같이 엄하게 올바른 길을 벗어난 과거 십 년 동안의 그의 행동을 책한다.

지는 일도 돋는 일도 없이 죄악 말고는 어떤 안개에도 가리우는 적이 없는 첫째 하늘의 일곱 별은[1]

이 항구로 돌아가는 뱃사람의 노젓는 손을 인도하는 북극의 별처럼 인간 각자에게 스스로의 임무를 자각케 했다.

그 일곱 개의 촛대가 멈추었을 때, 촛대와 그리포네의 사이를 걸어나온 참된 무리[2]는 저들의 평안을 향해 가듯, 그 수레를 향해 갔다.

그 중 하나가 하늘에서 보내어진 자같이 「신부여, 레바논으로부터 나오라.」 하고 노래부르며 세 번 외쳤다. 그 소리에 모두들 따라 합창했다.

최후의 심판날에 나팔 소리가 나면 복받는 자들은 재빨리 육체를 걸치고 무덤에서 차례차례 할렐루야를 부르며 일어나는 것처럼

백이 넘는 영원한 생명의 종들과 사자들이 그 장로의 목소리에 화합하여 성스러운 수레 위에서 일어나더라.

「복되도다, 오시는 이[3]여.」 하고 그들은 외치면서 꽃을 그 주변 가득히 흩뿌렸다. 「오, 손에 넘치도록 백합을 드리어라.[4]」

일찍이 여명을 보았을 때, 동녘 하늘은 온통 장미빛으로 물들고 서녘

---

1) 일곱 별은 일곱 등불이며, 작은 곰자리의 별이 뱃사람을 인도하듯이 그것이 정신적인 인도가 된다는 것이다. 역시 작은 곰자리의 으뜸 별은 북극성이다.
2) 참된 무리는 스물 네 명의 장로.
3) 〈마태 복음〉 21장 9절. 연옥편 29곡과 주 참조.
4) 《아에네이스》 제6권 884행.

하늘은 온통 맑게 개어 태어나는 해의 얼굴이 아침 안개의 너울로 가리워져
눈으로 오래 볼 수가 있었듯이,

　지금 그 모양과 흡사하게 천사의 손으로부터 수레의 안팎으로 흩어지는
꽃구름 속에서

　하얀 너울을 쓰고 감람(橄欖)관을 쓴 여인[5]이 눈앞에 나타났다. 녹색 망토
밑에는 불타는 듯한 붉은 옷을 입고 있었다.

　이 여인 앞에 넋을 잃고 떨면서 꿇어엎드리지 않은 지 벌써 오랜 세월이
지난[6] 나의 혼이었지만

　눈으로 다시 확인한 것이 아닌데도 여인에게서 우러나는 신비의 힘에
움직여져 옛날의 격렬한 사랑을 나는 몸 속에 느꼈다.

　아직 어렸던 시절, 벌써 내 마음을 꿰뚫었던 거룩한 힘이 지금 또 내
얼굴을 쏘았다.

　어린이가 무서울 때나 혼이 날 때면 정신 없이 엄마 품에 달려들 듯이
나도 왼편을 돌아보고 비르질리오의 도움을 구하고자 외쳤다.

　「스승님, 온몸의 피가 모조리 들끓습니다. 옛날의 불꽃의 여운이 되살아났
습니다.」

　그러나 다정하고 그리운 아버지 비르질리오, 내가 항상 구원을 찾아 몸을
맡겼던 비르질리오, 그 비르질리오의 모습은 사라지고 없었던 것이다.

　태고적 어미가 잃었던 그 모두를 가지고서도[7] 이슬로 씻겨진 이 볼이
지금 또 다시 눈물로 더럽혀져 가는 것은 어쩔 수가 없었다.[8]

　「단테[9]여, 울어서는 안돼요, 비르질리오가 떠났다 하더라도 아직 울어서는
안 됩니다. 그대는 다른 칼 때문에 역시 울어야 할 몸이에요.」

　이물이나 고물에 서서 함대에 근무하는 수병을 사열하기 위해 배에 왔다
가 사기를 북돋우는 제독처럼

　여인의 모습이 수레의 왼편 위에 나타났다. 어쩔 수 없어 내 이름을 여기

---

　5) 베아트리체이다. 믿음(흰색) · 소망(녹색) · 사랑(붉은색)의 옷을 입고 있
　　다.

　6) 베아트리체는 십 년 전인 1290년에 죽었다. 연옥편 32곡 참조.

　7) 태고의 어머니 이브가 잃은 낙원의 모든 아름다운 것을 다하더라도.

　8) 연옥편 1곡 참조.

　9) 단테의 이름이 《신곡》 속에 나오는 유일한 예이다.

에 썼지만 내가 이름이 불리는 바람에 뒤돌아보았을 때

여인은 냇물 건너편에서 나를 쳐다보았다. 아까 천사들이 뿌린 꽃구름 속에 모습을 나타낸 여인이었다.

미네르바 잎새[10]로 만든 관을 쓴 머리에서 너울이 드리워져 모습은 똑똑히 보이지 않았으나

태도에는 위엄 있는 왕녀의 풍격이 갖추어져 있었다.

문장의 매듭을 열띤 구절로 맺은 이처럼 여인은 다음과 같이 말하였다.

「보셔요, 나는, 나는 베아트리체입니다. 어떻게 그대가 이 산에 올 수가 있었나요?

복된 사람만이 이 곳에서 은총 속에 살 수 있다는 것을 당신은 몰랐던가요?」

맑은 샘물 속으로 나는 눈을 떨구었다. 그러나 거기 비친 내 모습을 보고 나는 다시 풀 속으로 눈을 돌렸다. 얼굴에는 수줍음의 빛이 역력히 떠올라 보였던 것이다.

여인에게서 나는 자식을 꾸짖는 어머니의 엄함을 느꼈다. 엄한 자애의 정은 언제나 쌉쓸한 맛이 나는 법이다.

여인이 입을 다물었다. 그러자 곧 천사들이 〈주여, 내 소망은 주 안에 있나이다.[11]〉를 불렀는데 〈내 발을……〉에서부터는 부르지 않았다.

이탈리아의 등[12]이 되는 숲에 내려 쌓인 눈은 스키아바니아에서 북풍이 몰아칠 때 단단하게 얼지만

잇따라 그림자 하나 없는 사막에서 바람이 불면 불에 녹는 초처럼 녹아서 흐른다.

그와 같이 나도 영원한 천구의 선율에 맞춘 천사들의 합창이 들릴 때까지는 눈물도 한숨도 얼어붙은 듯이 나오지 않았다.

그러나 감미로운 찬미가 속에 나를 위한 탄원의 말이 들렸으므로, 여인이여, 왜 그리 심하게 꾸짖으십니까? 하는 말을 한 내 마음에 얼어 붙었던

---

10) 미네르바의 잎사귀는 감람이다.

11) 〈시편〉 31편 1절 『주여 내 소망은 주 안에 있나이다.』 31편 8절 『내 발을 ……』 시편 31편은 24절까지 있으나 나머지 부분은 이 지상 낙원에서 부르는 것이 적당하지 않으므로 천사는 여기서 노래를 그친 것이다.

12) 이탈리아의 등은 아페니노 산맥이다.

얼음이 녹았다. 얼음은 가슴속에서 물과 숨결이 되어 불안과 더불어 눈과 입에서 쏟아져 나왔다.

아까도 말했듯이 여인은 수레의 왼쪽 가장자리에 단정히 서서 다음과 같이 자비로운 천사의 무리들을 향해 말하였다.

「그대들은 영원한 빛 속에 눈을 뜨고 있으므로 현세의 도상에서 일어난 일을 그대들로부터 숨긴다는 것은 밤이나 잠이라 할지라도 못할 거예요.

내 물음이 바라는 바는 냇물 너머에서 울고 있는 자[13]에게 내 말을 깨닫게 하여 죄에 대해 뉘우침을 갖게 하는 거예요.

천구는 인간 각자에게 그 운성에 따라 목적을 정하는데,[14] 그는 천구의 작용뿐 아니라

인간의 눈에 보이지 않는 크나큰 신의 은총을 비처럼 받아 한창시절의 젊었을 때에 커다란 가능성을 혜택받았습니다.

그의 뛰어난 자질은 모조리 훌륭하고 놀라운 행위에 나타났던 것이지요.

그러나 땅은 힘이 왕성하면 할수록 갈지 않고 버려 두어 나쁜 씨를 싹트게 하면 더욱 황폐해져 나빠지는 법이에요.

한때는 내가 내 표정으로 그를 지탱하였습니다. 젊은 눈을 그에게 돌려 나는 그를 인도하여 옳은 길을 걸었습니다.

그러나 나는 둘째 나이[15]가 되었을 때, 세상을 바꾸어 현세를 떠났습니다. 그러자 그는 나를 버리고 다른 이에게로 갔습니다.

내가 육체를 떠나 혼이 되어 하늘로 올라와 미와 덕이 내게 충만되었을 때, 그는 벌써 나를 사랑하지 않았으며,

나를 기쁨으로 여기지 않고 전혀 약속을 지킨 적이 없는 선의 허상을 좇아 바른 길을 버렸습니다.

나는 타고난 영감으로 꿈과 환각 속에 나타나 그를 다시 불러내려 했으나

___

13) 냇물 너머에서 울고 있는 자는 단테이다. 베아트리체가 연옥편 30곡에서는 단테를 삼인칭인 『그』로서 다루었으며, 다른 사람에게 그에 대한 것을 말하는 형식을 취해 간접적으로 단테를 꾸짖지만 31곡에서는 이인칭인 『그대』로서 말하며 직접적으로 단테를 꾸짖는다.

14) 지옥편 15곡 · 연옥편 16곡 참조.

15) 첫째 나이는 스물 다섯 살로 끝난다. 1290년 베아트리체는 스물 다섯 살에 죽었다.

헛일이었어요. 그는 전혀 돌아보려고 하지 않았던 거예요.

그는 타락에 타락을 거듭하였습니다.[16] 구원할 방법은 파멸한 인간들을 보여 주는 수밖에 없다고 생각되었을 정도였어요.

그래서 내가 죽은 자의 문[17]으로 내려가 그를 이 위까지 인도하여 주신 분에게 눈물을 흘리며 간청했던 거예요.

만약 그가 눈물도 흘리지 않고 죄도 뉘우치지 않고 부채도 갚지 않고 이 레테 강을 건너서 이 물[18]을 맛볼 수 있다면

주의 거룩한 섭리는 깨어진 것이 될 거예요.」

제 31 곡

단테는 그제야 자기의 과오를 참회한다. 베아트리체가 다시 엄하게 단테의 과거 행적을 나무라자 그는 회한으로 가슴이 조여 까무러친다. 단테가 의식을 회복하자 마텔다 부인이 그를 레테 강물에 담가 악으로 물든 기억을 모두 지워 준다. 그리하여 깨끗해진 단테를 네 명의 천사 앞으로 데리고 간다. 그러자 이번에는 그 천사가 그를 그리포네 앞으로 데리고 간다. 그리포네는 사자이면서 독수리의 날개를 가진 짐승으로 신성과 인성을 함께 소유하는 그리스도의 상징이다. 다른 세 여자가 춤을 추며 걸어나와 베아트리체더러 단테에게 그녀의 둘째 번 미(美 : 웃는 얼굴)를 보여 주도록 하라고 단테 대신 부탁해 준다.

「오, 그대, 이 성스러운 냇물 너머에 있는 그대여.」 하고 여인은 그 칼[1]

---

16) 타락한 단테를 구하는 마지막 수단으로서의 저승 여행이라는 발상과 동기
   에 대해서는 지옥편 2곡 참조.

17) 지옥의 문.

18) 이 물——원문은 식물, 레테의 물이 지니고 있는 죄의 기억을 지워 버리
   는 힘.

1) 이제까지는 삼인칭(날)으로 말하던 것이 이인칭(칼 끝을 정면에서 들이대
   고)으로 변한 것이다.

날만으로도 날카롭게 느껴졌던 화제의 칼 끝을 내 정면에다 들이댔다.

그리하여 잠시의 틈도 두지 않고 말을 이어 책했다.

「자, 이것이 사실입니까? 대답을 하셔요. 이렇게 책망을 받는 이상에는 참회를 해야 합니다.」

나의 능력은 혼란을 일으켜 말을 하려고 했으나 목구멍에서 나오기도 전에 목소리가 사라지고 말았다.

여인은 약간 기다렸다가 말했다.

「무엇을 생각하는 거예요? 대답을 하셔요, 그대 속에 있는 슬픈 기억은 아직 물[2]로 씻겨진 게 아니예요. 」

혼란과 공포가 뒤섞이어 입에서 가까스로 「네」라는 소리가 나왔으나, 그것은 눈으로 보지 않고는 모르는 그런 목소리였다.

활을 쏠 때 시위를 너무 당기면 활이 망그러지고 과녁을 향해 날으는 화살의 기세도 약해지듯이

나도 너무나 무거운 이 짐을 견딜 수가 없어 눈물과 한숨이 밖으로 쏟아져 나왔으나 말은 목구멍 속에서 힘 없이 지워졌다.

그러자 여인이 말했다.

「더이상 바랄 것이 아무것도 없는 선[3]을 그대가 사랑하게끔 이끈 나의 소원의 『길』 중도에서

그대가 그토록 앞으로 나갈 희망을 끊은 것은 대체 어떤 구렁, 어떤 사슬을 만났기 때문입니까?

또 그 이외의 선[4]의 겉보기에 어떠한 이로운 것이 표시되어 그대의 마음과 발을 유혹했던가요?」

괴로운 한숨이 먼저 입에서 새어나왔다. 대답을 하려 해도 말이 나오지 않았다. 오직 가까스로 입술이 말의 모양을 지었다.

울음 섞인 소리로 나는 대답했다.

「당신의 얼굴이 사라지자마자 눈에 보이는 모든 것들이 그 거짓 쾌락으로 내 발길을 돌리게 했습니다.」

---

2) 레테의 물이다. 연옥편 28곡, 연옥편 31곡 참조.

3) 더이상 바랄 것이 아무것도 없는 선은 신이다.

4) 그 이외의 선은 세속적인 것이다.

그러자 여인이 말했다.

「이제 참회한 것을 가령 숨기든 부인하든간에 죄는 사라지지도 감추어지지도 않습니다. 심판하시는 신은 모든 것을 보고 계십니다.

그러나 죄의 참회가 눈물이 되어 볼에 넘칠 때 하늘의 법정에서는 둥근 숫돌도 칼날을 거슬러 돌아가는 법이니

그대가 실수의 치욕을 이제 뼈저리게 느끼고, 다음에 요부 시레네[5]의 소리를 듣더라도 마음이 굳세지도록

눈물의 씨앗은 버리고 지금 내가 하는 말을 들으세요. 그대는 내가 죽어서 묻혀 버렸기 때문에 반대 방향으로 가 버렸습니다.

내가 가지고 있던 아름다운 육체만큼 그대의 눈을 기쁘게 해 준 것은 자연에도 인공에도 없었습니다. 그 육체는 지금 땅의 티끌이 되어 흩어졌습니다.

내가 죽었기 때문에 더없는 기쁨이 사라졌다면 어떻게 덧없는 현세의 다른 것이 그대의 마음을 끌 수가 있었을까요?

그대는 거짓 것으로부터 첫 화살을 맞은 직후에 이미 그러한 『현세의』 것이 아니게 된 내 뒤를 따라 일어섰어야만 했어요.

젊은 여자의 사랑이나 그 밖의 허망한 것으로부터 더 많은 화살의 상처를 입고 날개를 아래로 무겁게 드리우지 말아야 했던 거에요.

새도 새끼 때는 두 번 세 번 화살을 맞지만 날개가 온전하게 돋은 새 앞에선 그물을 치건 활을 쏘건 필경은 헛된 일이예요.」

어린이는 설득을 당하여 제 잘못을 인정하면 잘못을 뉘우치고 부끄러운 듯이 눈을 땅에 떨어드리고 말없이 서 있는데

나도 그처럼 서 있었다. 그러자 여인이 말했다.

「내 말이 그대를 슬프게 만들지라도 그 수염을 치켜들고 이쪽을 똑똑히 보고 더 후회를 하세요.」

여인에게 그 말을 듣고 고개를 든다는 것은 알프스나 야르바스[6] 왕국에서 불어오는 바람 때문에 굳센 떡갈나무가 쓰러지는 것보다도 나에게는 더 괴로운 저항을 느끼게 했다.

---

5) 시레네에 대해서는 연옥편 19곡과 주 참조.
6) 야르바스는 리비아의 왕으로 《아에네이스》에 나온다.

　　그리고 『얼굴』이 아니라 『수염』이라 했을 때의 여인의 말에 포함된 독이
몸에 스며들었다.

　　내가 얼굴을 들어 보니 천사들은 꽃뿌리던 손을 멈추고 있었다. 그리고
나의 『눈물로 흐려진』 아직 분명치 않은 눈에 신성(神性)과 인성(人性)을
한몸에 갖춘 짐승 쪽으로 돌아선 베아트리체의 모습이 보였다.

　　현세에 있었을 무렵, 여인은 누구보다도 뛰어나게 아름다웠었지만 냇물
너머에서 너울을 쓰고 있는 모습은 옛날의 여인보다 한결 아름다웠다.

　　개심의 가시풀이 그 때 따끔하게 나를 찔렀다. 내 눈을 여인의 사랑으로
부터 외면케 만든 것이 그때 더욱 아프게 느껴졌다.

　　스스로의 죄를 깨닫자 너무 마음이 아픈 나머지 나는 쓰러졌다. 그 모양
은 그 원인이 되었던 이만이 알고 있다.

　　이윽고 심장에서 피가 오관으로 돌아왔을 때,[7] 내 머리맡에 아까 혼자
나타났던 여인[8]이 보였다. 「붙잡으세요, 나를 붙잡으세요.」

　　나는 목까지 물[9]에 잠겨 있었는데, 『마텔다』 여인은 나를 끌며 작은 배처
럼 가볍게 물 위를 걸어갔다.

　　내가 복받는 기슭에 다가갔을 때 「나를 정결케 하소서.[10]」라고 하는 전혀
상상할 수도 표현할 수도 없을 만큼 부드러운 목소리가 들렸다.

　　아리따운 여인은 두 팔을 벌려 내 머리를 안아 나를 물 속에 잠갔다.
나는 무의식중에 물을 먹었다. 먹지 않을 수가 없었다.

　　여인은 나를 물 속에서 건져내어 물에 젖은 나를, 춤추는 곳으로 데리고
갔다. 그러자 어여쁜 네 천사가 저마다 나를 얼싸안았다.

　　「우리는 여기서는 님프이고 하늘에서는 별[11]이랍니다. 베아트리체가 세상
에 내려가시기 전부터 시녀로 정해져 있었습니다.

　　당신을 모시고 뵈러 가는 저기 통찰력 깊으신 세 분[12]께서 그녀의 속에
있는 환희의 빛을 보게끔 당신의 눈을 밝게 해 주실 것입니다.」

―――――――――――――――

　　7) 정신이 돌아왔을 때.
　　8) 마텔다이다.
　　9) 레테 강이다.
　10) 〈시편〉 51편 7절 『우슬초로 나를 정결케 하소서, 내가 정하리이다.』
　11) 연옥편 1곡과 주 참조.
　12) 연옥편 29곡과 주 참조.

이렇게 노래부르며 이야기했다. 그리고 우리들 쪽을 향해 베아트리체가 서 있는 그리포네의 가슴 앞까지 나를 같이 데리고 가서 나에게 말했다.

「사랑이 그 눈에서 화살을 뽑아 당신을 쏜 그 비취알 앞에 당신을 모셔왔습니다. 마음껏 바라보세요.」

불길보다도 뜨거운 가지가지 소원에 불타는 나는, 항시 그리포네에게 집중된 빛나는 여인의 두 눈을 찬찬히 바라보았다.

태양이 거울 속에 비치듯, 신성과 인성을 띤 짐승이 여인의 눈 속에 어느 때는 신의 모습, 어느 때는 사람의 모습이 되어 비쳤다.

독자여, 내가 어찌 놀라지 않을 수 있었겠는가 생각해 보라. 짐승은, 실물을 보면 움직이지 않는데 영상을 보면 변화를 하는 것이다.

나의 혼은 환희로 하여 넋을 잃고 먹을수록 식욕이 돋우어지는 이 음식의 맛을 보았는데

그 때 다른 세 천사가 천사들이 연주하는 가락에 맞추어 춤을 추며 앞으로 나왔다. 그 거동에서는 절로 고귀한 기품이 느껴졌다.

「베아트리체, 거룩한 눈을」 하고 노랫소리가 들려왔다.

「그에게로 돌리세요. 만나뵙기 위해 그는 갸륵하게도 멀고 긴 나그네길을 온 것입니다.

아무쪼록 우리들의 소원을 받아들여 당신의 입으로부터 너울을 걷어 주세요, 숨겨 두신 제2의 미[13]를 그의 눈에 또렷이 보여 주세요.」

오, 영원한 빛이여, 파르나소스의 산그늘에서 창백하게 몸이 야위어 그 『영감의』 샘물을 마신 자라 할지라도

광활한 대기 속에 당신이 너울을 벗고 모습을 나타내어 하늘이 당신에게 조화된 그림자를 던졌을 때의 당신의 그 있는 그대로의 모습, 그 모습을 묘사하려 시도하다가

넋을 잃지 않는 이, 과연 뉘 있을 것인가?

---

13) 제2의 미는 베아트리체의 웃는 얼굴이다.

제 32 곡

　　단테는 지금 십 년 만에 베아트리체의 웃는 얼굴을 본다. 너무나 눈부시어
앞이 안 보이나 이윽고 그는 시력을 회복한다. 그 때 수레가 방향을 바꾸고
다시 움직이기 시작하는 것이 보인다. 마텔다 부인과 스타시오, 단테도 그것을
따라간다. 지상 낙원을 걸어가니 거창하게 큰 나무가 보인다. 단테의 이해를
초월한 온갖 사건이 일어난다. 큰 독수리가 내려와 수레를 쳐서 주위에 깃털을
흩뿌리고는 날아간다. 로마 교황청의 부패 타락과 아비뇽 천도가 일련의 숨은
뜻에 의해 표시된다.

　　십 년 동안[1]의 목마름을 풀고자 내 눈은 뚫어져라 바라보았다. 그 때문에
내 다른 감각은 모두 사라져 없어졌다.

　　눈 말고는 오른편에도 왼편에도 무관심의 벽이 생겼다. 성스러운 웃음이
옛날의 『사랑의』 밧줄로 내 눈을 그 웃는 얼굴 쪽으로 끌어당겼다.

　　그러나 그 때「너무 쳐다보는군요.」하는 천사들의 목소리가 들렸다. 나는
하는 수 없이 얼굴을 왼편으로 돌렸다.

　　햇빛을 똑바로 쳐다본 이는 눈이 아찔하여 잠시 동안은 아무것도 보지
못하는 듯이 나 또한 한동안 시력을 잃었다.

　　이윽고 시력이 회복되어 조그만 빛이 보이기 시작했을 때 (『조그맣다』고
는 내가 부득이 눈을 돌린 『커다란』 빛과 비교해서 하는 말이지만)

　　영광스러운 전사의 행진이 오른편으로 가는 것이 내 눈에 보였다. 태양과
일곱 불꽃이 돌아가는 그들을 정면에서부터 비추고 있었다.

　　군대가 퇴각할 때는 장병들이 방패를 쳐들고 방향을 바꾸는데, 전군이
뒤로 돌아서기 전에 먼저 군기가 방향을 바꾼다.

　　그와 같이 이 천상 왕국의 전위인 『장로』 일대는 끌채가 채 돌기 전에
벌써 모두 뭉쳐 우리 앞을 지나갔다.

　　그러자 천사들도 수레바퀴 가까이로 춤을 추며 돌아왔다. 그리하여 그리
포네는 축복받은 짐을 끌기 시작했는데, 깃 하나 움직이지 않았다.

---

　　1) 베아트리체는 십 년 전인 1290년에 죽었다. 연옥편 30곡 참조.

아까 내 손을 잡고 내를 건넌 아름다운 『마텔다』 여인과 스타시오, 나는 조그맣게 호를 그린 수레 자국[2]을 따라갔다.

이렇게 하여 뱀을 믿은 여인[3]의 죄 때문에 무인지경으로 변한 깊은 숲속을 헤치고 천악(天樂) 소리에 발맞추어 우리는 나아갔다.

대충 활을 세 번 쏠 정도의 길을 우리가 걸었을 때 베아트리체가 수레에서 내려섰다.

모두들 나직한 소리로 『아담』이라 속삭이는 것이 들렸다.[4] 그리고 어느 가지를 봐도 잎도 꽃도 없는 한 그루의 나무[5]를 둘러싸고 있었다.

그 나뭇가지는 위로 갈수록 더욱 퍼져 있었는데, 인도의 숲속에 사는 이라도 혀를 내두르지 않을 수 없을 정도로 높았다.

「맛 좋은 이 나무를 입으로 쪼지 아니한 그리포네여, 너는 복되도다. 이것으로 배불린 자는 뒤에 앓기 때문이니라.」

거창하게 큰 나무 둘레에서 『스물 네 명의』 사람들이 이렇게 외쳤다. 그러자 『신·인』 양성의 짐승이 외쳤다.

「이리하여[6] 모든 정의의 씨가 지켜지느니라.」

그리하여 끌고온 끌채를 향하더니 그리포네는 수레를 헐벗은 나무에다 갖다대어 그 한 가지로 끌채를 매었다.

위대한 햇빛이 천상의 쌍어궁 뒤쪽에서 빛나는 『백양궁의』 빛과 섞이어 내리쬐일 무렵[7]

지상의 초목은 봉오리가 부풀고 그 색채가 모두 새로 되살아난다. 태양이 천마를 몰아 그 다음 별자리로 들어가기 전의 계절이다.

그와 마찬가지로 그 때까지 쓸쓸하게 있던 그 나무가 새로이 생기를 띠더

---

2) 조그만 호를 그린 오른쪽 바퀴이다.

3) 뱀을 믿은 여인은 이브이다. 아담과 이브가 추방된 이래, 지상 낙원은 무인지경으로 변해 있었다.

4) 질책의 뜻으로 『아담』이라는 이름을 속삭인 것이다.

5) 이 나무에 대해서는 〈창세기〉 2장 9절을 참조. 『여호와 하느님이 그 땅에서 보기에 아름답고 먹기에 좋은 나무가 나게 하시니 동산 가운데에는 생명나무와 선악을 알게 하는 나무도 있더라.』

6) 세속 권력과 종교 권력이 서로 상대의 권리를 침해하지 않으면, 하는 것이 『이리하여』의 뜻이다.

7) 이 별자리의 위치는 봄을 가리킨다.

니 장미보다도 더 옅게 제비꽃보다도 짙게 빛을 띠고 꽃이 피기 시작했다.

사람들이 그 때 합창한 찬미가는 내가 지상에서는 노래할 수도 없는 가락인지라 나로서는 이해할 수도 끝까지 들을 수도 없었다.

비싸게 치러졌던 불침번[8]인 저 잠든 아르고스의 눈을 그릴 수 있다면

모델을 보고 그리는 화가처럼 나는 내가 잠든 모양을 그려 보일 수가 있었을 것이다.

그러나 누구든지 잘 그릴 수 있다면 그려 봐 다오:

나로서는 할 수 없으니 제쳐 놓고 여기서는 깨어났을 때의 일을 이야기하겠다.

빛이 내 잠의 너울을 찢자 외침 소리가 들렸다.

「일어나세요, 무엇을 하고 있나요?」

능금나무 열매는 천사들의 식욕을 돋우며[9] 천국에서 영원한 혼인 잔치를 베푸는 계기가 되는데,

그 능금나무의 작은 꽃을 보러 베드로와 요한과 야곱은 안내되어 산에 왔다가 정신을 잃고 쓰러졌다.

말소리에 깊은 잠에서 깨어나 정신을 차리고 문득 돌아보니

어느 틈엔지 동행이 줄어져 모세와 엘리야도 없어지고 스승인 그리스도의 옷도 달라져 있었다.

나도 그처럼 제정신으로 돌아왔다. 그리고 내 머리 위에 아까 내를 따라 나를 인도해 준 그 자애 깊은 마텔다 여인이 보였다.

나는 의혹에 사로잡혀 「베아트리체는?」 하고 물었다. 그러자 여인이 대답했다. 「보세요, 저 나무 뿌리, 우거진 녹음 속에 앉아 계십니다.

그녀를 에워싸는 일곱 천사의 무리를 보세요. 다른 자들은 그리포네를 따라 지금 오묘한 찬미가를 부르며 하늘을 향해 올라갑니다.」

『마텔다』 여인이 말을 더 했는지 어떤지 나는 모른다. 베아트리체가 눈 앞에 나타나는 바람에 나는 다른 것은 일체 모르게 되어 버린 것이다.

---

8) 불침번이었던 아르고스는, 님프 쉬링크스의 이야기를 듣고 있는 동안 잠이 들어 살해되었다. 그것이 『비싸게 치러졌다』는 뜻이다.

9) 이하. 능금은 그리스도의 비유로 되어 있다. 그리스도의 변화에 대해서는 〈마태 복음〉 17장을 참조.

326

『신·인』 양성의 짐승이 아까 수레를 나무에다 매었는데, 거기 감시꾼으로 남기라도 한 듯이 베아트리체가 혼자 맨땅에 앉아 있었다.

일곱 님프가 둥그렇게 원을 짓고 둘러싸 손에 손에 촛대를 들고 있었는데 어떠한 바람에도 꺼지지 않는 불이었다.

「잠시 동안 그대는 여기서[10] 이 숲의 사람이 되어야 해요. 그리고 나와 더불어 영원히 로마의 백성이 되어야 해요.

그리스도가 그 백성인 『천상의』 로마에서 말이에요.

그러니까 지금은 어지러운 세상에 도움이 되도록, 저 수레에 눈을 집중시켜 그대가 본 것을 현세로 돌아갔을 때 꼭 글로 쓰도록 해 주세요.」

이렇게 베아트리체가 말했다.

나는 그녀가 분부한 발밑[11]에 나의 모든 것을 바치겠다는 마음이 들어 그녀가 말한 곳으로 주의를 돌렸다.

저 먼 곳에서 비가 내릴 때 먹구름 속에서 떨어지는 벼락이라 할지라도 이제 그 나무를 향해 제우스의 새가 날아내린 만큼

날쌔지는 못하리라.[12] 보니 큰 독수리 한 마리가 꽃을 꺾고 잎을 뜯으며 나무 껍질을 찢더니 힘을 다 짜내어 수레를 내리쳤다.

수레는 그로 인해서 폭풍 속의 배처럼 이리저리 마구 흔들렸다.

그런 뒤 영광의 수레 속으로[13] 맛난 음식이란 먹어 본 적이 없는 암여우가 뛰어드는 것이 보였다.

그러나 여인이 그 더러운 죄를 꾸짖어 대자 암여우는 허겁지겁 재빨리 도망쳤다.

그러자 또 아까 날아왔던 길을 지나서 독수리가 수레의 포장 속으로 날아내려 그 근처에 가득히 깃털을 어지르고 날아갔다.

그러자 비탄의 마음에서 우러난 듯이 천상에서 한 마디 말이 울려 퍼졌다. 「오, 나의 쪽배여, 짐을 잘못 실었구나!」

이어서 바퀴와 바퀴 사이의 땅이 갈라지는 것이 보였다. 거기서 용[14]이

---

10) 여기는 지상 낙원이다.

11) 분부하는 발밑, 상징시 풍의 표현이라 할 수 있을 것이다.

12) 그리스도 교회가 황제로부터 박해당한 것을 나타낸다.

13) 이단의 무리가 그리스도 교회를 위협한 것을 나타낸 것이리라.

14) 용은 마호멧을 가리킨다는 설도 있다.

한 마리 나타나더니 그 꼬리로 수레를 휘감았다.

그리고는 찔렀던 침을 뽑는 말파리모양 그 마성의 꼬리를 잡아당겨 곧 수레 밑 한끝을 쥐어뜯곤 유유히 가 버렸다.

뒤에 남은 부분은 풀이 무성한 땅처럼 아마도 건전한 선의에서 나온 공물이겠지만 깃털로 또다시 덮였다.

오른쪽 바퀴도 왼쪽 바퀴도 끌채도 입을 벌려 한숨 쉴 정도의 극히 짧은 시간 동안에 다시 모조리 깃과 털로 덮였다.

성스러운 건물이 이렇듯 변해 버린 뒤에 여기저기서 머리가 나왔다. 끌채 위에서 셋, 네 구석에서 각각 하나씩 머리를 쳐들었다.

세 개의 머리에는 황소 같은 뿔이 나 있었는데, 다른 네 개의 머리에는 이마에 뿔 하나가 나 있었다.[15] 일찍이 본 적 없는 괴상한 꼴이었다.

마치 산꼭대기에 있는 성채같이 침착하고 방자한 창부가[16]가 그 위에 앉아 사방에 추파를 던지면서 눈앞에 나타났다.

그리고 그 옆에는 계집을 가로채이지 않으려는 태세로 거인[17] 하나가 버티고 서 있었다. 그들은 내가 보는 앞에서 여러 번이나 입을 맞추었다.

그러나 계집이 음란한 눈을 문득 나에게로 돌리자 흉포한 정부는 머리서부터 발끝까지 채찍으로 계집을 후려쳤다.

의심과 분노로 미쳐 날뛰는 거인은 괴물로 변한 수레를 나무에서 풀어 숲속으로 끌고 들어갔다.[18]

그러자 그늘에 가리어 창부도 괴상한 괴물도 모습이 보이지 않게 되어 버렸다.

---

15) 이 일곱 개의 뿔난 얼굴은 일곱 가지 큰 죄일 것이라는 설도 있다.

16) 창부는 보니파치오 8세 밑에서 부패된 로마 교황청을 가리킨다.

17) 거인은 교황과 밀통하여 여러 가지를 획책하는 프랑스의 국왕, 특히 필립을 가리킨다.

18) 숲속으로 수레를 끌고 들어간 것은 교황청이 로마에서 프랑스의 아비뇽으로 옮겨진(1309) 것을 가리킨다.

제 33 곡

천사들이 성가를 다 부르고 나자 베아트리체는 일곱 천사, 마텔다 여인, 스타시오, 단테를 데리고 걷기 시작한다. 베아트리체가 장래에 일어날 여러 가지 사건을 수수께끼 같은 말로 예언한다. 일행은 어느 샘에 이른다. 그 샘에서부터 악을 망각케 하는 힘을 갖는 레테 강과 선을 상기시키는 힘을 가진 에우노에 강이 흘러 나오고 있다. 마텔다 여인은 단테와 스타시오를 그 에우노에 강에 잠근다. 단테는 그 물결 사이로부터 신록의 새 잎을 단 어린 나무같이 청신하고 싱싱한 모습이 되어 돌아온다. 시간은 부활절인 수요일 정오 전후이다.

「주여, 이방인들이 왔나이다.[1]」 어느 때는 세 사람 어느 때는 네 사람, 천사는 우아한 성가를 눈물 흘리며 번갈아 부르기 시작했다.

베아트리체는 동정어린 얼굴로 그 노래를 듣고 있었는데, 그 표정은 십자가로 향하는 제 자식을 지켜보는 마리아처럼 변했다.

그러나 천사들이 노래를 마쳐 그녀의 차례가 오자 베아트리체는 단정히 일어서서 대답했는데 그 볼에는 불 같은 붉은 빛이 어리어 있었다.

「잠깐 사이에 너희는 나를 보지 못할 것이요,[2] 그러나 또 내 사랑하는 자매들이여 잠깐 사이에 너희가 나를 보리라.」

이어서 베아트리체는 앞에다 일곱 천사를 나란히 세우고 등 뒤에 가볍게 눈짓하여 나와 『마텔다』 여인과 거기 남은 현자[3]들을 서게 했다.

이리하여 걸어나갔는데, 아직 열 걸음도 채 땅을 딛지 않았을 무렵 그 눈이 내 눈과 딱 마주쳤다.

그녀는 온화한 표정으로 「더 빨리 걸으세요.」라고 했다. 「내가 이야기하는

---

1) 〈시편〉 79편은 『하느님이여, 열방이 주의 기업에 들어와서 주의 성전을 더럽히고 예루살렘으로 돌무더기가 되게 하였나이다……』로 시작된다.

2) 그리스도가 제자에게 한 말로 〈요한 복음〉 16장 16절에는 『조금 있으면 너희가 나를 보지 못하고, 또 조금 있으면 나를 보리라. 이는 내가 아버지께로 감이라.』

3) 남은 현자는 스타시오이다.

동안은 좀더 가까이서 자세히 들으세요.」

나는 시키는 대로 그 옆에 가서 섰다. 그녀가 나에게 말했다.

「그대는 나와 나란히 가면서 왜 나에게 물으려 하지 않나요?」

상사 앞에 나가면 송구스러워 긴장한 나머지 말하려고 생각은 하나 말이
또렷이 이빨 사이로 나오지 않는 이가 있듯이

나도 말이 나오지 않았다. 나는 들뜬 목소리로 이렇게 말했다.

「부인, 나에게 무엇이 필요한지, 또 무엇이 좋은지는 당신께서 더 잘 알고
계십니다.」

그러자 그녀가 나에게 주의를 주었다. 「이제부터는 수줍음과 두려움을
버리고 꿈꾸는 이 같은 말투는 더이상 하지 않도록 하세요.

그대가 알아야 할 것은, 뱀이 망가뜨린 그릇이 예전엔 있었지만 이제는
없다는 사실이에요.[4] 그 죄를 범한 사람에게 주는 반드시 복수를 내릴 것입
니다.

수레에 깃털을 남긴 독수리[5]는 언제까지나 후손이 없지는 않을 거예요.
그 깃 때문에 수레는 괴상한 꼴로 변하고 또 미끼로 변해 버렸습니다.

내 눈에는 미래가 명백하게 보이기 때문에 말하지만 별이 모든 장애물을
넘어서 이윽고 올라오려 하고 있습니다.

그 시기가 오면 주의 사자 오백 십 오[6]라는 자가 도둑질한 그 계집과
그 계집과 통한 예의 거인을 죽일 것입니다.

내 말이 스핑크스나 테미스처럼 막막하여, 그들과 마찬가지로 지성을
헛갈리게 하여 그대에겐 납득이 안 갈지도 모르겠어요.

그러나 이윽고 사실이 양과 곡식의 피해를 내지 않고도 이 어려운 문제를

---

4) 〈요한 계시록〉 17장 8절에 『네가 본 짐승은 전에 있었다가 지금은 없으나
　 장차 무저갱으로부터 올라와 멸망으로 들어갈 자니 땅에 거하는 자들로서
　 창세 이후로 생명책에 녹명되지 못한 자들이 이전에 있었다가 지금 없으
　 나 장차 나올 짐승을 보고 기이하게 여기리라.』

5) 독수리는 황제를 뜻하며, 단테는 페데리고 2세(1250년 사망)를 마지막
　 로마 황제로 생각하고 있었다.

6) 오백 십 오는 DXV라고 쓴다. 그것을 바꾸어 쓰면 지도자라는 뜻인 DVX
　 가 된다. 이 지도자에 대해서는 칸 그란데라느니 헨리(앙리) 7세라느니
　 하는 여러 설이 있다.

푸는 나이아데스를 줄 것입니다.

내가 한 이 말을 명심했다가 부디 인생의 길을 한결같이 죽음을 향해 달려가는 『현세의』 생자(生者)에게 전하세요.

그리고 그것을 글로 쓸 때는 이제 여기서 독수리와 거인에게 두 번이나 뜯겨진 나무를 그대가 본 대로 숨김 없이 쓰도록 마음을 써 주세요.

그 나무를 훔치고 그 나무를 해치는 자는 누구이든 모독의 행위에 의해 주께 불경(不敬)을 저지르는 자예요.

주께서는 오직 자신을 위해서 그 나무를 성스러운 것으로서 만드셨어요.

그 나무 『열매』를 깨물었기 때문에 제1의 혼은[7] 오천여 년[8]을 형벌과 기대 속에 보내면서 그 죄의 벌을 스스로에게 내리신 분을 기다렸습니다.

저 나무가 저렇듯 높이 솟아 가지가 벌어진 것이 특별한 이유가 아니라고 생각한다면

그대 정신은 잠자고 있는 것이 틀림없어요.

만일 헛된 생각에 의해 그대의 머리가 엘사[9]의 물에 잠긴 것처럼 굳어있지 않고

그대의 기쁨이 쾌락으로 말미암아 뽕나무의 오디를 붉게 물들인 퓌라모스[10] 처럼 되지 않는다면

이러한 나무의 모습만 보아도 그대는 그 나무의 도덕적 의미 속에 계율로서 표시된 주의 정의를 알 수 있을 거예요.

그러나 그대는, 그대의 돌로 되고 돌로 변하여 물들어 버린 지성[11] 때문에 내 말이 눈부시어 앞이 보이지 않는 듯한데,

부디 『내 말을』 그대 마음에 명심하지 않을망정, 적어도 윤곽만은 잡고 돌아가 주세요. 성지에서 돌아가는 순례자가 종려 잎을 감은 지팡이[12]를

---

7) 제1의 혼은 아담이다.

8) 아담은 지상에서 930년, 림보에서 4302년 합계 5232년을 지내고 있다. 단테는 에우세비우스의 연대 계산에 따른 것이다. 천국편 26곡 참조.

9) 엘사는 피렌체 근처에 있는 강.

10) 퓌라모스와 오디에 대해서는 연옥편 27곡과 주 참조.

11) 석두(돌대가리)처럼 완고하게 이해력이 없어졌을 뿐만 아니라 편견 때문에 지성이 물들어 버렸다는 것이다.

12) 종려 잎을 감은 지팡이는 예루살렘을 순례했다는 소중한 기념이다.

갖고 돌아가듯이 지니고 돌아가 주세요.」

그래서 내가 대답했다.

「밀초는 새겨진 모양을 그대로 간직하듯이, 지금 당신의 말은 내 머릿속에 새겨졌습니다.

그런데 왜 내가 고대하던 당신의 말은 이해하려고 애를 쓰면 쓸수록 달아나 버려 내 이해력을 초월한 먼 저편 하늘 위를 날으는 것일까요?」

「그 목적은」 하고 그녀가 말했다. 「그대에게 그대가 신봉한 학파의 진실을 알려 주고 그 학설이 과연 내 말과 부합하느냐 않느냐를 보여 주어서

그대의 길이, 실은 주의 길로부터 지상천에서 도는 하늘[13]이 지구에서 떨어져 있는 만큼 떨어져 있다는 것을 알리는 데에 있는 거예요.」

그래서 내가 그녀에게 대답했다. 「이제껏 당신에게서 떠나 빗나간 적이 없습니다. 또 거기에 대해서 양심의 가책도 받을 것이 없습니다.」

그러자 그녀가 미소지으며 대답했다. 「만약 그대가 기억나지 않는다면, 다른 것은 그만두고라도 오늘 레테의 물을 마셨다는 것만은 기억하세요.

아니 땐 굴뚝에 연기나지 않는다고 합니다만 이런 망각이야말로 실은 당신 마음이 한눈을 팔았던 그 죄의 명백한 증거인 거예요.

그러나 앞으로는 내가 말을 꾸미지 않을 것이니 그대의 막막한 눈으로도 쉽사리 그 말을 읽을 수가 있을 거예요.」

자오선은 보는 이의 서 있는 장소에 따라 이리저리 옮겨지는데,

그 자오선에 위치한 태양은 빛이 더욱 증가되고 걸음은 더욱 느려진 것 같았다.

그 때 사람들을 안내하여 앞장서 가던 자가 무슨 이상한 것이나 그 흔적을 보면 멈춰서듯이,

일곱 천사는 계곡의 컴컴한 그늘 가까이에 멈춰 섰으니

그 그늘은 마치 알프스의 그 싸늘한 냇물 위에 드리워진 푸른 잎사귀와 검은 나무가지 그림자와 같은 그늘이었다.

천사들 앞에는 한 샘에서 솟아나 다정한 친구처럼 이별을 아쉬워 하는 티그리스와 유프라테스인 듯한 두 강이 보였다.

「오, 빛이여, 오, 인류의 영광이여, 이것은 무슨 물일까요? 여기 한 샘에서

---

13) 지상천에서 돌고 있는 하늘은 원동천(原動天)을 가리킨다.

넘쳐 나와 서로 양쪽으로 갈라져 가는데요.」

내가 이렇게 묻자 베아트리체가 대답했다. 「마텔다에게 물어 보세요.」 그러자 곧 죄의 해명이라도 하는 듯이 아름다운 여인이 대답했다.

「이 일도 다른 일도 다 내가 미리 말해 두었습니다. 레테의 물도 설마 그가 잊지는 않았을 줄 압니다.」

베아트리체가 말했다.

「마음에 걸리는 일이 있으면 기억력은 가끔 빼앗겨 버리는 법이에요. 틀림없이 그 걱정 때문에 그의 지혜의 눈이 흐려졌을 거예요.

하지만 에우노에를 보세요, 저기 흐르고 있습니다. 이 사람을 데리고 가서 언제나 그대가 하듯 그의 둔해진 『기억의 힘』을 되살려 주도록 해요.」

거절할 줄 모르는 상냥한 혼은 타인의 기분이 어떤 표시로 밖으로 나오면 곧 그것을 자기 기분으로 만들어 버린다.

그래서, 어여쁜 『마텔다』 여인은 내 손을 잡자 걸음을 옮기기 시작했다. 그리고 스타시오 보고도 여자답게 「함께 가세요.」 하고 권하는 것이었다.

독자여, 만약 지면만 허락한다면 나는 아무리 마셔도 싫증이 나지 않는 이 달콤한 물을 조금이라도 더 시로 노래해 보였을 것이다.

그러나 이 제2편을 위해 마련된 종이는 벌써 다 써 버렸다. 그러므로 이상 더 앞으로는 예술의 고삐가 나를 붙잡고 보내 주지 않는 것이다.[14]

나는 신록의 새 잎새를 단 어린 나무 같은 청신한 모습으로 성스럽고 거룩한 물결 사이에서 돌아와 별들을 향해 올라가려 하고 있다.

---

14) 《신곡》은 합계 14,233행으로 되어 있는데 지옥편 4720행, 연옥편 4755행 천국편 4758행으로 되어 있다. 단테가 균형을 존중한 의식적인 예술가였다 는 것은 『예술의 고삐가 나를 붙잡고 보내 주지를 않는 것이다.』 하는 구절에서도 엿볼 수 있다.

친구편

제 1 곡

　　천국편의 시를 쓰기 전에 단테는 먼저 아폴로의 도움을 청한다. 단테는 별안간 주위가 온통 휘황찬란하게 빛나는 듯한 인상을 느낀다. 그는 자신도 모르는 사이에 첫째 하늘인 달을 향해 올라가고 있다. 음악 소리가 들리자 하늘은 불꽃으로 타오른다. 눈이 아찔하여 넋을 잃고 있는 단테를 보고 안내자인 베아트리체가 승천의 이유를 설명하여 그의 의문을 푼다.

　　모든 것을 움직이는 이[1]의 영광은 온 누리를 꿰뚫어 빛난다. 어떤 것에는 강하게 어떤 것에는 약하게 빛난다.

　　그 빛이 넘치는 천상[2]에 나는 있었다. 거기서 본 것은, 거기서 내려온 이로서는 다시 이야기를 할 힘도 재주도 없다.

　　스스로의 소망에 가까워질수록 사람의 지력은 깊숙이 가라앉아 기억이 벌써 그 자국을 따라가지 못하는 것이다.

　　허나 그래도 이 성스러운 나라에서 내가 뽑아내어 내 기억의 보물로서 간직할 수 있었던 것을 이제 나는 시의 재료로 삼아 노래 부르리라.

　　아, 정다운 아폴로 신[3]이여.

---

1) 모든 것을 움직이는 이는 하느님이다. 하느님에 의해 만들어진 것은 그 완성의 정도에 따라 그 빛을 받고 있다.

2) 그 빛이 넘치는 천상은 지고천이다. 천국편은 한번 그 지고천에 갔다가 다시 현세로 돌아온 단테가 그 여행을 회상하고 썼다는 형식을 테두리로서 지니고 있다.

3) 지옥편, 연옥편에서는 시의 여신(뮤즈)의 이름이 구원의 대상으로 불리웠으나(지옥편 2곡과 주 참조), 마지막 임무인 천국편 제작을 위해서는 시의 여신들의 지도자인 아폴로의 이름이 구원의 대상으로 불리워진다.

이 마지막 임무를 위해 나로 하여금 네가 사랑하는 월계관을 받게끔 너에게 알맞는 그릇으로 만들어 다오.

이제까지는 파르나소스 산의 한 봉우리[4]로 만족했었다. 하지만 이제부터는 그 두 봉우리를 합쳐서 남아 있는 말터로 가야만 한다.

아폴로여, 내 가슴에 들어오너라. 그리하여 일찍이 마르쉬아스를 그 몸뚱이의 칼집에서 뽑았을 때와 같이 숨결을 담아 피리를 불어라.[5]

아, 신묘한 힘이여.

내 머릿속에 새겨진 복된 왕국의 희미한 그림자를 네 힘의 도움으로 내가 만약 글로 표현할 수 있다면

너는 내가 너의 사랑하는 월계수를 향해 걸어나가 그 잎으로 된 관을 쓰는 모습을 보게 되리라. 시의 주제와 네 힘이 나에게 그 영광을 주는 것이다.

아, 시인의 아버지여.

황제나 시인의 영광을 장식하기 위해 월계수 잎을 따는 일이 드물다면 그것은 인간의 의지의 죄, 의지의 수치이다.

만일 그만큼 페네이오스 잎[6]이 사람의 마음에 영광에의 갈망을 불러 일으킨다면 델포이의 신은 더욱더 기뻐할 것이다.

큰 불은 작은 불꽃 뒤에 일어난다. 아마 내 뒤에서도 보다 좋은 목소리의 소유자가 파르나소스 봉우리가 메아리칠 만큼 기도를 드릴 것이다.

세상의 등불[7]은 사람 앞에 온갖 곳에서 솟아오르지만,

네 원[8]과 세 십자가로 연결하는 지점에서 돋는 해는 길도 좋고 맺어진

---

4) 파르나소스의 두 봉우리 중의 하나란 시의 여신들이 사는 봉우리를 말한다. 다른 봉우리에는 아폴로가 살고 있다.

5) 연옥편 첫머리에서 시의 여신과 겨룬 여인들이 까치로 변한 것이 노래불리워져 있듯이 여기서는 아폴로와 겨루다가 져서 사람의 속이 입으로 끌어내어지고 겉과 안이 뒤집혀 버린 마르쉬아스의 이름이 나온다. 이러한 비유의 연관성 또한 단테의 의식적인 구성이라고 생각할 수 있겠다.

6) 월계수로 변형되어 버린 다프네는 페네이오스의 딸뻘이 되기 때문에 이런 표현이 사용되었다.

7) 세상의 등불은 태양이다.

8) 단테의 이 구절이 구체적으로 무엇을 가리키느냐에 대해서는, 단테를 연구하는 학자나 천문 학자들 사이에도 정설이 없다.

별들도 좋다.

그러니 만큼 마음대로 세상의 밀랍에 그 본을 떠서 표를 새긴다.

해가 그 입구에 자리잡으니 저기서는 날이 새고, 여기서는 해가 저물었다.[9] 저쪽 반구는 이윽고 희어지고 이쪽은 암흑으로 싸여 있다.

그 때 베아트리체는 왼편을 향해 일찍이 독수리라도 이토록 응시한 적이 없었을 만큼 태양을 지그시 바라보았다.

반사광이 투사광에서 퉁겨나[10] 다시 위로 오르는 모양은 마치 나그네가 객지에서 고향으로 돌아가려는 모양과 흡사한데

그와 마찬가지로 그녀의 동작이 눈으로부터 내 상상력 속에 들어와 나를 같은 동작으로 따르게 했다. 나는 두 눈으로 세상의 버릇을 초월하여 지그시 태양을 바라보았다.

이 현세에서는 우리의 힘에 겨운 것이 거기서는 여러 가지 허용되고 있다. 인류에 어울리는 고장으로서 만들어진 땅[11]이기 때문이다.

나는 오래 바라보지는 않았으나 그래도 불에서 나온 이글이글 끓는 무쇠처럼 태양이 주위에 불꽃을 퉁기는 것이 보였다.

그리고 갑자기 대낮의 빛에다 대낮의 빛을 더하는 듯한 느낌을 받았다. 마치 전능의 신이 다른 또 하나의 태양으로 하늘을 꾸민 것 같았다.

베아트리체는 눈을 천구 쪽으로 집중시키고 있었다. 나는 위에서 시선을 옮겨 그녀의 얼굴을 열심히 바라보았다.

그녀를 바라보는 동안 내 내부에는 변화가 생겼다. 그것은 말하자면 글라우코스[12]가 풀을 씹어 해신들의 벗이 된 그런 변화였다.

인간의 조건 이상으로 나간다는 것은 말로 다 표현할 수가 없다. 그러나 은총으로써 언젠가 그런 경험[13]을 할 수 있는 사람들에겐 이러한 예로써 충분하리라.

---

9) 저기는 연옥을 가리킨다. 여기는 현세를 가리킨다.

10) 연옥편 15곡에도 이것과 비슷한 물리학적 고찰의 시구가 보인다.

11) 만들어진 땅이란 지상 낙원 에덴 동산을 말한다.

12) 글라우코스는 신화에 나오는 그리스의 어부로 자기가 잡은 물고기가 어떤 풀을 먹고 생명력을 회복하여 다시 바다 속으로 뛰어들어가는 것을 보고 그 자신도 그 풀을 먹었던 바 인간의 조건을 초월하여 해신이 되었다.

13) 천국으로 올라가는 경험.

하늘을 다스리는 사랑이여,

당신은 당신의 빛과 더불어 나를 위로 끌어올렸는데, 내가 내 속에서 당신이 새로이 만든 부분뿐인지 아닌지는 당신이 잘 알고 계신다.[14]

당신은 소원을 받아들여 천구의 회전을 영원한 것으로 하였는데,

그 회전이, 당신이 조율한 가락으로 나의 신경을 그쪽으로 끌어들였을 때

하늘은 온통 태양의 불꽃으로 타올랐다.

호수물이 이처럼 퍼졌던 적은 비 때문이건 홍수 때문이건 일찍이 없었다.

새로운 소리와 위대한 빛이 그 원인을 알고자 하는, 이제껏 느껴본 적이 없는 예민한 소망에다 불을 붙였다.

그러자 내 마음속을 나 자신처럼 알고 있는 베아트리체가,

내 동요된 마음을 가라앉히기 위해 내가 채 묻기도 전에 벌써 입을 열고 이렇게 말했다.

「그대는 그대의 그릇된 상상으로 둔해져 있으므로 여느 때 같으면 보일 것조차 보이지가 않는 거예요.

그대는 그대가 생각하고 있듯이 지상에 있는 것이 아닙니다. 번개가 화천(火天)에서 날으는 것보다도 빨리 그대는 정해진 하늘을 향해 날아오르고 있는 거예요.」

이 웃음 띤 말에 나의 첫 의문[15]은 풀렸지만 나는 속으로 둘째 의문에 사로잡혔다.

나는 말했다. 「이 커다란 놀라움은 이제 가라앉았습니다만 이번에는 왜 내가 이 가벼운 기체 속을 올라가는지 그게 이상하군요.」

그러자 그녀는 연민의 한숨을 내쉰 뒤, 올바른 길을 벗어난 자식을 바라보는 어머니 같은 표정으로 나에게 눈을 돌리고 말했다.

「모든 사물에는 질서가 있는 거예요. 그 형태가 있기 때문에 우주는 주를 닮는 거예요.

---

14) 하느님은 먼저 인간의 육체를 만들고 거기다 영혼을 불어 넣었다(연옥편 25곡 참조). 그러므로 『당신이 새로 만든 부분』은 영혼을 가리킨다.

15) 새로운 소리와 위대한 빛의 원인을 알고 싶다는 것이 첫째의 의문이다.

이 점에서 고귀한 창조물[16]은 영원한 주의 증거를 인정하는 것인데, 이 영원한 가치야말로 이제 내가 말한 사물의 서열이 그리로 모이는 궁극의 목적입니다.

내가 말하는 질서 안에서는 모든 것이 온갖 규칙에 의해 어떤 것은 그 근원[17]에서 가깝고 어떤 것은 멀며, 각각의 경향을 갖고 있습니다.

그렇기 때문에 존재의 바다 속에서 모두가 저마다 온갖 항구로, 주어진 본능이 이끄는 대로 움직여 가는 거예요.

이 본능이 불을 달쪽으로 나르고 이 본능이 하등 생물에 있어서는 기동력이 되고 이 본능이 땅을 웅고 결집시키는 거예요.

이성이 없는 창조물뿐만 아니라 지성과 사랑을 갖춘 자도 이『본능의』활로 날려 가는 거예요.

신의 섭리는, 이러한 모든 것을 재어, 그 빛을 가지고 그 속에서 원초의 움직임이 전속력으로 도는 그 지고천을 영원히 잠잠하게 만들었습니다.

그래서 지금 그쪽을 향해 정한 장소로 가게끔 그 활에 걸리면 모두 기쁨을 목표로 하여 날으는 저『본능의』시위의 힘으로 우리는 퉁겨져 가는 거예요.

재료가 나빠 마음먹은 대로 되지 않기 때문에 완성된 형태가 예술가의 의도와 맞지 않는 일은 분명 자주 있는 사실인데

그와 마찬가지로 본래는 똑바로 날아왔더라도 사람은 굽을 수 있는 힘을 스스로 지니고 있는 만큼

『본능의』길에서 때로는 벗어나기도 하는 거예요.

분별 없는 쾌락 때문에 최초의 충동이 비뚤어져 땅으로 빗나가 버리는 꼴은 구름 사이에서 떨어지는 벼락을 보면 이해가 갈 것입니다.

이제 그대는 하늘로 올라가는 것에 대해 놀라서는 안 됩니다. 그것은 말하자면 강물이 높은 산에서 계곡을 타고 흐르는 거나 마찬가지예요.

몸과 마음이 씻기어 장애물을 벗어난 그대가 저 아래 아직 남아 있다가는 그야말로 세찬 불길이 땅을 기듯이, 도리어 불가사의하게 될 것입니다.」

이렇게 말하고 나서 그녀는 다시 얼굴을 하늘로 향했다.

---

16) 고귀한 창조물이란 천사와 사람을 가리킨다.
17) 그 근원이란 하느님이다.

제 2 곡

제2곡의 첫머리에서 작은 배를 타고 따라온 자는 자기들의 기슭을 향해 돌아가도록 하라는 경고를 한다. 지옥편, 연옥편에 비해 천국편이 훨씬 이해하기 어렵다는, 단테의 독자들에 대한 주의인 것이다. 베아트리체와 단테는 첫째 하늘인 월광천에 도달한다. 달의 반점에 대해 두 사람 사이에 질문과 응답이 교환된다. 베아트리체가 신학적, 또는 물리학적으로 세밀하게 설명하고 아울러 각 천구의 특성에 대해서도 언급한다.

.오, 너희들 작은 배 안에 있는 자여. 너희들은 노래부르며 가는 나의 배 뒤에서 듣고 싶은 나머지 따라왔지만

너희들의 기슭을 향해 돌아가도록 하라.[1] 깊은 곳으로 들어서지 마라, 너희들은 필경 나를 잃어버리고 쩔쩔 맬 것이다.

내가 가는 바다는 일찍이 사람이 건넌 바 없는 바다이다.[2] 미네르바가 바람을 일으키고 아폴로가 나를 인도한다. 그리고 아홉 뮤즈가 나에게 큰 곰자리를 가리켜 준다.

그리고 얼마 안되는 다른 너희들, 너희들은 때를 얻어 천사의 빵에게로 얼굴을 돌렸다. 이 지상에서도 이 빵으로 모두들 살고 있지만 누구 하나 만족하여 떠나는 자는 없다.

---

1) 《신곡》 3편 중에서 지옥편과 연옥편은, 묘사되어 있는 대상이 인간 세계에 실재하는 여러 가지 모습이기 때문에 저승의 세계라는 시적 설정인데도 불구하고 읽기가 비교적 쉽다. 그러나 천국편에는 제1곡 후반에도 벌써 나타났듯이 신학적 우주관에 따르는 논의가 자주 나오고 또 실세계와의 내왕이 없는 오로지 언어와 상상력에 의해 만들어진 대목이 많기 때문에 부분적인 일화를 뺀다면 읽기가 요즘 사람에겐 결코 쉽지가 않다. 또 단테가 말하는 『너희들의 기슭을 향해 돌아가도록 하라.』 즉 지금부터는 읽기가 어려우니 힘이 미치지 못하는 자는 섣불리 자기를 따라오지 말라는 경고는 그런 뜻에서 진실이다.

2) 자기의 시작이 전인 미답(前人未踏)의 경지로 들어간다는 것을 단테가 자각하고 쓴 1행이라 할 수 있을 것이다.

너희들은 물결이 다시 잠잠해질 내 뱃길을 따라 너희들의 배를 몰고 바다를 향해 **나가거라.**

콜키스로 건너간 영광의 기사들은 농부로 변장한 야슨[3]을 보고 놀랐지만 너희들의 놀라움은 그 정도로 끝나지는 않을 것이다.

주의 **왕국**을 동경하는 우리들의 타고난 영원한 갈망이 우리를 싣고 갔는데 그 움직임은 너희들이 보는 하늘의 움직임처럼 날쌔었다.

베아트리체는 하늘을, 나는 그녀를 찬찬히 바라보았다. 그리고 아마 화살이 과녁을 쏘고, 날으고, 시위를 떠나는 것과[4] 같은 정도의 사이에

나는 눈이 굉장한 것 속으로 빨려드는 곳에 벌써 당도하고 있었다. 나의 감정은 **베**아트리체에겐 숨길 수가 없어

그녀는 나를 돌아보고 기쁜 듯이 예쁘게 이렇게 말했다. 「주께 감사드리세요, 주님은 우리를 첫째 별[5]에 인도해 주셨습니다.」

우리는 구름에 휩싸인 듯한 느낌을 받았다.

윤이 나고, 짙고, 단단하고 매끄러워 말하자면 태양에 빛나는 금강석 같은 느낌이었다.

이 영원한 진주[6]는 물이 갈라지지 않더라도 안으로 광선을 받아들이 듯이 그 내부로 우리를 받아들였다.

내가 육체로 되어 있는 이상, 왜 어떤 용량이 다른 용량을 포함할 수 있었는지 납득이 가지는 않으나 물체가 물체 속으로 들어간 것만은 사실이다.

그러니 만큼 더욱 인성과 신성이 합체된 것이 보이는 그 본질[7]을 우러러보고 싶다는 소망이 몸 속에 뜨겁게 끓어올랐다.

---

3) 야슨에 대해서는 지옥편 18곡 참조. 콜키스 섬에 건너간 기사들의 대장은 금양피를 탈취하기 위해 농부로 변장했다.

4) 화살이 과녁을 쏘고, 날고, 시위를 떠난다는 순서는 실제의 궁술과는 순서가 반대이다. 한순간에 일어난 빠른 행위를 표시하기 위해 굳이 순서를 역전시킨 것이라 생각된다.

5) 첫째 별이란 달이다. 그리고 승천의 순서는 달 · 수성 · 금성 · 태양 · 화성 · 목성 · 토성 · 항성 · 원동천 · 지고천의 순서이다.

6) 영원한 진주란 달을 가리킨다.

7) 그 본질은 그리스도이다.

거기서는 우리가 믿는 것이 눈에 보일 것이다. 논리적으로는 증명되어 있지 않으나 사람이 믿는 공리처럼 자명한 이치로서 터득될 것이다.

나는 대답했다. 「여인이여, 진정 경건한 마음으로 현세에서 나를 데려와 주신 그분[8]에게 감사를 드립니다.

가르쳐 주세요, 이 물체의 반점[9]은 무엇입니까? 이것에 대해 하계의 지구에서는 카인의 이야기가 사람들의 입에 오르내리고 있습니다만.」

잠시 미소지은 다음 그녀는 나에게 이렇게 말했다.

「오관의 열쇠로써는 열리지 않는 분야이므로 현세 사람들의 생각이 틀렸다 할지라도

그다지 불가사의의 화살에 쏘인 듯이 놀랄 것은 없겠지요. 그대도 알다시피 오관을 믿는 이성은 짧은 날개밖에 갖고 있지 않아요.

한데 먼저 그대 자신의 생각을 말해 보세요.」 그래서 내가 대답했다. 「여기서 갖가지 짙고 엷은 색이 보이는 것은 물체의 밀도 때문인가 봅니다.」

다시 그녀가 말했다.

「지금 내가 말하는 반론을 귀담아 들으면 그대도 그대 자신의 생각이 오류 속에 깊이 빠져 있다는 것을 똑똑히 알 수 있을 거예요.

여덟째 하늘에는 수많은 항성이 보이는데, 광도나 형태의 크고 작음에 따라 각각 다른 모습으로 육안에 비칩니다.

만약 서로 다른 원인이 단지 물질의 밀도에서 유래된다고 하면 항성은 모두 배분의 크고 작음이라든가 평등의 차이는 있을지언정 같은 종류의 힘을 나누어 갖는 것이 됩니다.

가지각색의 힘은 마땅히 가지각색인 형상 원인의 결과일 따름이므로 그대의 말에 따른다면 하나 외에 다른 형상의 원인은 모두 다 무(無)로 돌아가게 됩니다.

그리고 만약 밀도의 희박함이 지금 문제가 되고 있는 검은 점의 원인이라 한다면, 이 천체에는 어쩌면 한 부분에 물질이 부족하다든가

혹 굳기름과 흰자질로 되어 있는 몸뚱이처럼 그 두께 속에 틀리는 층[10]

---

8) 현세에서 단테를 떼어 놓은 것은 하느님이다.

9) 달의 반점에 대해서는 지옥편 20곡과 주 참조.

10) 원시에는 『다른 종이』로 되어 있는데, 갖가지 두께의 층을 나타내고 있는 것이다.

을 이루고 있는 것이 되겠지요.

만약 첫째 경우라고 가정한다면 일식 때에 햇빛이 달의 희박한 부분을 통해서 엷은 것이 비쳐 보이듯이 비쳐 보일 거예요.

하지만 실지로는 그렇게 되지 않아요. 그렇다면 둘째 경우를 볼 필요가 생기는데, 이것도 캐어 보면 추론의 오류가 입증될 것입니다.

한데 겉에서 안까지 희박한 물질만이 아니라 한다면 도중에 경계가 있어 거기서 반대의 『조밀한』 물질이 태양 광선의 통과를 막는 것이 됩니다.

그래서 태양 광선이 반사하는 것인데, 그것은 마치 뒷면에 납칠을 한 거울에 색깔이 비치는 그런 식이 되겠지요.

그러면 그대는 장소에 따라 빛의 짙고 엷음이 생기는 이유를 반사점 위치의 멀고 가까운 탓으로 돌릴지 모르겠어요.

하지만 이런 종류의 주장은 그대에게 실험해 볼 생각만 있다면 실험으로써 그 의문을 풀 수가 있을 거예요.

실험이야말로 인간 학예의 흐름에 있어 변함 없는 샘[11]입니다.

거울 셋을 가지고, 둘을 그대에게서 같은 거리에다 놓고 그 둘 사이에다 셋째 거울을 더 멀찍이 떼어 놓아 거울면이 그대 눈으로 향하도록 놓아 둡니다.

그대는 그것과 마주 자리잡고 그대 등 뒤에 광원을 두면 세 개의 거울에 빛이 깃들어서 반사되어 그대에게로 돌아옵니다.

양적으로 말한다면 가장 먼 불은 그다지 퍼지지 않지만 빛의 질은 다른 거울의 불과 같은 질이라는 걸 알 수 있을 거예요.

이제, 뜨거운 햇볕이 내리쬐어 눈〔雪〕이 본래의 색깔과 본래의 차가움을 상실할지라도 그 질료[12]는 그대로이듯이

『그릇됨을 논파당한』 그대의 지성도 본체(本體)는 그대로이므로 지금 거기다 활력을 띤 빛으로 형상을 부여할까 합니다. 그러면 그 빛으로 하여 그대

---

11) 피렌체 시는 지옥편 34곡 주에도 썼지만, 르네상스 때에는 자연 과학의 연구가 매우 왕성했던 학예의 도시이다. 그런 종류의 실험 정신은 벌써 단테의 이 시구에서 엿볼 수 있다.

12) 눈의 질료는 물이다. 그 질료 자체에는 변화가 없다. 이 물리학적인 천국편 2곡에서는 단테의 심리적 설명까지도 이와 같은 비유를 빌어서 쓰고 있다.

는 떨며 반짝이게 될 것입니다.

주의 평화의 『지고천』 안[13]에서 한 물체가 돌고 있는데, 그 힘 속에는 거기 포함되는 모든 죄의 실재가 깃들어 있는 거예요.

다음의 『여덟째』 하늘은 수많은 항성으로 빛나는 하늘인데 그 실재를 갖가지 본질로 나누고 있습니다. 그 실재에 포함되기는 하나 다르기도 한 본질입니다.

다른 『일곱』 천구는 각각 다른 성격에 따라서 그 목적에 응하여 내부에 각각 다른 본질과 그 씨앗을 갖고 있습니다.

이러한 세상의 여러 기관은 그대도 보다시피 이와 같이 단계를 거쳐서 나가므로 위의 하늘에서 영향을 받으면 그것을 아래의 하늘로 전하는 거예요.

그대가 바라고 동경하는 진실을 향해 내가 이 길을 어떻게 가는지 잘 보아 두세요. 그러면 뒤에 혼자서 건너갈 때에도 길을 알 수 있을 거예요.

대장간의 망치도 대장장이가 있음으로 해서 비로소 움직이듯이, 성스러운 천구의 회전하는 힘도 복된 기동력이 있음으로 해서 비로소 움직이게 되는 거예요.

아름다운 별이 반짝이는 천구는 그것을 돌게 하는 분의 깊은 마음에서 감명을 받으면, 그것을 하늘에다 아로새기는 것인데

그 모양은 그대들의 티끌[14] 속에서 한 영혼이 갖가지 능력에 따라 틀리는 몸뚱이로 스며드는 것과 같아서

『천구를 움직이는』 지성은 별의 수에 따라 그 힘을 더하고, 스스로를 나누어 주면서도 그 자신은 자기의 단일성 위에서 회전을 계속하고 있는 거예요.

갖가지 힘이 천체에 따라 갖가지로 결합하여 천체에 활력을 부여하는데, 그것은 생명이 그대들 사람에게 결부되는 것과 비슷합니다.

그리고 기쁨의 천사로부터 유래되느니 만큼 이 힘은 천체와 합쳐지면

---

13) 지옥편 11곡에서는 지옥의 지리와 분류가, 연옥편 17곡에서는 연옥의 분류
   가 비르질리오의 입을 통해서 설명되었으나 여기서는 베아트리체의 입을
   통해서 천국의 분류가 설명되고 있다.

14) 육체를 『티끌』이라고 한 것이다.

눈동자에 환희가 빛나듯이 별이 되어 빛나는 거예요.

　별 하나하나가 다르게 보이는 것은 그 힘에서 유래되는 것이지, 밀도에서
유래되는 것은 아닙니다. 그 힘이야말로

　특성에 따라 명암을 낳는 형상의 원인으로 되어 있는 거예요.」

제 3 곡

　　월광천에서 단테는 포레제 도나티의 누이인 피카르다를 만난다. 그녀가 자기
신상 이야기를 한다. 서원(誓願)에도 불구하고 부득이 그것을 어긴 사람들의
혼이 가장 낮은 이 천구에 할당되었다고 한다. 피카르다는 그녀와 마찬가지로
수녀가 되었다가 뒷날 부득이 환속하게 된 왕비 코스탄자의 혼을 단테에게
가리켜 준다.

　일찍이 사랑의 불로 내 가슴을 따스케 했던 이 태양[1]은 자기 설을 입증하
고 나의 설을 반증하여 아름다운 진리의 부드러운 모습을 내 눈에 보여
주었다.

　그래서 나는 잘못을 고치고 그녀의 설을 믿겠다는 말을 하려고 고백하는
자세에 어울리도록 머리를 들었는데

　그 때 눈앞에 그림자가 나타나 그것이 나의 주의력을 갑자기 그쪽으로
끌어들였다. 나는 그것을 보고 있는 동안 고백을 잊어버리고 말았다.

　닦여진 투명한 유리알이나 혹은 바닥이 보이지 않을 만큼은 깊지 않은
맑고 잔잔한 수면에

　우리들의 얼굴이 흔들려 비칠 때는 흰 이마에 달린 진주와 마찬가지로[2]
눈에 재빨리 띄지 않는다.

　그와 같이 막연한, 말을 하고 싶은 듯한 얼굴이 여럿 보였다. 그래서 나는

---

　1) 이 태양은 베아트리체를 가리킴.
　2) 흰 이마에서는 진주가 빛이 나지 않는다.

사람과 샘 사이에 애정을 불살랐던 것과는 반대의 착각에 빠져 들었다.[3] 나는 그들의 얼굴을 보자 곧 거울에 비친 모습인 줄 알고 누구의 얼굴인지 확인하려고 눈을 뒤로 돌렸으나 아무것도 보이지 않는다.

그래서 다시 시선을 앞으로 되돌려 부드러운 안내자의 빛을 지그시 바라보았다. 그 빛은 미소지으며 거룩한 눈 속에서 타오르고 있었다.

「놀랄 것은 없어요.」 하고 그녀가 말했다. 「언제까지나 진실에 발을 들여놓으려 하지 않는 그대의 어린 생각을 보고 웃었을 뿐이에요.

그대의 생각은 자칫하면 헛된 쪽으로 향하는데 그대 눈에 보이고 있는 것은 참된 것의 실체[4]입니다. 서원(誓願)을 어겼기 때문에 이 하늘로 보내어졌습니다.

그러니까 말을 건네어 들어 보고 믿도록 하세요. 그들의 마음을 진정시키는 진리의 빛은 그들이 자리로부터 벗어나는 것을 용납하지 않을 거예요.」

그래서 아주 이야기하고 싶어하는 듯한 혼을 돌아보고 마치 생각이 넘쳐 마음이 산란한 이처럼 나는 말을 시작했다.

「오, 복되게 만들어진 혼이여, 그대는 감미로운 맛을 영원한 생의 빛에서 느끼고 있는데, 그것은 맛보지 못한 사람에게는 아무래도 알 길이 없는 묘미요.

그대 이름과 그대들 신분을 밝혀 주지 않겠소? 그렇게 해 주면 나로서는 아주 감사하겠는데요.」

그러자 눈에 미소를 담고 여인은 즉석에서 이렇게 말했다. 「우리들의 애정은 올바른 소원에 대해서는 문을 닫지 않습니다. 궁정[5] 사람들이 모두 자기를 닮을 것을 원하는 사랑[6]과 마찬가지입니다.

현세에서 나는 수녀였습니다. 지금 내가 몰라보리만큼 아리따울지라도,

---

3) 샘에 비친 자기 영상을 타인의 실상인 줄 알고 거기에 넋을 잃은 나르시소스와 반대의 착각, 즉 실물을 보면서도 그것을 다른 것의 영상인 줄 착각한 것을 말한다.

4) 참된 것의 실체란 여기서는 혼들이다. 실체란 그 자체로 존재하는 것을 말하며(예 : 사람·나무), 경험에 의해 파악되는 물건이다. 실체의 속성과는 구별이 된다(예 : 사랑·푸른 빛).

5) 천사나 축복받은 사람들로서 이룩된 천상의 궁정을 가리킨다.

6) 하느님의 사랑을 가리킨다.

내가 누구인지 당신께서 기억의 실을 당겨 보시면 아실 거예요.

나는 바로 그 숨김 없는 피카르다[7]입니다. 다른 복된 여러분들과 함께 여기 가장 움직임이 느린 천계에서 행복하게 지내고 있습니다.

우리들의 감정은 성령의 뜻대로 타오르기 때문에 성령의 인도에 따르는 것을 큰 기쁨으로 삼고 있습니다.

이 『월광천』의 운명은 아주 낮게 보이겠지만 서원을 소홀히 여겼기 때문에 그만큼 우리에게 할당된 것이랍니다.」

그래서 내가 그녀에게 말했다. 「당신네들의 훌륭한 얼굴에는 무어라 말할 수 없는 거룩함이 비치어 옛날 표정과는 전혀 다른 얼굴이 되었습니다.

그래서 언뜻 생각이 떠오르지 않았던 것이지요. 그러나 이제 그 말에 힘을 입어 생각이 선명하게 떠올랐습니다.

들려 주십시오, 여기서 행복한 당신네들은 더 많은 것을 보고 더 많은 사랑을 얻으려 더욱 높은 하늘로 올라갈 것을 원하십니까?」

그녀는 다른 혼들과 얼굴을 마주 보고 잠시 미소를 짓고 나서 첫사랑에 불타는 이처럼 기뻐하며 나에게 대답했다.

「우리들의 의지는 사랑의 힘으로 진정되는 거예요. 덕분에 우리는 우리가 가질 것 밖에는 바라질 않고 다른 것에는 갈망을 느끼질 않습니다.

가령 우리가 더 위로 오르고 싶다고 원한다면 우리들의 자리를 여기다 정하신 분의 뜻과 우리들의 소망 사이에 어긋남이 생기겠지요.

그러나 여기서는 사랑 속에 있다는 것이 필연적인 사실이므로 사랑의 성질에 대해 생각을 원한다면 그런 어긋남이 이 천구에서는 생기지 않는다는 것을 아실 거예요.

그뿐 아니라 이 행복을 얻기 위해서는 주의 뜻 속에 머무는 것이 첫째

____

7) 피카르다 도나티, 그녀의 이름은 이미 연옥편 23, 24곡에서 단테가 그녀의 오빠인 포레제 도나티와 이야기했을 때에도 나타난다. 시몬드는 《단테 연구》에서 그녀를 비평하였는데, 다음과 같이 아름답게 비유를 해서 말한다. 『어떠한 영혼의 초상도 피카르다 도나티의 초상만큼 감미롭고 섬세한 느낌이 드는 것은 없다. 상상해 볼 때 그녀는 빛나는 안개를 통하여 봄날 알프스의 백합처럼 덧없고 아련한 향기를 풍기며 미묘하리만큼 깨끗하다. 그녀의 말 자체가 벌써 그 속에서 온화한 달빛과 새벽빛 속에 이슬에 젖은 백합의 진주 같은 차분한 색채를 지니고 있다.』

요건입니다.

그런 까닭에 우리가 이 왕국의 여기저기 문지방[8]에 있는 것도, 온 왕국과 그 왕의 뜻인 것이에요.

우리는 그 뜻을 받들며 주의 뜻 속에서 평안을 찾고 있는 거예요. 그 뜻이야말로 하느님이 만들고 자연이 만드는, 그 모두가 흘러들어가는 저 바다인 것입니다.」

지고선(至高善)에서 내리는 은총은 한결같진 않지만 그래도 천국에선 어디라 할 것 없이 낙원이라는 것을 그 때 나는 분명하게 알았다.

그러나 한 가지 음식은 실컷 먹었으나 다른 음식에는 또 구미가 당겨 이 음식을 잘 먹었다고 인사를 하고 다른 음식을 청하듯

그런 식으로 나는 몸짓까지 해 가며 무슨 베를 짤 때 북을 끝까지 놀리지 않았느냐고 그녀에게 물었다.[9]

「완전한 생애와 높은 덕으로 하여 더 윗하늘로 오르신 분[10]이 계십니다.」하고 그녀가 말했다. 「여러분의 하계엔 그분의 법칙에 따라 수녀복이나 너울을 쓰는 분이 계시는데

죽을 때까지 그 사랑과 기거를 같이 하기 위해서입니다. 이 신랑(그리스도)은 사랑에서 우러났기 때문에 자기의 기쁨이 될 서원은 모두 받아 주신답니다.

나는 처녀 적에 글라라 님을 따라 속세를 떠나 수녀복을 입고, 그 길을 걷겠다고 맹세를 하였습니다.

그러나 그 뒤 선보다도 악에 뛰어난 사내들이 몰려와서[11] 그리운 수도원에서 나를 완력으로 탈취하였는데, 내가 뒤에 어떻게 되었는지는 하느님이 아시는 바대로입니다.

헌데 당신 위치에서 보셔서 내 오른편에 보이는 이 또 하나의 빛은 우리

---

8) 문지방이란 천국의 각각의 하늘을 가리킨다.

9) 서원을 소홀히 여기고 처음의 뜻을 완수하지 못한 것을 여자에게 어울리는 베짜는 비유로서 물은 것이다.

10) 성 프란체스코와 친했던 제자로 성녀 글라라(1194~1253)를 가리킨다.

11) 피카르다의 오라비인 코르소 도나티(연옥편 24곡 참조)들이 피카르다에게 정략 결혼을 강요한 것을 가리킨다. 상대는 성격이 광포하고 당파 근성이 강한 롯셀리노 델라 토자라는 사나이였다.

들 천구의 최고에서 빛을 떨치며 타고 있는데

　내 신상을 이야기함으로써 설명이 될 줄 믿습니다. 본래는 수녀였습니다. 그리고 나와 마찬가지로 머리에서 거룩한 너울을 빼앗겼던 것입니다.

　그러나 이분은, 뜻과는 반대로 양속(良俗)에 거슬러 할 수 없이 환속을 한 뒤에도 마음으로부터는 너울을 벗은 적이 없었습니다.

　이분이 저 대『왕비』코스탄자[12]입니다. 슈바벤의 2대째 바람에서 3대째 바람과 마지막 힘을 낳으셨지요.」

　이렇게 나에게 말했다. 그러고 나서 〈아베 마리아〉를 부르기 시작했는데 노랫소리와 함께 무거운 것이 물 속에 가라앉듯이 사라져 갔다.[13]

　내 눈은 시선이 닿는 데까지 그녀의 모습을 좇았으나 이윽고 눈에 보이지 않게 되자 보다 큰 소망의 표시인 베아트리체 쪽을 돌아보았다.

　그러나 그녀의 빛이 번개와 같이 내 눈을 때렸으므로 나는 눈도 뜨지 못한 채

　잠시 동안은 말도 못하고 우뚝 서 있었다.

---

　12) 슈바벤 왕조의 1대째 바람은 페데리고 바르바롯사이다. 코스탄자는 그의 아들(2대째의 바람) 황제 엔리코 6세의 비가 되어 페데리고 2세(3대째 바람)를 낳았다. 코스탄자는 시칠리아의 노르만 왕조의 핏줄을 이은 왕녀로 1154년에 태어나 1185에 결혼하여 1198년에 죽었다.

　13) 무거운 것이 물 속에 가라앉듯이 사라졌다는 비유는, 아베 마리아의 합창을 배경으로 하여 아름다운 시가 되고 있다. 역시 연옥편 26곡에도 물고기가 물 밑으로 사라지듯이라는 비유가 있었다.

제4곡

두 가지 의문이 단테의 마음속에 생겨 그는 꼼짝을 못하게 된다. 첫째 의문은 혼이 천국에서 차지해야 할 위치에 대해서이다. 그 점에 관해 베아트리체가 플라톤의 설에 대해 언급해 가며 설명을 한다. 둘째 의문은 타인의 폭력 때문에 왜 착한 소망의 공덕이 감해지느냐에 대해서이다. 베아트리체는 그 두 가지 의문을 해명하고 또 절대적 의지와 상대적 의지의 차이를 설명한다. 마지막으로 단테는 서원의 위반은 다른 선행으로 보충이 되는지 어떤지를 묻는다. 시인과 안내자의 질의 문답은 계속하여 월광천에서 행하여지고 있다.

똑같이 구미를 돋우는 두 가지 음식을 똑같은 거리에 떼어 놓으면, 그 한쪽을 입에 대기도 전에 자유 의지를 갖는 자는 굶어죽어 버릴 것이다.

마찬가지로 사나운 두 마리의 이리 사이에서 새끼 양들은 무서워서 움츠러들 것이고 두 마리의 사슴을 쫓는 개도 어리둥절하리라.

그와 같이 나는 두 가지 의혹에서부터 똑같이 떠밀리어 입을 다물었다. 그렇게 하지 않을 수 없었으므로 칭찬받을 것도 비난받을 것도 없다.

나는 침묵했다. 그러나 내 얼굴에는 나의 소망이 나타났다. 특히 묻고 싶은 심정은 말로 이야기하기보다 훨씬 더 열렬하게 적혀 있었다.

그러자 잔인 무도한 소행으로부터 느부갓네살을 끌어낸 다니엘처럼 베아트리체가 나의 의혹을 알아차리고 내 마음을 진정시켜 주었다.[1]

그녀가 말했다.

「여러 가지 소망이 그대를 휘둘러서 그 때문에 그대 생각이 뭉쳐 버려 말 한 마디 못하게 되었어요.

『착한 소망을 품고 있는데, 왜 타인의 폭력이 자기 공덕의 양을 감하는 것일까.』 그대는 이렇게 생각하고 있는 거예요.

그리고 또 플라톤의 설에 있는 혼은 죽은 뒤 별로 돌아간다는 견해도

---

1) 다니엘은 느부갓네살이 꾼 꿈의 내용을 간파하고, 또 아울러 그 해몽도 미리 알았는데(〈다니엘〉 2장), 그와 마찬가지로 베아트리체도 단테의 머리를 괴롭히는 의혹과 그 해답을 꿰뚫어 보았다는 것이다.

그대의 의혹의 씨가 되고 있어요.

이러한 의문이 그대의 의지를 좌우에서 똑같이 압박하는데, 우선 쓴맛이 많은 쪽의 의문부터 설명해 나가지요.

세라피니〔熾天使〕중에서 가장 주를 가까이서 모시는 자[2]라도 모세나 사무엘, 그리고 어느 요한이라 할지라도 그렇습니다. 마리아 님이라 할지라도

방금 나타난 혼들과 다른 하늘에 자리를 차지할 수는 없습니다. 그리고 천국에서는 사는 세월에 길고 짧은 차이가 있는 것도 아닙니다.

모두가 첫째 천구를 아름답게 꾸며서 많건 적건 영원한 주의 숨결을 느끼고 거기에 따라 각기의 아름다운 삶을 보내고 있는 거예요.

그러한 그들이 여기서 모습을 나타내 보인 것은 이 천구가 그들의 몫으로서 정해졌기 때문이 아니라

이 천계가 가장 낮은 것임을 알리기 위해서예요.

이런 식으로 말하는 편이 그대들의 능력에 적합할 거예요.

사람은 감성으로 느낀 것에서 비로소 지성에 적합한 것을 받아들이기 때문이에요.

그래서 성서는 그대들의 능력에 맞게끔 마음을 써서 하느님에게도 손발이 있는 것처럼 풀고 거기다 다른 뜻을 부여하고 있는 거예요.

그러므로 성스러운 교회는, 가브리엘과 미가엘이며, 토비아를 낫게 해준 천사에게도 사람의 형태를 주고 있는 거예요.

『플라톤이』 티메우스에서 영혼에 대해 논한 것과 여기서 보는 것과는 전혀 다르지만 그것은 그가 한 말을 글자 그대로 믿었다고 생각되기 때문에 하는 말이에요.

그의 설에 따르면 혼은 동성인 별로 돌아간다는 것으로 되어 있는데, 그것은 자연이 영혼에게 『인체라는』 형상을 주었을 때, 영혼이 그 별에서 갈라진 줄만 알았기 때문입니다.

그러나 아마 플라톤의 주장은 글자의 뜻과는 틀리는 다른 뜻을 감추고 있겠지요. 그리고 그 참뜻에는 일소에 붙여 버릴 수 없는 것도 있는 것 같습니다.

선악의 영향을 천구의 탓으로 돌린다는 것이 만약 플라톤의 사상이라면

---

2) 세례 요한이건 그리스도의 제자인 요한이건.

아마 그 화살은 진리를 조금은 꿰뚫고 있을 거예요.

그러나 이 원리는 그릇 이해되었습니다. 그래서 세상 사람들의 대부분이 길을 그르쳐 제우스라든가 헤르메스라든가 마르스를 신으로 모시게 되었던 거예요.

그대를 사로잡은 둘째 의문은 첫째 의문만큼 독은 없습니다. 둘째 의문의 독에는 그대를 나에게서 떼어 다른 곳으로 보낼 만한 힘이 없는 거예요.

하느님의 정의가 사람의 눈에는 부정한 것으로 비치는 적이 때로는 있지만, 그것은 신앙의 논리 문제이지, 그것 때문에 이단의 설에 기울어서는 안 되겠지요.

그리고 그대들의 분별을 가지고서라면 이 진리는 충분히 알 수 있을 것이므로 바라시는 대로 설명해 드리지요.

만약 피해자가 가해자에 대해 아무 짓도 하지 않았는데, 폭력을 당했다고 하더라도 피해자에게 책임이 없는 것은 아닙니다.

의지란, 의지가 바라지 않는 한 멸망할 리가 없으며, 폭력을 당하여 불이 약해진 일이 천 번 있었다 할지라도 또다시 불길이 절로 되살아나듯이, 의지 또한 불타 오를 거예요.

폭력은 의지가 박약해져 갈수록 강해집니다. 이런 사람들은 성스러운 곳으로 돌아갈 만한 힘이 있었는데도 불구하고 그토록 지고 말았습니다.

그러나 만약 그녀들의 의지가 스스로의 오른팔에 엄벌을 가한 무씨오[3]나 화형대에 오른 로렌쏘[4]처럼 완전한 것이었다면

그녀들은 자유로이 되었을 때, 끌려왔던 길을 다시 돌아갔을 것이 틀림없어요. 하지만 그토록 단단한 의지란 좀처럼 눈에 띄지 않습니다.

그대가 조심스레 마음을 써서 내 말에 귀를 기울였다면, 그대를 여러 번 괴롭혔던 의문은 이제 해결되었을 줄 압니다.

그러나 이제 또 다른 난관이 그대 눈앞에 나선 것 같군요. 만약 이것을 혼자서 답파하게 된다면 도중에 지쳐 버리고 말겠지요.

나는 아까 그대에게, 축복받은 혼은 언제나 원진리(原眞理) 가까이에 있으

---

3) 무씨오는 적장인 줄 잘못 알고 자기 편을 베어서 상처를 입힌 자신의 오른팔을 제 손으로 불태운 로마 사람.

4) 로렌쏘는 황제 발레리아누스 시대에 화형에 처해진 그리스도 교도.

므로 아무래도 거짓말은 못한다고 말했습니다.

그대는 피카르다로부터 코스탄자가 지금도 너울에 애착을 느끼고 있다는 말을 들었지요. 그렇다면 그녀와 나 사이에 모순이 있어 보일는지도 모르지요.

위기를 벗어나기 위해서는 벌써 여러 번 해서는 아니 될 일이 본의 아니게도 행하여진 적이 있었습니다.

아비의 청을 거절할 수가 없어 효도를 잃지 않으려다가 불효 자식이 된, 알크마이온[5]이 제 어미를 죽인 것 따위가 그 한 가지 예입니다.

그럴 때에는 그대도 잘 생각하세요. 폭력이 의지와 연결되면 그런 실수는 보상할 수 없는 것이 되고 맙니다.

의지는 절대로 악을 저지르는 것에 동의하지 않습니다. 하나 그렇게 하지 않으면 보다 큰 해독이 생길 때는 그것에 따라 악을 저지르는 것에 동의를 하는 거예요.

피카르다가 말했을 때는 절대적 의지에 대해 언급을 했고, 나는 그것과 다른 의지에 대해 말했으므로 결국은 두 사람 다 같은 진리를 말하고 있는 거예요.」

이것이 모든 진리의 원천에서 솟아난 거룩한 흐름의 물결이었다. 그것이 나의 여러 가지 생각을 진정시켜 주었다.

「아, 주께 가장 사랑받는 분이여, 고귀한 여인이여.」 하고 나는 외쳤다. 「당신의 이야기는 내 몸 속에 넘쳐나 나를 따스하게 하고, 그로 해서 활력이 솟는 것이 느껴집니다.

당신의 호의에 대해서는 아무리 감사를 드려도 나로서는 도저히 다 감사를 드릴 수가 없는데 전지 전능하신 분께서 반드시 보답해 주시겠지요.

어떠한 진리도 하느님의 진리 밖으로 나갈 수가 없고 우리 인간의 지성은, 하느님의 진리에 비치어지지 않는 한 아무래도 만족할 수가 없다는 것을 잘 알았습니다.

---

5) 알크마이온은 아비 암파라오스(지옥편 20곡 참조)의 명령으로 (불효자가 되지 않으려고) 어머니를 죽였다(불효자가 되었다). 이 이야기는 연옥편 12곡에도 나온다.

　사람의 지혜는 진리에 도달하면 들짐승이 동굴 속에서 쉬듯이 곧 그 속에서 쉽니다. 사람에겐 그것이 가능합니다. 그렇지 않으면 모든 소망은 헛일이 되고 말겠지요.

　이 소망에서 마치 싹이 트듯이 진리의 뿌리에 의혹의 싹이 트는데, 그것이 차례차례 우리를 밀어올려 꼭대기로 가게 하는 자연의 힘인 것입니다.

　이 힘이 나를 부르고 나를 대담하게 만들어 내가 잘 모르는 또 하나의 진리에 대해,

　여인이여, 당신에게 경의를 표하며 질문을 하게 만드는 것입니다.

　그러한 내가 알고자 하는 점은, 어겨진 서원이 당신의 저울에다 걸어 무게가 부족하지 않을 만한 다른 선행으로써 보충이 되느냐 안 되느냐 하는 점입니다.」

　아주 고귀한 사랑의 불꽃으로 가득 찬 눈초리로 베아트리체가 나를 바라보았다. 나의 힘은 그것에 져서 등을 돌리고 달아났다.

　나는 정신이 몽롱하여 두 눈을 아래로 떨어뜨렸다.

제 5 곡

　　4곡의 끝에 나온 서원에 관한 단테의 질문에 대해 베아트리체가 긴 논의를 전개하며 답한다. 그리고 나서 그들은 둘째 하늘인 수성천으로 날아 올라간다. 천이 넘는 빛이 그들의 주위에 기뻐하며 모여 든다. 혼들은 자진해서 단테의 물음에 답하려고 한다. 혼들은 사람에게 도움이 되는 일을 하면 빛이 더해지는 것이다.

「지상에선 볼 수 없는 그런 열렬한 사랑의 불로 그대의 시력을 빼앗기는 한이 있더라도 놀라서는 안 됩니다.

　이 불길은 완전한 시력에서 우러나고 있는데 『주의 빛을』 인정할수록, 그 선 속으로 『사랑으로써』 발을 들여놓는 거예요.

　이미 벌써 영원한 빛이 그대의 지성 속에서 빛나고 있는 것을 알 수 있는

데, 영원한 빛은 일단 그것을 우러르면 영원히 사랑의 불을 태웁니다.

만약 그 밖의 것이 그대들의 사랑을 유인한다면 그것은 이 영원한 빛의 어떤 흔적이 잘못 이해되어 다른 것을 통해서 빛을 떨치는 데에 지나지 않아요.

한데 그대의 질문은, 맹세를 어긴 서원을 다른 것으로 보상하여, 혼을 하느님의 심판에 걸지 않고도 될 수 있느냐 하는 것이었어요.」

이와 같이 베아트리체가 이 제5곡을 이야기하기 시작했다.

그리하여 제 말을 중단하지 않는 사람처럼 그 거룩한 논의를 다음과 같이 계속해 나갔다.

「천지를 창조하실 때 하느님께서 아낌없이 내리신 가장 큰 선물은,

하느님이 가장 소중히 보시고 또 하느님의 힘에 가장 적합한 의지의 자유였습니다.

오직 지성 있는 생물"만이 모두 이 자유 의지를 예나 지금이나 받고 있습니다.

그러니까 이 점으로 미루어 보면 서원이 갖는 높은 가치가 그대에게도 이해될 거예요. 만약 그대가 소망하면 하느님은 반드시 그것을 받아 주실 거예요.

왜냐하면 주와 사람 사이에 계약이 맺어질 땐 이제 말한『자유 의지의』선물이 자발적으로 희생되기 때문입니다.

그러한『서원의』보상이 도대체 무엇으로 되겠습니까? 만약 딴 데다 바친 것을 교묘하게 옮겨 이용하려고 생각한다면 그것은 훔친 돈으로 자선을 베푸는 거나 마찬가지가 되겠지요.

이만하면 그대도 가장 큰 논점이 뚜렷해졌을 거예요. 오직 이런 점에서 성교회는 특별 면제를 받고 있으므로 내 설명은 얼핏 듣기에 모순이 되어 보일지도 모르지요.

좀더 식탁 앞에 앉아 계세요. 그대가 든 이 삼키기 어려운 음식을 소화시키려면 아직도 두세 가지 도움이 더 필요한 것 같군요.

내가 그대에게 표시한 것을 마음에 간직하고 머릿속에 새기세요. 이해는 하더라도 머릿속에 남겨 두지 않으면 학문이 되지 않습니다.

---

1) 지성이 있는 생물이란 천사와 사람이다.

다음의 두 가지가 이 『서원의』 희생의 본질에 빠져서는 안 됩니다. 한 가지는 그것의 내용이고 다른 한 가지는 『주와의』 계약입니다.

이 계약은 지켜지지 않는 한 결코 취소되는 일이 없는데, 거기에 대해서는 이미 자세히 말했습니다.

그래서 그대도 알다시피 헤브라이 인들로서는 비록 제사 지낼 물건의 내용이 바뀔지라도 어쨌든 제사를 지내지 않을 수가 없었던 거예요.[2]

그 밖의, 그대 눈에 내용으로서 비친 것에 대해서는 다른 것과 바꾸었더라도 반드시 죄를 서질없다는 것이 되지 않는 종류의 것이지만

그렇다고 흰 열쇠와 노란 열쇠 둘[3]을 돌리지 않고 어깨에 멘 짐을 제멋대로 바꾼다는 것은 용인되지 않습니다.

4대 6처럼 먼저 것보다 바꾼 나중의 것이 크지 않는 한, 대개 교환은 이치의 테두리 밖에 있다고 생각하는 게 좋을 거예요.

그런 형편이므로 모든 저울의 균형을 어긋나게 해 버릴 만큼 가치에 무게가 있는 것은 다른 무엇으로도 보상이 되질 않습니다.

사람은 경솔하게 서원을 걸어서는 안 됩니다. 맹세는 지켜야 하는데, 그때에 입다[4]가 첫 맹세에서 했듯이 비뚤어진 짓을 해서는 안 됩니다.

입다는 차라리 바로 『잘못했다』고 했더라면 나았을 거예요.

맹세를 지킴으로써 더욱 해롭게 된 셈인데, 마찬가지로 어리석은 것은 그리스군 대장의 경우겠지요.[5]

그로 인해 이피게네이아는 스스로의 미모를 탄식하여 울었고, 또 이러한 『희생의』 의식을 전해 들은 세상 사람들은 똑똑한 자나 어리석은 자나 모두

---

2) 〈레위기〉 27장에 헤브라이 인의 제물에 관련된 서원과 보상에 대한 것이 씌어 있다.

3) 은열쇠와 금열쇠에 대해서는 연옥편 9곡 참조.

4) 입다에 대해서는 〈사사기〉 11장 참조. 입다는 암몬의 자손을 무찌르고 돌아갈 수 있다면 『누구든지 내 집 문에서 나와서 나를 영접하는 자를 여호와께 돌릴 것이니 내가 그를 번제로 드리겠나이다.』 하고 맹세했다. 맨 먼저 집에서 나온 사람은 자기 딸이었는데 맹세를 지켜 딸을 죽였다.

5) 그리스군의 대장 아가멤논은 젊고 예쁜 제 딸 이피게네이아를 제물로 바쳐 신들에게 트로이로 향해 떠나는 선대(船隊)를 위해 순풍을 보내 달라고 빌었다.

눈물을 흘렸던 거예요.

그대들 그리스도 교도들은 바람에 날리는 깃털과 다르니 사려 깊고 신중하지 않으면 안 됩니다. 더러움이 아무 물로서나 씻겨진다고 생각하면 잘못입니다.

그대들에게는 구약과 신약의 성서와 그대들을 인도하는 교회의 목자가 있으니 이것으로 충분히 구원된다고 생각하세요.

몹쓸 생각이 솟아나 그대들에게 다른 길로 가게끔 외치고 권할 때는 사람답게 행동해서, 어리석은 양이 되어 그대들 속에 있는 유대 인에게 조소당하지 않도록 조심하는 게 좋겠지요.

어미 양의 젖은 거들떠 보지도 않고 제멋대로 뛰고 놀던 끝에 자기를 상처입히는 그런 새끼 양 같은 짓은 않는 게 좋을 거예요.」

이렇게 베아트리체가 말했다. 그리고 그녀는 오로지 동경하는 듯이 세계가 생기를 깃들인 쪽[6]을 향했다.

그녀가 입을 다물자 그 얼굴빛도 변했으므로

지식욕에 사로잡힌 나는 차례차례 질문이 눈앞에 떠올랐으나 그래도 여전히 입을 다물고 있었다.

그러자 시위 소리가 채 멎기도 전에[7] 벌써 과녁을 꿰뚫은 화살처럼 우리는 둘째 하늘로 날아올라갔다.

그 하늘의 광명 속에 들어가니[8] 베아트리체는 아주 행복스럽게 보였다. 별의 반짝임도 그로 해서 한결 더 밝아 보였다.

별조차 웃고, 별조차 빛을 바꾼다면 어찌 나 같은, 모든 점에서 변하기 쉬운 성(性)을 가진 자가 변치 않고 있을 수 있겠는가.

맑고 잔잔한 연못 속에 무슨 먹이 같은 것을 던지면 물고기들이 떼를

---

6) 『동방』이라는 설, 위쪽인 『지고천』이라는 설, 태양이 위치하는 『춘분점』이라는 설이 있다. 태양이 위치하는 춘분점의 방향이 『세계가 생기를 깃들인 방향』일 거라는 설이 유력하다.

7) 천국편 2곡에서 월천으로 올라갈 때도 화살의 비유가 씌어지고 있다. 역시 천국에 있어서의 위치의 이동은 한순간에 행하여지므로 지옥 여행이 24시간 이내에, 연옥 산으로 오르는 것이 사흘과 몇 시간 이내에 행해졌다. 시간의 경과를 굴대로 삼는 사건의 진전은 보이지 않는다.

8) 수성천으로 들어간 것이다.

지어 모여드는데

그와 마찬가지로 천이 넘는 빛이 우리들 쪽을 향해 모여드는 것이 보였다. 각각의 빛에서 목소리가 들렸다. 「보라, 우리의 사랑을 키워 줄 분[9]을.」

그리하여 하나하나가 다가옴에 따라 환희에 넘친 영혼의 모습이 혼에서 발하는 빛 속에 선명하게 떠올랐다.

독자여, 생각해 보라.

만약 여기서 이렇게 시작만 해놓고 앞으로 나가는 것을 중지했다면 그대는 얼마만큼 그 앞을 알고 싶어 지식에 굶주려 괴로워하겠는가.

그쯤 되면 그대 자신도 알 수 있으리라.

그들의 모습이 눈앞에 나타났을 때 내가 얼마만큼 그들에게서 이 천상의 광경을 들어 보고 싶어했던가를.

「아, 복되게 태어난 혼이여. 싸움을 끝내기 전에 은총을 받고 영원한 승리의 보좌를 보게 된 그대여.

하늘에 널리 퍼지는 빛으로 우리는 불타고 있다. 그러니까 만약 그대가 우리에 대해 알고 싶은 것이 있다면 부디 해명의 빛을 마음껏 받아 다오.」

경건한 혼 하나가 나에게 이렇게 말했다.

그러자 베아트리체가 「말하세요, 이야기하세요. 주를 믿는 것처럼 마음놓고 말하세요.」라고 말했다.

「보니 분명히 그대는 그대 자신의 빛 속에 깃들어 있다. 그리고 그대가 웃을 때마다 번개가 치기 때문에 그대는 두 눈에서 빛을 떨치는 것 같다.

그대는 아주 훌륭해 보이는데 나는 그대가 누구인지를 모르겠구나. 또 어째서 태양 광선으로 가리워져 사람의 눈에 보이지 않는 이 『수성천』에 그대가 있는지도 모르겠다.」

처음에 나에게 말을 건 빛 쪽을 보고 나는 이렇게 말을 시작했다. 그러자 그 빛은 더욱더 휘황하게 빛났다.[10]

태양의 열이 『온도를』 조절하고 있던 안개를 삼켜 버리면 광채가 넘쳐나 태양 그 자체의 모습이 보이지 않게 되어 버리듯

---

9) 단테의 의문을 풀어 준다는 것은 사랑의 힘을 사용하는 것이며, 그것은 『우리의 사랑을 키워 줄』 행위이기 때문이다.

10) 혼은 기쁨을 느끼면 빛을 더한다.

그와 마찬가지로 거룩한 그 모습은 너무나 기뻐 빛나는 바람에 그 광명 속에 잠기었다. 이렇듯 그 모습을 숨긴 채

그는 다음 곡에서 읊듯이 나에게 대답해 주었다.

제 6 곡

단테의 질문에 자진해서 대답하려는 빛은 황제 유스티니아누스의 혼이다. 그는 자기가 행한 법전 편찬의 사업, 로마의 독수리 기치 아래에서 행하여진 선인들의 위업과 시저를 비롯한 역대 황제의 공훈 등에 대해 이야기한다. 그리고 요즈음의 독수리 기치를 둘러싸는 황제당과 법황당의 당리 당략의 투쟁을 비난한다. 유스티니아누스의 혼은 마지막으로 로메오의 일에 대해 언급한다. 로메오는 프로벤자의 라몬도 백작에게 종사하여 공이 많았으나 참언으로 궁정에서 쫓겨나 걸인이 되어 세상을 떠났다.

「독수리는 라비니아를 빼앗은 옛 사람[1]」을 따라 서쪽으로 왔는데, 황제 콘스탄티누스가 그 독수리를 하늘의 운행에 거슬러 동쪽으로 옮긴 이후[2] 백 년에 백 년을 거듭하고 또 몇 년,[3] 주(主)의 새는 유럽 끄트머리의, 일찍이 둥지를 떠났던 산 가까이에 머물렀다.[4]

성스러운 날개 그늘 밑에서 역대의 황제는 그 곳에서 차례차례 세상을

---

1) 라비니아를 약혼자 투루누스로부터 빼앗은 옛 사람은 아에네아스이다. 독수리는 로마 제국의 기치.

2) 서력 330년에 황제 콘스탄티누스는 하늘의 운행에 거슬러, 즉 서부에서 동부로 수도를 옮겼다. 그 새로운 수도는 황제의 이름을 따서 콘스탄티노플이다.

3) 100년에 100년을 더하여 200여 년 콘스탄티누스 황제의 천도로부터 유스티니아누스 황제에 의한 서부 유럽 정복(서력536년)까지는 이백 육 년이 지나고 있다.

4) 일찍이 아에네아스는 트로이에 있었는데, 그 산에서 비교적 가까운 곳에 유럽 끄트머리의 도시, 콘스탄티노플이 위치하고 있다.

지배했는데, 이윽고 대가 바뀌어 내가 다스리게 되었다.

나는 본디 시저(황제)였다. 지금은 일개 유스티니아누스[5]이지만서도. 이제 여기서 느끼는 시초의 사랑의 뜻에 따라 나는 법전을 검토하여 엄한 벌은 늦추고 필요 없는 곳은 깎았다.

그 사업에 착수하기 전에는, 나는 그리스도에게 하나의 성(性)[6]밖에 인정하지 않았으며 인성은 없는 것이라 믿고서 그러한 신앙으로써 만족하고 있었다.

그러니 당시 교황이었던 행복한 아가페투스가 나를 설득하고 권하여 참된 신앙으로 귀의케 했다.

나는 그를 믿었었고, 그의 신앙에 포함되어 있던 내용이 지금의 나에게 똑똑히 보인다. 대개 모순에는 진위 양면이 있는 것이 당연한데 그와 똑같은 것이다.

내가 교회와 보조를 맞추어 걷기 시작하자 하느님은 곧 나에게 큰일을 착수하게끔 황공하게도 영감을 불어넣어 주셨다. 나는 일에 심혈을 기울여 군사(軍事)는 부하 벨리사에게 맡겼다.

벨리사가 하늘의 도움으로 잇따라 무공을 세운 것은 바로 나에게 군사를 떠나라는 계시였다.[7]

이것으로 그대의 첫째 물음에 대한 나의 답에는 종지부가 찍힌 셈이다. 그러나 대답의 성질상 그 밖에도 두세 가지 설명을 덧붙일 필요가 있다.

그 깃발을 빼앗은 당[8]도 적대하는 당도 아주 그럴 듯한 이유를 붙여 성스럽고 거룩한 독수리의 깃발에 거역하고 있는데 그 꼴을 그대가 보아 주길 바라는 거다.

생각해 보라, 팔라스가 죽고 나서 『아에네아스에게』 왕위가 물려졌을 때에서부터 비롯되는 선인들의 수많은 위업에 빛나는 기가 아닌가.

---

5) 현세에서는 황제나 그 밖의 칭호에 의한 구별이 있으나 천국에서는 개인의 이름밖에 존재치 않는다. 유스티니아누스 황제는 482년에 태어나 565년에 죽었다. 로마 법의 편찬으로 뒷날 이름이 알려졌다.
6) 하나의 성은 신성을 가리킨다. 그리스도 단성설(單性說)은 유스티니아누스 황제비의 신앙이었다고 한다.
7) 군사를 떠나라는 것은, 법전 편찬에 따르라는 하느님의 계시였던 것이다.
8) 기를 빼앗은 당은 황제당이고 적대하는 당은 법황당이다.

그대는 알고 있으리라,

그 기는 삼백여 년 동안 알바[9]의 땅에 휘날리었다. 그러다가 마침내는 그 기를 둘러싸고 3대 3의 결투가 벌어졌다.

그대는 알고 있으리라,

그 기를 손아귀에 넣은 일곱 왕이 연달아 인근의 부족을 넘어뜨렸지만 그것이 사비나 여인들과 루크레치아의 한탄이 되었던 것을.

그대는 알고 있으리라, 로마의 정예가 그 기를 쳐들고 브렌누스[10]를 무찔렀으며, 피로스를 치고 그 밖의 왕후와 왕국을 제패한 것을.

그 전투 때에 토르과투스와 쑥대머리라는 별명으로 불린 퀸크티우스,[11] 데키우스 부자, 파비우스 등이 이름을 날렸다.[12] 그 이름을 나는 자진해서 몰약으로 감쌌으면 한다.[13]

그 기는 또 한니발을 따라 포 강의 원천인 알프스의 험한 산을 넘어온 아랍 인들의 교만을 꺾었다.

그 깃발 아래서 젊은 스키피오와 폼페이우스가 개가를 올렸다. 그대가 태어난 그 기슭의 언덕[14]은 그 기를 대항하다가 고배를 마셨다.

이어서 온 세계가 천상과 같이 활짝 개이기를 하늘이 바라신 때[15]가 다가

---

9) 알바는 아에네아스의 아들에 의해서 세워진 도시로 로마의 모체가 되었다. 이하 다섯 행은 모두 로마 건국에 관련되는 여러 가지 전설에 대해 언급한 것이다. 사비나 여인의 유괴에 대해서는 조형 미술의 주제로서도 알려져 있다.

10) 브렌누스는 고올족의 장수이다. 토르과투스는 고올족을 무찌른 장수로 공공의 안녕 질서를 존중하여 자기 아들에게까지 사형을 판결한 사람이기도 했다.

11) 퀸크티우스는 시골에서 불려나와 공직을 맡아보았는데 임무를 완수하자 다시 일개 농부로 돌아갔다고 한다. 청렴 결백한 사람의 전형이다. 천국편 15곡 참조.

12) 데키우스 가문은 3대에 걸쳐 로마에 종사했으며, 세 사람 다 명예로운 전사를 했다.

13) 유체(遺體)를 몰약으로 감싸듯이 시인은 이러한 영광스러운 이름을 자진해서 몰약으로 감싸고 싶다고 생각한다. 단테의 경의적 표현이다.

14) 단테가 태어난 피렌체 시를 내려다보는 언덕 피에졸레를 가리킨다.

15) 그리스도 탄생의 때이다.

오자 로마의 뜻을 체득한 시저가 그 기를 장악하였다.

그것이 봐르로부터 라인에 걸쳐 성취된 것은 이젤 강·로느 강·세느 강이 보았으며, 또 로느 강으로 흘러드는 모든 지류가 목격했다.

이어서 그것이 라벤나를 떠나 루비콘을 건너서 행한 작전으로 신속 과감하기 이를 데 없어 필설로써도 뒤따르지 못할 정도이다.

독수리는 먼저 스페인을 향해 군사를 몰았다가 곧 다시 뒤라키움으로 전전해 팔사스를 격파하여, 그 아픔을 나일 강변에까지 느끼게 했다.

독수리는 일찍이 제가 떠났던 안탄드로스와 시모이스 그리고 헥토르가 영원히 잠든 땅[16]도 다시 보았다. 그리하여 프톨레마이오스를 무섭게 치고 날아올라,

번개처럼 이우바를 향해 내려갔다가 이어서 그대들의 서쪽(스페인)으로 전전하였다. 폼페이우스의 잔당들 나팔 소리가 들렸던 것이다.

다음 기수[17]의 손에 그 기가 있었을 때, 그 기가 한 일은 지옥에 있는 브루터스와 카시우스[18]의 꼴을 보면 알지만 그로 인해 모데나와 페루지아는 불행하게 되었다.

지금도 눈물에 젖어 있는 불쌍한 클레오파트라[19]는 그 기를 보고 달아났으나 독사에 물려 갑자기 죽음을 당했다.

독수리는 그 기수와 더불어 홍해의 해변까지 질주하였고, 그 기수와 더불어 세계 평화의 기틀을 열었다. 그로 인해 야누스의 신전이 끝내 문을 닫게 된 것[20]이다.

그러나 그 깃발 아래 복종한 현세 제국의 각지에서, 지금 내가 말해 온 그 깃발이 이룩한 사업도 또 그로부터 앞으로 할 사업도,

3대 황제[21]의 수중에 『깃발이』 쥐어졌을 때의 맑은 눈과 깨끗한 마음으로

---

16) 헥토르가 영면한 땅은 트로이이다.

17) 다음의 기수는 아우구스투스 황제이다.

18) 브루터스와 카시우스에 대해서는 지옥편 34곡 참조.

19) 클레오파트라는 지금도 지옥의 제2옥(지옥편 5곡 참조)에서 울고 있다.

20) 로마가 어느 나라와도 싸움을 하지 않게 될 때, 야누스의 신전 문은 닫히게 되어 있다. 그런 일은 과거 2세기 동안 없었는데, 그리스도가 탄생할 무렵이 되어 겨우 세상이 평화스럽게 되었다.

21) 3대인 티베리우스 황제.

본다면

아주 희미한, 하찮은 것으로 변해 버린다는 것을 알 수 있을 것이다.

내 속에 영감을 불어넣는 『주의』 산 정의가 내가 이제 말한 황제의 손에 주의 분노의 복수를 할 영예를 준 것이다.

얼마 안 있어 독수리 기치는 황제 티투스와 함께 치달려 원죄의 복수[22]를 복수한 것이다.

그리고 롱고바르도의 이빨이 성스러운 교회를 물었을 때, 그 깃발을 양손에 들고 샤를르 마뉴는 적군을 무찔러 구원을 하러 갔다.[23]

내가 먼저 비난한 자들과 그들의 가지가지 잘못을 그대는 이제 판단할 수 있을 것이다. 그대들의 모든 재난은 그것이 원인으로 일어난 것이다.

『법황의』 일당은 모든 것에 대해 황색 백합[24]을 대립시키고 『황제의』 일당은 그것을 사적인 것으로 만들려 한다. 어느 쪽의 잘못이 큰지 분간하기도 어려울 정도이다.

멋대로 당리 당략에 빠지거라. 그러나 황제당이여, 무엇인가 다른 기치를 들고 당략을 행하라. 너는 이 기치에 따르려 하지 않고 이 정의의 깃발에서 항상 정의를 물리치고 있잖은가.

새로운 샤를르 왕[25]이 부하인 법황당과 손을 잡고 이것을 막아야 한다. 저보다도 강한 사자 껍질도 벗기는 독수리 발톱의 두려움을 왕에게 인식시켜야 한다.

자식이 아비의 죄로 하여 우는 일은 이제까지도 여러 번 있었지만, 주께서 백합 때문에 독수리 문장을 바꾸리라고는 아예 생각지 않는 것이 좋을 것이다.

이 조그마한 별[26]은, 후세에 이름과 자랑을 남기려고 생전에 자진해서

---

22) 원죄의 복수란, 아담이 저지른 옛 죄가 그리스도의 죽음에 의해 보상된 것을 가리킨다. 그 옛 죄의 복수의 복수란 그리스도의 피를 흘리게 한 도시 예루살렘의 파괴를 가리킨다. 연옥편 21곡 참조.

23) 773년에 샤를르 마뉴는 롱고바르도의 군사를 무찌르고 로마 교회를 구원하러 갔다.

24) 백합은 프랑스 왕가의 문장이다.

25) 샤를르 당쥬의 아들로 나폴리 왕이었던 샤를르 2세.

26) 단테 시대의 천문학에 따르면 수성이 가장 작은 별로 되어 있었다.

활약하며 선행을 베푼 자들의 영혼으로 꾸며져 있다.

이와 같이 올바른 길에서 벗어나 욕심 쪽으로 기운 이상, 위로 오르는 참다운 빛[27]의 활력이 감해지는 것은 아주 지당한 이치이다.

그러나 우리들의 공덕 나름대로 보상이 주어졌으므로 보상에 과부족이 없다는 것을 안다는 것도 우리의 작은 기쁨이 된다.

이렇듯 산 정의가 우리의 감정을 부드럽게 해 주므로 여기서는 이제 감정이 부정 때문에 비뚤어지는 일은 전혀 없는 것이다.

하계에서 아름다운 합창에 온갖 소리가 화답하듯이 천계 생활의 모든 영혼이 이 천구 사이에서 아름다운 화음을 이루고 있다.

이 수성 진주천에서는 로메오[28]의 혼이 빛을 떨치고 있다. 그의 위대한 공적은 세상에 받아들여지지 않았지만.

그러나 그를 모함한 프로벤자 인들의 얼굴에서 웃음은 사라졌다. 남의 선행을 자신의 해(害)로 간주하는 자는 길을 잘못든 자다.

라몬도 베링기에리 백작에겐 네 딸[29]이 있었는데 모두 왕비가 되었다. 천한 방랑객인 로메오가 이룬 것이다.

그러나 이윽고 참언에 마음이 움직인 라몬도 백작은 이 정의의 사람을

---

27) 현세에서 이름을 내어 명예를 높이려고 선행을 베푼 자가 수성천에 있는 것인데, 그 명예욕을 가리킨다. 하느님의 길을 벗어나 지상으로 기울고 있는 것이다.

28) 로메오는 1170년 무렵에 태어나 프로벤자의 라몬도 백작의 중신이 되었다. 백작이 1245년에 죽은 뒤에도 재상의 위치에 머물러 백작의 넷째 딸 베아트리체의 후견인이 되어서 그녀를 샤를르 당쥬에게로 출가시켰다. 1250년에 프로벤자에서 죽었다. 그러나 단테 시대의 전설에 따르면 시 속에 있듯이 로메오는 『천한 방랑객』으로서 스페인을 순례하고 돌아가는 길에 백작의 집에 묵게 되었는데 이윽고는 집안 재산 관리까지 맡아 보게 되어 10의 밑천을 12로 늘리는 그런 공적도 있었지만 참언으로 하여 쫓겨나 늙은 몸으로 가난하게 걸식을 하며 생애를 마친 것으로 되어 있다. 로메오의 신세에 대해 보내는 단테의 공감에는 만년의 단테 자신의 처지와 심경이 반영되고 있는 것이 아닐까.

29) 네 딸, 마르그리트는 1234년 프랑스 왕 루이 9세와, 엘제오놀은 1236년 영국 왕 헨리 3세와, 산슈는 1243년, 뒤에 독일 왕으로 선거되는(1257년) 헨리의 아우 리차드와, 베아트리체는 뒤에 시칠리아 왕이 되는 샤를르 당쥬와 각각 결혼했다.

내몰아 버렸다. 열의 원금을 일곱 더하기 다섯으로 돌려 준 그였는데도.
  그런 일이 있은 뒤 그는 늙은 몸으로 가난하게 그 곳을 떠났다.
  한 조각 또 한 조각 빵을 구걸하며 연명한 그의 심중을 짐작한다면
  세상 사람들의 존경심은 더한층 깊어질 것이 틀림없다.」

제 7 곡

    수성천에 있는 혼들은 현세에서 명예를 높이려고 선행을 베푼 자들인데,
그들이 물러가고 난 뒤 단테는 사람의 속죄에 대해 의문에 사로잡힌다. 그가
그 말을 채 하기도 전에 베아트리체가 단테의 심중을 알아차리고『왜 정의의
복수가 또 정의에 의해 보복을 받았는가』에 대해 단테의 의문점을 설명해
준다. 속죄하여 하느님에 의해 선택된 수단인 그리스도의 부활에 대해서도
설명한다.

「호산나, 호산나, 거룩하신 이여, 이 천국의 복된 불에 성스러운 빛을
내리시는 만군의 주여.」
  이와 같이 노래하며 제 노래에 맞추어 혼이 돌아가는 모양이 내 눈에도
보였는데 그 혼 위에는 이중의 빛이 빛나고 있었다.
  그리하여 그[1]도 또 다른 혼도 그의 춤에 맞추어 빠른 섬광처럼 날아서
순식간에 멀어지나 싶자 그림자는 희미하게 사라져 갔다.
  의문이 생긴 나는 속으로「말해라, 그녀에게 말해라.」하고 혼잣말로 중얼
거렸다.
  『말해라』하고 재촉한 것은 여인이 그 물방울로 내 갈증을 부드럽게 축여
주리라 믿었기 때문이다.
  그러나 여인에 대한 외경심에 기가 눌린 나는『베』라고 하려 해도,『리

―――――――――――

  1) 그는 천국편 6곡의 주인공 유스티니아누스이다. 이중의 빛이란 법전 편찬
    자와 황제, 두 가지의 빛을 가리키고 있다.

체』라고 하려 해도 마치 잠든 이처럼 고개만 숙여지는 것이었다.[2]

이러한 나를 보더니 베아트리체는 곧 미소를 나에게 던지며 말했는데 그것은 불 속에 있는 이라도 행복하게 만들 것 같은 그런 미소였다.

「나[3]의 틀림없는 판단에 의하면 왜 정의의 복수가 또 정의에 의해 보복을 받았는지 하는 점이 그대의 의문일 것입니다.

이제 그대의 의문을 곧 풀어 드릴 테니 주의해서 들으세요, 내 말은 그대에게 커다란 진리의 선물이 될 것입니다.

의지력만 억누를 수 있었더라면 자신에게 이로웠을 텐데 그것을 참지 못했던,

태어나 본 적 없는 자[4]는 자신을 죄인으로 만듦과 동시에 자손도 모두 죄인으로 만들었습니다.

그것이 원인으로 주의 말씀이 드디어 지상에 내릴 때[5]까지 인류는 병들어 커다란 공포 속에서 하계에 드러누운 채 오랜 세월을 보냈던 거예요.

그 때가 오게 되어 비로소 주는 조물주로부터 떠나 있던 인성을 영원한 사랑[6]의 작용에 의해 주께, 주의 위격(位格)으로서 결부시켰습니다.

자, 이제 내가 말하고 있는 내용을 똑바로 들으세요.

인성은 이와 같이 조물주에 결부되자 창조되었을 때와 마찬가지로 청순하고 선량해졌습니다.

인성은 오직 인성이라는 이유만으로 천국에서 추방되었던 것인데, 그것도 인간이 진리의 길을 벗어나 그러해야 할 생활에서 이탈했기 때문이었습니다.

그러기에 십자가로써 부과된 벌은『그리스도가』띠고 있던 인성에 비추어 보면 다시없는 정당한 벌이며,

---

2) 외경심에 기가 눌리어 베아트리체의 이름조차 부르지 못하고 머리를 숙이는 것과 졸음이 와서 머리를 숙이는 것은 보기에 비슷한 점이 있다고는 할지라도 심리적 조건이 전혀 다르므로 이 비유는 적당하지 못한 것이 아닐까.

3) 천국편 6곡과 그 주를 참조.

4) 아담은 하느님에 의해 만들어졌으므로『태어나 본 적 없는 자』인 것이다. 이런 식의 말투가 《신곡》을 매우 어려운 작품으로 만들고 있는 셈인데, 동시에 주석으로 읽는 재미를 더하고 있다 할 수 있을는지 모르겠다.

5) 그리스도의 도래를 가리킨다. 이하는 삼위 일체에 대해 언급하고 있다.

6) 영원한 사랑은 성신을 가리킨다.

이 인성에 결부되었던 『주의』 위격에 대한 무례함을 생각한다면 다시 없는 부당한 벌이라 할 수 있는 것입니다.

이렇게 하여 하나의 행위에서 다른 결과가 생긴 것이었어요. 똑같은 하나의 죽음을 주도, 유대 인도 함께 반겨했는데, 그 죽음으로 인해 땅이 흔들리고 하늘이 열렸던 것이었어요.[7]

정의[8]의 복수가 그 뒤 정의의 법정에 의해 보복을 당했다 할지라도 이제 이만하면 그대도 얼떨떨해 하지는 않겠지요.

그러나 지금 그대 머릿속엔 온갖 생각이 헝클어져 그대는 어떻게든지 그 매듭을 풀고자 하고 있다는 것을 나는 잘 알고 있습니다.

그대 생각은 이렇습니다. 『들은 말은 알겠는데, 그러나 우리들의 속죄를 위해 왜 주께서 이와 같은 수단을 선택하셨는지 그걸 모르겠다.』

아시겠습니까, 이 규정은 이해력이 사랑의 불 속에서 무르익지 않은 그런 자들 눈에는 파묻히어 비치려 하지 않는답니다.

이걸 이해하고 바라는 이는 많지만 그 목표를 뚜렷이 정하는 이는 적습니다. 그러므로 왜 이런 수단이 다른 것에 비해 귀중한지 그 까닭을 말하지요.

스스로의 속에서 선망과 질시는 모두 밖으로 퉁겨내고 안에서 타서 불꽃을 뿌리는 주의 선의(善意)는 영원한 아름다움을 밖으로 나타냅니다.

이 선의로부터 다른 이의 손을 거치지 않고 만들어진 것은 끝나는 일이 없습니다.[9] 선의가 새긴 도장을 지워 버릴 수가 없는 것입니다.

이 선의로부터 다른 이의 손을 거치지 않고 내리는 것은 새로운[10] 것의 힘입는 바가 없으므로 그러한 것의 영향에는 전혀 좌우 되지 않습니다.

주의 뜻을 닮아 갈수록 주의 기쁨도 늘어납니다만 그래서 만물 위에 빛나는 성화는 가장 주를 닮은 것 속에서 가장 빛을 떨치는 것입니다.

이러한 모든 점에서 사람은 혜택[11]을 받고 있는데 비록 그 한 가지가 모자

---

7) 그리스도가 죽을 때 지진이 있었다.

8) 티토로 인한 예루살렘 시의 파괴를 가리킨다. 그 파괴는 주의 뜻에 의해, 즉 『주의 정의의 법정에 의해 보복을 당했다.』 복수와 보복이 겹쳐서 나오는 일면에는 언어의 유희라는 수사적인 죽음이다.

9) 끝나는 것은 죽음이다.

10) 새로운, 즉 이차적인, 다른 사람의 손을 거친 것이다.

11) 인간이 혜택받고 있는 점은 하느님에 의해 만들어진 것, 영혼의 불멸, 자유는 하느님을 닮은 것이다.

란다 할지라도 사람으로서의 품위는 상실될 것입니다.

사람이 권력을 잃고 지고선[12]을 닮지 않은 것으로 떨어진 것은 오로지 그가 저지른 죄악 때문에 그로 인해 그 빛은 희미하고 덧없게 되었습니다.

그러므로 올바르지 못한 쾌락에다 정의의 형벌을 가하여 죄악으로 해서 만들어진 공백을 메꾸지 않는 한, 사람은 그 품위를 회복할 수가 없었던 거예요.

그대들 사람은 그 씨앗[13] 때에 벌써 모두 죄를 저질렀으므로 그때부터 사람의 품위로부터도 낙원으로부터도 멀리 쫓겨나고 말았습니다.

그러한 것을 회복하려면, 그대가 잘 생각해 보면 아시겠지만, 다음의 강 중에서 어느 하나를 건너는 수밖에 달리 길은 없습니다.

혹은 주께서 한결같은 자애심으로 용서를 하시든가, 혹은 사람이 스스로의 손으로 그 미친 노릇에 만족이 갈 수 있는 매듭을 짓든가, 그 둘 중 하나입니다.

이제 영원한 뜻의 심연을, 되도록 몸을 바싹 붙이고 내 말에 신경을 쓰면서 가만히 눈길을 모아 들여다보세요.

사람에게는 한계가 있으므로 만족스러운 매듭을 짓는다는 것은 결국 무리한 일이었어요. 처음에 『주께』 거역해 가며 위로 가려고 생각했던 만큼 『주께』 복종하여 겸양하게 아래로 내려올 수가 없습니다. 스스로 만족을 줄 만한 힘을 인간이 박탈당한 것은 이러한 점이 원인인 거예요.

이렇듯 인간을 완전한 삶으로 회복시키기 위해서는 주의 길을 주께서 쓰실 필요가 생겼던 것입니다.

그 길은 한 줄기라고도 또 두 줄기라고도 할 수가 있겠지요.

대개 행위자에게는, 행위를 낳은 마음의 선의가 행위로써 멸시되면 될 수록 기쁘게 느껴지는데

세상에다 그 표지를 남기시는 주의 선의도 모든 길을 사용하여 그대들 인간을 구원하는 것을 기쁨으로 삼았습니다.

이 세상이 시작되는 아침에서, 끝나는 밤에 이르기까지 이처럼 거룩한

---

12) 지고선은 하느님을 가리킨다.
13) 인간의 씨앗은 아담이다.

일[14]이 이루어진 적은 어떠한 길에 의해서든 있지도 않았고, 또 있지 않을 것입니다.

주께서는 몸소 죄를 사해 주셨을 뿐 아니라, 사람이 다시 몸을 일으킬 수 있도록 너그러이 스스로를 주셨습니다.

하느님의 성자가 스스로를 낮추어 육체로 변하지 않고는 다른 어떤 수단을 가지고서도 정의를 채운다는 것은 불가능했던 거예요.

그대 소망을 모두 이루어 주기 위해 이제 다시 아까 이야기로 되돌아가 설명을 덧붙이겠는데, 그러면 그대도, 나처럼 그 점에 납득이 가겠지요.

그대 생각은 이렇습니다.

『물이 보이고 불이 보인다. 공기도 흙도 그리고 그 혼합물도 보이는데 모두가 오래 가지 못하고 곧 썩어버린다.

그러나 이런 것도 틀림없이 하느님이 만든 것이다. 그렇다면, 이제 들은 말이 만약 진실이라면 이런 것은 썩어선 안 되는 것이 아닌가.』

아시겠어요, 천사라든가 지금 그대가 있는 순결한 나라는 지금 이대로의 상태로 완전한 것으로써 만들어졌다고 할 수가 있는 것입니다.

하지만 그대가 이름을 든 원소라든가 그것으로부터 형성된 모든 물체는 『하느님에 의해』 만들어진 힘으로써 다시 형성된 것입니다.

처음에 만들어진 것은 그것의 질료뿐이었습니다. 네 원소를 싸고 도는 별들 안에서 형상력만이 『하느님에 의해』 만들어진 것입니다.

모든 동식물의 혼은 생명력을 띤 복합체 속에서 거룩한 별들의 빛과 움직임을 끌어낸 것입니다.

그러나 그대들 인간의 혼은, 지고선(至高善)이 직접 숨결을 불어 넣어 지고선을 사모하게끔 만든 것입니다. 사람의 영혼이 항상 주를 찾고 주를 동경하는 것은 그 때문입니다

그러므로 인류의 조상인 그 두 분[15]이 만들어졌을 때, 인간의 육체가 어떻게 하여 생겼는가를 잘 생각해 본다면 이제까지 들은 바로 미루어

부활에 대해서도 다시 논할 수가 있을 것입니다.」

---

14) 거룩한 일은 그리스도의 속죄를 가리킨다.

15) 인류의 조상인 두 분은 아담과 이브인데, 이 7곡의 끝에 암시되고 있는 내용은, 하느님이 직접 아담과 이브의 육체를 만든 이상, 부활할 때에 사람은 육체를 지닐 것이라는 추측이다.

제 8 곡

단테는 베아트리체와 더불어 셋째 하늘인 금성천으로 오른다. 이 하늘에는 사랑에 사로잡힌 자들의 혼이 있다. 여기서 단테는 전에 알았던 헝가리 왕 샤를르 마르텔을 만났다. 샤를르는 자기가 일찍 죽지 않았던들 다스렸을 나라들에 대해 이야기한다. 그는 또 단테의 질문에 답하여, 왜 훌륭한 어버이한테서 어리석은 자식이 태어나느냐에 대해 설명한다.

위험한 이야기이기는 하지만[1] 예전에 세상 사람들은, 사이프러스의 미녀[2]가 제3원을 돌며 애욕의 빛을 떨치는 줄로만 알고 있었다.

그래서 미신에 사로잡힌 옛 사람들은 비너스를 숭상하며 제물을 바쳐 기원했을 뿐 아니라

그의 어머니와 그의 아들뻘인 디오네와 큐핏도 공경했다. 그리하여 그의 아들 디도[3]의 무릎에 앉았다고들 했다.

비너스에 언급하여 나는 이 노래를 부르기 시작했는데 혹은 『새벽에』 태양에게 아양떠는 별을 사람들은 그녀의 이름으로 부르고 있었다.

내가 그 별, 금성천을 향해 올라가고 있다는 것을 나는 여인이 유독 아름답게 보였을 때 똑똑히 알게 되었다.

하나는 머물러 있는데 하나가 왔다갔다 하면 합창 속에서 목소리가 구별되고 불길 속에서 불꽃이 식별되는 것과 마찬가지로

그 곳의 빛 속에서도 서로 각각 다른 빛이 수도 없이 혹은 빠르고 혹은 느리게 도는 것이 보였는데 그 속도는 안식의 깊이에 따르는 것 같았다.[4]

---

1) 위험한 이야기라고 한 것은 이하의 설을 잘못 믿은 것이라고 생각하기 때문이다.
2) 사이프러스 부근의 바다에서 태어난 여인이 비너스이다. 비너스〔金星〕의 빛이 사람의 욕정을 돋군다고 생각하고 있었다.
3) 《아에네이스》 속에 노래불리고 있는 아랍의 여왕 디도는 《신곡》 속에서는 지옥편 5곡에서 노래불리고 있다. 호색의 죄로 지옥의 제2옥에 떨어졌는데 그 원인을 큐핏에 있다고 한 것이다.
4) 하느님을 보는 내면의 안식의 깊이가 외면 운동에 나타나 있다는 것이다.

차가운 구름으로부터 눈에 보이든 보이지 않든 바람이 제아무리 **빠르게** 불어닥칠지라도 고귀한 세라피니〔熾天使〕의 무리들로 이루어진 무도의 행렬을 떠나

우리들을 향해 다가오는 거룩한 빛을 본 사람에겐, 발걸음이 어지러운 느린 동작으로밖에 안 보였을 것이다.

먼저 나타난 한 무리 속에서 호산나의 찬송가가 들렸는데, 또 한번 그 노래를 들었으면 하는 생각이 영원히 지워지지 않을 만큼 가슴속에 솟구쳤다.

이어서 그 중 하나[5]가 우리 쪽으로 걸어나와 혼자서 말을 시작했다.

「그대의 도움이 되고 그대가 기뻐할 만한 일을 우리는 자진해서 할까 한다.

우리는 천상의 왕후[6]와 더불어 같은 원을, 같은 주기와 같은 갈망을 가지고 지금 여기서 돌고 있다.『그대들 지성의 힘으로 셋째 하늘을 움직이는 이들이여.[7]』하고 그대는 지상에 있을 때 벌써 그들을 부르고 있었지.

우리는 사랑으로 넘쳐 있으므로 그대가 기뻐만 한다면 기꺼이 잠시 동안 머무는 거다.」

나는 공손하게 눈을 여인에게 돌렸다. 그러자 여인은 빛을 떨치며 나에게 명백히 질문할 것을 허락해 주었다.

그래서 나는 이제 너그러운 말을 해 준 빛을 향해 넘칠 듯한 애정을 간직하고 물었다. 「실례지만 누구신지요?」

그러자 내 말에 따라 그의 유쾌한 정에 더욱 새로운 희열의 정이 더해져서 빛이 한층 더 크게 반짝이는 것이 보였다.

그리하여 빛을 떨치면서 이렇게 말했다. 「내가 하계에서 있었던 것은

---

5) 헝가리 왕 샤를르 마르텔이 이야기한다. 그는 1271년쯤 샤를르 당쥬 2세의 아들로 태어나 1290년에 헝가리 왕으로 왕관을 썼다. 1295년 젊은 나이로 죽었기 때문에 프로벤자의 영지는 물론 나폴리의 영지도 이어받을 수가 없었다.

6) 구천에는 그 운행을 맡아 보는 천사가 각각 원동천에 있으며(천국편 28곡 참조), 그 중에서 아래로부터 제3위에 해당되는 주권의 천사(천국편28곡 참조)를 여기서『천상의 왕후』라 부른 것이다.

7)《향연》속에서 단테가 평석(評釋)한 시의 첫 줄이다.

잠시 동안이었다. 좀더 오래 있었더라면 이토록 세상에 재앙이 미치지 않았을 것이다.

나의 회열의 정이 내 주위에 빛을 떨치므로 마치 제 비단에 싸인 누에처럼 내 모습이 가리워져 그대 눈에는 보이지 않게 되었다.

이유야 있었지만, 그대는 나를 퍽 사랑해 주었다. 그러므로 만약 내가 아직 하계에 있었더라면, 나는 그대에게 나의 애정의 잎사귀 외에 열매도 보여 줄 수가 있었으리라.

로느 강이 소르그 강과 합쳐져 씻어 내리는 강의 왼쪽 기슭과, 트론도와 베르데가 바다로 들어가는 곳에서 바리·가에타·카도나 세 도시에 이르는 이탈리아의 한 귀퉁이도,

장래에 내가 왕이 되기로 예정되었던 땅이었다. 도나우 강이 도이치의 기슭을 떠나고부터 흐르는 나라[8]의 왕관은 벌써 내 이마에 빛나고 있었다.

그리고 남동풍을 바로 받은 파키노와 펠렐로[9]의 두 곳 사이에서 바다를 바라보는 아름다운 시칠리아 섬은, 튀폰[10] 때문이 아니라 솟아나는 유황 때문에 안개가 자욱한 것이지만

백성들을 도탄에 허덕이게 한 악정[11]이 원인이 되어 팔레르모 시민들이 봉기하여[12] 『죽여라, 죽여』 하고 외친 사건이 없었던들 지금쯤 샤를르나 루돌프의 핏줄을 이은 내 자손[13]이 그 왕이 되기를 고대하고 있을 것이다.

그리고 만약 내 아우[14]가 조금만 더 현명했던들 카타로냐 출신인 탐욕스런 가난뱅이 관리들을 멀리하였을 것이다.

---

8) 헝가리이다.

9) 파키노와 펠렐로는 요즘 팟사로, 파노라고 각각 불리고 있는 시칠리아 섬의 남쪽 곶 이름이다.

10) 튀폰은 제우스의 벼락을 맞고 에트나 화산 밑에 묻힌 거인이다(지옥편 31곡 참조).

11) 샤를르 당쥬 1세의 악정이다.

12) 팔레르모 시민은 1282년 3월30일에 봉기하여 나폴리 왕국을 이탈, 아라고 나의 세력하에 들어갔다.

13) 샤를르 당쥬 1세와 자기 장인뻘인 루돌프 황제의 피를 이은 자손.

14) 동생은 로베르토라고 한다. 그는 1288년부터 1295년까지 인질로서 카타로 냐 지방에서 살며 카타로냐 인들과 사귀어서 뒤에 그들을 부하로 부렸다.

사실, 그이든 다른 누구이든 앞날을 내다본다는 것이 요긴한 점이다. 그렇지 않고는 이미 무거운 짐을 잔뜩 실은 그의 배에다 다시 무거운 짐을 더 보태는 격이 된다.

대범한 아비로부터 탐욕스런 자식으로 태어난 그이지만 한밑천 잡겠다는 엉큼한 속셈이 없는 관리가 그에게는 필요한 거다.」

「당신의 말씀이 나에게 쏟는 고귀한 기쁨을, 나는 보고 느낍니다만, 그와 마찬가지로 모든 선이 시작되고 또 끝나는 곳[15]에서 당신이 그 기쁨을 보시고 그것을 느끼고 계신다 생각하니 더더욱 감사한 생각이 듭니다. 당신이 주를 보시고 그 기쁨을 분별하신다는 것이 참으로 반갑습니다.

이제는 설명하여 주십시오. 왜 달콤한 씨앗에서 쓴 열매가 나는지, 당신 말씀을 듣는 동안에 의문이 생겼습니다.」

나는 그에게 이렇게 말했다. 그러자 그가 이렇게 대답했다.「내가 말하는 한 마디의 진리로 그 문제점을 정면으로 볼 수가 있을 것이다.

그대가 오르고 있는 이 온 왕국을 기쁨 속에서 회전시키는 지고선은, 하느님의 섭리를 이 커다란 물체 속에 힘으로써 존재케 하고 있다.

그 자체에 있어 완전한『하느님의』머릿속에는 모든 자연물은 단순히 그 존재뿐만 아니라 그 구원까지도 아울러 미리 짐작되고 있다.

그러므로 이(주의 뜻인) 활이 쏘는 모든 화살은 마치 물건이 제 목표를 향하듯이 미리 짐작된 목표로 떨어지게끔 규정지어져 있다.

그러지 않고는 그대가 가는 이 하늘이 낳는 결과는 혼돈만 일으키게 될 것이다.

그러나 별을 움직이는『천상의』지성과, 또 그 지성을 완전한 것으로 만든 시초의 지성에 결함이 없는 이상, 그런 가능성은 없는 것이다.

이 진리에 대해 다시 설명을 듣고 싶은가?」

「아닙니다, 자연에는 필요한 것이 부족할 수가 없다는 것을 이제 잘 알았습니다.」

그러자 그가 다시 물었다.「그럼 물어 보겠는데, 만약 지상에서 사람이 시민[16] 생활을 영위하지 않는다면 사태는 더욱 악화될까?」

---

15) 모든 선이 시작되고 또 끝나는 곳은 하느님이다.

16) 사회 생활을 영위하는 것이 시민이다.

374

내가 대답했다. 「물론 나빠지지요.」

「그렇다면 사람에게 갖가지 직무와 생활 없이 지상에서의 시민 생활이 만족스레 영위될 수 있을까? 『답은』 아니〔否〕로다. 그 점은 그대들 스승의 책[17]에도 명백히 나와 있다.」

이렇듯 그는 여기까지 말을 넓혀 갔다가 이어서 결론을 내렸다. 「그렇기 때문에 그대들 직무에 갖가지 뿌리가 필요한 것이다.

그래서 어떤 이는 솔론[18]으로, 어떤 이는 크세르크세스로, 또 어떤 이는 멜기세덱, 또 어떤 이는 공중 비행을 시도하다가 자식을 잃은 이[19]로 태어나는 것이다.

천구는 회전하면서 정확하게 일을 하여 인간이라는 밀랍에 표를 찍는데 하나하나가 태어나는 집에 구별은 짓지 않았다.

그래서 에서와 야곱[20]은 뱃속에 있을 때부터 이미 달랐었다. 또 친아비의 신분이 천하여 마르스가 그 아비로 되어 있는 퀴리누스 같은 자가 태어나기도 하는 것이다.[21]

만약 주의 섭리에 힘이 없었더라면 태어난 자식은 반드시 어버이를 닮을 것이고 또 비슷한 길을 걸을 것이다.

이제 전에는 보이지 않던 점이 보이게 되었으리라. 그대에게 도움이 된다면 나도 반갑다. 그러므로 한 가지 더 보충해 줄까 한다.

운명이 천성에 맞지 않으면, 성질에 안 맞는 땅에 뿌려진 씨와 같아서 대개의 생명이 있는 것의 성장은 부진해진다.

자연에 의해 사람들 각자 속에 놓여진 이 기반에 만약 하세의 사람이 유의를 하고 또 그것을 따른다면 사람들은 모두 제자리를 얻을 것이다.

------

17) 스승의 책이란 아리스토텔레스의 《정치학》《윤리학》을 말한다.

18) 솔론은 서력 기원전 7세기 아테네의 입법자. 크세르크세스는 페르샤의 왕. 멜기세텍은 성직자(〈창세기〉 14장 18절 외).

19) 아들 이카로스를 잃은 데다로스, 그는 기술자의 전형으로서 인용되고 있다. 이 대표적인 네 명의 인물에 의해 네 가지 직무가 표시된 것이다.

20) 〈창세기〉 25장 21절 이하 참조. 에서와 야곱은 쌍둥이인데 『여호와께서 그에게 이르시되 두 국민이 네 태중에 있구나, 두 민족이 네 복중에서부터 나뉘지리라. 이 족속이 저 족속보다 강하겠고, 큰 자는 어린 자를 섬기리라 운운』으로 되어 있다. 천국편 32곡 참조.

21) 퀴리누스란 로마의 기틀을 세운 로물루스를 말한다.

그런데 그대들은 칼을 차게끔 태어난 자를 강제로 종문(宗門)에다 집어넣고 설교를 하게끔 태어난 자를 국왕으로 삼는다.

그대들이 길을 잘못 드는 원인이 실은 거기에 있는 거다.」

제 9 곡

샤를르 왕 다음에 단테와 이야기하는 금성천의 빛은, 다정한 여인 구니차의 혼이다. 그녀가 출생지인 북이탈리아의 참상을 말한다. 다음에 그녀 곁에서 빛나고 있는 마르세이유 사람인 포르케가 말한다. 젊었을 때 음유 시인으로 소문이 났던 그는, 뒷날 마르세이유의 주교가 되어 알피의 이단자를 공격한 사람이다. 금성천에는 여호수와를 도와 공이 있었던 유녀(遊女) 라합도 있다. 마지막으로 포르케가 피렌체의 저주받은 꽃이었던 금화를 비난한다. 교황이 부패 타락을 거듭한 것은 이 금화에 눈이 멀었기 때문이라고 한다.

아름다운 클레멘차[1]여, 그대의 아비 샤를르는 이와 같이 나에게 설명한 다음 자기 자손이 입어야 할 상처에 대해 말했는데

끝으로 「가만히 세월이 흐르는 대로 내버려 둬라.」 하고 덧붙였으므로 그대들이 그 상처를 입은 뒤에는 천벌이 내릴 것이라고밖에 지금의 나로서는 할 말이 없다.

벌써 그 거룩한 빛을 가진 생명[2]은 빛 있는 생명을 채우는 태양 쪽으로 모든 것을 채우는 선으로 향하듯이 돌아섰다.

아, 배반당한 인간이여, 신심 얕은 자여. 그대들은 이렇듯 선에서 마음을 돌려 헛된 번영 쪽으로 얼굴을 돌리려 하는가!

그 때 그 휘황한 빛의 무리 중 하나가 나에게로 다가왔다. 그 외면의

---

1) 클레멘차는 샤를르 마르텔의 딸로 1290년 무렵에 태어나 1315년에 프랑스 왕 루이 10세와 결혼하여, 1328년에 죽었다. 마르텔의 비도 클레멘차라고 하는데 1295년에 죽었으므로 여기서는 문제가 되지 않는다.

2) 샤를르 마르텔의 축복받은 영혼이다.

광채에서도 나를 기쁘게 해주고 싶다는 심정이 역력히 보였다.

베아트리체의 눈이 나를 주시했다. 그리하여 먼저와 마찬가지로 나의 소원[3]을 부드럽게 들어 주었다.

「축복된 혼이여.」 하고 내가 말했다. 「나의 소원을 지금 곧 이루어 다오. 만약 내 생각이 그대 마음속에 비친다면 그 증거를 무엇이든지 보여 다오.」

그러자 새로이 내 눈앞에 나타난 그 빛이 처음에는 휘황한 속에서 노래를 부르더니 이윽고 선행을 즐기는 이처럼 말하기 시작했다.

「퇴폐된 이탈리아 국토의 한 모퉁이 브렌타와 피아베의 원천(源泉)과 리알토 사이에 위치한 지방에 그다지 높진 않지만 언덕이 하나 있습니다.

거기서 횃불[4]이 아래로 내려와 그 지방에 몹시 큰 피해를 주었습니다.

그 횃불과 나는 같은 뿌리에서 태어났습니다. 나는 구니차[5]라고 하며, 이 별빛의 유혹에 못 이겨 여기서 빛을 떨치고 있습니다.

그러나 나는 이러한 운명의 인과를 기꺼이 용서하고 마음에 두진 않습니다. 그것은 아마 세속의 여러분께선 이해하시기 어려울 거예요.

우리들 하늘의 주옥이라고도 할 만한 내 곁에 있는 빛나는 귀중한 혼[6]은 훌륭한 명성을 현세에 남겼습니다. 그 이름이 죽어 없어질 때까지는 백 년이라는 세월이 다시 다섯 번은 돌 것입니다.

후세의 행복이 현세에 이어지려면 덕이 뛰어나야 한다는 것을 아실 줄 믿습니다.

그런데 탈리아멘토와 아디체로 둘러싸여 있는 땅의 요즘 주민들은 그

---

3) 이야기를 하고 싶다는 소원이다. 천국편 8곡에서도 나온다.

4) 횃불은 무서운 폭군이었던 엣젤리노 다 로마노 3세를 가리킨다. 그 지방을 모두 태워 버리는 횃불을 낳는 꿈을 꾸었다.

5) 구니차는 1198년 무렵, 로마노 집안의 딸로서 같은 어버이에서 태어났다. 비너스(금성)의 영향을 받았다는 그녀는 세 남편과 많은 정부가 있었다고 전해지며 그 중 하나로 연옥편 6곡에 나타난 솔델로도 포함되어 있었다. 1279년에 죽었는데, 늘그막에는 마음을 고쳐 부지런히 선행을 베풀었다고 전해진다.

6) 마르세이유 사람인 프르케다. 12세기 후반에 유명했던 음유 시인인데, 개심하여 성직자가 되어 1205년에는 마르세이유의 주교로 선출되자 알피의 이단자들을 몹시 박해했다. 1231년에 죽었다.

생각을 하지 않습니다.

매를 맞고도 여전히 잘못을 뉘우치지 않는 거예요.

그러나 머잖아 파도바의 주민들이 고집스레 의무를 거부했기 때문에 비첸차를 적시는 강을 늪 부근에서『피의 강으로』바꾸어 놓을 거예요.[7]

실레와 카냐노가 합류하는 지점에선 그 사나이[8]가, 저를 잡을 그물이 둘러쳐지고 있다는 것도 모르고 권세를 부리며 거만하게 활보하고 있습니다.

펠트로 또한 그 무도한 사제의 배신 때문에 봉변을 당하고[9] 울 테지만, 말타로[10] 간 자라도 이토록 큰 죄를 저지른 자는 없을 거예요.

자기 도당에 충실한 그 예의 바른 사제님이 선물로 삼은 페라라 인의 피는 아마 받아서 담자면 꽤 큰 통이 필요했을 것이고, 그 피를 조금씩 됫박으로 받자면 지쳐 버릴 거예요. 하지만 그런 종류의 선물이 그 고장의 풍습에는 어울리는 거예요.

이 하늘 위에는 옥좌[11]라 부르는 거울이 있는데, 거기에 주님의 심판이 비치고 있습니다. 그러기에 이런 말도 용인이 되는 거예요.[12]」

이렇게 말하고 입을 다물었다.

그리고 아까 추던 춤의 원 속으로 다시 들어 가더니 그녀는 벌써 다른 일을 생각하는 것처럼 가 버렸다.

또 하나 즐거워 보이는 혼이 햇빛에 빛나는 아름다운 홍옥처럼 눈앞에 나타났다. 아까 구니차가 귀중한 구슬이라 불렀던 혼이었다.

희열의 정이 강해질수록 천상에서는 광채가 나고, 지상에서는 웃음이

---

7) 파도바가 완고하게 제국에 복종할 것을 거부했기 때문에 칸 구란데의
   군대가 파도바군을 비첸차에서 1314년 무렵에 무찌른 사건을 가리키는
   것이라 한다.
8) 트레비소의 용병 대장 리싸르도 다 카미노를 가리킨다. 그는 1312년에
   살해되었다.『착한 게라르도』(연옥편 16곡)의 아들이며 니노 판사의 딸
   조반나(연옥편 8곡)의 남편이다.
9) 펠트로의 주교 알렉산드로 노벨로가 1314년에 황제당에 속한 페라라 인인
   망명자들을 적에게 내준 것을 가리킨다.
10) 말타는 볼세나에 있던 교황청의 감옥 이름이다.
11) 옥좌에 대해서는 천국편 28곡 참조.
12) 구니차의 말투는 얼핏 보기에 악의에 가득 찬 것같이 들리나 하느님의
   정의에 잘 맞기 때문에 용인되었다는 것이다.

솟는데, 하계[13]에서는 마음이 슬퍼질수록 그림자도 더 어두워진다.

「복받은 혼이여, 주의 눈에는 모든 것이 비치는데.」하고 내가 말했다. 「주님 안에 그대 눈이 들어있는 이상 그대 눈에는 모든 소원이 비칠 것이다.

그대 목소리는 세 쌍의 날개를 옷으로 삼는 신심 깊은 불[14]들의 노랫소리에 맞추어 줄곧 천상을 음악 소리로 즐겁게 하고 있다.

그러한 그대가 왜 나의 소원을 들어 주지 않느냐?

그대가 내 마음을 알아보듯이 내가 그대 마음을 알아볼 수 있다면 과연 이제까지 물음을 기다리고 있었을까?」

그러자 그 혼은 다음과 같이 말했다.

「물이 범람한 지중해라는 골짜기는 지표를 에워싸는 저 바다를 뺀다면 세계 최대의 골짜기라 할 수 있는데

그 골짜기는 마주 보는 양쪽 기슭 사이로 태양을 거슬러 동쪽으로 뻗어나 처음에는 수평선 위에 있던 방향이 이윽고는 자오선의 방향이 되는 지점에까지 이르고 있다.[15]

나는 이 골짜기의 기슭, 에브로와 마그라의 사이[16]에서 태어났다. 마그라 강은 얼마 안 되지만 제노바와 토스카나의 국경을 이루고 있다.

일찍이 항구를 피로 물들인 내 고향[17]과 부지아[18] 마을과는 해가 지고 뜨는 것이 거의 동시였다.

마을 사람들은 나를 포르케라 불렀다. 마을에선 잘 알려진 이름이었지. 전에는 내가 이 하늘에서 영향을 받았으나 이제는 이 하늘이 나의 빛을 받고 있다.

---

13) 하계는 지옥이다.

14) 신심 깊은 불들이란 치천사(熾天使)를 가리킨다.

15) 단테의 지리적 세계상(世界像)에 따르면 지중해의 서쪽 끝과 동쪽 끝 사이에는 90도의 차이가 있으므로 이런 종류의 표현이 나왔다. 실제의 차이는 42도이다.

16) 마르세이유는 스페인의 에브로 강과 토스카나와 리그리아의 경계를 이루는 마그라 강의 거의 중간 지점에 있다.

17) 브루터스가 행한 마르세이유 인의 학살에 대한 언급일 것이다.

18) 마르세이유와 경도가 같은 아프리카 북쪽 해안의 도시가 부지아이다.

내가 젊은 나이에 불탔던 그 격렬한 사랑에 비한다면

시카에우스나 크레우세를 괴롭히던 페루스의 딸[19]도 데모폰에 속아 넘어간 로도페의 딸도 이올레를 마음속 깊이 사랑했던 헤라클레스도 아무것도 아니었다.

그러나 이 하늘에서는 누구나가 다 후회 없이 미소짓고 있다. 이젠 마음 속에 죄 같은 것은 떠오르지 않으므로, 죄 때문에 울지 않고[20] 하느님의 섭리를 기뻐하며 웃는 것이다.

이 하늘에서 우리는 위대한『창조의』업적을 장식하는『하느님의』재간을 보고, 여기서 하계를 천계로 돌려보내는 저 선[21]을 자세히 보는 것이다.

한데 이 천구 안에서 생겨난 그대의 소원이 모두 채워진 연후에 그대가 돌아갈 수 있도록 나는 다시 말을 계속할까 한다.

맑은 물 속의 햇빛처럼 내 옆에서 반짝이는 이 빛 속에 누가 있는지를 그대는 알고 싶어하는 듯한데

이 안에서는 라합[22]이 평화를 즐기고 있다. 그녀는 이 금성천에 이르자 곧 가장 강한 빛을 떨쳤다.

그대들의 지구 그림자[23]는 이 금성천에까지 뻗었다가 사라지는데, 그리스도에게 구원된 수많은 혼들 중에서 다른 누구보다도 먼저 그녀가 이 곳에 왔다.

두 손으로 얻은[24] 존귀한 승리의 표지로서 그녀가 천상의 어디론가에 들어온다는 것은 참으로 합당한 일이었다.

라합이 여호수아를 도와 성지[25]가 첫 싸움에서 승리하는데 이바지했기

---

19) 페루스의 딸은 디도이다.

20) 천국의 혼은 모두 망각의 강 레테를 지나왔기 때문이다(연옥편 31곡 참조).

21) 저 선이란 하느님이다.

22) 유녀 라합에 대해서는 〈여호수아〉 2장을 참조. 그녀는 여호수아의 두 첩자를 은닉하여 도왔다.

23) 지구의 원추형 그림자는 금성천에까지 뻗어 있는 것으로 되어 있었다.

24) 두 손에 못 박히어 책형을 당하며까지 얻은 거룩한 그리스도의 승리라는 뜻이다.

25) 성지 예루살렘이다.

때문인데, 이 성지에 대한 것이 지금의 교황 마음속에는 전혀 떠오르지 않는 모양이다.[26]

맨 먼저 조물주에게 등을 돌린 자[27]의 선망이 원인이 되어 지상에는 수많은 비탄이 생겼던 것인데, 그 악마가 기틀을 연 그대의 마을은 저주받은 꽃[28]을 만들어서는 뿌리고 있다.

그 꽃이 목자를 이리로 바꾸었고, 그 꽃 때문에 양도, 새끼 양도 길을 잘못 들었다.

그 꽃 때문에 복음서도 초기의 교부도 버림을 받고 오로지 교회만이 연구의 대상이 되어 있는데, 그 모양은 페이지의 가장자리를 보면 알 수 있을 것이다.

교황도 추기경도 이 꽃에 집착한 나머지 가브리엘이 나래를 폈던[29] 저 나사렛의 땅에는 생각이 미치지 않는 것이다.

그러나 바티칸이나 또 베드로를 따라 순교한 자들의 무덤의 땅으로서 선택된 로마의 여러 구획은

머잖아 이 간통에서 해방되리라.」

---

26) 성지에 있어서의 그리스도교 세계와 마지막 거점인 아클라는 1291년 회교도에게 탈취되었는데, 교황이 거기에 대해 수수 방관하고 있는 것을, 단테가 노하고 있는 것이다.

27) 조물주에게 맨 먼저 등을 돌린 자는 악마 대왕이다.

28) 피렌체 시의 금화는 휘오리노라고 한다. 꽃(휘올레)에서 온 말이다. 금화에는 백합 무늬가 찍혀 있었다.

29) 가브리엘이 나래를 펴고 수태 고지를 했다.

제 10 곡

시인은 안내자와 더불어 넷째 하늘인 태양천으로 오른다. 주옥 같은 빛이 관처럼 펼쳐져, 합창을 하고 춤을 추면서 빙글빙글 돈다. 그 중에서 토마스 아퀴나스가 이름을 대고 스승 알베르투스를 비롯하여 원을 짓고 있는 열 두 혼을 차례차례 소개한다. 마지막으로 시지에리의 소개가 끝나자 환희에 넘친 맑은 음성이 교회의 시계 소리처럼 울려 온다. 이 하늘에는 현자들이 살고 있다.

성신은 아버지와 아들 두 사람에게서 각각 유래되는 것인데[1] 말로는 다 할 수 없는 태초의 힘[2]은 스스로의 자식[3]을 사랑으로써 바라보며

공간을 도는 것과 머릿속에 도는 것을[4] 정연하게 만들어 내었다. 그러므로 그것을 바라보는 이는 그 힘[5]을 칭찬하며 음미하지 않을 수가 없다.

독자여, 그러니까 나와 함께 눈을 드높은 천구 쪽으로 돌려 두 운행이 서로 부딪는 곳[6]을 주시해 다오.

그리하여 거기서도 주님의 재간을 짐작해 다오. 주님은 마음속 깊이 그것을 사랑하여 잠시도 거기서 눈을 떼지 않는 것이다.

그리고 또 보아 다오, 별들을 싣고 있는 비스듬한 띠[7]가, 별들을 부르는 지구의 소원을 채우기 위해 거기서 어떻게 갈라져 있는가를.

만약 그 별들의 궤도가 기울어져 있지 않았던들 하늘에 있는 대부분의 힘은 제 기능을 잃을 것이다.

지상의 활력도 태반이 사멸했을 것이 분명하다.

그리고 또 황도의 경사가 조금이라도 현행의 위치에서 벗어나 있었던들

---

1) 첫머리의 원시는 뜻을 알기 어려우므로 풀어서 옮겼다.
2) 태초의 힘은 아버지인 것이다.
3) 자식은 말, 언어이다. 사랑은 성신이다.
4) 공간을 도는 것은 실세계이고, 머릿속을 도는 것은 정신세계이다.
5) 그 힘이란 하느님의 힘이다.
6) 황도와 적도가 교차되는 곳이라는 뜻이다.
7) 십이궁(十二宮)의 별들을 싣고 있는 황도를 가리킨다.

우주의 질서는 하계에서도 천계에서도 매우 불완전한 것이 되어 있으리라.

독자여, 피로를 느끼기 전에 기쁨을 느끼고 싶거든 조금만 더 의자에 앉아 음미할 것을 마음속으로 천천히 생각해 다오.[8]

자, 이제 주제는 그대 앞에 있으니 그대 혼자서 먹어 주길 바라네.

내가 선택하여 주는 주제는 나의 주의력을 모두 그 쪽으로 빼앗아 버리는구나.

하늘의 힘을 세계에다 새기고 그 빛으로 하여 우리를 위해 시간을 알려주는 자연의 가장 큰 신하[9]는 아까 말한 별[10]들과 합쳐지더니

차츰차츰 해돋이가 빨라지는[11] 나선 모양의 궤도 자국을 따라 회전을 계속하였다.

나는 벌써 그 곳에 이르렀건만, 처음으로 착상이 떠오를 때, 그 도래를 모르고 있듯이 나도 그 곳에 다다른 것을 알지 못하고 있었다.

나를 선에서 다음 선으로 날라다 준 이는 베아트리체인데, 그녀의 동작은 민첩해서 시간적인 넓이를 갖지 않는 것이다.

나는 태양 속으로 들어갔는데, 거기 있던 이들이 색깔이 아니라 빛으로 보였다는 것은 그 사람들의 빛이 얼마나 강한 것인가를 나타내고 있었다.

내가 아무리 재치나 기교나 숙련의 힘을 후원으로 불러내 본들 독자의 상상력을 움직일 만한 표현은 할 것 같지가 않다. 독자는 오직 믿고서 장래에 자기 눈으로 볼 수 있기를 원하는 게 좋을 것이다.

우리들의 공상력이 이런 높이에는 도저히 못 미칠 만큼 낮은 것이라 할지라도, 그다지 놀랄 건 없을 것이다. 일찍이 태양보다 위를 간 눈은 없었던 것이다.

고귀한 아버지의 제4의 가족[12]이 여기서 그처럼 빛나고 있는데, 아버지[13]는 숨결을 불어넣고 자식 낳는 모양을 보여 줌으로 해서 이 가족에게 항상

---

8) 여기에 말한 내용을 독자가 스스로 음미할 것을 바란 것이다.

9) 자연의 가장 큰 신하란 태양이다.

10) 앞서 말한 백양궁의 별들이다.

11) 날마다 해돋이가 빨라진다. 지금은 봄이다.

12) 월광천·수성천·금성천 다음의 태양천의 혼들이 넷째 가족이다.

13) 아버지인 하느님이다. 하느님이 자식을 낳고 그 양자로부터 성신이 생기는 삼위 일체의 모양이다.

만족을 주고 있는 것이다.

그러자 베아트리체가 입을 열었다.

「감사하세요, 천사들의 태양[14]에 감사하세요. 주께선 은총으로서 그대를 감각으로 느낄 수 있는 이 태양에까지 끌어올려 주셨습니다.」

그 말을 듣고 기쁨에 넘친 나는 즉시 내 마음을 자진해서 하느님께 바치고 기도를 드렸는데,

아마 사람의 마음으로 그 때의 내 마음에 따를 만한 마음은 달리 없으리라 생각되었다.

나는 모든 사랑을 하느님께 쏟았기 때문에 베아트리체마저 망각 속에서 희미해졌다.

그녀는 그것을 불쾌하게 여기기는커녕 미소를 지었다. 그러자 활짝 웃는 그녀의 눈이 반짝반짝 빛이 나 하나로 집중되었던 내 생각을 다시 흐트러놓고 말았다.

우리를 중심으로 하여 싱싱하게 빛나는 분들이 왕관처럼 퍼져서 눈부시게 빛나고 있었는데, 그 왕성한 불빛도 불빛이려니와 더욱더 오묘한 노랫소리가 들렸다.

공기가 무겁게 습기를 머금었을 때,

하늘에 띠 같은 실이 모여 라토나의 딸[15]이 띠를 매는 모습을 가끔 보는데, 불들의 관은 이 달무리와 비슷했다.

내가 지금 돌아본 천상의 궁정에는 귀중하고 아름다운 보석이 수없이 많은데, 그것을 왕국에서 끌어내기란 불가능에 가깝다.[16]

이 빛의 합창도 그런 보석 중의 하나였는데, 하늘로 오르기 위한 날개를 몸에 지니지 못한 이는 천상의 소식일랑 벙어리에게 듣거라.[17]

이 불타는 태양의 무리는 노랫소리를 맞추어 가며, 우리들의 주위를 마치 양극에 가까운 뭇별들처럼 세 번 돌았다.

그 모양은 잠시 춤이 끝났을 때도 원을 풀지 않고, 되풀이되는 다음 곡이

---

14) 천사들의 태양은 하느님을 가리킨다.

15) 라토나의 딸은 다이아나, 즉 달이다.

16) 그것을 사람의 말로써 전한다는 것은 불가능에 가깝다.

17) 벙어리에게 말을 들어 봤자 내용이 전해지지 않듯이, 제 눈으로 보지 못한 이에게는 태양천의 광경을 전할 도리가 없다는 것이다.

나올 때까지 말없이 발을 멈추고 귀기울이고 있는 여인들과 흡사했었다.

그리하여 그『빛 중』하나로부터 말소리가 들렸다.[18]

「진실된 사랑[19]은 은총의 빛에 불이 일어나면 사랑함으로 해서 더욱더 불꽃이 세어지는데,

그 은총의 빛이 그대 속에서 활력을 더하여 빛이나 그대를, 일단 오르면 반드시 또 오르지 않고 배길 수 없는 저 층계 위로 인도해 간다.

그러므로 그대의 갈증을 푸는 데, 제 병의 술 따르기를 만약 거절하는 이가 있다면 바다로 흘러들어가지 않는 물과 마찬가지로 그 자에게는 자유가 없어져 버릴 것이다.

그대가 알고자 하는 점은, 그대에게 힘을 주어 그대를 하늘로 오르게 하는 어여쁜 여인의 둘레를 황홀하게 에워싸는 이 화환이 무슨 꽃으로 엮어졌느냐 하는 것이다.

나는 도미니쿠스를 따라 길을 간 거룩한 한 마리의 어린 양이었다. 거기서는 헛되이 길을 잃지 않는 한,

헤매지 않아도 되었다.

내 오른편 맨 앞에 계신 분은 나에게 있어 형이고 스승이었던 저 쾰른의 알베르투스[20]이다. 그리고 나는 토마스 아퀴나스이다.

만약 그대가 다른 이들도 모두 알고 싶거든 내가 말하는 순서대로 축복받은 이 화환을 따라 차례차례 시선을 돌리도록 해라.

저 하나의 불꽃은 그라치아노[21]의 웃음에서 발하고 있다. 그는 두 법정을 다같이 해명하여 잘 도왔으므로 천국에 들어왔다.

그리고 잇따라 우리의 성가대를 장식하고 있는 불꽃은 가난한 과부의 예를 따라 자기 재산을 성스러운 교회에 바친 그 피에트로[22]이시다.

---

18) 말한 이는 토마스 아퀴나스이다.

19) 진실한 사랑은 하느님에 대한 사랑이다.

20) 알베르투스 마구누스(1192~1280)는 쾰른과 파리 대학의 교수였다. 토마스는 그가 가장 사랑하던 제자이다. 아리스토텔레스를 그리스도교의 이론적 기반으로 앉힌 것은 이 두 사람이라고들 한다.

21) 그라치아노는 볼로냐 대학의 교수로서 사법·교회법의 양 법정의 해명에 공헌한 12세기의 이탈리아 인이다.

22) 피에트로는 롬바르디아 사람으로 파리 대학에서 신학을 강의했으며, 파리의 주교가 되었다가 1164년에 죽었다.

다섯째 빛은 우리들 중에서 가장 아름다운 빛[23]인데,

그윽한 사랑으로 숨쉬고 있으므로 하계의 사람들은 그의 소식을 들으면 모두 기뻐하리라.

그 빛 속에는 고매한 두뇌가 있는데, 거기에는 깊은 예지가 숨겨져 있었다. 진리가 진리[24]라면 그를 따를 만한 현자가 두 번 다시 세상에 나타날 수가 없었다.

다음에는 그 옆에 있는 불꽃[25]을 보라. 그는 하계의 육체를 걸친 이들 가운데서 천사의 성질과 그 소임에 대한 것을 가장 잘 아는 이였다.

그 다음의 아주 작은 빛 속에는 초기 그리스도교 시대의 변호사[26]가 미소 짓고 있는데, 그의 라틴어 저술이 아우구스티누스에게 도움이 되었다.

한데 만약 그대의 정신의 눈이 내가 한 말에 따라 빛에서 빛으로 거쳐왔다면, 이제 여덟 번째 빛[27]에 대해 갈망을 느낄 것이다.

이 거룩한 영혼은 하느님 뵙기를 기쁨으로 삼고 있으므로 그의 말에 귀기울이는 자에게 세상의 허위를 명시해 준다.

영혼이 쫓겨나 영혼이 빠져나간 육체는 치엘타우로 사원[28] 밑에 누워 있다. 그의 영혼은 유랑과 순교 끝에 이 평안에 이르렀다.

또 그 앞을 보라.

---

23) 솔로몬이다.

24) 성서에 씌어진 진리가 참된 것이라면 하는 뜻이다. 〈열왕기 상〉 3장 21절에 『내가 네 말대로 하여 네게 지혜롭고 총명한 마음을 주노니 너의 전에도 너와 같은 자가 없거니와 너의 후에도 너와 같은 자가 일어남이 없으리라.』고 되어 있다.

25) 아레오파지다의 재판관 디오니시우스. 그는 〈하늘의 위계에 대해〉를 저서로 생각하고 있었다. 천국편 28곡.

26) 5세기 스페인의 사제 파올로 오로시오. 그의 저서 《대이교도》는 아우구스티누스의 요청에 의해 썼다고 한다.

27) 여덟 번째의 빛은 세비니오 보에시오. 470년쯤 로마에서 태어나 바비아 감옥에서 524년 무렵에 죽었다. 옥중에서 유명한 《철학의 위안에 대해》라는 책을 썼다.

28) 파비아의 성 베드로 성당이다.

이시도르·베다,[29] 그리고 사변(思辨)에 이르러서는 인간의 영역을 초월한 리카르도[30]의 열렬한 숨결이 불길을 뿜고 있다.

그런데 그대의 시선이 내게로 돌아오기 전에 하나 남겨져 있는 빛은 심각한 사색 속에서 죽음이 더디 온다는 것을 느낀 영혼의 빛이다.

그것은 시지에리[31]의 영원한 빛이다. 그는 파르 거리[32]에서 강의하면서 삼단 논법으로 진리를 밝히다가 미움을 샀다.[33]」

하느님의 신부[34]가 신랑의 사랑을 청하여, 아침 노래를 부르러 일어난 시각에, 큰 시계는 우리들에게 시간을 알리느라

하느님께 향하는 영혼을 애정에다 감싸고 땡땡 부드러운 소리를 내며 기계를 이리저리 서로 당기고 미는데,

그 모양과 마찬가지로 영광스러운 혼의 무리는 원을 짓고 돌며 소리를 합하여 합창하는 광경이 눈에 보이고 귀에 들렸다.

그것은 환희가 영원한 곳이 아니고는 알 수 없는 그런 감미롭고 조화된 맑은 소리였다.

---

29) 이시도로는 560년에 태어나 636년에 죽었다. 세빌랴의 주교로 박식한 사람이었으며, 백과 전서라고도 할 만한 《Etymologiae》 또는 《Origines》라고도 하는 책을 이십 권을 엮었다. 베다는 674년에 태어나 735년에 죽은 영국의 주교이다. 《영국 교회사》 등 라틴어 저술이 있다.

30) 12세기의 신비주의 신학자 리카르도 산 빅톨.『위대한 사변가』라는 이름으로 불리우고 있다.

31) 시지에리 드 브라방. 아베로에즈의 학설을 신봉한 이름난 학자이다. 1226년 무렵에 태어나 파리 대학에서 강의를 했으며, 1282년 무렵 오르비에토에서 자기 비서의 손에 비참한 최후를 마쳤다.

32) 파리의 라틴 구역의 아파트 거리.

33) 시지에리는 1277년에 투옥되어『심각한 사색 속에서 죽음이 더디 온다는 것을 느꼈다.』라고 했다.

34) 하느님의 신부란 교회이다.

제 11 곡

        태양천에 있는 단테는 인간의 어리석음을 새삼스레 느낀다. 토마스 아퀴나스
가 단테의 마음속에 일어난 두세 가지 의문을 알아차리고 자진해서 설명해
준다. 그가 프란체스코의 생애를 일련의 그림 두루마리처럼 상세히 이야기해
준다. 그리고 이야기를 마친 다음 프란체스코에 견줄 수 있는 인물로서 도미니
쿠스를 암시하고 요즈음 도미닉 회 수도사의 타락과 부패에 대해 언급한다.
프란체스코를 찬양하는 토마스 자신은 도미닉 회 수도사인 것이다.

아, 미쳐 버린 현세의 사람들이여, 이 무슨 결함투성이 논리에 좌우되어
너희는 땅 위에서 몸부림치고 있는 것이냐!

어떤 자는 법학을, 어떤 자는 의학[1]을 배우고 어떤 자는 성직을 노리고,
또 어떤 자는 궤변을 써서 폭력을 휘둘렀다.

또 어떤 자는 약탈을 일삼고, 어떤 자는 속된 일에 전념하고, 어떤 자는
육욕의 쾌락에 잠기고, 또 어떤 자는 안일한 생활에 빠졌다.

세상 사람들이 그런 일에 정신을 뺏기고 있는 동안에 모든 속박에서 풀려
난 나는 영광스럽게 베아트리체와 함께 천상에 올라왔다.

혼의 무리는 모두 저마다 춤을 추며 한 바퀴 돌고 본디 있던 데까지 되돌
아 가더니 거기서 촛대에 초가 꽂히듯이 또 멈춰섰다.

그리고 아까 나에게 말을 건 광명이 한층 더 선명하게 빛을 내고 웃으면서
말하는 소리가 그 속에서 들려 왔다.

「나는 영원의 빛[2]을 받고 반짝이는 것이다. 그 빛을 보면[3] 그대 의혹의
원인이 어디서 생기는지도 알 수가 있다.

『거기서는 살이 찐다.[4]』고 아까 내가 한 말과 『그를 따를 만한 현자가

---

1) 의학은 원문에는 『경구』로 되어 있다. 히포크라테스의 작품명을 인용해서
   의학을 나타낸 것이다.
2) 영원한 빛은 하느님이다.
3) 그 빛을 보면—그 빛에는 모든 것이 비치기 때문에.
4) 천국편 10곡 참조.

388

두 번 다시 세상에 나타날 수가 없었다.[5]』고 한 말을, 즉석에서 듣고 알 수 있는 보다 쉬운 말로 설명해 주었으면 하는 것이 그대의 심정일 것이다.

여기서는 그 점을 아주 명확하게 해 두겠다.

세상을 다스리는 섭리는 어떠한 시력을 가지고서도 그 밑바닥까지 미치기 어려운 심사 숙고로

그 소리 높이 외친 분[6]이 스스로 축복받은 피로써 인연을 맺은 신부[7]가 더욱 정결한 마음으로 마음놓고

사랑하는 이 곁으로 가까이 갈 수 있도록 신부를 위해 그 좌우편에 두 귀공자를 딸려서 길잡이로 삼으셨다.

귀공자 하나는 열정에 있어 치천사(熾天使)와 같았고, 다른 하나[8]는 학식에 있어 지상에 있는 지천사(智天使)의 빛과도 같았다.

지금 그 하나[9]에 대해 말을 하지만, 둘은 같은 목적을 위해 일했으므로 그 어느 하나를 들어서 칭찬하더라도 그 둘을 찬양하는 것이 되리라.

투피노 강과 성 우발도가 선택한 언덕[10]에서부터 흘러내리는 시냇물 사이에 높은 산[11]의 비옥한 비탈이 내려져 있는데,

그 산의 영향으로 페루지아의 마을은 더위와 추위를 태양 문[12]의 방향에서 느끼고, 산의 뒤에서는 노체라와 구알도가 무거운 멍에로 인하여 신음하고 있다.

태양이 때로는 갠지스 강에서 태어나듯이,

비탈이 가장 완만한 곳에서 하나의 태양이 이 세상에 태어났다.

때문에 이 곳을 들어 말하는 자는 적절한 표현을 바란다면,

---

5) 천국편 10곡 참조.

6) 십자가 위에서 크게 소리친 사람은 그리스도이다.

7) 신부는 교회이다.

8) 귀공자의 하나는 프란체스코이다.

9) 다른 하나는 도미니쿠스이다.

10) 성 우발도(1160년 사망), 선택한 언덕은 구비오 배후에 있는 언덕이다.

11) 높은 산은 스파지오(해발 1290미터)이다.

12) 태양 문은 페루지아 시의 동쪽 문으로, 거기서부터 아씨지를 멀리 바라볼 수가 있다.

『오리엔트〔方〕』라고 할 것이지 돌아가지 않는 혀로『아씨지[13]』라고 해서는
안 될 것이다.

아직 태어난 지 얼마 안 되었을 무렵, 벌써부터 이 태양은 그 위대한
힘으로 따사로운 위안과 위로를 대지에 느끼게 하였다.

그는 아직 젊은 몸으로 여자 때문에 아버지의 노여움을 샀던 것이다.
이 여자에 대해서는 죽음의 신을 대하듯 아무도 자진해서 문을 열어 주지
않았건만.

그리고 사교 법정[14] 및 아버지 앞[15]에서 그는 그 여자와 혼례를 올리고
그 후부터 날이 갈수록 그녀를 열렬히 사랑했다.

그녀는 첫 남편[16]을 여읜 이후 이제껏 천 백여 년,[17] 모멸받고 따돌림을
당한 채 그를 만나기까지 세상 사람들에게서 버림을 받고 있었다.

그녀와 같이 있던 아미줄라테[18]는 온 세계를 진동시킨 그 목소리가 울려
퍼져도 그녀가 태연히 있더라고 말했다는 소문이지만, 보람은 없었다.

또 그녀는 지조가 굳어서 마리아가 아래에 남아 있었을 때에도 그리스도
와 함께 십자가 위에 올라가서 울었지만

그것도 사람들이 그녀를 돌아보게 하는 데엔 도움이 되지 못했다.

그러나 말의 정확성을 위해 밝혀 두지만,

지금까지 길게 이야기한 두 연인이란 짐작하는 바대로 프란체스코와 포베
르타〔淸貧〕[19]를 말하는 것이다.

그들의 화목과 즐거운 모습은 사랑과 놀라움과 부드러운 눈길 속에 나타
나 있었으므로, 그것이 원인이 되어『다른 사람에게도』거룩한 마음이 솟아

---

13) 원문에서는『아세지』라는 옛 형용사가 씌어지고 있다. 아세지는『나는
   올랐다.』는 뜻이므로 여기서『동방』이라는 말이 성 프란체스코의 태양과
   같은 인격과 더불어 떠오른 것이리라.
14) 아씨지의 사교(司敎) 법정이다.
15) 인용된 원문이 라틴어인 것은 식의 분위기를 전하기 위한 수법이리라.
16) 첫 남편은 그리스도이다.
17) 프란체스코는 1182년에 태어나 1226년에 죽었다.
18) 아미줄라테는 빈털터리 어부.
19) 여자는 청빈(Poverta는 이탈리아 어로 여성 명사이다), 프란체스코가 스물
   네 살쯤 되었을 때의 일이라고 한다.

올랐다.

그래서 먼저 거룩한 베르나르도가 신을 벗고 이 위대한 평안을 찾아 줄달음쳤다지만 달리면서도 줄곧 답답하고 발길이 더디게 느껴졌다.

아, 세상에 알려지지 않은 보배여!

아, 풍부한 부귀여!

에지디오[20]도 신을 벗었다. 실베스트로도 맨발로 신랑[21]을 쫓았으며, 신부도 그걸 기쁘게 생각했다.

잇따라 그 아버지이고 스승인 프란체스코는 아내와 겸양의 끈을 이미 허리에 동인 채 가족[22]을 거느리고 『로마로』 길을 떠났다.

베드로 베르나르도네[23]의 아들인 것도, 사람들을 놀라게 한 허술한 옷차림도 그의 마음을 비하시키거나 그의 눈을 땅에 떨어뜨리게는 하지 못했다.

오히려 프란체스코는 왕자 같은 기풍으로 이노센트에게 그 엄격한 계율을 펴고 그로부터 교단에 대한 최초의 승인을 얻었다.

그 빛나는 생애는 천상의 영광 속에서 찬양받는 편이 보다 어울릴 일이지만 그의 뒤를 좇는 가난한 사람들의 수효가 늘어났을 때

이 위대한 목자[24]의 성스러운 의지는 영원의 숨결[25]을 받은 오노리오에 의해 제2의 왕관을 받게 되었다.

그 뒤 그는 순교에 대한 갈증을 느끼고 오만과 사치를 자랑하는 회교 군주 앞으로 나가[26] 그리스도와 그 사도의 가르침을 설교했다.

그러나 개종을 시키기에는 사람들이 너무나 무지했으므로

시간의 낭비를 두려워하여 이탈리아의 숲에서 열매를 따기 위해 그는 다시 돌아왔다.

그리하여 테베레와 아르노 사이의 황량한 바위 산에서 그리스도로부터

---

20) 베르나르도도 에지디오도 실베스트로도 프란체스코의 제자이다.

21) 신랑은 『청빈』이라는 신부를 맞은 프란체스코이다.

22) 가족이란 제자들을 가리킨다.

23) 아버지 베드로 베르나르도네는 상인이었다.

24) 위대한 목자는 프란체스코이다.

25) 영원의 숨결은 성신인데, 그것을 받은 법황 오노리오가 제2의 왕관, 즉 교단을 승인해 주었다.

26) 프란체스코가 이집트에 건너갔다는 설이 있다.

마지막 표적[27]을 받고 그를 2년 동안 간직하고 있었다.

그에게 이러한 선행을 운명지워 준 신은 그가 몸을 가난하게 해서 얻은 응보[28]를 받게끔 그를 천상으로 끌어올렸는데,

그 때 그는 형제인 『수도사들』에 대해 상속자에게 부탁하듯이 그가 깊이 사랑하던 여인의 앞날을 부탁하며 알뜰히 보살피고 사랑해 달라고 유언을 했다.

이 고귀한 혼은, 그 여인의 품을 떠나 자기의 왕국으로 돌아가려고 지상을 떠날 때에도 제 몸에는 청빈만 걸친 채 널[棺]조차 구하지 않았다.[29]

자, 이제 생각해 보라.

베드로의 배[30]를 몰고 그와 어깨를 나란히 하여 올바른 목적을 향해 대해를 가로질러 나간 그 동료가 누구였던가를.

그분이 우리 『교단의』 개조(開祖)[31]인 거다. 그러기에 그분이 명하는 대로 따르는 자가 인생에 있어 좋은 물건을 싣게 되는 자임을 그대는 알 수 있으리라.

그러나 그분의 양떼는 새로운 먹이[32]에 유혹되어 그 때문에 사방의 산길로 흩어지지 않을 수가 없게 되었다.

그리하여 그 분파의 양들은 그분의 손을 떠나 멀리 가면 갈수록 젖에 굶주려 양우리로 되돌아온다.

그런 위험을 두려워하여 목자에게 의지하는 양들도 더러 있기는 하지만 그들의 수는 약간의 천으로 법의를 만들기에 충분할 만큼 적었다.

자, 내 말이 중간에서 끊어지지 않고 전해졌다면, 그대가 주의해서 귀를 기울이고 또 내가 한 말을 그대가 마음속으로 되새긴다면

그대의 소망은 이루어졌을 것이다. 그대에겐 그 식물이 여위어 가는 모습[33]이 보일 것이고

---

27) 마지막 표적은 성흔이다.

28) 영생의 응보이다.

29) 그는 벌거벗은 채로 지상에서 죽었다고 한다.

30) 베드로의 배는 교회이다.

31) 개조는 도미니쿠스이다.

32) 새로운 먹이는 신설 사교(邪敎)이다.

33) 즉 도미닉 회 수도자의 타락. 그러나 이에 대해서는 이설이 많다.

『만일 헛되이 길을 잃지 않으면 살이 찐다.』는 말이 무엇을 뜻하는지도 알았을 게다.[34]」

제 12 곡

첫째 원을 에워싸고 둘째 원이 돌기 시작한다. 그 둘째 원도 역시 열 두 사람의 혼으로 형성되어 있는데, 그 한 사람인 보나벤투라가 도미니쿠스의 생애며 업적을 자세히 이야기해 준다. 보나벤투라 자신은 프란체스코 회 수도 사로 같은 회원이 두 파로 분열된 현상에 대해서도 언급한다. 자기 소개를 마친 다음 보나벤투라는 둘째 원을 구성하는 사람들을 소개한다.

축복받은 불꽃이 마지막 말을 마치자 거룩한 원은 곧 맷돌[1]처럼 돌기 시작했다.

그리고 그 원이 완전히 다 돌기도 전에 벌써 둘째 원이 그것을 에워싸고 율동에는 율동으로, 노래에는 노래로 맞추었으나

그 감미로운 혼들의 노랫소리는 본디의 빛이 반사된 빛보다 뛰어나듯이 시성(詩聖)의 시나 가희의 노래를 능가하고 있었다.

유노가 시녀[2]에게 분부하면 안쪽 활에서 바깥쪽 활이 생겨나 가지런히 빛깔을 맞춘 두 줄기 활이 엷게 흐르는 구름 위에서 시위가 당겨진다.

그 두 줄이 호응하는 모습은 사랑하다가 아침 이슬처럼 사라진, 방황하

---

34) 천국편 11곡에서 노래불리고 있는 프란체스코의 생애는 거의 같은 형식으로 지오토에 의해 그려지고 있다. 아씨지의 성 프란체스코 사원의 벽화가 바로 그것이다.

1) 이 맷돌의 비유는, 거기에 담겨진 내용을 나타내는 표현 형식으로서는 부적당하리라. 원문에서는 『거룩한 맷돌이 돌기 시작했다.』로 되어 있으나, 역문에서는 설명적인 말을 보충했다.

2) 유노의 시녀는 이리스(부지개)이다. 다음 행 이하에서 나오는 활은 부지개의 두 줄기 활을 가리킨다.

는 여인[3]의 목소리가 사람의 목소리에 화답하는 모양과 같다.

무지개가 나올 때마다 사람들은 이제 두 번 다시 대홍수가 일어나지 않으리라는 하느님의 약속을 가슴에 품는 것이다.

그 두 줄기 무지개처럼 영원히 시들지 않는 이 장미꽃의 두 줄기 화환이 우리 주위를 돌았다. 그 바깥 원은 안쪽 원에 호응하였다.

환희의 빛과 자애의 빛이 서로 빛을 내고 노래하며 흥겹게 춤을 추는 축제였지만,

마치 두 눈이 소유자의 뜻대로 움직이며 함께 떴다 감았다 하는 것과 마찬가지로 『두 줄기 원은』 한 순간에 한 뜻으로 움직임을 멈췄다.

그러자 새로 온 광명 하나가 가슴속으로부터 소리를 내었다. 그것을 들은 나는 바늘[4]이 별을 가리키듯 그 소리나는 쪽을 돌아보았다.

그 목소리가 말하기 시작했다.[5]

「나를 아름답게 불타게 하는 사랑으로 인해 지금 한 사람의 인도자[6]에 대해 말하지 않을 수가 없구나. 지금 그분 때문에 내 스승이 매우 칭찬을 받았다.

한 사람이 있는 곳에는 다른 사람도 들어가게 되어 있다. 일찍이 마음을 하나로 하여 싸웠듯이[7] 두 사람의 영광은 함께 휘황하게 빛남이 마땅한 것이다.

그리스도의 군대는 다시 무기를 들기 위해서 고귀한 희생[8]을 치렀으나, 기치[9]를 따라가는 발걸음은 더디고,

의심에 사로잡혀 소심한 나머지 사람도 적었었다.

---

3) 그 방황하는 여인은 목령(木靈)이다.

4) 이 바늘은 나침반의 바늘로서, 별은 북극성을 가리키는 것으로 생각된다. 단테 시대에는 새로운 계기(計器)가 좋은 시의 비유로서 씌어지고 있다.

5) 말하는 이는 보나벤투라(1221~1274)이다. 그는 1256년에 프란체스코 회의 총장이 되었다.

6) 또 한 사람의 인도자는 도미니쿠스이다.

7) 그들이 지상에서 마음을 합하여 싸웠듯이, 그들의 영광이 천상에서 함께 빛남이 마땅하다는 것이다.

8) 고귀한 속죄의 희생이다.

9) 십자군의 군기이다.

그 때 영원히 다스리시는 황제[10]는 위험에 처한 이 군대에 대해 한결같은 은총으로 무력을 주시었다. 그럴 만한 군세(軍勢)는 아니었지만.

그리고 이미 말했듯이 당신의 신부(교회)에게 두 귀공자를 보내어 돕게 하였다. 그들의 언행을 보고 길을 빗나간 민중들도 올바른 길로 되돌아오게 되었다.

상쾌한 서풍이 일어 새 잎이 움트면 유럽은 다시 신록에 감싸이는데,[11] 서풍이 불어오는 곳,[12] 파도 치는 저편으로 태양은 길게 줄달음쳐서 사람들의 눈에서 모습을 감추고 넘어가지만,

그 파도 치는 데서 그리 멀지 않은 곳에 사자가 밑에 깔렸다 위로 올라갔다 하는[13] 굳센 방패의 보호 아래 행복에 겨운 칼라로가의 마을이 위치하고 있었다.

그 마을 안에 그리스도의 신앙을 열애하는 사람이 태어났는데, 그는 제 편에겐 너그럽고 적에게는 엄한 성스러운 용자[14]였었다.

그리고 『하느님에 의해』 만들어지자마자 그의 명석한, 힘에 넘친 두뇌는 태내에서부터 벌써 그 어머니를 예언자로 만들었다.

그와 신앙이 맺어진 혼례의 의식은 성수반에서 무사히 이루어져서[15] 그 두 사람은 상호간의 구원을 지참금으로 삼았다.

그리고 그의 혼약을 동의한 어머니는 그와 그 후예들이 틀림없이 이루어 놓을 훌륭한 성과를 벌써 꿈꾸고 있었다.

그 사람됨과 이름이 합치하도록 이 하늘에서 영이 내려가,[16] 그의 이름은 그가 모든 것을 바치기로 하는 자 주의 소유격, 도미니쿠스로 정해졌다.

---

10) 영원히 다스리시는 황제는 하느님이다.
11) 유럽은 여성이고, 신록은 복장에 비유되고 있다.
12) 서풍이 불어오는 곳은 이베리아 반도.
13) 사자가 밑에 깔렸다 위로 올라갔다 하는 무늬는 카스틸랴 왕가 무늬이다.
14) 도미니쿠스는 제편에게는 부드럽고 적에게는 엄했다.
15) 성수반에 있어서의 세례에 의해, 그리고 신앙(la fede)은 여성 명사이다. 『그 두 사람』은 그와 신앙을 가리킨다.
16) 천상에서 영감이 내린 것이다.

그리스도는 과수원[17]을 일구기 위해 농부를 선택하였는데,

나는 도미니쿠스를 그 농부에 비유하여서 말하기로 하겠다.

먼저 그는 그리스도의 심부름꾼, 종으로서 나타났다. 그의 속에 표시된 첫째의 사랑은 그리스도가 주신 첫째의 가르침[18]으로 돌려졌기 때문이다.

유모는 여러 번 눈을 뜨고 말없이 땅 위에 앉아 있는 그 아이의 모습을 보았는데,

그 모습은 마치 『나는 이러기 위해 태어났다.』고 하고 있는 것 같았다.

아, 그의 아버지 휄리체[19]는 진정 얼마나 행복하였던가.

아, 그의 어머니 조반나[20]는 진정 얼마나 하느님의 사랑을 받았던가!

이것이 그 이름대로의 뜻인 거다.

요즘 사람들은 오스티아의 주교와 닷테오의 뒤를 따라 세속의 부를 추구하기에 급급하지만,

그는 그런 것을 위해서가 아닌 참된 만나(양식)[21]를 사랑하여 삽시간에 위대한 학자가 되었다. 이어서 그는 포도밭[22]을 돌아보았는데,

재배가 나빴다면 포도는 곧 허옇게 시들어 버렸을 것이다.

『교황의』 자리는 자리 그 자체 때문이 아니라, 거기 앉는 자의 죄 때문에 가난한 의인을 위로하는 일이 전처럼 행하여지지 않게 되어 버렸는데

그는 그 자리에서, 여섯의 『지불』 중 둘이나 셋의 면제라든가 다음에 비게 될 관리 자리의 수입이라든가

『하느님의 빈자를 위한 십일조』라든가를 도무지 청하려 하지 않고 혼미한 세계[23]와 싸워서 씨앗[24]을 지키도록 해달라는 허락을 청했다.

그 씨앗에서 그대를 에워싸는 이 스물 네 그루의 초목이 생겨난 것이다.

도미니쿠스는 교의와 의지와 법황으로부터 위임받은 권한을 아울러 갖자

---

17) 과수원은 교회를 가리킨다.
18) 첫째의 가르침은 청빈이다.
19) 휄리체는 『행복』이란 뜻.
20) 조반나는 『하느님께 사랑받은 여자』라는 뜻.
21) 참된 만나(양식)는 정신의 양식이다.
22) 포도밭은 교회이다.
23) 혼미한 이단의 세계.
24) 신앙의 씨앗이다.

높은 산의 수맥에서 일어난 물줄기처럼 치달아 이단의 덤불 속을 기운차게 치고 돌아다녔는데,[25]

저항이 집요하고 끈질긴 곳에서는 그의 공격 또한 격렬하고 과감했었다.

잇따라 그에게서 온갖 유파가 생겨나서 그 물을 흠뻑 머금고 가톨릭의 과수원은 나무들이 싱싱하게 숨을 쉬었다.[26]

성스러운 교회가 올라타고 내전의 적을 전장에서 격파하여 스스로를 지켜낸 수레의 한쪽 바퀴[27]가 이러했다면,

다른 한쪽 바퀴도 얼마만큼 뛰어났던가 그대는 잘 납득이 갈 것이다. 내가 오기 전 거기에 대해 토마스가 정중한 찬사를 표했다.[28]

그러나 그 바퀴의 가장 폭넓은 부분이 지나간 자국은 돌아보지도 않고 버림을 받았기 때문에 좋은 술이 있던 곳에 곰팡이가 피었다.

프란체스코의 가족은 처음엔 스승의 뒤를 따라 곧장 걸어나갔으나,

나중엔 발뒤축이 밟은 자국을 발끝으로 밟을 만큼 방향이 바뀌어지고 말았다.

이런 나쁜 경작이 어떤 수확을 가져오는지는, 독보리만이 자라 곡창에도 못 들이고 한탄할 무렵이 되면[29] 대번에 알게 되리라.

그러나 우리 책을 한 장 한 장[30] 뒤져가며 찾아보면 『나는 예전 그대로의 나예요.』라고 쓰인 종이가 아직도 그나마 발견될는지도 모른다.

하나 그것은 카살레나 악과스파르타의 무리[31]는 아니다. 그들 무리 중에서

---

25) 알피의 이단 정벌에 사실 도미니쿠스는 끼지 않았던 것인데, 참가한 것으로 생각되고 있었다.

26) 싱싱하게 신앙으로 숨을 쉬었다.

27) 한쪽 바퀴는 도미니쿠스이다.

28) 도미닉 회 수도사인 토마스가 프란체스코를, 프란체스코 회 수도사인 보나벤투라가 도미니쿠스를 찬양한 것은, 서로가 겸양의 덕을 발휘하여 파벌 정신의 해독을 입고 있지 않다는 것을 나타내기 위해서이다.

29) 프란체스코 회의 내부 분열에 대한 암시이리라. 프란체스코 회의 강경 분자는 1317년과 18년 교황 조반니 22세의 교서에 의해 교회에서 추방 처분을 당한다.

30) 책을 한 장 한 장이라는 것은 교단의 사람 하나 하나라는 뜻이다.

31) 우벨티노 디 카살레와 마테오 디 악과스파르타의 두 파로 프란체스코 회가 분열되어 있는 현상을 가리킨다.

한 무리는 계율을 피해 이를 느슨하게 하고 다른 하나는 계율을 죄어서 딱딱하게 만들고 있다.

나는 보나벤투라의 혼이다.

출신은 바뇨레지오, 직무의 대사(大事)를 생각하여 왼쪽의 배려[32]는 항시 뒤로 미루었다.

일루미나토와 아우구스티누스도 여기에 있다. 그들은 허리에 새끼를 동여매고 하느님의 벗이 된 초기의 가난한 맨발의 동료들이었다.

우고 산 비토레도 함께 있다. 피에트로 망지아도레[33]며, 하계에서도 이름을 열 두 권의 책에 빛내고 있는 스페인의 피에트로,

예언자 나탄도, 대주교 크리소스토모[34]도, 안셀모도, 또 칠예(七藝) 중의 첫째 과목[35]에 손을 댄 도나토도 있다.

여기에는 라바노도 있다. 내 곁에서 빛나고 있는 것은 칼라브리아의 수도원장인 지오아키노이다. 그는 예언자의 영감을 타고났다.

토마스 스승의 열성과 사려 깊은 말이 나를 움직여 위대한 귀공자에 대해 서로 다투어 찬사를 늘어놓게 했다.

이건 나만이 아니라, 여기 있는 동료들 모두가 다 감동한 것이다.」

---

32) 왼쪽의 배려란 현세에 대한 배려를 가리킴.

33) 대식가 피에트로라는 뜻인데, 책을 탐내듯이 읽었기 때문에 이런 별명이 붙었다. 1179년에 사망.

34) 크리소스토모는 콘스탄티노플의 대주교였다.

35) 칠예 중의 첫째 과목은 문법이다.

제 13 곡

이중의 원의 스물 네 명이 스물 넷의 별에 비유된다. 또다시 토마스 아퀴나스가 말을 시작한다. 그는 단테의 마음속에 남아 있는 그 밖의 의문점을 간파하고 설명을 더한다. 토마스는 끝으로 사람이 옳고 그름의 판단을 내릴 때에 미리 취해야 할 신중한 태도에 대해 주의를 준다. 아름다운 일련의 시적인 비유가 그 경구의 결말로 되어 있다.

내가 지금 본 것을 자세히 알고 싶은 사람은 상상을 잘 해보라. 그리고 내가 지금 말하는 동안, 단단한 바위에 달라붙듯이 그 상상에 달라붙어 있거라.

열 다섯의 별이 여기저기에 찬란하게 반짝이며 하늘을 환하게 빛내고 있다. 진하고 빽빽한 공기를 거치고도 여전히 빛이 선명한 별[1]이다.

그리고 저 수레[2]를 상상해 다오. 밤이고 낮이고 북반구의 품안에서 수레채가 돌 때도 꺼질 줄 모르는 별들이다.

그리고 저 뿔의 입을 상상해 다오.[3] 천축의 한 끝에서 튀어나와 있는[4] 그 축을 중심으로 첫째 원이 돌고 있다.

이 별[5]들이, 마치 저 미노이의 딸[6]이 죽음의 한기를 느꼈을 때 만든 것처럼 하늘에다 두 성좌를 만들었다고 생각해 다오.

하나의 성좌가 원을 지어 다른 성좌를 에워싸고, 밖을 도는 성좌와 안을 도는 성좌가 서로 반대 방향으로 돌아가는 것이다.

---

1) 일등성이다.

2) 저 수레는 북두칠성의 수레, 즉 큰곰자리이다.

3) 작은 곰자리의 두 별.

4) 천축의 한 끝에서 나와 있는 것은 작은 곰자리이다.

5) 15(일등성) 더하기 7(큰곰자리) 더하기 2(작은 곰자리)이므로, 이들 스물 네 개의 별이라는 것이 된다.

6) 미노스의 딸 아라드네는 죽음의 한기를 느꼈을 때, 화환으로 성좌를 만들었다.

그것이 말하자면 진실된 성좌의 그림자인 것이다.[7] 내가 있던 지점을 둥그렇게 에워싼 이중 무도열(舞蹈列)의 그림자인 것이다.

그 모양은 이 세상의 풍습을 아주 초월한 것인데,

말하자면 모든 천구를 젖혀놓고 빠르게 움직이는 하늘이 키아나 강의 흐름을 훨씬 능가할 정도의 차이인 것이다.

거기서는 바커스를 노래하지 않고, 아폴로도 찬양하지 않으며, 신성 속에 있는 삼위와, 일체 속에 있는 신성과 인성을 노래하고 있었다.

노래하며 한바탕 춤을 마치자 즐겁게 춤에서 이쪽으로 마음을 옮겨 그 빛은 우리를 찬찬히 바라보았다.

그리고 하느님께 사랑받는 가난한 사람[8]의 훌륭한 생애를 내게 노래하던 광명[9]이 조화된 성도의 정적을 깨뜨리고 말을 시작했다.

「한 다발의 보리는 타작되어, 그 알곡은 이미 저장되었으므로[10] 또 한 다발의 보리를 두드리라는 사랑에 나는 마음이 움직여진다.

그대 생각은 이렇다.

그릇된 미각 때문에 온 세계에 죄를 지게 한 여인[11]의 아름다운 볼을 만들기 위해 갈빗대를 뽑힌 사나이의 가슴속에도,

또한 창에 찔림으로 해서 인류의 과거의 죄도 앞날의 죄도 모두 보상하고, 저울[12]에 불패(不敗)의 무게를 가하고 계신 그리스도의 가슴속에도,

그 둘을 각각 만드신 『하느님의』 힘은 아마 인성에 허용되는 한, 빛[13]을 가득히 쏟아넣었을 것이라고.

그러기에 내가 앞서 다섯째의 광명[14] 속에는 그에 따를 만한 자가 없을 슬기로운 자가 들어 있다고 말했을 때, 그대는 놀란 것이다.

---

7) 단테 시대에는 키아나 강이 남쪽을 흘러 테베레로 합류하고 있었다. 여기서는 매우 움직임이 느린 것의 예로서 인용되고 있다.

8) 하느님의 가난한 사람은 프란체스코.

9) 그의 생애를 이야기한 광명은 토마스 아퀴나스이다.

10) 이 비유는 그대의 두 가지 의문 중 하나가 해결되었으므로라는 뜻이다.

11) 여인은 이브, 사나이는 아담이다.

12) 정의의 저울이다.

13) 지혜의 빛이다.

14) 다섯째의 광명은 솔로몬(천국편 10곡 참조)이다.

자, 내가 그대에게 대답한 내용에 대해 눈을 떠라.[15]

그러면 그대가 믿고 있는 것과 내가 하는 말이 진리 속에서 원의 중심처럼 겹쳐지는 것을 알 수 있으리라.

죽지 않는 것도 죽을 수 있는 것도 필경은 우리의 주가 사랑에 의해 낳으시는 관념적 『반사의』 빛에 지나지 않는다.

이 『관념의』 활광(活光)은, 그 빛을 발하는 본체[16]를 나와서 그것과 갈라지지 않고 그 양자와 합쳐져서 삼자가 하나로 되는 사랑[17]에서도 갈라지지 않는다.

그리고 스스로의 은혜에 의해 그 활광은 영원히 하나이면서, 거울에 비치고 거울에 모이듯이, 그 빛을 아홉 『천사의』 존재 속에 모으고 있다.[18]

이어서 빛은 거기서 나와 천구를 차례차례 최저의 힘까지 내려와 마침내는 약간의 수명을 갖는 것밖에 만들지 못하게 된다.

이 수명이 짧은 것이란 회전하는 천구가 씨앗에 의해, 혹은 씨앗 없이 만들어 내는 것이다.

이런 것들의 밀랍과 이것에 형태를 부여하는 천구는 모양이 같지 않다. 그러므로 그 빛을 띠는 관념의 각인(刻印)에도 짙고 연함이 생기게 되는 것이다.

때문에 종류는 같은 나무라도 열매에 좋고 나쁜 것이 생기고 그대들 다 같은 사람에도 재능의 차이가 생긴다.

만약 밀랍이 잘 녹아 본틀에 흘러들어가 하늘이 그 최상의 힘을 낼 수 있는 상태에 있다면 그 각인의 빛은 완전한 것이 되리라.

그러나 요령을 알고 있으면서도 손이 떨리는 예술가가 일을 할 때처럼 자연은 그 빛을 언제나 충분히 발휘해 주지 않는다.

그러므로 만일 따뜻한 사랑[19]이 최초의 힘의 선명한 시력[20]을 써서 새겨

---

15) 마음속의 눈을 뜨고 주의하라는 뜻이다.

16) 본체는 하느님이다.

17) 사랑의 성령을 가리킨다.

18) 하느님의 활광이 거울에 반사하듯 구천을 맡아보는 천사의 무리(천국편 28곡 참조)에 반사된다.

19) 따뜻한 사랑은 성령, 처음의 힘은 하느님을 가리킨다.

20) 선명한 시력은 이치에 해당한다.

준다면 거기선 완전한 창조가 행해질 것이다.

이렇듯 대지는 온갖 완전한 동물을 만들어내기에 알맞은 땅이 되었다. 또 이렇게 해서 처녀 마리아는 잉태했다.[21]

때문에 나는 그대가 말하듯이 인성이 과거 장래를 통해서 두 사람[22]만큼 완벽했던 예는 없다는 견해에 동의한다.

하지만 만약 이 이상 내가 말을 하지 않는다면

『그러면 대체 왜 그분[23]과 견줄 자가 없다고 말했을까?』라고 그대는 말하리라.

그러나 이제 분명치 못한 점이 명백해지게끔, 그가 어떤 사람인지 하느님께서 선택하라고 하셨을 때,

그는 무엇을 받고 구했는지를 생각해 보라.

그가 왕이었다는 것을 그대가 잘못 알아들을 만큼 내가 애매하게 말하지는 않았을 것이다. 그는 왕에게 어울리는 예지를 구했다.

그리고 천상에 하늘을 움직이는 자[24]가 몇 있는지를 알려고 한다든가, 또는 필연과 우연이 합하여 필연을 낳는 것이 아닐까라든가

혹은 『원초동(原初動)의 존재를 인정할 것이냐』라든가 혹은 반원에서 직각을 가지지 못한 그런 삼각형을 만들 수 있느냐 하는 것들은 문제로 삼지 않았다.

그러니까 내가 아까 말한 것과 이것을 잘 생각해 본다면 내 의도의 화살이 꿰뚫은 유례 없는 지혜란, 왕의 사려 깊음을 가리킨다는 걸 알 수 있을 것이다.

만일 그대의 맑은 눈이 『일어났다』란 글귀를 주위깊게 본다면 이 글이 오로지 국왕과 관계된다는 것을 짐작할 수 있을 것이다.

국왕의 수는 많다. 그러나 좋은 왕은 적다.

이러한 구별로 내 말을 받아들인다면, 그러면 첫 아버지와 우리의 기쁨[25]

---

21) 이렇듯 성령에 의해 마리아는 잉태되었다.
22) 두 사람은 아담과 그리스도를 가리킴.
23) 그분은 솔로몬 왕을 가리킴.
24) 하늘을 움직이는 자는 천사이다.
25) 첫 아버지는 아담이고 우리의 기쁨은 그리스도.

에 대한 그대 생각과 내 말은 조화가 될 것이다.

이것이 항상 그대 발에 납덩이가 되어, 납득이 가지 않는 일에 대해서는 조급히 시비를 논하지 말고 지친 사람처럼 걸음을 늦추어 천천히 가는 것이 좋으리라.

좋고 나쁨을 말하든 시비를 논하든간에 세밀한 판단도 하지 않고 긍정 부정을 행하는 자는 어리석은 자 중에서도 가장 어리석은 자다.

성급한 의견은 자칫 인간의 생각을 오류와 편견으로 이끌기 때문이다.

진리를 구하려고 하는 자, 그 방법을 모른다면 떠날 때와 돌아올 때의 처지가 다르리니 어찌 헛되이 떠나는 데 그치겠소.

세상에는 이러한 예의 명백한 증거가 수도 없이 많다. 파르메니데스, 멜릿소[26], 브릿소 등은 갈 곳도 모르고 여럿이서 떠났다.

사벨리오·아르리오,[27] 그 밖의 어리석은 자는 마치 칼날이 얼굴을 뒤틀리게 비추듯이 유난히 성서를 뒤틀리게 해석하였다.

아직 이삭이 영글기도 전에 밭에 나가 판단을 내리는 인간은 되지 말아다오.

겨우내 딱딱하고 가시투성이던 가지가 그 가지 끝에 한 송이 장미꽃을 피운 것을 전에 본 일이 있다.

그리고 기나긴 항로를 곧장 쏜살같이 달려온 배가 항구 어귀에 접어들어 침몰한 것도 본 적이 있다.

하나가 도둑질을 하고 다른 하나가 사주하는 것을 보았다 해서 하느님의 심판이 어떻게 내릴 것인지를 베르타 아무개 여인과 마르티니 아무개[28]가 안다고 생각지 말라.

하나는 일어설지도 모르고 다른 하나는 쓰러질지도 모르는 것이다.[29]」

---

26) 파르메니데스, 멜릿소는 기원전의 그리스 철학자.

27) 사벨리오는 교회에 의해 정해진 삼위 일체론을 부정했다. 리비아 태생으로 265년 무렵 사망. 아르리오는 알렉산드리아의 사제로, 그리스도의 신성을 부정했다. 336년 사망.

28) 베르타와 마르티는 흔한 일반 사람의 이름을 가리킴.

29) 사람이 옳고 그름의 판단을 내릴 때, 미리 취해야 할 신중한 태도에 대해 토마스의 입을 빌어 말한 경구는 바로 앞의 내용에 견줄 만한 세 가지 아름다운 시적 비유에 의해, 오늘날의 독자에게도 호소력 있는 시구가 되고 있다.

제 14 곡

수성천 안쪽 원에서 가장 거룩한 광명은 솔로몬의 혼이다. 천국에 있는 자의
광휘가 육체의 부활 후 어떻게 되었는가에 대해서 솔로몬이 설명을 한다. 이어
서 베아트리체와 단테는 다섯째 하늘로 올라간다. 이 화성천에서는 신앙을
위해 싸우다가 죽은 자의 혼이 십자의 형태로 나란히 빛나고 있다. 광명의
합창이 들리자, 그 선율에 황홀해진 단테는 잠시 동안 베아트리체를 돌아보는
것조차 잊어버린다.

둥근 물그릇은 안에서 치느냐, 밖에서 치느냐에 따라 가운데서 가장자리
로 혹은 가장자리에서 가운데로 물의 파동이 일어나는 법인데

빛나는 토마스의 혼이 말을 마치고 입을 다물었을 때, 이제 말한 그런
광경이 갑자기 내 머릿속에 떠올랐다.

토마스에 이어 베아트리체가 즐겁게 말을 시작했는데, 『안에서』 말하는
그녀와 『밖에서』 말하는 그가 그 물결의 움직임과 매우 흡사했었다.

「이분은 아직 거기까지 생각이 미치지 않으므로 말로써 질문은 하지 않고
있지만 또 하나의 진리의 근원까지 규명하지 않으면 안 됩니다.

빛이 당신네들의 실체를 꽃처럼 감싸고 있는데, 그 빛은 지금 있는 그대
로 영원히[1] 당신네들을 따라서 남는 것일까요.

만약 남아 있을 것이라면 당신들이 육체를 입고 부활한 뒤에, 그 빛이 어
떻게 당신들의 시력을 상하게 하지 않고 있는지를 그에게 말씀해 주세요.」

마치 원무를 추는 사람들이 기쁨이 고조됨에 따라 저도 모르게 덩달아
소리를 지르거나 홍겹게 몸짓을 하듯이

베아트리체가 틈을 주지 않고 열심히 묻자 이중의 원을 짓고 춤을 추는
사람들은 그 도는 모습에도, 훌륭한 노래의 가락에도 새로운 기쁨을 나타내
었다.

현세에서 죽고, 천상에서 사는 것을 한탄하는 이가 있다면, 영원한 비[2]

---

1) 최후의 심판이 있은 후에도.
2) 영원한 은총의 비.

의 상쾌함을 이 위[3]에서 아직 본 적이 없기 때문일 것이다.

저 하나, 둘, 셋[4]은 영원히 살며, 영원히 셋, 둘, 그리고 하나 안에서 통치한다.

한정이 없으면서도 모든 것을 한정하는데

이 아버지와 아들과 성신을 영혼들은 세 번째 목청을 합하여 훌륭한 선율로써 노래를 불렀다. 그것은 어떤 공덕의 보답으로도 부족함이 없는 가락이었다.

그러자 작은 원 중에서 가장 거룩한 빛이 천사가 마리아에게 아뢸 때와 같은[5] 조심스러운 목소리로 대답하는 것이 내 귀에 들렸다.

「천국의 향연이 계속되는 한 우리의 사랑은 둘레에 빛을 떨쳐 이같은 찬란한 옷이 되어 있을 거예요.

그 빛은 사랑의 열렬함에 호응하고 열렬함은 하느님을 보는 힘에 호응하고, 그 힘은 또한 각자의 공덕을 초월하는 은총의 크기에 호응하는 거예요.

거룩하고 영광된 육체를 다시 몸에 입었을 때[6] 우리의 몸은 완전히 회복되어 있는 만큼 더욱 훌륭하게 될 거예요.

그리고 지상선(至上善)이 우리에게 주시는 무상의 빛[7]은 더욱 왕성하게 탈 것입니다. 그 빛으로 하여 우리는 하느님을 볼 수가 있고,

그러기에 하느님을 보는 힘은 더욱 커져야 하며, 그 힘[8]에 의해 불을 발하는 강렬함도 또한 거기서 발하는 빛도 힘이 커져야만 하는 거예요.

그러나 활활 피어오른 숯은 일단 작열해서 불길에 이기고 나면 그 모습이 또렷이 보이는데,

그와 마찬가지로 이미 우리를 감싸고 있는 이 빛은 겉보기로는 육체가 이겨서 짓눌려 버리겠지요.

물론 육체는 아직도 땅 속에 파묻혀 있습니다만.

---

3) 이 곳의 위는 천상이다.
4) 『저 하나, 둘, 그리고 셋』은 성부와 성자와 성신의 삼위 일체를 말한다.
5) 『수태 고지』 때의 가브리엘 목소리이다(천국편 10곡 참조).
6) 부활할 때.
7) 무상의 은총이다.
8) 세찬 사랑을 말한다.

우리들 육체의 모든 기관은 기쁨을 부여해 주는 그러한 모든 것에 대해 강화되어 있으므로 이런 빛에 현혹된다는 것은 있을 수 없을 거예요.」

바깥 원과 안쪽 원이 홀연 목소리를 합하여 「아멘」 하고 외쳤는데,

그 목소리 속에는 죽은 육체를 다시 한번 보고 싶다는 소원이 강하게 나타나 있었다.

그것은 비단 자기를 위해서만은 아니었다. 어머니와 아버지를 비롯하여 그들이 영원한 불꽃이 되기 전에 가까이 지냈던 다정했던 사람들을 위한 것이리라.

그러자 순식간에 밝아져 오는 지평선처럼 거기 있던 빛의 무리 저쪽에서도 똑같이 밝은 다른 광경의 무리가 주위 가득히 빛나기 시작했다.

해가 질 무렵, 별은 하늘 여기저기서 돋기 시작하는데, 그와 마찬가지로 빛이 아직 분명히 보이기도 전부터

그 근처의 새로운 본체는 빛나기 시작하고, 먼젓번 두 원보다 더 바깥 둘레를 벌써 원을 만들고 춤추며 돌기 시작했다.

아아, 성스러운 숨결[9]의 참다운 반짝임이여!

갑자기 그것이 불타오를 때 나의 두 눈은 아찔하여, 그 빛을 견디낼 수가 없었다.

그러나 베아트리체의 모습은 몹시도 어여쁘고 몹시도 즐겁게 보였다. 그것은 기억의 힘을 가지고서는 쫓아갈 수조차 없는 천상 광경이었다.

여기서 내 눈은 다시 힘을 되찾아 위를 볼 수가 있었는데, 나는 여인과 함께 보다 높은 지복(至福) 속을 걷고 있었다

무척이나 붉게 보이는[10] 별의 불처럼 타오르는 웃음이 내가 하늘에 오른 것을 또렷하게 알려 주었다.

진심에서 우러나는 감사와, 모든 사람에게 공통되는 말[11]로써 이 새로운 성총에 어울리는 희생을 나는 하느님께 드렸다.

그리고 아직도 내 감사의 빛이 가슴속에서 채 다 타기도 전에, 그 제물이 반가이 받아들여졌다는 것을 나는 알았다.

---

9) 성스러운 숨결은 성신을 뜻한다.

10) 무척이나 붉게 보이는 별은 화성이다.

11) 모든 사람에게 공통되는 말이란 입에 담기 전의 내면의 말이다.

두 줄기 광선 속에서 광명의 무리가 붉게 빛나는 것이 보였기 때문에, 나는 무의식중에 외쳤다.

「아아, 주여. 저들을 이렇듯 꾸며 주시는 주여!」

북극의 하늘에서 남극 하늘에 걸쳐 크고 작은 갖가지 별을 하얗게 늘어놓고 있는, 학자들 사이에도 말이 많은 그 하늘 강의 별처럼

광명의 무리는 나란히 모이더니 원 안에서 지각으로 교차되는 두 직경에서 이루어진 거룩한 표지[12]를 이 화성천 안에다 아로새겼다.

여기서 나의 기억은 내 시재(詩才)로선 벅차다.

그 십자의 빛이 그리스도의 모습을 수놓았던 것인데 그것을 표현할 만한 적당한 말이 떠오르지 않는 것이다.

그러나 십자가의 가르침과 그리스도를 따르는 이[13]들은 그 백광 속에 그리스도가 빛나는 모양을 보았을 때,

내가 여기서 말이 막힌 것을 용서해 주리라.

십자의 오른쪽 끝에서 왼쪽 끝까지, 그리고 꼭대기에서 밑까지 광명의 무리는 서로 만나고 스칠 때마다 강하게 빛을 내며 움직였다.

그것은 현세의 인간이 때로 지혜를 부려서 햇빛을 막기 위해 희한하게 그늘을 만들지만

그 그림자 안에 비쳐든 한 줄기 광선 속을 길고 짧은 먼지 티끌들이 직선과 곡선을 그리며, 혹은 빠르고 혹은 더디게 모습을 바꾸며 움직이는 꼴과 흡사하다.

여러 줄의 음색을 모아서 비올라나 하프가 음계를 모르는 이의 귀에도 기분 좋은 가락을 연주하듯이,

내 앞에 나타난 광명의 무리로부터 가사는 모르나 몸도 마음도 황홀케 하는 선율이 흘렀다.

그것이 거룩한 송가였음을 나는 알 수 있었다. 말뜻도 알지 못하고 듣는 이의 귀에 노랫소리가 들릴 때처럼 「일어나서 치소서」라는 말만이 내 귀에 들어왔다.

---

12) 세로의 길이와 가로의 길이가 같은, 이른바 그리스도의 십자가이다.

13) 십자가의 가르침과 그리스도를 따르는 이들은 천국으로 오르는 사람들이다.

나는 그 가락에 황홀하게 귀를 기울였는데, 이처럼 기분 좋은 사슬로
나를 사로잡은 것은 이 때까지 아무것도 없었다.

이 말이 너무 지나치게 들릴지도 모르겠다.

볼 적마다 내 마음이 평안을 느끼는 저 아름다운 두 눈[14]을 바라보는
기쁨을 제쳐 놓고 말하는 것이니까.

그러나 싱싱한 표지[15]는 높이 올라갈수록 더욱 아름다워졌었다. 게다가
내 아직 그분을 보지 못한 것을 생각한다면

내가 자책하는 죄[16]도, 또한 나의 아까의 발언도 용서하고 내 말의 진실을
양해해 주리라.

높이 오를수록 『베아트리체』의 거룩한 기쁨은 더욱 맑아지는 것이니,
이 일이 여기서 제외된 것은 아니다.

제 15 곡

유성처럼 하나의 혼이 십자가의 오른쪽 끝에서 아래로 달려 내려온다. 그는
단테의 고조부인 칵치아구이다이다. 단테의 물음에 대해 그는 12세기의 피렌체
의 소박한 풍속을 자세히 이야기한다. 그는 이어서 쿠르라도 황제의 휘하에
들어가서 회교도와 싸운 자신의 이야기를 들려 준다. 칵치아구이다는 그 성전
(聖戰)에서 전사하여 순교자로서 이 화성천의 평안에 도달했다고 한다.

탐욕이 녹아서 악의 속에 섞이듯이 선을 동경하는 사랑은 언제나 녹아서

---

14) 베아트리체의 아름다운 눈이다.

15) 복된 영혼 무리의 싱싱한 표지이다.

16) 내가 자책하는 죄란 베아트리체의 아름다운 눈을 보는 기쁨을 뒷전으로
    돌린 것이다. 나의 아까의 발언은, 『이처럼 기분 좋은 사슬로 나를 사로잡
    은 것은 이 때까지 아무것도 없었다.』를 가리킨다. 베아트리체도 한층 더
    아름다워져 있었던 것인데, 그걸 단테는 아직 보지 않았기 때문이라고
    변명한 것이다.

선의 속에 뒤섞이지만,

그 선의가 저 하프[1]에게 침묵을 명했다.

그러자 하느님의 손이 연주하는 성스러운 현의 소리가 뚝 그쳤다.

어찌 이 혼들이 정당한 기원을 들어 주지 않으리오. 그들은 내가 기원을 할 수 있게끔 일제히 소리를 죽였다.

영원히 계속되지 않는 것에 대한 애착[2] 때문에 이 사랑[3]을 버리는 이는 끝없이 한탄하지 않을 수 없는 것인데, 그것은 당연한 응보이다.

맑게 갠 밤하늘을 때때로 느닷 없는 불길이 달려서 조용히 바라보던 눈을 움직이게 하고

유성과는 달리 앞서 빛나던 곳에서 빛이 가시지 않고 달려간 불 쪽이 금세 사라진다.

꼭 그와 같이 십자가 오른편에 뻗쳐 있는 뿔에서 그 발치를 향해 거기 빛나던 성좌의 별 하나가 달음질쳐 왔는데

이 구슬은 그 장식 끈에서 떨어지지 않고 빛줄기를 따라 달려왔으므로 마치 설화 석고(雪花石膏)를 통해서 본 불과 같았다.

위대한 시인[4]의 말을 믿을진대 극락에서 아들을 본 안키세스의 혼은 흡사 이처럼 한결같이 달려갔다는 것이다.

「아아, 내 피를 이은 자여. 아아, 하느님의 은총[5]이 넘치는 자여. 너 외에 다른 누구에게 하늘의 문이 두 번이나 열린 적이 있었더냐?[6]」

그 광명은 이렇게 말했다. 그래서 나는 물끄러미 그를 보고 이어서 얼굴을 여인 쪽으로 돌렸다.

이쪽을 보나 저쪽을 보나 나는 그저 어리둥절했다.

여인의 눈 속에는 웃음이 타오르고 있었으나 그것을 보았을 때

나는 벌써 나의 은총과 천국의 바닥까지 다 안 듯한 느낌이 들었던 것이다.

---

1) 그 혼들 무리가 주악하는 하프이다.
2) 영원히 계속되지 않는 일시적인 것에 대한 애착.
3) 선을 동경하는 사랑.
4) 위대한 시인이란 비르질리오다.
5) 이하 원시(原詩)는 라틴어로 씌어져 있다.
6) 이야기하는 칵치아구이다는 단테의 고조부뻘이 된다.

그러고 나서, 목소리도 아름답게 그 혼은 처음 말에 다시 두세 마디 덧붙였으나 나로서는 이해하기 어려운 심원한 내용이었다.

그렇다고 일부러 말을 어렵게 한 것은 아니었다. 그렇게 되지 않을 수 없을 만큼 그의 생각은 현세 사람의 범위 밖으로 나와 있었던 것이다.[7]

그리고 불붙는 그의 자애의 활이 늦추어져서 그 말이 우리 지성의 사정거리 범위 안까지 내려왔을 때

내가 알아들은 첫마디는 다음과 같았다.

「내 자손에 대해 이토록 너그러우신 당신, 셋이면서도 하나이신 당신은 복되도다.[8]」

그리고 계속했다. 「흑백이 변함 없는 위대한 책[9]을 읽은 후 지금까지 나는 오랫 동안 기분 좋은 허기를 느꼈던 것인데,

아들아, 바로 지금 네가 이 빛 속에서 말하고 있는 나에게 그 허기를 풀어 주었다. 드높이 날 수 있게끔 네게 깃을 달아 주신 분의 덕택이다.

너는, 하나만 알면 다섯이나 여섯이 차례대로 나오듯이 네 생각이 첫째 존재[10]를 통하여 나에게 전해져 와 있는 줄로 알고 있다.

그렇기 때문에 내가 누구이며, 왜 이 기쁨의 무리 속에서 내가 다른 누구보다도 더욱 네 앞에서 즐거워하고 있는가를 너는 묻지 않고 있다.

네 생각은 옳다. 이 삶 속에 있는 이[11]는 복이 많고 적고를 막론하고 모두 거울을 보고 있는데 그 거울에는, 생각이 미처 떠오르기도 전에 그 생각이 비쳐 버리는 거다.

그러나 내가 무한한 시력을 가지고 그 속을 보고 나로 하여금 감미로운

---

7) 현세 사람의 지성을 초월하고 있었다는 것이다.

8) 전곡에서도 여러 번 나왔지만 삼위 일체의 비의(秘義)에 대해 언급한 것이다.

9) 흑백이 변함 없는 위대한 하느님의 책. 카치아구이다는 승천했을 때, 하느님 속에서 미래를 읽고 자기 자손이 머잖아 천국을 찾아온다는 것을 알았다. 그 뒤부터 단테를 만나고 싶어 『오랫 동안 기분 좋은 허기를 느끼고 있었다.』는 것이다.

10) 첫째인 하느님의 생각. 천국에 있는 혼은 하느님을 봄으로 해서 모든 것을 알 수 있다. 그러므로 단테가 아무 말도 하지 않더라도 그 생각은 하느님의 거울에 비치어 카치아구이다에게 전해져 있는 것이다.

11) 이 하늘의 삶 속에 있는 사람.

동경의 목마름을 느끼게 하는

그 거룩한 사랑이 보다 더 잘 채워지고 이루어지게끔 목소리에 자신과 용기와 명랑함을 담고 네 의지와 소망을 소리내서 말해라.

그에 대한 내 대답은 이미 준비되어 있다.」

나는 베아트리체를 돌아보았다. 내가 말하기 전부터 그녀는 이야기의 내용을 알아차리고 동의의 눈짓을 보냈는데, 그것이 나의 의지에 날개를 돋게 하였다.[12]

그리하여 나는 다음과 같이 말을 시작했다.

「정(情)과 지(知)는 당신들이 하느님 앞에 나타났을 때[13]부터 당신들 속에 모두 같은 무게로 되었습니다.

당신들을 따뜻하게 비추는 태양은 아주 균등하게 만들어져 있으므로 직유로써 비교한다는 것은 불가능할 정도이다.

그러나 현세 사람들은, 그 이유를 당신들은 아시리라 믿습니다만 정의(情意)와 이지(理知)가 각각 다른 무게의 날개로 되어 있습니다.

그래서 나는 현세의 인간으로서 이 불평등을 느끼기에 아버지 같은 당신의 환대에 대해서도 마음으로밖에 감사할 수가 없는 것입니다.[14]

나는 당신에게, 이 귀중한 보석[15]으로 몸단장을 한 살아 있는 황옥인 당신에게 청합니다. 부디 당신 이름을 나에게 밝혀 주십시오.」

「아아, 내 잎[16]이여.

그 잎이 돋기를 기다리는 것만으로도 나로서는 즐거웠다. 나는 그렇게 말하는 너의 뿌리니라.」

이렇게 그는 나에게 대답했다. 그리고 덧붙였다. 「네 성[17]을 부르기 시작한

---

12) 내 이야기를 하고 싶다는 뜻.
13) 하느님 앞에 나타난, 즉 천국에 들어왔을 때부터. 그 때부터 사람의 능력
    은 균등하게 된다.
14) 지성으로서가 아니고 마음으로밖에 감사할 수가 없다.
15) 십자가의 형태를 귀중한 보석이라고 한 것이다. 그 보석의 하나가 칵치아
    구이다인 것이다.
16) 칵치아구이다를 뿌리라 한다면 고손자뻘이되는 단테는 잎에 해당된다.
17) 『네 성』은 알리기에리. 이탈리아에서는 소수의 유명인을 미켈란젤로(보나
    롯티)처럼 성이 아니고 이름으로 부르는 습관이 있다. 단테도 이름이다.

이[18]가 벌써 백 년 이상이나 산의 첫째 두렁길을 돌고 있는데,

　그 사람이 내 아들이고, 또 네 증조부되는 사람이다. 너는 신앙심 깊은 돈독한 기도를 올려서 증조부님의 오랜 노고를 덜어 주어야 한다.

　피렌체는 옛 성벽 속에서 평화롭고 소박하고 정결했었다. 그 성벽 위에서는 지금도 아홉 시와 세 시에 종이 울린다.

　팔찌와 머리 장식이 유행하기 전의 일이었다. 가죽 구두도 없고, 의상만이 돋보이는[19] 그런 띠를 매는 여인도 없었다.

　딸이 태어났다고 해서 아비가 당황하는 일은 당시에는 아직 없었고, 혼기나 지참금의 액수도 절도를 넘는 일은 없었다.

　큰 집이 빈 채로 있는 일도 없었고 규방에서 하는 짓을 구경거리로 만드는 호색의 풍조[20]도 없었다.

　몬테말로[21]가 당시는 유첼라토이에게 패하지 않았었다. 지금의 로마는 영화에 있어서는 뒤지지만 몰락에 있어서는 당할 자가 없으리라.[22]

　벨리치온 베르타[23]가 가죽과 뼈의 옷을 입고 가는 것을 나는 보았다. 그리고 경대 앞에서 그의 부인이 화장도 하지 않고 나오는 것을 나는 보았다.

---

18) 칵치아구이다의 아들, 알리기에리를 가리킨다. 알리기에리는 벨로와 벨리치오네의 아버지로, 후자에는 다섯 아들이 있었는데 그 중 한 사람인 알리기에리가 단테의 아버지이다. 단테의 증조부인 알리기에리는 1201년 8월에 아직도 살아 있었던 증거가 전해지고 있는데, 단테는 그가 1200년 이전에 죽은 줄로만 알고 있었던 것이다. 그래서 증조부는 벌써 백 년 이상이나 연옥 산의 첫째 두렁길에서 교만의 죄를, 바위를 지고 걸으면서 씻고 있는 셈이다.

19) 본인은 대단치도 않은데 의상만이 두드러지게 눈에 뜨이는 여자이다.

20) 원시에는 호색 퇴폐로서 알려진 아시리아 왕 사르다나팔로의 이름이 『호색 풍조』라는 뜻으로 인용되고 있다.

21) 몬테말로(지금은 몬테마리오라고 한다)는 로마 교외의 지명이며, 유첼라토이는 피렌체 교외의 지명이다. 거기서부터 로마와 피렌체를 각각 한눈에 바라볼 수가 있는데, 12세기에는 로마가 피렌체보다 번영했다는 것이다.

22) 피렌체는 몰락에 있어서도 로마보다 빠를 것이라는 예언이다.

23) 선량한 괄드라다(지옥편 16곡 참조)의 아버지에 해당된다. 라비냐 가문의 가장으로서 1176년에는 피렌체를 대표해서 시에나로부터 폿지본시 성(城)을 인수하는 임무를 맡았다. 가죽과 뼈 그대로인 가공돼 있지 않은 옷이라는 뜻이다.

네를리 가문의 주인도 뻬키오 가문의 주인도 털이 없는 거친 가죽옷에 만족했고, 그 집 아낙네들은 흥겹게 물레질을 하고 있었다.

아아, 행복한 여인들이여.

그 무렵엔 죽으면 반드시 무덤에 묻히었다. 남편이 프랑스로 가버려[24] 독수 공방에 버림받은 여인 따윈 한 사람도 없었다.

어떤 여인은 밤마다 요람을 흔들며 부모들을 제일 먼저 즐겁게 하는 아기의 서투른 말씨를 흉내내어 아기를 얼러대고

어떤 여인은 물레로 실을 자으면서 식구들에게 트로이의 병사 이야기며 휘에솔레와 로마 이야기를 들려 주었다.

그 무렵에는 치안겔라나 라포 살테렐로[25]가 나오면 당치도 않은 악인으로 보였을 것이 틀림없다. 지금 세상에서는 퀸크티우스[26] 코르닐리아가 나오면 오히려 신기해 하지만.

그와 같이 안정된 아름다운 시민의 생활, 그와 같이 믿음에 넘친 사회, 그와 같이 즐거운 집, 거기서 진통의 신음 소리로 이름이 불린 마리아가 나를 점지해 주었다.[27]

너희들의 낡은 세례당[28]에서 그리스도 인으로 세례를 받고 캇치아구이다 라고 불리었다.

형제로는 모론토와 엘리세오가 있었다. 내 아내는 파도의 골짜기서 시집을 왔으므로 그래서 그 성[29]이 네 성이 된 것이다.

---

24) 피렌체가 상업 도시로서 발전하여 상인이 외국으로 가기 시작했기 때문이다. 보카치오가 파리에서 났다느니 하는 전설도 이러한 환경에서 발생한 것이다. 따라서 아씨지의 프란체스코도 아버지가 상인이라 프랑스에 가 있는 동안에 났으므로 그래서 프란체스코라 이름지어졌다고 한다.

25) 치안겔라 델라 토사는 플로렌스 태생으로 언행이 성실치 못한 것으로 알려져 있었다. 1330년 무렵까지 살았다고 한다.

26) 퀸크티우스에 대해서는 천국편 6곡과 주 참조.

27) 캇치아구이다의 어머니가 진통의 신음 속에서 마리아의 이름을 부르자 마리아가 도와 주었으므로 순산을 한 것이다.

28) 너희들의 낡은 세례당. 이 현존하는 세례당에 대해서는 지옥편 19곡 참조.

29) 알리기에리라는 성이다. 펠라라의 알리기에리 가문의 딸을 아내로 맞았으나, 라고 고증되고 있다.

뒷날 나는 쿠르라도 황제[30]께로 달려가서 황제에 의해 기사의 칭호를 받게 되었다. 그토록까지 황제는 내 무훈을 기리셨던 거다.

나는 황제를 따라 그 사악한 법과 싸웠다. 그들은 교황의 나태를 기화로 너희에게 마땅히 소속될 땅을 부당하게도 점거하고 있었던 것이다.

그러나 나는 그 땅에서 비열한 백성의 손에 걸려, 집착[31] 때문에 갈팡질팡하고 있는 영혼이 대부분인 이 거짓 세상의 줄을 끊었다.

그리하여 나는 순교자로서 이 평안에 이르렀다.[32]」

제 16 곡

단테의 물음에 답해서 카치아구이다의 혼이 그가 태어난 연대며, 12세기 초두의 피렌체 시의 크기며, 인구며, 당시의 유력한 귀족과 명문에 대해 말한다. 시골 출신의 자수 성가자의 피가 섞인 것이 피렌체 명가(名家)의 퇴폐의 원인이라고 말하고, 카치아구이다는 분열과 내분의 원인이 된 부온델몬테와 아미디 가문 사이의 혼약 파기와 그에 잇따른 살상 사태에 대해 언급한다.

아, 보잘 것 없는 혈통상의 귀족이여! 자칫하면 정이 길을 잘못 드는 이 하계에서 사람들이 혈통을 자랑하게 된다 할지라도 나는 결코 그걸 괴이쩍게 여기지는 않을 것이다.

왜냐하면 욕망이『정도를』빗나갈 리 없는 저 천상에서도 나는 그걸 자랑

---

30) 슈바벤의 쿠르라도 3세는 1093년에 태어나 1138년부터 1152년까지 황제로 재위했었다. 1147년에 프랑스의 루이 7세와 함께 십자군을 지휘하여 성지로 가서 다마스커스를 점거했다. 그리고 단테는 쿠르라도 3세와 쿠르라도 2세를 혼동한 것이 아닐까 하는 말도 있다. 쿠르라도 2세는 이탈리아의 남부 카라브리아 지방에서 사악한 법, 즉 회교도와 싸웠다. 그것이 내용 중의『너희에게 마땅히 소속될 땅을 부당하게도 점거하고』의 뜻이라고 추측된다.

31) 현세에 대한 집착이다.

32) 하느님의 전사로서 싸워 순교자로서 이 천국의 평안에 이르렀다.

으로 여겼던 것이다.

그러나 혈통의 자랑이여, 사실 너는 순식간에 줄어드는 망토다. 때문에 만약 나날이 뭔가를 이어붙이지 않는다면 시간이 그 주위를 대번에 잘라 버릴 것이다.

로마에서 먼저 사용되기 시작했으나, 그 로마 인들 사이에서 제일 먼저 쓰지 않게 된 『당신(voi)[1]』으로써 나는 또 말을 시작했다.

그러자 좀 떨어져 서 있던 베아트리체가 미소를 지었으나[2] 그것은 궤네버 가 첫 실수[3]를 범했을 때 기침을 하던 그 이야기의 여인을 연상케 했다.

나는 말을 시작했다.

「당신은 내 아버님입니다. 당신이 나에게 말할 용기를 주셨습니다. 당신이 나를 보다 나은 나로 높여 주셨습니다.

행복의 여울이 내 마음속에 흐르고 더구나 이를 받아들여 품을 수 있음을 기쁨으로 삼고 있습니다.

그래서 그리운 선조님께 여쭙니다만 당신의 선조는 뉘시었습니까? 또 어느 해에 나셨으며 소년 시절 피렌체에서는 어떤 일들이 벌어졌었는지요.

성 요한[4]의 백성 수는 그 당시 얼마였으며, 또 그 중에서 최고의 자리에 있던 사람들은 누구누구였습니까?」

바람이 불면 숲에 불이 일어 활활 타오르듯이 내가 비위를 맞추어 하는 말에 그의 혼의 광명이 활활 빛나는 것이 보였다.

그리고 한층 더 아름답게 보였듯이 한층 더 부드럽고 상냥한 목소리로 요 즘과는 다른 옛날 말[5]로 나에게 말하기 시작했다.

「『천사가』『아베』라고 한 그 날[6]부터 지금은 천국에 계시는 내 어머니가

---

1) 이탈리아의 이인칭 단수는 크게 나누어 세 종류(16세기 이전은 두 종류) 가 있는데, 그 하나가 이 당신(voi)이다. 그대(tu)로서는 너무 친밀해서 단테는 선조의 영에 대해 실례가 된다고 생각했던 것이리라.

2) 단테의 정색한 말투에 베아트리체가 쓴웃음을 지었던 것이다.

3) 궤네버와 란슬로트가 처음으로 입을 맞추었을 때(지옥편 5곡 참조) 시녀 가 그 때 기침을 했다.

4) 성 요한은 피렌체의 수호 성인이다. 성 요한의 백성 수란 피렌체 시의 인구를 가리킨다.

5) 옛날의 이탈리아 어.

6) 천사 가브리엘이 『아베』라고 했던 수태 고지의 날부터.

나를 낳아 몸이 가벼워진 그 출산의 날까지

이 불은 오백과 오십하고도 서른 번[7]이나 그 사자좌 가까이에 돌아와 그 발밑께서 활활 타올랐었다.

나의 조상과 내가 태어난 곳은 너희들의 일 년에 한번 있는 축제일에 경주를 하는 자가 마지막 구획(세스토)[8]으로 들어가는 그 어귀이다.

내 조상에 대해서는 이쯤 들으면 충분하리라. 그들이 누구이며, 출신이 어디였는지는 말하는 것보다 잠자코 있는 편이 나으리라.

그 당시 마르스와 세례당 사이[9]에서 무기를 잡을 수 있었던 사람은 지금 살고 있는 이들의 수에 비해 오분의 일이었다.

지금은 캄피 · 체르탈도 · 휘키네[10] 출신의 시골 사람이 시민과 뒤섞여 버렸지만, 그 당시는 기술자의 수습공에 이르기까지 모두 순수한 피렌체인이었다.

아마, 지금 말한 무리들하고는 이웃 사람 대접을 할 뿐으로 너희들의 국경을 갈루쏘[11]나 트레스피아노에다 두었던 편이

저들을 시내로 들여놓아서 아굴리온의 농군이나, 시냐의 촌놈 냄새를 참는 것보다 그 얼마나 나을 뻔했던가! 더구나 이러한 패거리들은 뇌물을 노리고 벌써 눈을 번쩍이고 있었다.

---

7) 이 화성이 580회 회전했다. 화성의 1회전에는 687일이 소요된다. 이렇게 계산한다면 칵치아구이다의 생년은 서기 1091년이 된다.

8) 도시를 넷으로 나누었을 경우의 한 구획이 과르토(영어의 quarter에 해당된다)인데, 여섯으로 나누었을 경우의 한 구획은 육분의 일을 의미하는 세스토(sesto)라 불리운다. 그 구획 하나하나가 단위가 되어 젯날에 대항 경기를 행하는 것이 큰 행사였는데, 이것은 도시의 자위 훈련도 겸하고 있다. 경쟁에 대해서는 지옥편 15곡 주 참조.

9) 마르스의 상(지옥편 13곡 주 참조)이 있던 다리와 성 요한의 세례당 사이가 칵치아구이다 시대의 피렌체 시의 크기였다. 빌라니의 《연대기》에 의하면 1300년의 피렌체 인구는 삼만여 명이었다고 한다. 그렇다면 칵치아구이다 시대는 육천여 명이라는 것이 된다. 그리고 이런 종류의 통계에 관한 발상은 당시로서는 지극히 새로운 사고 방식이었다.

10) 모두 피렌체 근처의 마을 이름이다. 그리고 체르탈도는 보카치오가 태어난 (1313년) 마을이다.

11) 갈루쏘는 피렌체에서 시에나 쪽으로 6킬로쯤 떨어진 곳. 지금은 사원이 있다.

만약 이 세상에서 가장 길을 잘못 든 사람들이[12] 황제에 대해 계모처럼
쌀쌀하지 않고 자식을 대하는 어머니처럼 부드럽게 마음을 써 준다면

지금 피렌체 사람이 되어 장사하고 거래하는 자는 거기서 예전에 그의
조부가 순찰하고 다니던 시미폰테 마을로 되돌아 갔었으리라.

몬테무를로는 아직도 콘티 가문의 것이었을 것이고 체르키는 아코네의
영지에, 그리고 또 부온델몬테는 그리에베 계곡에 있었으리라.

음식을 너무 먹으면 몸을 해치듯이 사람들이 덮어놓고 뒤섞이는 것이
언제나 이 도시의 화근의 시초였다.

눈먼 암소는 눈먼 새끼 양보다 먼저 쓰러진다. 또 다섯 자루의 칼보다도
한 자루의 칼이 훨씬 더 잘 드는 적도 때로는 있다.

만일 네가 루니와 우루비살뢰아의 멸망하는 꼴이며, 그들에 이어 키우시
와 시니갈리아가 멸망해 가는 모습을 보았더라면

도시마저도 제 명이 다하면 죽어 없어지는데 가족이 무너지고 흩어진다는
것을 듣기로서니 기이하다거나 이상하다고는 생각지 않을 것이다.

너희들의 사물[13]은 너희들과 마찬가지로 모두 다 죽은 것이다. 단지 너희
들의 목숨이 짧기 때문에 오래 가는 것도 결국 죽는다는 걸 너희들이 모를
뿐이다.

그리고 월광천의 회전이 바닷가에 만간조(滿干潮)를 끊임없이 일으키듯이
피렌체의 성쇠도 운명의 여신에 좌우된다.

그러므로 시간의 쉼 없는 흐름 속에 사라져 버린 피렌체의 명사에 대해
말하는 것도 그다지 놀랍게는 들리지 않을 것이다.

나는 우기 가문·카텔리니 가문·휠립피 가문·그레치 가문·오르만니
가문·알베리키 가문 등의 명문들이 당시 이미 몰락해 가고 있는 것을 보았
다.

그리고 오래되고 고귀한 문벌로서 산넬라 아르카, 소르다니에라 가문,
아르딩키 가문, 보스티키 가문 등도 보았다.

지금 굉장한 무게를 가지고 있는 신흥의 불온한 세력[14]은 가까운 장래에

---

12) 길을 가장 잘못 든 사람들이란 교회의 사람들이다.
13) 너희들의 사물은 현세의 사물을 가리킴.
14) 신흥의 불온한 세력이란 체르키 가문을 두고 말함.

배[15]가 파선할 근원이 되겠으나, 그 무게가 걸려 있는 문 근처에 예전에는 라비냐 가문의 일족이 살고 있었다.

거기서부터 구이도 백작과 뒷날 고귀한 벨리치오네의 성을 가진 사람들이 태어났다.

프렛사 가문의 사람들은 그 당시 벌써 다스리는 재주를 알고 있었다. 그리고 갈리가이오는 이미 집안에다 황금으로 만든 자루와 칼을 가지고 있었다.

다람쥐의 줄무늬[16]와 사케티 · 지우오키 · 피판티 · 바죽치 · 갈리, 그리고 뒷박질을 속여서 얼굴을 붉히던 자[17]들도 그 당시는 힘이 있었다.

캄폭치 가문이 파생한 그 뿌리[18]는 그 때 이미 굵었었다. 그리고 시지 가문 아르리국치 가문은 이미 최고의 관직에 있었다.

아아, 스스로의 오만 때문에 망해 버린 가문들이여! 예전에는 그 얼마나 번영했던고! 황금 구슬[19]은 때마다 피렌체를 장식했었는데.

너희 교회에서 주교의 자리가 빌 때마다 작당 모의로써 몸을 살찌우던 자들의 조상도 예전에는 그처럼 번영했었다.

도망치는 자에게는 용처럼 잔인하게 행동하고 으르렁대는 자나 지갑을 보이는 자에 대해서는 어린 양처럼 순해지는 자가

그 때 벌써 고개를 쳐들고 있었으나 천한 집안[20] 출신이었다. 그래서 우벨티노 도나토는 뒷날 장인이 그와 그들을 연결시켜 친척으로 만들었을 때 불만을 느꼈던 것이다.

그 때 이미 휘에솔레에서 장터로 카폰삭고는 내려와 있었다. 쥬다와 인황 가토는 그 때부터 이미 선량한 시민이었다.

여기서 믿기 어려운 진실을 말해 두마. 제일 작은 성벽 안으로 출입하는 문은 『이미』 델라 페라 가문의 이름으로 불려지고 있었다.

토마스의 젯날이 올 때마다 그 명성이 두드러지게 나타나게 되는 위대한

---

15) 공화국이라는 배.

16) 다람쥐 및 줄무늬가 든 문장은 필리 가문의 문장이다.

17) 뒷박질을 속인 것은 키아나 몬테시 가문의 사람이다(연옥편 12곡 참조).

18) 그 뿌리란 도나티 가문을 가리킴.

19) 황금 구슬의 문장은 람베르티 가문의 사람들을 가리킨다.

20) 아디마리 가문을 가리킴.

영주[21]의 훌륭한 문장을 받은 자는 모두 그로부터 기사의 자격과 특권을 받았었는데

오늘날 그 문장에 『금』띠를 두른 자[22]는 평민과 함께 어울리고 있다.

이미 구알테로티 가문과 임포르루니 가문은 융성했었다. 만일 그 부근에 새로운 이웃들이 오지 않았던들 보르고 근처는 지금까지 평안했을 것이다.

너희들의 재난의 근원이 된 그 집[23]은 의분에 못 이겨 너희들을 살육하고 너희들의 즐겁고 평화로운 생활에 종지부를 찍게 되었으나

그 당시는 일족 가문들이 모두 명예로운 혈통이었다.

아아, 부온델몬테[24], 아미디와의 혼약을 깨고 다른 이와 결혼한 너는 얼마나 어리석은 짓을 했던가!

만약 네가 처음으로 도시에 나왔을 때, 하느님이 너를 에마 강에서 빠져 죽게 하셨던들 지금 탄식하여 슬퍼하는 이들의 대부분은 행복했을 것이다.

그러나 그 평화가 드디어 끊어졌을 때, 다리를 수호하는 저 이지러진 석상[25] 앞에 피렌체가 희생을 바쳐야만 했던 것은 당연한 일이다.

내가 보았을 무렵, 피렌체는 이러한 사람들이 그 밖의 사람들과 함께 완전한 평화 속에서 쉬고 있었으므로 그 때는 아무것도 불평이 나올 만한 이유를 찾아볼 수 없었다.

이런 사람들 밑에서 백성들은 자랑스럽게 정의감에 불타고 있었다. 그러므로 백합꽃이 장대에 거꾸로 매달리는 일도

분열 때문에 백합꽃[26]이 붉게 물드는 일도 없었다.」

21) 토스카나의 우고는 1001년의 성 토마스의 축일에 죽었다.

22) 벨라는 서민과 어울려서 귀족에게 대항하고 있었다.

23) 아미디 가문을 가리킨다. 아미디 가문은 부온델몬테의 모욕에 격노하여 그를 1215년에 죽였다. 그것이 원인이 되어 피렌체 시의 황제당과 법황당의 분열과 내란이 시작되었다.

24) 부온델몬테는 그레베 골짜기의 몬테부오네에 살고 있었으므로 거기서 피렌체로 오려면 에마 강을 건너야만 했다.

25) 마르스의 석상에 관해선 지옥편 13곡 주 참조.

26) 백합은 피렌체의 국화다. 승리를 거둔 당은 상대편의 기를 장대 끝에 매달아 시가 중심으로 땅바닥에 끌고다니는 풍습이 있었다. 그리고 피렌체의 국화는 붉은 바탕에 흰 백합꽃이었는데, 1251년의 피스토이아와의 싸움 끝에 황제당이 피렌체 시에서 추방되자 법황당이 국화의 빛깔을 바꿔서 흰 바탕에 붉은 백합으로 한 것이다.

제 17 곡

　　미리부터 예언을 듣고 있던 단테는 자기가 앞날에 직면하게 될 운명에 대해 캇치아구이다에게 질문한다. 그러자 선조의 영혼은 단테에게, 단테가 머잖아 맛보게 될 유랑 생활의 고난에 대해 세밀하게 들려 준다. 캇치아구이다는 또 베로나의 칸 구란데가 단테를 도와 주리라는 것도 예언한다. 선조의 영혼은 단테에게 지옥·연옥·천국에서 듣고 본 것에 대해 세상 사람을 두려워하지 말고 시로 읊도록 하라고 권한다.

밖에서 싫은 소리를 듣고 돌아와서 어머니 클뤼메네에게 캐물은 뒤부터,
자식[1] 앞에서 말 않는 아비로 만들어 버린 그 아이와 마찬가지로

　나도 아까 들은 말뜻을 꼭 알고 싶었다.[2] 그러자 그 심정은 순식간에 베아트리체에게도, 거룩한 불[3]에도 통했다. 거룩한 불이 나를 위해 자리를 바꾸어 주었던 것이다.

　여인이 나에게 말했다. 「그대 소망의 열정에 마음속의 각인을 또렷이 찍어서 불길처럼 밖으로 내뿜어 버리세요.

　그대의 말로 인해 우리 지식이 늘어나는 것은 아니지만, 그대가 마음속의 갈증을 숨김 없이 호소해서 남에게서 물을 받는 것에 익숙케 하기 위해서예요.」

　「오오, 그리운 나의 뿌리[4]여, 당신은 하늘 높이 오르셨으므로 지상 사람의

---

1) 아폴로의 아들인 파에톤을 가리킨다. 『싫은 소리』란 자기가 아폴로의 친자식이 아니라는 이야기이다. 그 말을 들은 파에톤은 자기가 친자식이라는 것을 증명하기 위해 아폴로에게서 허락을 얻어 해의 수레를 굴리다가 길을 잘못 들어 불타 버렸다. 클뤼메네는 파에톤의 어머니이다.

2) 천국편 16곡에서 피렌체의 내분에 대한 이야기를 들은 단테는 그것에 관계되는 자기 장래에 대해 미리부터 듣고 있던 예언의 내용을 알고 싶었던 것이다.

3) 거룩한 불은 캇치아구이다이다. 그는 아까 십자가에서 자리를 바꾸고 내려와 주었다.

4) 나의 뿌리는 조상이다.

두뇌로도 하나의 삼각형 속에 절대로 두 개의 둔각이 들어가지 못함을 알
수 있듯이[5]

모든 시간이 현재로서 눈앞에 보이는 그런 한 점[6]을 바라보며 우연한
일을, 그것이 아직 채 나타나기도 전에 뚜렷이 보고 계십니다.

내가 비르질리오를 따라서 영혼을 치료하는 산[7]에 오르는 동안에도, 또
죽은 세계[8]로 내려간 동안에도

내 장래에 대해 나는 심각한 예언[9]을 들었습니다. 운명의 타격에 대한
마음의 준비는 충분히 갖추어져 있습니다.

그러므로 어떠한 운명이 다가오고 있는지 그것을 알 수만 있다면 나의
마음은 가라앉을 것입니다. 날아오는 것이 보이는 화살은 속도가 느린 것이
기 때문입니다.」

아까 나에게 말해 준 광명을 보고 나는 이와 같이 말했다. 그리고 베아트
리체의 소망대로 나는 내 심정을 털어놓았다.

그러자 죄를 씻는 하느님의 어린 양[10]이 죽음을 당하기 전에 저 어리석은
자들을 현혹 속에 끌어넣은 그런 몽매하고 애매한 말씨가 아니라

명확한 말과 정확한 어법으로 어버이 같은 사랑[11]은 그 미소의 빛 속에
숨었다 보였다 하며 이렇게 대답했다.

「우연은 너희들 물질의 책자 밖으로는 나가지 않는다. 우연도 모두 영원
의 눈 속[12]에는 비치어 있다.

그렇다고 해서 거기서 필연이 생기는 것은 아니다. 이를테면 그것은 물결
을 타고 강을 내려가는 배가 보기에는 우연히 움직이는 것으로밖에 생각되
지 않는 것과 같은 것이다.

---

5) 자명한 이치를 가리키고 있는 것이다.
6) 한 점은 하느님이라는 점이다.
7) 혼을 치료하는 산은 연옥 산이다.
8) 죽은 세계는 지옥이다.
9) 예언에 대해서는 지옥편 10곡 · 15곡 · 24곡 · 연옥편 11곡 참조.
10) 하느님의 어린 양이란 그리스도이다.
11) 그 아버지인 하느님의 눈 속의 빛.
12) 영원한 하느님의 눈 속에.

아름다운 음악이 오르간에서 나와 귀에 들리듯이 네가 직면하게 될 미래의 시간은 지금 영원의 눈에서 나와 내 눈에 들어온다.

몰인정하고 불실한 계모[13] 때문에 히폴리터스는 아테네에서 쫓겨났지만, 그와 마찬가지로 너도 피렌체에서 쫓겨날 것이다.

모의가 이루어지고 계획도 이미 짜여져 있으므로 머지않아 실행에 옮겨지리라. 날마다 그리스도가 매매되고 있는 곳[14]에서 그 자가 생각했느니라.

세상 일이 언제나 그렇듯이, 패한 당파[15]가 세상의 소리 높은 비난을 받을 것이다.

그러나 복수는 보복을 내리는 진리[16]의 증거가 되리라.

너는 가장 사랑하는 것을 모조리 버려야 하겠지만, 이것이 추방의 활이 쏘는 첫 화살이다.

남의 빵이 얼마나 입에 쓰고 남의 집 층계의 오르내림이 얼마나 쓰라린 것인지를 너는 뼈저리게 깨닫게 되리라.

너의 두 어깨에 가장 무겁게 파고드는 짐은 너와 함께 골짜기에 떨어질 동지들의 어리석음과 비열함이다.

그들은 너의 은혜를 원수로 갚고, 광란과 불경의 나쁜 짓을 거듭할 것이다. 그러나 그 행위 때문에 얼굴을 붉힐 자는 네가 아니라 그들일 것이다.

그들의 야만스러움은 그 소행을 보면 환히 알 수 있다. 그러므로 너는 너 자신의 당파를 갖는 것이 너의 명예가 되리라.

너의 첫째 은신처, 첫째 숙소는 롬바르디아 공의 호의에 의하게 되리라. 그 집은 층계 위에 거룩한 새[17]를 달아 놓았다.

공[18]은 너에게 특별히 호의를 베풀 것이다. 너희 두 사람 사이에는 다른 사람과는 달리 용건을 부탁하기도 전에 이미 해결되어 있을 것이다.

---

13) 계모 페드라는 자신의 죄를 히폴리터스의 탓으로 돌렸다.

14) 날마다 그리스도가 매매되고 있는 곳은 성직 매매를 행하는 교황청이며, 그 사람은 교황 보니파치오 8세이다.

15) 단테가 속하고 있던 법황당인 백당이다.

16) 보복을 내리는 하느님의 진리다. 반드시 천벌이 내릴 것이라는 뜻이다.

17) 거룩한 새인 독수리를 문장으로 달고 있다.

18) 공(公)은 스카리젤리 가문의 발톨로메오이다.

너는 공의 곁에서 빛나는 무훈을 세우게 될 사람을 보게 될 것이다. 그는[19] 이 힘센 별(화성)에서 태어나 그 덕을 내리받은 자이니라.

아직 아홉 해의 세월이 그의 둘레를 돌았을 뿐인 나이 어린 아이여서 세상 사람들은 그의 존재를 모르고 있다.

그러나 구아스코 사람[20]이 지체 높은 알리고 7세를 속여넘기기 전[21]에, 그의 덕성은 돈과 노고를 아끼지 않는 점에서 빛을 떨칠 것이다.

그의 당당한 사업은 곧 세상에 널리 알려져 그의 적들조차도 침묵을 지키지 않을 수 없게 될 것이다.

그와 그 선정에 주목하라. 많은 사람의 운명이 그로 하여 변할 것이다. 처지가 뒤바뀌어 부자가 생기고 거지도 생길 것이다.

너는 그를 머릿속에 잘 기억해 둬라. 그러나 입 밖에 내지는 마라.」 하고 그는 두세 가지 직접 목격했다 할지라도 믿기 어려운 말들을 했다.

그리고 덧붙였다. 「이것이 너에게 이제까지 말한 예언에 대한 주석이다. 한 해나 두 해가 지나기도 전에 덫은 놓아질 것이다.[22]

하나 그렇다고 이웃을 시샘해서는 안 된다. 너의 이름은, 그들의 배덕 불실에 벌이 내린 후에도 먼 앞날의 미래에 오래 살 것이며 영원히 전해질 것이다.」

거룩한 영혼[23]은 입을 다물었다. 내가 날실을 엮어서 내민 피륙에 그가 씨실[24]을 넣었다는 것을 이 침묵으로써 알았으나

나는 마치 의혹에 싸여 지혜와 덕과 사랑을 올바르게 겸비한 이에게 충고를 바라는 사람처럼 말하기 시작했다.

「아버님, 나를 향해 때가 박차를 걸고 다가오고 있음을 나는 잘 압니다. 마음의 준비가 부족한 이에게 더욱 아플 타격을[25] 나에게 가하려는 속셈들입

---

19) 이 힘센 화성의 도장이 찍히어 빛나는 무훈을 세우게 된 사람은 발톨로메오의 아우, 칸 구란데이다. 그는 1291년 3월 9일에 태어났다.

20) 구아스코 출신의 교황 클레멘테 5세(1305~1314).

21) 알리고 7세. 교황은 그를 이탈리아로 오라고 초청했으나 뒤에 적대하게 되었다. 1312년보다 전에라는 뜻이다.

22) 단테에 대한 추방령은 1302년의 1월과 3월에 발표되었다.

23) 거룩한 칵치아구이다의 혼.

24) 날실을 질문이라 한다면 씨실은 회답이 된다.

25) 추방의 타격이다.

니다.

그러므로 선견 지명으로 내 몸을 단속하고 비록 사랑하는 고장을 잃을지언정 나의 시를 위해서 피신할 곳을 잃지 않도록 현명하게 처신할까 합니다.[26] 고난으로 가득 찬 저 세상[27]과 산꼭대기에서 여인의 아름다운 눈에 의해 더욱 위로 끌어올려진 저 산[28]을 통하여,

그리고 천국을 별에서 별로 오를 때마다 나는 많은 것을 배웠습니다. 그러나 다시 말하면 그것은 많은 사람들에게 몹시 듣기 싫은 말이 될 것입니다.

그러나 만약 내가 진리에 대해 비굴한 벗이 된다면[29]지금 시대를 옛날이라 부를 그런 사람들 사이에서 나는 살 권리[30]를 잃게 되지나 않을까 염려됩니다.」

빛에 싸여서 주옥이 미소짓는 것이 보이더니, 그 빛은 햇살을 받아 반짝이는 금으로 된 거울처럼 갑자기 섬광을 떨쳤다.

그리고 나를 향해 대답했다.

「자기나 자기 몸 안에 이상이 있어 양심에 거리낌이 있는 자들은 네 말을

---

26) 부르크하르트는 〈이탈리아에 있어서의 르네상스의 문화〉에서 『보편적인 인간』을 논하고 그 첫째 예로서 단테를 들어 다음과 같이 말하고 있다. 『재능이 뛰어난 망명자 속에서 발전한 세계주의는, 개인주의의 최고 단계의 하나이다. 단테는 이탈리아 어와 이탈리아 문화에 새로운 정신상의 고향을 발견한 사람인데, 그 단계를 다시 초월하여 『내 고향은 전세계이다.』라고까지 말하기에 이르렀다 (〈속어론〉). 그리고 추방중의 그가 굴욕적인 조건하에 사람들로부터 피렌체 귀국을 권유받았을 때 단테는 다음과 같은 답을 보냈던 것이다. 『해나 별빛을 본다는 것은 내가 어떤 곳에 있더라도 할 수 있지 않은가. 명예를 빼앗긴 굴욕적인 몰골로 고향 앞에, 피렌체 시민들 앞에 모습을 나타내지 않더라도 하늘 아래 어디서든지 감미로운 진리에 대해 나는 명상할 수 있지 않은가. 귀국하지 않더라도 설마 굶지야 않겠지.』 그러나 다른 면에서 단테는 애절한 망향의 정을 연옥편 8곡, 특히 천국편 25곡에서 읊고 있다. 단테의 피렌체에 대한 감정에는 애증이 뒤섞여 있는 것 같다.

27) 지옥 세계이다.

28) 연옥 산이다.

29) 내가 비굴하게 침묵을 지켜서라는 뜻이다.

30) 명예를 잃고 명성이 없어지는 것을 살 권리를 잃는다고 한 것이다.

노골적이고 당돌하다고 생각할 것이다.

그러나 설사 그렇게 되더라도 너는 모든 허위를 물리치고 네 눈에 비친 모든 모습을 드러내 보이도록 하라. 옴이 옮는 곳은 마음대로 긁게 내버려 두라.

네 말은 처음에는 듣기 싫을는지 모른다. 그러나 일단 새겨 듣게 되면 생명의 양식을 몸 안에 남기게 될 것이다.

너의 외침은 흡사 질풍처럼 날카롭게, 나뭇가지가 높으면 높을수록 세차게 때리리라. 그것이 어찌 하잘 것 없는 영예이겠는가.[31]

네게는 주로 세상에서 이름 높던 사람[32]들만이 천구에서도 산에서도 또는 애처로운 골짜기에서도 보여졌는데

예를 들더라도 근원이 분명치 않거나 말을 하더라도 하찮은 내용이거나 하면 그것을 들어본들 영혼의 평안은 못 얻을 것이고 또 믿으려고 해도 믿을 수가 없기 때문이다.[33]」

---

31) 『이 대담한 발언은, 견고한 자기 신뢰가 있고서야 비로소 할 수 있는 일인데, 그 견고한 자기 신뢰야말로 단테의 가장 현저한 특징 중의 하나인 것이다.』 (시몬드 〈단테 연구〉).

32) 단테가 캬치아구이다의 입을 빌어서 자신의 시론 하나를 말했다고 볼 수가 있다. 단테는 추상화를 피하고 구체적으로 표현하는 예술가이며, 대상을 그림으로써, 초상으로써, 정경으로써, 표시하는 힘이 있는 시인이다. 시몬드는 그것을 평하여 『고도로 완성된 일련의 정밀화 속에 대표적인 인물을 늘어놓고』,『단테의 개별적인 체험을 통해서 보편적인 것이 표시되고 있다. 그러면서도 동시에 단테의 운명에 관한 특수적인 것도 빠져 있지 않기 때문에 독자의 흥미가 자극되어 각각 독립된 극적인 정황이 차례차례 전개되는 가운데 흥미는 가시어질 줄을 모르는 것이다.』라고 말하고 있다. 단, 시몬드의 이 비평은 지옥편, 연옥편에는 적당하나 천국편에는 적당치 않은 것 같다.

33) 마콜레는 단테와 밀턴을 비교하여 논평했을 때 『우리는 《신곡》의 각행 속에 빈곤과 싸우는 자책에서 생긴 가열함을 읽을 수가 있다.』라고 말했는데, 천국편 17곡의 대부분의 행에는 단테의 그런 종류의 감정이 엿보이는 것 같다. 마콜레는 단테를 『행복하기에는 너무도 감수성이 예민한 사람』 이라고 평하고 있다.

제 18 곡

　　화성천 안에는 일찍이 용맹을 떨친 하느님의 전사와 십자군 용사들의 수많
은 혼이 광명을 발하고 있다. 칵치아구이다가 그 혼의 이름을 부르자 혼은
십자가를 따라 뛰어간다. 이어서 단테는 베아트리체와 함께 여섯째 하늘인
목성천에 오른다. 현세에서 정의를 사랑한 사람들의 혼이 모여서 독수리 모양
을 이루고 있는 것이 보인다. 18곡은 그 정의를 짓밟고 탐욕에 빠져 있는 법황
에 대한 단테의 비난으로 끝난다.

　　벌써 그 복된 거울은 혼자 생각에 잠겨 즐기고 있고, 나는 내 생각에
잠겨 이것저것 괴로운 일, 즐거운 일들을 생각했다.[1]

　　그러자 나를 하느님 앞으로 이끄는 여인이 이렇게 위로했다. 「생각을
바꾸세요. 모든 악을 덜어 주시는 분[2] 곁에 내가 있다는 것을 생각하세요.」

　　베아트리체의 사랑스런 말소리에 나는 그녀 쪽을 돌아보았는데,

　　그 거룩한 눈동자에서 말하는 그 기막힌 사랑의 반짝임은 형언할 길이
없다.

　　그것은 내 말을 믿을 수가 없어서가 아니라, 다른 분[3]의 인도가 없는
한, 힘에 넘치는 일은 두 번 다시 말할 수 없는 기억력 때문이다.

　　지금 그 순간에 대해 말할 수 있는 것은 그녀를 우러러보는 동안 나의
정이 다른 모든 소망에서 자유롭게 풀렸었다는 점인데

　　그것은 영겁의 희열[4]이 직접 베아트리체를 비추어 그 아름다운 눈에서
반사되어 나에게 만족을 주었기 때문이다.

　　그녀는 미소의 빛으로 나를 압도하면서 이렇게 말했다. 「저쪽을 보고
말을 들으세요, 천국은 내 눈 안에만 있는 것은 아니니까요.」

　　애정은 이 지상에서 때로 사람의 눈에 떠올라 보인다. 그 정이 격하면

---

1) 장래의 괴로운 일, 즐거운 일.
2) 모든 죄악을 덜어 주시는 분은 하느님이다.
3) 다른 이는 하느님을 가리킨다.
4) 영겁의 희열은 하느님의 빛이다.

영혼이 온통 그 곳으로 모여 버리는 수가 있다.[5]

그와 마찬가지로 내가 돌아다 본 거룩한 번개불의 광채 속에도 나와 이야기를 계속하고 싶어하는 그[6]의 뜻이 절로 떠올라 보였다.

그가 말하기 시작했다.

「이 나무는 뿌리에서가 아니라 가지[7]에서 생기를 빨아들여, 항상 열매가 무르익고 잎새도 떨어지지 않지만

그 다섯째 문[8]에서 축복받는 영혼의 무리는 천상에 오르기 전까지는 하계에서 크게 이름을 떨친 용사들이었다. 그러므로 시의 여신의 자료로서도 그다지 부족은 없을 것이다.

그럼 십자가 뿔[9]을 자세히 보라. 이름을 불리운 자가 구름을 찢는 번개모양 저 십자가 위를 달리리라.」

여호수아라는 이름이 불리우자마자 빛 하나가 십자가 위를 달렸는데 소리와 움직임이 아주 동시에 일어난 것 같았다.

이어서 고귀한 마카베오의 이름이 불리우자, 또 하나의 빛이 혼연히 팽이처럼 뱅글뱅글 돌면서 달려갔다.

마찬가지로 샤를르 마뉴와 오를란도의 이름이 불리웠는데[10] 나는 눈을 모아 날아가는 매의 뒤를 쫓는 사냥꾼의 눈처럼 그 두 광경을 쫓았다.

이어서 구리엘모·리오나르도·고티후레디·로베르토 구이스카르도[11]의 이름이 불리울 때마다 내 시선은 십자가를 따라 달렸다.

그것이 끝나자 나와 말하던 영혼은 내 곁을 떠나 다른 빛의 무리 속에 끼어들어 천상의 가수 중에서도 두드러지게 아름다운 목소리로 노래부르기 시작했다.

나는 오른쪽을 돌아보았다. 무엇을 해야 하는가를 베아트리체의 눈짓이나

5) 이 현상에 대해서는 연옥편 4곡 참조.
6) 그는 칵치아구이다이다.
7) 이 천상의 가지에서. 나무는 천국의 비유이다.
8) 다섯째 문지방은 화성천이다.
9) 십자가의 뿔은, 십자가의 좌우에 가로지른 나무.
10) 오를란도·구리엘모·리오나르도는 모두 중세 전설의 주인공이다. 고티후레디는 예루살렘을 정복하고 1100년에 죽었다.
11) 노르만 인 기사 구이스카르도에 대해서는 지옥편 28곡 참조.

몸짓으로 알고 싶었던 것이다.

그녀는 반짝반짝 빛나면서 자못 기쁜 듯이, 그러한 표정은 일찍이 보지 못했을 만큼 아름다움을 더했다.

착한 일을 하여 한충 더 기쁨이 커짐을 느낄수록 사람들은 날로 자신의 덕성의 향상과 진보를 알게 되는 것인데

그와 마찬가지로 그녀의 본래의 아름다움을 훨씬 능가하는 기적[12]을 보고 나는 내가 따라 돌아야 할 천구의 호가 한충 더 커졌음을 깨달았다.[13]

살결 흰 여인은 수줍음의 무거운 짐을 그 얼굴에서 벗어 버리면[14] 순식간에 볼을 물들였던 색깔을 털어 버리는 법[15]인데

그것과 비슷한 변화가 지금 내 눈앞에 보였다. 내가 돌아보았을 때 보인 것은, 나를 자기 안에 맞아 준 여섯째로 조화된 별의 조용한 흰 빛이었다.

이 즐거운 목성천 안에 우리의 말[16]을 사용하여, 내 눈을 끄는 사랑의 반짝임이 있음을 나는 알았다.

모이를 배불리 먹으면 새들은 물가에서 날아올라 희희낙락, 혹은 원을 그리기도 하고 혹은 장방형을 이루기도 하면서 날아가듯이

밝은 빛에 싸인 거룩한 영혼의 무리는 이리저리 날고 노래하면서 때로는 O, 때로는 I, 때로는 L자 형을 이루는 것이었다.

처음에는 가락에 맞춰 노래하며 날다가 다음에는 이러한 기호를 하나 이루더니 잠시 동안 멈춰 선 채 침묵했다.

아아, 거룩한 시의 시인이여,

그대는 시인들에게 영광을 주고 그대의 힘을 사용하여 나라의 이름과 도시의 이름을 길이 남기는 시인들에게 장수할 수 있는 힘을 주는데

부디 그대 빛으로 나를 비추어 다오. 그리고 나의 관념 속에다 그린 대로 그들의 모습을 부각시켜 다오.

그 빛의 무리는 이렇게 모음 자음을 섞어서 일곱을 다섯 곱한 글자를

---

12) 기적은 베아트리체를 뜻한다.

13) 지구로부터의 거리가 늘어날수록 호의 만곡은 느릿해진다.

14) 이하. 지금 목성천에 도달했다. 그러자 화성천의 붉은 빛이 순식간에 엷어 졌다는 것이다. 육안으로도 화성은 빨갛게 보이고 목성은 희게 보인다.

15) 볼의 홍조가 가신다는 뜻.

16) 우리의 말, 여기서는 알파벳을 가리킨다.

나타내었다. 나는 그 글자를 나타낸 차례대로 마음에 새겼다.

『사랑하라, 정의를(DISLIGITE IUSTITIAM)』이것이 전체의 동사와 명사였다. 그리고 끝은 『땅을 심판하는 자들이여(QUI IUDICATIS TERRAM)』였다.

빛은 다섯째 글자의 꼬리인 M자[17] 모양으로 가지런히 머물렀는데, 그 부분만이 황금으로 아로새긴 은처럼 반짝였다.

그리고 순식간에 다른 광명이 M자 꼭대기에 내려와서 거기 멎더니 그들은 자기네를 이끄는 지고선을 찬양하며 노래를 불렀다.

불타는 장작을 치면 무수한 불꽃이 사방으로 튄다(어리석은 자는 흔히 그것으로 점을 친다). 그와 마찬가지로

거기서 천이 넘는 광명이 흩어지는 것이 보였다. 그리고 불을 붙이는 태양[18]이 명하는 대로 혹은 높고 혹은 낮게 날아왔다.

그리고 그 광명이 제각기의 자리에 앉았을 때 선명한 빛살이 독수리의 머리와 목을 또렷이 그려내는 모양이 보였다.

거기 독수리를 그리는 자는 스승을 갖지 않는다. 그[19] 자신이 자기를 이끄는 스승인 것이다. 그로부터 새가 둥지를 만드는 저 형상[20]의 힘이 유래되는 것이다.

그 밖의 복된 영혼의 무리는 M을 백합 모양으로 바꾸고서 처음에는 만족한 듯했으나 가벼이 움직여 그 독수리의 모양을 만들어 내었다.

아아, 아름다운 별이여, 지상의 정의는 그대를 구슬로 삼고 그대를 장식으로 삼는 이 하늘의 작용일 따름이지만, 그 사실을 찬연히 빛나는 많은 주옥들이 나타내고 있었다.

또한 그러기 때문에 그대의 움직임과 그대의 힘이 생기는 그 거룩한 마음[21]에 부탁하여, 그대의 빛을 가로막는 연기가 지상의 어디서 나는지 잘 보아 주기를 바라는 거다.

---

17) 다섯째 단어 TERRAM의 끝 글자인 M자이다.
18) 태양은 하느님이다.
19) 그는 하느님이다.
20) 스콜라 철학의 술어인 형상력에 대해서는 연옥편 18곡 참조.
21) 그 하느님의 마음. 그대의 정의의 빛이다.

·기적과 순교를 기초로 하여 열려진 사원[22] 안에서 공공연히 매매가 행하여지고 있는 이상 다시 한번 마음속 분노를 말해 주기를 바라는 것이다.[23]

아아, 천상의 용사들이여, 나는 그대들을 보고 있다. 원하건대 악에 빠져서[24] 바른 길을 벗어난 지상 사람들을 위해 빌어 다오.

옛적의 싸움은 칼로 하였으나, 지금은 자비로운 주님께서 고루 주시는 빵을 이쪽 저쪽에서 서로 빼앗으려는 싸움을 한다.[25]

그러나 처음부터 사면할 속셈으로 글을 쓰는 너,[26] 생각해 보라. 네가 망치고 있는 포도밭[27] 때문에 죽어 간 베드로도 바울도 실은 아직 살아 계신다.

물론 너는 큰소리 칠 수 있다.『나는 홀로 사는 것이 좋아, 춤 때문에 끌려가 순교한 사람[28]에게 한결같이 눈길을 보내고 있다. 그러니 어부나 폴로[29] 따위는 내 알 바 아니다.』라고.

---

22) 기적과 순교로서 이룩된 사원은 로마 교회이다.

23) 〈마태 복음〉 21장 12절 이하에 『예수께서 성전에 들어가사 성전 안에서 매매하는 모든 자를 내쫓으시며……』로 되어 있다. 지금 다시 한번 하느님께서 지도해 주셨으면, 하는 것이다.

24) 악에 빠졌다는 것은 법황을 뜻한다.

25) 마음의 양식을 빼앗아, 즉 사람들을 파문하고 싸움을 한다.

26) 뒤에 돈을 받고 사면하기 위해 파문장(破門狀)을 쓰는 이. 여기서 탄핵받고 있는 법황은 조반니 22세(1316~1334년 재위)라고 한다.

27) 포도밭은 교회이다.

28) 살로메의 춤값으로 목이 잘려 순교한 이는 세례 요한이다. 그는 피렌체의 수호 성인으로, 피렌체의 금화에는 세례 요한의 초상이 새겨져 있었다. 법황은 오로지 그 금화에 눈길을 보내고 있다고 빈정거린 것이다.

29) 어부는 베드로를 낮춘 표현이며 바울이라 하지 않고 폴로라고 속어를 빌어서 말한 것도 같은 의도에서 나온 것이다.

제 19 곡

독수리의 늠름한 모습은 수많은 영혼들로 이루어져 있는데, 그것이 마치 한마음처럼 하나의 목소리로 말을 한다. 단테는 오래 전부터 그리스도를 믿지 않은 사람들의 구원 가능성에 대해 의혹을 품어 왔으므로, 그 점을 독수리에게 묻는다. 하느님의 정의는 인간의 지혜로는 추측할 수 없다는 대답을 듣는다. 이어서 정의의 영혼들로 이루어진 이 독수리는 여러 나라 왕들의 부정을 차례차례 탄핵한다.

행복과 기쁨에 넘친 영혼의 무리가 날개를 펴고 아름다운 모습을 나란히 하여 내 눈앞에 나타났다.[1]

영혼의 하나하나가 마치 홍옥인 양 뜨거운 햇빛을 받고 타올랐으므로 그 빛은 내 눈 안에서도 반사하는 것 같았다.

지금 내가 이야기하는 광경은 붓으로 기록한 적도, 사람이 말한 적도, 아니 공상으로 그린 일조차도 일찍이 없었다.

나는 독수리의 부리를 보았고, 그것이 발하는 낭랑한 소리를 들었는데 마땅히 『우리』, 『우리의』 하고 복수여야 할 것을 『나』, 『나의』 하고 단수형식으로 말하는 것이었다.[2]

독수리는 이렇게 말했다. 「정의감과 자비심 덕분에 나는 이 영광의 높이에까지 오를 수 있었으니 이보다 더 높은 곳은 감히 바랄 수 없는 최고의 영예이다.

나는 지상에서 빛나는 추억을 남겼다. 그것은 지상의 악인들조차 찬양을 하고 있다. 오직 그들이 그 모범을 따르려 하지 않을 뿐이다.」

많은 숯덩이가 활활 타올라도 열은 하나로밖엔 느껴지지 않는 것처럼, 이 많은 사랑[3]으로부터는 그 독수리의 목소리 하나밖에 들리지 않았다.

---

1) 독수리의 늠름한 모습이다.
2) 영혼은 복수인데도 불구하고 모두들 마음을 같이 하여 『나』, 『나의』라고 단수 형식으로 말했다는 것이다.
3) 많은 사랑에 불타는 영혼들로부터는.

나는 얼른 그에 대답했다. 「아아, 영원한 환희의 꽃들이여, 당신네들은 그 꽃의 여러 향기를 하나로 합치셨습니다.

당신네들의 입김으로, 나에게 오랜 세월 괴로움을 준 크나큰 굶주림[4]을 부디 채워 주십시오. 지상에는 그 굶주림을 채워 줄 만한 음식은 아무 것도 없습니다.

천상에서 하느님의 정의는 다른 왕국[5]을 비춰보는 거울을 가진 까닭에 당신네들 눈에도 정의가 거침없이 비치리라는 것을 잘 알고 있습니다.

듣고 싶은 나머지 내 귀가 얼마나 솔깃해 있는지 아실 것입니다. 이토록 오랫 동안 내 마음속에 걸려 있던 의혹이 무엇인지 당신은 아실 겁니다.」

머리 덮개에서 빠져나온 독수리가 날개치며 머리를 쭝긋거리면서 늠름하게 몸을 가누듯이

주님의 은총을 찬미하는 영혼의 무리가 이루는 이 기치[6]는, 천상에서 들으니 비로소 뜻을 알 수 있는 노래를 부르면서 발랄하게 기쁨을 나타냈다.

그리고 이렇게 말을 시작했다. 「육분의(六分儀)로 세계의 극한을 정하신 분은 그 안에 눈에 보이는 것과 보이지 않는 것을 많이 기록했으나,

그 하느님의 말씀이 무한의 우위를 지니는 만큼 하느님의 가치를 우주의 모든 것 안에 아로새길 수는 없었다.

피조물 중에서도 가장 뛰어난 자이면서 가장 불손한 자[7]가 하느님의 빛을 기다리지 않아 덜 익은 채 떨어졌음이 무엇보다도 좋은 증거이다.

그러므로 그 밖에 더욱 작은 그릇으로는 저 가없는, 자기 자신밖엔 잴 수 없는 지고선을 받아들일 수 없다는 것은 보기만 해도 명백하다.

우리 인간의 시력은 만물을 채워 주는 하느님의 빛 중 한 줄기에 불과하므로 그 성질로 말하더라도

인간의 시력의 근원인 하느님의 뜻이 인간에게 보이는 세계 밖 멀리까지 내다볼 수 있는 것은 당연한 이치가 아니겠는가.

너희의 눈은 말하자면 바다 속에 있는 것과 같아서 그 영원한 정의 안에

---

4) 의문이 굶주림인 것이다.

5) 이 『다른 왕국』은 『하느님의 눈의 옥좌』(천국편 28곡 참조)를 가리킴.

6) 독수리는 천국편 6곡에서 말했듯이 로마 제국의 기치이다.

7) 첫째가는 교만한 자는 악마 대왕(지옥편 34곡 참조)이다.

432

서 너희의 세계를 받아들여 그 안에 빨려들어가 있는 것이다.

그 눈은 물가에서는 바닥을 볼 수도 있으나 바다 한가운데서는 아무것도 보이지 않는다. 그러나 비록 안 보일지라도 바닥은 있다. 다만 깊어서 안 보일 따름이다.

결코 흐림 없는 맑은 창공에서 발하는 빛을 제외한다면,[8] 세상에 빛은 없다. 있는 것은 어둠이나, 육체의 그림자나, 또는 육체의 독[9]뿐이다.

자, 살아 있는 정의[10]를 여태껏 너한테 숨기고 있던 미로의 어귀가 이제 활짝 열렸을 것이다. 네가 자문 자답을 거듭해 온 그 정의다.

너는 이렇게 생각했었다.[11]

『어떤 사람이 인도의 강가에서 태어났는데, 거기는 그리스도에 대해 말하는 이도, 읽는 이도, 쓰는 이도 없었다.

그 자가 생각하는 것 행하는 것은 모두 인간의 이성이 미치는 한도에서는 뛰어나 있으며 한평생 언행에서 죄를 지은 적이 없다.

그가 세례도 못 받고 신앙도 없이 죽었다면 그를 지옥에 떨어뜨릴 정의는 어디 있는가? 그에게 신앙이 없다 할지라도 그의 탓이 아니지 않는가?』

아아, 너는 대체 무엇이냐, 새끼손가락 끝까지밖엔 안 보이는 시력을 가지고 천 마일 앞의 것까지 판단하려는 모양인데, 판사의 자리에라도 앉을 셈이냐?

만약 너희들 위에 성서가 없었다면 여러 가지 생각하는 자[12]에게는 의당히 의문으로 삼을 점이 많기도 하리라.

아아, 지상의 동물들이여! 아아, 어설픈 두뇌여!

그 자신이 선이신 원초의 뜻[13]은 일찍이 지고선인 자기 자신에게서 떠난 적이 없었다.

그 뜻에 화합하는 것은 모두가 정의인 것이다.

---

8) 계시의 빛을 제외한다면.
9) 무지의 어둠과 그림자이며 또한 악덕의 독이다.
10) 하느님의 정의
11) 단테는 이러한 의문을 이미 림보에 들어갔을 때(지옥편 4곡 참조)부터 품고 있었다.
12) 하느님의 정의에 대해 여러 가지 생각한 자에게는.
13) 태초의 하느님의 뜻이다.

주님의 뜻은 빛을 발하여 사물을 창조하신 이상, 피조물 쪽으로 주님의 뜻이 굴곡할 까닭이 없다.」

황새는 새끼에게 먹이를 주고 나면 천천히 원을 그리며 둥지 위를 맴돈다. 먹이를 먹은 새끼는 눈으로 어미 새를 쫓는데

그와 마찬가지로 축복받은 모습은 유유히 날았다. 나는 눈을 들어 독수리를 쫓았다. 마음을 함께 하는 여러 의지에 힘입어 독수리는 날개를 움직여 하늘을 돌며 노래하며 말했다.

「나의 이 가락이 네게는 불가사의하듯 영원한 심판이 너희 인간에게는 불가사의한 것이리라.」

저 기치 아래서 로마 인은 세계를 제패했다. 성령에 불타는 빛들이 저 독수리 기치 안에 조용히 자리잡을 때 거기서 다시 목소리가 들렸다.「그리스도를 믿지 않은 자가 이 왕국에 오른 일은, 그리스도가 나무[14]에 못 박히기 전에도 후에도 없었다.

그러나 잘 보라, 심판의 날에는 그리스도를 몰랐던 자보다 더욱 멀리 그리스도로부터 떨어질 자가『그리스도, 그리스도』하고 외치는 자들 속에서 많이 나오리라.

영원히 풍족한 사람과 영원히 가난한 사람의 두 무리[15]로 갈라질 때, 이러한 그리스도 신자들을 이디오피아 사람들이 처벌할 것이다.[16]

또 죄과장(罪科帳)에는 너희 왕들의 모든 악행이 적혀 있는데, 그것을 펼쳐 볼 때 페르샤 사람들은 대체 무어라 말할 것인가?

거기에는 알베르트의 소행 가운데서도 특히 프라가 왕국의 황폐함[17]이 적혀 있을 것이다. 머지않아서 주님께서 그 일로 붓을 움직이시기로 되어

---

14) 나무는 십자가를 가리킨다.

15) 최후의 심판 때에 영원히 풍족한 사람, 즉 구원된 이는 그리스도의 오른편에, 영원히 가난한 사람, 즉 구원받지 못한 복 없는 이는 그리스도의 왼편으로 갈라진다.

16) 이런 가짜 그리스도 신자를(단테가 가짜 그리스도 신자의 예로서 인용한 것이다) 이디오피아 인이 처벌을 하는 것이다. 페르샤 인도 그리스도 신자가 아닌 예로서 들어진 것이다.

17) 황제 알베르트의 침입에 의한 프라가 왕국의 쇠망은 1304년에 일어난다.

434

있다.[18]

거기에는 또 가짜 돈을 만든 그 자[19]가 세느 강가에 끌어들인 재앙의 슬픔이 적혀 있을 것이다. 그 자는 멧돼지에게 습격당하여 죽게 되어 있다.

거기에는 스코틀랜드 인과 잉글랜드 인을 미치게 하여 자기 영지 안에서 사는 것만으로는 견딜 수 없게 만든 그 지독한 교만함[20]이 적혀져 있을 것이다.

거기에는 스페인 왕과 보히미아 왕[21]의 나약하고 음탕한 생활이 적혀 있을 것이다. 덕을 모르고 덕을 구하지 않았던 왕들이다.

예루살렘의 절름발이[22]에 대해서는, 그 선의가 I로 적혀 있는 것이 보일 것이다.[23] 이와 반대로 악은 M으로 적힐 것이다.

안키세스와 장수를 누린 불의 섬을 다스리는 왕[24]에 대해서는 탐욕과 비열이 적혀지리라.

그가 얼마나 옹졸한 인간이었던가를 알게 하기 위해 그의 항목에는 약자를 사용하여 좁은 지면에 많은 사항이 기록되리라.

그리고 거기에는 그의 숙부와 아우의 불미스런 행실이 누구의 눈에도 분명하게끔 적혀 있을 것이다. 그들은 고귀한 문벌의 주인과 두 왕족을 샛서방으로 삼았다.

그리고 포르투갈 왕과 노르웨이 왕, 거기다 베네치아의 은화를 모조하여 악명을 떨친 세르비아 왕의 이름도 적히게 되리라.

아아, 만약 이보다 더 악정에 시달리지만 않는다면 복된 헝가리여!

---

18) 하느님의 붓이 머잖아 죄과장에 기입하실 예정이라는 뜻.

19) 그 자는 프랑스의 필립 르 벨 왕이다. 연옥편 7곡, 20곡 참조. 1314년 11월, 왕이 탄 말이 멧돼지의 습격을 받아 왕은 말에서 떨어져 죽는다.

20) 심한 정복욕에 기갈을 느낀 교만함. 스코틀랜드 정복을 시도한 에드워드 1세를 가리켰을 거라고 한다.

21) 보히미아 왕은 빈치슬라오(연옥편 7곡 참조).

22) 예루살렘의 절름발이란 별명이 붙은 나폴리 왕, 샤를르 2세(연옥편 20곡 참조).

23) I는 하나이며 선의가 적다는 것을 나타내고 그 반대 즉 악의는 M, 즉 천(千)으로 많다는 것을 나타낸다.

24) 불의 섬 시칠리아를 다스리는 왕은 페데리고 2세(황제 페데리고 2세와는 다른 인물)다.

아아, 주위 산들의 방비만 튼튼하다면[25] 복된 나바르라여!

그리고 이것의 보증[26]으로써 벌써 니코시아와 파마구스타는 그 짐승에게 짓밟혀 울부짖고 있다. 모두 그 일을 생각해 다오.

그는 딴 짐승과 함께 거기서 한발도 물러나려 하질 않는다.

제 20 곡

독수리가 소리내어, 자기 눈의 부분에 자리잡고 있는 최고의 빛에 대해 설명한다. 영광에 빛나는 슬기로운 왕들의 혼은 다윗 · 트라야누스 · 에세키아 · 콘스탄티누스 · 시칠리아 왕 구리엘모 2세, 그리고 리페우스 등이다. 그리스도를 신앙할 기회를 얻었을 것 같지도 않은 트로이 사람 리페우스 등의 영혼이 어떻게 해서 이 목성천에 왔는지에 대해 독수리가 설명해 준다. 그리고 하느님의 뜻의 깊이를 탐지하려는 인간의 불손한 태도에 대해 경고한다.

온 누리를 고루 비추는 태양이 북반구의 지평선 너머로 떨어지고 낮의 빛이 도처에서 점점 사라져 갈 때

여태까지 오직 하나의 빛으로 빛나던 하늘에는 갑자기 수많은 별들이 빛나게 되고[1] 그 중에서도 하나의 별이 특히 휘황하게 반짝인다.

세계와 그를 다스리는 자의 기치가 그 축복받는 『독수리』 부리 안에서 침묵했을 때, 이러한 천상의 움직임이 내 머릿속에 떠올랐다.

살아 있는 모든 광명의 무리가 모두 한층 더 밝게 빛살을 뿌리며, 합창을 시작했기 때문이지만

그것은 기억에 남길 수 없는 오묘한 목소리였다.

---

25) 프랑스에 대한 방비만 튼튼하다면, 이라는 뜻.

26) 불행의 보증으로서 니코시아와 파마구스타는 사이프러스 섬의 두 도시인데, 프랑스 출신의 『짐승』 앙리 2세(1285~1324)의 압제에 시달렸다고 한다.

1) 달을 포함한 모든 별빛은 태양의 반사라고 생각하고 있었다. 휘황하게 빛나는 것은 달이다.

아아, 웃음으로 몸을 감싸는 부드러운 『하느님의』 사랑이여,

당신은 오직 거룩한 생각 속에 숨쉬는 저 피리들 속에서 그 얼마나 뜨겁게 타올라 보였는지 모른다!

여섯째 별[2]은 광채가 찬란하여 보석과 주옥을 아로새긴 듯이 반짝이고 있었으나 그 빛의 무리의 천사와 같은 합창이 멎었을 때

나의 귀에는 푸짐하게 솟아올라 바위에서 바위로 흘러내리는 맑은 흐름과도 같은 소리가 들렸다.

비파의 가락은 목에서 소리를 내고 피리로 들어가는 바람은 그 구멍을 거쳐 가락으로 변화되는 것인데

그 독수리의 속삭임 같은 소리도 눈깜짝할 사이에 허공 같은 목을 거쳐 곧 위로 올라갔다.

그리고 거기에서 소리를 바꾸어 그 부리 끝에서 말이 되어 밖으로 나왔는데 들려 온 것은 내가 마음속에 적었던, 내 마음이 기다리던 말이었다.

「현세의 독수리에게서는 햇빛의 직사를 견디어내고 내게서는 사물을 보는 부분[3]을」 하고 독수리는 나를 향해 말하기 시작했다.

「지금 눈여겨 보아라.

광명이 서로 모여서 나의 이 형상을 이루고 있는데 그 중 눈이 되어 머리에서 반짝이는 빛이야말로 가장 높은 자리에 있는 별이다.

정면에서 눈동자가 되어 빛을 발하는 자는 거리에서 거리로 궤를 옮기던 성신의 가인(歌人)[4]이다.

이제야말로 그는 제 노래의 가치를 알게 되었다. 그것은 그의 발상[5]에 의한 것이었으므로 그만큼 보상 또한 컸던 것이다.

내 눈썹의 호를 이루고 있는 다섯 중에서 부리에 가장 가까운 것이 자식 잃은 과부를 위로한 사람[6]이다.

---

2) 여섯째의 목성.

3) 이 부분은 눈이다. 천국편 1곡 참조.

4) 성신의 가인 다윗에 대해서는 연옥편 10곡 주 참조.

5) 자기 발상의 가치에 대해서는 연옥편 18곡 참조. 인간의 자유의지에 대해서는 연옥편 16곡 이하 참조. 공덕과 보상에 대해서는 천국편 6곡 참조.

6) 트라야누스 황제. 그의 이야기에 대해서는 연옥편 10곡 참조.

이 아름다운 삶과 그 반대의 삶[7]의 체험을 거듭해 온 그는, 그리스도를 따르지 않는 데 대한 보상이 얼마나 큰 것인가를 이제는 알고 있다.

내가 말하는 호의 위쪽 눈썹 안에서 그의 옆에 있는 사람은 진실한 회오(悔悟)로써 죽음을 연기받았다.[8]

그러나 현세에서 정성껏 기도해서 오늘을 내일로 바꾼다 할지라도, 영겁의 심판에는 변함이 없다는 것을 그는 이제야 깨닫고 있다.

그 다음 옆에 있는 사람[9]은 나와 함께 법전을 가지고 교황에게 『로마를』 양도하기 위해 그리스 인이 된 사람이다. 선의에서 나온 행위였으나 결과는 좋지 못했다.

그러나 선행이 원인이 되어 나쁜 결과가 생기고, 그 때문에 세계가 파멸의 위기에 서게 된다손치더라도 그 본인에겐 상처가 가지 않는다는 것을 그는 이제 알고 있다.

눈썹의 호 아래쪽에 보이는 빛은 구리엘모[10]이다. 페데리고와 샤를르가 살아 있을 때 울던[11] 그 나라[12]는 지금 그를 애도하여 슬퍼하는데

그는 하늘이 올바른 왕을 얼마나 사랑하는가를 이제 깨닫고 있다. 그리고 그는 그것을 다시 빛나는 자기 자태로써 남에게도 보여주고 있다.

---

7) 그 반대의 삶, 트라야누스는 한번 지옥에 떨어졌었다.

8) 죽음을 연기받은 이는 히스기야이다. 〈열왕기 하〉 20장 참조. 『그 때에 히스기야가 병들어 죽게 되자 아모스의 아들 선지자 이사야가 저에게 나아와서 이르되 여호와의 말씀이 너는 집을 처치하라, 네가 죽고 살지 못하리라, 하셨나이다. 히스기야가 낯을 벽으로 향하고 여호와께 기도하여 가로되, 여호와여 구하오니 내가 진실과 전심으로 주 앞에 행하며 주의 보시기에 선하게 행한 것을 기억하옵소서, 하고 심히 통곡하더라. 이사야 가 성읍 가운데까지도 이르기 전에 여호와의 말씀이 저에게 임하여 가라 사대……내가 네 날을 십오 년을 더할 것이며…….』

9) 콘스탄티누스 황제는 나(제국의 독수리 기치)와 함께 법전을 가지고 그리 스의 콘스탄티노플로 천도했다. 그 좋지 못한 결과에 대해서는 지옥편 27곡 참조.

10) 시칠리아 왕 구리엘모 2세는 1166년부터 1189년까지 통치했다.

11) 천국편 19곡에서는 샤를르 2세와 페데리고 2세를 비난하고 있다.

12) 그 나라는 시칠리아를 가리킨다.

트로이의 리페우스[13]가 이 둥근 호의 다섯째로 거룩한 빛이라는 것을 몽매한 하계 사람 중 그 누가 생각인들 했겠는가!

이제 그는, 세상 사람들이 볼 수도 없는 하느님의 은총에 대해 많은 것을 알게 되긴 했으나, 그래도 그의 시력으로는 그 심오함을 다 볼 수는 없을 것이다.」

무한한 희열에 싸여 하늘로 날아오른 종달새가 노래하고 그 여운에 도취되어 흐뭇한 듯이 침묵해 버리는 것처럼,

영원한 희열이 새겨진 『독수리의』 모습도 그와 같이 입을 다물었다. 그 『하느님의』 소망에 따라 저마다 본래의 모양으로 되돌아가는 것이다.

그리고 나의 의혹은 유리알 너머로 보이는 색채처럼 내 얼굴에 그대로 나타나 보였고, 그대로 나는 잠자코 때가 오길 기다릴 수가 없었다.

「이게 대체 어찌 된 일입니까?」라는 말이 그 말 자체의 무게의 힘으로 내 입에서 나왔다.

그러자 그때 영혼들이 흔연히 반짝이는 것이 보였다.

그리고 순식간에 더욱 밝게 눈을 빛내면서 그 축복받은 기치는 내 의혹을 풀어 주려고 어리둥절한 나를 향해 이렇게 대답했다.

「내가 한 말을 듣고 네가 이 일들을 믿는 줄은 알지만, 왜 그러냐는 까닭은 넌 아직 모른다. 그러므로 믿기는 믿으나 그 실체는 숨겨져 있다.

너는 이를테면 그 이름은 알지만 누가 그 본질을 해명해 주지 않으면 본질을 보지 못하는 사람과 마찬가지다.

하늘의 왕국은 열렬한 사랑과 치열한 소망에 의해[14] 규율이 어겨지는 것을 용납하는 수가 있다. 그러한 것이 하느님의 뜻을 이기는 것이 아니라

하느님의 뜻이 지기를 원하기 때문에 이기는 것이다. 그리고 진 하느님의 뜻이 인자함에 의해서 이기는 것이다.

너는, 천사가 사는 하늘 나라를 장식하는 자들 중에 눈썹의 첫째와 다섯째 같은 영혼[15]이 있는 것을 보고 놀라고 있다.

---

13) 리페우스는 《아에네이스》에 등장하는 인물로, 비르질리오는 그를 『트로이인 중에서 법을 잘 지키는 가장 올바른 사람』이라 말하고 있다.

14) 〈마태 복음〉 11장 12절, 『세례 요한의 때부터 지금까지 천국은 침노를 당하나니 침노하는 자는 빼앗느니라.』

15) 첫째는 트라야누스 황제, 다섯째는 리페우스.

육체를 떠났을 때 그들은 네 생각과는 달라서 이교도가 아니라 굳은 신앙을 가진 그리스도 신자였다. 하나는 머잖아 발이 상할 것을, 다른 하나는 상했던 것을 믿었다.[16]

이렇듯 하나는 선의가 두 번 다시 찾지 않는[17] 지옥에서 뼈를 지닌 인간이 되어 돌아왔는데 이거야말로 치열한 소망의 덕분이다.

열렬한 소망이 주께 구하는 기도에 힘을 깃들인다. 그래서 영혼이 소생하고 의지가 『선의를 향해』 발동할 수가 있는 것이다.

지금 이야기한 영예로운 혼은 육체로 되돌아갔으나 거기에 오래 머무르지는 않았다.

그를 구해 줄 수 있는 분[18]을 믿었기 때문이다.

그리하여 믿으면서 진실한 사랑의 불길에 타올랐으니 두 번째 죽을 때에는 이 기쁨의 나라로 오는 자격을 얻게 되었다.

또 하나의 영혼은, 사람의 눈으로 도저히 그 원초의 물결[19]을 볼 수 없는 깊고 깊은 샘 속에서 솟아오르는 은혜의 도움을 받아 하계에 있을 때 그의 사랑 모두를 정의를 위해 쏟았다.

그 때문에 더욱 많은 은혜를 입어 하느님은 그의 눈을 우리 미래의 속죄에 대해 열어 주셨다.

그는 이렇게 해서 속죄를 믿었고, 그 후로는 이교의 썩은 냄새를 더이상 참을 수 없어 이교를 믿는 자들을 꾸짖어 훈계했다.

세상에서 세례가 행해지기 천 년도 훨씬 전에 네가 수레의 오른쪽 바퀴 가까이서 본 저 세 여인[20]이 그에게 세례의 구실을 해 주었던 것이다.

아아, 하느님의 예정이여,

---

16) 리페우스는 그리스도의 수난을 미리 알았고, 트라야누스는 이미 일어난 그리스도의 수난(속죄)에 믿음을 두었다는 것이다.

17) 트라야누스 황제는 서 그레고리우스의 열렬한 기도 덕분에 일단 소생하여 그리스도 신자로서 죽었다.

18) 그를 도울 수 있는 분은 그리스도이다.

19) 그리스도 이전 사람으로서 구원될 가능성이 있느냐 없느냐 하는 것이 단테를 괴롭힌 문제였으므로(지옥편 4곡, 연옥편 7곡, 천국편 19곡 참조), 단테는 하나의 가능성을 연출해 낸 셈이다.

20) 세 여인은 믿음 · 소망 · 사랑이며, 지상 낙원의 수레 곁에서 이미 보았다 (연옥편 29곡 참조).

원초의 모든 원인을 볼 수 없는 인간의 눈과 비교할 때 당신의 뿌리는
참으로 멀고 참으로 깊다!

그리고 너희 현세의 인간들이여,

판단은 결코 소홀하게 내리지 말도록 하라. 하느님을 뵙는 우리의 눈에
도 하느님께 선택받을 자들의 모습이 모두 비치지는 않는 것이다.

그리고 하느님의 소망이 우리의 소망이 되는 이 기쁨 속에서 우리의 기쁨
이 밝혀져 가는 것을 생각할 때 이 지식의 모자람조차도 우리에겐 감미로운
위안인 것이다.」

이리하여 앞이 잘 안 보이는 내 눈을 밝게 해 주려고 그 거룩한 모습으로
부터 상쾌한 약이 나에게 주어졌다.

그리고 노래 잘하는 가수에 솜씨 있는 비파의 연주자가 줄을 타고 반주를
해서 노랫소리에 더욱 아름다운 매력을 첨가하듯이

독수리가 이야기하는 동안에도, 지금 생각해 보니 축복받은 두 빛이 마치
양쪽 눈이 동시에 깜박이듯이

독수리의 말에 맞춰 그 조그만 불꽃을 깜박이며 반짝거렸다.

제 21 곡

단테와 베아트리체는 일곱째 하늘인 토성천으로 오른다. 거기에 사다리가
걸려 있는 것이 보이지만 그 끝은 높이 뻗어 올라서 시계 밖으로 사라지고
있다. 이 토성천에는 명상 속에서 일생을 보낸 사람들의 혼이 있다. 피에트로
다미아노가 다가와서 단테의 질문에 대답하고, 하느님의 예정인 교리에 대해
설명해 준다. 피에트리는 묵상가로서의 자기 생애를 이야기하고, 요즘 세상의
성직자들의 타락적인 생활을 비난 공격한다.

벌써 내 눈은 여인의 얼굴로 다시 향해지고 눈도 마음도 그 표정에 집중
되었는데, 그 때 다른 잡념은 일체 사라졌다.

그러자 여인은 「만약에 내가 웃으면」 하고 나를 보고 웃지도 않고 말하기
시작했다.

「당신은 재로 변했을 때의 세멜레처럼 될 것입니다.[1]

그래도 보다시피 나는 영원의 집의 층계를 더욱 높이 올라갈수록 한층 더 찬란한 불꽃으로 타오릅니다.

만약 조심하지 않으면 그 빛에 맞아 그대 인간의 힘은 벼락맞은 나무처럼 되어 버릴 거예요.

우리는 일곱째 빛[2] 속에 올라왔어요. 이 별은 불타는 사자(좌)의 가슴 아래서[3] 그 힘과 섞이면서 지금 하계를 비추고 있습니다.

머리를 그대 눈 뒤에 놓으세요. 눈을 거울삼아 이 『별이라는』 거울에 비친 내 모습을 똑똑히 보세요.」

내가 주의를 딴 곳으로 돌리려 했을 때, 그녀의 복된 표정이 나에게 있어 얼마나 근사한 눈의 기쁨이었던지,

그걸 아는 이에게는 이 천상의 안내자의 명령에 따르는 기쁨이 어느 정도의 것이었는지 두 가지를 비교하여 짐작할 수 있으리라.

모든 악이 그 치세 아래서 죽어 없어진 저 고귀한 지도자의 이름[4]을 딴, 세계를 돌고 있는 이 수정 속에 눈부신 황금빛 사다리[5]가 내 눈이 미치지 못하는 까마득한 위쪽으로 뻗어 있는 것이 보였다.

광명이 그 층계를 따라 내려오는 것이 보였는데 천상의 모든 별이 하늘에서 그리로 집중되었나 여겨질 만큼 그 수는 많았다.

그리고 자연적인 습관이지만 까마귀들이 새벽녘에 언 날개를 녹이려고 떼지어 날면서

어떤 것은 날아간 채 되돌아오지 않고, 어떤 것은 제자리로 되돌아오고 어떤 것은 맴돌면서 같은 지점에 머무르듯이

---

1) 세멜레는 카드모스의 딸로 제우스를 사랑했다. 노한 제우스의 아내 유노의 꾐에 빠져 휘황하게 빛나는 제우스를 똑바로 보았기 때문에 타서 재가 되고 말았다(지옥편 30곡 참조).
2) 일곱째의 빛은 토성이다.
3) 1300년의 봄에 토성은 사자좌에 위치하고 있었다.
4) 그 고귀한 지도자의 이름은 황금 시대를 통치하던 왕 사투르누스이다.
5) 〈창세기〉 28장 12절에 『꿈에 본즉 사닥다리가 땅 위에 섰는데 그 꼭대기가 하늘에 닿았고, 또 본즉 하느님의 사자가 그 위에서 오르락내리락하고』로 되어 있다. 천국편 22곡 참조.

떼지어 내려온 광명의 무리도 얼마쯤 내려오다가 부딪치자 그 곳에서 까마귀 같은 움직임을 시작하는 것이었다.

그리고 우리에게 제일 가까이 있던 빛이 찬란하게 빛났을 때, 나는 속으로 혼자 되뇌었다.

『당신이 내게 보이는 사랑의 빛은 잘 알 수 있습니다.

그러나 내가 언제, 어떻게 말해야 하고 침묵해야 하는지 그것을 임의로 결정할 분이 멈춰 서 계시는 이상 나는 내 소원에 위배되더라도 질문은 않는 게 좋을 것입니다.』

그러자 여인은 만물을 두루 살피시는 분[6]의 눈빛으로, 내가 입을 다물고 있는 것을 보고 나에게 말했다.

「그대의 뜨거운 염원을 풀도록 하셔요.」

그래서 내가 입을 열었다. 「당신의 해답을 바랄 만한 가치도 없는 나이지만 내게 질문을 허락하신 분을 보아 대답해 주오.

아아, 복된 목숨이여, 당신은 기쁨의 『빛』 안에 숨어 있으면서 어찌하여 이렇듯 내 가까이로 왔소, 그 까닭을 알려 주오.

그리고 또 말해 주오, 천국의 감미로운 교향악은 왜 이 천구에선 침묵하고 있는 건지? 그 음악 소리가 저 아래 다른 천구에서는 참으로 경건하게 울려 퍼졌었는데.」

「그대의 청력은 그대의 시력과 마찬가지로 현세 인간의 것이다.[7]」 하고 그가 대답했다. 「그러므로 베아트리체가 웃지 않았던 것과 같은 이유로 지금 여기서 노래부르기를 삼가고 있다.

나는 거룩한 사다리를 타고 여기까지 내려왔다. 나를 외투처럼 감싸고 있는 빛과 나의 말로 그대를 기쁘게 하기 위해서다.

나는 서둘러 왔다. 내 사랑이 월등하기 때문이 아니다. 그것은 불꽃의 타오름을 보아 그대도 짐작이 가겠지만

저 위에서는 나와 같거나 아니면 나보다 더한 사랑이 불타고 있다.

---

6) 만물을 두루 살피시는 분은 하느님이다.

7) 이야기하는 이는 피에트로 다미아노(1007~1072)의 혼이다. 그는 라벤나에서 태어나 부모로부터 버림을 받아 고난을 겪었으며, 형 다미아노 밑에서 자라나 1058년에 오스티아의 대주교가 되었다. 학자로서, 또 당시의 성직자들의 부패한 생활의 탄핵자로서 알려져 있다.

오직 우리는 거룩한 사랑을 좇아 모든 세계를 다스리는 섭리의 종으로서 즉각 복종하기로 되어 있다. 그래서 그대도 보다시피 우리는 여기에 배치된 것이다.」

「아아, 거룩한 등불이여.」 하고 내가 말했다. 「이 궁전에서는 자유로운 사랑만 있으면 그것으로 충분히 영겁의 섭리에 따를 수 있다는 것을 알겠소. 그러나 내가 이해하기 어려운 점은 왜 당신의 동행들 가운데서 당신만이 이 소임에 배치되었는가 하는 점이오.」

끝말을 내가 채 마치기도 전에 그 빛은 자기의 중심을 굴대삼아 재빠른 맷돌[8]처럼 돌기 시작했다.

그리고 그 안에 있던 사랑이 대답했다. 「나를 에워싸고 있는 빛을 뚫고 하느님의 빛이 지금 내 위에 와 있다. 그 힘이 내 시력과 합하여 나를 내 위로 끌어올린다. 그러므로 하느님의 빛의 근원이 되는 지상의 본질이 내 눈에 보인다.

그래서 나는 희열의 정이 솟아나 불타오르는 것이지만 하느님이 내 눈에 환하게 비치듯이 나도 내 불꽃을 환하게 불태우고 있는 거다.

그러나 천상에서 제일 밝게 빛나는 영혼이라도, 하느님 안에 눈길을 모으고 있는 저 치천사(熾天使)라도 그대 질문에 흡족한 대답은 하지 못할 것이다.

그대가 질문한 것은 영원한 법칙의 깊고 깊은 그 속에 들어 있으므로 『하느님으로부터』 만들어진 것의 눈으로는 볼 수가 없다.

그대가 현세로 돌아가거든 이것을 알리고, 이런 목표를 향하여 감히 발을 내딛지 않도록 사람들에게 경고하도록 하라. 여기서는 찬란하게 빛나는 두뇌도 지상에서는 흐려진다.

그렇다면 이 하늘에 들어와서도 풀 수 없는 것을 어떻게 하계에서 풀 수 있겠는가 한번 생각해 보라.」

그의 말이 이렇게 나에게 나의 분수를 제시했으므로 나는 더이상 묻기를 그만두고 공손하게 그가 누구인가를 묻는 데 그쳤다.

「이탈리아의 남북 해안 사이, 그대 고향에서 그리 멀지 않은 곳에 바위 산이 하늘 높이 솟아 있다. 천둥 소리가 저 밑에서 들릴 수 있을 만큼 높다

---

8) 천국편 12곡에도 맷돌의 비유가 있다.

444

란 산이다.

그것이 우뚝 봉우리를 이루는 곳은 카트리아[9]라 불리고 그 기슭에 오직 예배만을 위한 수도원[10]이 하나 세워져 있다.」

이렇게 그는 세 번째 말을 나에게 시작했다.[11] 그리고 말을 이었다.「거기서 나는 오로지 하느님께 종사하며 묵상의 생활에 만족하였고,

오직 올리브의 즙만을 마시면서 더위도 추위도 아랑곳없이 경쾌하게 때를 보냈다.

그 수도원은 옛날엔 이 하늘을 위해 잇따라 풍성한 열매를 맺었다. 그러나 이제는 허무하게 변했다. 머잖아 그 실체가 드러나리라.

나는 거기 있을 때는 피에트로 다미아노라 불리었고, 아드리아 바닷가의 성모의 집에 있을 때는 피에트로 베카토르라 불리었다.

내 생명이 얼마 남지 않았을 때 부름을 받아 나는 모자를 쓰게 되었다. 남의 손에 넘어갈 때마다 차례차례 나쁜 자의 머리에 얹히는 그 모자[12]를.

게바(베드로)도 성신의 위대한 그릇(바울)[13]도 야윈 몸에 맨발로, 주막마다 끼니를 얻어먹으면서 길을 가고 있었다.

그러나 요즈음 성직자들은 좌우에서 부축을 하고 앞에선 손을 이끌고 뒤에서는 옷자락을 들어 줘야 할 만큼 살이 쪘다.

그들은 저희들의 외투로 말까지 덮고 있으므로 한 장의 모포 밑에서 두 마리의 짐승이 가고 있는 셈이다. 아아, 이 부패와 타락을 참으시는 하느님의 인내여!」

이 소리를 듣자 많은 불꽃들이 내려와 층층이 맴을 도는 것이 내게도 보였는데 돌 때마다 아름다움이 더해 갔다.

그들은 이 광명의[14] 둘레에 모여 멈춰 서서 소리 높이 외쳤는데, 그 외침

---

9) 카트리아 산은 높이 1700미터, 피렌체에서 120킬로의 거리에 있다.

10) 수도원은 폰테 아벨라나의 성 십자가 수도원.

11) 피에트로 다미아노는 앞서서 첫번째, 두 번째의 이야기를 하고, 지금 세 번째 이야기를 하기 시작한 셈이다.

12) 추기경의 모자.

13) 〈요한 복음〉 1장 42절에 게바라는 호칭이 나와 있다. 성신의 위대한 그릇이라는 호칭은 지옥편 2곡에도 나와 있다.

14) 피에트로 다미아노의 빛이다. 그 다음의 외침 소리의 뜻은 천국편 22곡에서 설명한다.

소리에 비할 만한 것은 현세에 없으므로
그 뜻도 모르면서 난 그 외침 소리에 기가 죽고 말았다.

제 22 곡

　　기가 죽어 어리둥절해 있는 단테를 베아트리체가 어머니처럼 격려해 준다. 토성천에는 그 밖에도 수많은 경건한 사람들의 영혼이 보인다. 성인 베네딕투스가 신상 이야기를 한다. 카시노 산에 수도원을 세운 이 성인은 요즘의 수도원 생활의 부패와 타락을 비난한다. 이어서 단테는 베아트리체의 안내로 사다리를 올라 여덟째 하늘인 항성천의 쌍자궁 안으로 들어간다. 쌍자궁은 자기별 아래서 태어난 단테에게 시적 재능을 부여한 성좌이다. 단테는 거기서 자기가 거쳐 온 일곱 천구며, 저쪽 멀리 조그맣게 보이는 처량한 지구를 본다.

기가 눌려 어리둥절한 나는, 걸핏하면 어머니에게 매달리는[1] 어린애같이
길잡이인 여인을 돌아보았다.

　그러자 그녀는 파랗게 질려서 숨도 제대로 못 쉬는 아이에게 곧 위로를
해서 힘을 북돋우어 주는 인자로운 어머니처럼 나에게 말했다.

　「그대는 하늘에 있다는 것을 잊었습니까? 천상에선 모든 것이 거룩하므
로, 이제 일어난 것이 선의와 열의에서 나온 것임을 모르겠습니까?

　만약 노랫소리와 내 웃음 소리가 들렸더라면[2] 그대가 얼마나 충격을 받았
을 것인가를 이제 그대도 알았을 거예요. 외침 소리 하나만으로도 그대는
정신이 아찔해져 버렸으니까요.

　만약 그 외침 소리에 포함된 기도의 구절을 그대가 알아챘더라면 그대가
죽기 전에 반드시 보게 될 하느님의 복수[3]가 무엇인지, 그대에게 이해가

______

1) 연옥편 30곡에도 비슷한 비유가 있다.
2) 목성천에서는 영혼의 합창 소리도 들리지 않고, 베아트리체도 미소짓지
　않았다.
3) 이 복수가 정확하게 무엇을 가리키는지는 모른다. 단테가 하느님의 정의의
　실현을 기대하고 한 표현일 것이라 한다.

갔을 거예요.

하늘의 검이 판정을 내리는 시기는 늦지도 이르지도 않습니다. 다만 이를 기다리는 자에겐 늦고, 이를 두려워하는 자에겐 이르게 느껴질 뿐입니다.

그러나 지금은 다른 영혼 쪽으로 얼굴을 돌리세요. 내가 말하는 대로 눈을 돌리면 훌륭한 분들의 혼이 그대 눈에도 보일 거예요.」

시키는 대로 눈을 돌렸더니 휘황한 빛으로 서로 아름다움을 더해 주는 백이 넘는 광명이 내 눈에 비쳤다.

혹시나 지나칠까 두려워한 나머지 감히 묻지를 못하고, 호기심의 침을 속으로 삼키는 사람처럼 나는 우뚝 서 있었다.

그러자 그 진주들 중에서 제일 크고 제일 빛나는 진주[4]가 앞으로 나와 나의 소원을 풀어 주었다.

그 속에서 목소리가 들렸다. 「우리들 속에 타오르는 사랑을 만약 네가 나처럼 볼 수 있었다면 너는 거리낌없이 네 생각을 말했으리라.

네가 기다리느라 높은 목적지에 이르는 것이 늦어져서는 안 되므로, 네가 궁금해 하는 점만을 대답하기로 하겠다.

중턱에 수도원이 있는 저 카시노 산은 전에 속임을 당하고 미망에 사로잡혔던 사람들이 봉우리에 자주 오르내리던 산이었다.

내가 처음으로, 우리를 이토록 높여 주는 진리를 지상에 전하신 분[5]의 이름을 저 봉우리에다 모셨던 것이다.

내 위엔 넘칠 만큼 성총이 빛나고 있었으므로 세계를 홀린 불경한 『우상』숭배로부터 부근의 마을 사람들을 건져낼 수가 있었다.

여기 늘어선 다른 광명은 모두 묵상을 즐기는 사람들이다. 거룩한 꽃과

---

4) 성 베네딕투스이다. 그는 480년에 움부리아 지방에서 태어나 494년부터 수비아코 산의 동굴 속에서 살았다. 성인의 이름이 세상에 알려져 510년 뷔코바로의 수도원장으로 임명됐으나 엄격한 계율을 시행했기 때문에 그의 독살을 꾀했다고 한다. 528년 몬테 카시노로 가서 이교인 아폴로 숭배의 신전을 헐고 그리스도 교회를 세워 부근 주민들을 개종시켰다. 베네딕트 회가 거기서부터 일어났으며, 몬테 카시노는 서방에서 제일 큰 수도원이 되었다. 나폴리와 로마의 중간에 위치한 전략적 요새지였기 때문에 2차 세계 대전의 격전지가 되어 심한 피해를 입었다.

5) 그리스도이다.

열매를[6] 맺게 하는 저 『사랑의』 열정에 불타오른 사람들이다.

여기 있는 이는 마카리오[7], 여기 있는 이는 로모알도, 또 여기 있는 이는 수도원 밖으로 나가지 않고 마음을 건전하게 가졌던 내 회의 형제들이다.」

그래서 내가 말했다.

「당신이 나와 이야기하시며 나타내시는 온정과 여러분의 광명 속에서 보이고 또 볼 수 있는 어지신 모습이,

마치 햇빛을 담뿍 받은 장미가 힘껏 활짝 피어나는 것처럼 내 마음속의 믿음을 더해 주셨습니다.

그래서 청이 있습니다. 아버님 가르쳐 주십시오, 당신의 모습을 똑똑히 볼 수 있는 은혜를 나 같은 사람도 받을 수가 있겠습니까?」

그러자 그가 대답했다. 「형제여, 그대의 높은 소망은 마지막 천구[8]에서 이루어지리라. 거기서는 다른 이의 소원도 내 소원도 채워질 것이다.

거기서는 모든 소원이 무르익어 완전 무결한 것이 된다. 그 천구에서는 다른 곳과 달라 모든 부분이 원래 있던 자리를 차지한다.

그 곳은 장소가 한정되어 있지 않고 축도 없으며 우리의 이 사다리는 그 천구에까지 닿아 있으나 어느 지점부터는 끝이 그대 눈에 보이지 않게 될 것이다.

성조 야곱은 그 곳[9]까지 사다리 끝이 뻗친 것을 꿈에 보았다. 그 때 사다리에는 천사들이 떼를 짓고 있는 것이 보이더라고 한다.

그러나 그 사다리를 오르기 위해 지상에서 발을 떼는 이가 요즘은 없다. 그러므로 나의 계율은 종이만 허비한 채 먼지를 쓰고 있다.

벽으로 둘러싸인 옛 수도원이 지금은 『도둑들의』 소굴이 되었고,[10] 두건은

---

6) 거룩한 꽃은 묵상의, 거룩한 열매는 행동의 성과를 뜻한다.

7) 마카리오는 서력 404년에 죽은, 사원주의를 제창한 알렉산드리아 사람. 나일 강과 홍해 사이의 사막에서 살았다고 전해짐. 로모알도는 라벤나에서 태어나 1027년에 죽었다. 카말돌리 수도원의 창설자이다. 연옥편 5곡 내용 중에 나오는 수도원은 이 파의 것이다.

8) 지고천이다. 천국편 32곡 참조.

9) 천국편 21곡과 주 참조.

10) 〈예레미야〉 7장 11절에 『내 이름으로 일컬음을 받는 이 집이 너희 눈에는 도적의 굴혈로 보이느냐……』라고 씌어 있다.

448

썩은 가루가 가득찬 자루로 변해 버렸다.

수도자의 마음을 이토록 홀리는 이 과일[11]에 비하면 세상의 부당한 고리대금업[12]도 하느님의 뜻에 위반된다고는 말 못할 정도이다.

무릇 교회가 간수하는 재물은 모두 하느님의 이름으로 물건을 청하는 『가난한』 사람들의 것이지 성직자의 친척이나 그 밖의 추잡한 자들의 것은 아니다.

인간의 육체란 유혹이 많은 것이므로 선행을 시작하더라도 떡갈나무에 싹이 터서 도토리가 열리기까지 지상에서는 지탱하기가 어렵다.

베드로는 금도 은도 없이 『전도를』 시작했고, 나는 설교와 단식으로, 프란체스코는 겸손하게 평민과 어울림으로써 일을 시작했다.

이러한 교단 하나하나의 기원을 보고 그것이 어디로 어떻게 탈선했는지를 살펴보면 흰 것이 검게 된 경위를 알 수 있는 것이다.

그리고 주님의 뜻대로 요단 강물이 거꾸로 흐르고 홍해의 물이 물러섰음과 비교한다면 여기엔 아직도 구원의 여지가 있다.」

이렇게 내게 말하고 그는 자기 동료한테로 돌아갔는데,

그 무리는 더욱 작게 서로 접근하여 마치 회오리처럼 위쪽 하늘을 향해 올라가 버렸다.

상냥한 여인은 나를 그들 뒤로 떠밀었다. 그리고 저 사다리를 오르라 눈짓을 했을 뿐인 여인의 힘이 전해져서 나의 육신을 이길 수가 있었다.

나의 이 비상에 견줄 수 있을 만한 빠른 움직임은, 자연의 법칙에 따라 오르내리는 이 지상에서는 일찍이 그 예가 없었다.

아아, 그 거룩한 승리의 나라로 되돌아가고 싶어라. 그 천국을 구하며 나는 자주 죄를 뉘우쳐 울면서 이 가슴을 친다.

독자여, 그 소망을 두고 말하자면,

그대가 불 속에 손가락을 넣었다 빼는 그 동안에 나는 금우궁 다음의 성좌[13]로 들어갔던 것이다.

아아, 영광에 찬 별들이여!

---

11) 교회에서 얻는 수입.
12) 지옥에 떨어진 고리대금업자에 관해서는 지옥편 11곡 참조.
13) 쌍자궁.

아아, 위대한 힘을 잉태한 빛이여!

나의 시적 재능은, 그것이 어떤 것이든간에 모두가 그대들 빛에서 유래되는 것이다.

내가 처음으로 토스카나의 공기를 마셨을 적에도[14] 생명 있는 것의 아버지인 태양은 그대들과 함께 나고, 그대들과 함께 졌다.

그리고 뒤에 그대들의 높은 하늘에 오르도록 하느님의 은총이 내게 부여되었을 적에도 나는 그대들의 영역으로 배치되어 있었다.

지금 내 영혼은, 영혼의 힘을 송두리째 빼앗은 이 난관을 돌파할 수 있는 힘을 얻으려고 그대들의 도움을 경건하게 청하고 있다.

「그대는 마지막의 지복 바로 가까이에 왔습니다.」하고 베아트리체가 말을 시작했다.「그러므로 그대는 눈을 날카롭게 빛내지 않으면 안 됩니다.

그대가 이 이상 더 안으로 깊이 들어가기 전에 아래를 내려다 보셔요. 얼마나 많은 세계가 그대 발 아래 놓여 있는가를 알 수 있을 거예요.

그대의 마음이, 환희의 빛을 밖으로 나타내 보이면, 승리의 무리[15]가 기꺼이 정기의 경계를 건너 그대를 맞으러 올 것입니다.」

나는 눈을 돌려 일곱 천구 저 멀리 지구를 보았는데, 너무나도 작고 보잘 것 없는 그 모양에 절로 웃음이 나왔다.

나는 지구 따윈 보잘 것 없다는 견해가 옳다고 생각된다. 지상 이외 것을 생각하는 이야말로 참으로 옳은 사람이라 부를 수 있을 것이다.

라토나의 딸[16]이 불타고 있었으나 전에 그 겉이 고르지 못하다고 내게 믿게 했던 그 반점은 보이지 않았다.

휘페리온이여, 거기서는 그대의 아들[17]을 똑똑히 볼 수가 있었다. 그리고 그 주위를 마이아와 디오네여, 그대들의 아이들[18]이 돌고 있었다.

---

14) 단테의 생일은 이 기록에서 거슬러 계산하면 1265년의 5월 18일과 6월 17일 사이라는 것이 된다. 그대들의 높은 하늘은 항성천이다.

15) 승리를 나타내는 천사의 무리.

16) 라토나의 딸은 다이아나(달)이다. 단테는 달의 이면을 보고 거기 반점이 없는 데에 놀라는 것이다. 20세기 후반의 《신곡》 독자는 로켓에 의한 우주 개발과의 연상 없이는 천국편을 읽지 못하리라.

17) 휘페리온의 아들은 태양이다.

18) 마이아와 디오네의 자식은 수성과 금성을 가리킨다.

이어서 제 아비와 제 자식 사이에 들어가[19] 자리를 잡고 있는 목성이 보였는데, 거기서는 별의 위치의 변동을 분명히 알 수 있고

일곱 개의 별들은 모두 크기·속도·위치가 명백히 표시되었다.

영원한 쌍자궁 별들과 함께 내가 하늘을 도는 사이에 산맥에서 강 어귀까지의 모든 것이 눈에 비쳤으나[20] 저 좁은 탈곡장이 우리들 인간을 그토록 광포하게 만드는 것이다.

나는 곧 눈을 아름다운 눈 쪽으로 돌렸다.

---

19) 자기 아버지인 추운 토성과 자기 아들인 더운 화성 사이에서 추위와 더위를 조절하고 있는 목성.

20) 단테 시대에는 지구의 북반구에만 육지가 있고 남반구는 바다로 덮여 있을 것이라 생각하고 있었다. 산맥에서 강어귀까지의 모든 것이란 사람이 살 수 있는 북반구 세계를 가리키고 있다. 그리고 천국에서도 현세의 다툼을 잊지 못하는 단테에 대해 크로체는 다음과 같은 논평을 하고 있다. 『세계로부터의 도피, 하느님에의 절대적 귀의, 금욕주의 등은 단테의 정신에 있어 이질적인 것이었으므로 천국편 안에 이런 것은 보이지 않는다. 단테는 세상에서 도피하려 하지 않는다. 그는 세상에 교훈을 내리고 세상을 바로잡고 또 개혁하려고 천상의 지복에 대해 언급한다. 물론 천상의 지복의 아름다움과 기쁨도 느꼈지만 그에 못지 않게 현세의 일과 그 사업, 그 정열도 뼈저리게 느꼈던 것이다. 단테는 인간적인 세상에서 신적인 세상으로 옮겨지는데 대한 경이를 지고천에 와서 말했을 때도 피렌체를 잊지 않았다……. 하늘과 땅이라는 두 개의 세계가 공공연한 대조로 표시되었을 때도 신적인 것이 인간적인 것을 이겨 그것을 철저히 내몰아 버렸다고는 아무리 보아도 말할 수가 없다.』(크로체 〈단테의 시〉 중에서)

제 23 곡

　　자오선 쪽을 베아트리체가 주시하자 그리스도가 개선의 군사를 이끌고 나타
난다. 그 휘황한 빛에 의해 단테는 황홀한 상태에 빠진다. 그가 무아의 경지에
있는 사이에 그리스도는 지고천으로 오른다. 베아트리체의 격려를 받으며,
단테는 마리아의 광명을 본다. 천사 가브리엘의 빛이 성모에게 관을 씌운다.
빛의 무리가 마리아의 이름을 찬송하는 사이에 마리아도 아들의 뒤를 따라
승천한다. 성 베드로를 위시한 다른 축복받은 혼들은 이 항성천에 머무른다.

　　만물이 자취를 감추는 밤 동안[1] 정든 나뭇잎 사이에서 어미 새는 새끼와
함께 둥지에 들어 있지만

　　새벽이 다가오면 나뭇가지에 앉아 불타는 듯한 자애로운 정을 품고 해돋
이를 기다리며 먼동이 터 오는 것을 골똘히 바라본다.

　　귀여운 새끼들의 모습을 보고 그들에게 먹이를 찾아다 주려 하기 때문인
데 새끼들을 생각하면 괴로운 노고도 낙이 된다.

　　그 어미 새처럼 여인은 고개를 쳐들고 태양이 거기에 이르자 햇살이 더디
어 보이는[2] 그쪽을 찬찬히 바라보았다.

　　기대로 마음이 두근거리고 있는 여인을 본 나는 바라는 것을 아직 얻기도
전에 희망으로 벌써 마음은 흐뭇해지는 것 같았다.

　　그러나 이렇게 내가 기다린 것과 하늘이 순식간에 환해져 보인 것은 거의
같은 순간의 일이었다.

　　그러자 베아트리체가 말했다. 「보세요, 그리스도의 개선군이 왔습니다.
천구의 회전이 거둔 수많은 전리품들과 함께 오고 있어요.[3]」

　　여인의 얼굴은 온통 휘황하게 빛났고 그 눈에는, 나로서는 말할 수조차

---

　1) 어미 새의 새끼에 대한 자연적인 애정이, 베아트리체의 단테에 대한 동정
　　심의 비유로서 능란하게 씌어지고 있다. 단테는『자연 현상을 마치 자신의
　　협력자, 심정의 전달자처럼 만들고 있다.』(F 펠레그리니)
　2) 태양은 지평선에 가까울 때는 햇살이 빨라 보이고, 자오선에 가까울 때는
　　더디어 보인다.

없을 만큼 희열의 정이 가득 넘쳤다.[4]

맑게 갠 보름 밤 하늘 구석구석을 물들이는 영원한 천사[5]들 사이에서 달이 미소짓듯이

몇 천의 광명 위에 태양[6]이 하나 빛나는 것이 보였는데, 태양이 천상의 별에 불을 켜주듯이 그 해님이 몇 천의 광명에 모두 불을 켜고 있었다.

그리고 주변의 활광을 통하여 더없이 선명한 그 본체의 빛이 내 눈에 보였으나 너무나 눈이 부셔서 나는 이겨낼 수가 없었다.

아아, 베아트리체. 상냥스럽고 정다운 나의 길잡이여!

그녀가 나에게 이렇게 말했다. 「그대를 압도하는 저 힘은 무엇으로도 막아 낼 수 없는 힘이랍니다.

오랫 동안 사람들이 애타게 기다리던 저 하늘과 땅 사이의 길을 열어 준 지혜와 힘은 저 안에 있습니다.[7]」

벼락의 힘이 구름 속에 갇혀 있을 수 없을 만큼 팽창하면, 구름을 뚫고 본성에 거슬러 지상을 향해 떨어져 내려오는데[8]

내 정신도 이 향연 안에서 점점 더 커져서 두뇌 밖으로 넘쳐나왔다. 그러므로 이제는 무엇이 있었던지 기억조차 할 수가 없다.

「눈을 뜨고 내 모습을 보셔요. 그대는 여러 가지를 보았기 때문에 이제는 내 미소를 견딜 만큼 눈이 강해졌을 거예요.[9]」

나는 마치 꿈에서 깨어나서[10] 사라져 버린 꿈을 헛되이 좇는 이 같은

---

3) 로마 군대는 개선할 때, 적군으로부터 빼앗은 수많은 전리품을 수레 앞에 싣고 하듯이, 천구(天球)의 영향을 받아 이 천상에 오른 자는 천구의 회전이 거둔 전리품에 해당되는 셈이다.

4) 베아트리체의 기쁨이 더해 갈수록 그 눈은 빛을 발한다. 그 화사하고 뛰어난 모습은 필설로 다할 수가 없다는 것이다.

5) 영원한 천사는 별이다.

6) 이 빛나는 해는 그리스도.

7) 〈요한 복음〉 14장 6절에 『예수께서 가라사대 내가 곧 길이요, 진리요, 생명이니……』라는 표현이 있다.

8) 불의 본성은 위로 향하는 것이라 생각되고 있었다. 연옥편 32곡, 특히 천국편 1곡 참조.

9) 목성천에서부터는 베아트리체가 웃지 않았다. 웃음이 발하는 빛을 단테의 눈이 이겨내지 못했으므로 그래서 삼갔던 것이다(천국편 21곡 참조).

10) 복잡한 심리 상태를 간결하고 힘차게 표현한 예라고 할 수 있을 것이다.

심정이었으나

　그 때 이 말을 들었던 것이다. 비망록에 영원히 간직되어야 할 고마운 말이었다.

　서정시의 여신과 그 자매들이 달고 진한 젖으로 길러낸 풍만한 목소리의 소유자들이 모두 지금 여기서 나를 도와 목청을 합하여 이 거룩한 웃음과, 이 미소로 더욱 선명해진 그녀의 거룩한 모습을 찬송했다 할지라도

　내가 부르고 싶은 참다운 노래의 천분의 일에도 못 미쳤으리라.

　그렇기 때문에 이 신성한 시는 천국을 그림에 있어, 끊어진 길을 가듯 이같이 중간중간 뛰어서 가지 않을 수가 없는 것이다.[11]

　그러나 주제가 지니는 무게와 그것을 지탱하는 인간의 어깨를 생각한다면 이 주제 아래서 어깨가 흔들리더라도 나무랄 수가 없으리라.

　이 과감한 뱃머리가 헤치고 나아가는 뱃길은 몸을 아끼는 사공이나 작은 배[12]가 나가는 그런 항로가 아니다.

　「어찌하여 그대는 내 얼굴에 넋을 잃고 그리스도의 빛 아래서 꽃피우는 아름다운 정원으로는 눈을 돌리려 하지 않습니까?

　그 정원에는, 그 안에서 하느님의 말씀이 살로 된 장미꽃[13]과 그 향기로써 사람들을 옳은 길로 이끈 백합[14]들이 가득 피어 있습니다.」

　나는 순순히 베아트리체의 말을 따라 아까 나의 약한 눈이 져 버린[15] 싸움터로 다시금 시선을 옮겼다.

　구름 사이로 햇살이 쨍쨍 내리퍼붓는 꽃밭을 나 자신은 그늘 속에서 바라본 적이 있었는데

　그와 마찬가지로 빛을 발하는 근원은 보이지 않지만 위에서 쏟는, 빛을 받고 타오르는 수많은 광명의 무리가 내 눈에 비쳤다.

　아아, 저들에게 이처럼 빛을 쏟으시는 자비로운 하느님의 힘이여!

---

11) 신성한 시 《신곡》의 천국 묘사는 망라적이 못 된다는 것이다.
12) 천국편 2곡의 서두에 나오는 경고『오오, 그대들 작은 배 안에 있는 이들이여……그대들의 기슭을 향해 돌아가도록 하라.』가 상기된다.
13) 장미꽃은 하느님의 말씀이 살로 변한 그리스도를 낳은 마리아를 말한다.
14) 백합꽃들은 그리스도의 사도들을 가리킨다.
15) 그리스도의 빛을 보고 눈이 아찔해진 것을 가리킨다. 그리고 이 사이에 그리스도는 또 지고천으로 오른 것이다.

내 시력의 약함을 염려하시어 당신은 그 자리를 내게 양보하시고 상천(上天)으로 오르셨다.

아침 저녁으로 부르며 기도하는 아름다운 꽃[16] 이름이 나의 마음을 그쪽으로 이끌어, 내 눈은 무리 중에서 제일 큰 그 빛 쪽으로 향했다.

지상에서도 다른 자를 능가했듯이, 천상에서도 다른 자를 능가하는[17] 이 생기에 가득 찬 별빛의 바탕과 크기가 역력히 내 눈에 비쳤는데,

그 때 천상에서 관 모양을 한 횃불[18] 하나가 내려오더니 그 별을 둘러싸고 천천히 맴을 돌았다.

이 지상에서 들을 수 있는 선율이 제아무리 넋을 뺄 만큼 감미롭다 할지라도

맑은 하늘을 더욱 푸르게[19] 물들이는 이 아름다운 벽옥을 지금 관처럼 감싸는 천상의 하프 가락에 비한다면

구름을 찢는 천둥 소리에 지나지 않았다.

「나는 천상의 사랑입니다. 우리의 소원을 간직한 그 모태[20]에서 드높은 희열의 정이 불어와서 그 둘레를 맴돌고 있는 거예요.

하늘의 여인이여, 당신이 아드님을 따라 지고천으로 들어가시어 지고천이 더욱 거룩함을 더하게 될 때까지 나는 계속해서 맴을 돌 생각입니다.」

선율이 이처럼 맴돌며 노래를 부르자 모든 광명이 드높이 마리아의 이름을 불렀다.

세계의 천구의 모든 회전을 그 안에 포함하는 왕자의 옷[21]은, 하느님의 입김과 이법(理法) 속에서 열렬하게 타올랐으나

---

16) 장미꽃 이름, 즉 마리아이다. 그리고 마리아는 아침별, 샛별이라고 불리기도 한다.

17) 마리아는 지상에서 다른 모든 사람을 능가하는 존재였으나 천상에서도 모든 축복받은 혼을 능가하는 빛을 발했다.

18) 이 횃불은 하프와 동일한 것인데, 대천사 가브리엘이다.

19) 아름답고 맑은 하늘의 푸르름은 지고천을 가리킨다.

20) 그리스도를 잉태한 마리아의 배를 가리킴.

21) 왕자의 옷은 아홉째 하늘에 해당하는 원동천을 가리킨다. 그 안에 여덟 하늘이 포함되어 있는 것이다.

그 안의 기슭[22]은 우리들 위에서 멀리 있었으므로 내가 있던 곳에서는 먼 빛으로나마 볼 수가 없었다.

자기 아드님의 뒤를 따라[23] 관을 쓴 그 불꽃이 하늘로 올라갔을 때, 내 눈은 아직 그것을 좇을 만한 힘이 없었던 것이다.

갓난 아기가 젖을 다 빨고 나면 본능적으로 애정이 동작으로 옮겨져 어머니에게 손을 내미는데

그와 마찬가지로 광명의 무리 하나하나가 불길을 높이 쳐 들었다. 그들의 마리아에 대한 깊은 사랑은 이렇게 하여 내 눈에도 선명하게 보였다.

광명의 무리는 부드러운 목소리로 「하늘의 여왕이여」를 부르며 나의 시야 속에 머물러 있었는데 그 기쁨은 내 귓전을 종내 떠날 줄을 몰랐다.

아아, 이 커다란 궤짝[24] 속에 거둬들여진 부의 풍요함이여!

그들은 지상에 있을 때 좋은 씨를 뿌린 농부[25]였었다.

바빌론의 귀양지[26]에서 황금을 버리고 울면서 거둔 그 보화를 그들은 여기서 즐기며 그것으로 살고 있다.

여기서는 하느님의, 그리고 마리아의 고귀하신 아드님 밑에서 구신(舊新) 두 법정의 허락에 의해[27] 위대한 영광의 열쇠를 쥔 분[28]이

그 승리[29]를 축하하고 계시는 것이다.

---

22) 단테는 하나의 천구에서 다른 천구로 올라갔는데, 우주 항해와도 흡사한 그 여로에서, 각 천구 안의 기슭으로부터 들어가서 바깥 기슭으로 빠져나 갔다고 생각할 수 있는 것이다. 각 천구의 움푹한 면이 안의 기슭에 해당 된다. 왕자의 옷에서 비유를 빌린다면 옷의 안감에 해당한다.

23) 자기 아들 그리스도를 따라.

24) 영광과 지복의 부를 거두어들인 궤짝은 빛의 무리를 가리킨다.

25) 〈갈라디아서〉 6장 8절에 『자기의 육체를 위하여 심는 자는 육체로부터 썩어진 것을 거두고 성령을 위하여 심는 자는 성령으로부터 영생을 거두 리라.』

26) 바빌론의 귀양은 지상 생활의 상징이다. 『그 보화』란 정신적인 부를 가리 킨다.

27) 구약·신약 두 성서에 나타나는 축복받은 이들의 허락에 의해.

28) 열쇠를 쥔 이는 성 베드로이다.

29) 인생길에서 사람들이 만나는 악과 과실에 대한 승리를 말함.

제 24 곡

　　베아트리체의 청을 받아들여 성 베드로가 단테에게 시문(詩文)을 한다. 신앙
이란 무엇인가, 단테 자신은 신앙을 가지고 있는가, 신앙의 내용과 신앙의
유래는 무엇인가 하는 여러 점에 관하여 갖가지 질의 응답이 성 베드로와
단테 사이에 교환된다. 성 베드로는 단테의 대답에 만족하여 그 주위를 세
번 돌며 축복한다.

「아아, 존귀한 어린 양의 거룩한 만찬에 초대받은 여러분,

　이 어린 양이 여러분에게 제공하는 음식으로 여러분의 소원[1]은 항상 채워
져 있는 것입니다.

　이 사람은, 죽음이 그의 기한을 전하기도 전에 하느님의 은혜로 여러분의
상에서 떨어지는 것을 맛보고 있습니다.

　아무쪼록 끝없는 그의 동경을 헤아리시고, 그 갈증을 조금이나마 덜어
주게 해 주소서. 여러분이 늘 마시는 그 샘물을 그는 목마르게 바라고 있습
니다.」

　베아트리체가 이렇게 말하자 그 즐거운 영혼의 무리는 혜성처럼 불꽃의
꼬리를 끌면서 고정된 둘레를 맴도는 것이었다.

　시계의 톱니바퀴들의 움직임을 눈여겨보면 첫째 톱니바퀴는 거의 정지하
여 있는 것같이, 그리고 끝의 바퀴는 마치 뛰고 있는 것같이 보인다.

　그와 마찬가지로 이 춤의 원에도 빠르고 늦은 차이는 있었지만, 그것이
그들의 풍요함의 차이[2]를 나타내고 있는 것이었다.

　내가 제일 훌륭하다고 보아 눈길을 멈춘 원에서[3] 복된 불 하나가 밖으로
나오는 것이 보였는데,

　그 원[4] 속에서 그를 능가할 만한 빛은 달리 없었다.

---

　1) 소원은 식욕을 가리킨다.
　2) 영광과 지복(至福)의 풍요함의 차이.
　3) 제일 훌륭한 빛은 성 베드로의 빛이다.
　4) 그 원은 그리스도의 제자로 구성되어 있는 원이다.

이 불은 베아트리체의 주위를 세 번 돌면서 나의 시상(詩想)으로는 도저히 재현할 수 없는 참으로 장엄한 목소리로 노래를 불렀다.

그러므로 나의 붓은 뛰는 것이다. 그리고 아무것도 적지 못하는 것이다. 우리의 상상이나 우리의 말은 이와 같은 음영에 대해서는 너무나도 빛깔이 선명하기 때문이다.[5]

이 성화는 멈춰서자 곧 숨결을 여인쪽으로 돌려 다음과 같이 말했다.

「아아, 거룩한 형제여, 그대는 경건한 기도와 열렬한 자애로써 나를 저 아름다운 원 밖으로 끌어내 주었다. 」

그러자 여인이 대답했다. 「아아, 영특한 사람의 영원한 빛이여, 우리의 주님은 이 극락의 열쇠를 지상으로 가져와 당신에게 맡기셨습니다.

일찍이 바다 위를 걸었던[6] 당신의 신앙을 들어 당신의 뜻대로 이 사람을 시험해 보세요.

이 사람의 믿음·소망·사랑이 옳은 것인지 당신의 눈엔 분명할 것입니다. 만물이 보이는 곳에 당신의 눈은 쏠려 있으니까요.

그러나 이 나라는 진실된 신앙을 가진 백성들로 이루어져 있습니다. 그 신앙을 찬양하기 위해 이 사람에게도 거기에 대한 발언의 기회가 부여된다면 다행이겠습니다.」

마치 학생이 묵묵히 교수의 질문을 기다리며, 결론을 얻기 위해서가 아니라 반론을 하려고 준비하듯이

나는 그녀가 말하는 동안 온갖 이론을 마음속으로 준비했다. 이러한 시험에서 시험관에게 거침없이 대답하기 위한 준비였다.[7]

「착실한 그리스도 신자로서 그대 생각을 말하라, 신앙이란 무엇인가?」

그래서 나는 얼굴을 들어 이 말을 발한 빛을 보고 다시 베아트리체를

---

5) 단테의 회화에 대한 조예의 일단이 엿보인다. 『음영』은 의역으로, 원어는 주름(Pieghe)이지만 옷의 주름 같은 것에 대해서는 옷보다는 어두운 색깔로써 뉘앙스를 갖지 않으면 안 된다는 것을 말한 것이다.

6) 〈마태 복음〉 14장 25절 이하 참조. 『베드로가 배에서 내려 물 위로 걸어서 예수께로 가되』

7) 이런 신앙에 대한 심사에서 성 베드로와 같은 시험관에게 즉시 대답하기 위한 준비. 그리고 학사가 구술 심사를 받을 경우는 문제를 미리 알고 있다. 지금의 단테의 경우는 문제가 신앙에 대한 것임을 미리 알고 있으므로 비유가 적당하게 들어맞는다.

돌아보았다.

그러자 그녀는 마음속 샘에서 물을 퍼내듯이 얼른 나에게 눈짓을 해 주었다.

「위대한 전사(戰士)[8] 앞에서 내게 발언을 허락하신 성총이여.」하고 나는 입을 열었다. 「원컨대 내 생각에 명확한 표현을 하게 해 주소서.」

그리고 나는 계속했다. 「아버지여, 당신과 더불어 로마를 정도(正道)로 향하게 한 당신의 귀중하신 형제[9]가 진실의 붓으로 적으셨듯이

신앙이란 소망의 실체요, 아직 보지 못한 것의 논증입니다. 이것이 신앙의 본체인가 합니다.」

그러자 이렇게 말하는 소리가 들렸다. 「옳은 대답이다. 그런데 그대는 왜 그것을 먼저 실체로써 포착하고 이어서 논증으로써 이해했는가?」

그래서 내가 곧 대답했다.

「이 천상에서 그 모습이 내 눈에 보이는 온갖 심오한 사물이 하계에서는 자취를 감추어 아무것도 보이지 않습니다.

하계에선 그러한 사물의 존재는 오로지 신앙에서 유래되며 그 신앙의 기반 위에 커다란 소망이 서는 것입니다. 그러므로 신앙은 실체의 성격을 띠는 것입니다.

그리고 우리는 다른 것은 보지 말고 이 신앙을 기초로 삼단 논법을 추진시켜야만 합니다. 그러므로 신앙은 논증의 성격을 띠는 것입니다.」

그러자 이렇게 말하는 소리가 들렸다. 「만약 하계에서 교육으로 얻어진 내용이 모두 이렇게 확고히 이해되고 있다면 궤변가들이 혀끝을 놀릴 여지는 없어질 것이다.」

이같이 불타면서 사랑은 말을 하더니 다시 덧붙였다. 「이 화폐의 질과 양은 충분히 음미했으나 한 가지 물어 보고 싶은 것이 있다.

그대는 이 화폐[10]를 그대 지갑 속에 지니고 있느냐?」

---

8) 성 베드로는 신앙의 첫째가는 귀중한 전사(戰士)이다.

9) 성 바울을 가리킨다. 〈히브리서〉 11장 1절에 『믿음을 바라는 것들의 실상이요, 보지 못하는 것들의 증거니 선진들이 이로써 증거를 얻었느니라.』라고 되어 있다.

10) 화폐는 신앙을 가리킨다. 이 암유(暗喩)는 단테의 대답 가운데도 쓰여지고 있다.

내가 대답했다. 「예, 지니고 있습니다. 순금으로 만들어져 불순물이 섞여 있을 염려는 전혀 없습니다.」

그러자 거기서 빛나고 있던 그윽한 빛 속에서 다음과 같은 목소리가 들렸다. 「그 기초 위에 모든 것이 우뚝 솟아 있는 이 존귀한 보배[11]가, 그렇다면 어디로 해서 그대에게 왔는가?」

내가 대답했다. 「신구(新舊) 두 장의 양피지[12] 위에 아낌없이 내리는 성령의 자비로운 비는 나에게 선명하게 진리를 가르쳐 주었습니다.

그러므로 그 삼단논법에 비교한다면 다른 논증은 모두 보잘 것 없는 것이라 여겨집니다.」

그러자 다음과 같은 목소리가 들렸다. 「그대에게 그런 결론을 내리게 한 신구 두 가지의 명제[13]를 그대는 어찌하여 하느님의 말씀이라고 생각하는가?」

그래서 내가 대답했다. 「내게 진리를 보여 주는 증명은 그에 따른 여러 가지 사적(事蹟)들입니다. 그것은 자연의 힘이 쇠처럼 달구고 두들겨서 이룬 사업이 아닙니다.[14]」

「그럼 묻겠는데, 이런 사업이 실제로 있었다는 확증은 어디 있는가? 바로 그 존재를 입증할 대상이 그렇게 보증할 뿐이 아닌가.」

「만약 기적도 없는데 세계가 그리스도교에 귀의한다면」 하고 내가 말하였다. 「그것 하나만으로도 다른 것보다 백 배나 더한 기적이라고 할 수가 있지 않을까요.

당신은 가난하고 굶주린 모습으로 밭에 들어가 좋은 식물의 씨앗[15]을 뿌리

---

11) 존귀한 보배는 신앙을 가리킨다. 이 발언자는 계속 성 베드로이다.

12) 신구 두 장의 양피지는 구약 성서, 신약 성서를 가리킨다. 중세 때는 글을 양피지에 쓰는 경우가 많았던 것이다.

13) 신구 두 가지의 명제는 구약 성서, 신약 성서를 가리킨다. 『삼단 논법』이라는 표현이 암유로서 쓰여지고 있으므로 삼단 논법의 술어인 『명제』라는 말이 여기 들어온 것이다.

14) 성서에 있는 말을 하느님의 말씀이라고 믿어야 할 이유는, 거기 나와 있는 여러 가지 기적적인 사업에 있는 것이라고 한다. 자연의 힘이 쇠를 달구고 두들겨서 행한 사업이 아니라는 것은, 초자연적인, 기적적인 사업이라는 것이다.

15) 그리스도 신앙이라는 좋은 식물의 씨.

셨습니다. 그 나무에서 옛날엔 포도가 열렸습니다. 지금은 가시덩굴밖에 나 있지 않습니다만.」

이렇게 말을 끝냈을 때 거룩한 이들이 천구에 퍼지도록 〈하느님을 찬미하노라〉를 천국에 알맞는 선율로 노래불렀다.

그러자 가지에서 가지로 나를 데리고 다니며 시문한 그 주인[16]이 얼른 나를 위로 끌어올려 주었으므로

우리는 마지막 잎새 곁으로 다가갔다.

그가 또 입을 열었다. 「그대의 두뇌에 깃들인 하느님의 은총이 여기까지는 아무 일 없이 그대에게 발언을 허락해 주었다.

그러므로 그대의 응답은 그걸로 좋다고 생각한다. 그러나 이번에는 그대 신앙의 내용과 그대 신앙의 유래에 대해 말해 주기 바란다.」

「아아, 거룩한 아버지시여.」 하고 내가 말을 시작했다.

「무덤에 먼저 달려간 요한보다 당신이 먼저 믿었던 것 같은 굳은 믿음을[17] 당신의 영혼은 지금 여기서 보고 계십니다.

내가 주저치 않고 믿은 신앙의 본질에 대해 내가 말하기를 당신은 원하시며 또 아울러 그 신앙의 유래도 물으셨습니다.

말씀드리지요.

나는 한 분의 신, 유일하고도 영원한 하느님을 믿습니다. 하늘은 스스로 움직이는 것이 아니라, 이 하느님이 모든 하늘을 사랑과 소망으로 움직이고 있습니다.

이 신앙에 대해 나는 단지 물리나 철리(哲理)의 증명만을 갖고 있는 것이 아닙니다.

모세며 예언자며 시편이며 복음서며 또 불타오르는 영(靈)이 당신들을 축복하신 뒤 당신들이 쓴 책을 통해 자비로운 비처럼 내려지는 진리에 의해서도 나에게 주어지고 있는 것입니다.

나는 영원하신 삼위를 믿습니다. 그리고 이것은 하나이며 셋의 본질이므

---

16) 주인은 성 베드로를 가리킨다.

17) 〈요한 복음〉 20장 참조. 요한이 먼저 그리스도의 묘로 달려갔으나, 베드로가 먼저 묘안으로 들어가서, 먼저 그리스도의 부활을 믿었다는 것을 말한다. 이 대목이 원문에서는, 요한은 『보다 젊은 다리』로 나와 있으며 이름은 명기되어 있지 않다.

로 그 동사의 변화는 복수도 허용되리라 믿습니다.

　이미 몇 차례나 복음서의 교리가 내가 이제 언급한 이 심오한 하느님의
조건을 내 머릿속에 새겨 주었습니다.

　이것이 근원이며, 이것이 불꽃입니다. 이것이 나중엔 활활 타올라서 마치
하늘의 별처럼 내 안에서 빛나는 것입니다.」

　주인은 기쁜 소식을 들으면 하인이 말을 마치자마자 그를 포옹하고 감사
의 뜻을 나타내는데

　마치 그처럼 내가 말을 마치자 사도의 광명은 세 번 내 주위를 돌고서
나를 축복하고 노래를 불렀다.

　나는 그분의 명령으로 말했던 것인데, 그만큼 내 말이 그분의 마음에
들었던 것이었다.

제 25 곡

　단테는 자기가 고향 피렌체로 맞아들여져, 세례당의 샘 앞에서 시인으로서의
월계관을 쓰게 될 날이 있을 것을 꿈꾼다. 야곱이 나타나서 소망에 대해 여러
가지 질문을 던진다. 단테가 하나하나 대답하자 영혼의 무리는 만족하여 〈소망
을 주에게 둘지어다〉라는 노래를 부른다. 이어서 사도 요한이 나타난다. 요한
의 혼이 육신과 함께 승천했다는 소문을 확인하려고 단테는 요한의 빛을 바라
본다. 그는 눈이 부셔서 베아트리체의 모습조차 보이지 않게 된다.

　하늘을 시로 읊고 땅을 시로 읊는 이 《신곡》[1]을 위해 오랜 세월 뼈를
깎는 듯한 고생을 거듭하여 몸도 야위었지만

　그 옛날 아직 어린 양이었던 내가 자던 저 아름다운 양우리[2]에서 나를
몰아낸 흉악한 이리들의 잔혹 무도함을 만약 이 시가 무찌를 수 있다면

---

　1) 성스러운 시(poema sacro)라고 원문에는 되어 있으나 뜻을 명확하게 하기
　　위해 《신곡》이라 역했다.
　2) 아름다운 양우리는 피렌체를 가리킨다.

그 때는, 목소리도 머리털도 이미 변해[3]버렸으나

나는 거기 시인으로서 되돌아가서 나의 세례당[4]의 우물가에서 머리에 관을 쓰게 되리라.

그 세례당에서 나는 하느님의 존재를 영혼에게 알리는 신앙을 얻게 되었고 그리고 그 신앙이 있음으로 해서 지금 성 베드로가 나의 둘레를 도셨던 것이다.[5]

그리스도가 남기신 대리자 중의 제 일인자[6]가 나왔던 바로 그 원에서 또 하나의 빛이 밖으로 나와 우리에게 다가왔다.

나의 여인은 기쁨에 차서 나에게 이렇게 말했다.「보세요, 보세요, 저 성인입니다, 저분을 위해 현세의 사람들은 갈리시아[7]로 순례를 떠나는 것입니다.」

비둘기가 짝을 찾아 날아다닐 때는 상대의 주위를 맴돌며 구구구 속삭이면서 애정을 표시하는데

그와 마찬가지로 새로 온 귀공자가 앞서 온 위대한 귀공자의 영접을 받고 그들을 길러 주는 천상의 음식을 찬양하는 모습이 눈에 비쳤다.

그 인사가 무사히 끝나자 두 사람은 내 앞에 말없이 멈춰 서서 휘황하게 빛났으므로 나는 눈이 부셔서 앞이 보이지 않았다.

그러자 베아트리체가 미소지으며 말했다.「우리 왕궁의 풍만한 은총을 적어서 남긴 이름 높은 혼[8]이여,

---

3) 젊었을 때의 단테는 사랑의 시인이었으나 지금은 종교 시인이다. 그것이 『목소리도 변한』의 내용이라는 설도 있으나, 그 다음의 머리털이 색깔도 변하고 빠졌다는 육체적 변화와 마찬가지로 목소리도 변했다는 것은 노년의 이미지일 것이다.

4) 피렌체의 성 요한의 세례당에 대해서는 지옥편 19곡의 주 참조.

5) 천국편 24곡 참조.

6) 베드로는 지상에서의 그리스도의 최초의 대리자이다.

7) 갈리시아는 중세기 최대의 순례지로서 스페인 서북부의 산티아고를 가리킴. 여기 나타난 빛은 야곱으로서, 그의 무덤은 산티아고에 있다.

8) 〈야고보서〉 1장 5, 17절 참조. 1장 17절에는 하늘로부터의 성총으로서 『각양 좋은 은사와 온전한 선물이 다 위로부터 빛들의 아버지께로서 내려오나니 그는 변함도 없으시고 회전하는 그림자도 없으시니라.』라고 되어 있다.

이 높은 하늘에서 소망이란 이름이 울려 퍼지게 하시옵소서.[9] 그리스도께서 세 분[10]에게 영예를 내리실 때마다 당신의 소망을 상징하셨음은 당신께서 아시는 대로입니다.」

「머리를 들고 기운을 내라. 현세에서 이 천상에 오른 자는 천상의 빛을 받아 눈이 밝고 힘도 늘었을 것이다.」

이러한 격려의 말이 둘째 빛[11]에서 내게 발해졌다.

나는 이 산[12]의 무게 때문에 아래로 내리깔았던 눈을 들어 산쪽을 바라보았다.

「우리 주 하느님의 은총과 뜻에 의해 그대는 천상의 내전에서 성도들과 만날 기회를 얻었다.

그러므로 이 궁전의 참모습을 잘 봄으로써

그대와 다른 사람들의 소망을 굳혀 주기 바란다. 소망이 있기 때문에 지상의 사람들은 선을 추구하는 것이다.

소망이란 무엇인가, 어찌하여 네 마음에 소망이 꽃피었는가, 그리고 소망이 어디서 그대에게 찾아들었는지, 거기에 대해 말해 주길 바란다.」 이것이 둘째 빛이 계속한 말이었다.

그러자 내 날개를 이끌어 하늘 높이 오르게 한 자비로운 여인이 내가 대답하기 전에 이렇게 말해 주었다.

「싸우는 교회[13]의 아들들 중에서 그보다 더 소망에 찬 아들이 달리 없다는 것은 우리 군사 위에 빛나는 태양[14] 속에도 적혀 있습니다.

---

9) 단테의 입으로 『소망』에 대해 말하게끔 해 주세요, 라는 뜻이다.

10) 세 분은 베드로 · 야곱 · 요한. 그들이 그리스도의 변한 모습을 볼 수 있는 영광을 가졌음을 말한다. 교리의 세 가지 덕에 따라 세 사람은 각각 믿음 (베드로) · 소망(야곱) · 사랑(요한)을 상징하는 것이라고 했다.

11) 베드로에 이어서 둘째의 빛인 야곱으로부터.

12) 산은 베드로와 야곱을 가리킨다. 〈마태 복음〉 5장 14절에 『너희는 세상의 빛이라, 산 위에 있는 동네가 숨기지 못할 것이요.』라고 있다.

13) 싸우는 교회는 지상에 있는 그리스도교 신자의 총체를 가리킨다.

14) 이 태양이란 그 속에서 축복받은 사람들이 모든 것을 읽을 수 있는 거울이다.

　그러므로 지상의 싸움이 끝나기도 전에[15] 이집트를 나와 예루살렘을 두루 구경하도록[16] 그에게 허락된 것입니다.

　당신께서 하신 다른 두 물음은, 당신이 알고 싶어서가 아니라 당신이 이 덕을 얼마나 사랑하시는가를 『하계 사람들에게』 그로 하여금 전하라는 물음이시니 그에게 맡기겠습니다.

　별로 어려울 것도 없고, 그의 경우로선, 허영의 근원이 되지도 않을 것입니다.[17] 그가 하느님의 은총으로

　끝까지 훌륭하게 대답할 수 있기를 빕니다.」

　제 실력을 과시할 기회를 얻어 스승에게 잘 아는 과목을 서둘러 대답하는 제자처럼 「소망이란」 하고 나는 대답했다.

　「소망이란 미래의 영광을 의심 없이 기다리는 것이며, 그 기다림은 하느님의 은총과 인간의 그 때까지의 공덕에 유래됩니다.

　수많은 별[18]들로부터 이 빛이 나에게 내려집니다.

　내 마음에 처음으로 빛을 부어 준 이는 으뜸가는 지도자의, 으뜸가는 가인(歌人)[19]이었습니다.

　『주의 이름을 아는 자[20]는』 하고 그는 찬송가를 불렀습니다.

　『주의 이름을 아는 자는 소망을 주에게 둘지어다.』 나처럼 신앙을 지닌 이라면 그 이름을 모르는 이가 어디 있겠습니까?

　당신은 다시 당신의 책으로 빛을 나에게 부어 주셨습니다. 그래서 나는 충만되어 당신의 빛을 다른 이 위에 풍부하게 내려 주는 것입니다.」

　내가 이렇게 말하는 동안 그 불꽃의 활활 타오르는 가슴 안에서 갑자기

---

　15) 〈욥기〉 7장 1절에 『세상에 있는 인생에게 전쟁이 있지 아니하냐.』라고 되어 있다.

　16) 이집트는 현세를, 예루살렘은 천국을 가리킨다. 이집트에 대해서는 연옥편 2곡 참조.

　17) 소망을 가질 수 있다는 것은 각자의 가치의 정도에 따르는 것이므로 그것은 허영의 근원이 될 수 있다. 이 경우의 소망은 피에트로 롬바르도에 의해 신학적으로 정의된 구원의 소망이다.

　18) 수많은 별은 성서를 쓴 이들을 가리킨다.

　19) 으뜸가는 지도자(하느님)의 으뜸가는 가인은 다윗이다. 〈시편〉 안에서 다윗은 소망을 자주 읊었다. 다윗에 대해서는 천국편 20곡 참조.

　20) 〈시편〉 9편 10절.

불이 연거푸 번개처럼 섬광을 발했다.

뒤이어 거기서 숨소리가 흘러나왔다.

「싸움터를 떠나 종려잎[21]을 받기까지 나를 떠나지 않았던 이 덕에 대해서 나는 아직도[22] 사랑의 불로 타고 있는데,

그 사랑에 의해 나는 다시 그대에게 말한다. 그대는 이 덕을 기꺼워하며 따르고 있으니, 소망이 그대에게 약속하는 바를 말해 줄 수 있겠는가?」

그래서 내가 대답했다. 「신약, 구약의 성서는 하느님이 선택하신 영혼의 목표를 정하고 그 목표가 또한 나에게 앞길을 제시해 주는 것입니다.

이사야의 말씀[23]대로 선택된 영혼은 모두 제 고장에서 겹옷[24]을 입을 것입니다. 그리고 그 고장이란 바로 이 감미로운 생활을 말하는 것입니다.

또한 당신의 아우님[25]은 흰옷에 대해 말하시면서 더욱더 자상하게 설명하시어 이 일을 우리에게 계시하고 계십니다.」

내가 이렇게 말을 마쳤을 때 우리 머리 위에서 〈소망을 주께 둘지어다〉라는 노래가 들리고 윤무의 무리는 그에 따라 앞을 받아 노래불렀다.

뒤이어 그들 가운데서 하나의 빛이 휘황하게 빛났는데 만약 거해궁에 이런 수정이 빛났더라면 겨울 한 달은 낮이 계속되리라 싶었다.[26]

마치 순진한 처녀가 미소를 담고 신부를 축하하며 일어나 자진해서 춤

---

21) 종려잎은 순교의 표상이다. 야곱은 예루살렘에서 서력 62년에 순교했다.

22) 천국에 가면 신앙이 없다. 왜냐하면 믿는 것이 아니라 실지로 보기 때문이다. 소망도 없다. 왜냐하면 지복을 실지로 갖기 때문이다. 그러나 사랑만은 『지금도 아직』 계속되고 영원히 계속된다.

23) 〈이사야〉 61장 7절에 『……너희가 수치 대신에 배나 얻으며 능욕 대신에 분깃을 인하여 즐거워할 것이라. 그리하여 고토에서 배나 얻고 영영한 기쁨이 있으리라.』라고 되어 있다.

24) 겹옷이란 혼의 지복과 육체의 부활을 얻는다는 뜻.

25) 아우님─단테는 그 당시 유행되던 설에 따라 〈야고보서〉의 저자와 〈요한 계시록〉의 저자 요한을 형제로 생각했다. 흰옷에 대한 묘사는 〈요한 계시록〉의 7장 9절 이하에 있다.

26) 겨울 한 달 동안(정확하게는 12월 21일부터 1월 21일까지) 태양은 마갈궁에 위치한다. 거해궁은 그 정반대이다. 그러므로 만약 이러한 수정빛, 즉 사도 요한의 혼이 거기에 자리잡고 빛났더라면, 밤에도 낮처럼 밝으리라는 것이다. 이 비유는 번거로워서 효과가 없다.

속에 끼어들듯이

　그 휘황한 빛이 자기들의 세찬 사랑에 알맞은 노랫소리에 맞춰 원을 짓고
춤추는 두 사람에게[27] 끼어드는 것이 보였다.

　그리고는 거기서 노래에 맞춰 춤추기 시작했다. 나의 여인은 꼼짝도 않고
말없이 그들을 찬찬히 바라보았다.

　「저분이 우리 펠리컨의 품[28]에 의지하고 있었던 분입니다. 그리고 십자가
위의 그리스도는 저분에게 크나큰 소임[29]을 골라 맡기셨습니다.」

　이렇게 여인이 말했다. 그러나 말하고 나서도 전과 마찬가지로 바라보는
눈을 움직이려 하지 않았다.

　일식이 있다는 말을 듣고 눈을 모아 태양을 잠시 바라보려는 이가, 끝까
지 보기도 전에 눈이 부셔서 보지 못하듯이

　나는 이 마지막 광명을 보려다가 눈앞이 캄캄해졌다.[30]

　그 때 목소리가 들렸다. 「어찌하여 여기 있지도 않은 것을 보려고 눈을
부시게 하느냐?

　나의 육신은 지상의 흙이 되었다. 우리의 수가 영원한 주님 뜻의 예정과
같은 수가 될 때[31]까지,

　거기에 다른 육신과 마찬가지로 누워 있을 것이다.

　겹옷[32]을 입고 축복받은 수도원에 계신 이는 방금 위로 올라온 두 분[33]

---

27) 성 베드로와 성 야곱, 두 사람이다.

28) 최후의 만찬 때 『요한은 예수의 품에 의지하여 누웠느니라.』(〈요한 복
　　음〉 13장 23절). 펠리컨이란 그리스도를 가리킨다. 이 새가 제 피를 부어
　　넣어서 죽은 새끼를 소생시켰다는 전설에서 비롯된다.

29) 주(主)를 대신하여 자식으로서 마리아를 섬기는 것이 크나큰 소임이다
　　(〈요한 복음〉 19장 26절 참조).

30) 요한은 육신을 지닌 채 승천했다는 전설이 있었다. 그래서 단테가 호기심
　　의 눈으로 요한의 빛을 보려고 한 것이다. 토마스 아퀴나스의 《신학 대
　　전》에는 요한이 육신을 지니고 승천했을 가능성이 인정되고 있다.

31) 우리들 선택된 사람들의 수가 하느님께서 미리 정하신 성도의 수에 찰
　　때까지. 단테에 의하면 그 수는 하느님을 배반한 악천사(惡天使)의 수와
　　같다고 한다(〈향연〉 제2권).

32) 영혼과 육체의 겹옷.

33) 그리스도와 마리아 두 사람은 천국편 23곡에서 지고천으로 올라갔다.

뿐이다. 그대는 현세에 이것을 전해 주기 바란다.」

이렇게 말하자 불꽃의 춤은 갑자기 멎고, 셋의 숨결을 섞은 아름다운 노랫소리도 역시 그와 함께 뚝 그쳤다.

그것은 과로나 위험을 피하기 위해 여태까지 물을 젓고 있던 노를 피리 소리 하나로 일제히 멈추는 것과도 흡사했다.

아아, 얼마나 놀라움에 마음이 어지러워졌던 것일까!

베아트리체를 보려고 뒤돌아보았으나 나는 그녀 곁에 있었는데도 불구하고 이 행복의 나라[34]에서 그녀의 모습을 볼 수가 없었다.

제 26 곡

시력의 상실을 염려하는 단테를 사도 요한이 격려하여, 두 사람은 사랑에 대해 질의 문답을 거듭한다. 단테는 지상선을 사랑해야 할 이유를 철학적 추리와 계시의 두 가지 면에서 설명하여 대답한다. 구술 시문(試問)이 무사히 끝났을 때 『거룩하도다』라는 외침 소리가 들려 온다. 그 때 베아트리체의 시선을 받고 단테의 시력이 회복된다. 그러자 아담의 영혼이 보인다. 아담은 단테의 청을 받아들여 자기 신상에 대한 해명을 한다.

시력을 잃었나 하여 내가 속으로 염려하고 있을 때, 그 시력을 잃게 한 빛[1] 속에서 내 주의를 끄는 다음과 같은 목소리가 들렸다.

「나를 보려다가 잃은 시력을 그대가 회복할 때까지는 이야기나 해서 보충하는 것이 좋으리라.

우선 묻겠는데, 그대의 마음은 어디다 초점을 두고 있느냐. 그대 눈은 흐리긴 했으나 아주 안 보이게 된 것은 아니니 안심하라.

---

34)「이 행복의 나라—천국」에서 시력이 강해졌는데도 불구하고 요한을 보고 눈이 부셨기 때문에 베아트리체의 모습을 볼 수가 없었다. 단테는 전과 같이 베아트리체의 지시를 받으려고 그녀를 돌아본 것이다.

1) 빛은 사도 요한의 혼이다.

이 하늘 나라로 그대를 인도해 가는 여인은 그 눈길 속에 아나니아의 손이 가졌던 힘[2]을 지니고 있다.」

내가 대답했다. 「이 눈은, 지금도 나를 타오르게 하는 불을 가지고 여인이 들어왔을 때의 문이었습니다. 빠르건 늦건 좋으실 대로 고쳐만 주시면 좋겠습니다.

이 궁전 사람들이 모두 기쁨으로 삼고 있는 선이야말로[3] 사랑이 혹은 부드럽고 혹은 세차게 나에게 읽어 주는 책의 알파요, 오메가입니다.」

내가 갑자기 눈이 아찔함을 느끼고 소경이 되었는가 하여 당황하고 있을 때 나를 격려해 준 바로 그 목소리의 주인공이 나의 주의를 이야기 쪽으로 돌려 주었다.

그리고 그 목소리가 말했다. 「그대를 알기 위해서는 좀더 고운 체가 필요한 것 같다. 그럼 무엇이 이러한 것으로 그대의 활을 향하게 했는지 그것을 말해 보라.」

그래서 내가 대답했다. 「이러한 사랑이 내 마음속에 새겨짐은, 철학적 추리[4]와, 이 천상에서 내리는 권위에 의한다고 생각합니다.

선은, 그것이 선이라고 이해되는 한, 이내 사랑에 불을 켭니다. 그리고 그 선이 완전에 가까우면 가까울수록 그 힘도 큽니다.

그러므로 완성의 정도가 훨씬 높아서 그 때문에 그 밖의 다른 선은 모두 고작해야 그 빛이 발하는 개개의 광선일 따름인,

그 본질을 향하여[5] 이 논증의 속속들이에 숨은 진실을 간파하는 지성은

---

2) 〈사도 행전〉 9장 10절 이하에 아나니아가 안수를 하자 즉시 사울의 눈에서 비늘 같은 것이 벗겨지며 다시 볼 수 있게 된 이야기가 나와 있다.

3) 선은 하느님이다. 사랑이 나에게 읽어 준다는 것은 그 선을 사랑하라는 뜻이다.

4) 모든 사람이 지고선을 바란다는 철학적 추리. 연옥편 16곡 참조. 이 곳 천상으로부터 성서를 통해 지상으로 내리는 하느님의 계시에 의해.

5) 하느님이라는 본질을 향해서. 앞뒤 내용의 논증은 다음과 같은 삼단 논법으로 이루어져 있다. 1, 사랑이 추구하는 것은 선이며 선은 사랑을 자극한다. 즉 선이 클수록 사랑도 커진다. 2, 하느님은 지고선이며, 그 외의 선은 모두 하느님의 광휘가 발하는 빛에 지나지 않는다. 3, 그러므로 하느님이 가장 사랑을 받아 마땅한 것이다.

사랑에 힘입어 다른 모든 것을 젖혀놓고 우선 다가갈 것입니다.

이러한 진실을 나에게 이해시켜 준 이는 모든 영원한 존재의 원초적 사랑을 나에게 보여 준 이[6]였습니다.

자신에 대한 것을 모세에게 다음과 같이 말씀하신 진실한 저자[7]의 말씀도 그것을 증명하고 있습니다. 『나, 너에게 온갖 선을 보여 주리라.』

그리고 당신 또한 나에게 그 진리를 증명하고 계십니다. 당신의 그 드높은 알림[8]은 다른 어떤 알림보다도 더 자세히 이 천상의 신비를 지상에 전하고 있습니다.」

그러자 다음과 같은 목소리 들렸다. 「인간의 지성과 그 지성에 합치되는 권위를 좇아서, 그대의 사랑 가운데 으뜸가는 사랑은 하느님을 위해 젖혀 둬라.

그리고 그대를 사랑으로 끌어들이는 그 밖의 밧줄을 그대가 과연 느끼는지, 몇 개의 이빨로 사랑이 그대를 물고 있는지, 그 점도 말해 보라.」

그리스도의 독수리[9]의 거룩한 의도가 모두 드러나 있었다. 어떠한 대답을 그가 기대하고 있는지 나는 짐작이 갔다.

그래서 다음과 같이 말했다. 「인간의 마음을 주께로 돌리게 할 수 있는 이빨들은 나로 하여금 주를 사랑하도록 힘을 합하여 도와줍니다.

왜냐하면 세계의 존재와 나 자신의 존재[10] 및 나를 살리기 위해[11] 그리스도가 달갑게 받아들인 죽음, 그리고 모든 신자가 소망하는 그것,[12]

이러한 것들이 앞서 말한 싱싱한 인식[13]과 함께 나를 그릇된 사랑의 바다

---

6) 여기까지가 철학적 추리이다. 여기서 암시되고 있는 철학자는, 하느님을 제일인(第一因)으로 생각하고, 인간의 혼이 그것에 합치되는 것을 원한다고 생각한 아리스토텔레스(또는 플라톤)이리라.

7) 진실된 저자는 하느님이다.

8) 당신의 그 드높은 알림은 〈요한 계시록〉을 가리킨다.

9) 〈요한 계시록〉 4장 7절에 독수리가 언급되어 있는데, 이것이 요한을 상징하는 것이라고 생각되고 있었다.

10) 세계의 존재와 나의 존재는 창조주의 영광과 선의를 나타낸다.

11) 내가 천국에서 살기 위해, 이 가능성은 그리스도의 죽음에 의해 생겼다.

12) 모든 신자가 기다리고 바라는 것은 영원한 지복이다.

13) 하느님은 지고선이므로 가장 사랑을 받아 마땅하다는, 앞서의 철학적 추리와 계시에 의해 얻어진 인식.

470

에서 건져내어 올바른 사랑의 바닷가에 놓아 주었습니다.

영원한 원예사[14]의 과수원에 우거진 나뭇잎을 하느님이 그들에게 내리시는 자애의 크기에 따라 나는 사랑합니다.」

내가 말을 마치고 입을 다물자마자 그지 없이 부드러운 노랫소리가 하늘에 울려 퍼졌다. 그리고 나의 여인이 다른 이들과 함께 외쳤다.

「거룩하도다, 거룩하도다, 거룩하도다![15]」

날카로운 빛을 받으면서 시력은 막을 통과해 오는 빛살을 향해 달리므로 눈은 문득 뜨였지만

뜨고서도 눈앞의 것을 잘 분간할 수가 없다. 갑자기 뜬 시력으로는 판단력의 도움이 없으면 현실을 충분히 파악하지 못하는 것이다.

이와 마찬가지로 천 마일 앞을 비추는 눈빛으로 베아트리체가 내 눈의 티끌을 말끔히 털어 주었다.

그래서 좀더 잘 볼 수 있게 되었으나 나는 얼빠진 사람처럼 우리 옆에 보이는 저 넷째 빛은 무엇이냐고 물었다.

그러자 여인이 대답했다. 「저 빛 속에서는 첫째 힘[16]이 처음으로 창조하신 첫째 영혼이 그 조물주를 우러러 사모하고 있습니다.」

바람이 불 때 끝이 휘는 나뭇가지는 바람이 지나고 나면 또 스스로를 쳐드는 제 힘으로 일어서듯이

나도 그녀의 말을 듣는 동안은 놀라서[17] 머리를 수그리고 있었으나, 이내 말을 하고 싶은 욕망이 불타올라 그것에 힘입어 입을 열었다.

「아아, 애초부터 익어서 열매[18] 맺은 유일한 과실이여.

---

14) 영원한 원예사는 하느님이다. 〈요한 복음〉 15장 1절에 『내가 참 포도나무요 내 아버지는 그 농부라』(천국편 12곡 참조).

15) 〈요한 계시록〉 4장 8절 참조. 믿음과 소망과 사랑에 대해 단테가 무사히 시문(試問)에 대답했으며 축복받은 혼들이 하느님을 찬양하여 이렇게 외친 것이다.

16) 첫째의 힘은 하느님이다.

17) 인류의 첫째 아버지 아담 앞에 자기가 있다는 것을 알고 깜짝 놀라 머리를 숙여 경의를 표한 것이다.

18) 아담은 천국편 7곡, 26곡에 있듯이 『태어나 본 적 없는 사람』으로, 처음부터 성숙한 남자로서 만들어진 인간인 것이다.

아아, 새색시란 새색시는 모두 당신에겐 딸이요, 며느리인 우리의 옛 아버지시여,

진심으로 바라오니 말씀해 주십시오. 당신의 말씀이 빨리 듣고 싶어 전 아뢰지 않겠습니다. 아뢰지 않아도 당신은 알고 계실 것입니다.」

때때로 거적 밑에서 짐승이 몸을 움직거리면 거적이 짐승과 함께 움직여 짐승의 뜻이 겉으로 나타나는 수가 있는데

그와 같이 첫째 영혼은 기꺼이 내 청을 들어 주려는 그의 심정을, 그를 에워싼 빛[19]을 통하여 내게 보여 주었다.

그리고 그 속에서 목소리가 들렸다. 「굳이 말하지 않아도 네 뜻은 잘 알고 있다. 네가 확실하다고 생각하는 무엇보다도 더 확실히 알고 있다.

너의 뜻은 진실의 거울[20]에 비쳐 있다. 이 거울 자체를 완전히 비춰 주는 것은 없으나 이 거울에는 다른 모든 것이 완전히 비치고 있다.

네가 묻고 싶은 것은, 이처럼 긴 하늘의 충계를 오르도록 너의 여인이 너에게 마련해 준 그 낙원에 하느님이 나를 두신 지 얼마나 되며

내 눈의 즐거움이 얼마나 계속되었는지[21] 또 크나큰 분노의 참된 원인이 무엇이며 내가 지어내어 내가 쓴 말이 무엇이냐는 것이다.

듣거라, 내 아들아.

내가 열매를 맛보았다는 것만으로는 그와 같은 추방의 원인은 되지 않았다. 한계를 제멋대로 넘어섰다는 점이 문제인 것이다.[22]

너의 여인이 비르질리오를 움직인 그 곳[23]에서 이 천국의 모임을 동경하

---

19) 아담의 혼을 에워싼 빛이 그 때 세차게 불타올랐던 것이다.

20) 진실의 거울은 하느님이다.

21) 아담이 지상 낙원에 머물러 있던 기간은 얼마나 되느냐는 뜻이다.

22) 금단의 열매를 먹었다는 그 자체보다도, 하느님에 의해 인간에게 부과된 한계를 제멋대로 뛰어넘어 아담과 이브가 하느님과 동등하게 되려고 한 것이 하느님의 노여움을 산 것이다. 즉 교만의 죄 때문에 지상 낙원에서 추방당한 것이다.

23) 베아트리체의 의뢰를 받은 비르질리오는 림보에서 단테를 구하러 가기 위해 움직이기 시작한 것이다.

며 나는 사천 삼백 이 년을 보냈다.[24]

그리고 나는 지상에 있는 동안 태양이 구백 삼십 번 그 궤도에 있는 모든 별 위로 돌아가는 것을 보았다.

내가 쓰던 언어는 니므롯의 족속이 완성할 수 없는 사업[25]에 착수하기 훨씬 이전에 아주 완전히 사라져 버렸다.

인간의 기호는 전체에 좌우되어 변화하므로 이성의 산물이 변함 없이 오래 계속된 적은 이제껏 한번도 없었다.

사람이 말을 한다는 것은 자연 행위이지만 어떻게 말하건 그것은 너희들 좋을 대로, 너희들이 자연으로부터 재량을 일임받고 있다.

내가 지옥에 떨어져 고초를 겪기 전에는 나를 에워싼 이 희열의 빛이 생기는 본체의 지고선은

지상에서 J라 불리었고 이어서 EL이라 불리었다.[26]

인간의 습성은 가지에서 나뭇잎이 한 잎 지고 다시 한 잎 돋는 것과 같은 것이다. 그러므로 그러한 변화는 당연하다 할 수 있으리라.

파도 위로 하늘 높이 솟아오른 저 산 위에 내가 있던 시간은, 맑은 때와 흐린 때를 합하여 첫 시간부터 태양이 모양을 바꾸는 여섯째 시간 다음에 오는 시각[27]까지이다.」

---

24) 아담은 지상에서 930년, 림보에서 4, 302년을 보냈다. 아담이 창조되었을 때부터 그리스도의 죽음까지 5,232년이라는 것이다. 그리스도의 죽음에서 단테의 환상까지는 1, 266년이 경과되었으므로 모두 계산하면 6, 498년이 지난 것이 된다. 아담의 나이는 〈창세기〉 5장 5절에 의한다. 그리고 그리스도 탄생을 천지창조 후 5, 200년으로 간주하는 것은 중세기의 역사가 에우세비우스 등의 설에 의한다.

25) 바벨 탑의 건설이다. 니므롯과 언어의 혼란에 대해서는 지옥편 31곡, 연옥편 12곡 참조.

26) J의 출전에 대해서는 정설이 없다. EL은 고대 헤브라이 어로 강자라는 뜻이었다고 한다.

27) 아담이 연옥 산 꼭대기의 지상 낙원에 있던 시간은, 하느님에 의해 만들어진 『첫 시간부터』 금단의 열매를 먹고 낙원에서 추방되기까지는 여섯 시간이 조금 넘는다는 것이다.

제 27 곡

　　성 베드로의 빛이 흰 빛에서 붉은 빛으로 변하면서 몹시 격한 말투로 교황
의 지위를 빼앗은 자들을 비난한다. 다른 빛들도 거기에 동조하여, 여덟째
하늘은 그 때문에 붉은 저녁노을 같은 빛이 된다. 빛의 무리가 승천하여 사라
진 다음, 베아트리체는 단테에게 다시 한번 조그마한 지구를 돌아보게 한다.
이어서 둘은 원동천(아홉째 하늘)에 오른다. 베아트리체는 이 하늘의 여러
특성을 설명한 다음, 이 천상으로 눈을 돌리려 하지 않는, 올바른 길에서 벗어
난 인간들을 비난한다.

　「성부와 성자와 성신께 영광 있으라.」 하고 천국이 온통 소리를 합하여
노래를 부르기 시작하자 아름다운 노랫소리에 나는 취한 듯한 기분이었다.
　내 눈에 비치는 것마다 마치 온 누리의 미소같이 여겨져, 듣는 거나 보는
거나 모두가 도취를 안겨 주는 것이었다.
　아아, 환희여.
　아아, 형언할 수 없는 희열이여.
　사랑과 평화로 이룩된 완전한 삶이여!
　아아, 더이상 바랄 수 없는 탄탄한 재보[1]여!
　내 눈앞에는 횃불 넷이 타오르고 있었다. 그리고 맨 먼저 나에게 다가온
불[2]이 한층 더 세차게 타올랐는데
　순식간에 그 모양은 흰 목성과 붉은 화성을 새라고 했을 때, 그들이 서로
깃털을 바꾼 것 같은 빛깔을 드러냈다.[3]
　이 천상에서 때를 가려 각각 일을 맡기시는 하느님의 섭리는 이 때 축복

---

　1) 천국의 축복받은 이들은 지복이라는 재보를 단단히 가지고 있으므로 그
　　이상을 바라지 않는다.
　2) 맨 먼저 단테에게 다가온 이는 베드로 · 야곱 · 요한 · 아담, 네 사람 중에서
　　베드로이다(천국편 24곡 참조).
　3) 베드로의 불이 열정 때문에 붉어졌다는 것이다. 이 비유는 너무 복잡해서
　　효과적이 못 되는 것 같다. 그리고 『흰』, 『붉은』의 수식어는 역자가 설명
　　을 하기 위해 덧붙였다.

받은 합창대에게 일제히 침묵할 것을 명했다.

그러자 다음과 같은 목소리가 들렸다. 「내가 빛깔을 바꾸었다 할지라도 놀랄 것은 없다. 내가 말하는 동안에도 이 곳 사람들이 모두 변색하는 것을 보리라.

나의 그 지위,[4]

하느님의 성자 앞에서는 공석이 되어 있는 나의 그 지위,

나의 그 지위를 지상에서 빼앗은 자[5]는 내 무덤의 땅[6]을 피로 더럽히고, 악취 풍기는 쓰레기터로 삼았다. 그래서 이 하늘에서 떨어진 저 배교(背敎)의 무리[7]가 지상에선 크게 기뻐하고 있는 것이다.」

아침 저녁으로 맞은편에 있는 구름을 태양은 붉게 비추는데, 그 때 하늘이 온통 그와 같은 빛깔로 물드는 것을 나는 보았다.

얌전한 여자는 자기에게 허물이 없다는 자신이 있는데도, 남의 허물을 들으면 조심스레 안색을 바꾸듯이 베아트리체의 안색도 변했다. 그리스도의 수난 때에도 이와 같이 하늘 빛이 변했을 것이다.[8]

이어서 안색과 마찬가지로 목소리조차 변하여 베드로는 다음과 같은 말을 다시 했다.

「그리스도의 신부[9]가 내려와 리노와 클레토의 피를 마신 것은 신부를 미끼로 돈을 벌기 위해서가 아니었다.

시스토[10]와 피오와 칼리스토와 우르바노도 심한 박해를 받아 피를 흘렸으나 이는 오직 이 즐거운 삶을 여기서 얻기 위해서였다.

---

4) 여기서 마음속으로 노여움을 느낀 베드로가 세 번 되풀이하는 『나의 지위』는 그리스도의 대리자, 교황의 지위를 가리킨다.

5) 빼앗은 자는 보니파치오 8세이다. 단테가 미워하는 이 교황에 대해서는 지옥편의 각 곳에 언급된다. 지옥편 27곡, 지옥편 19곡 등 참조.

6) 성 베드로의 무덤이 있는 땅은 로마이다. 그 곳을 피로 더럽혔다는 것은 지옥편 27곡에도 언급되었던 내분과 사사로운 싸움을 가리킨다.

7) 저 배교의 무리는 악마 대왕(지옥편 34곡 참조)이다.

8) 〈마태 복음〉 27장 45절 참조.

9) 그리스도의 신부는 교회다. 베드로(초대 법황)도 리노(2대 법황, 67~78?)도 클레토(3대 법황, 78~91?)도 모두 순교했다.

10) 시스토 이하는 모두 기원 2, 3세기의 순교자이다.

그리스도 신자의 한 무리가 우리 후계자들의 오른편에, 또 다른 한 무리가 그와 반대의 왼편에 앉는다는 것은[11] 우리의 뜻이 아니었다.

그리고 나에게 맡겨진 열쇠가 세례를 받은 신자들에 대한 전투의 기치가 된 것도

또한 괘씸하고, 얼굴이 뜨거워지는 이야기지만 거짓 특권을 매매하는 교황의 도장에 내 초상이 새겨진 것도 우리의 뜻은 아니었다.

목장이란 목장에는 모두 양치기 차림을 한 탐욕스러운 이리들이 있는 것이 보이지만 아아, 어찌하여 하느님의 구원의 손길은 뻗치지 않는가?

카올사와 구아스코냐[12]의 무리가 우리의 피를 마시려고 노리고 있다.

아아, 훌륭했던 시작이 떨어져 가는 끝은 너무나도 비참하구나!

그러나 쉬피오와 힘을 합하여 세계의 영광을 로마에서 수호하신 하느님의 깊은 섭리가 머잖아 도우러 오시리라는 것을 벌써 나는 알고 있었다.

그러므로 아들아, 너는 다시 한번 하계로 육신의 무게를 지닌 채 되돌아가서 내가 숨김 없이 말한 것을 하나도 숨기지 말고 입을 크게 열어 세상에 숨김 없이 알려 다오.」

하늘의 마갈궁의 뿔이 태양을 닿으면[13] 얼었던 물기는 눈송이가 되어 지구의 대기를 통하여 내리는데

그와 마찬가지로 여기 우리와 함께 머물러 있던 개선한 물기[14]가 눈송이가 되어, 상천을 향하여 정기 속을 반짝이면서 오르는 것이 보였다.

내 눈은 그들의 뒷모습을 쫓았다. 중도까지는 갈 수 있었으나 더이상 멀리는 따라갈 수가 없었다.

내 눈이 뒤쫓기를 그만두자 여인이 나에게 말했다.「눈길을 아래의 지구 쪽으로 보내어 그대가 얼마나 돌았는지를 보세요.」

---

11) 한 무리와 다른 한 무리는 법황당과 황제당 사이의 싸움에 대해 언급한 것이다.〈마태 복음〉25장 33절에 의하면 최후의 심판날, 오른편에 축복받은 사람이, 왼편에 저주 받은 사람이 오기로 되어 있다.

12) 구아스코냐 출신인 클레멘테 5세(1305~1314. 지옥편 19곡 참조)와 카올사 출신인 조반니 22세(1316~1334. 천국편 18곡 참조)를 가리킨다.

13) 태양이 마갈궁 안에 들어가는 것은 동지 무렵이다.

14) 개가를 올리는 물기란 천국편 23곡에 나타난 그리스도의 개선 행렬을 구성하는 축복받은 혼의 빛을 두고 말한 것이다.

476

보니 내가 앞서 굽어보았을 때보다[15] 지구[16]의 첫 지대가 중앙에서 끝까지 뻗친 호를 내가 모두 다 돌았다는 것을 알았다.

그리고 카디스의 저쪽에는 오딧세우스의 광기의 뱃길[17]이, 또 가까이는 에우로페가 아름다운 짐[18]이 되었던 저 바닷가가 보였다.

만약 태양이 궁(宮) 하나를 사이에 둔 내 발밑[19]까지 이르러 있지 않았더라면, 이 탈곡장[20]에는 더욱 뚜렷이 햇빛이 비쳤을 것이다.

줄곧 여인을 사모하는 내 마음은 이 때 더욱 뜨겁게 불타올랐다. 나는 눈을 여인에게 돌렸다.

그녀의 부드러운 얼굴을 돌아다보았을 때 신성한 기쁨이 내 위에서 빛났는데 이 기쁨에 비하면 사람의 눈을 끌고 마음을 사로잡으려고

자연이나 기법이 만들어 낸 그런 음식은 인간의 육체의 모양을 본뜨건 그림으로 나타내건 그 모든 것을 합쳐도 아무것도 아니다.

그리고 내가 그 시선에서 받은 힘이 나를 레다의 고운 보금자리[21]에서 끌어내어 전속력으로 돌고 있는 하늘[22] 안으로 밀어올려 주었다.

그 곳의 각 부분은 먼 곳이나 가까운 곳이나 모두 균일하게 되어 있어

---

15) 단테는 앞서 여덟째 하늘에 도착한 직후(천국편 22곡 참조), 일곱째 천구를 통하여 지구를 돌아다 보았다.

16) 옛날의 지리학자는 북반구의 거주 가능 지역을, 적도에서 북쪽으로 평행되는 일곱 지대로 나누고 있었다. 첫째 지대는 적도의 바로 북쪽에 위치하고, 그 동쪽 끝은 갠지스강, 중앙은 예루살렘, 서쪽 끝은 스페인의 카디스를 지나는 경선 위에 있다. 앞서 단테가 지상을 내려다보았을 때는 예루살렘의 자오선 위에 있던 것이, 이제는 90도를 돌아 카디스의 자오선 위에 와 있다. 단테는 쌍자궁의 별과 함께 여섯 시간 동안 원을 그리며 돈 셈이다. 단테의 지리적 세계상에 대해서는 연옥편 2곡과 그 주를 참조.

17) 오딧세우스의 항해에 대해서는 지옥편 26곡 참조.

18) 제우스는 아름다운 황소로 변하여 페니키아의 해안에서 페니키아 왕의 딸 에우로페를 업고 지중해의 페니키아 바다 기슭으로 사라졌다.

19) 단테는 쌍자궁에 있으나 태양은 백양궁에 위치하고 있다. 그 사이에는 금우궁이 있다.

20) 지구의 북반구를 탈곡장이라고 한 표현에 대해서는 천국편 22곡을 참조.

21) 레다의 고운 보금자리는 쌍자궁을 가리킨다. 카스토와 폴리데우케스는 제우스와 레다 사이에서 난 쌍둥이다.

22) 전속력으로 회전하는 천구는 아홉째 하늘인 원동천이다.

서, 베아트리체가 어느 장소를 택했는지 나로서는 말할 수가 없다.

그러나 여인은 나의 청을 알아차리고 웃으며 말을 시작했다. 그 즐거운 표정에는 하느님이 기꺼워하시는 것 같은 모습이 떠올라 보였다.

「중심부[23]를 고정하고, 그것을 에워싼 모든 것을 회전시키는 우주의 성질은 이 하늘을 바탕으로 하여 여기에서 비롯되고 있습니다.

이 하늘의 자리는 하느님의 뜻[24]외에 달리는 없습니다. 이 하늘을 회전시키는 하느님의 뜻 속에서 불을 발하고, 이 하늘이 비처럼 내리쏟는 힘도 하느님의 뜻에서 나오는 것입니다.

이 하늘이 다른 여덟 하늘을 포용하듯, 빛과 사랑[25]이 이 하늘을 하나의 범위[26] 속에 포용하고 있습니다. 그 범위는 그것을 에워싸고 계시는 분만이 내용을 아십니다.

이 운동은 다른 운동에 의해 결정되는 일이 없으며, 이 운동에 의해 다른 운동이 모두 결정됩니다.[27] 마치 열이 그 반이나 오분의 일에 의해 결정되는 것과 같은 거예요.[28]

시간이 뿌리를 어떻게 이 화분 안에 가지며, 잎새를 다른 모든 화분 안에서 피우는지 이제 그대는 분명히 알게 될 거예요.

아아, 탐욕이여! 네가 인간을 집어삼켜 밑바닥 깊이 가라앉혔기 때문에, 인간은 아무도 네 물결 속에서 눈을 들지 못한다.

의지는 여전히 인간에게 아름다운 꽃을 피우건만 지루한 장마 때문에 진짜 오얏이 썩은 과일로 변했습니다.

---

23) 중심부란 지구를 가리킨다. 단테의 세계상에서는 지구가 고정되어 있고 그 둘레를 하늘이 도는 것이다.

24) 하느님의 뜻은 열째 하늘인 지고천 안에 있다.

25) 지고천의 사랑에 가득찬 지성의 빛이다.

26) 그 범위는 지고천이지만, 그 존재 이유나 내용은 『한정함이 없으시면서도 모든 것을 한정하시는』(천국편 14곡) 하느님만이 알고 있다.

27) 이 원동천의 운동이 다른 모든 운동을 결정한다.

28) 열(10)은 그 반(5)과 그 오분의 일(2)의 두 요소로 인수분해되듯이, 원동천은 다른 모든 하늘의 운행의 원천으로 각각의 여덟 하늘은 그 운행의 힘을 여기서 나눠 갖게 되므로 여러 하늘의 운행을 측정하는 근원은 원동천에 있다. 그러나 다른 여덟 하늘의 운행은 각각 다르므로 그 하나에 의해 그 근원인 원동천의 운행을 측정할 수 없다.

신앙과 청순함은 어린이들 안에서밖엔 찾아볼 수 없게 되었습니다. 더구나 그것도 모두 볼에 수염이 채 나기도 전에 사라져 버립니다.

말을 제대로 잘 못할 때는 단식을 지키던 어린이도 제법 말을 할 줄 알게 되면 어떠한 음식이건 아무 때나[29] 마구 먹어 버리게 되는 거예요.

아직 말을 잘 못할 때는 어머니 말을 잘 듣던 어린이도 제법 말을 할 줄 알게 되면 어머니는 어서 무덤에 묻히는 편이 낫다고 생각하게 되는 거예요.

아침을 데려오고 저녁을 남겨주고 가는 이[30]의 아름다운 딸의 살결은, 이렇듯 처음에는 희게 보이지만 나중에는 검어져 버리지요. 뭐, 그대가 놀랄 것은 없을 거예요. 생각해 보세요, 다스리는 자가 지상에는 아무도 없습니다. 그러므로 인간의 족속은 길을 잘 못 드는 거예요.

그러나 정월이 되어, 현세에서 계산에 빠뜨린 그 백분의 일이라도 지나기만 하면[31]

이 천구의 영향력이 작용하여 기다리던 순풍이 불어와 고물을 이물이 있던 쪽으로 돌릴 거예요.

그래서 배들은 옳은 항로를 잡아 달리고[32] 꽃 다음에 참다운 열매가 익을 거예요.」

---

29) 『아무 때나』는 사순절에도 육식을 끊지 아니함을 가리킨다.

30) 아침을 데려오고 저녁을 남겨두고 가는 자는 태양인데, 그 아름다운 딸에 대해서는 정설이 없다. 문장의 전후 관계로 미루어 보아, 사람을 유혹하는 세속의 부의 상징이 아닌가도 생각된다.

31) 줄리어스 시저의 달력은 1년을 365일과 6시간으로서 계산하고 있었다. 그래서 실제의 1년보다 11분 14초(하루는 1,440분이므로 약 그 100분의 1)가 길다는 오차가 생겼다. 이 오차는 뒷날 그레고리우스 13세가 1582년에 수정한다. 여기서 베아뜨리체는 『곧』이라는 뜻으로 사용했다.

32) 배들, 즉 인류는 이제까지와는 정반대인 올바른 선의 길을 걸어나가리라는 예언이다.

제 28 곡

베아트리체의 눈에 빛이 비쳤으므로 단테는 얼른 얼굴을 돌려 그 빛의 본체를 바라본다. 그것은 하느님의 빛이다. 그 원점 둘레를 햇무리처럼 에워싸면서 아홉 개의 불바퀴가 돌고 있다. 원점에 가까울수록 회전 속도도 빠른데, 그 첫째 자리에는 세라피니〔熾天使〕· 케루비니〔智天使〕· 트로니〔玉座天使〕가 있고 둘째 자리에는 통치 · 권위 · 권력의 천사가, 셋째 자리에는 주권의 천사 · 대천사 · 천사 등이 있다. 아홉 계급으로 나누어진 이 천사의 무리가 아홉 개의 천구에 대응하고 있다는 것, 그 밖의 일들을 베아트리체가 단테에게 자세히 설명한다.

내 마음을 천국처럼 만들어 주시는 여인이 비참한 현세 사람들의 현재 상황을 생생하게 보여 준 바로 그 직후의 일이었다.

자기 등 뒤의 촛대에 불이 켜지면 미처 보거나 생각도 하기 전에 그 불꽃이 벌써 앞의 거울에 비친다.

그래서 돌아서서 유리알에 비친 불이 실물인가 아닌가를 보려고 하면, 노래와 악보가 꼭맞듯이 둘이 부합된다.

지금 돌이켜 생각하면 내가 여인의 눈을, 사랑이 나를 사로잡기 위해 그물로 삼은 그 눈을 보았을 때도 바로 이와 같았었다.

나는 급히 돌아보았으나, 내 눈은 이 천구의 회전을 응시할 때면 반드시 거기 보이는 것의 직사광을 받았다.

예리한 빛을 발하는 한 점의 불[1]이 보였는데 그 빛살을 정면으로 받았을 때는 눈을 감지 않을 수 없는 그런 강한 빛이었다.

현세에서는 가장 작게 보이는 별이라도 그 점 옆에 나란히 놓인다면 달만큼이나 크게 보였을 것이다.

운애(雲靄)가 짙어 무리테가 생길 때 무리테를 물들여 주는 달에서 좀

---

1) 한 점의 불— 하느님은 이 한 점으로 상징되는데, 그 점은 수학상의 점과 마찬가지로 세로나 가로의 길이도 깊이도 없다. 물질적인 살붙임이 없는 점이다.

떨어진 곳에 무리테는 둥글게 원을 짓듯이

바로 그 정도의 거리를 두고 빛이 원을 짓고 그 점의 둘레를 돌고 있었다. 그 속도는 원동천의 속도를 능가하는 것 같았다.[2]

그리고 그 원을 다른 원이 둘러싸고 그것을 셋째 원이, 셋째 원을 넷째 원이, 넷째를 다섯째가, 다섯째를 여섯째 원이 둘러싸고 있었다.

그 둘레에 일곱째 원이 다시 이어졌으나 어찌나 그 폭이 넓은지, 유노의 사자인 무지개가 완전한 원을 이룬대도,

그 속에는 다다르지 못할 것만 같았다.

이렇듯 여덟째, 아홉째의 원이 계속되었는데 어느 것이나 첫째 원에서 멀어질수록 움직임 또한 느렸다.

맑고 밝은 불에 가까우면 가까울수록 진리에 가까이 닿는 탓이겠지만 원의 불꽃도 밝고 맑았었다.

내가 깊은 의혹에 싸여 있는 것을 보고 여인이 이렇게 말했다. 「하늘도 그리고 모든 자연도 저 한 점에 걸려 있는 거예요.

제일 가까이서 저 점을 에워싸고 있는 불바퀴를 보세요. 저토록 빨리 도는 것은 타오르는 사랑이 저 불바퀴를 자극하고 있기 때문이에요.」

그래서 내가 물었다. 「저러한 불바퀴 속에서 보는 것 같은 서열에 따라 세계의 위치가 정해졌다면 난 눈앞에 보이는 것만으로 만족했을 것입니다.

그러나 감각의 세계에서는, 중심에서 멀어질수록 원이 더욱더 장엄해지는 광경도 볼 수가 있습니다.[3]

---

2) 이 대목의 원문에는 『세계를 둘러싸는 가장 빠른 운동』이라고 되어 있는데, 그것은 원동천을 가리키고 있으므로, 역문의 명확을 기하기 위해 원문에는 없는 『원동천』이라는 말을 써서 번역했다. 마찬가지로 바꾸어 번역한 말에는 『달』이 있다. 원어는 『빛』이므로 번역어로서는 직역의 『빛』이나 그 밖에도 무리테가 걸리는 천체로서 『태양』의 가능성도 있다. 그것을 『달』로 한 것은 국어 역문의 명확을 기하려 했기 때문이다. 다른 데서도 이런 식으로 번역한 대목이 다소 있으나 주에 기록하지는 않았다.

3) 아홉째 하늘에서 단테가 본 아홉 개의 불바퀴는 아홉 계급의 천사들로써 구성되어 있다. 그 불바퀴는 중심인 하느님의 불에 가까울수록 장엄하며 회전 속도도 빠르다. 그러나 지구를 중심으로 하는 감각의 세계에서는 그와 반대이다. 단테는 전자(실물)와 후자(모형)의 차이에 대해 의아심을 느낀 것이다. 지상천은 감각의 세계에는 들어가지 않는다.

만약 오직 사랑과 빛으로써 그 경계가 이루어진, 이 훌륭한 천사의 궁전[4] 에서 나의 희망이 이루어질 수 있는 것이라면

어찌하여 실물과 모형이 일치하지 않는지 그 점을 알고 싶습니다. 나 혼자의 생각만으로는 도무지 알 수가 없습니다.」

「그대 손가락이 그 매듭을 풀지 못한다 해서 이상할 것은 없습니다. 시험 하는 이가 없기 때문에 매듭이 굳어져 버린 거예요.」

여인은 이렇게 말하고 나서 다시 계속했다. 「만약 만족을 바란다면 내가 그대에게 하는 말을 잘 듣고 그 말에 세심하게 주의를 기울이도록 하세요.

눈에 보이는 모든 천구는, 그 모든 부분에 뻗치는 힘의 크고 작음에 따라 혹은 넓게, 혹은 좁게 되어 있습니다.

은총이 크면 그것이 주는 복도 커지고, 천구가 크면 그것이 받는 복 또한 크고 완전하답니다.

그러므로 자신과 더불어 나머지 우주를 모두 회전시키는 이 하늘[5]은, 사랑 과 지혜가 가장 깊은 불바퀴[6]에 상응하고 있습니다.

그대 눈에 둥글게 원을 지어 보이는 것의 겉모양이 아니라, 그 힘에 대해 서 그대의 척도를 갖다 댄다면

큰 하늘은 큰 지성[7]에, 작은 하늘은 작은 지성에, 모두 다 훌륭히 대응하 고 있음을 알 수 있을 거예요.」

북풍이 부드럽게 불고 지나가면 조금 전까지 자욱하게 끼었던 안개가 사라지고,

북반구의 하늘은 맑게 개어 온 하늘이 아름답게 미소를 띠는 것처럼,

여인의 명석한 대답을 들었을 때의 나의 기분도 바로 그러했었다. 진리가 하늘의 별처럼 보였던 것이다.

그리고 여인의 말이 멎었을 때, 끓는 쇳물이 불똥을 튀기듯 불바퀴가 차례로 불꽃을 발했다.

섬광이 차례로 날며 불바퀴와 함께 돌았는데, 그 수는 2를 장기판 눈금

---

4) 하늘을 궁전에다 비유하는 예는 성서 안에도 볼 수 있다.
5) 이 하늘은 아홉째 하늘, 즉 원동천을 가리킨다.
6) 첫째 원, 즉 세라피니[熾天使]로 이루어지는 불바퀴이다.
7) 하늘을 움직이는, 저마다의 하늘을 맡고 있는 천사의 지성이다.

수만큼 제곱해서 얻을 수 있는 막대한 수[8]보다도 더 많았다.

그들이 합창대와 더불어 원점을 향해 호산나의 송가를 부르는 소리가 들렸는데, 저 원점[9]이 앞으로도 그들을, 그들이 여태까지 있었던 것 같은 자리에 머물게 붙잡는 것이다.

내 마음속의 의문을 알아챈 여인이 입을 열었다. 「첫째 원과 둘째 원은 그대에게 세라피니와 케루비니를 보여 주었습니다.

그들은 있는 힘을 다해서 저 원점을 닮으려고 저토록 급히 저들의 줄을 따르는 것입니다.[10] 높은 곳에선 원점을 볼 수 있으므로 그게 가능하지요.

그들의 주위를 도는 다음 사랑[11]은 하느님의 눈의 옥좌[12]의 천사라 불리우며 이것으로써 첫째 자리는 끝이 납니다.

인간의 온갖 지성이 충만되는 진리 안[13]을 깊이 들여다보면 볼수록 그들의 기쁨 또한 커진다는 것을 알아야만 합니다.

이제는 아셨겠지요. 축복받은 이의 근거는 보는 행위에서 유래되는 것이지, 그 다음 단계인 사랑하는 행위에서 유래되는 것은 아닙니다.

그리고 얼마나 보이느냐 하는 것은 공덕에 의해 정해지는 것입니다. 그 공덕은 하느님의 은총과 각자의 선의에서 생겨납니다. 이러한 순서에 따라 만사가 진행되는 것입니다.

밤의 백양궁[14]이 앗아갈 수 없는 영원한 봄[15]의 기쁨 속에 싹트는 둘째

---

8) 첫째 불바퀴의 천사의 수가 많은 것을 말한다. 2의 64제곱(서양 장기판 눈금은 64)이라는 수는, 서양 장기를 발명한 인도인이 페르샤 왕에게 상으로써 첫째 눈금에는 한 알, 둘째 눈금에는 두 알, 셋째 눈금에는 네 알, 이렇게 항상 배로 늘어나는 수로 64눈금을 메울 만한 곡식을 주었으면 좋겠다고 희망했다는 고사에 의한다. 그것은 계산을 하면 $2^{64}=18,446,744,703,551,615$가 된다.

9) 고정되어 있는 원점은 하느님이다. 이 하느님의 은총에 의해 천사의 조건은 유지된다.

10) 원점(하느님)에다 그들을 비끌어매는 사랑의 줄을 따라간다.

11) 사랑은 천사를 가리킨다.

12) 천국편 5곡, 천국편 9곡에도 옥좌에 대한 언급이 있다.

13) 인간의 모든 지성이 충만되는 곳은 하느님이다.

14) 봄 동안 태양은 백양궁에 위치하나 가을 동안은 그와 정반대인 천칭궁에 위치한다. 『밤의 백양궁』은 그러므로 가을을 가리킨다.

15) 천국은 영원한 봄이다.

자리는

　세 가지 선율에 의해 줄곧 호산나의 송가를 봄새처럼 부르고 있습니다. 노랫소리는 이 자리를 구성하는 희열의 세 계급으로부터 울려 퍼지고 있습니다.

　이 자리 안에는 다른 신성들이 있습니다.

　먼저 통치의 천사, 이어서 권위의 천사가 있고, 셋째 계급은 권력의 천사입니다.

　그 다음에 끝에서 셋째와 둘째의 흥겨운 무리 속에서 주권의 천사와 대천사가 돌고 있는데, 마지막 원은 천사들의 축하연의 자리랍니다.

　어느 자리에 속하는 이건 모두 위를 우러러보고 아래에 대해서는 강한 통제력을 지니고 있으므로 모두 하느님을 향해 끌리고 또 끌어가고 있는 것입니다.

　디오니시우스[16]가 이러한 계급에 대해 열심히 고찰하여 내가 본 바와 마찬가지로[17] 분류하고 이름을 붙였습니다.

　그러나 후에 그레고리우스[18]는 이설(異說)을 세웠습니다. 그러니 만큼 이 하늘에 와서 눈을 열게 되었을 때, 그는 저도 모르게 제자신을 돌이켜보고 쓴웃음을 지었습니다.

　이와 같은, 숨은 진리가 지상에서 사람들 입으로 풀이되었다 해서 이상할 것은 없습니다. 이 천상에서 이것을 보신 분[19]이 이 불바퀴에 대한

　모든 진리와 함께 그것을 가르쳐 주셨기 때문입니다.」

---

　16) 디오니시우스에 대해서는 천국편 10곡 참조. 그의 저서 《하늘의 위계에 대해》는 서력 500년 무렵에 씌어졌다고 한다. 이제 천사의 아홉 위계를 정리해서 표시하면, 치천사 · 지천사 · 옥좌의 천사 · 통치의 천사 · 권위의 천사 · 주권의 천사 · 대천사 · 천사의 차례가 된다. 이 말의 출전은 〈에베소서〉 1장 21절의 『모든 정사와 권세와 능력을 주관하는 자와……』에서 유래한다.

　17) 베아트리체는 직접 자기 눈으로 보고 알고 있는 것이다.

　18) 그레고리우스에 대해서는 연옥편 10곡, 천국편 20곡 참조. 그는 권위의 천사와 주권의 천사의 자리를 잘못 놓았다. 그래서 하늘에 올라가 자기 잘못을 깨닫고 쓴웃음을 지었다. 여기에서는 일종의 유머가 엿보인다.

　19) 바울을 가리킨다. 그가 천상에서 얻은 지식을 디오니시우스에게 전했다는 것이다.

제 29 곡

하느님 안에서 단테의 의문을 알아챈 베아트리체는 천사(형상)와 천구(형상과 질료)와 지구(질료)의 창조며, 땅에 떨어진 반역의 천사들, 하늘에 머무른 천사 등에 대해 설명한다. 그녀는 천사의 여러 가지 성질을 말하면서 지상의 학교에서 가르치고 있는, 천사들이 기억력을 가지고 있다는 설의 모순을 지적한다. 이어서 베아트리체는 복음서를 잊고 억설과 거짓을 퍼뜨리는 학자나 설교자들을 심하게 비난한다. 끝으로 그녀는 다시 본론으로 돌아가 영원토록 하나이신 하느님과 수없이 많은 천사들과의 관계를 설명한다.

라토나의 두 아이[1]가 제각기 백양궁과 천칭궁 밑에서 둘이 같이 지평선을 허리띠로 삼을 때,

한순간 하늘 마루가 두 사람의 균형을 유지시키고, 다음 순간 둘이 각각 다른 반구로 옮기면서 이 허리띠를 떠나는 바람에 균형이 깨어지고 마는,

그러한 지극히 짧은 시간 동안[2] 베아트리체는 얼굴에 미소를 띠고서 말없이 나를 압도했던 그 점[3]을 가만히 바라보았다.

그리고 다음과 같이 말했다. 「그대가 알고 싶어하는 것을 묻지 않아도 나는 알고 있습니다. 모든 곳과 모든 때가 모이는 그 점[4]에 그대의 소망이 비쳤기 때문입니다.

영원한 사랑[5]은 더이상 자신을 위해 선을 모을 수가 없으므로, 모으기

---

1) 라토나의 두 아이는 태양과 달이다.

2) 달은 동쪽에 해는 서쪽에, 각각 지평선 위에 길게 있을 때는 마치 하늘 마루에서 저울을 가지고 달과 태양의 두 균형을 잡고 있는 것같이 보이는데, 이윽고 달도 태양도 지평선이라는 띠에서 벗어나 다른 반구로 옮겨간다. 그동안 만큼의 짧은 시간 동안 베아트리체는 잠자코 있었다는 것이다. 《신곡》 안에는, 연옥편 2곡이나 연옥편 15곡의 첫머리도 그러하지만 천문 현상을 복잡한 말의 시로 읊는 대목이 있다. 그러나 이 지식의 운문적 표현은 시적으로 성공했다고 볼 수 없다.

3) 나를 압도한 그 점. 하느님의 빛에 아찔하여 단테는 넋을 잃었던 것이다.

4) 그 점은 하느님이다.

5) 영원한 사랑은 지고선이므로 이 이상 더 선을 모을 수는 없다.

위해서가 아니라,

　광휘가 널리 퍼져 『나 여기 있다』고 말할 수 있도록 시간을 초월한 영원 속에서 일체의 한계를 넘어 자기 마음대로 그 영원한 사랑을 새 사랑들 속에 펼치셨던 거예요.

　그렇다고 하느님이 활발하지 못하셨느냐 하면 그렇지도 않습니다.[6] 하느님이 수면을 운행하신 것은[7]

　그 이전도 아니고 그 이후도 아니기 때문입니다.

　형상과 질료는 결합된 것이나 본디대로인 것이나 말하자면 시위 셋 있는 활로 쏜 세 개의 화살[8]처럼 완전 무결한 것으로서 나타난 것이에요.

　유리나 호박이나 수정 속에 비친 광선은 전혀 시간이 걸리지 않는 듯이 순식간에 전체를 꿰뚫고 빛나는데

　그와 마찬가지로 조물주의 이 세 가지 피조물은 처음과 『마지막의』 구별도 없이 모두 동시에 완성되어 빛을 발했던 거예요.

　이 세 실체 사이의 질서나 구성도 동시에 창조되었습니다. 그리고 순수 행위가 그 내부에서 생긴 실체[9]는 우주의 정점에 놓였습니다.

　단순한 질료는 가장 밑부분에 있는 『지구의』 위치를 차지했습니다. 중간 (천구)에서는 질료와 형상의 힘이 불가분의 관계로 맺어져 있습니다.

　예로니모[10]가 적은 바에 의하면 천사가 창조된 것은 우주의 그 나머지 것이 창조되기 전 몇 세기 사이의 일이라고 되어 있지만

　그러나 진상[11]은 성신의 영감을 받은 저자들이 여러 대목에 적어 놓았으므

---

　6) 창조 이전에는 시간이 없으므로 그 앞이니 뒤니 할 수가 없는 것이다.

　7) 〈창세기〉 1장 2절에 『하느님의 신은 수면에 운행하시니라.』

　8) 형상 그대로의 것은 천사이고, 질료 그대로의 것은 원료이며, 형상과 질료가 결합된 것이 각각의 하늘이다. 그 세 가지가 세 개의 화살에 비유되고 있는 것인데, 어느 것이나 다 하느님의 두뇌에서 나온 것이다.

　9) 순수 행위가 그 내부에서 행해진 실체란 지적 실체, 즉 천사를 가리킨다. 형상도 아리스토텔레스의 분류에 따라 실체 속에 계산된다. 그 실체는 우주의 정점, 즉 다른 천구보다도 위에 자리가 주어졌다.

　10) 예로니모(342~420년 무렵)는 성서의 라틴어 번역판을 만드는 것으로 유명함.

　11) 천사도 다른 것과 동시에 만들어졌다는 말은 성서에 많이 나와 있다는 주장이다. 단테가 언급하는 대목은 〈창세기〉 1장 1절 『태초에 하느님이 천지를 창조하시니』 등일 것이다.

로 그대로 주의를 기울이면 알 수 있을 거예요.

그리고 또 이성도, 천구를 회전시키는 이[12]가 그토록 오랫 동안 완성되지 않고 있었다는 것은 이치에 맞지 않는다는 것을 약간은 알고 있는 것 같습니다.[13]

이러한 사랑[14]이 언제 어디서 어떻게 창조되었는지 이로써 그대도 알게 되었을 거예요. 이제 그대의 지식욕 중에 이미 세 개의 불꽃은 꺼졌습니다.

스물도 채 못 셀 만큼 짧은 시간[15] 동안에 일부 천사는 그대들 하계의 원소(元素)를 휘저어 놓았습니다.[16]

다른 천사들은 그대로 남아서, 그대 눈에도 보이겠지만 기꺼이 재주[17]를 부리기 시작하여 길에서 벗어남이 없이 줄곧 회전을 계속하고 있습니다.

타락의 첫째 원인은 그대도 이미 본 바와 같이 세계의 온갖 무게에 눌려 꼼짝 못하게 된 그 자[18]의 저주 받을 교만 때문이었습니다.

여기 있는 천사들은 하느님의 힘에 의해 명철한 자질로 만들어졌는데, 겸허하게 자기들이 하느님의 힘에서 비롯된다는 것을 인정하였습니다.

그러자 은총의 빛과 그들의 공덕에 의해 그들의 시력이 더욱더 밝아졌던 거예요. 그들이 굳건한 의지를 지니고 있는 것은 그 때문인 것입니다.

은총은 하느님에 대한 애정의 크기에 따라 그 공덕으로 부여되는 것입니다. 이 점에 대해서는 추호도 의심할 여지가 없습니다.

만약 내 말을 잘 알아들었다면 이제부터는 도움을 빌리지 않더라도 그대

---

12) 천구를 회전시키는 것은 천사들이다.

13) 초자연적인 것은, 이성을 가지고서는 전면적으로 내다볼 수가 없다. 그러나 다소는 짐작이 가는 것이다.

14) 이러한 사랑은 천사들이다.

15) 하나에서 스물까지 셀 정도의 짧은 시간.

16) 천사들의 일부가 창조되자마자 곧 하느님을 배반하고, 지상으로 떨어져 물과 공기와 불 등의 원소보다도 밑에 있는 흙의 원소를 휘저어 놓는 것을 가리킨다. 악마 대왕이 하늘에서 떨어져 지구에다 커다란 구멍을 뚫은 것에 대해서는 지옥편 34곡 참조.

17) 이 기술의 내용은 원점 둘레를 도는 것, 즉 하느님을 관찰하는 것이다.

18) 그 자, 즉 악마 대왕은 『중력이 모든 방향에서 그 곳으로 모이는』(지옥편 34곡) 지구의 중심에 떨어져 있다. 단테는 그 모양을 이미 보았다(지옥편 34곡).

스스로 이 천사의 무리에 대해 여러 가지로 생각을 할 수가 있을 거예요.

그러나 지상에 있는 그대들의 학교 강의에서는 천사의 성질로서 이해·기억·의지 등[19]이 들어 있으므로

이런 제멋대로의 강의 덕분에 현세에서 혼란을 일으키고 만 진리를 그대가 명확하게 볼 수 있도록 좀더 말씀드리지요.

이들 천사는 하느님의 얼굴을 우러르고 나서부터는 너무나 기뻐서 눈을 떼려 하지 않습니다. 그 얼굴에는 모든 것이 숨김 없이 비쳐지고 있는 거예요.

그러므로 천사들의 시선은 새로운 대상에 끌리는 일도 없거니와, 멀어진 관념을 다시 상기할 필요도 없는 거예요.

본심에서건 입만으로건 천사의 기억력을 설명하는 이는 그렇기 때문에 지상에서 백일몽을 꾸고 있는 셈인 거예요. 입만으로 그렇게 주장하는 이쪽이 더욱 뻔뻔스러워 죄가 더 큰 셈입니다만.

그대들 인간은 지상에서 철학을 할 때 같은 한 길을 가지 않아요. 얼핏 보기에 화려한 일을 하려고 엉뚱한 방향으로 가기 때문입니다.

그러한 잘못을 이 천상에서는 성서가 멸시되거나 왜곡되던 때보다는 비교적 관대하게 보아주고 있습니다.

이 성서의 진리를 펴기 위해 얼마나 많은 피가 흘려졌으며, 그 진리에 겸허하게 다가가는 이를 하느님이 얼마나 기뻐하시는지 그런 것을 생각하는 이가 지상에는 없습니다.

세상의 이목을 끌려고 모두 지혜를 짜내어 궁리를 하고 있습니다. 그러면 그런 새로운 설이 세상에 퍼지고 복음서는 잊혀지고 맙니다.

그리스도의 수난 때는 달이 뒷걸음질쳐[20] 태양과 지구 사이로 들어가 태양의 빛이 지상에 이르는 것을 방해했다고 풀이하는 자도 있으나,

아닙니다. 태양은 절로 어두워졌으므로 그 때문에 같은 일식이 스페인 사람들, 인도 사람들, 유대 사람들 눈에 비쳤던 거예요.

---

19) 단테는 천사에게는 기억력이 없다고 생각하고 있다. 천사는 하느님의 얼굴에서 과거·현재·미래의 만물을 보므로 기억력이 필요 없다는 것이 이하의 행에서 하는 설명으로 주요한 뜻이다.

20) 토마스 아퀴나스는 달이 뒷걸음질쳤다는 설을 취하고 있었다.

피렌체엔 라포와 빈도라는 성(姓)이 많기는 하지만 도처의 교단에서 일 년 내내 주장되고 있는 엉터리 설에 비한다면 아무것도 아닐 거예요.

양들은 멋도 모르고 배가 터지게 바람을 먹고 목장에서 돌아오는데[21] 이 양들의 무식함에도 잘못이 없다고는 할 수 없을 거예요.

그리스도는 자기의 첫 제자들에 대해서 진리의 기초를 가르쳐 주었지 『가서 세상에 허튼 소리를 퍼뜨리라』고 하지는 않았습니다.

제자들은 한결같이 그 진리를 외치고 신앙의 불을 켜는 싸움에 임해서는 복음서를 방패로 삼고 또 창으로 삼았던 것이었지요.

그러나 요즘의 성직자들은 해학과 익살을 섞어 가며 설교를 하고, 그것으로 청중이 들끓으면 만족하여 더이상 아무것도 구하려 하지 않는 거예요.

그러나 그 새[22]가 성직자의 모자 끝에 깃들이고 있습니다. 만일 그것이 보이면 청중들은 그 성직자의 용서 따위는 마음놓고 있을 수가 없다는 것을 알 수 있을 거예요.

마음을 놓고 있기 때문에 지상에서는 어처구니 없는 일들이 늘어났습니다. 확실한 근거가 없는데도 구원만 약속하면 덮어놓고 달려갑니다.

이 때문에 성 안토니오의 돼지들이 살찌고, 그 밖에도 돼지보다 더 돼지[23] 다운 돼지들이 가짜 돈을 뿌리며 살이 찌고 있어요.

그러나 꽤 오래 옆길로 빗나갔었으니 이제부터는 눈을 옳은 길로 돌리세요. 길도 시간도 이제 얼마 남지 않았습니다.

이 천사의 수는 너무나 지나치게 많아서 인간의 말이나 관념으로는 도저히 헤아릴 수도[24] 없습니다.

다니엘에 의해 표시된 수를 잘 살펴보면 정확한 숫자는 소위 그가 수천이라고 한 것 속에 숨어 버렸다는 것을 알 수 있을 거예요.

---

21) 바람은 풍설을 가리킨다. 그리스도 신자(양들)는 교단에서 풀이되는 설이 진리인지 풍설인지 식별할 의무가 있다고 단테는 생각한다.

22) 그 새는 악마이다. 악마에게는 날개가 있다. 그 악마가 성직자의 귀에 불어넣은 지혜와 이치로 성직자가 죄를 사해 주더라도 참다운 구원은 되지 않는다.

23) 피렌체의 성 안토니오 수도원의 성직자들을 가리킴.

24) 〈다니엘〉 7장 10절에 『그에게 수종하는 종자는 천천이요, 그 앞에 시위한 자는 만만이며』라는 구절이 있다.

이 모든 천사들을 고루 비추는 원초의 빛은 그 빛이 연결되는 이들 광명
의 수에 따라 천변 만화(千變萬化)의 모양으로 받아들여집니다.

그리고 애정은 하느님을 이해하는 정도에 따르는 것이므로 하느님을 향한
아름다운 사랑에도 천사들에 따라 뜨겁고 미지근한 차이가 있는 거예요.

자, 이제는 영원한 가치의 높이와 크기를 보셔요. 하느님은 저 숱한 거울
속에 산산이 부서져 반사하고 있음에도 불구하고,

그 자체는 전과 마찬가지로 영원히 하나로 계시는 거예요.[25]」

제 30 곡

아홉째 하늘의 천사들의 불바퀴 빛이 흐려지자, 단테는 장엄하리만큼 아름다
운 베아트리체와 함께 열째의 지고천(至高天)으로 들어간다. 하느님의 빛을
받고 시력이 강해진 단테는 빛의 대하가 둥근 호수처럼 넓어지는 것을 본다.
북판의 빛을 에워싸고, 천사의 무리와 축복받은 이의 무리가 장미꽃처럼 원을
그리며 펼쳐져 있다(이 장미는 원형 극장 같은 모양을 하고 있다). 베아트리체
가 단테를 그 꽃의 노란 중심부로 데리고 들어가, 천국의 거리와 황제 알리고
7세가 머잖아 차지하게 될 자리를 가리켜 보인다. 이 노래는 교황 클레멘테
5세에 대한 비난으로 끝난다.

육천[1] 마일이나 저 멀리서 정오의 태양 빛이 불타고, 이 세계가 그 그림자
를 벌써 수평선 쪽으로 뻗치고 있을 때

우리 머리 위 하늘의 중앙은 점점 희어져서 몇몇 별들은 벌써 우리의

---

25) 천지와 천사들을 창조하기 이전과 마찬가지로 하느님은 영원히 불변이
다.

1) 이 비유 속에서 단테는 지구의 둘레를 도는 위선의 길이를 24,000마일로
상정하고 있다. 자기가 있는 지점에서 지금 날이 새어 가고 있다고 친다면
그 동쪽 6,000마일의 지점에서는 정오인 것이다. 그리고 지구의 그림자는
자기가 있는 지점에서 볼 때 서쪽 수평선 쪽을 향해 뻗어 있는 셈이다.

눈에는 보이지 않게 되어 간다.

그리고 태양의 가장 밝은 시녀[2]가 밖으로 모습을 드러내자, 하늘의 별은 차례차례 꺼져서 마침내는 가장 아름다운 별조차도 보이지 않게 되어 버린다.

그와 마찬가지로, 스스로 감싸 주는 것에 휩싸이듯이[3] 보이는, 나를 압도해 버린[4] 저 점(點)의 주위를 쉴새 없이 돌고 있던 개선의 빛 무리[5]가 점점 내 눈에서 사라져 갔다.

아무것도 보이지 않게 된 나는, 사랑에 이끌리어 베아트리체한테로 눈을 돌렸다.

여태까지 그녀에 대해 말해 온 것을 남김 없이 하나의 찬사로 엮었다 치더라도 이 자리에서는 어울리지 못했을 것이다.

내가 본 아름다움은 인간의 이해라는 영역을 초월하고 있었다.[6] 조물주 외에 이 아름다움을 충분히 느낄 수 있는 이는 없으리라고 나는 확신하는 것이다.

나는 여기에 이르러 내 힘의 부족함을 인정하지 않을 수 없다. 비극, 희극의 작가도 그 주제에 져서 이토록 압도당한 사람은 없었을 것이다.

약한 눈이 눈부신 태양의 빛에 아찔해지듯이 내 마음은 그 아름다운 미소를 회상만 해도 망연히 넋을 잃어버리는 것이다.

나는 현세에서 그녀의 얼굴을 본 그날부터 지금 이 천상에 이르기까지 서투르게나마 줄곧 그녀를 시로 읊어 왔으나 이제는 그녀의 아름다움을 시로 좇을 수가 없다.

예술가에게는 모두 한계가 있는 것이다.

---

2) 태양의 가장 밝은 시녀는 아우로라이다.

3) 사실은 하느님의 원점이 모든 것을 에워싸고 있지만 얼핏 보기엔 하느님의 원점이 천사들의 아홉 불바퀴에 둘러 싸여 있는 것같이 보이는 것을 말한다.

4) 『나를 압도했다』는 단테가 이 원점을 보고 눈이 아찔해진 것을 가리킴 (천국편 28곡 참조).

5) 개선의 빛 무리는 천사들의 아홉 불바퀴를 가리킴.

6) 하늘의 천사들이나 축복받은 영혼들도 베아트리체의 아름다움을 완전히 터득하지는 못하리라는 것이다.

나의 **나팔**은 어찌 되었건간에 이 곤란한 시재(詩材)를 끝까지 노래해야만 한다. 그러므로 그녀의 묘사는 보다 힘찬 노랫소리에 맡기기로 하자.

의젓한 지도자의 몸짓과 목소리로 그녀가 말했다.

「우리는 가장 큰 천구[7] 밖으로 나와 순수한 빛으로 넘치는 하늘로 들어왔습니다.

이 빛은 지(智)임과 동시에 사랑으로 가득 차 있습니다. 그것은 참된 선(善)에의 사랑, 모든 미(美)보다 뛰어난 기쁨으로 가득 찬 사랑의 빛이랍니다.

여기서 그대는 천국 병사의 제1, 제2의 군대[8]를 볼 것입니다. 그 한 무리의 사람들이 최후의 심판날과 같은 차림새를 하고 있는 것이 보일 거예요.」

번갯불이 갑자기 시력을 휘저어 놓으면 가장 센 광선의 움직임조차 눈에 들어오지 않게 되는데,

그와 마찬가지로 홀연히 활광이 나를 확 둘러 비추었다.[9]

그리하여 그 빛의 장막으로 나를 감싸 버렸으므로 나는 아무것도 볼 수 없게 되어 버렸다.

「이 하늘을 고이 쉬게 하는 사랑[10]은, 축제 때면 새로 온 초가 이 곳 불길에 어울리도록[11] 늘 이처럼 인사를 보내는 거예요.」

이러한 **짧은** 말이 내 귀에 들리자마자 내 몸에도 새로운 힘이 솟아올라 나 자신의 힘을 능가함을 느꼈다.

그리고 내 눈에는 새로운 시력이 불타올라 내 눈이 막지 못할 정도의

---

7) 『가장 큰 천구』는 다른 천구를 감싸고 있으므로 가장 큰 원동천(原動天)인 아홉째 하늘이다. 순수한 빛으로 가득 찬 지고천에는 정해진 자리가 없으므로 다른 하늘을 에워쌌다고는 할 수가 없다.

8) 천사들의 한 무리와 축복받은 자들의 한 무리로서, 후자는 『그들의 살과 모습을 다시 가진』(지옥편 6곡) 모양으로 보인다는 것이다. 지고천에는 과거, 현재, 미래가 존재하기 때문이다.

9) 〈사도 행전〉 22장 6절에 『오정쯤 되어 홀연히 하늘로서 큰 빛이 나를 둘러 비춰매』로 되어 있다.

10) 하느님의 사랑은 아홉째 하늘을 움직여서 지고천을 고이 쉬게 한다. 지고천은 『하느님의 평화로운 하늘』(천국편 2곡)이기 때문이다.

11) 지고천에 들어가는 영혼이 촛불이기 때문에, 그 하나하나의 불이 하느님의 타오르는 불꽃에 각각 도움이 되는 것이다.

그런 선명한 빛은 이미 없어져 있었다.

아름답게 채색된 봄의 강변 양 기슭 사이를 번개처럼 빛나며 흘러내리는 빛의 대하가 눈에 보였는데

그 대하에서 생생한 불꽃이 튀어올라 양 기슭 꽃밭에 흩어져[12] 마치 홍옥을 황금에다 아로새겨 놓은 것 같았다.

이어 꽃향기에 취한 독한 불꽃은 다시 아름다운 강 속에 잠겼으나 하나가 가라앉자 다른 하나가 밖으로 떠올랐다.

「여기 보이는 것이 무엇인지 알고 싶다는, 지금 그대 속에 타올라 그대를 애타게 하는 소망이 커지면 커질수록 나는 기쁩니다.

그러나 이러한 갈망을 풀려면 이 물을 먼저 마셔야만 합니다.」 내 눈의 태양[13]은 나에게 이렇게 말했다.

그리고는 덧붙였다. 「저 강과, 저 보였다 안 보였다 하는 황옥(黃玉)과, 저 풀 속에서 웃는 꽃들은 그들의 실체의 희미한 예시입니다.

이러한 것들 그 자체가 미숙한 것이 아닙니다. 결점은 그대에게 있는 거예요. 그대의 시력이 아직 충분히 강하지 못하기 때문입니다.」

여느 때보다 훨씬 늦게 잠을 깬 젖먹이라도 그 때 내가 돌아보고 마셨던 만큼 급히 젖을 찾으려고는 하지 않았을 것이다.

나는 눈을 가다듬고, 보다 잘 보려고[14] 물결 사이로 몸을 굽혔다. 그것을 마시면 시력이 나아진다는 하느님의 빛의 물결이다.

내 눈 가장자리가 이 물을 마시자[15] 지금까지 강처럼 길게 보이던 흐름이 갑자기 둥근 호수처럼 넓어 보였다.

가면을 쓰고 제 모습을 감추던 사람이 그 가면을 벗어 버리면 전과는 전혀 다른 사람처럼 보이듯이

그와 마찬가지로 꽃과 불꽃들이 전보다 더한층 기꺼운 모습으로 변해

---

12) 꽃은 축복받은 영혼이고, 불꽃은 천사들이다.

13) 『내 눈의 태양』은 베아트리체이다.

14) 원시(原時)를 직역하면 『눈을 보다 나은 거울로 삼기 위해』가 된다. 희미한 예시의 실체를 보기 위해서라는 뜻이다.

15) 『눈 가장자리가 물을 마신다』는 것은 『눈으로 본다』, 『눈을 빛의 물결 속으로 가져간다』는 뜻으로, 상징파의 시법을 상기시키는 표현이라고 할 수 있다.

있었다.[16] 천상의 두 궁궐이 내 눈앞에 또렷이 보였던 것이다.

아아, 하느님의 빛이여,

당신의 빛을 받고 진실한 왕국의 드높은 개선을 나는 보았는데, 부디 본 것을 그대로 말할 힘을 내게 주소서!

인간은 조물주의 모습을 보고 마음의 평안을 얻는 것인데, 조물주의 모습을 인간에게 보여주는 빛[17]이 저 위에 있는 것이다.

그 빛은 둥글게 뻗어서 그 테두리는 태양의 둘레보다 넓게 퍼져 있다.

그 겉모양은 온통 원동천의 정점에서 반사되는 빛으로 되어 있는데 원동천은 그 빛에서 생명과 힘을 부여받고 있다.[18]

비탈에 풀과 꽃이 만발할 무렵 언덕은 꾸며진 제 모습을 보려고나 하는 듯이 그 기슭의 물에 비치는데

그와 마찬가지로 우리들이 있는 곳에서 천상으로 돌아간 이들이 그 빛을 둘러싸고 몇 천이란 둥근 줄을 짓고 위에서 들여다보듯 모습을 비추고 있는 것이 보였다.

그 맨 아래층이 이토록 많은 빛을 그 속에 포용하는 것이라면, 이 장미꽃의 맨 가장자리 꽃잎은 크기가 얼마만한 것일까?

나의 시력은, 그 넓이와 높이 때문에 어지러워지지는 않았다. 오히려 그 즐거움의 성질과 양까지 모두 눈에 비쳤다.

거기에는 멀고 가까운 차이도, 크고 작음도 없다. 하느님이 직접 다스리시는 곳에서는 자연의 법칙이란 통하지 않는 법이다.

영원히 봄을 가져다 주는 태양[19]을 찬미하여 향기를 풍기면서 층에서 층으로 퍼져 가는 영원한 장미의 노란 꽃술 속으로 잠자코 있으면서도 말하고 싶어하는 나를 베아트리체가 데리고 들어갔다.

---

16) 꽃은 축복받은 사람들의 모습으로, 불꽃은 천사들의 모습으로 변해 있었던 것이다. 천상의 두 궁궐은 축복받은 사람들과 천사들로 이루어지는 두 궁궐을 가리킨다.

17) 이 빛에 대해서는 성신이라는 설과 은총의 빛이라고 하는 설이 있다.

18) 하느님의 광선이 위에서 내리쪼여 원동천(아홉째 하늘)의 바깥 쪽에 반사한다. 그 광선으로부터 원동천은 생명과 힘을 받아 가지고 그것을 아래로 전한다.

19) 영원히 봄을 가져다 주는 태양은 하느님을 가리킨다.

그리고 말했다.

「보세요, 흰옷의 무리들이 얼마나 많은가! 이 천국의 거리가 또 얼마나 넓고 큰가를!

그리고 보세요, 자리는 벌써 거의 다 찼으니 이제는 얼마 더 들어오지 못할 거예요.[20]

그대는 왕관이 놓여 있는 저 큰 자리를 보고 있으나, 저기에는 그대가 이 혼인 잔치의 음식을 맛보기도 전에[21]

저 고매한 알리고[22]의 혼이 앉을 거예요. 하계에서 황제가 된 사람입니다. 이탈리아에서 미처 준비도 갖추기 전에 그는 다시 그 땅을 재건하러 올 것입니다.

그대들은 눈먼 탐욕에 미쳐 버려 마치 굶주려 죽어 가면서도 유모를 내쫓는 어린애처럼 되어 버린 거예요.

그 알리고하고는, 겉으로건 속으로건 같은 하나의 길을 가지 않는 자가 하느님의 교회의 우두머리[23]가 될 것입니다.

그러나 그가 오래 그 자리에 머무르는 것은 하느님이 허용하지 않으실 거예요. 그는 마술사 시몬[24]이 벌을 받고 떨어진 것 같은 구멍에 떨어져 알라냐 출신의 사나이[25]를 더 밑으로 밀어넣을 거예요.」

---

20) 단테는 종말의 날이 가깝다고 생각하고 있다. 이러한 종말관은 《향연》 제2권 14장 13절에서도 볼 수가 있다.

21) 단테가 죽어서 하늘에 오르기 전에.

22) 알리고 7세이다. 그는 1308년 11월 27일 황제로 피선되어 1310년 이탈리아로 남하한다. 법황당과 싸웠으나 승리를 거두지 못한 채 1313년 8월 24일 진중에서 죽었다. 알리고의 죽음에 의해 단테의 정치적인 희망도, 피렌체로의 귀환의 희망도 끊겼다.

23) 하느님의 교회의 우두머리는 클레멘테 5세를 가리킴(지옥편 19곡, 천국편 17곡 참조). 알리고 7세가 죽은 뒤 8개월만인 1314년 4월 20일에 죽음.

24) 마술사 시몬과 성직 매매의 법황에 대해서는 지옥편 19곡 참조.

25) 알라냐 출신의 사나이는 법황 보니파치오 8세이다(지옥편 19곡과 주 참조).

제 31 곡

축복받은 사람들이 새하얀 장미 모양으로 줄을 지어 나타난다. 그 장미와 하느님 사이를, 벌이 꽃과 벌집 사이를 왕래하듯이 천사들이 날아다니고 있다. 이 하느님의 세계로 들어간 단테는 넋을 잃고 주위를 둘러본다. 깨닫고 보니 베아트리체의 모습이 옆에서 사라지고 없다. 멀리 위쪽의 영광의 자리로 돌아간 안내자에게 단테가 감사의 뜻을 표하자, 베아트리체는 미소지으며 고개를 끄덕인다. 새로운 안내자로 나타난 노인은 성 베르나르도로서, 그는 관상(觀想)과 마리아 숭배를 상징한다. 두 사람은 장미의 노란 꽃술 부분에서 성모 마리아의 빛을 우러러본다.

이렇듯 거룩한 군대[1]가 새하얀 장미형으로 내 앞에 나타났다. 그리스도가 피흘려서 자기 신부로 삼으신 군대이다.

또 다른 군대[2]는 저들을 사랑으로 불태우는 하느님의 영광과 저들을 이렇듯 창조해 주신 하느님의 힘을 칭송하고 있었으나,

마치 꿀벌 떼가 어느 때는 그 노고가 향기롭게 열매맺는 곳[3]으로 돌아오듯이

그들은 수많은 꽃잎으로 장식된 저 큰 꽃 속으로 차례차례 내려가더니 다시 거기서 그 사랑이 늘 깃들이는 곳[4]으로 올라가는 것이다.

그들의 얼굴은 모두 싱싱한 불꽃으로 타올랐으며 금빛 날개와, 눈〔雪〕도 이에 비길 수 없을 만큼 새하얀 몸을 하고 있었다.

단(段)에서 단을 타고 꽃 속으로 내려올 때 그들은 그 두 날개의 퍼득임으로써 얻은 평화와 열정을 그 속에 갖다 주었다.[5]

---

1) 거룩한 군대는 천국편 30곡의 축복받은 사람들이다. 그들은 흰옷을 입고 있으므로(천국편 30곡 참조) 장미도 흰 것이 된다.
2) 또 다른 군대는 천사들이다.
3) 그 수고가 향기롭게 열매를 맺는 곳은 벌집이다.
4) 그 사랑이 늘 깃들이는 곳은 하느님이다.
5) 두 날개를 퍼득여서 하느님에게로 날아올라가, 하느님으로부터 이 평화와 사랑의 열정을 받아 가지고 돌아온 것이다.

496

그 위에 계시는 분[6]과 꽃들 사이를 수많은 무리들이 날고 있었지만 그 때문에 시계(視界)와 빛이 방해되는 일은 없었다.

하느님의 빛은, 저마다의 가치에 따라 우주의 만물을 고루 비추기 때문이다. 그러므로 그 무엇도 이 빛을 막을 수는 없는 것이다.

이 즐거운 왕국은 옛 백성과 새 백성으로 가득 차 있었으나 그 애정도 시선도 한 점[7]에 쏠리고 있었다.

아아, 삼중(三重)의 빛이여,

그 빛은 오로지 한 별 안에서 휘황하게 빛나며 사람들의 시선을 가라앉히고 이 하계 우리들의 폭풍[8]을 굽어보고 있다.

큰 곰자리(엘리체)와 그녀가 귀여워하는 작은 곰자리의 별이 매일같이 그 하늘 위를 도는 저 『북쪽』 땅에서 온 야만인이

이 세상에 둘도 없는 영화를 자랑하던 무렵의 로마의 웅장한 사업을 눈앞에 보고 그저 놀라지 않을 수 없듯이

인간 세계에서 하느님의 세계로, 유한의 시간에서 영원의 시간으로, 피렌체에서 갸륵한 정의의 백성 속으로 나온 나는 그저 어리둥절할 뿐이었다.

망연히 환희의 정에 휩싸여 나는 묵묵히 아무 말도 하지 않고 아무것도 듣지 않은 채 우뚝 서 있었다.

순례의 나그네가 소망을 건 성전에 이르러 그 속에서 쉬면서 이리저리 둘러보고 벌써부터 성전의 모양을 이야기할 날을 마음속에 그리듯이[9]

이 성성한 빛 위를 걸어가면서 열(列)에서 열로, 혹은 위로, 혹은 아래로 또는 그 주위로 나는 차례차례 눈을 돌렸다.[10]

사랑을 설명하고 사랑을 부르는 수많은 얼굴이 차례로 보였으나 하느님의 빛과 저들의 미소가 그 얼굴을 꾸미고 그 태도에는 위엄이 절로 갖추어져 있었다.

---

6) 그 위에 계시는 분은 하느님이다.

7) 한 점은 하느님.

8) 지구 위의 인간 생활을 폭풍이라고 한 것이다. 이와 같은 비유는 연옥편 6곡에도 있다.

9) 고향으로 돌아가 성전의 광경을 이야기할 날을 벌써부터 마음속에 그리는 것이다.

10) 축복받은 사람들이 줄을 짓고 있는 것이다.

나는 천국 전체의 모습을 벌써 한 눈 아래 바라보고 있었으나 아직 시선은 어느 부분에도 고정하고 있지 않았다.

새로이 탐구심이 불타오른 나는 머리에 떠오른 의문을 풀고자 나의 여인 쪽을 돌아다보았다.

그러나 예상하고 있던 바와는 달랐다. 베아트리체가 보일 줄 알았는데, 영광의 백성 차림을 한 노인 하나가 거기 있었던 것이다.[11]

눈에도 볼에도 상냥한 희열의 정이 넘쳐흘러 마치 어지신 어버이를 연상케 하는 태도였다.

「어디에 있습니까?[12]」 하고 내가 곧 입을 열었다. 그러자 노인이 대답했다. 「그대 소망을 풀어 주도록 베아트리체가 나를 내 자리에서 불러냈다.

제일 높은 단에서 세어 셋째 원을 쳐다보면[13] 그 공덕에 따라 그녀에게 주어진 보좌에 그녀가 있는 것이 그대에게도 보일 것이다.」

내가 대답도 없이 눈을 드니 영원의 빛을 반사시키며 그것을 왕관으로 삼고 있는 그녀의 모습이 보였다.[14]

제아무리 깊은 바다 밑으로 인간의 눈을 가라앉혔다 할지라도 거기서 하늘 높이 천둥치는 곳을 바라보는 그 거리가, 베아트리체로부터 내 눈이 떨어져 있는 거리만은 못하였다.

그러나 그것은 아무것도 아니었다. 그녀의 모습은 매체(媒體)에 섞여 사라

---

11) 지상 낙원(연옥편 30곡)에서 베아트리체가 비르질리오 대신 나타났듯이, 지금 성 베르나르도가 베아트리체 대신 나타난 것이다. 성 베르나르도 (1091~1153)는 디존 근방에서 태어났으며 신비주의에 의해 아베랄의 합리주의와 대립했다. 《신곡》에서도 그는 관상을 상징하고 있지만, 베르나르도는 크레르보에 수도원을 세우고 관상의 생활을 보냈다. 베아트리체는 신학을 상징하지만 신성을 보기 위해서는 신학 학문으로는 불충분하므로 관상이 필요하게 되는 것이다.

12) 『베아트리체는 어디에 있습니까?』라는 뜻이다. 너무 갑작스러운 일이어서 단테는 고유 명사를 쓸 만한 여유가 없었다. 원문에서는 대명사가 쓰여졌는데, 『Ov'e ella?』라는 짧은 글에 단테의 성급한 심정이 표현되어 있다.

13) 첫째 단에는 마리아가, 둘째 단에는 이브가, 셋째 단에는 라헬과 그 옆에 베아트리체가 있다(천국편 32곡 참조).

14) 하느님으로부터 빛이 내리쪼이면 베아트리체가 그것을 반사한다. 그것이 왕관처럼 보인다.

498

지는 일 없이 내게까지 내려왔다.[15]

「아아, 고귀한 여인이여, 내 희망은 당신 안에서 솟구칩니다. 당신은 나를 구하기 위해 수고를 마다 않고 일부러 지옥까지 내려와 주셨습니다.[16]

내가 이 모든 것을 볼 수 있는 것은 오로지 당신의 자비로우신 조력과 은혜 덕분입니다.

당신은, 당신의 힘이 미치는 한 온갖 길을 거쳐, 온갖 수단을 다하여 나를 노예[17]에서 자유로운 몸으로 건져내어 주셨습니다.

당신의 위대한 힘을 앞으로도 나에게 주십시오. 당신이 고쳐 주신 나의 영혼은 당신의 뜻대로 육체의 사슬을 벗어날 것입니다.」

내가 이렇게 말했다. 그러자 그녀는 아득한 미소를 지으며 물끄러미 나를 바라보더니 영원한 샘[18] 쪽으로 돌아섰다.

그러자 성스러운 노인이 말하기 시작했다. 「그대의 길을 그대가 완전히 다 마치도록 그녀의 기도와 거룩한 사랑이 나를 이리로 보내었다.

이 동산을 올려다보고 눈으로 날거라. 이 동산을 보면 그대의 눈은 장엄한 빛을 우러르기에 알맞게 되리라.

하늘의 여왕은 모든 은총을 우리에게 줄 것이다. 성모를 위해 온통 사랑의 불이 되어 타고 있는 나는 성모에게 충성스런 베르나르도[19]이다.」

베로니카의 모습[20]을 보러 크로아시아에서 온 촌사람이, 오랜 갈망이었으니 만큼 좀처럼 성에 차지 않아

---

15) 그 정도로 먼 거리인데도 불구하고 베아트리체의 모습이 또렷하게 보인다는 뜻이다.

16) 지옥의 제1옥인 림보까지 내려와서 베아트리체가 비르질리오에게 단테의 구원을 의뢰했다(지옥편 2곡, 연옥편 30곡 참조).

17) 죄악의 노예로부터라는 뜻이다. 연옥편 1곡 참조.

18) 온갖 선이 솟아나는 영원한 샘은 하느님이다.

19) 성 베르나르도는 열렬한 마리아 숭배자로서 알려져 있었다.

20) 베로니카의 모습. 라틴어의 『진(眞)』과 그리이스 어의 『상(像)』에서 이루어진 말로 책형장으로 끌려가는 그리스도가 얼굴의 땀을 닦았을 때 그 천에 그리스도의 얼굴이 기적적으로 베껴진 그 상을 말한다. 그 천은 바티칸의 성 베드로 사원에 보존되어 있다. 크로아시아는 여기서는, 일반적으로 먼 나라라는 뜻으로 쓰여지고 있다.

「우리 주 예수 그리스도, 참된 주님이시여! 당신의 얼굴은 과연 이러하셨
나이까?」하고 그 상이 눈에 보이는 한 마음속으로만 되풀이하듯이

나도 저 천국의 평화를 관상에 의해 현세에서 맛본, 성인의 세찬 사랑의
불[21]을 보았을 때 그와 같은 심정에 잠기었다.

「은총의 아들아.」하고 노인이 말하기 시작했다.「바닥만 바라보고 있어서
야[22] 이 기쁨의 나라[23]가 어디 그대 눈에 뜨이겠느냐.

제일 먼 단까지 저 단을 차례로 올려다보아라. 그러면 보좌에 앉으신
여왕[24]이 보일 것이다. 이 나라는 그 밑에 복종하고 그 밑에 종사하고 있느
니라.」

나는 눈을 들었다. 마치 아침에 동녘 지평선이 해가 지는 쪽보다 밝음이
더하듯이

내가, 말하자면 골짜기에서 산으로 눈을 돌렸을 때 제일 위쪽 끝이 다른
어디보다도 더 밝게 빛나는 것이 보였다.

그리고 마치 파에톤이 잘못 이끈 수레[25]의, 그 수레채가 기다려지는 곳에
서는 빛이 강하게 타오르고 그 좌우에선 빛이 약해짐과 같이 저 평화로운
화염의 깃발[26]은 가운데서 활활 타오르고 그 좌우에서는 역시 불길이 약해
져 있었다.

그리고 그 복판에서는 천이 넘는 천사들이 날개를 펼치고 제각기 빛과
재주를 부리며 하늘의 축제를 즐기고 있었다.

그들이 노래하고 그들이 춤출 때, 상냥하게 웃음짓는 아름다운 한 분[27]

---

21) 세찬 사랑의 불은 베르나르도.
22) 새하얀 장미꽃 꽃술의 노란 부분에 단테와 베르나르도가 있는데, 단테는
　　베르나르도를 보느라고 눈을 돌려고 하지 않은 것이다.
23) 이 즐거운 나라는 천국이다.
24) 여왕은 마리아이다.
25) 파에톤이 잘못 이끈 수레는 태양이고, 그 수레채가 기다려지는 곳은 지평
　　선 위에서 해돋이가 기다려지는 곳이다. 파에톤에 대해서는 지옥편 17곡,
　　연옥편 29곡 등 참조.
26) 불꽃의 깃발은 프랑스 왕가의 기치. 단, 프랑스 왕은 그것을 전투 때에
　　사용했으나 여기서는 그것이 평화의 깃발로 되어 있다. 그 한복판이 활활
　　타오르는 것은 그 곳에 마리아가 자리를 잡고 있기 때문이다.
27) 상냥하게 웃는 아름다운 분은 마리아.

이 보였는데, 다른 성인들의 눈에도 그 기쁨이 깃들이고 있었다.

내 어휘가 제아무리 풍부해서 상상력에 뒤지지 않을 만큼 많다 할지라도 나로서는 할 수 없다. 이 기쁨의 모습 일부라도 그린다는 것은 나로선 무리한 일이다.

나의 시선이 성인의 열정의 근원되는 열정[28]에 쏠리고 있음을 보자 성인은 깊은 사랑을 담고 그의 눈을 마리아 쪽으로 돌렸다.

그러자 나의 시선 또한 한층 더 세차게 열정으로 불타올랐다.[29]

제 32 곡

성 베르나르도가 마리아 아래 늘어앉아 있는 이브, 베아트리체 이하의 여자들, 그리고 그들과 마주 앉아 있는 세례 요한과 그 아래 늘어앉은 프란체스코 이하의 성인들을 가리킨다. 그 좌우에는 그리스도의 재림을 믿은 자, 재림한 그리스도를 믿은 자, 그 아래는 구원받은 어린이들이 늘어앉아 있다. 베르나르도는 이어서 마리아와 가브리엘, 아담과 베드로, 안나, 루치아 등을 차례로 가리킨다. 끝으로 그는 단테에게 기도로써 은총을 얻도록 하라고 권하고 거룩한 기도를 드리기 시작한다.

성 베르나르도는 마리아를 찬찬히 바라보았다.[1] 그리고 자진하여 설명역(說明役)을 도맡아 다음과 같은 거룩한 말을 시작했다.

「마리아께서 향유를 발라 아물게 해주신 상처를 처음으로 열고 나쁘게 만든 이[2]가 마리아의 발 아래 있는 저 아름다운 여자[3]니라.

셋째 단의 줄 안에는 보다시피 이브 밑에 라헬[4]이 베아트리체와 나란히

---

28) 마리아는 베르나르도의 열렬한 관상의 대상이다.

29) 베르나르도와 단테 두 사람은 마리아에 대한 애정으로 서로 다투기나 하는 듯이 열렬한 눈길로 마리아를 바라본다.

1) 원문에는 『그 관상자는 스스로의 기쁨을 찬찬히 바라보았다』라고 되어 있으나 뜻을 따서 우리 말로 옮겨 역문(譯文)의 명확을 기했다.

앉아 있다.[5]

사라, 리브가, 주딧토[6] 그리고 실수를 뉘우치고[7]『우리를 긍휼히 여기소서』라고 노래한 저 가인(歌人)의 증조모되시는 분[8]이 지금 장미의 꽃잎을 따라 이름을 단 순서대로 위에서 아래로 층층이 앉아 있는 모습이 그대에게 보일 것이다.

일곱째 단부터 아래도 마찬가지로 헤브라이의 여인들이 연달아 이 꽃[9]의 머리칼을 위에서 아래로 갈라 놓고 있다.

저들이 그리스도를 어떻게 믿었는가, 그 태도 여하에 따라 거룩한 층계를 둘로 나누는 벽이 되어 있는 것이다.

이쪽[10]에는 꽃잎이 모두 만발한 것 같은데, 거기에는 그리스도의 재림을 믿은 이들이 앉아 있다.

저쪽에는 비어 있는 자리[11]가 반원형의 단 속에 띄엄띄엄 섞여 있는데, 재림한 그리스도에게 신앙의 눈을 돌린 사람들이 앉아 있다.

이쪽에서 보면 천상의 고귀한 여인의 영광된 자리와 보다 아래의 다른 자리 사이에 상당한 거리가 있는데 그와 마찬가지로

저쪽에서 보면, 항상 성자로서 사막과 순교에 견뎌내고 이어서 지옥에서

---

2) 하느님의 법칙을 거슬러 뱀에게 유혹된 이브는 원죄의『상처를 열고』아담을 유혹하여 인류를 파멸시켰으므로『상처를 나쁘게』만든 것이다. 그리고 이 두 가지는 명확하게 구별되는 두 행위이다. 〈창세기〉 3장 6절 참조.

3) 아름다운 여자란 하느님 스스로가 만드셨으므로 완전한 여자였던 이브를 말한다.

4) 라헬은 관상 생활의 상징이다.

5) 베아트리체의 위치에 대해서는 천국편 31곡 참조.

6) 사라는 아브라함의 아내(〈히브리서〉 11장 11절 참조). 리브가는 아브라함의 딸, 이삭의 아내(〈창세기〉 24~25장 참조). 주딧토에 대해서는 연옥편 12곡과 주 참조.

7) 〈시편〉 51편의 머리 구절. 다윗은 밧세바와 동침한 것을 뉘우쳤다(〈사무엘 하〉 11장 참조).

8) 다윗의 증조모는 룻이다.

9) 이 꽃은 장미를, 그 머리칼은 꽃잎의 줄을 가리키는 것이라 생각된다.

10) 이쪽은 헤브라이(이스라엘) 여자들의 왼편에 해당된다.

11) 천국편 30곡 참조.

도 이 년이나 있었던 저 위대한 요한[12]의 자리가 크게 떨어져 있다.

그의 아래엔 프란체스코, 베네딕투스,[13] 아우구스티누스, 그 밖의 분들이 둥근 단을 차례차례 아래로 경계를 이루며 연달아 있다.

자, 하느님의 높으신 섭리를 우러러봐라. 이 동산은 신앙의 첫째 면과 둘째 면을 똑같이 완성해 줄 것이다.[14]

그런데 하나 가르쳐 주마. 이들 두 구획을 복판에서 가로로 갈라 놓는 저 단 아래서부터는 제 공덕 때문이 아니라 남[15]의 공덕 덕분에 어떤 조건[16] 하에 자리를 얻은 이들이 앉아 있다.

그들은 모두 진실을 선택할 능력을 갖기 전에[17] 육체의 사슬에서 풀려난 것이다.[18]

그들을 세심히 보고 귀기울일 필요도 없이 그 얼굴과 앳된 목소리에서 이것을 알 수 있을 것이다.

그대는 의심을 품고 있기에 말이 없다. 그대의 날카로운 생각이 야무진 매듭처럼 그대를 죄고 있지만, 그것을 이제 내가 풀어 주겠다.

이 광대한 왕국 안에서는 슬픔이나 목마름이나 굶주림이 있을 수 없듯이, 우연도 있을 수가 없다.

그대 눈에 보이는 것은 모두 영원의 법칙에 의해 정해져 있으므로 손가락에 가락지가 끼어지듯이 모든 것이 정확하게 대응되고 있다.

때문에 이 진실의 삶으로 서둘러 온 이 아이들에게 지복(至福)의 정도에 다소 차이가 있는 것도 무리는 아니다.

위로´ 왕을 모시는 이 나라는 왕의 덕에 의해 위대한 사랑과 기쁨 속에

---

12) 세례 요한에 대해서는 연옥편 22곡 참조. 그가 순교하고 나서 그리스도가 죽기까지의 약 2년 동안 요한은 지옥의 림보에 있었다.

13) 프란체스코에 대해서는 천국편 11곡, 베네딕투스에 대해서는 천국편 22 곡과 주 참조.

14) 그리스도의 재림을 믿은 사람들과, 재림한 그리스도에게 신앙의 눈을 돌린 사람들의 수가 하느님의 섭리에 의해 같아지리라는 것이다.

15) 남—구체적으로는 양친을 가리킨다.

16) 조건에 대해서는 앞부분 참조.

17) 선악의 판단력이 생겨 진실의 선택을 행하게 되기 전에.

18) 육체의 사슬에서 풀려나 죽은 것이다.

쉬고 있다. 그래서 그 누구도 이 이상의 행복을 바라지는 않는다.

왕은 기쁘신 눈길로서 모든 이의 마음을 만드시고 당신 뜻대로 가지가지의 성총을 베푸셨다.

여기 대해서는 그것을 사실로서 알고 있으면 그것으로 족하다.[19]

이것은 성서 안에 나오는 저 쌍둥이 이야기[20]를 읽으면 그대도 또렷이 알 수 있을 거다. 그 두 사람은 어머니 뱃속에서 서로 싸웠느니라.

이렇듯, 하느님이 내리신 머리칼 빛깔에 따라, 지극히 높으신 하느님의 빛은 그에 알맞은 후광을 발하며 빛나고 있다.

그러므로 저들의 행동이나 공덕과는 관계 없이 처음 시력[21]의 예리함의 차이에 따라 아이들은 다른 단에 앉혀져 있다.

세계가 갓 만들어졌을 무렵[22]에는 단지 양친에게 신앙이 있기만 하면 순진한 아이들은 그것만으로 충분히 구원할 수가 있었다.

그 처음 시대가 지난 후에는 죄 없는 사내아이는 할례를 받음으로 해서 하늘에 오를 힘을 그 날개에 얻었다.

그러나 은총의 시대가 다가온 뒤는 그리스도의 완전한 세례를 아니 받으면 이러한 티 없는 아이들도 저 하계[23]에 남겨졌다.

자, 그리스도와 꼭같이 닮은 얼굴[24]을 바라보아라. 그 밝은 얼굴을 봄으로써 비로소 그리스도를 우러러 볼 힘이 그대에게 생기는 것이다.」

하늘높이 날게끔 만들어진 저 거룩한 지성[25]이 가져오는 크나큰 희열의 정이 그 얼굴 위에 비오듯이 쏟아져내리는 것이 보였다.

---

19) 연옥편 3곡에도 『사람에게는 분수가 있다. 무엇인가하는 이상은 묻지 말라』고 되어 있다. 사실로서 알면 그것으로 족하므로 그 까닭까지 알려고는 하지 말라는 것이다.

20) 〈창세기〉 25장 21절 이하에 『리브가가 잉태하였더니 아이들이 그의 태 안에서 서로 싸우는지라……』라고 있다. 천국편 8곡과 주 참조.

21) 은총으로서 부여받은 하느님을 보는 지적인 시력.

22) 아담 때부터 아브라함 때까지이다.

23) 저 하계는 림보(지옥편 4곡)를 가리킴.

24) 그리스도와 꼭같이 닮은 마리아의 얼굴이다.

25) 거룩한 지성은 천사를 가리킴. 천사는 희열의 정을 나르는 기구처럼 생각되었으므로 평화와 열정을 가져다준다(천국편 31곡 참조)고 쓰여진 것이다.

아마도 이제껏 내가 본 것들 중에서 이토록 깊은 감동 속에 나를 잠기게
한 것은 없었다. 또 이만큼 하느님을 닮은 모습이 눈에 보인 적도 없었다.

「은총을 입으신 마리아여, 복되소서.[26]」 앞서도 내려왔던 그 사랑의 빛이
이렇게 노래하며 지금 또 마리아 앞에서 날개를 폈다.

장엄한 송가에 따라 축복받은 천당 사람들이 일제히 그 구절을 되풀이하
자 사람들의 모습 또한 한층 더 맑아지는 것이었다.

「아아, 거룩한 아버님, 영원한 법칙에 의해 앉으셨던 그 아름다운 자리를
떠나, 당신은 일부러 나를 위해 이 밑[27]에까지 내려와 주셨는데

저 천사는 누구입니까? 마치 불같이 애타게 동경하며 우리 여왕의 눈을
기쁨에 겨워 바라보고 있습니다만.」

이렇게 나는 새벽별이 태양빛을 받고 아름다워지듯이 마리아의 빛을 받고
아름다워진 사람[28]에게 가르침을 구했다.

그러자 그가 대답했다. 「대저 천사라든가, 영혼 속에 있을 수 있는 한의
강건함과 우아로운 자질은 모두 그 천사 안에 있다. 우리도 그렇게 되었으면
하고 바라고 있으니

하느님의 아들이 우리 인간들 육체의 짐을 지시고자 하셨을 때 하계의
마리아에게 종려잎을 가지고 내려간 이가 바로 그 천사이기 때문이다.

이제부터 내가 말하는 차례대로 눈을 움직여, 이 정의와 자비[29]의 제국의
위대한 장로들을 잘 보도록 해라.

여왕 폐하 곁에 가장 가깝기 때문에 가장 행복한 자리를 차지하고 있는
저 두 사람은 말하자면 이 장미꽃의 두 뿌리이다.

왼편에 앉은 자는 인류의 아비인데 그가 뻔뻔스럽게도 나무 열매를 맛보
았기 때문에 인간은 쓴 즙[30]을 맛보아야만 되게끔 되었느니라.

---

26) 대천사 가브리엘이 수태 고지 때 한 말이다. 연옥편 10곡 이하와 주 참
    조. AVE MARIA GRATIA PLENA(은총을 입으신 마리아여, 복되소서)
    란 구절은 〈수태 고지〉의 그림에도 자주 쓰여지고 있는 말이다. 손에 종려
    잎을 들고 있는 경우도 많다.
27) 이 밑은 『영원한 장미의 노란 꽃술 속』(천국편 30곡)이다.
28) 마리아의 빛을 받고 아름다워진 이는 베르나르도이다.
29) 정의와 자비에 대해서는 천국편 19곡 참조.
30) 인생의 괴로움, 특히 죽음을 가리킴.

오른편에는 거룩한 교회의 옛 아버지[31]가 보이는데 이 아름다운 꽃의 열쇠를 그리스도는 그분에게 맡기셨다.

창과 못으로 된[32] 『책형의 고통』에 의해 얻었던 저 아름다운 신부[33]가 머지않아 틀림없이 만날 괴로운 시대를 자기가 죽기 전에 남김 없이 예언했던[34] 그이는 그 옆에 앉아 있었다.

그리고 아담 옆에는 저 지도자[35]가 앉아 있다. 그 밑에서 변덕스럽고 고집 센 배은망덕한 백성은 만나를 먹고 살았었다.

베드로의 맞은편에는 제 딸을 보는 게 기뻐서 호산나를 노래하면서도 잠시도 눈을 떼지 않는 안나[36]가 앉아 있는 것이 보인다.

인류의 첫 아비 맞은편에는 루치아[37]가 앉아 있다. 아래를 보고 그대가 파멸에 처했을 때 여인을 움직이신 분이다.

그대를 잠재우는 시간[38]은 순식간에 지나가니 천에 맞추어 옷을 짓는 능란한 재봉사처럼 말은 여기서 그치고 눈을 원초의 사랑[39]으로 돌리도록 하자. 그쪽을 보면서 될 수 있는 대로 빛의 근본으로 들어가야 하느니라.

그러나 제딴에는 날개를 퍼득이며 가고 있는 줄 아는 그대가 사실은 뒷걸음을 치는 일이 없도록 기도로써 은총을 얻도록 해야 한다.

나 또한 그대를 도울 수 있는 그분[40]의 은총을 간구할 것이니 그대는 애정을 가지고 나를 따르라. 그러면 내 말이 그대 마음에서 떠나지 않을

---

31) 거룩한 교회의 옛 아버지는 성 베드로이다.

32) 그리스도가 십자가 위에서 가슴을 창으로 찔리고, 손발에 못이 박혀 피흘려서 얻었다는 뜻.

33) 신부는 교회이다.

34) 사도 요한은 〈요한 계시록〉 속에서 교회가 미래에 직면하게 될 괴로운 시대와 세계의 종말을 예언하고 있다.

35) 저 지도자는 모세이다. 〈출애굽기〉 16장 13~35절 참조.

36) 안나는 마리아의 어머니이다.

37) 루치아에 대해서는 지옥편 2곡, 연옥편 9곡 참조.

38) 그대를 잠재우는 시간—단테는 천국에서 잠시 동안 영원이라는 것을 접한다. 그 영원과의 대조를 두드러지게 만들기 위해 지상의 시간을 그 하나의 속성과 함께 불렀으리라.

39) 원초의 사랑은 하느님이다. 지옥편 3곡 참조.

40) 그대를 도울 수 있는 그분은 성모 마리아.

것이다.[41]

제 33 곡

성 베르나르도는 마리아를 찬양하며, 단테에게 하느님을 우러러뵈올 수 있는 은혜가 내려지도록 기도한다. 마리아에의 기도는 이루어져서 단테의 시력은 깨끗하게 밝아지고, 숭고한 빛 속으로 깊숙이 들어간다. 이어서 단테는 그가 본 하느님의 모습을 조금이라도 시로 적을 수 있게 해달라고 하느님께 기도한다. 삼위일체(三位一體)와 그리스도에 있어서의 신성(神聖)을 본 단테는, 찰나의 섬광에서 그것을 직관한다. 환상은 사라지고 만물을 움직이는 하느님의 사랑은 균등하게 회전하는 수레바퀴같이 단테의 마음을 조용히 움직이고 있다. 태양과 뭇 별들을 움직이는 하느님의 사랑이다.

「어머니이신 동정녀, 당신 아들의 따님[1]이시여, 비천하고도 가장 존귀하시며 영원한 성지(聖旨)가 정하신 대상이시여,

당신이야말로 인성을 한껏 존귀하게 하셨으니 만물의 창조주께서도 피조물이 되기를 꺼려하지 않으셨나이다.

당신 복중(腹中)에 비치신 사랑[2]은 그 꽃을 영원토록 조용히 움트게 하여 피우셨나이다.[3]

여기서는 사랑 한가운데의 햇불이 되시고, 하계의 인간 사이에서는 살아 계신 소망의 샘이 되시나이다.

---

41) 베르나르도의 말은 천국편 33곡 도입부의 거룩한 기도이다. 단테가 애정을 가지고 베르나르도를 따른다면 단테도 그가 한 말을 거듭 기도하게 되리라는 뜻이다.

1) 마리아의 아들 그리스도는 하느님과 일체이며, 그 하느님, 즉 조물주에 의해 창조되었기 때문에 마리아는 자기 아들의 딸인 것이다.

2) 사랑은, 하느님의 인간에 대한 사랑을 가리킨다.

3) 태양의 열이 지상에 꽃을 피우게 하듯이, 하느님의 사랑의 열에 의해 지고천(至高天)에 하얀 장미꽃이 핀 것이다.

위대하고도 너그러우시도다, 은총을 구하는 자, 만일 당신에게 빌고 당신에게 의지하지 아니하면 그 소망은 날개 없이 날으려 함과 같으리이다.

당신의 인자하심은 구하는 자를 도우실 뿐만이 아니옵고 청하기 전에 미리 행하여 주시나이다.[4]

당신 안에 자비가, 당신 안에 긍휼이, 당신 안에 은혜가 깃들여 있고, 조화[5]의 모든 장점이 당신 안에 어우러져 있나이다.

이제 우주의 가장 깊은 못 속[6]으로부터 이 천당에까지 날아오르면서 하나하나의 영혼을 모두 보아 온 이 사람[7]이 엎드려 바라오니 마지막 복[8]을 향해 눈을 들 수 있게 해주시기를 비옵니다.

지금 그가 주님의 모습을 뵈옵게 되기를 원하는 마음은 나 자신이 주님 뵈옵기를 원할 때보다 더욱 간절하오니 여기에 모든 기도를 바쳐 모자람이 없기를 바라옵니다.

당신의 기구(祈求)로 인간의 어지러운 구름을 이 사람에게서 걷어 주시옵고 가장 큰 기쁨[9]을 그에게 열어 주시옵소서.

거듭 비오니 무엇이든지 뜻대로 하실 수 있는 어머니시여, 주님을 우러러 뵈온 뒤에도 그의 마음 변하지 않게 하시옵고

당신의 수호로 하여 인간의 혼란을 없이 하여 주시옵소서.[10] 내 기도를 따라 베아트리체와 뭇 성인들이 두 손 모아 기도하고 있음을 보시옵소서.」

---

4) 사람의 청을 받기도 전에 마리아가 자발적으로 사람을 돕는 것을 가리키는데, 지옥편 2곡에 있는 마리아의 단테에 대한 동정, 마리아의 루치아에 대한 의뢰는 그 좋은 예라 할 수 있다.

5) 조화는 천사와 인간을 가리킨다.

6) 우주의 깊디깊은 못 속은 지옥을 가리킨다.

7) 이 사람은 단테.

8) 마지막 행복은 하느님.

9) 최상의 기쁨은 하느님을 보는 기쁨이며, 주님을 우러러뵈온 것에 해당되는 것이다.

10) 인간의 정열의 나쁜 자극이 인간의 혼란을 불러일으키는 법인데, 하느님을 본 단테가 그 뒤에도 올바른 길에서 벗어나는 일이 없도록 해달라고 베르나르도가 마리아에게 기도를 드린 것이다. 그러자 지고천의 축복받은 사람들이 모두 합창을 하고 단테를 위해 기도를 해 준 것이다.

하느님이 사랑하시고 경애하시는 마리아[11]의 눈길은 기도를 올리는 베르나르도에게 쏠리었다. 그 눈에는 정성어린 기도를 기뻐하시는 심정이 역력히 깃들어 있었다.

곧 그 눈길은 영원하신 빛[12]쪽으로 돌려졌는데 그처럼 밝ㆍ하느님의 빛을 본다는 것은 다른 이에게는 불가능할 것 같았다.

나는 모든 소망의 궁극[13]에 다다르고 있었다. 그러자, 당연한 일이지만 몸 속에서 소망의 격렬함이 사그라지려 하고 있었다.

베르나르도는 웃으며 나에게 위를 쳐다보라고 눈짓했으나, 그가 기대했던 대로 나는 벌써 위를 보고 있었다. 나의 시력은 맑고 밝아져서 오직 그것만이 진실인 숭고한 빛[14]의 광선 속으로 더욱 깊이 들어갔다.

그 끝에서 내가 뵈온 모습은 말로는 다 할 수 없는, 언어를 초월한 모습, 기억으로는 미칠 수 없는, 기억을 초월한 모습이었다.

나는 지금 꿈을 꾸고 난 사람 같은 심정이다. 꿈이 깨어 모든 것이 사라졌지만 감동만은 새겨져 전해지고 있다.

꿈에서 본 모습은 말끔히 사라졌으나 그래도 내 마음속에는 아름다움이 아직도 흐르고 있다.

햇볕에 녹는 눈이라고나 할까, 바람에 지는 가벼운 나뭇잎에 적힌 시뷜레의 탁선(託宣)[15]에 비유할까.

아아, 지고하신 빛이여,

인간의 관념의 한계를 넘어 높이 솟아오르는 빛이여, 내가 우러러뵈온 모습을 조금만이라도 내 기억 속에 남겨 주시지 않으시려는지.

당신의 영광의 빛줄기 하나만이라도 미래의 백성에게 전할 수 있는 힘을 내 혀에다 부여해 주셨으면.

내 기억에 그 모습이 조금이라도 되살아난다면, 이 시구에 조금이라도

---

11) 하느님은 조물주로서 마리아를 사랑하고, 그리스도의 어머니로서 마리아를 경애한다.

12) 영원한 빛은 하느님이다.

13) 소망의 궁극도 하느님이다.

14) 하느님의 빛만이 진실된 빛이며, 다른 빛은 반사에 지나지 않는다.

15) 『시뷜레는 그녀의 탁선을 나뭇잎에다 적셨다. 동굴을 여니 세찬 바람이 그 나뭇잎을 흩날렸다.』《아에네이스》 제3권 이하 참조.

울리게 된다면, 당신의 영광은 더욱 널리 세상에 퍼지오리다.

지금 돌이켜 생각해 보면, 만약 내가 그 활광의 예리함을 두려워하여 눈을 돌렸더라면[16] 나는 어리둥절하여 바른 길을 잃고 말았으리라.

그렇기 때문에 나는 감히 그 빛을 바라보았던 것이다. 그리하여 마침내 내 시선을 무한한 하느님의 힘과 만나게 만든 것이다.

아아, 넘칠 듯 푸짐한 주의 은총이여,

나는 두려움 없이 영원하신 빛을 정시했고 내 시력을 그렇게 함으로써 충만케 했던 것이다!

그의 빛 깊디깊은 곳에는 우주에 흩어져 있는 모든 것들이 사랑에 의해 한 권의 책으로 엮어져 있는 것이 보였다.

실체와 우연적 존재의 모습이 서로 오묘하게 섞여 있었으므로 내 말 따위는 아련히 하늘거리는 빛에 불과하다.

그러나 이렇듯 결합된 우주의 모습[17]을 나는 분명히 본 것이다. 지금 이렇게 말하면서도 환희가 더해 옴을 나는 느끼기 때문이다.

단 한순간의 망각이, 나로서는 그 그림자로 넵튜운〔海神〕을 놀라게 한 저 아르고의 모험의[18] 이십 오 세기에 걸친 망각보다도 훨씬 더 큰 것이다.

이렇듯 경탄에 사로잡힌 나는 꼼짝도 않고 가만히 바라보았으나, 보고 싶다는 생각은 더해 갈 뿐이었다.

그 빛 앞에 있는 자는, 거기서 눈을 돌려 다른 것을 본다는 것은 도저히 할 수 없다.

의지가 궁극적으로 지향하는 신이 모두 그 안에 모여 있다. 그 빛 속에서

---

16) 지상의 빛은 바라보면 눈이 흐려지지만, 하느님의 빛은 보면 볼수록 지각력과 기쁨이 더해진다.

17) 실체(그 자체로 존재하는 것)와 우연이 결합된 우주의 모습.

18) 야슨이 지휘하는 기사들은 아르고라는 이름의 배를 타고 황금 양피를 약탈하러 지중해에서 흑해로 항해를 했다(지옥편 18곡 참조). 그 때까지는 바다 위로 배가 지나간 일이 없었으므로 해신(海神)은 아르고의 그림자를 보고 놀랐다. 이 모험은 서력 기원전 1223년에 행해졌다고 한다. 2,500년 동안 사람들이 이 모험에 대해 망각하고 있었던 것보다도 이 때의 단테의 한순간의 망각이 훨씬 더 큰 것을 망각했다는 뜻일 것이다. 세 개의 원은 삼위일체의 삼위격을 상징한다.

510

는 완전한 것도 그 빛 밖으로 나오면 불완전한 것이 되어 버리는 것이다.

이제 내 머리에 떠오르는 것만 말한다 해도 나는 아직 젖을 빠는 어린애의 혀짧은 소리만큼도 표현할 수 없나니

그 살아 있는 빛이 달라져서라기 보다는 변함 없고 영원하기 때문이요,

다만 나의 시력이, 그 빛을 뵈올수록 강해졌으므로, 나 자신이 변함에 따라 오직 하나뿐인 겉모양이 갖가지로 변했던 것이다.

높고 높은 빛의 깊고 밝은 실체 속에 세 가지 빛깔을 띤 같은 너비의 세 개의 원이 나타났다.

두 개의 무지개처럼 첫째 원은 둘째 원에 반사되어 보이고, 셋째 원[19]은 그 둘에서 균등하게 발해지는 불처럼 보였다.

아아, 내 말은 생각에 비해 얼마나 약하고 모자라는가, 그리고 이 생각 또한 본 것에 비하면 『조금』이라는 말조차 못할 만큼 모자라는 것이다!

아아, 영원한 빛이시여, 당신은 당신 안에만 계시고[20] 당신만이 당신을 아시고, 당신에게만 알려지고 당신을 알면서 사랑하고 웃으시는도다![21]

그 『둘째』 원은, 말하자면 반사된 빛으로서 당신 안에서 생기는 것같이 보였으나 그 원을 찬찬히 바라보고 있노라니

그 안에 그것과 같은 빛깔을 한, 우리 인간의 모습이 그려져 있는 것 같았다. 내 시선은 온통 그 모습으로 쏠렸으나

원의 둘레를 재려고 열중했던 기하학자가 아무리 궁리를 해도 자신에게 필요한 원리를 못 찾아내고[22] 있듯이

그 기묘한 모습을 본 나는 어찌하여 그 상이 원에 합치하며, 어찌하여

---

19) 첫째 원이 성부이고, 그 빛을 반사하는 둘째 원이 성자이고, 불이 성신이다(천국편 10곡 참조).

20) 『당신은 당신 안에만 계시고』, 하느님의 존재 이유는 하느님 안에 있다.

21) 영원한 빛은 『당신만이 당신을 아시고』의 경우는 성부, 『당신에게만 알려지고』의 경우는 성자, 『당신에만 알려지고 당신을 알면서 사랑하고 웃으신다』의 경우는 성신이다.

22) 직경의 길이와 원둘레의 길이 사이의 관계(圓周率 π)가 명확하지 않음을 말한다.

그 상이 거기 있는지 아무리 생각해도 알 수가 없었다.[23]

이를 위해서는 내 날개만으로는 부족했던 것이다.[24] 그러나 돌연, 내 머릿속에 번개같이 섬광이 스치더니[25] 내가 알고자 한 것이 빛을 발하며 다가왔다.

이제 저 높고 높은 환상 앞에 나의 기력도 쇠잔하였다.[26] 그러나 사랑은 벌써 내 소망과 마음을 한결같이 도는 수레바퀴처럼 움직이고 있었다.[27]

태양과 뭇 별들을 움직이는 사랑이었다.[28]

---

23) 성자인 둘째 원과 같은 빛깔을 한 인간의 모습은 그리스도인데, 어찌하여 그리스도 속에 신성과 인성이 합쳐져 있는지 그 관계를 모르겠다는 것을 말한다.

24) 앞에 말한 신비를 자신의 지적 힘만으로는 이해할 수 없다는 말이다.

25) 그리스도 속에 신성과 인성이 신비적으로 결합되어 있는 것을(하느님이 부여하신) 직관에 의해 명확하게 보았음을 말한다.

26) 공상력은 감정과 지성의 중개적인 힘이므로 순수 지성에 대해서는 힘이 못 미친게 된다.

27) 단테의 영혼의 온갖 힘 사이에 균형이 잡혔음을 말한다. 태양과 뭇 별들을 변함 없는 법칙에 의해 움직이는 하느님이 그와 똑같은 법칙에 의해 단테의 혼을 지배하기 때문이다.

28) 《천국편》은 『만물을 움직이는 자의 영광』에서 시작되어 『태양과 뭇 별들을 움직이는 사랑』으로 끝나고 있다. 하느님은 사랑이며 사랑으로써 천구의 움직임을 규제하고 있다. 장대하고 정밀한 우주의 존재를 느끼게 하는 끝 구절이라 할 수 있을 것이다(I'amor che move il sole el'altre stelle).

■ 감상과 해설

1

단테가 태어난 이탈리아의 도시 피렌체는 당시 산업과 교통의 중심지로서 유럽 경제의 중추적 역할을 담당하며 번영을 누리고 있었다. 그러던 중 로마 교황과 신성로마제국의 대립이 격화되면서 비롯된 겔프당(교황당)과 기벨린당(황제당)과의 분쟁이 이탈리아 전역을 휩쓸게 되었으니 피렌체도 여기서 예외는 아니었다.

피렌체는 경제적으로 교황청의 재정과 밀접하게 연관되어 있었기 때문에 겔프당의 도시에 속하였다.

이후 정권을 장악하게 된 겔프당은 다시 교황청의 간섭으로부터 피렌체의 독립을 주장하는 백당과 교황의 계획을 지지하는 흑당으로 양분되어 피비린내나는 정쟁을 시작하였다.

당시 단테는 몰락한 백당에 속해 있었기 때문에 정쟁의 희생물이 되어 유랑생활로 삶을 마감하게 되었는데 바로 이것이 그의 문학활동에 지대한 영향을 끼치게 되었던 것이다.

한편 중세의 이탈리아 문학은 유럽의 다른 여러 나라들과 마찬가지로 라틴 문학의 영향을 받아 생성되었으며 대부분 라틴어로 문학활동이 이루어졌다. 그러다가 중세의 중앙집권적 통일체가 붕괴되면서부터는 각 민족의 개성을 뚜렷이 부각시킨, 개개민족이 지닌 지방어인 방언으로 작품을 창작하는 경향이 전반적으로 형성되었다.

이러한 흐름 아래 이탈리아 문학에서도 역시 토스카나 어를 중심으로 하여 창작하는 이른바 방언문학(속어문학)이 형성되었으며 그 중에서도 특히 단테의 많은 문학작품들은 방언문학의 극치라는 평가를 받고 있다.

또한 라틴어로 창작하는 관습을 과감히 깨트려 버린 그는 모국어인 이탈리아 어로 시적 표현을 생생하게 살릴 수 있었으며 특히 《속어론(俗語論)》에서는 모국어와 구어의 우위성을 강조하여 그의 선진성을 나타내 보였다.

그의 작품에는 중세의 모든 사상이나 신학, 그리고 인간 감정의 모든 것이 포함되어 있으며 그는 또한 서양 중세 최대의 시인, 철학자라고 일컬어지고 있다.

2

단테는 1265년 5월 이탈리아의 피렌체에서 태어났다.

그는 예언자 또는 신앙인으로서, 자신에게 박해를 가한 이탈리아뿐만 아니라 전 인류에게 영원히 남을 만한 거작 《신곡(Divina commedia)》을 발표했는데 그는 이 작품으로 중세의 정신을 종합한 문예부흥의 선구자라는 평가를 받기도 했다.

그의 어린 시절의 행적은 자세히 알 수 없으나 산타 크로체 수도원에서 프란체스코의 수련 수도사 생활을 했다고 한다. 초기에 그가 공부했던 분야는 매우 다양했는데 바로 이 다양성이 후기의 지적 세계에 풍요로운 밑거름이 되어 주었다.

그는 3학과(문법, 문리학, 수사학)와 4학예(산술학, 음악, 기하학, 천문학)를 학습했으며 특히 수사학에 전념하면서 라틴 시대의 고전문학에 탐닉하였다. 그리고 아리스토텔레스와 아퀴나스의 철학에 깊은 관심을 갖고 공부했던 한편, 방언 연구도 병행하였다.

그의 본격적인 시작(詩作) 활동은 구이도 카발칸티를 사귀게 되면서부터인데 그의 주된 관심은 비르질리오를 위시한 라틴 시인들과 마찬가지로 예술성 쪽에 집중되었다. 즉 그는 아름다운 문체와 서정성, 사랑의 감정들을 중점적으로 표현했으며 후엔 청신체파(淸新體派) 시인으로 명성을 날리기도 했다.

단테의 삶과 문학을 고찰하는 데 있어서 가장 특징적인 부분은 그의 전 생애를 걸쳐 지속된 베아트리체에 대한 순후한 사랑과, 정치적 이유로 인해 강요되었던 유랑생활일 것이다.

단테는 베아트리체의 우아함과 아름다움에 사랑을 느껴 그녀에 대한 그리움으로 생애를 일관하였으니 그에게 있어서 베아트리체는 영원한 구원의 상징이요 그의 정신세계 전체를 지배하는 선(善)의 대변자였다.

베아트리체는 서정시집 《신생(新生)》에 생생하고 아름답게 묘사되어 있는데, 정치적 이유로 시모네 디 발디와 결혼하게 되나 요절한 것으로 나타나 있으며,《신곡》에서는 단테의 영혼을 구원하는 구원자적 이미지로 등장하고 있는 것을 볼 수 있다.

한편 단테의 정치적 삶을 살펴보면, 교황을 지지하는 겔프당이 분파되어 시작된 백당과 흑당의 정쟁이 백당의 패배로 끝나자 단테는 흑당 정부에 의해 영구적으로 국외추방을 당하게 된다.

이렇게 하여 시작된 그의 유랑생활은 거의 이십여 년이나 계속되었으며 온갖 희망을 잃은 채 카센티노와 베로나 등지를 배회하던 그는 말년에 와서야 라벤나의 구이도 노벨로의 비호를 받으며 창작에만 몰두하게 되었다.

이러한 고난과 실의의 와중에서도 그에 의해 창작된 것으로서 여러 작품들, 즉 철학적·윤리적 문제를 다룬《향연》, 시적 표현에 있어 모국어와 구어의 우위성을 강조한《속어론》, 제왕과 교황의 권력분립을 주장한《제정론》, 시인의 베아트리체에 대한 사랑을 이상화하고 신비화한 서정시집《신생》, 시인의 문학적, 종교적·사상의 결정체라고 할 수 있는《신곡》등이 있다.

특히《신곡》은 중세 사상의 총화라는 평과 함께 토스카나 지방의 속어로 쓰여졌다는 점에서 근대문학의 출발점으로 간주되기도 한다.

그러나 단테가 지옥·연옥·천국의 지리적 위치 설정에 적용하고 있는 천문학과 신학이 철저히 중세적이라는 한계점을 고려해 볼 때 그는 중세의 완성자인 동시에 다음 시대의 맹아를 함께 지니고 있었던 과도기적 인물이었다고 할 수 있겠다.

그는 전 생애를 유랑생활로 일관, 결국 고국으로 돌아가지 못한 채 객지 라벤나에서 1321년 9월 14일, 56세의 나이로 생을 마무리하였는데, 그의 무덤은 라벤나의 산 피에트로 맛지오레 성당의 한 모퉁이에 자리잡고 있다.

3

단테의 대표작품인《신곡》은 인간의 지식과 관계되는 모든 것들을 다루고 있는 장편 서사시이다.

이것은 〈지옥편〉·〈연옥편〉·〈천국편〉 각 3부, 전체 서곡과 각 33곡을 합한 100곡으로 이루어져 있다. 그리고 전체 행수는 14,233행이며 모두 11음절 3연체 형식을 취하고 있다.

자신을 구원하고 인류를 죄악으로부터 해방시켜 영혼의 평화를 얻게 하려는 목적으로 쓰여진 이 작품은 벌의 세계인 지옥, 정죄의 세계인 연옥, 그리고 축복의 세계인 천국을 시적으로 재구성하여 표현 효과를 높이고 있다.

특히 '지옥'과 '연옥'에서 시인의 안내를 맡은 비르질리오는 당시 최고의 명성을 자랑하던 〈아에네이스〉의 저자로서 인간이 가진 으뜸가는 지성을 상징하는 인물이며, 베아트리체는 '덕스러운 영혼'으로서 하느님의 은혜가 충만한 축복의 세계 천국을 안내하는 인도자이다.

시인 단테는 이들의 안내를 받아 환상의 여행을 하게 되는 것이다.

전체의 줄거리를 살펴 보면 다음과 같다. 단테가 33살 되던 해의 성 금요일 전날 밤 길을 잃고 어두운 숲속을 헤매며 번민의 하룻밤을 보낸 뒤에, 빛이 비치는 언덕 위로 다가가려는데 세 마리의 야수가 길을 가로막아 올라갈 수가 없게 되었다.

바로 그때 비르질리오가 나타나 그를 구해주고 길을 안내하게 되는데, 그는 먼저 단테를 지옥으로, 그 다음에는 연옥의 산으로 안내해 주고는 베아트리체에게 그의 앞길을 맡기고 작별을 고한다.

베아트리체에게 인도된 이후 단테는 지고천에까지 이르게 되고 그곳에서 한순간 신의 모습을 우러르게 된다. 간단히 말해서 《신곡》은 사후(死後)의 세계를 중심으로 한 단테의 여행담이다.

사실 《신곡》 속에 표현된 여러가지 체험들은 파란만장한 인생 체험을 통하여 획득된 단테 자신의 영혼의 성장 과정을 나타낸 것이라고도 할 수 있으며 길고 긴 유랑생활 중에서 느꼈던 정치적, 윤리적, 종교적 문제에 대한 심각한 고민이 체현된 이야기라고도 할 수 있다.

한편 작품의 이해를 돕기 위해 단테가 설정한 지옥, 연옥, 천국의 지리적 위치를 살펴 보면 기본적으로 지구는 우주 복판에 부동의 상태로 떠 있고 그 주위에 천체가 움직이고 있다는 것을 알 수 있다.

적도는 지구를 북반구와 남반구로 가르고 있는데, 북반구 복판에는 예루살렘이 있으며 남반구 복판에는 연옥의 정죄산이 있다. 그리고 예루살렘의 반구 끝에는 지옥이 있어서 그 밑으로 깊이 들어가면 하늘에서 추방된 루치페르가 곤두박질해 있는 복판에 이르게 된다.

그리고 지옥, 연옥, 천국의 구조를 구체적으로 살펴 보면, 먼저 지옥은 어둠과 증오와 저주의 세계로서 아홉 개의 원들로 이루어져 있는데 그것은

516

다음과 같다.

1원의 세계 세례를 받지 않은 자
2원의 세계 육욕의 죄를 범한 자
3원의 세계 대식의 죄를 범한 자
4원의 세계 낭비가와 탐욕자
5원의 세계 화를 지나치게 낸 자
6원의 세계 이교도들
7원의 세계 폭력의 죄를 지은 자(이웃과 자신과 하느님에 대한 폭력)
8원의 세계 사기와 기만의 죄를 지은 자
9원의 세계 자신을 신뢰한 자들을 배반한 자

그리고 연옥은 하느님의 섭리에 의해 용서를 받긴 했지만 아직도 남아 있는 죄를 정화하면서 천국의 부름을 받을 수 있는 날을 기다리는 영혼들이 있는 곳으로 다음과 같은 일곱 단계의 벼랑들로 이루어져 있다.

첫째 벼랑 오만의 죄를 씻는 자
둘째 벼랑 질투의 죄를 씻는 자
셋째 벼랑 노여움의 죄를 씻는 자
넷째 벼랑 탐욕의 죄를 씻는 자
다섯째 벼랑 대식의 죄를 씻는 자
여섯째 벼랑 색욕의 죄를 씻는 자

특히 연옥편에선 인간의 자유 의지와 신의 섭리에 관한 철학적 문제들이 언급되어 있다.

마지막으로 천국은 믿음과 소망과 사랑이 있는 곳으로서 지고천을 본거지로 하고 있는 아홉 개의 하늘들로 구성되어 있다.

첫째 하늘 월천
둘째 하늘 수성천
셋째 하늘 금성천
넷째 하늘 태양천
다섯째 하늘 화성천
여섯째 하늘 목성천
일곱째 하늘 토성천
여덟째 하늘 항성천

아홉째 하늘 원동천

열째 하늘 지고천

이와 같은 구조로 이루어져 있는 《신곡》은 각 편이 모두 유기적으로 연관되어 있다는 특징과 함께 감성과 지성을 포용하고 있는, 짜임새를 가진 하나의 건축물이라고 결론지을 수 있겠다.

신 곡

■ 저 자 / 단   테
■ 역 자 / 구   자   운
■ 발행자 / 남   용
■ 발행소 / 一 信 書 籍 公 社

주소 : 121-110 마포구 신수동 177-3
등록 : 1969. 9. 12. No. 10-70
전화 : 영업부   703-3001~6
        편집부   703-3007~8
        FAX   703-3009
© ILSIN PUBLISHING Co. 1990.

값 13,000원